辭章學 導論

鄭頤壽◎著

陳　序

　　鄭頤壽教授，是海峽兩岸知名的漢語辭章學家。能有幸認識他，是緣結於三年前（2000）的六月九、十日在高雄師大舉行的「第二屆中國修辭學學術研討會」圓滿結束之後。記得剛回到臺北不久，就接到黃麗貞教授的電話，說鄭教授對我的研究所導生仇小屏在會中所發表的〈試談字句與篇章修飾的分野〉一文很感興趣，希望在離臺之前，能和我與小屏見一面談談，於是在修辭學會理事長蔡宗陽教授的安排下，十二日晚於臺北為兩岸學者所舉辦的一次餐宴裡，我們見面了。

　　當時在座的，除鄭頤壽、蔡宗陽、沈謙等三位教授、我和我的兩個導生仇小屏與陳佳君之外，還有濮侃、黎運漢、鄭遠漢、李名方、袁暉、李金苓、柴春華、趙毅等大陸學者。大家圍坐於長方形餐桌前，從修辭學談到文學界之種種，從此岸談到彼岸，真是無所不談。而剛好鄭頤壽教授就坐在對面，彼此交談得更為深入而歡洽。

　　這次歡聚後，鄭頤壽教授和我們之間，就經常以書信或電話交換研究心得。令人佩服的是，他對辭章學研究的熱忱與執著；而對臺灣辭章章法學研究的肯定與支援，更使我感激不已。他不僅以書信或電話多所激勵，又先後在福州、蘇州所舉辦之海峽兩岸文化學術研討會上，特以臺灣辭章章法學之研究為主題發表論文，廣予宣揚，大力地替臺灣辭章章法學之研究打氣，認為臺灣辭章章法學之研究成果，是「豐碩的」、「空前」的。這種學術衿懷與情誼，是極其珍貴的。

　　「漢語辭章學」是由語言學大師呂叔湘、張志公等先驅極

力倡建的一門新學科。鄭頤壽教授深受影響，積累了多年之研究與開發，已大大地為修辭學、語體學、風格學直至文學創作、文學批評的理論研究，開拓了一個新的視野，為「漢語辭章學」建立了學科最大的理論框架「四六結構」，並以之為統帥，解決了辭章學及其相關學科一系列宏觀、中觀、微觀的理論問題。尤其是他從哲學高度，解決了過去爭論的、或懸而未決的、或被忽視了的不少問題。以「誠美律」之「誠」而言，他主要溯其源於儒家「五經」之一的《禮記・中庸》所指出的「誠者，天之道也」，將「天之道」理解為自然規律、宇宙規律，來解釋「修辭立其誠」的道理；而且認為莊子把「誠」與「真」聯繫起來，說「真者，精誠之至也。不精不誠，不能動人」、「真者，所以受於天也，自然不可易也。故聖人法天貴真」（《莊子・漁父》），這與儒家的「誠者，天之道也」之說是相通的。以「美」而言，他認為我們祖先論「美」，重「美」的客體，北齊劉晝就說：「物有美惡，施用有宜」（《劉子・適才》），這就把「美」與「物」與「用」聯繫起來了；既重藝術之「審美」、怡情作用，又重實際之「致用」、適用價值。這樣從哲學高度來加以梳理，確實解決了不少問題。

他又指山：誠的同義詞、近義詞有：真、信、忠信、樸誠、真實、真率、德、善等；美的同義詞、近義詞有：達、文、工、妍、巧、妙等。古人常把它們結合起來鑑識、評論文學作品、言語活動。孔子的「情信辭巧」說、王充的「辭妍情實」說、陸機的「意巧言妍」說、劉勰的「理懿辭雅」說、歐陽修的「事信言文」說等等，都可以看成「誠美」的理論。「誠」側重在內容，「美」側重於形式，兩者兼論，是合乎辯證法的。

　　把「誠」、「美」提到「律」的高度的，首推劉勰，所謂「志足而言文，情信而辭巧，乃含章之玉牒，秉文之金科矣」（《文心雕龍‧徵聖》），其中的「志足」、「情信」相近於「誠」，「文」、「巧」是「美」的異名詞，而「玉牒」、「金科」就是「律」。鄭頤壽教授認為這樣的「誠美律」，對於辭章（含修辭）活動、文學創作、語文教學，甚至於待人接物，都是有意義的。

　　就這樣，鄭頤壽教授受到辭章學先驅呂叔湘、張志公兩先生的啟發，從一九六一年以來，便努力耕耘新園地，於「文革」期間躲進圖書館潛心研究，結果將心得寫成幾部書稿。又於一九七九年開始利用在高校講授「中國古典文學」、「現代漢語」、「古代漢語」，尤其是「文選與寫作」的課程，把辭章學的理論融化於其中，並按呂叔湘先生指出的「修辭學，或風格學，或詞章學─這是語言研究的另一個部門」的路子進行研究，相繼推出：《比較修辭》（1982）、《新編修辭學》（1987）、《文藝修辭學》（1993）等修辭學編著；推出：〈論「比」和比喻〉（1981）、〈因體施教〉（1986）、〈語體劃分概說〉（1987）、〈鼎立：電信體的崛起〉（1992），〈論語體與修辭風格〉（1988）、〈論「體素」與「格素」〉（1994）、〈論文章風格與言語風格〉（1994）等近百篇相關的系列論文；推出《辭章學概論》（1986）和充分體現讀寫雙向互動和語言綜合運用的《辭章藝術示範》（1991）等同體例編著五本；推出：「辭章藝術大辭典」（出書時改稱《中國文學語言藝術大辭典》1993）及其姐妹書《辭章學辭典》（2000），以及按「表達⇌承載⇌理解」雙向互動，融入詞彙學、音韻學、語法學、修辭學、風格學的《對偶趣談》（1992）、《對偶趣話》（1999）二

本等。

　　此外，在鄭頤壽教授之領導下，福建師大的辭章學研究者，又申請成立了辭章學研究室、所，招收了辭章學碩士研究生，在漢語言文字學博士點中設了辭章學的研究方向，並申請成立了「中國修辭學會辭章學研究會」的全國性學術團體。福建的學者在研究的過程中，比較重視進行理論的探討，對辭章學的理論框架、對象、體系、定義、性質、功能、目的、任務、研究的方法、發展的步驟、前途等進行探討，總結出「四六結構論」、「四元世界說」、「三辭三成說」、「四在效果說」、「結構組合結論」、「辭章生成論」、「辭章解讀論」、「四個階段論」、「『表達⇌承載⇌理解』雙向互動論」、「誠美律」、「言語規律」、「語體文體對應論」、「語體媒介三分說」、「語體平面論」、「體素論」、「格素論」、「風格優劣論」、「風格優化論」等；同時也重視對傳統理論作系統的整理、歸納，對中外現代語言學理論的學習、借鑑和實際運用（包括聽說讀寫）問題的探討。（以上參見鄭頤壽〈辭章學研究的回顧與前瞻〉，《國文天地》19卷3期，頁87~97）

　　由此可見，鄭頤壽教授對「漢語辭章學」這一新學科，不但兼顧宏觀與微觀來研究，也將理論與實際應用作了高度之結合，尤其從中提煉出「四六結構」與「誠美律」，將「真」、「善」、「美」融為一體來統括「漢語辭章學」，其貢獻與影響是極大的。而此次應萬卷樓圖書公司之約，特將他集其理論大成之專著《辭章學導論》、《辭章學新論》兩書在臺灣出版，這可說是臺灣辭章學界的一件大事，其貢獻與影響之大，更是可以預期的。

　　身為鄭頤壽教授的學術盟友，又屬「漢語辭章學」研究團

隊中之一員，而且又忝兼萬卷樓圖書公司之名譽董事長，因此
在此出版前夕，特綴數語，聊以表達誠摯的祝賀與感謝之忱。

陳滿銘 序於臺灣師大國文系835研究室

2003年10月11日

自 序

電臺設導播，參觀請導遊，要進辭章學理論的殿堂，則要「導論」。

漢語辭章學的殿堂，金碧輝煌，其中的珍寶琳瑯滿目。可是大量的珍品卻融化在詩話、詞話、文評、曲語、史論以及評注、小品之中，是璞中之玉。十多年前，筆者組織了百位專家，對之進行梳理，編成了百萬字的《辭章學辭典》。雖然還僅僅是這殿堂中一小櫥子的珍品，但已可以看出，它比起東方之美辭學、西方的修辭學，不但毫不遜色，而且內容更加豐富，可稱之為「大修辭學」或「廣義修辭學」。它具有濃厚的中華風、民族味，折射出中華文化耀眼的光輝，更切合我國運用語言文字的特點和傳統的經驗。在梳理的過程，我們十分注意站在「今天」「中國」的平臺上，用科學的觀點和理論的思辨進行分析；又留心向西方和東國學習，借鑑它們對我們有用的東西，去粗取精，揚棄、昇華、熔鑄，建立起科學的體系，使之真正可以成「學」。

三四十年來，筆者鍾情於此道，於1986年推出《辭章學概論》，其後又與志同道合的學會諸君，合力推出《辭章藝術示範》及其姊妹書五種，《辭章學辭典》及其姊妹書兩部，總計三四百萬字，用之於教學。反覆實驗，再三修改，不斷琢磨，又寫成百萬字的《辭章學論稿》，作為大學本科生和研究生的講義。欣承陳滿銘教授垂青、推介，萬卷樓圖書有限公司願給出版。因篇幅頗巨，只好「一分為二」：分作《辭章學導論》、《辭章學新論》（以下書中分別簡稱《導論》、《新論》）

兩書出版。兩書可各自相對獨立，又可合成一體。

此書重在「論」，旨在闡釋建立這門新學科之理論框架、理論體系及其根本的規律、方法。配合此書的讀本，除了《辭章藝術示範》等書之外，另有合作書《大學辭章學》、《辭章藝術趣話》等，這些書則重在「用」。「用」與「論」，體現了普及與提高的關係，以適應不同文化水平讀者的需求。

為編著上述辭章學書稿，消盡了自己的青春，「綠鬢勞中減」，「春光化秋色」；尤其是最近為籌辦閩臺辭章學研討會，十分辛勞，再加上主編、出版會議論文集，整理、修訂此書稿，日夜不輟，寢食繫之。辛勞耕耘所得，倍感敝帚自珍，其中缺點錯誤肯定不少，敬祈大方之家與讀者諸君教正。

此書在編輯出版的過程，承蒙中國修辭學會辭章學研究會顧問陳滿銘教授審定並作序，梁錦興經理、陳欣欣小姐給予此書出版之大力協助；此前，全國文學語言研究會副會長林大礎先生、郭翠蓮教授、魏剛教授通讀了書稿，也提了很好的修改意見和建議。在此，一併致以深深的謝忱！

福建師範大學文學院　鄭頤壽

2003年秋於五鳳南麓之榕蘭齋

目　錄

陳　序

自　序

前　言　　*001*

上 編　普通辭章學理論概說

壹、「四六結構」導源㈠　*039*

一、「四六結構」導源於言際交際、藝術實踐
　　和文化活動　　*040*

二、「四元」簡析　　*048*

三、「六維」簡析　　*065*

貳、「四六結構」導源㈡　*091*

一、「四元」、「六維」的部分組合　　*091*

二、再談「四元」、「六維」的部分組合　　*111*

三、三談「四元」、「六維」的部分組合　　*130*

四、四談「四元」、「六維」的部分組合　　*152*

叁、「四六結構」導源㈢　*181*

一、「四六結構」綜述㈠　　*181*

二、「四六結構」綜述㈡　　*196*

三、「四六結構」綜述㈢　　*207*

〔附〕本書「話語」含義解說　　*214*

肆、「四六結構」與普通辭章學理論㈠　　*220*

一、「四六結構」與普通辭章學理論框架　　*220*

二、「四六結構」與「三辭三成」說　　*230*

三、「四六結構」與普通辭章學定義　　*252*

〔附〕陳望道修辭學思想的兩度飛躍——陳張一致論　　*277*

四、「四六結構」與普通辭章學的研究對象　　*290*

五、「四六結構」與辭章學體系　　*307*

伍、「四六結構」與普通辭章學理論㈡　　*322*

一、「四六結構」與普通辭章學的性質　　*322*

二、「四六結構」與「四在效果」　　*345*

三、「四六結構」與語境　　*355*

四、「四六結構」與結構組合結合論　　*365*

五、建立普通辭章學的任務、目的和方法、步驟　　*373*

㊥編　漢語普通辭章學與相關學科

壹、普通辭章學與語法學、修辭學　　*381*

一、辭章與語法、修辭分合論　　*382*

二、普通辭章學與修辭學　　*390*

三　現代漢語修辭學導源於古代漢語辭章論　　*400*

貳、普通辭章學與文章學、文章修改　412

一、普通辭章學與文章學　412
二、普通辭章學與文章學、文章修改　419

下編　普通辭章學的原則、規律與方法舉隅

壹、辭章活動的最高原則：「四六結構」與誠美律　431

一、「誠」論　432
二、「美」論　459
三、誠美的辯證法　498

貳、「四六結構」與言語規律　516

一、論言語規律——兼呈鄭子瑜先生　516
二、再論言語規律（提綱）——微觀結構律　539

叁、言語規律的綜合運用　549

一、辭章與語格簡論　549
二、「四六結構」與修辭過程　557
三、藝法舉隅——論「比」和比喻　572

後記　595
主要參考文獻　597

前　言

　　辭章學就是「大修辭學」，又稱「廣義修辭學」，因此，本「自序」緊密聯繫修辭學進行分析。

　　辭章是「話語藝術形式」，它包含口語之話篇、書語之文篇，包括藝術體、實用體及其融合體。漢語辭章具有鮮明的融合性和民族性，因此，本書廣泛地借鑑語言學、修辭學、語體學、風格學、文學、鑑賞學、批評理論、資訊學、心理學和美學等相關學科和鄰近學科的理論、規律和方法，或取其精華，尤其重視深入地挖掘、整理我國古典「詩文評」裡面有關辭章的理論，或加以改造、熔鑄，發揚優良傳統，弘揚民族精神，突出民族自己固有的特點，這不僅更切合於指導語言實踐，而且有助於增強民族自信心、自豪感。我們感到有了鮮明的民族性，才更具有世界性。在商品大潮洶湧、物欲橫流的今天，在國際上強勢文化襲捲而來的時代，我們更要重視從各個領域弘揚並培育民族精神，為建設先進的文化盡點綿力。

　　建立漢語辭章學，在學習、借鑑上述學科有關理論研究成果的基礎上，必須思考這門學科亟須解決的重大理論問題和如何解決實際應用問題，探索學科進一步發展的方向。

一

　　1961年，語文學、語言學泰斗呂叔湘先生在《漢語研究工

作者的當前任務》一文中說：

> 我們能夠逐漸建立起來自己的漢語詞章學（或漢語修辭
> 學，或漢語風格學）①。

這話，看似平淡，卻耐人琢磨。我想：1932年陳望道先生的
《修辭學發凡》（以下簡稱《發凡》），1952年呂叔湘、朱德熙兩
位先生的《語法修辭講話》（以下簡稱《講話》）等書中的修辭
理論，難道不是「自己的漢語修辭學」嗎？呂先生把自己都擺
進去了，可見他毫無貶低1961年前修辭學研究成果的偏見，而
是從現實的語言運用、從學科發展的前瞻性出發，對整個語言
學界提出新的任務。

　　《發凡》和《講話》，都是漢語語法修辭學研究的豐碑。

　　鄭子瑜先生引用復旦大學語言研究室專家寫的《陳望道同
志的治學特點》一文的話說：陳氏「從理論上對修辭學的對
象、任務、研究方法等作了科學說明，創立了我國第一個科學
的修辭學體系，開拓了修辭學研究的新境界」②。宗廷虎先生
說它是「被公認為現代修辭學的里程碑」③。鄭子瑜、宗廷虎
與陳光磊三先生為正副主編的《中國修辭學通史》（近現代卷）
又說：《發凡》是「現代修辭學的第一道里程碑」④。袁暉先
生則說：《發凡》是「中國現代修辭學的奠基之作」⑤。這些
評價，都是很確切的。他們用不同的語言充分肯定《發凡》的
歷史性成就。所謂「創立了我國第一個科學的修辭學體系」，
說明此前的「修辭學」還是不夠科學的；所謂「里程碑」，指
的是修辭學歷史發展過程中可以作為標誌性的著作；而「第一
道里程碑」，則進一步說明其成就是空前的；所謂「奠基之

作」，比喻《發凡》為現代修辭學的學科建設打下了基礎——
在其上應該蓋起學科高樓大廈的建築群。「第一個」，而不是
「最後一個」，「里程碑」，而不是終點站牌，「基礎」，而不是
高樓大廈的全部。此中深含辯證法。

　　上個世紀50年代初，呂叔湘和朱德熙兩位先生合著的《語
法修辭講話》，風行一時，「成為全國學習語法修辭知識的基
本教材，對於語法修辭知識的普及起了巨大的作用」，具有很
強的實用性。對修辭理論的研究也有新的開拓。它從讀者理解
的角度來講修辭，把「讀」與「寫」結合起來；分析修辭效
果，主觀、客觀並重，合情合理；以實用文字為主，彌補過去
修辭學只注目於文藝體之不足；在研究範圍上有突破，有深
度，對原有的修辭學「作了一次較大的革新和改進」，「是我
國建國初期甚至是整個20世紀中，影響最大的一本普及性著
作」⑥。呂先生為人正直，胸襟開闊，眼界高遠，並不以此為
滿足，上述所說的「能夠逐漸建立起來自己的漢語詞章學（或
漢語修辭學，或漢語風格學）」，是對整個學術界而言，當然也
包括他自己在內了。這是科學的實事求是的態度。

　　陳望道先生就是出於這種態度，說過一段名言：

　　　　修辭的述說，即使切實到了極點，美備到了極點，也不
　　　過從空前的大例，抽出空前的條理來，作諸多後來居上
　　　者的參考。要超越它所述說，並沒有什麼不可能，只要
　　　能夠另闢新境，別創新例，至少能夠另立新解⑦。

　　一種學科，在歷史的某一時期即使「切實到了極點，美備
到了極點」，但是歷史向前發展，用新的眼光再去反觀它，就

不難發現其不足之處。我們就是要從這一點來理解呂先生提出的「我們能夠逐漸建立起來自己的漢語詞章學（或漢語修辭學，或漢語風格學）」的深意。現當代的許多修辭學家就看出了這一點，鄭子瑜⑧、袁暉、宗廷虎⑨、周振甫⑩、譚永祥⑪等都從總體上充分肯定《發凡》的劃時代成就，也看到其不足之處。袁暉先生說得好：「當然還可以找出這樣那樣的缺點和不足，可是跟這部著作的偉大成就相比較，也就微乎其微。」⑫袁先生在充分肯定《講話》的歷史性成就的同時，也指出其不足之處⑬。因此，我們首先要看到《發凡》與《講話》的卓著成就，學習之，發揚之，而不應誤認為修辭學的事都被他們做盡了，無所作為了，不應把當代某些學者的一些創新——說出與陳先生和呂先生不同的話的——「斥」為「越了雷池」，似乎「菲薄了前賢」，「不謙虛」，甚至「狂妄」。這是學術研究上的幼稚病。同時，還要認識到：雖然《發凡》和《講話》在當時的歷史條件下尚有某些不足之處，但是不應超越歷史，苛求先賢。有些人竟說「搬掉×××，發展修辭學」。這是學術研究上的盲動症。「後來者」要以前賢的研究為起點，「另創新例」，「另立新解」，甚至「超越它」——這是站在前賢肩膀上的「超越」，這才符合陳、呂等先生的諄諄教誨和殷切希望。

　　1961年呂先生這次講話之後，修辭學界的「後來者」推出的修辭學著作三四百種，其中有影響的就不少⑭。它們闡述了《發凡》、《講話》未涉及的內容，有的還建立了不同的學科體系，論析了不同於《發凡》的觀點。這是一種進步。漢語風格學研究也開拓了新的局面，推出二十多部新著作，填補了陳先生「沒有深入地談到風格」的空白⑮。漢語辭章學的研究，雖

然步履維艱，道路曲折，但靠海峽兩岸學者矢志不移的耕耘，也推出了幾十部有一定影響的新著，開拓了新的領域⑯。這些成果，雄辯地證明上述呂先生論斷的正確性。

「後來者」要登攀，首先要回觀前人所走過的路程，上溯三千多年以來，我們祖先對「辭」（含辭章、修辭、風格）研究的概況，估量（「清點」還有困難）一下「庫藏」的家底。陳、呂諸先生的巨著，也是在利用「庫藏」中優秀遺產的一小部分，加上借鑑東西方對我有用的東西，針對時代現實的需要，聯繫自己的研究心得寫出來的。

我們的祖先對「辭」的研究，精華迭見，資源豐富。對這庫藏進行梳理，列出幾個部分大致的清單，是炎黃子孫的責任。鄭子瑜、宗廷虎、袁暉諸先生寫的「漢語修辭學史」之類著作，我們編的《辭章學辭典》等，就是對這一工作的嘗試。臺灣對修辭的研究與修辭學遺產的整理成績也是突出的。

我國古代辭章的理論相當精闢、豐富，雖然它們大部分是零珠片玉，但我們可以而且應該用辭章學的理論把它們組合、建構成一個系統，正像把國家的文物按系統陳列於故宮博物館、歷史博物館裡一樣。諸如——

「四六結構論」的部件⑰，「辭意論」⑱，「三辭三成說」⑲，「結構組合結合論」⑳；「辭章構成論」包含：「構思、想像、營造」論，「熔裁・附會・置辭」論，「執術馭篇」論，「謀篇」論，「選句」論，「造語、措詞」論，「用字」論，「調音協律」論，「辭格、藝術方法」論，「表達方法」論，「修改・潤色・潤飾・錘煉」論；言語標準、「表達效果」論；「風格」論；「語體、文體」論；言語規律論等等宏觀、中觀、微觀的理論。這些，筆者通過撰寫論文、專著並執筆

《辭章學辭典・分類目錄索引》，對傳統辭章學「庫藏」作了粗線條的整理、排列。限於水平，僅僅整理出「庫藏」中半個抽屜的珍品，已可發現先賢的偉大創造和我們對之繼承、發揚的必要性。我們將進一步對之作科學的昇華，編著《古代辭章學》一書。

中國僅是世界文明古國之一，我國辭章學的庫藏雖很豐贍，但也不能夜郎自大。我們還要學習借鑑古希臘、古羅馬、古埃及和其後的西歐與美國、日本的相關理論，尤其是近一、二世紀西方現代語言學的成就，直至黑格爾、馬克思的哲學理論和方法，吸收其中對我們有用的東西，並把它中國化。

有關域外的相關理論在本書《「四六結構」引論》和其他各論中將示一斑，本文從略。

二

列夫・托爾斯泰有句名言：「正確的道路是這樣：吸取你的前輩所做的一切，然後再往前走。」㉑辭章學（含修辭學）的研究也是這樣。我們要回顧歷史，還要思考現實，繼續前進。針對我國現當代辭章學及其相關學科修辭學、語體學、風格學的研究現狀，總結其主要成果，怎樣加以發展；思考其存在的問題，怎樣加以解決，這是一頭。辭章學要在聽讀與說寫之間，在基礎知識、基礎理論與實際運用之間，架起一座橋梁，做出示範，以培養、提高學習者綜合應用語言的能力，這是另一頭。

㈠學習、總結、發展前賢今秀的研究成果，找準存在的主要理論問題，逐個給予解決，以建設辭章學嶄新的理論體系。

　　中國有句老話：「取法乎上，得乎其中；取法乎中，得乎其下。」本文的「上」有三層意思：一是指修辭學、辭章學研究中其成就其影響很大者，借用鍾嶸《詩品》的一個詞來評價他們，都是「上品」的學者；一是指「上」進的中青年一代；一是指修辭學、辭章學理論體系中最宏觀、最原則、最重要的理論、規律，處於中觀、微觀理論之「上」的問題。我們想取法於此三「上」，弘揚其成果，哪怕是借用他們閃光的一點學術星火，以點燃用來照亮我們繼續登攀的火把，盡量做到有進一步的闡發和補充。

　　上文說過，半個世紀以來，修辭學研究，在《發凡》的基礎上取得了較大的成果，在千計的研究者中，出現了像陳晨、陳光磊、戴磊、馮憑、高繼平、劉煥輝、陸稼祥、李嘉耀、李濟中、李金苓、李維琦、李熙宗、李裕德、李運富、黎運漢、倪寶元、倪祥和、林立、林承璋、林文金、林興仁、林裕文、呂景先、呂叔湘、濮侃、錢鍾書、秦旭卿、史錫堯、石雲孫、孫洪文、譚德姿、譚永祥、唐松波、王德春、王希杰、王占馥、吳家珍、吳士文、徐炳昌、袁暉、張德明、張登岐、張會森、張靜、張煉強、張梅安、張壽康、張維耿、張志公、鄭斌、鄭遠漢、宗廷虎、周遲明、周振甫、朱德熙、朱泳燊、莊關通……；中青年一代，如：曹德如、曹玉珠、傅惠鈞、高勝林、高萬雲、蔣有經、李伯超、李蘇鳴、李軍、林大礎、羅康寧、駱小所、潘曉東、譚學純、童山東、吳禮權、姚殿芳、姚漢銘、姚亞平、葉國權、張世海、張宗正、周建民、朱玲、祝敏青……；臺港澳的，如：蔡宗陽、陳滿銘、程祥徽、董季棠、黃慶萱、傅隸樸、黃麗貞、黃永武、林萬菁、仇小屏、沈謙、譚全基、徐芹庭、張春榮、鄭子瑜……（他們各有特色，

雖然在某一方面研究的成果還有大小的不同，但筆者還只能「排名不分先後」，按音序排列），真是群星燦爛。他們都屬於「上」品的學者或「上」進的中青年一代。宗廷虎的《中國現代修辭學史》，鄭子瑜、宗廷虎等主編的《中國修辭學通史》（當代卷），袁暉的《二十世紀的漢語修辭學》已作總結，本文無須也難勝其任給予概括，只把筆錄聚焦在：怎樣從他們的成果中受到啟發，思考一下關於全局性、原則性的理論還存在哪些問題，需要解決；還有哪些空白，或不完整、不完善的，需要加以開拓、發展，以建構漢語辭章學的理論體系。這也得結合修辭學理論進行比較、闡釋。儘管是芻議，也要坦誠地表述出來，以求教於大方之家。

1.最大的理論框架

上述中的優秀名家著作都建構了它們的學科理論體系，不少體系與「兩大分野」的體系不盡相同，有的有所發展，而且更加科學、豐富。它們還總結出了種種原則、規律和具體方法，與「題旨情境」說也不盡相同，還跳出了「以辭格為中心」的框架。我們還要進一步思考一下還有沒有更大的宏觀的理論框架能統攝學科的所有內容？能否以簡馭繁，用它來解決諸多中觀（篇章之類）、微觀（辭格、句子、語詞之類）的理論、規律與方法？

有。這就是由表達元（以下用B代稱）、鑑識元（J）、宇宙元（Y）、話語元（H）與由這「四元」構成的六組雙向的對立統一的關係所組合成的「四元六維結構」（簡稱「四六結構」）理論框架。筆者從上述諸名家的有關理論中受到啟發，並借鑑索緒爾以來的現代語言學、結構主義語言學、轉換生成語言學、話語語言學、言語交際學、語體學、風格學等相關學科的

理論，還旁及接受美學、文學批評、文學理論、資訊理論、傳播理論，等等，站在哲學的高度，用辯證的方法，從中找出共通的宏觀的理論，經過十多年來的幾度試驗、補充，才形成了本書宏觀的「四六理論」框架，來統帥辭章學及其相關學科修辭學、語體學、風格學的諸多中觀、微觀的理論、原則、規律和方法；也可用之來分析其他涉及主觀與客觀、表達與鑑識、內容與形式的其他相關學科、鄰近學科。

　　凡是有成就的辭章學家、修辭學家無一例外地都有意、無意地或自覺、不自覺地論及「四六結構」或其部件的相關理論。

　　陳望道先生的「題旨（H）情境（Y）」說，說寫（B）、聽讀說（J）⑫、語辭、文辭說（H）等，幾乎貫於全書，就可組合成「四六結構」，如圖1。

　　他談的「六何」，可歸納為「誰₁（B）在何時何地（Y），對誰₂（J）說什麼話（H）」，同樣可組合成「四六結構」，如

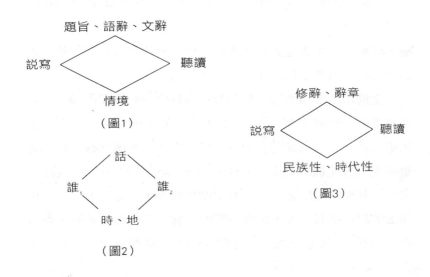

（圖1）

（圖2）

（圖3）

圖2。

張志公先生在《修辭概要》和《漢語辭章學論集》中更明確地反覆強調要培養、提高說寫（B）、聽讀（J）的能力，要在兩者之間架起一座橋（H），而且要注意修辭與辭章的民族性、時代性（Y）。這些理論也可組成「四六結構」，如圖3。

任何成功的效果好的修辭活動、辭章活動都自覺、不自覺地體現了「四六結構」的規律，任何有創見的修辭學家、辭章學家的理論，都可組合成「四六結構」的宏觀理論。一旦自覺地、清醒地建構了這個宏觀的理論並用之反觀修辭活動、辭章活動的現象、規律、方法和中觀、微觀的理論，就可居高臨下，把學科理論體系（包含定義、性質、對象、效果、目的、任務、規律、方法等）作一昇華，進行理論的創新，或補充，或糾正，使之更加科學、系統，而且化繁為簡，便於學習、掌握和運用。

2.學科內部的理論體系

「四六結構」的理論框架，在於建構宏觀的辭章學學科理論體系，而作為語言單位（文字、語音、詞彙、語法）、辭格、藝術方法和表達方式的運用，則屬於微觀的辭章單位。微觀的言語單位是學科內部體系的重要組成部分。

建構學科內部的理論體系是學科科學性的重要內涵。陳望道先生的《修辭學發凡》，正如鄭子瑜先生所說的「創立了我國第一個科學的修辭學體系」。它指的是以消極修辭、積極修辭兩大分野建構的體系。這是從修辭發展史，是從與《發凡》之前的其他修辭學著作的比較中做出的評價，是正確的。但正如玉中也有微瑕一般，兩大分野的概念，其內涵、外延不甚清晰㉓。因此，即使是復旦大學語言研究室修辭組的專家也還不

時地向陳先生請教起這個問題，廣大讀者更是如此。可貴的是陳先生能進一步思索，把這個理論推向前進，實現了他修辭學體系構想、修辭學理論的兩度飛躍。

一度飛躍：《發凡》發表29年後的1961年（當時陳先生已是71歲高齡的古稀老人）10月24日，陳先生在南京大學作報告，指出「修辭可分為消極修辭和積極修辭兩大類，消極修辭可以按字面解釋，積極修辭則不能按字面解釋」[24]。如若以此來劃分，分析修辭現象，界限就很清楚，這是一種飛躍。可是，以這新理論反觀《發凡》就可發現：積極修辭含辭格和辭趣兩部分，而其中沒有兼格的映襯、摹狀、引用、仿擬、示現、設問、感嘆、疊字、回文、反復、對偶、排比、層遞、錯綜、頂真、倒裝等辭格，辭趣中的不少實例，都是「可以從字面上得到解釋的」，按照陳先生新的理論，都應該把它們劃歸「消極修辭」；只有比喻、借代、移就、拈連、比擬、諷喻、誇張、倒反、婉曲、諱飾、析字、藏詞、飛白、節縮、折繞等，「不能從字面上來解釋」，可以繼續留在「積極修辭」的領域內[25]。只是這一新的修辭學體系的構想，陳先生還沒來得及按此對原體系作改弦更張罷了。

二度飛躍：《發凡》發表32年後的1964年（陳先生74歲）3月4日，陳先生與復旦大學語言研究室修辭組同志談話時進一步指出：「消極修辭研究零點和零點以下的東西，所謂零點以下的東西就是不通的，零點就是普通的通順明白的；積極修辭則要研究零點以上的東西。」[26]《發凡》指出：消極修辭「總拿明白做它的總目標」，要求「明確、通順、平勻、穩密」。而新說把「零點以下」也歸入消極修辭領域，諸如：用錯別字，記錄錯別音，構詞不對，語法不通，邏輯悖理，篇章結構紊

亂，或前後矛盾，不合語體、文體特徵（「失體」），歪風卑格，等等，都「移戶口」到「消極修辭」的「辭籍」裡㉗。這比《發凡》的內容大大增加了。陳先生還說：「藝術手法就是技巧，修辭學要研究。」㉘——藝術手法的量比辭格還要多，有些學者就把藝術方法匯聚起來，編成厚厚的辭典。可是過去的修辭學著作沒有談這些內容。如果按陳先生的新說，以往的修辭著作不是很不完善的嗎？「零點以下」的言語現象和「藝術方法」這兩項的總和是《發凡》的幾倍。這種「修辭學」應該稱之為「大修辭學」，也就是「辭（詞）章學」。如若聯繫1962年1月4日他在華東師大作報告時說的話就好理解了，他說：「詞（辭）章學就是修辭學」㉙。這種「修辭學」的外延比《發凡》要寬幾倍，其功能更大，更切合於語言運用的實際需要。這與志公先生所說的辭章學名異而實同了。

當時，陳先生雖然年逾古稀，而其修辭學思想卻能一度又一度地飛躍，這是十分珍貴的遺產。我們要繼承它，弘揚它。它不是石火電光，一閃即逝，而是至今仍以燦爛的光輝照亮著我們繼續前進的步伐。我們既要充分闡釋陳先生1932年前後的修辭學思想，充分肯定其歷史功績；還要闡釋其《發凡》發表30多年後新的修辭學思想，尤其要從新的修辭學思想中得到啟發，尋找前進的道路。

我學習上述理論時，是個二十幾歲的青年，對它領會、深思了二十幾年，才推出處女作《比較修辭》㉚、《辭章學概論》等不成熟的小書。「廣益多師是我師」㉛，陳先生之後的許多新秀也都是我學習的榜樣。

張弓的《現代漢語修辭學》是當代漢語修辭學發展史上又一座里程碑，在修辭理論方面作出了新貢獻：建立了別開生面

的修辭學體系；提出了結合現實語境，注意交際效果的原則；突出地提出了同義手段的選擇；尋常詞語藝術化；尤其是對語體理論的新發展，為現代漢語修辭學的建設譜寫了新篇章。其中「語體因素」說，對筆者有啟發，《辭章學新論》的《「體素」及「體素值」》已論及。《尋常詞語藝術化》一章，是他「對修辭學的重要貢獻之一」[32]，「也是作者的一個創造」[33]，這都是應該學習、借鑑的。他說：「尋常詞語」「就是指在修辭方式之外（不屬於比喻、擬人、誇張、反語、雙關等），不能劃歸修辭方式的範疇的最普通的一些詞語。它是樸樸素素，平平易易，一片本色，不加修飾的語言。它被運用起來，還是保持它的本義、常義，不發生什麼轉義現象。」[34]雖然這一理論和所舉的實例還有相當部分不切合的地方[35]，但它對我們也有啟發：「保持它的本義、常義」和「轉義現象」不就是陳先生所說的「可以從字面上得到解釋」和「不能從字面上來解釋」的兩大類修辭現象嗎？

　　我們總是從先賢們積極的、好的、全新的思路去考慮，在深層結構上，吸收陳先生可不可以按字面理解，亦即張先生說的是不是仍保持詞語的本義、常義（尤其是「常」字），是不是不發生轉義；再加上表層結構上，是不是突破結構常規；並從「常」、「變」的哲學高度，旁參中外語言學家、文藝評論家、文學家、藝術家的其他有關理論，其中包括孔子、孟子、劉勰、吳喬、陳永康、鄭板橋、葉聖陶、秦牧和國外的亞里士多德、達・芬奇、康德、洛爾伽等有關論述，提出了常格、變格（合稱「健格」）和畸格的新概念[36]，並由此擴展為九種語格變化的動態研究，進一步提出了「語格」的理論[37]。繼而從「四六結構」來闡釋其「常」、「變」的內因和外因[38]。本書的

《論言語規律》、《辭章與語格簡論》就是從我國現代修辭學體系的現狀出發，學習先賢，旁參中外古今的相關理論總結出來的。

3.辭章的最高運用原則

原則，就是規律。修辭與辭章活動要遵循言語規律，其中包含內律（常格律、變格律）、外律（表心通意律、語境適合律、語體得宜律）和化畸律㊴。有沒有凌駕於這諸律之上的最高規律？有。這就是「誠美律」。

「修辭立其誠」㊵──這個「辭」是廣義的，即：「有效、高效地表達、承載並藉以適切、深入地理解話語信息的藝術形式」。《禮記》指出：「誠者天之道也」，用現代的話講，就是自然規律；又說：「誠之者人之道也」，用現代的話講，就是倫理道德。當然，誠，還是言語主體的真誠和話語內容的真實之意。古今中外，都要求修辭「美」。劉勰《文心雕龍‧情采》篇云：「老子疾偽，故稱『美言不信』；而五千精妙、則非棄美矣」；《徵聖》篇又說：「情信而辭巧，乃含章之玉牒，秉文之金科矣。」「疾偽」、「信」就是「誠」；「巧」與「美」義近；「玉牒」、「金科」與「律」同義。依此建立一條規律：「誠美律」。這是我國古代辭章論的珍品。「誠」側重於對內容──信息的要求，「美」側重於對形式──藝術的要求。「誠美律」不僅貫穿於《文心雕龍》全書，也是數千年來漢語辭章論的一根主線。

古代辭章論十分重視「辭」、「意」的結合，批評片面追求藝術形式者為「溺於辭章」，它勢必傷害內容而「乏風骨」。陳先生的「題旨（情景）」說，「修辭不過是調整語辭使達意傳情能夠適切的一種努力。既不一定是修飾，更一定不是離了

意和情的修飾」㊶。這理論是很重要的。周振甫先生卻能再前進一步，從修辭的最高原則出發，指出：「《發凡》裡講消極修辭」，「沒有注意到作者在修辭上要求『修辭立其誠』的要求」。「《發凡》裡不講命意謀篇，只要求『意義明確』，那麼說了假話，也可以說是意義明確的，就把『修辭立其誠』的要求拋棄了。在這點上，《發凡》似有所不足」㊷。這批評很中肯，很誠懇，用「似有」一語，又顯得很謙虛。本書特設《辭章活動的最高原則：「四六結構」與誠美律》對此作了闡述。

4.學科的科學定義

　　修辭學、辭章學的研究，既要明確研究的對象、範圍，也要給予做出科學的界定；既要「做」——對學科現象進行分析，也要「說」——給它們做理論的總結；既要埋頭拉車，也要抬頭看路。在這些方面，學術界的同仁做出了努力，而且逐步科學了。

　　先看辭章學的定義。「『辭章之學』，就是文章之學。」㊸「漢語辭章之學」，「可以說是文章之學的一個側面」㊹。這是上個世紀60年代初到80年代初漢語辭章學最權威的定義。《現代漢語詞典》、《辭源》、《辭海》、《修辭學詞典》、《漢語語法修辭詞典》，等等，都收了這個義項。這就是說，這個定義被詞典化了。是否就到此為止？文章學是書面語，按此定義辭章學就不要研究口語了；既然辭章學就是文章學，已有文章學了何必再建立一門辭章學？這不能不引起我們繼續思考。

　　1986年，《辭章學概論》（以下簡稱《概論》）指出：「辭章，就是有效地表達話語資訊的藝術形式」，「話語，有口頭表達與書面寫作兩大方面」㊺，辭章學，「就是話語藝術學」。這個定義與以前其他辭章學論著中的定義、與幾部權威

辭書、詞典中的定義不盡相同。它旨在強調：

(1)辭章含口語和書語兩大方面，這樣，就把辭章學和只講書面語的文章學區別開來。

(2)這個定義的中心詞是「藝術形式」，而以「話語資訊」為其限制語，也就是要做到「以意遣辭」、「辭意結合」，而又有所側重，這又進一步把它與「辭、意」並重的文章學區別開來。

(3)這個定義中的「話語」，包括成篇的口語之「話篇」、書語之「文篇」（辭篇），也包括內容上有完整話題、結構上互相銜接又相對獨立的一連串段落（辭段）、句群（辭組）、句子（辭句），這又讓辭章學與文章學和「以語言為本位」的修辭學區別開來。

(4)定義中的「有效」在於強調「辭章效果」，包含從不成功的「無效」、「負效」的不「通」、不「對」的到成功的既「通」又「對」的言語表達；定義中的「藝術」在於強調「藝術效應」，以創造既「好」又「妙」的辭章效果以及其他符合「誠」、「美」標準的言語現象，表示辭章學既運用又區別於語法學、邏輯學等學科。

志公先生唯科學是務，胸懷坦蕩。1996年，他十分誠摯而又中肯地說──「『辭章之學』就是『文章之學』」「這種說法有片面性。辭章學同所謂文章之學有相同、相近的部分，但是也有很不相同的部分，因而說成『就是』，把兩個東西當中劃個等號，是不妥善的」。「辭章學不僅僅是寫作藝術，它是全面培養提高運用語言的能力（包括口頭語言和書面語言，也就是平常說的聽說讀寫在內的各種能力）的一門學科」[46]。

這是對辭章學定義認識的一大飛躍。這個飛躍，對辭章學

研究者、教學者，對上述所引幾部權威辭書編寫者都有很大的
啟發。這個飛躍對《概論》所表述的辭章包括「口頭表達和書
面表達兩大方面」的觀點也是一種肯定和鼓舞。

　　但是，研究還要向前深入。1986年《概論》中的辭章學定
義還是不完善的，它突出地表現在以下兩點：

　　(1)全書都以定評作品（主要是收入中學《語文》課本的名
篇）的原稿與改稿，更多的是初版與修改版作對照來說明辭章
藝術。而修改版的絕大部分是作品的鑑識者（編輯課本的語文
學家、語言學家）在理解作品的基礎上，根據教育、教學的需
要和審美、致用的要求對作品所做的修改，有的修改還反饋給
原作者，得到原作者的認可。它最好地體現了表達者與鑑識者
雙向的協作。該書還用「四六結構」的雛型，論析客觀世界、
說寫者、聽讀者、話語作品等「四元」的雙向關係，強調了
「表達」、「承載」、「理解」的三個方面㊿，意在以之統帥全
書。可是在定義中，卻未把這些意思概括進去。

　　(2)上述定義只概括提到「有效」，層次不夠清晰。辭章學
要融入語法學、邏輯學、修辭學等相關學科的理論、規律、方
法和要求，要講究既「通」又「對」且「好」而「妙」的辭章
效果：「通」、「對」是一個層次，從表達講，達到了「有效」
的標準；從鑑識講，達到了「適切」理解的要求。「好」而
「妙」，高了一層，從表達講，達到「高效」的標準，從鑑識者
講，達到「深入」理解的要求。可是原定義也未能明確體現這
些意思。

　　我們學習了張先生對辭章學定義所做的補充說明，增加了
信心，堅定了方向，近年，對「辭章」的定義作了如下調整：

辭章是有效、高效地表達、承載並藉以適切、深入地理解話語資訊的藝術形式⑱。

　　依此說，辭章學則是研究有效、高效地表達、承載並藉以適切、深入地理解話語資訊的藝術形式的理論體系及其規律、方法和現象的科學。簡言之，辭章學是研究辭章的理論體系及其規律、方法和現象的科學。

　　這就避免了原定義之不足。其具體內涵在本書《「四六結構」與普通辭章學定義》中已作闡釋。這個定義能否和修辭定義區別開來？

　　可以。只要用「四六結構理論」來統帥，許多複雜而艱難的問題都迎刃而解了。我們也可給「修辭」作如下的定義：

　　修辭是在「四六結構」中運用語言取得最佳效果的活動。

　　用「四六結構」觀察，修辭活動不僅是說寫、聽讀的雙方活動，還包括宇宙元（信源之源，自然界之時空語境，社會環境，文化背景等）、話語元（話語中心、體式、風格、題旨以及所有的話語內容）等四元構成的六組雙向的、對立統一的關係。「運用語言」，指的是用文字、語音、詞彙、語法等語言因素和綜合運用這些因素所形成的辭格、辭趣等所進行的活動，它區別於辭章這樣的「話語」之「藝術形式」，辭章學的學科對象更多、學科定義外延更大（可包含修辭，大於「修辭」）。「在『四六結構』中」的「運用」這個動詞，就包括說寫者的「表達」——話語文本的「承載」——聽讀者之「理

解」、「接受」、「鑑識」等。「表達」、「理解」是動態的修辭現象，而「承載」（文本中的）修辭現象則處於相對的「靜態」之中。「最佳效果」，以區別於要求「有效」的語法所講之「通」、邏輯所講之「對」的基本效果；「四六結構」中的效果，當然包括潛在效果、自在效果、他在效果、實在效果。這種「活動」是多語體、多文體的，既含「致用」效果的活動，也含「審美」以及「致用」、「審美」相融合之效果的活動。

　　我們以為學習前賢今秀，取法乎「上」，用「四六結構」來審視辭章學、修辭學的定義也許更科學、更周全、更簡明些，對讀者來講，也更便於學習、理解、記憶並運用。

　　上面，我們僅僅作了舉例性的說明。其他帶宏觀性質的理論問題還不少，例如：

　　傳統辭章論都認為：「意成辭」，「辭不能成意」，「意先辭後」。它幾乎成為定論，也成為一般人的思維定勢。是否也有「辭成意」，「辭先意後」呢？它們的關係如何[49]？

　　辭章學具有民族性、時代性，但是，不僅文學、藝術之類社會科學，就是中醫、中藥，民居、橋梁，也具有此「兩性」，看來此「兩性」既是也不僅僅是辭章學的性質，應該怎樣辯證對待？辭章學最富個性的性質是什麼？其諸多性質的關係、層次如何[50]？

　　語境是一個系統，到底其內系統、外系統，宏觀系統、微觀系統的關係如何？修辭活動、辭章活動對語境就僅是被動地「適應」嗎？有否主動地選擇之，改造之，創造之？其間的關係如何[51]？

　　修辭和辭章就是「組合」嗎？有否「結構」？「組合」與

「結構」的辯證關係如何⑫？

　　修辭和辭章活動，到底要分幾個階段？一個階段？兩個階段？三個階段？四個階段？這些劃分，都有專家論及。它們是單向的、還是雙向的？其間的關係如何⑬？

　　修辭或辭章的生成就是「意移為辭」就完了嗎⑭？

　　呂叔湘、張志公兩位先生都主張要建立自己的漢語辭章學，而陳望道先生說：「詞章學就是修辭學，詞章學這一名稱可以不用。」他們都是「頂尖級」的大師，從他們的言詞看，似乎是對立的，應該怎麼認識這個問題⑮。

　　傳統的「文體」，既指文章體裁，也有學者用之指語體，還有用之指表現風格⑯‧。到底語體和文體兩個概念要否「分」清？應該怎麼「分」？要「合」，應該怎麼「合」？它們有何對應關係⑰！

　　國內外不少權威的學者，給語體分類，第一刀都是切為「口頭語體」、「書面語體」兩大塊，這是按媒體所作的劃分。其下位語體，又換了標準，另作劃分，結果無法把各層次的語體放在一個平面上。應該怎樣解決這一國內外的難題？怎麼解決？解決它有何理論意義和實用價值？怎樣建構語體平面，並使之群眾化、社會化，使中小學生的語文學習收到事半功倍的效果，使「減負」收到實質性的效果？怎樣讓作家在語言的運用方面，如虎添翼⑱？

　　古人說「文章以體制為先」，現代權威的學者也說「文章以語體為先」；而「以意為先」似乎又是一條定律，到底是乎，非乎？又應如何處理⑲？

　　「風格」這個幽靈，「只可意會，不可言傳」，這是傳統的說法，可否把它物質化？使之既可意會，又可言傳，到底從何

入手⑩？

　　過去研究風格，都認為「風格是作家成熟的標誌」，此說應如何辯證地理解⑪？

　　以往研究風格，多停留在靜態的描寫上。這是很不夠的，應如何對風格作動態研究，以建立一門風格優化學⑫？

　　索緒爾早說過有內部語言學、外部語言學。有否內部修辭學、辭章學？外部修辭學、辭章學？其區別何在？到底它們的關係如何？現在許多學者很用心於內部修辭學，而不少學者還僅限於對內部修辭學的某一局部進行精耕細作。這精神可嘉，也是必要的，可否分出一部分人力、物力、精力，對廣袤的辭章學、修辭學的處女地進行拓荒？如何拓荒⑬？

　　……

　　上面，論述了從學習、總結、發展前賢今秀的研究成果，找準存在的帶宏觀性質的理論問題給予解決，以建構辭章學的學科理論體系。這是一頭。下面要講另一頭，如何解決運用的問題。

　　㈡**辭章學理論的運用為說寫與聽讀、理論與實踐架一座橋。**

　　理論來自實踐，又回過來指導實踐。辭章學的理論，來自辭章實踐，又回過來指導辭章實踐，解決說寫、聽讀的問題，以及資訊社會亟需解決的語言與電腦結合，提高語言運用的效率問題。此中，當然還有理論問題，這部分主要側重於方法上進行探討。

1.正反對照、動靜相形、寫讀兼顧的辯證方法

　　前賢今秀撰寫了千種修辭學、文章學及其他有關語言運用的專著。其中從「正面」作「靜態」分析的占絕大多數。他們

總是給讀者講「應該怎樣寫（說）才好」。

早在兩千多年前，《公羊傳・莊公七年》就說過：「不修《春秋》曰：『雨星不及地而復。』君子修之，曰：『星霣如雨。』」——「雨星不及地而復」是原稿（原版），屬於「不修」的文本；「星霣如雨」，是改稿（修訂版），屬於「修之」的文本。此例，正反對照，對後來者有極大的啟發。其後，詩話、詞話、文評、史論、曲語、筆記中，就出現了不少「不修」與「修之」的對照文字，如《佩文韻府》卷十八引《隋唐嘉話》記載的賈島「推敲」的故事；宋・強行父《唐子西文錄》記載的皎然為一僧改詩句，將「此波涵聖澤」的「波」改為「中」的故事；宋・洪邁《容齋續筆》卷八記載王安石改「春風又到江南岸」之「到」為「過」、「滿」、「綠」的故事……這是一個很好的方法。然而，此類語料長期不被重視，收集得極少，彌足珍貴。因此，絕大多數修辭學、文章學的學者，都是引用定評作家的修正稿作範例，從「正」面講，「怎樣怎樣才好」，即使《發凡》也不例外。鄭子瑜先生就說過：「一般修辭學的著作，只著眼於修辭的，沒有著眼於不修辭的。《修辭學發凡》也不例外。如提到婉曲的辭格，應該同時提一提直敘白描的手法並舉一些例證，使『修』與『不修』，兩相比較，讀者的得益自然更大。（講辭格可舉相反的修辭法作比較，如講節縮或省略，不妨舉些衍長或增益的修辭法作比較，更易瞭解）。」⑭此話絕無貶低《發凡》之意，而是針對修辭學界存在的普遍問題提出的很中肯的意見，這帶有修辭學發展的方向性的創見。

有的專家，偏重於從「反」面評講，如本文注⑬所引呂叔湘、朱德熙兩位先生的《語法修辭講話》。該書是修辭學的開

拓型巨著，但作者很實事求是，認為還有一點不足：「只從消極方面講，如何如何不好，沒有從積極方面講，如何如何才好。這樣，見小不見大，見反不見正，很容易把讀者引上謹小慎微，不求有功但求無過的路子上去」。

作為「後來者」，應該從陳先生和呂、朱兩位先生的著作中得到啟發，採用「正反對照」的方式；如：鄭子瑜先生所說的，對婉曲與直敘白描，節縮或省略與衍長或增益作比較。這種比較屬於靜態比較。

我們還要再向前邁進一步，作動靜相形的比較，這就是從話語（包括修辭）生成的過程，用其不同階段的修辭現象、辭章現象作比較，如上述《公羊傳》的「不修」與「修之」的比較。宋人朱弁《曲洧舊聞》記載黃庭堅從唐史稿的「不修」與「修之」的比較學習，從而「文章日進」的經驗；魯迅的《不應該那麼寫》和俄國惠列賽耶夫的《果戈理研究》文中所述的，「應該這麼寫」與「不應該那麼寫」的比較，張壽康從中進行總結，倡議要建立「修飾之學」。上述古今中外文藝理論家、文學家、語言學家的經驗之談，不僅「正」（改稿）「反」（原稿）對照，而且動靜相形，來論釋語言運用和學習的道理，是非常精闢的，它確是「極有益處的學習法」。倪寶元的《詞語的錘煉》、《名家錘煉詞句》、《改筆生死——郭沫若語言修改藝術》、《漢語修辭學新篇章》，筆者的《比較修辭》，就是這種思路的修辭學著作；朱泳燚《葉聖陶語言修改藝術》（不限於修辭），筆者的《辭章學概論》、《文章修改藝術》和筆者牽頭主編的《辭章藝術示範》、《言語藝術示範》、《語文名篇修改範例》等，也是這種思路的實踐。本書《辭章與語法、修辭分合論》、《普通辭章學與文章學、文章修改》等，

對此作了闡釋。

此類作品，又是讀、寫雙向結合的最好範例。有兩種情況：

一種是作家對自己作品的修改。作家是表達者，初稿寫成之後，有的是在出版之後，再回頭閱讀自己的作品——由表達者轉為鑑識者，有了新體會所作的修改。

一種是作家的作品，經過朋友、同行專家、語文學家所作的修改。中學《語文》中的名篇，大多數都經過語文學家、語言學家、修辭學家閱讀、討論，反覆斟酌，然後做了修改。有的修改稿還反饋給原作者，徵詢意見，最後定下修改稿。

從此類對照稿總結出辭章的基礎知識、基礎理論，具有以下特點和優點：

(1)充分體現正反對照、動靜相形的辭章藝術。

(2)充分體現了「說寫⇌話語⇌聽讀」三位一體、相反相成的雙向作用，體現了「表達——承載——理解」的辭章生成與解讀的結構。

(3)如果是以整個辭篇的原稿與改稿作對照，因其有語體特徵、題目、前文後語這些文內語境作襯托，就使讀者更易於瞭解。如果修改者、教師，還能簡介一下辭篇的時代背景，就形成了「宇宙元⇌表達元⇌話語元⇌鑑識元⇌（宇宙元）」這種「四六結構」的整體。

(4)從修改談「錘煉」之類藝術，就最切合表達者用意的實際。某本修辭學書談到「鷹擊長空，魚翔淺底」的句子，說「擊」與「翔」是千錘百煉的。可是我們看作者手寫稿並未發現其錘煉的痕跡，倒是「原馳臘象」的「臘」改為「蠟」——這才是真實的錘煉。修辭學家隨意以成品大談其「錘煉」，實

在是主觀主義——錘煉是反覆琢磨之意，未見修改痕跡，怎麼定其是「錘煉」之作？

(5)最切合於實用。文字、語音、詞彙、語法、修辭，在實際運用中，何者最常用，何者最容易出毛病；一般作者、作家又有何不同的表現，如果能像呂叔湘、朱德熙、葉聖陶諸先賢那樣，評改一些一般作者的作品，像倪寶元、朱泳燊先生那樣，對作家的原作、改作進行比較，就可發現被改的部分，是寫作中實實在在要重點突破的內容，這是符合客觀實際的。筆者的《比較修辭》、《辭章學概論》就是對此類修改進行排比，從實際出發建立起來的體系。

(6)最能體現辭章活動的融合性、一體性、橋梁性、示範性這些特點。

其他的如趣味性、生動性，易於領悟，便於教學，可為語文教改、語言教學開闢一條新路。這些，就不細述了。

對此類言語現象要不斷地進行調查，積累語料，進行分析，歸納，排比，上升到理論，再用這些理論去指導言語實踐。常格律、變格律、表心通意律、語境適合律、語體得宜律以及化畸律，在此基礎上所總結的九種語格變化，都是這樣歸納出來的。它可以建構許多修辭學、辭章學新的分支學科。本書《論言語規律》、《辭章與語格簡論》等就闡釋了此類理論。

2.分合辯證，相輔相成，相得益彰

語言學的諸分支學科：文字學、語音學、詞彙學、語法學、修辭學和辭章學的關係如何？如何處理好它們之間的分、合關係，這是辭章學這門學科建設必須解決的理論問題。本書《陳望道修辭學思想的兩度飛躍——陳、張一致論》闡釋了修

辭學與辭章學的關係問題；《現代漢語修辭學導源於古代漢語辭章論》，則是從「史」的角度論析辭章學與修辭學的分合問題；《普通辭章學與修辭學》，又是從學科性質等理論角度對兩科的異同進行闡述。

辭章學與語法學等語言學分支學科的關係如何？作為語言學大師的張志公先生指出：「在語言學界和語文教學界，多年來存在著一個令人頭疼的問題，那就是怎樣把漢語語言學的基礎知識、基礎理論同培養聽說讀寫的應用能力（也就是語文教學）實實在在地結合起來。這個老大難問題困擾著許多希望語言學的基礎知識、基礎理論能夠為語言應用服務的語言學家，也困擾著許多感到語文教學需要語言基礎理論指導的語文教育家。」「認真想一想就不難理解，語言學的基礎知識、基礎理論同語言應用的確不容易直接掛起鈎來。」他舉了「語音知識」、「語法基礎知識」來說明，並實事求是地指出：這些知識「要說完全沒用倒也不是，可是用處實在不大。從積極方面說，大概遇見長而複雜的句子可以分解分解；從消極方面說，大概會挑挑毛病（平常叫做改病句）。這點用處同學它的時候所費的力氣很不相稱，有時候甚至於讓人感到它毫無用處」。在這樣的情況下，張先生提出要建設一門橋梁性的學科，「在語言學的各種基礎知識、基礎理論這一端，同培養聽、說、讀、寫能力這實際應用的另一端」，「掛起鈎來」，這就是漢語辭章學⑥。筆者當過語文教師，教過古今漢語、古今文選和寫作、修辭學、語體學、風格學的必修課、選修課，對此體會頗為深刻。我們以語文名篇的原稿與改稿（或原版與改版）作比較所寫的幾部編著和系列論文，就是對教學實踐與語言運用實踐的總結。

　　語言運用能力的培養，要綜合運用語音學、文字學、詞彙學、語法學、修辭學、語體學、風格學等語言學的分支學科，還要運用邏輯學、文藝學、資訊學和美學等鄰近學科的基礎知識、基礎理論，如何把它們「統」起來，做到系統嚴密，切合實用，幾位語言學、語文學大師都考慮怎樣解決這個問題。呂叔湘、張志公、張靜、林枞敔、王德春等先生都很重視這種多科的結合，本書《陳望道修辭學思想的兩度飛躍》等已作闡釋。研討修辭學與其他學科結合的還有：童山東[66]、吳士文、馮憑[67]、張煉強[68]、蔣有經[69]、陸稼祥[70]、譚學純、唐躍、朱玲[71]等專家。這些研究，都從不同角度為綜合運用輸入新的能源[72]。

　　綜合研究，勢在必行，前途廣闊。21世紀，漢語辭章學還要進一步拓寬領域，充分運用電腦的先進技術，綜合運用數學原理、電子理論、語體理論和同義、異義理論，建構「電腦輔助寫作、閱讀數據庫」。《辭章學新論》之《辭體平面及其運用》等，就是對這個方面所作的嘗試。

　　辭章學既已成「學」，就不應僅僅限於解決「橋梁性——示範性」的實用問題，還要進一步從理論上進行總結，不斷開拓研究的新領域，學科才有旺盛的生命力。本書《建立普通辭章學的任務、目的和方法、步驟》闡述了這一觀點。

三

　　40年來，筆者在語文教學和語言學教學中，都在思考、研討，並反覆實踐，試圖將語言學的基礎知識、基礎理論同培養、提高聽說讀寫的語言運用能力結合起來；還進一步試將辭

章的理論作為中文系教學的一項重要內容，融化入現代文選和寫作課裡，融化入古代文選和古代漢語的詩律、詞律以及現代漢語修辭學、語體學、風格學的教學中，並給專科生、本科生、研究生開設辭章學選修課。

張志公先生是極力倡建漢語辭章學的大師。他認為辭章學這樣的教材比語法教材要厚得多，要推出大型的、中型的、小型的，詳本、略本。此書是屬於中型的、次詳本的吧。我們相信，境內外學者將相繼推出不同「型號」的辭章學專著。

漢語辭章學的專著從內容分析，可分成三大類：一類主要屬於理論研討的：張志公先生的《漢語辭章學論集》，筆者與林大礎等聯合主編的《辭章學辭典》，陳滿銘教授辭章章法論文集《章法學新裁》，祝敏青的《小說辭章學》和本書都屬於這一類。一類主要屬於辭章藝術分析的：我們合著的《辭章藝術示範》及其姊妹書《言語藝術示範》五種、《中國文學語言藝術大辭典》、臺灣學者論析辭章章法藝術的專著，如：陳滿銘教授的《文章結構分析》，仇小屏博士的《章法新視野》等都屬於這一類。一類屬於理論探討與藝術分析兼顧的，如：拙著《辭章學概論》，仇博士的《文章章法論》等。本書的出版，旨在從辭章理論的角度，為辭章學大廈的建設添一塊磚頭。

臺灣對漢語辭（詞）章學的研究成果卓著。此類成果從內容與書（篇）名的關係可分兩大類：

一類是樹起「辭（詞）章學」大旗的，如陳滿銘教授的《談安排詞章主旨（綱領）的幾種基本形式》、《談詞章聯絡照應的幾種技巧》、《插敘法在詞章裡的運用》、《談三疊法在詞章裡的運用》以及仇小屏博士的《中國辭章章法論》等。此類

辭章學屬於「專門類」的辭章學，但它以點帶面，以「章法」之「點」帶出辭章學之「面」。

　　一類是突破了「以語言為本位」的傳統修辭學的框框，挂的是「修辭學」的牌子，但其內容已涉及辭章學。沈謙的《文心雕龍與現代修辭學》，張春榮教授的《修辭新思維》就屬於這一類。相信還有不少此類論著，有待於進一步拜讀。

　　此書出版了，我們希望得到境內外同行專家、讀者的指導和批評。

　　一門新學科的建設，要靠一大批學者協作，甚至幾代人的共同努力。21世紀，將是漢語辭章學騰飛的世紀。

注　釋

① 《中國語文》1961（4）；收入《呂叔湘語文論集》，23頁，商務印書館，1983。

② 鄭子瑜：《中國修辭學史稿》，496頁，上海教育出版社，1984。

③ 宗廷虎：《漢語修辭學史綱》，574頁，吉林教育出版社，1989。

④ 該書，402頁，吉林教育出版社，1998。

⑤ 袁暉：《二十世紀的漢語修辭學》，91頁，書海出版社，2000。

⑥ 同上，248～254頁。

⑦ 陳望道：《修辭學發凡》，276頁，上海文藝出版社，1959。

⑧ 「陳氏自己也感到《修辭學發凡》還有未盡完善的地方。例如，他說：『沒有深入地談到風格。……』」「還有，一般修辭學的著作，只著眼於修辭的，沒有著眼於不修辭的。《修辭學發凡》也不例外。「提到婉曲的辭格，應該同時提一提直敘白描的手法，並舉一些例證，使『修』與『不修』，兩相比較，讀者的得益自然會更大。（講辭格

可舉相反的修辭法作比較，如講節縮和省略，不妨舉些衍長或增益的修辭法作比較，更易瞭解）。」同②，496～497頁。

⑨袁暉、宗廷虎指出：「當然，由於時代的侷限以及其他方面的原因，《發凡》也存在一些不足之處。……由於當時社會條件的限制，來不及進一步研究風格，所以《發凡》中的風格部分談得不夠深入。篇章結構這種修辭現象卻因為『格局無定』未去涉及。再如消極修辭雖然從內容和形式兩方面加以分析，但總感到單薄，不夠充實，與積極修辭可以說不成比例。另外，有些具體修辭格的歸納和解說，也還有可商榷之處……」見《漢語修辭學史》（修訂本），375頁，山西人民出版社，1995。

⑩周振甫說：「……《發凡》裡沒有篇章結構的修辭……『修辭立其誠』，要求『無一言之不實』，這就跟命意謀篇有關，也跟篇章結構有關。《發凡》裡講消極修辭」「沒注意到作者在修辭上要求『修辭立其誠』，即沒有注意到作者根據他所要表達的情意來確立命意謀篇」，「不講命意謀篇，只要求『意義明確』，那麼說了假話，也可以說得意義明確的，就把『修辭立其誠』的要求拋棄了。在這點上，《發凡》似有不足之處」。見《中國修辭學史》，592頁，商務印書館，1991。

⑪譚永祥：《「修辭的兩大分野」獻疑》指出，「兩大分野」存在著外部矛盾和內部矛盾。見中國修辭學會《修辭學論文集》第四集，53～60頁，福建人民出版社，1987。

⑫同⑤，124頁。

⑬袁暉指出：「正如作者所認為的：『這本書的缺點有「過」與「不及」兩個方面。「過」是說這裡邊有些論斷過於拘泥，對讀者施加不必要的限制。「不及」又有兩點：一，只談用詞和造句，篇章段落完全沒有觸及；二，只從消極方面講，如何如何不好，沒有從積極方面講，如何如何才好。這樣見小不見大，見反不見正，很容易把讀者引上謹

小慎微，不求有功但求無過的路上去，然而大家知道，這樣寫文章是不可能寫好的。」應該說，這些缺點，在修辭部分表現得更加突出一點。」同⑤，252頁。

⑭1961年後有影響的修辭學專著，請閱本書主要參考文獻。

⑮1961年後有影響的風格學專著，請閱《辭章學新論》主要參考文獻。

⑯1961年後有影響的辭章學專著，請閱本書主要參考文獻。

⑰請閱本書編「壹」至「伍」部分。

⑱⑲請閱本書《「四六結構」與「三辭三成說」》等節。

⑳請閱本書《「四六結構」與「結構組合結合論」》。

㉑引自《俄國文學史》中冊，布羅茨基主編，蔣路等譯，1046頁，人民文學出版社，1962。

㉒根據宗廷虎等先生的統計，《發凡》中談到聽讀的就達30多次。見《中國修辭學通史》（近現代卷），295頁，吉林教育出版社，1998。

㉓同⑪。

㉔《陳望道修辭論集》，第254頁，安徽教育出版社，1985；並請參閱本書《陳望道修辭學思想的兩度飛躍──陳、張一致論》。

㉕鄭頤壽：《〈比較修辭〉是怎樣寫成的》，《大眾修辭》，1984（1）。

㉖陳望道：《關於修辭學對象問題答問》，中國修辭學會編《修辭學論文集》第一集，2～3頁，福建人民出版社，1983。

㉗請閱本書《陳望道修辭學思想的兩度飛躍──陳、張一致論》。

㉘同㉖。

㉙陳望道：《修辭學中的幾個問題》，編入《陳望道修辭論集》，266頁，安徽教育出版社，1985，又見《陳望道文集》第三卷，639頁，上海人民出版社，1981。

㉚同㉕。

㉛仿杜甫《戲為六絕句》：「轉益多師是汝師」句，見《分門集注杜工

㉜袁暉、宗廷虎主編：《漢語修辭學史》（修訂本），413～417頁，山西人民出版社，1995；袁暉：《二十世紀的漢語修辭學》，291～299頁，書海出版社，2000。

㉝宗廷虎：《中國現代修辭學史》，327頁，浙江教育出版社，1990。

㉞張弓：《現代漢語修辭學》，173頁，河北教育出版社，1993。

㉟書中「尋常詞語藝術化」的例子共25個，其中有些例子「能劃歸修辭方式」，不「保持它的本義、常義」，「發生了轉義現象」。例如1.「正牌的正人君子」，2.「事不關己，高高掛起」，3.「某些作品……拿來上市」，4.「不幸的青年……堆在大椅子上」，5.「崢嶸歲月稠」，6.「紅活圓實的手」，7.「每一個人都在苛刻地計算……給世界上增添了什麼新的東西」，8.「吳楚東南坼，9.乾坤日夜浮」，10.「微雲淡河漢」，11.「風暖鳥聲碎」，12.「春風又綠江南岸」，13.「綠楊烟外曉寒輕，14.紅杏出頭春意鬧」，15.「雲破月來花弄影」，其中有一半以上用了「修辭方式」：比擬（1. 2. 3. 4. 5. 8. 9. 11. 14. 15.）、轉品、變性（6. 10. 12.）、易色（7.）、通感、移覺（14.）等。在析例的過程，作者用上「活用」、「變通」、「喻義化（用比喻、比擬等方法）」，「喻義化（比擬成貨物一樣）」。有的雖然沒有轉義，卻用了映襯的修辭方式，例如：「有她更顯牧草綠，有她天更藍」，閏土「紅活圓實的手」與「雙手『像是松樹皮了』」，「苔淋雨而愈碧，葉飽霜而顯紅」。因此，用「修辭方式」和「尋常詞語藝術化」相比較來建立學科的內部體系，在邏輯上欠嚴密，在修辭上易造成混亂。我把這觀點給研究生講課後，有的研究生就寫成論文加以發表，受到讀者的好評。筆者則把產生轉義現象的詞語歸「詞語的變格錘煉」（《比較修辭》，94～100頁）。儘管如此，我們借鑑他「保持它的本義、常義」和「轉義」等語，作為建立「常格」、「變格」修辭學體系的參考。

㊱請閱「變異性」，鄭頤壽：《論文藝修辭學》，收入中國修辭學會編

《修辭學論文集》第二集，福建人民出版社，1984；又收入筆者論文集《言語修養》，首都師範大學出版社，1999。

㊲鄭頤壽：《辭章學概論》，215～279頁，福建教育出版社，1986。

㊳鄭頤壽：《「四六結構」與修辭》，《修辭學習》，2000（4）。

㊴鄭頤壽：《論言語規律》，中國修辭學會編《修辭學論文集》第四集，福建人民出版社，1987。

㊵《周易·乾·文言》：「子曰：君子進德修業。忠信，所以進德也；修辭立其誠，所以居業也。」

㊶陳望道：《修辭學發凡》，5頁，上海文藝出版社，1959。

㊷同⑩。

㊸張志公：《談「辭章之學」》，《新聞業務》，1962（2）；收入《漢語辭章學論集》（以下簡稱《論集》），12頁，人民教育出版社，1996。

㊹張志公：《文章之學值得探討》，此文係為張壽康主編的《文章學概論》寫的序言，發表於北京市語言學會編的《語文知識叢刊》，1983（5）；見《論集》，42頁。

㊺鄭頤壽：《辭章學概論》，3頁，福建教育出版社，1986。

㊻張志公：《漢語辭章學論集》，259頁。

㊼同㊺，44頁。

㊽鄭頤壽：《漢語辭章學研究的回顧與展望》，《福建師範大學學報》（哲學社會科學版），2001（3）。

㊾本書《「四六結構」與「三辭三成說」》回答了這些問題。

㊿本書《「四六結構」與普通辭章學的性質》回答了這些問題。

51本書《「四六結構」與語境》，回答了這些問題。

52本書《「四六結構」與結構組合結合論》，回答了這些問題。

53 54本書《「四六結構」與辭章學體系》、《「四六結構」引論》等，回答了這些問題。

(55)本書《辭章學與修辭學》、《陳望道修辭學思想的兩度飛躍——陳、張一致論》等，回答了這個問題。

(56)日本弘法大師云：「凡製作之士，祖述多門，人心不同，文體各異。較而言之：有博雅焉，有清典焉，有綺艷焉，有宏壯焉，有要約焉，有切至焉。」見《文鏡秘府論校注》，331頁，中國社會科學出版社，1983。

(57)筆者在分清文體、語體概念的基礎上，從「功能」角度把文體分為：實用體、藝術體與其融合體，以便與「語體」對應起來。《辭章學新論》《辭章與語體綜說》等章節回答了這些問題。

(58)《辭章學新論》《辭體坐標初探——各類語體分佈平面示意圖》、《論語體平面及其運用》、《語體平面舉隅》等節，回答了這些問題。

(59)本書《「四六結構」與「三辭三成」說》、《辭章學新論．辭體是辭章活動的指向》等節，回答了這個問題。

(60)《辭章學新論》《「格素」論》等回答了這個問題。

(61)(62)《辭章學新論．辭風的高下優劣》等文回答了這些問題。

(63)《辭章學新論》《「四六結構」與辭章學分支學科的建設》等文，回答了這個問題。

(64)鄭子瑜：《中國修辭學史稿》，497頁，上海教育出版社，1984。

(65)張志公：《非常需要一種橋梁性學科》，刊於《中國語文研究四十年紀念文集》，北京語言學院出版社，1993；收入《漢語辭章學論集》，49～54頁，1996。

(66)童山東的《修辭學的理論與方法》（湖南人民出版社，1991），把修辭學與資訊學、心理學、美學和文化學結合起來研究。

(67)吳士文、馮憑主編的《修辭語法學》（吉林教育出版社，1985），相當系統地把修辭與語法結合起來研究。

(68)張煉強的《修辭理論探索》（首都師範大學出版社，1994），把修辭學

與邏輯學，並旁及話語語言學、心理學和美學綜合起來研究。

㉘蔣有經的《模糊修辭淺說》（光明日報出版社，1991），從語言學中的語音、語義、句義、語段、標點和修辭手段結合起來進行考察，把修辭學與心理學、語體學、語境學和美學結合起來研究。

㉚陸稼祥的《內外生成修辭學》（重慶出版社，1998），重視借鑑西方語言學理論，注意從文化背景、語用學、資訊論、控制論、符號論、心理學、美學等角度來闡釋內外修辭的生成理論。

㉛譚學純、唐躍、朱玲的《接受修辭學》（上海教育出版社，1992），把修辭學與接受美學以及符號美學、審美心理、文化學結合起來研究。

㉜從㉕～㉛的注文參考袁暉的《二十世紀的漢語修辭學》，537～550頁，書海出版社，2000。

上編

普通辭章學
理論概説

「四六結構」導源㈠

　　「四六結構」是「四元六維結構」的簡稱。「四元」，即宇宙元、表達元、話語元、鑑識元；「六維」，就是：「宇宙元⇌表達元」，「表達元⇌話語元」，「話語元⇌鑑識元」，「鑑識元⇌宇宙元」，「宇宙元⇌話語元」，「表達元⇌鑑識元」。它們組合起來構成了雙向的六組辯證關係的統一體。可圖示如下：

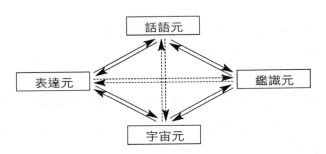

　　「四元」還可構成：左三維、上三維、右三維和下三維，近三維、遠三維，左三角、上三角、右三角和下三角，全部統合起來就是菱形的「四六結構」的整體。下文將逐一分述。

　　「四六結構」概括了有關表達（說寫）與鑑識（聽讀），客觀與主觀、內容與形式的一切領域，如科學、文學、史學、美學和言語學等。作為言語學的辭章學的諸多理論問題，一用上

「四六結構」進行闡析，諸多宏觀、中觀、微觀的理論問題，就化繁為簡，諸多疑難的問題，也就迎刃而解了。

「四六結構」是辯證的哲學思維在科學研究中的運用。本書以之作宏觀的理論框架，來闡釋辭章學的理論體系和具體的規律、方法。下面著重分析辭章的資訊論、生成論、解讀論、交際論，作用論、效果論，辭格論、藝法論、表達方式論、篇法論、篇章論、規律論，語境論、語體論、風格論和辭章學新學科建設。分《「四六結構」導源》、《「四六結構」與普通辭章學理論》5大部分來論析。

一、「四六結構」導源於言際交際、藝術實踐和文化活動

「四六結構」是客觀存在的，任何成功的說寫、聽讀活動，都自覺不自覺地體現了「四六結構」的規律；任何有創見的辭章學（包括辭章章法學）、修辭學、語體學、風格學專著，都隱含著「四六結構」的理論，這個理論結構的部件或全部。本書《現代漢語修辭學導源於古代漢語辭章論》一節對此作了分析。其他部分則進一步從先秦及其後國內外的有關理論進行分析。

筆者對「四六結構」的總結有其指導思想和逐步推進的過程。

「四六結構」的指導思想是辯證法。四元之間、四元內部都充滿著辯證法。客觀世界與話語，表達與鑑識，客觀世界與表達者，表達者與話語，話語和鑑識者，鑑識者和客觀世界，都充滿著辯證法；話語之內容與形式、資訊與載體、資訊的傳

遞與反饋、正值與負值，言語規律之「誠」與「美」、「常」與「變」、「健」與「畸」，風格之內蘊情志要素與外現形態要素，辭章效果的隱與顯、大與小、正與負；語體的實用體與藝術體，口頭表達與書面寫作；章法之首與尾，斷與續，開與合，呼與應，詳與略，虛與實，抑與揚；微觀的如比興的本體與比體、興體，駢偶之內容與形式；語音之抑與揚，拗與諧；句式之長與短，鬆與緊，整與散；話語主體的德與藝，德與才，生活道路與作品，等等，都存在著辯證的關係。

我們在探索這類關係時，力求站在辭章理論層面的最高處俯瞰「全景」，統攬「全局」，用最簡單的圖表把它們歸納表示出來。

由於辭章具有融合性，它要綜合運用多種相關學科的理論規律與方法。蘇軾說：「不識廬山真面目，只緣身在此山中。」研究辭章學，也要跳出辭章學這座山，到山外，到遠處，周遊回觀。我們從音樂理論、繪畫理論、文學理論、史學理論、批評理論、資訊理論、語義三角形理論等鄰近學科理論中汲取營養，甚至從篆刻、書法、雕塑、舞蹈中進行探索，找出它們共通的規律。

首先，我們感到：上述學科的「作品」，都是客觀世界（包含社會生活、文化背景、自然環境）的各種事物、現象在作家、藝術家的頭腦中的反映的產物。這些「作品」，必有它們的載體，文學之類以線性的語言符號為載體；音樂以聲音的節奏、旋律為載體；繪畫以色彩、線條及其底子（紙、布、木、石頭）為載體；書法，通過書寫筆畫之線條的形狀、乾濕、字體結構、行款、佈局及其底子（同上）為載體；篆刻以文字之形狀並輔以適當的圖形、色彩表現在其「底子」（玉

石、磚瓦）上，或再印在紙上為媒體；舞蹈以人有節奏的動作、各種形態：臉色、表情、四肢、體態為載體……，「載體」是表現的形式，它們都隱含著某種資訊：思想、感情、文化這些屬於「內容」的東西，也就是都有其外現的形態和內蘊的情志，外、內融成天衣無縫的「作品」。這些「作品」，都有其聽者、觀者、理解者、接受者、欣賞者、批評者——「鑑識者」。鑑識者要從上述「作品」中獲得其「資訊」（審美資訊、致用資訊）：思想、感情、文化，必須根據這些「載體」（或符號、代碼）的構成特點，探賾索微，才能理解得正確、深刻。如果是好的「作品」，他們從中受到感染、鼓舞或理智的啟迪，就轉化成改造客觀世界的力量。從最原始的神話故事，繩子結下的形態，「邪許」的勸力之歌，河圖洛書，卦體爻象，《彈歌》、祭歌，到後代的文學、藝術作品，都有這些共同的規律。從表達講，它們的規律是：

> 客觀世界→各類「作品」的創作者、表達者→各類「作品」→各類「作品」的解讀者、欣賞者、鑑識者→作用於客觀世界。

從解讀者、欣賞者、鑑識者講，它們的規律是：

> 立足於一定的客觀世界→各類「作品」的解讀者、欣賞者、鑑識者→瞭解了「作品」→作者→瞭解了一定的客觀世界。

　　下面舉音樂論為例，說明理論家們是怎樣闡析這些共通的

規律的。我國古代的音樂理論，對音樂的產生，有很精闢的見
解。他們首先著眼於客觀世界的「物」感動了表達者的「心」
來闡析音樂產生的客觀基礎。

> 人心之動，物使之然也。感於物而動……①。
> 樂者……其本在人心之感於物也……感於物而後動②。
> 樂者……其本在人心感於物也③。

這裡值得注意的是，他們從客觀世界的「物」和人的「心」
的雙向作用中來闡析，「人心感物」，「心」是「感」的發出
點；「物使之然」，「物」是「使之（人心）感動」的發出
點：雙向的反覆作用，相反相成，是「樂」產生的物質基礎和
心理基礎。

接著，他們還論析了由「心」到「音」、「樂」的外化、
物質化的過程。

> 凡音之起，由人心生也。
> 人心之動……故形於聲。
> 其哀心感者，其聲噍以殺；
> 其樂心感者，其聲嘽以緩；
> 其喜心感者，其聲發以散；
> 其怒心感者，其聲粗以厲；
> 其敬心感者，其聲直以廉；
> 其愛心感者，其聲和以柔。
> 情動於中，而形於聲④。

由表達主體的「心」、「情」之「感」、「動」，而外發為「聲」。「聲」還不是「音」、「樂」。只有──

聲成文，謂之音⑤；
情發於聲，聲成文謂之音⑥。
樂者，音之所由生也⑦。

「文」，在這裡是和諧的有節奏的旋律之意。

再進一步，就是這種「音」、「樂」對鑑識者產生感染、移情的作用：

樂也者，情之不可以變者也⑧。
樂也者……其感人深⑨。
仁言不如仁聲之入人深也⑩。
夫聲樂之入人也深，其化人也速⑪。
可以善民心，其感人深⑫。
先王……制雅頌之聲以道之⑬。

這些講的都是「音」、「樂」的感染作用，由「樂」到「人」是一個方向；還有一個方向，是由「人」（鑑識者）到「樂」：

聽古樂，則惟恐臥；
聽鄭衛之音，則不知倦⑭。

這是雙向的論述，「樂」感「人」，「人」聽「樂」，雙向互

動，相反相成。

下一則論述，更精闢地論析了這種雙向的關係：

> 聞宮音，使人溫舒而廣大；
> 聞商音，使人方正而好義；
> 聞角音，使人惻隱而愛人；
> 聞徵音，使人樂善而好施；
> 聞羽音，使人整齊而好禮⑮。

「聞音」、「使人」，這些又是雙向的論述，十分精闢。

鑑識者得到感染，就要作用於社會：

> 樂也者……其移風易俗，故先王著其教焉⑯。
> 其移風易俗易，故先王導之禮樂而民和睦⑰。
> 夫樂以開山川之風也，以耀德於廣遠也⑱。
> 故樂音者，君子之所養義也⑲。
> 樂文同，則上下和矣⑳。

這些講的是音樂的教化作用，可以移風易俗，可以和睦人群，使社會安定、穩定。

社會現實，反映到音樂這類「作品」中，而音樂這種「作品」，反映了社會現實（「世」）；「作品」與客觀世界也是對立統一的辯證關係：

> 治世之音安以樂，其政和；
> 亂世之音怨以怒，其政乖；

亡國之音哀以思，其民困㉑。

「世」、「國」、「政」、「民」屬於客觀世界、社會現實；「音」屬於藝術「作品」。「治世」、「政和」，「音」就「安以樂」（餘類推）；而「安以樂」之「音」，又作用於「治世」，使之「政和」。這也是雙向的。

我國先秦以後，有關舞蹈論、繪畫論、書法論，與上述音樂論總的規律大致相同，至於史論、文論的遺產則更加豐富。我們就是從此類理論中，進行分析、歸納，1986年出版的拙著第一次試畫出了雙向的「四六結構」的雛型㉒。

其後，借鑑語義三角形理論、資訊的傳播與反饋理論，將前面的圖示作了修改，收入拙著《文藝修辭學・導論》。此書出版前的1990年，請教於當年中國修辭學會會長張壽康教授，得到他的首肯㉓。從此，我對此結構科學性的認定，增加了不少信心。

1994年，我拜讀了美國阿布拉姆斯有關批評的理論專著《鏡與燈》（中譯本），借鑑其三角形四要素結構，又拜讀了美國華裔學者劉若愚的《中國文學理論》（中譯本），借鑑四要素圓形雙向結構。此二書理論的博大精深，對我很有啟發。我似乎在急流的汹渡中得到救援的舟筏一般，又寫了拙文《先秦修辭理論與四元六維結構》。聽說某專家，正在為學會主編有關修辭學的論文集，就把拙文奉寄，函請教正，以為可以收入該集。可是一年、二年過去了，卻似石沉海底。我又懷疑拙文是否「不值一顧」，不被此名家理睬。但我還是執著的追求，把該文底稿寄與上海文藝出版社《藝文述林》語言學卷主編，榮幸地濫竽充數，被收入該卷。

　　近幾年來，我進一步用「四六結構」來分析辭章學宏觀、中觀和微觀的諸多理論問題，頗有點「遊刃」之感。本書有關「四六結構」的諸多章節，就是這樣產生的。我將用之統帥全書，作深入一步的研討。

注 釋

①②《禮記‧樂記》。

③漢‧司馬遷：《史記‧樂書》。

④⑤同①。

⑥《毛詩序》，《毛詩正義》卷一。

⑦同③。

⑧⑨同①。

⑩《孟子‧盡心上》。

⑪⑫⑬《荀子‧樂論》。

⑭同①。

⑮同③。

⑯同①。

⑰同⑪。

⑱《國語‧晉語八》。

⑲⑳同③。

㉑同⑥。

㉒鄭頤壽：《辭章學概論》，44頁，福建教育出版社，1986。

㉓張壽康：《代序》，收入拙編《文藝修辭學》，福建教育出版社，1993。

二、「四元」簡析

「四元」是構成話語的四個要素，缺一不可，分述如下。

㈠宇宙元

宇宙元，又稱物事元、世界元、現實元、生活元、第一自然元。

宇宙元，在中國傳統文論中多用「物」、「事」來指稱。

> 遵四時以嘆逝，瞻萬物而思紛①。
> 人稟七情，應物斯感。感物吟志，莫非自然②。
> 氣之動物，物之感人，故搖蕩性情，形諸舞咏③。
> 君子事之為尚。事勝辭則伉，辭勝事則賦，事辭稱則經，足言足容，德之藻矣④。
> 蓋文章之外，據事以類義，援古以證今者也⑤。
> 言以載事，而文以飾言⑥。

從哲學觀點講，世界是物質性的。「萬物」就是指宇宙間的一切東西。「事」，即事情，指人類生活中的一切活動和所遇到的一切社會現象。物，就物質世界而言；事，就人類社會而言，包括社會文化現象。因此，宇宙元又稱「物事元」。

宇宙元義同世界元。從哲學講「宇」指無限空間，「宙」指無限時間，含一切物質及其存在形式的總體。「世」與「宙」、「宇」與「界」詞素的意義相近，「世界」是自然界和人類社會的一切事物及其文化現象的總和。

　　「現實元」、「生活元」是文藝學術語。穆麗琴先生從黑格爾、費爾巴哈、馬克思、A・格拉姆西、L・阿爾喬塞爾、M・縛科等人的論述中，給現實作了如下的定義：「現實是在各種水準裡的系列符號論間的極為能動且複雜的相互聯繫整體總和，是一種極為接近無限狀態的事態。」⑦「生活」指人或生物為了生存和發展而進行的各種活動。而文學作品就是一定的社會生活在作家的頭腦裡的反映的產物。就言語學而言，「現實」、「生活」，更多地用於文藝修辭學和文藝辭章學中。

　　第一自然，是對「第二自然」而言。達・芬奇⑧和康德⑨等，都把文藝作品所創造的世界稱為「第二自然」，而把其原本的客觀世界稱為「第一自然」。

　　宇宙元的構成有各種各樣的說法，例如作為宇宙元的「天」，我國歷史上賦給它「至少有五種意義。一個意義是『物質之天』，就是指日常生活中所看見的蒼蒼者與地相對的天，就是我們現在所說的天空。一個意義是『主宰之天』或『意義之天』，就是指宗教中所說的有人格、有意志的『至上神』。一個意義是『運命之天』，就是指舊社會中所謂運氣。一個是『自然之天』，就是指唯物主義哲學家所謂的自然。一個是『義理之天』或『道德之天』，就是指唯心主義哲學家所虛構的宇宙的道德法則」⑩。作為與「宇宙」同義的「世界」，古希臘哲學家柏拉圖把它分為三層：理念是最高層的世界，最真實的世界。現實是第二層世界，是對理念世界的摹仿，是理念世界的影子。藝術則是第三層世界，是對現實世界的摹仿，是影子的影子⑪。還有多種劃分，就不細述了。我們從辭章運用出發，把宇宙元分成三個層面。

　　第一個層面是自然界，即物質世界，含時間、空間及其中

萬物：宇宙空間、日月星辰、風雨雷電、雪霜虹霞，春夏秋冬、朝夕午夜，山川湖海、金石泥土等無機物，禽獸蟲魚、花草樹木等有機物。上述所講的「物質之天」、「自然之天」。

第二個層面是人類社會，是社會中各個階級、各個階層、各個界別、各族的人，人與人之間的錯綜複雜的關係、聯繫、矛盾、鬥爭等一切活動。柏拉圖所講的「第二層世界」（現實）就屬於這個層面。

第三個層面是文化，包括哲學、文學、語言、藝術、教育、科學、宗教、風俗、倫理、道德等。上面所講的「主宰之天」、「運命之天」、「道德之天」和「理念世界」、「藝術世界」等都屬於這一層面，它們是不同哲學觀點、文化觀點的體現。

從話語活動、辭章運用講，對這個宇宙元要抓住以下幾點：

宇宙元，是信源之源。從資訊講，發出資訊的表達者，屬於信源。這個信源從功能講，有審美功能的美學資訊和啟智作用的理性資訊。而這些資訊都不是表達者頭腦中天然生成的，它們都植根於客觀的社會實踐，是客觀事物在頭腦中的反映，由客觀世界的形象（事象、景象、物象）轉換成頭腦中的意象，由客觀的事理轉換成為頭腦中的理智。產生這些意象、理智來源於客觀的物質世界。

宇宙元，是話語生成的土壤、源頭。有的修辭學專著，把修辭生成的過程概括為「由想而轉為辭」⑫，這就沒有抓住修辭、話語生成的第一關。辭章、話語生成的第一關，也在宇宙元。陳望道先生講的修辭過程的第一個階段是「收集材料」⑬，就是落實在宇宙元。沒有這個「土壤」、「源頭」，修辭活動、

辭章活動就失去了根基。

宇宙元，是時空語境、具體場景的依據。這將在《「四六結構」與語境》、《「四六結構」與言語規律》等節作具體闡述。

宇宙元是功能語體色彩形成的基礎。言語交際、話語生成有一定的領域：藝術領域、實用領域或其交融的領域，在語言運用中，就形成了不同的功能色彩，產生了語體特徵。不同的領域，在運用語言的諸多要素、諸多手段上都有所不同，這是辭章活動之「語體得宜」的依據。

宇宙是形成風格的重要內蘊情志要素。作品之時代風格、地域風格、民族風格，要從宇宙之諸多要素進行分析，連作家風格、流派風格、表現風格的形成也離不開宇宙元之諸多要素。

宇宙元是產生辭章潛在效果的深層次基因，還是檢驗實在效果的試紙。尤其是實在效果，離開了宇宙元，就成了無根之木、無源之水。

宇宙元之客觀規律反映在語言運用上，就是言語規律。從言語規律之最高層「誠美律」講，就是自然規律、倫理道德、美的客觀事物的反映。離開宇宙元，僅從言語主體談「誠」、說「美」，就很容易成為唯心主義的俘虜。

宇宙元還是各種具體的辭章方法、技巧賴以產生的基礎。如章法之遠近法、大小法、高低法、內外法（屬於空間）、今昔法、順序法（屬於時間）、因果法（屬於事理）、貴賤法、親疏法（屬於文化）、總分法等⑭，都是客觀世界這些特點的反映。比興、駢偶手法，抒情、描寫的表達方式，語音之高低、節奏之快慢，句式之長短、整散、鬆緊等，離開宇宙元都很難

表達、理解得深刻。

(二)表達元

表達元，又稱情意元、說寫元、作家元、編碼元、創美元。

表達元，在中國傳統文論中多用「情」、「意」來指稱。如：

> 詩者，蓋志之所之也，情動於中而形於言⑮。
> 情以物遷，辭以情發⑯。
> 強親者，雖笑不和，情發於中而聲應於外⑰。
> 以名舉實，以辭抒意，以說出故，以類取，以類予⑱。
> 文以意爲主，辭以達意而已。古之人不尚虛飾，因事遣辭，形吾心之所欲言耳⑲。
> 作詩不可以意徇辭，而須以辭達意⑳。

表達者在客觀世界的實踐中形成的感情（情）、思想（意），然後用「辭」表達出去，外化爲語音、文字等媒體，才有可能轉化爲具有「審美」移情作用或「致用」啟智作用的資訊。因此，「情」、「意」是表達元的核心、靈魂。

說寫元，現當代的語文學家、辭章學家，都常用之指稱表達者。

作家元，這是文藝學術語，它區別於一般的實用體文章（含自然科學等）的「作者」，文學創作論、文藝辭章學、文藝修辭學、文藝風格學中多用之。

編碼元，這是借用資訊學的用語。表達者的資訊（情、意）

必須按照編碼原則，進行處理，才可以通過轉換器（口和手）傳遞出去。

創美元，這是美學用語。文藝作品通過語言創作美。創美元，多用於美學、文學、文學辭章學、文藝修辭學、文學風格學中。

表達元，含表達者的哲學、政治、法律、道德、宗教、藝術等觀點，社會地位、職位、職業、職稱，文化修養水平，才、識、膽、力，生活道路和處境等。這些因素，都會影響或反映在某話語作品中，影響辭章藝術及其效果。

表達元，是資訊的選擇器、接收器、過濾器、處理器和發播器。對宇宙元紛繁的資訊，不同的人，選擇其不同的資訊，接收進自己的黑箱中，進行過濾、攪拌、提煉、結構組合、編碼，然後才可以發播出去。它是資訊交換的源頭。辭章藝術離開表達者就是一句空話。

因此，表達元是話語生成的第一階段（宇宙元⇆表達元）和第二階段（表達元⇆話語元）最重要的基地和轉換站。陳望道先生所說的修辭第二階段「剪裁配置」和第三階段「寫說發表」都是在這「基地和轉換站」完成的。

表達元又規定著表達者特定的生活道路、處境等說寫的語境，它影響著、制約著話語的形成、辭章的藝術性和辭章效果。

表達元之任何人都生活在一定的交際領域之中，耳濡目染，習得了該領域的言語，逐步建構了該領域的言語體系。這些人往往三句不離本行，這又影響著語體風格的形成。有的人長於邏輯思維，可是缺乏藝術的語言，他對科學語體、實用語體可能是行家裡手，而對文藝語體就感到鞭長莫及了；有位作

家，是戲劇家、小說家，是文藝語體創作的高手，可是卻不會寫文學理論講義。不同類型的語言修養，形成不同的語體，而多語體修養的全能者畢竟少數，尤為可貴。

表達元之諸多富有個性的特點，又容易形成個人的不同言語風格。它是作者語言的指紋。這在文學作品中表現得尤其突出。

表達元的說寫活動，旨在取得一定的辭章效果，而其實在表達者頭腦中形成的話語，是有可能取得辭章效果的「潛在效果」（未外化的「效果」），它是外化效果的胚胎。

表達元是言語規律的運用者與體現者。遵循客觀規律、倫理道德，又有很強的美學修養和真誠坦蕩的胸懷，其話語就容易合乎誠美律；按照言語的常規運用語言，其話語就容易合乎常格律；突破言語常規運用語言，其話語就容易合乎變格律。表達者隨心所欲地違背約定俗成的言語規律運用語言，其話語就會錯誤百出。

表達元又決定著對話語的運用。「一字分生老病苦」[21]、「張三影」[22]、「紅杏枝頭鬧郎中」[23]等等故事，都說明了表達者對辭章的各種方法（調音、遣詞、造語、選句等）的運用有各自的愛好特點，體現出不同辭章修養水平和言語風格。

(三)話語元

話語元又稱文辭元、文本元、作品元、代碼元、第二自然元。

話語元，在中國傳統的文論中多用「文」、「辭」來指稱。如：

> 文者所以接物也，情繫於中而欲發外者也㉔。
>
> 以意為主，則其旨必見；以文傳意，則其詞不流㉕。
>
> 文者，所以明理也。自六經以來，何莫不然㉖。
>
> 聖人之情見乎辭㉗。
>
> 古之作詩者，情之發，因辭以形之㉘。
>
> 情以物遷，辭以情發㉙。

以上「文」、「辭」都是作為話語的形式、載體，與內容「情」、「物」對稱。有時，「文辭」連用，如：

> 成天下之務者存乎事業，通萬物之情者在乎文辭㉚。

這裡的「文辭」與「物」、「情」相對，是話語的形式與內容的關係。

　　話語元，就是文辭元，它是承載著資訊的藝術形式。辭章學著眼於「藝術形式」，但以「有效、高效地表達、承載並藉以適切、深入地理解話語資訊」為其限制語。話語作品可分析成兩個層面（或稱側面），深層的是內容，是資訊，表層的是形式，是載體；但辭章學研究的側重點是在形式上。施東向的《義理・考據和辭章》一文指出：「辭章是屬於文章形式方面的問題。講究辭章，在我們說來，就是要求適合於內容的完美的形式。」又說：「好的內容要求有好的形式，拙劣的辭章必然使內容受到損害。」㉛張志公先生從我國傳統辭章論的辭意相成的觀點出發，也指出：辭章「就是指作品的藝術形式」㉜。

　　文本原意是文件的某種本子（多就文字、措辭而言），本

文用以指有一定中心、篇章完整的話語，含口頭語和書面語。辭章學著重從話語藝術的綜合特徵指稱這種話語。

作品元，主要從文學辭章學、文藝修辭學而言，但其側重點也放在「有效、高效地表達、承載並藉以適切、深入地理解話語資訊的藝術形式」上。

代碼元，是從資訊論的角度而言。代碼性是辭章的突出特點，也就是「有效、高效地表達、承載並藉以適切、深入地理解話語資訊的藝術形式」，是資訊的媒介、載體。

「第二自然元」，是西方文論家達‧芬奇、康德等的理論，是相對於作為「第一自然元」的物質世界而言的。

由於話語的藝術形式構成部件很多，要運用語音、文字、詞語、句子、章篇、辭格、表達方式、藝術方法以及運用上述因素以形成語體、風格等，其中包含這些成分中「通」的、「對」的和「好」的、「妙」的各個層次、各種品格的言語。它的外延大於修辭。因此，辭章學如若說「就是修辭學」的話，應稱之為「大修辭學」或「廣義修辭學」。這就形成了辭章內部的體系，成了辭章學研究的中心內容。

話語元，是辭章本體所在，是對客觀世界的反映，它一端與表達元聯結，另一端與鑑識元相通，是架在此二元之間的一座橋。這就形成了辭章學的客觀體系，是辭章本體內外諸元的結合體。

話語元，是話語生成的停靠站，卻是資訊用代碼形式外遞的起點站。話語生成不是一成不變的，尤其是書面語，話語初稿生成之後還要進行反覆推敲，以盡可能完美的形式出現，並承載著資訊。話語元卻是聽讀者「辭成意」的開始，被破譯、被理解、被欣賞，亦即被鑑識的對象。離開了話語，其「致

用」、「審美」的功能就無法實現。

話語元又構成了文內語境：題目、前言後語、語體風格、表現風格都是其語境要素。

話語元整體，體現出語體風格、表現風格。

話語元具有「自在效果」，它是表達者潛在效果的延伸、外化，但還處於靜態之中，是實現他在效果的物質基礎。

話語元全面地體現言語規律及具體的辭章方法、技巧。古人所謂「文成法立」，既「有法」又「無定法」，原因就在這裡，它是「法」的成立與進一步革新、創造的統一體。

㈣鑑識元

鑑識元又稱聽讀元、解碼元、審美元、理解元、接受元、批評元。

「鑑識」是中國古代辭章學、文學的用語，是解讀、理解、接受、批評、欣賞、評賞活動的概括，既含對藝術體的接受、「審美」，又含對實用體的解讀、理解。西晉·歐陽建說：

> 理得於心，非言不暢；物定於彼，非名不辯。言不暢志，則無以相接；名不辯物，則鑑識不顯。鑑識顯而名品殊，言稱物而情志暢㉝。

此論十分精闢，「物」屬於宇宙元；「情」、「志」屬於表達元；「言」、「名」屬於話語元；「鑑識」屬於聽讀元。所謂「暢」、「顯」、「相接」，則是四元之間的聯繫。鑑識首先指向「名」（話語元），從而獲得對「物」（宇宙元）的理解與「情志」

（表達元）的交流。

「聽讀」對「說寫」而言，上文講表達元時已經談及。

「解碼」對資訊而言，上文講「編碼」、「代碼」時已經談及。

「審美」對「創美」而言，辭章之美，是廣義的，既含文藝體的「審美」，也含實用體的「致用」，兩者都是美的。對於文學辭章學、文藝修辭學側重在「審美」上。

鑑識元，包含鑑識者的哲學、政治、法律、道德、宗教、藝術等觀點，社會地位、職業、職位、文化修養、生活經驗、知識積累以及具體的處境等因素。

鑑識元，在於破譯、讀解資訊，欣賞、鑑賞辭章藝術之美。從資訊學講，它是信宿之所在。這種鑑識不是單向的、被動的，它對於資訊還要理解、分析、取捨、反饋和再創造。資訊在鑑識的過程中，或增值，或貶值，或變值。這與鑑識者個人的因素有關。

鑑識者通過話語與表達者進行對話、交流。屬於生成活動的第三階段；鑑識活動的第二階段。

鑑識元又構成一種文外語境。這語境是由鑑識者之諸多因素構成的。

鑑識者因各自的興趣、愛好、思想、修養的不同，對不同語體、不同風格的話語作品的鑑識，往往有理解深淺的差別。

辭章效果，到了鑑識元，才由自在效果轉為他在效果，由隱性的轉化為顯性的。眾多的他在效果對社會產生了實際的效應，才是實在效果。

㈤四元世界

世界，又是天地、乾坤、宇宙、自然的同義詞。

「四元世界」並不是也不只「四個世界」。

古今中外，對世界或其同義詞的指稱多矣。他們從不同角度來稱說，世界的名目千差萬別。但一歸屬於不同之「元」，就化繁為簡，條理清晰。這對辭章的運用至關重要。辭章這個「藝術世界」和其他三元的世界存在著十分密切、十分複雜的關係，辭章活動，必須理清、理順這些關係。

古今中外的哲學家、思想家、社會學家、科學家、美學家、文學家、文學批評家、心理學家、生理學家、醫學家、堪輿學家、語言學家以及各個宗教，從老子、莊子到王國維和現當代之學者朱光潛、王朝聞，從柏拉圖、胡賽爾、席勒、福樓拜、高爾基到阿布拉姆斯；從佛祖釋迦牟尼到耶穌，都有關於「世界」的論述，儘管他們所用的術語不同，但統統可用四元世界來歸納，用「四六結構」的辯證關係作詮釋。本節只是開個頭，本書其他章節還要逐步分析。

宇宙元世界三個層面中的第一個層面是自然界，第二個層面是人類社會界。這兩個世界又稱生存世界、第一自然、真實世界、感性世界或叫做「實在的時空世界」、「現實世界」等。此外，還有「世外桃源」以及花花世界、煙酒世界等等。

第三個層面文化世界是植根於第一個層面和第二個層面的世界，又稱人文世界；它還包括三千世界、仙佛世界、鬼神世界、天堂、地獄等唯心世界。

世界或稱大宇宙、大天地，以相對於人身這個小宇宙、小天地。

這三個世界又被合稱為客觀世界。

表達元之作者，其身體結構被稱為小天地、小宇宙，或生理世界、兩性世界，其思想、品格，被稱為主觀世界、經驗世界、內心世界、精神世界、感覺世界、理想世界、想像世界、幻想世界、人格世界。

話語元各種類型的作品所創造的作品世界，被稱為藝術世界、假象世界、虛幻世界、虛擬世界、感官世界，又稱為第二自然、語言世界（言語世界），有的還從藝術門類分為詩歌世界、散文世界、小說世界、戲劇世界、音樂世界、繪畫世界、碑刻世界和網絡世界等。

鑑識元之聽讀者世界與表達元之說寫者世界是一致的，又因雙方的境況不同，又是不一致的。

四元世界的相互關係在「六維」、四個三角關係和一個菱形關係的系統中，在本書後面的文字中，將逐步闡釋。下面略舉幾段有關文學辭章論的「世界論」，以示一斑。

德國劇作家、詩人席勒說：

> 讓我重覆一遍：詩只有兩個領域，它要嘛在感覺世界裡，要嘛在理想世界裡；它在概念領域或智力領域內是不能繁榮起來的。我承認，直到現在我還沒有在古代文學或近代文學中讀過一首教訓詩，它所處理的概念曾經純粹地和完全地被個體化或者被理想化……想像力本來應當在詩中起支配作用，現在只被允許去侍奉智力。至今還沒有出現過這樣一首教訓詩，在其中思想本身具有著詩的性質，而且從始到終都是如此[34]。

　　從哲學講，感覺世界是言語主體通過感官接受客觀世界的對象而產生的感覺所構成的世界。從認識論講，是人對物象的捕捉所形成的認識世界；從美學、文藝學、辭章學講，是同表象、想像、意志等一起，作為構成美的體驗、文藝形象、辭章藝術的內心要素之一的世界。這種感覺世界是美感的基礎，它是飄浮不定的。藝術家、作家、詩人運用語言等媒介，把它表達出來，用形象的、色彩鮮明的畫面，把它凝固在紙面上（或放映在熒屏上）。這就構成了詩（廣義的）的意境。鑑識者解讀這些文字，進入了再創造的「感覺世界」，得到了審美情趣。「理想世界」，也屬於精神形態的一種世界。古希臘的柏拉圖特別強調「理想」，但他卻表現出了濃厚的唯心色彩。

　　高爾基談到創作方法時，分析了兩種世界：

消極浪漫主義——它或者粉飾現實，想使人和現實相妥協；或者就使人逃避現實，墮入到自己的內心世界的無益的深淵中去，墮入到「人生的命運之謎」，愛與死等思想中去。積極的浪漫主義，則企圖加強人的生活的意志，喚起他們心中對於現實，對於現實的一切壓迫的反抗心㉟。

　　「內心世界」是說寫者的精神世界。這種世界應該植根於現實世界之中，在現實世界中收集題材，同時也磨煉自己的才、學、膽、識，由錯誤到正確，由片面到全面，由浮淺到深刻。積極浪漫主義正是這樣，在現實世界中，增強自己對「一切壓迫的反抗心」，同時也「加強人的生活的意志」。許多積極浪漫主義作品的辭章就表現了這種精神。而消極浪漫主義者，

逃避現實世界，「墮入到自己的內心世界」中無法自拔。對此，王國維談得很深刻：

> 詩人對宇宙人生，須入乎其內——又須出乎其外。入乎其內，故能寫之；出乎其外，故能觀之。入乎其內，故有生氣；出乎其外，故有興致㊱。

這裡的「入」與「出」是雙向的，辯證的。「入乎其內」，用現代的話講，就是要深入生活，深入進宇宙人生世界元之中，「故能寫之」，作品才「有生氣」。「出乎其外」，就是又能站在客觀世界的頂峰，從比現實世界更高、更集中、更典型因此也更帶普遍性的制高點，「故能觀之」，使其作品「有興致」。這談的是創作，但同時也是在分析辭章的生成規律。德國作家、詩人布萊希特說：「戲劇只有參與了建設世界這一工程，才能在舞臺上塑造世界。」㊲這對於說寫者不無啟發。

注 釋

①晉・陸機：《文賦》，《文選》卷十七。

②梁・劉勰：《文心雕龍・明詩》。

③梁・鍾嶸：《詩品》。

④漢・揚雄：《法言・吾子）。

⑤梁・劉勰：《文心雕龍・事類》。

⑥宋・歐陽修：《代人上王樞密求先集事書》。

⑦轉引自晉學新等編撰《最新文藝用語辭典》，234頁，四川人民出版社，1999。

⑧〔義〕達・芬奇：《筆記》。

⑨〔德〕康德：《判斷力的批判》。

⑩馮友蘭：《中國哲學史新編》，75頁，人民出版社，1962。

⑪轉引自李永燊、顧建華等編寫：《美學修養》，3頁，首都師範大學出版社，1999。

⑫王易：《修辭學通詮》，29頁，上海神州國光社，1930。

⑬陳望道：《修辭學發凡》，8頁，上海文藝出版社，1959。

⑭參考陳滿銘、仇小屏的有關著作，見本書主要參考文獻。

⑮梁·蕭統：《文選序》。

⑯梁·劉勰：《文心雕龍·物色》。

⑰《淮南鴻烈·齊俗訓》。

⑱《墨子·小取》。

⑲金·趙秉文：《竹溪先生文集引》。

⑳明·李東陽：《懷麓堂詩話》。

㉑唐·杜甫：《曲江對雨》頷聯：「林花著雨燕脂濕，水荇牽風翠帶長。」王彥輔曰：「此詩題於院壁，『濕』字為蝸蜒所蝕。蘇長公、黃山谷、秦少游偕僧佛印，因見缺字，各拈一字補之。蘇云『潤』，黃云『老』，秦云『嫩』，佛印云『落』。覓集驗之，乃『濕』字也。出於自然，而四人遂分『生、老、病、苦』之說，詩言志，信矣。」見清·仇兆鰲《杜少陵集詳注》卷六。

㉒南宋·胡仔：《苕溪漁隱叢話》引《古今詩話》：「有客謂子野曰：『人皆謂公張三中，即心中事、眼中淚、意中人也（見《行香子》詞。）』子野曰：『何不目之為張三影？』客不曉。公曰：『「雲破月來花弄影」、「嬌柔嬾起，簾壓卷花影」、「柳徑無人，墜風絮無影」，此余生平所得意也。』」

㉓《花草蒙拾》：「『紅杏枝頭春意鬧尚書』，當時傳為美談。吾友公戩（勇）極嘆之，以為卓絕千古。」

㉔漢・劉安：《淮南子・繆稱訓》。

㉕南朝・宋・范曄：《獄中與諸甥侄書》，見《宋書・范曄傳》。

㉖元・趙孟頫：《劉孟質文集序》，見《松雪齋文集》卷六。

㉗《周易・繫辭下》。

㉘晉・摯虞：《文章流別論》，見《全晉文》卷七十七。

㉙梁・劉勰：《文心雕龍・物色》。

㉚五代・徐鉉：《翰林學士江簡公集序》，見《全唐文》卷八八一。

㉛《紅旗》，1959（14）。

㉜張志公：《漢語辭章學論集》，12、22頁，人民教育出版社，1996。

㉝西晉・歐陽建：《言盡意論》。

㉞〔德〕席勒：《論樸素的詩與感傷的詩》，見《古典文藝理論譯叢》
第二冊，16頁，人民文學出版社，1961。

㉟〔蘇〕高爾基：《談談我怎樣學習寫作》，見《論文學》，163頁，人
民文學出版社，1978。

㊱清・王國維：《人間詞話》。

㊲〔德〕布萊希特語，見《外國名作家傳》下冊，301頁，中國社會科
學出版社，1980。

三、「六維」簡析

「六維」是四元之間所構成的六組雙向的辯證關係的統一體：

1 維：「宇宙元⇌表達元」；

2 維：「表達元⇌話語元」；

3 維：「話語元⇌鑑識元」；

4 維：「鑑識元⇌宇宙元」；

5 維：「宇宙元⇌話語元」；

6 維：「表達元⇌鑑識元」。

本書在不影響行文累贅時，每維都用其全稱，如「宇宙元⇌話語元」，但有時為了敘述的簡潔，就用5維（5W）之類來代稱。

上述六維都處於相互對立、相互影響、相互制約又相輔相成的矛盾對立的統一體之中。深入分析它們之間的辯證關係，是辭章活動的重要原則，是避免論析偏頗、保證觀點科學的基礎。

㈠1維：「宇宙元⇌表達元」

1維（1W）概括了說寫者的主觀世界與客觀世界的辯證關係。這是辭章活動基礎的基礎。僅從辭章現象分析辭章現象，往往談得不深刻、不得要領。

我們的祖先早就從哲學的高度來認識1維之間的關係。老子、莊子從道家的觀點論析之。老子說：

致虛極，守靜篤；萬物並作，吾以觀其復。夫物芸芸，
各復歸於其根。靜曰復命，復命曰常，知常曰明。不知
常，妄作凶。
知常容，容乃公，公乃全。全乃天，天乃道，道乃久，
沒身不殆①。

此章論述了「吾」和宇宙「萬物」的關係。當「吾」「致虛
極，守靜篤」的時候，就可讓「萬物並作」，使「吾」可「以
觀其復」。蘇轍說：「虛極靜篤以觀萬物之變，然後不為變之
所亂，知凡作之未有不復也。苟吾方且與萬物皆作，則不足以
知之矣。」②陳鼓應說：宇宙「萬物的運動和變化都依循著往
復的律則，對於這種律則的認識和瞭解，叫做『明』。」③馮
友蘭從另一角度指出：「若吾人不知宇宙萬物變化之通則，而
任意作為，則必有不利之結果。」④知道天地萬物運動與變化
的常規就會寬曠容納，做到廓然至公，全面周到，與天合一，
而溶化於道，持久不失，沒有危殆。莊子也重視「忘己」，而
「入於天」。這種哲學觀點，為後代的文論家、辭章學家所繼
承。劉勰談到文學創作的「神思」時，也論析了客觀與主觀，
亦即「物」與「思」、「意」既矛盾又統一的關係。他說：
「陶鈞文思，貴在虛靜」，「寂然凝慮，思接千載；悄焉動容，
視通萬里」；「登山則情滿於山，觀海則意溢於海」；「神用
象通，情變所孕。物以貌求，心以理應」⑤。此中都充滿著辯
證法。

這裡談到「情」與「意」之源，始於宇宙萬物，「情」

「意」就是信源了，而宇宙萬物，則是信源之「源」，這些資訊，含「心以理應」的「致用」的啟智資訊，也含「情滿於山」、「意溢於海」的「移情」、「感人」作用的審美資訊。這種觀點，被後代文論、文學辭章論所不斷闡釋、發揮引申。王羲之說「情隨事遷」⑥，劉勰說：「睹物興情，情以物興」⑦，「歲有其物，物有其容；情以物遷，辭以情發」⑧，都從不同角度反覆論析1維中客觀與主觀的關係，從信源之源，論析文藝創作與文藝辭章生成的最深處的動力。其後，由「情」與「景」的關係，論析了文學創作、辭章活動的辯證法。如：范晞文說「情景相融」⑨，沈德潛說「情景俱真」⑩，李漁說「情景為綱」⑪，施補華說「情景兼到」⑫，王夫之說「情景珀芥」⑬、「情景相生」⑭，沈祥龍說「情景雙繪」⑮，方東樹說「情景勻稱」⑯等，都論析了文學創作中1維的辯證法。

1維還暗示了語境的辯證法。這裡主要談宇宙元與表達元關係的語境。一方面，宇宙元語境制約、影響著表達者；另一方面，表達者選擇、改造甚至創造語境，使表達與語境相適應、相適切、相適合。呂南公說：「與時而變」⑰，李漁說：「隨時變更」⑱，顧炎武說：「詩文代變」⑲，袁宏道說：「情隨境變」⑳，黃子雲說：「隨境興懷」㉑：這些，都表述了客觀語境對言語主體的制約，而使之相適應、適切、適合。

言語主體根據自己長期生活經驗的積累，對宇宙萬物所形成的語境有選擇、有取捨、有改造，甚至進行創造等能動作用。以秋天的語境為例，本來「春氣發而百草生，正得秋而萬寶成」㉒。秋天是收穫的季節，可是秋象也是萬象紛呈的：有滿山紅葉，傲霜秋菊，也有落葉衰草，肅颯秋風。言語主體總要根據表達的需要，選擇那些與話語內容（含自身的處境、心

情等）相適切、適合的對象為背景。「看萬山紅遍，層林盡染」
㉓，用鮮艷色彩，表達自己積極向上的感情；心情愉快，則曰
「涼風清景勝遊春」㉔；心情不佳時，則曰「悲哉秋之為氣也」
㉕，「悲落葉於勁秋」㉖。

　　王國維在談到詩歌創作的理論時，說有「造境」，有「寫
境」。「造境」重在表達理想，主觀色彩較濃，言語主體的主
動性較強；寫境，則重在寫物，客觀性稍強，更尊重客觀事物
的本來面目。前者，「有我之境，以我觀物，故物皆著我之色
彩」；後者「無我之境，以物觀物，故不知何者為我，何者為
物」㉗。「造境」這個短語，也適用於語境論。清朝「揚州八
怪」之一金農，一日赴宴，主人盛情接待，酒酣之時，有人倡
議聯詩助興。主人先出一句「柳絮飛來片片紅」，滿座嘩然，
以為「柳絮」如雪，是白的。金農立即出來給主人解圍，說：
「夕陽返照桃花塢，柳絮飛來片片紅」。聯得十分巧妙，令人拍
案叫絕，宴會氣氛被推上了高峰。「夕陽」句，在詩中，屬於
前言語境；就其反映客觀世界情景看，又屬於宇宙語境。這語
境就是王國維所說的「造境」，主觀性太強了。文學作品，尤
其是詩歌之類，「造境」的情況很多。

　　到底語體怎麼形成的？如果僅從話語裡中觀的功能語篇和
微觀的句子、語詞、語音等語體要素進行分析；或者只從「人
腦」進行研討，都不能找到根本。語體形成的「根」在宇宙中
語言運用的領域：家庭的，抑或公共場合的，藝術的，抑或科
學的，等等。這類領域的交際目的、交際任務制導著表達元之
「人腦」，它們雙向的互動，長期地、反覆地運用某類言語要素
（「體素」），使表達元「習得」，在宇宙元「約定」之中，然後
發而為言、書而成文，就得體了。離開了對1維的觀察、分

析，就只能抓住語體之表，而不能摸著其裡；離開了對1維的研討，也就學不好語體。

1維也是形成表現風格、作品風格、時代風格、地域風格的根。風格的形成，靠兩類要素（「格素」）：內蘊情志要素和外現形態要素。內蘊情志要素的「根」在宇宙之萬事萬物及其時代精神，在表達元之思想、學識、道德、修養上。即使是外現形態要素，也要靠言語主體的結構、組合。

1維，還制導著創作方法、美的創造和言語規律的運用。上文說過，辭章活動、修辭活動的第一階段就在1維中。深入生活，挖掘、提煉題材；捕捉、選擇、提煉資訊，情景交融，心入於境，神會於物，主客交融，物我雙會；正如「眼中之竹」與「胸中之竹」相映相成；因境擬喻，因物起興，象徵，托物言志，因景抒情等藝術方法，即景構思對偶，直至運用拈連、移就的辭格：統統植根在1維之中。

想像，是文學創作的重要方法。從心理學講，是在知覺材料的基礎上，經過新的組合而創造出新形象的心理過程——「知覺材料」，也來源於客觀世界；文學創作，則必須在客觀材料的基礎上進行。古今中外的文學家、理論家都談到這種經驗。陸機說：

> 其始也，皆收視反聽，耽思傍訊，精騖八極，心遊萬仞。……情瞳矓而彌鮮，物昭晰而互進，傾群言之瀝液，漱六藝之芳潤，浮天淵以安流，濯下泉而潛浸。……觀古今於須臾，撫四海於一瞬㉘。

「八極」、「萬仞」、「物」、「四海」、「古今」屬於自然世

界，「六藝」、「群言」屬於文化世界：它們均屬於宇宙元。「收視反聽」、「耽思傍訊」、「心」、「情」則屬於表達元。它們構成了1維的雙向互動的辯證關係。臧克家說：

> 想像的豐富與否，決定於對生活的深入和對宇宙萬物的觀察與思考，瞭解物質的本質、屬性及其相互的聯繫。這樣，才能在現實生活中及時發現問題，當矛盾初露頭角的時候，就提出來㉙。

這裡的「宇宙萬物」側重指自然界，「現實生活」則指人類社會：它們屬於宇宙元。而「想像」則屬於表達元。

法國的狄德羅說：「想像，這是一種物質，沒有它，人既不能成為詩人，也不能成為哲學家、有思想的人、一個有理性的生物、一個真正的人。」㉚蘇聯的包哥廷說：「沒有土壤的幻想花朵——就不是花朵。只有在生活中生根的那種幻想飛翔，那種藝術想像才是寶貴的。」㉛「物質」、「土壤」、「生活」與「幻想」、「想像」就構成結實的1維。

現實主義的創造方法，又稱寫實主義，它要通過典型人物、典型環境來反映現實生活的木質；即使是浪漫主義，運用豐富的想像和誇張的手法，塑造人物形象，反映現實生活：它們也離不開宇宙元之現實生活、自然環境、文化背景。我們要從這種特點和關係中，才能真正地掌握它們的辭章藝術。

從美學講，對美的本質的思考，美的發現與創造，也要植根於1維中。「美」存在於客觀世界裡，有物質的感性形式，有其一定的社會內容，但是「美」又離不開「人」（從辭章講，就是言語主體），要靠「人」的發現與創造，才有可能轉

化為美的作品中的審美對象。因此,「美」是主觀與客觀交融的統一體。客觀事物的「美」作用於言語主體,言語主體又對這些事物有所取捨,選擇那些最富美感、最激動人心的資訊。湯馬斯‧哈代說:「詩人根本不注意不能打動自己感情的事物。」[32]我們就得從1維來分析、欣賞辭章之美的本質,分析美的客觀與藝術家、美的客觀性與主觀性的辯證關係。

結構主義的創立者美國的布龍菲爾德說:「引起人們說話的情境包括人類世界中的每一件客觀事物和發生的情況。為了給每個語言形式的意義下一個科學的準確的定義,我們對於說話人的世界裡每一件事物都必得有科學精確的知識。」[33]「人們說話」,形成口語辭章,是受到宇宙元的影響;而說話人要說好話,又必須對宇宙的「每一件事物」有精確的認識為前提。這就論及言語活動(含辭章活動),論及表達元與宇宙元的雙向關係。

㈡2維:「表達元⇌話語元」

1維初步完成了由客觀到主觀,由物象、景象、事象、氣象到印象、心象、意象、想像的轉化,以畫竹為喻,初步完成了由「眼中之竹」到「胸中之竹」的轉化,實現了主客觀的交會、「天人合一」的雙向互動與補充;接著在言語主體腦中,還要進一步將資訊加以過濾、提純,重新改造、組合,以情意為統帥,以語體為指向,以辭篇之結構為框架,以組合為手段,「因字而生句,積句而成章,積章而成篇」地把結構與組合結合起來。如果是書面表達,往往還要反覆琢磨修改,這就轉向2維(2W)了。

在2維的轉化過程,又把言語主體心中的印象、心象、意

象、想像轉化成語音的系列（口頭語），即「以口傳心」，或物質化為線性的語言符號（書面語），即「以手傳口、傳心」。以畫竹為喻，就是由「胸中之竹」轉化成「手中之竹」㉞。

在2維的轉化過程，言語主體處於主動的、支配的地位，其思想之深淺、智慧之高低、感情之強弱、藝術修養之高低、駕馭語言能力之大小，起了決定性的作用。明‧唐志契談到繪畫時說：「寫畫須要自己高曠。」㉟古巴的何塞‧馬蒂說：「我不是用學院的墨水寫作，而是用我自己的血寫作。」㊱這都說明了言語主體的決定作用。

美國的海明威說：「小說中的人物，不是靠技巧編造出來的性格，必須出自作者自己經過溶化了的經驗。出自他的知識，出自他的頭腦，出自他的內心，出自一切他身上的東西。」㊲這就充分地注意到了話語主體的能動作用。德國的歌德說：「不要說現實生活沒有詩意。詩人的本領，正在於他有足夠的智慧，能從慣見的平凡事物中見出引人入勝的一個側面。必須由現實生活提供作詩的動機，這就是要表現的要點，也就是詩的真正核心；但是據此來熔鑄成一個優美的、生氣灌注的整體，這卻是詩人的事了。」㊳這則把表達者的「本領」、「智慧」強調到了話語「真正核心」的地位，也就是要有效、高效地表達思想感情和話語中心。

葉燮說：「唯有識則能知所從，知所奮，知所決。而後才與膽力，皆確然有以自信。舉世非之，舉世譽之，而不為其所搖，安有隨人之是非以為是非者哉？其胸中之愉快自足，寧獨在詩文一道已也？」㊴確是如此，寫各種論文、學術著作也是如此。

同時，也要看到話語元又對表達元有反作用。這表現在辭

篇的功能體式、篇幅、語法規則的制約上,如果用韻文寫作,就要依循聲律,適合體制:這些又反作用於言語主體,使之「就範」。2維之兩元,就處於這種雙向的相反相成的統一體之中。王易所說的修辭過程「由想而移為辭」⑩,就處於這2維中,但它絕不是單向的,修辭生成也不只這一維。

話語元世界的語境,是宇宙元世界在表達者的頭腦中的反映的產物,它又是一個自足的,具有相對的獨立性。所謂「相對」的,一方面,文本世界的語境必須合乎客觀世界之「真」,必須合乎客觀世界的規律性;另一方面,又具有獨立性,因為它與原本的客觀世界不一樣了,變形了,它是「表達者的頭腦中的反映的產物」。表達者,既有「就範」於客觀世界語境制約之一面,又有主動地對客觀語境之諸要素進行分析、選擇、取捨、改造、變異、昇華,進行典型化甚至創造的權利。對於「雪景」,可取其「柳絮因風」、「快樂如春」般的情景,也可取其「凍雲萬里」、「雪壓雲封」的背景,這都要看表達者的心情及其表達的需要,由表達者進行選擇、鑄煉。至於作品世界裡的人物,例如《三國演義》中所創造的「曹操煮酒論英雄」這個作品世界,曹操與劉備這兩人言語又有他們各自的語境,筆者曾借用「第二自然」之說,稱之為「第二語境」——對於這「第二語境」即作品世界裡的語境,作者的作用幾乎要提高到「造物者」的地位了,也就是他起了「造境」的作用,「物皆著我之顏色」,作者的主觀能動性得到充分的發揮,主觀色彩異常濃厚,尤其在浪漫主義的作品裡,在詩歌中。這種語境,就是「文內語境」,從言語單位講,它包含題目與正文,段落的首與尾,首尾與中間,句子、語詞內部結構之相關成分:它們之間又形成相輔相成的語境,章法之是否周

密、圓滿，句子、語詞之是否合乎規則，語音的配合是否和諧，表達的重點是否突出，等等，都互為「文內語境」，這語境的「創物者」就是表達者自己了。

語境之「適應、適切、適合」，還有常、變兩種狀態。我們既要強調常態下的「適境」，又要注意到變形下的「適境」，相聲中的「包袱」，言語中的「幽默」結構，往往故意造成對語境常態的變異，而獲得負負得正的辭章效果。

2維對語體的形成起著關鍵的作用。形成語體特徵深層的、決定性的基礎是「交際領域、交際目的、交際任務」這些屬於宇宙元的因素，但這些因素必須經過表達者根據接受對象進行類聚、組合，才能表現出它的色彩特徵。要想超越2維，「交際領域」之類形成語體的基礎就成為沙漠了。可見2維還是形成語體的動力。

2維對形成表現風格、個人風格、流派風格、時代風格、民族風格的動力作用，同上。這裡只著重強調一下個人風格。范開說：「器大者聲必閎，志高者意必遠。知夫聲與意之本原，則知歌詞之所自出，是蓋不容有意於作為，而其發越著見於聲音言意之表者，則亦隨其所蓄之淺深，有不能不爾者存焉耳。」[41]李贄說：「蓋聲色之來，發於情性，由乎自然……故性格清澈者音調自然宣暢，性格舒徐者音調自然疏緩，曠達者自然浩蕩，雄邁者自然壯烈，沉鬱者自然悲酸，古怪者自然奇絕。有是格，便是有調，皆情性自然之謂也。莫不有情，莫不有性，而可以一律求之哉！」[42]這些，都強調了形成個人風格的內在因素：「志」、「情」、「性格」，強調了表達者「所蓄積之淺深」，來闡釋風格形成的原因。英國的蕭伯納也說：「一個人要是沒有什麼主張，他就不會有風格，也不可能有。

一個人的風格有多大力量，就看他對自己的主張感覺得有多麼強烈，他的信念有多麼堅定。」[43]「主張」、「信念」則從更高層次的個人內在因素來分析風格的形成。即使「為語言研究而語言研究」的索緒爾，談到語言的運用時，也得承認這個事實：說寫者「個人的意志和智能的行為」，「賴以運用語言規則表達他的個人思想的組合」[44]。由於作者長期語言實踐的經驗積累，由於個人的興趣、愛好、特長，在表達一定的思想內容時，在其定向思維、心理定勢驅動下，使其內蘊要素與外現要素的融合，使其個人風格鮮明或比較鮮明地表現出來了。

話語的生成，資訊的表達，語體風格、表現風格的形式，就帶來了辭章效果。2維，把可能發揮作用的潛在效果，轉化成了文本中存在的自在效果。在其間，2維所起的作用，正如土地與鮮花一樣，相輔相成。好的、大的自在效果的鮮花，生長在深厚、肥沃的潛在效果的土壤之中；土壤因鮮花而兌現其價值，鮮花靠土壤而鮮艷。

2維還規定了言語規律。表現在誠美之總律上。言語主體要反映客觀規律，要有高的社會道德修養和美學修養，加上善於駕馭常、變的規律，其表現2維另一端的言語作品，就能反映客觀規律、道德規範、言語規律。這作品才是好的、成功的。

㈢3維：「話語元⇌鑑識元」

3維（3W），反映了資訊的媒體在話語作品單線的或多線甚至輻射的、被聽讀者所破譯、理解、賞析與直接或間接、共時或歷時的反饋的雙向交流中的辯證關係。

話語作品，總要傳遞一定的資訊，從3維之承載端到被理

解、接受、賞析的另一端，就進入了信宿站。話語之體制、結構形式、編碼規則，一方面對聽讀者有指向、制導作用，聽讀者不能超越這些進行理解，否則就會產生解碼的失誤。另一方面，聽讀者又不是單純被動的接受，他們總是主動地、積極地，甚至是再創造性地鑑識。有時，還要反饋，並由鑑識者轉化為表達者（原來的表達者就轉為鑑識者，互易其位）。鑑識者的主動性還表現在對話語作品資訊的選擇上，一篇話語作品（一部小說，一篇詩文）、一幅書畫，不同的鑑識者將破譯、選取其不同的「點」、「線」或「面」。對於形象性強、風格蘊藉的作品，鑑識者還根據自己的生活積累、審美經驗對話語作再創造的理解。從辭、意的關係講，表達者的「意成辭」轉為話語作品的「辭意相成」，而鑑識者必須「披文入情」——「文」就是「辭」，聽讀者首先解讀其「辭」，然後才能獲得其「意」。這就是3維資訊間的雙向的辯證關係。

3維也暗示了話語元與鑑識元的語境關係。其中之「話語元」暗示文內語境，包含它的體裁、題目與正文、前言後語等。如果接觸的是法律之類文體，就暗示鑑識者從「法律」的觀點去解讀它，獲得依「法」行事的知識；如果是科學論著，就應從「科學」的視角去破譯它，獲得按「科學」原理實踐的理論；如果是文學作品，就宜從藝術的觸角去品味它，獲得美的陶冶。這就是說：要因體鑑識，要遵循「得體律」。

進一步講，每一類還有不同的小類，則要根據它們不同的特點來鑑識。以藝術類為例，還有詩歌、小說、戲劇等不同，3維的關係就有差別。德國的海涅說：「一首什麼樣的歌曲啊（指法國革命歌曲《馬賽曲》）！它帶著火焰和歡欣透進了我的心，點燃了我的熾烈的熱情的星火和嘲笑的火箭。是的，在這

個大時代的爆竹上不應當缺少這個。嘹亮的詩歌的火流應該從自由快樂的高峰一連串地直瀉下來，就像從喜馬拉雅山的陡坡上那樣地瀉下來！」㊺歌曲之類，通過其帶著旋律的語言，可以「透進」心田，「點燃熾烈的熱情的星火和嘲笑的火箭」，其移情作用可謂大矣。

趙樹理說：「小說的主要任務不是寫事而是寫人，要通過人去教育人。但也不是讀過寫英雄作品的人馬上就能變成英雄，不過每一個英雄的品質對讀者都有一定的潛移默化作用。」㊻閱讀小說之類，就要通過破譯其語言代碼，理解其所創造的典型環境中的人物的典型性格，從英雄人物中獲得「潛移默化作用」。

俄國的果戈里說：「戲劇是一所巨大的學校，它負有深刻的使命：它一下子給整整一大堆，整整上千的人上了一堂有益的課，在莊嚴輝煌的燈光下，在宏亮的音樂聲中戲劇展示出人類可笑的習慣與惡習，崇高感人的美德和高尚的感情……不！戲劇不是人們現在把它搞成的那個樣子。不！它不應該激起那種驚惶不安的內心活動。不！讓觀眾懷著幸福的心情，笑得要死，或者淌滿幸福的淚絲，帶著什麼善良的意願，而走出戲場吧……」㊼戲劇是綜合性的藝術，它對眾多觀眾同時「展示出人類可笑的習慣與惡習，崇高感人的美德和高尚的感情」，讓觀眾受到教育、感染。這樣，就由作品的自在效果，轉化為鑑識者的他在效果。

㈣4維：「鑑識元⇌世界元」

4維（4W）表示：作為鑑識者，都要受到所處的環境的制約。我曾參加一個考察團，參觀海南島的一個熱帶的高科技植

物園。在考察的過程，團員中的一位生物教授長期生活在研究生物的環境裡，他注意的是怎樣改變生物的遺傳基因，培養良種；農民企業家，聯繫他所生活的氣溫、雨量、土壤性質和這個植物園很相似的閩南，考慮他怎樣在家鄉也建立一個有多種效益的植物園；百貨商店的總經理，細心地詢問各品種花果的價格，正想經營這類商品業務；我和一位散文家，則利用其素材創作，那位作家寫了一篇優美的散文，我寫了一首詩。在考察後的滙報會上，每位團員的發言各具特色。這說明構成4維的兩元總是相互作用、相輔相成的。

鑑識者要解讀作品，也深受宇宙元的制約。「所入者深，所知者真」。瞭解生活，積累各方面的知識、理論，如：風俗習慣、文化背景、山川景物、文史哲天地生等方面知識、理論，對於理解作品極有助益。這是宇宙元對鑑識元的作用。而鑑識者受到藝術審美和科學致用的話語作品的陶冶、啟發，而深入地認識世界，又形成了改造世界的力量。這些效果的綜合，就把話語作品的他在效果轉化成了實在效果。

(五)5維：「宇宙元⇌話語元」

5維（5W）的對立統一關係，歷來受到哲學家、文論家、文藝家、作家詩人和語言學家的重視，5維之間的關係是文藝學、辭章學，尤其是文藝辭章學應深入探討的課題。

客觀世界是第一性的，文藝作品是第二性的。這是首先應該認識的，歌德說：「生活之樹是常青的。」[48]黑格爾說：「……藝術總不能和自然競爭。它和自然競爭，那就像一隻小蟲爬著去追大象。」[49]所以狄德羅說：「在自然中最常遇見的東西，是藝術的第一範本。」[50]這些理論，都充分肯定了生活

的第一性。但是，作為第二性的文藝作品，又是生活最集中、最概括、最典型的反映，而不是生活的消極的亦步亦趨的被動反映。任何辭章活動，都不能違反這個大的原則。對於這兩者的關係，古今中外產生了許多理論進行闡析。

一是「摹仿說」。早在先秦時期，墨子就提出「摹略萬物之然」[51]，也就是要根據事物本來的面目作真實的反映。劉勰說：「寫氣圖貌，既隨物而宛轉；屬采附聲，亦與心而徘徊」。[52]這些理論與柏拉圖的「摹仿說」有相通之處。它說明既要「隨物」的特徵而適切地措辭；又受到表達者「心」——主觀情志的作用而有所取捨。亞里士多德發展了柏拉圖「摹仿說」的理論，他把「摹仿」分為三種。他說：「像畫家和其他形象創造者一樣，詩人既然是一種摹仿者，他就必然在三種方式中選擇一種去摹仿事物：按照事物本來的樣子去摹仿，按照事物為人所說所想的樣子去摹仿，或是照事物的應當有的樣子去摹仿。」[53]這段話，朱光潛先生是這樣分析的：「這三種之中第二種專指神話傳說的創作方法……第一種『按照事物本來的樣子去摹仿』便是現實主義，第三種『按照事物應當有的樣子去摹仿』，從前一般叫做『理想主義』，也可以說是浪漫主義，因為『理想』仍是人們主觀方面的因素。」[54]根據這種分析，「摹仿」就不是簡單地「照某種現成的樣子學著做」的意思，它不是簡單地再現對象的外形特徵，而是其「理念」和「本質」的再現，現實主義的創作方法是這樣，浪漫主義的也是這樣。

一是「鏡子」說。別林斯基說：「……很自然地，長篇小說超過一切其他種類的文學，獨贏得社會的垂青；社會把長篇小說看作是自己的一面鏡子，從它認識到自己，從而完成了自

我認識的偉大過程。」這種鏡子不是平面鏡，不僅僅看到事物的表象，它「是當代社會之藝術的剖解，它揭示了那被習慣與麻木感所隱蔽的基礎。現代長篇小說的任務是複製出全部赤裸裸真實的現實」[55]。它對社會的真實起到主動的曝光作用，而不是作為「一個被動的角色——就是像鏡子一樣，冷漠而忠實地反映自然了，藝術要在自己的反映中傳達生動的個人思想，使反映具有目的和意義。我們時代的詩人同時也是思想家」。[56]雨果把文學作品比作社會生活的「濃縮的鏡」[57]，魯揚把它比作「折光鏡」[58]，奧洛什科娃比之為「魔鏡」[59]。老舍以不是「相片」[60]作反喻。明確5維之間兩元的關係，在辭章活動時應如劉勰說的：「酌奇而不失其真，玩華而不墜其實。」[61]蘇軾說的：「論畫以形似，見與兒童鄰。賦詩必此詩，定非知詩人。」[62]席勒說的：「真正美的東西，必須一方面跟自然一致，另一方面跟理想一致。」[63]「不失其真」、「不墜其實」、「形似」，都是「跟自然一致」的一面；而「酌奇」、「玩華」、「神似」都是「跟理想一致」的另一面。這是運用辭章藝術，尤其是文藝辭章藝術，例如描寫的表達方式和比興、誇張、移覺、拈連、移就等的指導思想，是很精闢的。

何以宇宙元與話語元有如此既似又不似的變化？這必須從「四六結構」去考察，才能探知其奧秘。因為宇宙之物象首先必須經過作家的攝取、提煉、改造、組裝，才成為作家腦中的印象，印象與自然之物象產生了一次變異；作家腦中的印象，再轉化為線性的文字符號鏈，又產生了一次變異。這樣，一變，再變，宇宙元之物象當然不同於話語元之形象了，也就是「不似」——不是「形似」；但又「似」——「神似」，作家從物象中提煉出其本質特徵，再運用辭章藝術表述出來，因此其

中有「真」與「實」存在，這種「真」與「實」比現實生活更高、更集中、更典型，因此也更帶普遍性，這才是美的藝術品。阿·托爾斯泰說：「一般地說，虛構得愈多愈好。這才是真正的創作。但是，應該是這樣的一種虛構：虛構出來的東西在你們那裡已經產生出一種絕對真實的印象。沒有虛構，就不能進行寫作，整個文學都是虛構出來的。這是因為生活就是分散在平面、表面、空間和時間上的。……（虛構）就是要把那分散開來的生活、把無數分散開來的物體收集起來、集中起來。」⑭虛構還要「跟自然一致」，而不宜「失真」、「墜實」，否則，辭章就有問題。契訶夫曾經批評：「例如我們的小說家某某，他是描寫大自然的美麗的專家，他寫道：『她貪婪地聞著鵝掌草的醉人的香氣。』可是鵝掌草根本沒有氣味。不能說芬芳的紫丁香花束和野薔薇的粉紅色花朵並排怒放，也不能說夜鶯在清香的、開著花的菩提樹的枝頭上啼鳴──這不真實；野薔薇開花比紫丁香遲，夜鶯在菩提樹開花以前就不叫了。我們的作家的本分就在於觀察一切，注意一切。」⑮這就是不應「失真」、「墜實」，這是一方面；另一方面，還要「跟理想一致」。歌德說：「讓我們多樣化吧！蘿蔔固然好，可是把它跟粟子和在一起才算最好。土地上的這兩種珍貴的產物卻遠遠不是在一塊長起來的。」⑯中國文論中，對「姑蘇城外寒山寺，夜半鐘聲到客船」、「十里鶯啼綠映紅，水村山郭酒旗風」、「雪裡芭蕉」等等辭章、繪畫的爭論，其實都集中在5維兩元的辯證關係上。這種關係表現在辭章上，就是常格與變格；表現在文學創作上，就是現實主義和浪漫主義兩大流派。法國的大仲馬有個很精彩的比喻：「我從我的夢想中汲取題材；我的兒子從現實中汲取題材。我閉著眼睛寫作；他睜著眼

晴寫作。我繪畫；他照相。」⑥⑦這就給文學辭章活動以很大的啟發。辭章還和特定社會及其政治制度、經濟制度和意識形態，直至地理環境有密切的關係——辯證的雙向的聯繫。離開宇宙元來論辭章，正像無根之木，勢必化為枯枝敗葉。辭章植根於宇宙元，就使辭章具有鮮明的時代性。

辭章還受民族性的制約，它影響著辭章的形成，而辭章又成為民族文化的化石。索緒爾從作為文化之一的語言說明了這個關係。他說：「首先是語言學和民族學的一切接觸點，語言史和種族史或文化史之間可能存在的一切關係。……一個民族的風俗習慣常常在它的語言中有所反映；另一方面，在很大程度上，構成民族的也正是語言。」⑥⑧

宇宙元對辭章的影響，還集中地表現在風格上。宇宙元之諸多要素是形成辭章風格、作品風格，尤其是時代風格、民族風格、地域風格的一個重要依據。離開了宇宙元之時空、社會、文化來談風格，如同無源之水，很快就會乾涸的。

5維，還概括了話語作品（含辭章）對現實世界的反作用，實現了它的種種功能。

孔夫子早就說過：「詩，可以興，可以觀，可以群，可以怨。邇之事父，遠之事君，多識於鳥獸草木之名。」⑥⑨王充說：「為世用者，百篇無害；不為用者，一章無補。」⑦⑩白居易要求「文章合為時而著，歌詩合為事而作」⑦⑪。這就論及詩文的「致用」功能：「為時」、「為事」、「事父」、「事君」的社會功能、倫理教化功能，「觀」、「識」的瞭解社情民意、學習自然知識的認識功能；「興」、「群」、「怨」的移情審美功能。這種理論與外國是一致的。海涅說：「我現在知道，我要做什麼，應該做什麼，必須做什麼……我是革命的兒

子……遞給我琴，我唱一首戰歌……語言像是燃燒的星辰從高處射下，它們燒毀宮殿，照明茅舍……我全身是歡快和歌唱，劍和火焰。」⑫「燒毀宮殿，照明茅舍」是話語作品的革命功能。巴爾扎克說：作家要「教育他的時代」⑬；列夫・托爾斯泰要求寫作「有益於人」⑭；馬克思說過：「現代英國的一批傑出的小說家，他們在自己的卓越的、描寫生動的書籍中向世界揭示的政治和社會真理，比一切職業政客、政論家和道德家加在一起所揭示的還要多。」⑮

不僅文學家、詩人、革命理論家充分論述了話語作品的功能，語言學家也不例外。索緒爾說：語言「是言語機能的社會產物，又是社會集團為了使個人有可能行使這機能所採取的一整套必不可少的規約」⑯。結構主義語言學之布拉格學派也認為語言是人類活動的產物，是服從於一定目的的表達系統；而功能語體是服務於某一特定的領域，為一定的社會目的、完成特定的任務而形成的。這都揭示了5維之間的辯證關係。

5維，還表明了作為宇宙元之一個層面的文化與話語作品中之語言、辭章的辯證關係。語言是文化的化石，語言反映了文化；文化是語言的「底片」，一定文化要在語言中印出它的影子。辭章具有民族性、時代性，一定的民族文化，一定的時代精神，要反映在辭章之中，分析辭章，也可看出其所產生的特定的社會、特定的時代、特定的民族。魯迅說：「新的藝術，沒有一種是無根無蒂，突然發生的，總承受著先前的遺產。」⑰索緒爾說：「一個民族的風俗習慣常會在它的語言中有所反映。」⑱薩丕爾說：「語言也不脫離文化而存在，就是說不脫離社會流傳下來的，決定我們生活面貌的風俗和信仰的總體。」⑲這對於研究和運用辭章（含表達、鑑識）都是很有

啟發的。

㈥6維：「表達元⇌鑑識元」

6維（6W），概括了表達者與鑑識者對立統一的辯證關係。表達者與鑑識者都是言語的主體，離開他們，話語活動就不存在了。在辭章運用中，應該研究、處理好這兩者的關係。

表達者要弄清鑑識對象的特點，明白兩者之間的關係。《論語》記載孔子：

> 朝，與下大夫言，侃侃如也；與上大夫言，誾誾如也⑧。

「下大夫」、「上大夫」就是言語的鑑識對象，而分別表現出「侃侃」「誾誾」。明白對象，還要進一步摸準對方的心態。韓非子總結了遊說君王的經驗說：

> 凡説之難，在知所説之心，可以吾説當之。所説出於名高者也，而説之以厚利，則見下節而遇卑賤，必棄遠矣。所説出於厚利者也，而説之以名高，則見無心而遠事情，必不收矣。所説陰為厚利而顯為名高者也，而説之以名高，則陽收其身而實疏之；説之以厚利，則陰用其言顯棄其身矣。此不可不察也⑧。

這説的是「察心置辭」，比一般説的「察顏觀色」更深入一步。《墨子》則強調：

　　通意後對㉜。

「通意」是雙方交談的基礎。接著要調節雙方的心理，處理好雙方的關係；禮貌與真誠的表示，資訊多少的輸送，都達到適切、得體的要求，產生了合作的願望；進而考慮言辭的交際，交流才能順利進行，而取得良好的辭章效果。

　　6維間的角色特點及其關係，如：外國人、本國人，敵人、朋友、自己人，領導、群眾，上級、下級，長輩、平輩、晚輩，老人、青年、小孩，男人、女人，工人、農民、知識分子，知心者、陌生人：這就構成了6維之間的不同特點及其關係。根據不同的特點、相互之間的關係，採取適當的形式，這是言語交際的基礎。此中的關係，又有主動和被動的不同。領導對部下、權威對群眾、長輩對晚輩，對他們進行教育、開導、佈置任務，一般處於主動的位置；反之，向他們請教、請他們照顧，則處於被動的位置。位置不同，辭章的運用則有差別。公文、書信、日常交談，都要根據雙方的關係、地位而適當地遣詞用語。

　　日常交談、商業或外交談判，主動與被動的位置總在不斷的變化之中。只有善於掌握語境，抓住談機，才能永遠穩操勝券。

　　6維還要求言語主體雙方用得體的禮貌、表示真誠的態度。禮貌是言語動作的表現：尊重對方，謙虛謹慎，友好求同，利人克己，是其主要的原則。它具有鮮明的民族性、時代性和階級性。而「真」、「誠」是禮貌的內核。不真不誠不能感人，勢必造成言語交際的障礙。內心真誠，而舉止談吐又有禮貌，這是6維溝通的原則。

6維還規定了信息量的適度。說話該說充分的，就說充分；不該說的不宜說，但總要注意「要言不煩」、言少意多；既不要「對牛彈琴」，談了對方不理解、不感興趣、超越對方知識積累基礎與修養水平而無法接受的內容，也不要滔滔不絕地大談對方已知的冗餘資訊。

　　6維還規定了表達的方式。上述言語雙方的特點、關係，禮貌、真誠，信息量的適度，都要靠恰當的方式為媒體，這就落實在辭章運用上了。或莊（嚴肅、正規、謹慎）或諧（輕鬆、生動、活潑），或詳或略，或隱或顯，或祈使或請求，這在句式、語氣、口氣、態度上的選擇和表現都要恰當、適切。

　　從鑑識者講，也同樣要講究上述各點。

　　在言語交際中，表達與鑑識，是雙向的，是對立統一的辯證關係。表達與鑑識，主動與被動，兩種角色時時都在變換之中，往往是一身而二任焉。

注 釋

① 《老子》第十六章。

② 宋・蘇轍：《老子解》。

③ 陳鼓應：《老子注釋及評價》。

④ 馮友蘭語，轉引自黃友敬《老子傳真》，113頁，海峽文藝出版社，1998。

⑤ 梁・劉勰：《文心雕龍・神思》。

⑥ 晉・王羲之：《蘭亭集序》。

⑦ 梁・劉勰：《文心雕龍・詮賦》。

⑧ 梁・劉勰：《文心雕龍・物色》。

⑨ 宋・范晞文：《對話夜話》卷二。

⑩ 清・沈德潛：《唐詩別裁集》卷十二。

⑪清・李漁：《閑情偶寄》卷一。

⑫清・施補華：《峴傭說詩》。

⑬⑭清・王夫之：《薑齋詩話》卷上。

⑮清・沈祥龍：《論詞隨筆》卷上。

⑯清・方東樹：《昭昧詹言》。

⑰宋・呂南公：《與汪秘校論文書》，見《灌園集》。

⑱清・李漁：《閑情偶寄》卷四。

⑲清・顧炎武：《日知錄》卷二十一。

⑳明・袁宏道：《敘小修詩》。

㉑清・黃子雲：《野鴻詩的》。

㉒《莊子》。

㉓毛澤東：《沁園春・長沙》。

㉔唐・白居易：《秋遊詩》。

㉕《楚辭》。

㉖晉・陸機：《文賦》。

㉗清・王國維：《人間詞話》。

㉘同㉖。

㉙臧克家：《學詩斷想》，229頁，四川人民出版社，1979。

㉚〔法〕狄德羅語，見《文藝理論譯叢》第一冊，170頁，人民文學出版社，1958。

㉛〔蘇〕包哥廷：《蘇聯戲劇創作問題與青年劇作家的創作》，見《論寫作》，100頁，人民文學出版社，1955。

㉜〔英〕湯馬斯・哈代語，見1963年3月《世界文學》，67頁。

㉝〔美〕布龍菲爾德：《語言論》，166頁，袁家驊等譯，商務印書館，1980。

㉞清・鄭燮：《鄭板橋集・題畫竹》：「江館清秋，晨起看竹，烟光日影露氣，皆浮動於疏枝密葉之間。胸中勃勃，遂有畫意。其實胸中之竹，並不是眼中之竹也。因而磨墨展紙，落筆倏作變相，手中之竹又

不是胸中之竹也。總之，意在筆先者，定則也；趣在法外者，化機
也。獨畫竹乎哉？」

㉟明‧唐志契：《繪畫微言‧品質》。

㊱〔古巴〕何塞‧馬蒂，見《何賽‧馬蒂語錄》，載《世界文學》，1962
（3），93頁。

㊲〔美〕海明威語，見《外國名作家談寫作》，416頁，北京出版社，
1980。

㊳〔德〕歌德語，見《歌德談話錄》，6～7頁，人民文學出版社，
1980。

㊴清‧葉燮：《原詩‧內篇下》。

㊵王易：《修辭學通詮》，29頁，上海神州國光社，1930。

㊶宋‧范開：《稼軒詞序》。

㊷明‧李贄：《讀律膚談》。

㊸〔英〕蕭伯納語，引自《作品》，1962（10），146頁。

㊹〔瑞士〕索緒爾：《普通語言學教程》（中譯本），35頁，商務印書
館，1980。

㊺〔德〕海涅：《魯卡城》附記（1830年11月），見齊歇爾、杜拿特
《海涅評傳》，67頁，高中甫譯，作家出版社，1957。

㊻趙樹理：《與青年談文學》，見《趙樹理文集》第四卷，1736頁，工
人出版社，1980。

㊼〔俄〕果戈里：《1835-36年彼得堡舞臺》，見《劇本》，1957（8）。

㊽〔德〕歌德語，見《浮士德》第一部，95頁。

㊾〔德〕黑格爾：《美學》第一卷，51頁，朱光潛譯，人民文學出版
社，1962。

㊿〔法〕狄德羅語，轉引自《馬克思列寧主義美學原理》上冊，84頁，
三聯出版社，1962。

51《墨子‧小取》。

52梁‧劉勰：《文心雕龍‧物色》。

㉝〔希臘〕亞里士多德：《詩學》第二十五章。

㉞朱光潛：《談美書簡》，132頁，上海文藝出版社，1980。

㉟〔俄〕別林斯基：《特列莎·杜諾耶·尤金·蘇的長篇小說》，見《別林斯基論文學》，200頁，新文藝出版社，1958。

㊱〔俄〕別林斯基：《尼克拉·馬爾克維奇的「小俄羅斯史」》，同上，51頁。

㊲〔法〕雨果在《〈克林威爾〉序言》中說：「戲劇必須是一面濃縮的鏡。」見《外國文學參考資料》，303頁，高等教育出版社，1958。

㊳魯揚《從朦朧到晦澀》：「詩來自生活，卻不是生活的實錄，而是生活經過詩的折光鏡透視後的藝術昇華。」見《詩刊》，1980（10）。

㊴〔波蘭〕奧洛什科娃《論葉什的小說》：「我們可以把小說比作一種魔鏡，這種魔鏡不僅能反映出事物的外貌及它為眾人所能看到的日常秩序，同時也能表現出事物的最深邃的內容，它們的類別和五光十色……」見《古典文藝理論譯叢》第四冊，27～28頁，人民文學出版社，1962。

㊵老舍《怎樣寫小說》：「我們要寫的東西不是報告，而是藝術品——藝術品是用我們整個的生命、生活寫出來的，不是隨便地給某事某物照了個四寸或八寸的相片。」見《老舍論創作》，254頁，上海文藝出版社，1982。

㊶梁·劉勰：《文心雕龍·辯騷》。

㊷宋·蘇軾：《書鄢陵王主簿所畫折枝二首》，《集注分類東坡先生詩》卷十一。

㊸〔德〕席勒：《論樸素的詩與感傷的詩》，見《古典文藝理論譯叢》第二冊，23頁，人民文學出版社，1961。

㊹〔蘇〕阿·托爾斯泰：《向工人作家談談我的創作經驗》，見《阿·托爾斯泰論文學》，252～253頁，人民文學出版社，1980。

㊺〔俄〕契訶夫語，見《外國名作家談寫作》，242頁，北京出版社，1980。

(66)〔德〕歌德語，見《歌德的格言和感想集》，95頁，程代熙、張惠民譯，中國社會科學出版社，1982。

(67)〔法〕大仲馬語，見《外國名作家傳》上冊，218頁，中國社會科學出版社，1979。

(68)〔瑞士〕索緒爾：《普通語言學教程》（中譯本），43頁，商務印書館，1980。

(69)《論語．陽貨》。

(70)漢．王充：《論衡．自紀》。

(71)唐．白居易：《與元九書》，見《白氏長慶集》。

(72)〔德〕海涅：《黑爾郭蘭通信》（1830年8月10日），見《海涅詩選》，10頁，馮至譯，人民文學出版社，1956。

(73)〔法〕巴爾扎克：《致〈星期報〉編輯意保利特．卡斯狄葉書》，見《外國名作家創作經驗談》，7頁，浙江人民出版社，1981。

(74)〔俄〕列夫．托爾斯泰：《1852年11月28日日記》，見《古典文藝理論譯叢》第一冊，194頁，人民文學出版社，1961。

(75)〔德〕馬克思：《英國資產階級》，見《馬克思恩格斯全集》第十卷，686頁，人民出版社，1962。

(76)同(68)，30頁。

(77)魯迅：《致魏猛克信》，見《魯迅論文學與藝術》下冊，662頁，人民文學出版社，1980。

(78)〔瑞士〕索緒爾：《普通語言學教程》（中譯本），43頁，商務印書館，1980。

(79)〔美〕愛德華．薩丕爾：《語言論》，129頁，陸卓元譯。

(80)《論語．鄉黨》。

(81)《韓非子．說難》。

(82)《墨子．經下》。

「四六結構」導源(二)

　　上面分別闡析了「四元」、「六維」。把它們組合起來可以形成多種關係，用來分析辭章學（含修辭學、語體學、風格學）之諸多理論問題，使之物質化、直觀化，並化繁為簡，為學習者架一座「橋」。

一、「四元」、「六維」的部分組合

　　分別以四元之某一元為中心，可組成四個三維關係：左三維、上三維、右三維、下三維及其他。分述如下：

(一)左三維

　　左三維，以表達元為中心，同1維（表達元⇌宇宙元）、6維（表達元⇌鑑識元）、2維（表達元⇌話語元）組合，就可構成如下的結構：

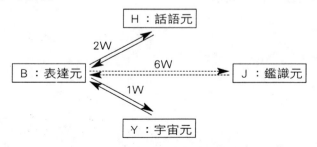

左三維結構表示：表達者的活動，總是立足於客觀世界，按著上述1維和表達元的要求，即根據客觀世界的語境，從中獲取資訊，再針對6維之鑑識對象的特點；朝著2維：特定語體、擬表達的話語中心，以「結構組合結合論」為指導，組成話語。它對體察（客觀世界）論、取材論、信源論、話語生成論（含辭章生成）、生成階段論（含第一階段、第二階段）、語境論和文藝體辭章的反映論、表現論、創作論、效果論等都做了展示。中外古今的辭章論，尤其是文學辭章論，都論析了左三維的諸多理論問題。為了敘述的簡潔方便，本書用「Y」代表「宇宙元」，「B」代表「表達元」，「H」代表「話語元」，「J」代表「鑑識元」；用「1W」代表「1維」，「2W」代表「2維」，餘類推。巴金說：

> 我寫小說（2W）……想的只是一個問題：怎樣讓人生活得更美好，怎樣做一個更好的人，怎樣對讀者（6W）有幫助，對社會、對人民（1W）有貢獻①。

「我（B）寫小說（H）」屬於2W；「怎樣讓人生活得更美好，怎樣做一個更好的人」，就是作者為讀者著想，屬於6W，取得他在效果和實在效果；「對社會、對人民」屬於1W。這段論述，可用左三維來表示：

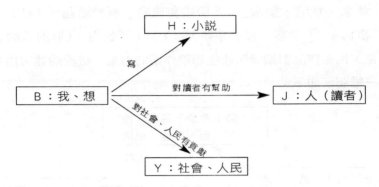

　　這是表達者的修養論、使命論,含文學辭章的功能論、效果論。它以表達元為中心,聯繫客觀世界(Y)、鑑識者(J)進行創作,使作品(H小說)對讀者、對社會有積極的影響,使作品的潛在效果、自在效果轉為他在效果和實在效果。艾青說:

> 沒有想像就沒有詩。
>
> 詩人的最重要的才能就是運用想像。詩人把互不相關的事物,通過想像,像一條線串連起來,形成一個統一體。
>
> 不論是明喻和暗喻,都是從抽象到具體、具體到具體之間的一個推移、一個跳躍,一個轉化、一個飛翔……
>
> 所有意象、意境、象徵,都是通過聯想、想像而產生的。
>
> 藝術的魅力來源於以豐富的生活為基礎的豐富的想像②。

「詩人」、「想像」、「聯想」屬於表達元(B);「詩」及其

「意象、意境、象徵」、「明喻和暗喻」屬於話語元（Ｈ）；「事物」、「生活」屬於宇宙元（Ｙ）；「魅力」（吸引人的力量）則是作品對讀者所產生感染作用的力量。這段論述可用左三維圖示如下：

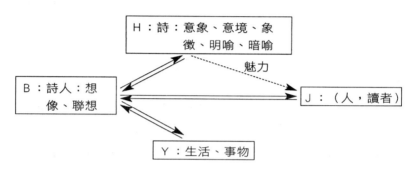

此論也是立足於表達元（Ｂ），論析了詩人構思（想像、聯想），提煉題材，把各個蒙太奇加以組合，不僅「串連起來，形成一個統一體」，而且作了昇華，實現了「從抽象到具體、具體到具體之間的一個推移、一個跳躍、一個轉化、一個飛躍……」，論析了運用藝法（象徵）和辭格（明喻和暗喻）的原則。這確是經驗之談。這裡，以詩人為中心構成了左三維，如上圖。

古羅馬的賀拉斯說：

> 詩人（Ｂ）的願望應該是給人（Ｊ）益處和樂趣，他寫的東西（Ｈ）應該給人（Ｊ）以快感，同時對生活（Ｙ）有幫助……寓教於樂，既勸諭讀者（Ｊ），又使他喜愛，才能符合眾望③。

圖示如下：

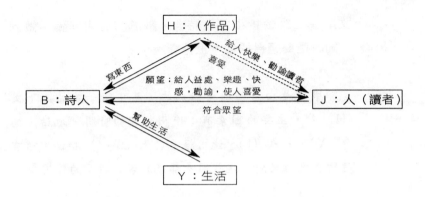

　　此論以詩人（B）為中心，論析了表達者和作品、表達者和社會生活、表達者和讀者的三維關係，重點落在詩人的責任和作品的功能論上。英國的蕭伯納說：

　　　　偉大的劇作家（B）不僅是給自己或觀眾（J）以娛樂，他還有更多的事要作，他應該解釋生活（Y）④。

此論也可以圖示如下：

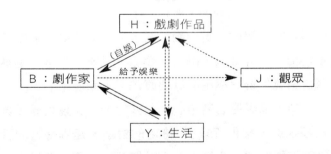

此論立足於劇作家，論述了：1維，作家與生活的關係；2維，作家與作品的關係；6維，作家與觀眾的關係，重點落在劇作家的歷史使命和文藝作品的社會功能上。

上文用左三維論析小說、詩歌、戲劇的有關理論，做到「得體」。同時還要適合語境。王德春說：

> 言語環境是由多種因素構成的，其中除一定的上下文（H）外，主要的因素有：使用語言的時間、地點、場合（Y）、對象（J）、使用語言的人（B、J）和使用語言時所表現的思想。這些因素都能影響對語言的作用⑤。

此論可圖示如下：

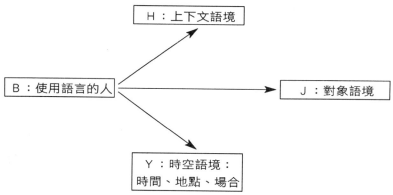

此論從語言的「使用」者出發，談了上下文語境、宇宙元語境和對象語境，言簡意賅，概括得簡明、扼要、周全。適應、適切、適合語境是辭章運用的重要原則：「適境律」。

左三維，以表達者為中心，根據特定的客觀世界（含自然界、人類社會、文化背景）、特定的對象，建構特定的話語文本。研究這種辭章（含修辭）理論體系的科學，就是「建構辭章學」，簡稱「建辭學」。《辭章學新論》之《「四六結構」與辭章學專門性學科的建設》、《「四六結構」與建辭學舉隅》等節將對此進行論析。

㈡上三維

上三維，以話語元為中心，與2維（話語元⇌表達元）、3維（話語元⇌鑑識元）、5維（話語元⇌宇宙元）組成，如下圖：

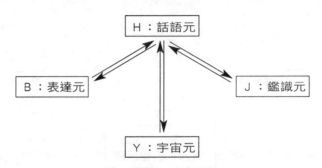

上三維之話語元，一邊聯繫著表達者，一邊聯繫著鑑識者，又與客觀世界相關聯。這些關係，歷來受到作家和廣大讀者的關注。

話語元是資訊的載體，其信源來自表達者，信宿達於鑑識者。沒有這個載體，資訊的交流就不可能。而這個資訊不是從天上掉下來的，它的根在客觀世界。這個觀點也可以用來解釋辭章藝術。陸游談到自己學詩與讀詩經驗，說：

> 君（B）詩（H）妙處吾（J）能識，正在山程水驛（Y）中⑥。
>
> 揮毫（B）當得江山（Y）助，不到瀟湘（Y）豈有詩（H）⑦。
>
> 汝（B）果欲學詩（H），工夫在詩外（Y）⑧。

這三個辭段，談到話語作品（詩）與客觀世界（「山程水驛」、「江山」、「瀟湘」等）「詩外」之物；談到了話語作品與表達者（「君」、「汝」）、話語作品與鑑識者（「吾」）的關係。文學作品是反映客觀世界的（即使是抒情之作，「情」也植根於客觀世界），它聯結著表達者與鑑識者。可圖示如下：

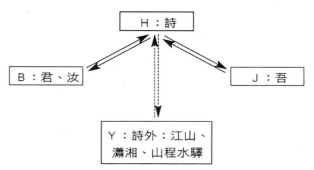

這個結構也可以用來分析「美」的藝術、美的創造、美的欣賞等理論。「美」，不是理念性的，它是客觀事物的反映，但又比客觀事物更高、更集中、更典型，因此，也更帶普遍性。這種藝術之美，是由藝術家創造的，它又影響著鑑識者，受到鑑識者的喜愛。可圖示如下：

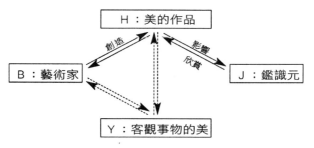

這個結構可用來理解下述辭章之美的理論。高爾基說：

我所理解的美（H）是各種材料——也就是聲音、色彩

和語言的一種結合體（H），它賦予藝人（B）的創作
（2W）——製造品（H）——以一種能夠影響情感和理
智（J，3W）的形式（H），這種形式就是一種力量，
能喚起人（J，3W）對自己（B，2W）創造的才能感到
驚奇、驕傲和快樂的力量而作用於感性和理性⑨。

美學家王朝聞說：

> 美（H）是人們（B）創造生活、改造世界（Y）的能動
> 活動及其在現實中的實現或對象化（2W）。作爲一個客
> 觀的對象，美是一個感性具體的存在，它一方面是一個
> 合規律的存在，體現著自然和社會發展的規律（5W），
> 一方面又是人（B）的能動創造的結果（2W）。所以美
> （H）是包含或體現社會生活的本質、規律（5W），能
> 夠引起人們（J，3W）特定情感反映的具體形象（包括
> 社會形象、自然形象和藝術形象（H））⑩。

上述兩個辭段，既談了美（含辭章之美）與客觀世界，與表達
者，與鑑識者的關係，又談了美的創造、欣賞和美的功能。特
別要再次指出的是：「影響情感和理智」、「作用於感性和理
性」的「美」，既含「移情」作用的藝術（「審美」）之「美」，
又含「啟智」作用的「致用」之美。這是辭章「藝術」之「美」
的含義。

　　上三維，雄辯地說明：辭章藝術、修辭藝術是表達、承
載、鑑識的結合體；不是只含表達與話語，也不是只限於話語
與鑑識之單一方向。

上三維，又雄辯地說明：「三辭三成說」，說明表達與鑑識中「結構組合結合論」的規律。這些將在下文作進一步的闡釋。

上三維，以話語元為中心，聚焦於辭章（含修辭）文本，聯繫客觀世界的萬事萬物（自然界、人類社會、文化背景），一邊與表達元相關，一邊與鑑識元維繫，是建構話語文本理論的基礎，研究、總結這種理論體系的學科稱文本辭章（含修辭）學，簡稱「本辭學」。《辭章學新論》之《「四六結構」與辭章學專門性學科的建設》對此將作論析。

㈢右三維

右三維，是以鑑識元為中心，輻射向特定的客觀世界（自然界、人類社會、文化背景），特定的表達者，對話語文本進行解讀、欣賞、評賞的結構，這就是右三維結構。可圖示如下：

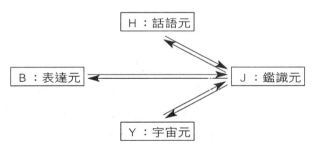

宇宙元是信源之源，表達元是話語文本資訊之源，要解讀話語文本，必須瞭解特定的信源之源。從文學作品講，就是要分析話語產生的時代背景；閱讀政治論文，要瞭解其所反映的社會制度（政治制度、經濟制度等）；理解科學論文，要分析其所概括的客觀規律（社會規律、自然規律）。欣賞一首樂

曲、一幅繪畫、一幀書法、一塊碑刻、一場舞蹈、一項體育表演也是如此。離開了這「信源之源」，就很難「正確、深入地理解」話語文本以及各種藝術形式所承載的美學資訊和理性資訊。

「信源之源」，紛繁複雜，而一進入表達者的黑箱中攪拌，就變形、變質了。這種「變」的原因，要從表達者所處之特定的時期、特定的生活道路、特定的思想、觀點、道德修養、學識根基、藝術風格、興趣愛好，直至其特定的職業、職位、職稱、社會地位進行分析。

但是，作為鑑識者思維的指向是在話語文本上，宇宙元、表達元只是作為理解、鑑識文本資訊的參照系，當然是重要的參照系。要解讀話語文本，還必須根據其文體、語體、言語規律（含中觀和微觀的結構規律），對於資訊深蘊的作品，要由辭而意（辭先意後），辭意結合，再由意而辭，反覆結合進行，才能如抽絲得繭般，正確、深入地理解其資訊。對文學作品，尤其是風格蘊藉的詩歌作品，這種情況就很突出。孟子對右三維有十分簡明、精闢的論述：

頌（J）其詩（H），讀（J）其書（H），不知（J）其人（B），可乎？是以論其世（Y）也⑪。

可圖示如下：

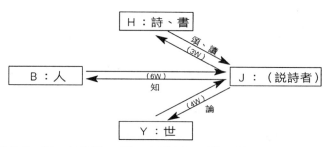

這是著名的「知人論世」說，是對右三維最簡練的概括。它論及3維、4維和6維的關係。在右三維的框架下，孟子還有幾段論述，從不同角度具體化、深刻化了這理論。他說：

> 我知（J）言（H）。
>
> 我善養吾浩然之氣。……其為氣也，至大至剛，以直養而無害，則塞於天地（Y）之間。其為氣也，配義與道（Y）；無是，餒也。是集義所生者，非義襲而取之也。行有不慊於心（J），則餒矣。
>
> 何謂知言（J）？曰：詖辭（H）知其所蔽（B），淫辭（H）知其所陷（B），邪辭（H）知其所離（B），遁辭（H）知其所窮（B）⑫。

這段右三維論，焦點從「我」（鑑識者）的修養出發，強調要養氣、集義、配道，不慊於心。這就涉及鑑識者的人生觀、社會觀、倫理道德觀和文學藝術修養之諸多根本的理論。請再看一段孟子的論述：

> 故說詩者（J），不以文害辭（H），不以辭害志（H）；以意（J）逆志（B），是謂得之。如以辭而已矣，《雲

漢》之詩曰：「周餘黎民，靡有孑遺。」（H）信斯言
也，是周無遺民也⑬。

我們先把上述兩段論述，用「四六結構」圖示如下：

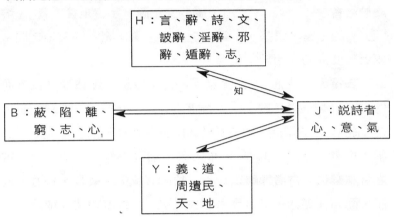

「我」、「說詩者」屬於鑑識元。「不慊於心」的「心₂」，
「以意逆志」的「意」，統屬於鑑識者的思想、觀點、感情等主
觀的意識。「浩然之氣」的「氣」，講的是鑑識者的氣質、才
氣、氣度、豪氣、義氣、靈氣、心氣、志氣、正氣、膽氣之類
屬於個人內在的修養。「四元」都有氣，它們既有聯繫，又有
區別。鑑識元，是右三維的中心。

「言」、「辭」、「詩」、「文」都屬於話語元，含口頭語
（如「詖辭」之「辭」之類），書面語（不「以文害辭」之
「辭」）；「文」指「個別字眼」⑭；「不以辭害志」之「辭」
指「辭句的表面」，即「藝術形式」，「志₂」指「作品的原意」
⑮，即話語資訊，在這裡主要指深層的資訊。「靡有孑遺」是
誇張用法，屬於變格的辭語，產生了轉義，是不能按字面來理
解的。兩千多年前的孟子能分析到這個層次是了不起的。「詖

辭知其蔽」是「即辭知心」的鑑識原則的運用，這裡的「心」，就是「志₁」。話語元是載體、媒介，它架在表達元與鑑識元之間。

宇宙元三個層面：「天」、「地」屬於自然層，「周遺民」屬於社會層，「義」、「道」屬於文化層。宇宙是養「氣」、培「心₂」的土壤、根基，「氣」之「浩」者又充塞於天地之間：兩者是雙向的，屬於文化層。

表達元之「志₁」也就是「心₁」（思想、感情等意識方面的內容）是通過「辭」（「以辭害志₁」之「辭」，「詖辭」之類的「辭」）來承載的。鑑識者要掌握表達者的「心₁」、「志₁」，必須「即辭」才能「知心」。宋人魏了翁說得好：「今之文，古之所謂辭也。古者即辭以知心，故即其或慚、或枝、或遊、或屈，而知其逆叛、知其誣善而失守也⑯；即其或詖、或淫、或邪、或遁，而知其蔽陷，知其離且窮也。」⑰「辭」將「志₂」傳給鑑識者，鑑識者解讀「辭」中之「志₂」，兩者也是雙向的。

墨子談到「察言」的「三表」原則，是進行文學批評、言語效果品定的標準。他說：

執有命者（B）之言（H），不可不明察（J）。

然則明辨（J）此之說，將奈何哉？子墨子言曰：必立儀。……故言（H）必有三表。

何謂三表？子墨子言曰：有本之者，有原之者，有用之者。於何本之？上本之於古者聖王之事；於何原之？下原察百姓耳目之實；於何用之？廢以為刑政，觀其中國家百姓人民之利（Y）⑱。

此論之「明察」、「明辨」的言語主體是鑑識者；「察」、「辨」的對象是話語元之「言」：兩者之間構成3W的辯證關係。「執有命者」屬於表達者，他們是鑑識者「明察」的對象：他們之間構成6W的辯證關係。「古者聖王之事」、「百姓耳目之實」、「國家百姓人民之利」均屬於宇宙元之社會層；「上本之」（向上追溯本源）、「下原察」（向下審察）、「觀」（觀察），則是鑑識者鑑識宇宙的活動，兩者構成4W的辯證關係。

韓非子立足於鑑識元，論析辭之「文」、「用」關係，建構其右三維的理論。他說：

今世之談（B）也，皆道（B）辯說文辭之言（H），人主覽（J）其文（H）而忘有用（Y）。墨子之說（H）傳先王之道，論聖人之言（Y），以宣告人（J）。答辯其辭（H），則恐人懷（J）其文（H）、忘其用（Y），直以文（H）害用（Y）也⑲。

此說立足於鑑識者：「人主」、「人」。「人」是被「宣告」者，「人主覽」、「人懷」則是鑑識者，兩者構成3W關係，是雙向的。「談」、「道」的發出者、「墨子」是表達者。「辯說文辭之言」、「文」，屬於話語元。「先王之道」、「聖人之言」屬於宇宙元的文化層。此則辭章鑑識論在於論析「文用」——社會功能，論析辭章的實在效果。不過，這則也暴露了法家重質輕文的觀點，不無偏頗。

我國先秦、漢晉，辭章鑑識論已相當可觀，魏晉南北朝時期，漸趨成熟，鑑識的主要理論漸成體系，它包括鑑識者的思

想、品德、文化修養、興趣愛好等諸多因素，對話語理解的步驟、規律、方法、標準，對表達者的品評標準、等第（品），對話語與社會的關係，移情、審美和啟智、致用之效，話語的他在效果到實在效果的兌現等，都有很精闢的見解。梁朝鍾嶸之《詩品》，劉勰之《文心雕龍》（尤其是其中的《知音》篇），都有豐富的辭章鑑識論。其後之文評、詩話、詞話、史論、注疏、評點等論著中，研究則更加深入細致。

近現代，尤其是當代，國內外有關文學批評理論、接受美學、理解修辭學，新時期出版的大量「鑑賞」論著、鑑賞辭典之類，更是如雨後春筍，令人目不暇接。譚學純等先生還出版了接受修辭學專著（有的學者稱之為「理解修辭」，其實質是一樣的）。

漢語辭章鑑識理論——又稱解讀理論，就是立足於鑑識元，從右三維直至「四六結構」整體，吸收古今中外的相關理論，來建構自己的科學體系，這就是「解辭學」。

表達者與鑑識者的角色關係經常變換，出現「一身而二任焉」的情況。因此，左三維與右三維的位置、方向，也經常隨著而更易。這就要求我們建立「四六結構」的整體觀。

㈣下三維

下三維，是以宇宙元為中心，論析客觀世界與表達者，與話語文本，與鑑識者的辯證關係。

這裡要特別指出的是，宇宙元的三層：自然層、社會層、文化層，包涵著表達者、鑑識者與話語文本。表達者、鑑識者生於宇宙元之中，是社會層的分子；話語文本屬於文化層。我們把表達元、鑑識元、話語元抽出來，在於便於分析。

㈤近維、遠維

四元六維是個整體，上面僅是為了分析起見，分成「四元」、「六維」、「左三維」、「上三維」、「右三維」、「下三維」進行論析。在古今中外有關的辭章論中，的確不少理論是僅就上述「四六結構」的各個部件進行闡釋的。近維、遠維則介於上述「部件」與「四六結構」之間。

四元六維結構中的任何一元，與之直接聯繫的稱「近維」，不與之直接聯繫的稱「遠維」。以表達元論，1W、2W、6W都與表達元直接聯繫，它們與表達元構成近維；其他的3W、4W、5W，不直接與表達元聯繫，則是表達元的遠維。

認識近維、遠維，有助於建立「四六結構」的整體觀念，對於分析四元之間關係的理論和辭章的運用很有幫助。許多辭章論都是近維、遠維交織在一起的。薛雪說：

> 狀難寫（B）之景（Y），如在目前；含不盡之意（H），見於言外（H）。作者得於心（B），覽者（J）會其意（H），此是詩家半夜傳衣語，不必舉某人某句爲證。」⑳

這段辭章論主要從表達元出發對辭章提出的要求。這裡論及四維的關係。1W是「景⇌作者」的關係，作者要觀「景」，讓景融於「心」中，這就進入辭章生成的第一階段。2W是「作者⇌詩」的關係，此詩的表層是「言」，深層是「意₂」，表裡融成一體，是詩意的載體、媒介。3W是「詩⇌覽者」的關係；「詩」傳給覽者，覽者領會詩意，是雙向的。在這基礎上，作者和覽者做了交流，這就是6W「作者⇌覽者」的關

係，他們之間「會意₁」了。以上四維，1W、2W、6W屬於表達元的近三維，而3W就是表達元的遠維了。這段論述，可圖示如下：

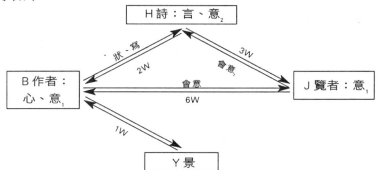

我們在分別分析了六維和左三維、上三維、右三維、下三維之後，還要進一步瞭解它們各種組合關係，從各個角度理解、運用辭章的理論。

注 釋

① 巴金：《文學生活五十年》，見《巴金論創作》，16頁，上海文藝出版社，1983。

② 艾青：《和詩歌愛好者談詩》，見《艾青談詩》，51頁，花城出版社，1982。

③〔羅馬〕賀拉斯：《詩藝》，見《西方古典作家談文藝創作》，60頁，春風文藝出版社，1980。

④〔英〕蕭伯納：《怎樣寫通俗劇本》，見《外國現代劇作家論劇作》，23頁，中國社會科學出版社，1961。

⑤ 王德春：《修辭學探索》，23頁，北京出版社，1983。

⑥ 宋·陸游：《題廬陵蕭彥毓秀才詩卷後》，見《陸游集》卷五十。

⑦ 宋·陸游：《予使江西時以詩投政府乞湖湘——麾會召還不果偶讀舊

稿有感》，同上，卷六十。

⑧宋・陸游：《示子遹》，同上，卷七十八。

⑨〔蘇〕高爾基：《文學論文選》，263頁。

⑩王朝聞主編：《美學概論》，29頁，人民出版社，1981。

⑪《孟子・萬章下》。

⑫《孟子・公孫丑上》。

⑬《孟子・萬章上》。

⑭⑮郭紹虞主編：《中國歷代文論選》上冊，11頁，中華書局，1962。

⑯《周易・繫辭下》：「將叛者其辭慚，中心疑者其辭枝，吉人之辭
　　寡，躁人之辭多，誣善之人其辭遊，失其守者其辭屈。」

⑰宋・魏了翁：《攻媿樓宣獻公文集序》。

⑱《墨子・非命上》。

⑲《韓非子・外儲說左上》。

⑳清・薛雪：《一瓢詩話》。

二、再談「四元」、「六維」的部分組合

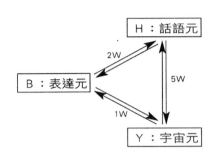

「四元」、「六維」還可組合成四個三角關係，用以論析辭章之諸多理論。這就是左三角、上三角、右三角、下三角。本節先談左三角。

左三角由宇宙元、表達元、話語元及它們之間1維、2維和5維構成，如左上圖。

論析左三角的關係，或著眼於三元三維，或著眼於某兩元，或著眼於某一元，可以分析多方面的辭章理論。限於篇幅，下面僅僅是舉例性的做點論析。

(一)著眼於左三角三元之間的理論

古今中外的文論家、語言學家、辭章學家，著眼於左三角三元三維的關係，論析了許多文學創作、話語生成和辭章理論。

首先，他們從哲學的高度論析三者關係的理論問題，並用之指導辭章活動。宇宙萬物、表達者和話語作品的關係早就受到理論家的重視。《禮記》云：

樂（H）者，音之所由生也。其本在人心之感（B）於物（Y）也①。

墨子說：

舉（B），擬實（Y）也②。
以名（H）舉實（Y），以詞（H）抒意（B）③。

晉人陸機說：

佇中區以玄覽（B），頤情志（B）於典墳（Y）。遵四時
（Y）以嘆逝（B），瞻（B）萬物（Y）而思紛（B）。悲
（B）落葉於勁秋（Y），喜（B）柔條於芳春（Y）。心懍
懍以懷（B）霜（Y），志眇眇而臨（B）雲（Y）。詠
（H）世德之駿烈（Y），誦先人之清芬。遊文章之林
府，嘉麗藻之彬彬。慨投（B）篇（H）而援筆（B），
聊宣（B）之（Y）乎斯文（H）④。

上列四段，分別論及音樂、語言、文學創作的理論問題，
它們的共同點都從宇宙元、表達元、話語元（載體元），論述
了三元之間構成的三維（1W、2W、5W）關係；概括這些活
動的第一階段、第二階段。陳望道所講的「修辭的三個階段：
一、收集材料；二、剪裁配置；三、寫說發表」⑤；毛澤東所
說的「文藝作品，都是一定的社會生活在人類頭腦中的反映的
產物」⑥；錢鍾書所說的「近世西人以表達意旨為三方聯繫，
圖解成三角形：『思想』或『提示』、『符號』，『所指示之事
物』三事參互而成鼎足」⑦。狄德羅講的自然界是藝術的第一
個範本⑧；歌德說的生活之樹是常青的⑨；等等，古今中外之

相關理論，都證明了這個三角關係是藝術、美學、文學、史學、言語學、辭章學、修辭學、語體學、風格學等涉及主觀與客觀、思維與作品、作品與世界之間的普遍規律。我們要特別強調是：1W、2W、5W都是雙向的；左三角也僅是「四六結構」的組成部分。我們還要用辯證的觀點、從更為宏觀的視角（「四六結構」）來分析、闡述辭章學及其相關的理論。

這個結構理論，十分重要。下面我們舉有關哲學、倫理學、資訊論、美學、文學、藝術的原則、方法的理論作進一步的分析，以作為辭章的理論建設和實際運用的指導思想。

劉勰的《文心雕龍》對這個理論作了很深刻的分析，這對魏晉以後文學的自覺有啟發作用。他說：「爰自風姓，暨於孔氏，玄聖創典，素王述訓，莫不原道心以敷章，研神理以設教。」這談的是「道」對文的作用；同時又指出「……察人文以成化；然後能經緯區宇，彌綸彝憲，發揮事業，彪炳辭義」，指出「文」對宇宙之「道」的反作用。總之，

　　　道沿聖以垂文，聖因文而明道⑩。

這可用左三角圖示如下：

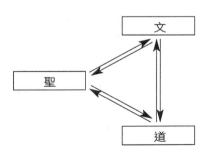

　　這一理論在中國影響深遠，成為中國傳統文論和辭章論的重要組成部分。從此，劉勰進一步推而廣之，他說：「故立文之道，其理有三：一曰形文，五色是也；二曰聲文，五音是也；三曰情文，五性是也。」⑪此則由道至文，由文至道，闡釋了道與文的雙向關係。劉勰所講的「道」，有道家之道，儒家之道，玄學之道。

　　道家之道，是「自然之道」。老子說：「人法地，地法天，天法道，道法自然。」⑫王弼說：「道不違自然，乃得其性。法自然者，在方而法方，在圓而法圓，於自然無所違也。自然者，無稱之言，窮極之辭也。」⑬劉勰所講的「玄黃色雜，方圓體分」，是「與天地並生」的，「此蓋道之文也」。它「為五行之秀，實天地之心。心生而言立，言立而文明，自然之道也。」從自然之道觀之，「傍及萬品，動植皆文：龍鳳以藻繪呈瑞，虎豹以炳蔚凝姿；雲霞雕色，有逾畫工之妙；草木賁華，無待錦匠之奇；夫豈外飾，蓋自然耳。至於林籟結響，調如竽瑟；泉石激韻，和若球鍠；故形立則章成矣，聲發則文生矣。」⑭劉勰的自然之「道」，從哲學講，是「形而上」的觀點，這與亞里士多德美的「理念」論很相似。但他由此發揮出來論析「章成」、「文生」（用現代的話講，應屬於「話語生成論」）卻是具有唯物的英華。後代之情景論⑮，清人王國維的「二境論」⑯，現當代之創作論，包括辭章論，無不受之啟發而逐步發展。

　　這種「自然之道」，與「誠者，天之道也」有相通之處，是建立「誠美律」的重要參照系之一。

　　儒家之道，就是儒家修身齊家治國平天下之道⑰，它在倫理道德上強調「夫子之道」，其核心是「忠恕」⑱，是「禮義

辭讓忠信」⑲。劉勰把這個「道」與「文」聯繫起來。他進一步發揮，指出：「聖人之情，見乎文辭矣」，「夫子風采，溢於格言。是以遠稱唐世，則煥乎為盛；近褒周代，則鬱哉可從。此政化貴文之徵也。」他又說：「鄭伯入陳，以文辭為功；宋置折俎，以多文舉禮。此事蹟貴文之徵也。」他還說：「褒美子產，則云『言以足志，文以足言』。泛論君子，則云『情欲信，辭欲巧』。此修身貴文之徵也。」⑳劉勰從此總結出「言語規律」：「志足而言文」㉑，「情信而辭巧」㉒，「乃含章之玉牒，秉文之金科矣」㉓──「情信而辭巧」是「誠美」的重要內容；「玉牒」、「金科」者，「律」之謂也。

玄學之道，是對儒家與老莊之道的融合，維護儒家倫理觀念，又崇尚自然之道、神理之道；至其後期，玄學又與佛學交匯，佛學影響了玄學，佛學的一些宗派又用玄學講解佛經。劉勰後期皈依佛門，有其玄學思想的原因。劉勰說：「迄自正始，務欲守文，何晏之徒，始盛玄論。於是聃、周當路，與尼父爭途矣。詳觀蘭石之《才性》，仲宣之《去代（伐）》，叔夜之『辨聲』，太初之《本玄》，輔嗣之『兩例』，平叔之『二論』：並師心獨見，鋒穎精密，蓋人倫之英也。至如李康《運命》，同《論衡》而過之；陸機《辨亡》，效《過秦》而不及；然亦其美矣。次及宋岱、郭象，銳思於幾神之區」，「動極神源，其般若之絕境乎！」可見劉勰對玄學之道既讚賞也有批評㉔。

總之，在劉勰的「立文之道」中，儒家的倫理道德之道、老莊的自然之道居於主導的地位。由此而引申的論文之道，卻是很精闢的。表現在左三角關係理論的，如：

春秋代序，陰陽慘舒，物色之動（Y），心亦搖焉。（B）
……歲有其物，物有其容（Y）；情（B）以物（Y）
遷，辭（H）以情（B）發（2W）㉕。

人稟七情（B），應物（Y）斯感（1W）。感物（1W）
吟志（2W），莫非自然㉖。

原夫登高之旨，蓋睹物（1W）興情（B）。情以物興
（1W），故義必明雅（H）；物以情觀（1W），故詞必
巧麗（H）㉗。

這些文論、辭情論、辭章論、詩論、賦論都是很精闢的。其後
的許多詩論、詞論、文論、戲劇論、小說論、創作論以及史論
等，都可用左三角關係來概括，如清・李漁的詞論。他說：

詞（H）雖不出「情（B）景（Y）」二字，然二字亦有
主客。情爲主，景是客。說景即是說情，非借物遣懷，
即將人喻物，有全篇不露秋毫情意，而實句句是情、字
字關情者，切勿泥定即景承物之說，爲題字所誤認，真
做向外面去㉘。

此論不僅論及言語主體與客觀事物的辯證關係，而且強調了言
語主體的主觀能動作用；不僅概述到「辭」，而且把它具體化
到藝法（借物遣懷）、辭格（將人擬物）、句法、字法（句句是
情、字字關懷）等，這些都是辭章學研究的對象。茅盾的創作
方法論，也可用左三角來分析：

創作方法是作家（B）從紛紜萬象的社會生活（Y）進

行觀察、分析、提煉、綜合，運用形象思維來反映生活、塑造藝術形象（H）的原則和方法。創作方法受世界觀的指導，但世界觀不等於創作方法㉙。

㈡著眼於左三角之表達元的理論

左三角是一個整體，上面我們例舉有關三元的辭章論，作了整體的分析。但是，有的論者只著眼於表達元進行闡釋。分析如下：

1維（1W）「表達元⇌宇宙元」含：深入、觀察論，體驗、理解論，選材、剪裁論；2維（2W）「表達元⇌話語元」含：想像、神思論，表現、反映論，馭術、馭篇論等。

表達者對宇宙人生必須「入乎其中」，進行觀察，然後才能「出乎其外」㉚。文學創作者，要觀察自然層之日月星辰，風雨雷電，陰晴晦明，朝暉晚霞，動物植物，山原江海等自然的景象、現象；觀察社會層之各種人，他們的外貌、行動及思想、品質的各種表現，觀察人與人之間複雜、微妙的各種關係，親暱的、和諧的、矛盾的，明爭暗鬥、刀光劍影、縱橫捭闔的，觀察政治領域、經濟領域、家庭生活中的各種人的種種事象；觀察文化層之種種現象：意識形態，風俗習慣，宗教信仰等。科學工作者，也要根據研究對象的不同，到宇宙之各層中，冷靜客觀地觀察各種現象，植物怎麼生長，光合怎麼作用，蘋果怎麼掉落，古塔怎樣傾斜，潮水如何升降，星辰如何運行等。刑法工作者，則要觀察民眾的法制觀念及其行為表現，各類案件發生的時間、地點、原因、經過、結果，主犯、次犯、危害程度等。這是文學創作、科學論文寫作、刑法公文

形成的根基。許多作家、科學家、社會工作者對此都積累了不少經驗。

歌德說：「我從來沒有為了要寫詩而去觀察自然，但是我早期的寫生畫，以及後來的自然研究，使我長期對自然事物做了細緻的觀察，逐漸把自然熟悉在心，甚至於最小的細節，所以當我作為一個詩人時，需要什麼，它便歸我掌握；我不可能很容易地犯了違反真實的過失。」㉛阿·托爾斯泰說：「……仗著內心的視力去觀察他所描寫的對象，這樣來創造作品——這是作家的規律。……應當訓練自己去觀察，去熱愛這件事。觀察——永遠去觀察，時時刻刻去觀察、概括，按著手勢、語言等去推測人的過去和現在。」㉜觀察是基礎，作者還要「沉下去」，熟悉所觀察的對象、現象，各種變化。如若觀察人物，就要從他們的面像、動象、事象，進而深入揣摩其心象、意象。老舍說：「寫作的人要眼觀六路，耳聽八方，熟悉社會各階層的語言，才能按時間、地點、人物的思想感情，找出那麼一個字，一句話。這也正是寫作的難處。」㉝這是舒老的經驗之談。瞭解、熟悉對象的「思想感情」以及確切運用來表達這種「思想感情」的心聲——「語言」，才能「出乎其外」。這是用字、造句進行寫作的最基礎的辭章活動。

作者深入生活，在觀察熟悉客觀世界的同時，也在磨煉自己，獲得新知，鍛煉才能，陶冶性情，培養品格。宋人魏慶之說：「作詩者陶冶物情，體會光景，必貴乎自得。」㉞這就由外要「陶冶物情」，深刻體驗客觀世界，到內要「自得」，要有自己獨特的感受、啟發、發現、聯想，從中培養才情和創造性，熔鑄獨特的詩的語言，形成詩的意境，詩的妙處：它們都植根於宇宙元。如果是散文，尤其是戲劇、小說，特別是長篇

小說，還要在生活中搜集素材。巴爾扎克說：「我搜羅了許多事實，又以熱情作為元素，將這些事實如實地摹寫出來。」[35]這些「事實」絕不是堆砌的，它一經「熱情」的熔化，就去掉了事實的渣滓，達到了「如實」——事物的最典型、最本質的真實。因此，創作，就有對「事實」進行選擇、處理的過程。高爾基說：「（現實主義）從紛亂的生活事件、人們的相互關係和性格中，攫取那些最具有一般意義、最常複演的東西，組織那些在事件和性格中最常遇到的特點和事實，並且以之創造成生活畫景和人物典型。……現實主義作家傾向於綜合、歸併他的時代一切人們所特有的、具備一般意義的特點，使之成為惟一完美的形象。」[36]這裡的「兩最」、「兩常」、「兩一般」、「兩特點」（還有一個「特有」），富有概括性。所有這些，都要靠辭章來表現。這就轉向2W了。

2W（「表達元⇌話語元」），是接在1W之後，進行表現的過程。

作家進行表現的過程，就要充分調動「文思」，進行想像、聯想，由此到彼，由表及裡，把客觀世界的表象、景象、物象、事象化為腦中的心象、印象、映象、想像，最後成為作品世界中的圖象、形象、虛象、假象。劉勰說：

> 文之思也，其神遠矣。故寂然凝慮，思接千載；悄焉動容，視通萬裡；吟詠之間，吐納珠玉之聲；眉睫之前，卷舒風雲之色[37]。

「思接千載」、「視通萬里」、「風雲之色」是對宇宙元進行觀察、想像、聯想，與自己的思想感情相碰撞而動情、動

心、「動容」，才能動口「吟詠」，發出「珠玉之聲」，再動手援毫，移到紙上。在這過程，主觀性、感情性十分濃烈。

莎士比亞深有體會地說：「瘋子、情人和詩人都是滿腦子結結實實的想像。瘋子看見的魔鬼，比廣大的地獄裡所能容納的還多。情人和瘋子一樣癲狂，他從一個埃及人的臉上會看到海倫的美。詩人轉動著眼睛，眼睛裡帶著精妙的瘋狂，從天上看到地下，地下看到天上。他的想像為從來沒人知道的東西構成形體，他筆下又描出它們的狀貌，使虛無杳渺的東西有了確切的寄寓和名目。」㊳瘋子眼中見魔鬼，情人眼中見「海倫」，這是主觀性、感情性的物化。此論「從天上看到地下」與劉勰的「思接千載」、「視通萬里」，不謀而合，概括了創作的規律。所有這些，最後都要付諸「筆下」——請辭章先生出來亮相，進行反映、表現。

巴爾扎克就總結了從1W到2W的「反映」的經驗。他說：「一個人習慣於使自己的心靈成為一面明鏡，它能燭見整個宇宙，隨己所欲地反映出各個地域及其風俗，形形色色的人物及其欲念，這樣的人必然缺少我們稱之為品格的那種邏輯和固執。……他什麼都能假設，什麼他都體驗。他能看到生活中的正反兩面，這種高度的敏察力在常人看來卻被認為是藝術家所發的謬論。……他在創作構思過程中所表現的那種忽起忽落難以捉摸的特徵同樣也出現在人們所謂的品格中；他聽任軀體受世事變幻的擺布，因為他的心靈始終飛翔在高空。他的雙腳在大地上行進，他的腦袋卻在騰雲駕霧。他既是赤子又是巨人。」㊴這裡所說的「反映」、「表現」的「前期工程」和要求就是：要讓「自己的心靈成為一面明鏡，它能燭見整個宇宙」的1W的工夫，接著轉向2W，要「反映」出「各個地域」這個

自然層的現象，及其文化層的「風俗」，社會層之「形形色色的人物」形象「及其欲念」這類思想感情。他的「心靈始終飛翔在高空」，從生活的高度、藝術的高度俯瞰各種現象，他是「巨人」，而「他的雙腳在大地上行進」，又是十分紮實地深入於生活之中，攝取具體可感的形象來真實地表現世界，他又是「赤子」。

莫泊桑用「三更」來概括這種「赤子又是巨人」的成果：「現象主義作家如果是一位藝術家，他就不是給我們一幅關於現實生活的平庸的照像，而是給我們一種比現實更完整、更深刻、更有說服力的想像。」⑩這個觀點，連「自然主義」的創立者和作家法國的左拉也說：「觀察並不等於一切，還得要表現。這就是為什麼除了真實感以外還要有作家的個人特色。一個偉大的小說家應該既有真實感也有個性表現。」「沒有任何東西可以代替真實感和個性表現。如果作家缺少了這兩種物質，那麼與其寫小說還不如去賣蠟燭。」「在今天，一個偉大的小說家就是一個有真實感的人，他能獨創地表現自然，並以自己的生命使這自然具有生氣。」⑪「表現」，既要有「真實感」，也要「有個性表現」，形成個人的風格。風格，是辭章藝術的最高層面。

風格，不是不可捉摸的幽靈，它是靠風格要素來表現的，這是很紮實的辭章藝術。王國維說：「詩人必有輕視外物之意，故能以奴僕命風月；又必有重視外物之意，故能與花鳥共憂樂。」⑫詩人是文本世界的造物者，故「能以奴僕命風月」，他「出乎其外」矣；又「能與花鳥共憂樂」，他又「入乎其內」了。這就要運用因物喻意、象徵、寫照、比擬等辭章技巧。亞里士多德說：「詩人在安排情節，用言詞把它寫出來的

時候，應竭力把劇中情景擺在眼前，惟有這樣，看得清清楚楚
——彷彿置身於發生事件的現象中——才能作出適當的處理，
絕不至於疏忽其中的矛盾⋯⋯」⑭這講的是史詩、敘事詩之
類，因此要講究「安排情節」、「情景」，並用「言詞」寫出
來。這些辭章技巧的綜合，才能形成辭章風格。

話語作品的形成，就要對社會產生作用，這就轉向5W
了。

5W有兩個方向：一是從宇宙元到話語元，一則反是。

從宇宙元到話語元表示：表達者根據世界（含自然景物、
社會生活、社會文化）的萬事萬物而創作出來的話語作品。

從話語元到宇宙元表示：表達者所創作出的話語作品對客
觀世界所產生的反作用。

㈢著眼於左三角之話語元的理論

從左三角的三維關係，著眼於話語元，可以從根源上洞察
話語之諸多現象，總結出全新的合乎辯證法的理論來。以這樣
的理論來指導對話語及其諸多要素的現象、生成過程的觀察和
分析，就更為科學。下面從辭篇（含話篇、文辭）、風格、章
法、表達方法、藝術方法、修辭格式、句子、語詞、語音、文
字作一例析。

辭篇有三大類：文學類、實用類及其融合類。「文學（H）
是社會現象（Y）的經過創造過程（B）的反映；反過來，社
會（Y）要受到文學的（H）創造性的影響而被塑造。社會（Y）
向文學（H）提供素材（Y），文學（H）向社會（Y）提供規
範。把素材（Y）轉化為規範是作家（B）的創造性活動。」⑭
作為自然科學的論著（H），則是科學家（B）對自然界的現

象、規律、本質（Y）的概括、總結。作為融合體之類的科學作品（H），又是科普作家（B）用通俗的、文藝的筆調（H）對自然現象、規律、本質（Y）所做的描寫和解說。宇宙元之「社會生活」、「自然界的現象、規律、本質」是話語作品的「根」，而「人類的頭腦」是過濾器、組裝機，而不是簡單地兼收並蓄的「儲藏間」、如「實」拍照的「照相機」。只是，在文學作品中，滲入表達者很濃的主觀色彩和感情色彩，使「話語作品」這種「酒」與「社會生活」這種「糧」，從形到質都產生了變化；在科學論著中，表達者則要冷靜地、客觀地進行反映，由於反映的不僅是現象，而且是其本質，不是個別的，而是一般的，再把這些現象、本質用線性的言語鏈表達出來，當然也會產生變異，但它是表達的「形（式）變」，而不是事物的「（本）質變」。

風格的形成，也是如此。《辭章學新論》之《「四六結構」與辭風》已用不少篇幅對此作了論釋。這裡僅舉英國的布拉德伯里的一段風格論來說明。他說：「風格（H）——這不是理論上的抽象化或純粹美學現象；風格（H）——這是借助明確的語法規則來表現（2W）在該歷史時刻（Y）所經歷的經驗本質……對於像描寫我們這樣的世界（Y），藝術家（B）應當找到這樣一種語言，其風格和文法結構（H）能符合我們的時代（Y）。這就是任何一種真正的風格的使命。」⑮這裡談到「風格的使命」，實際上也談及時代風格的形成，它的「根」是宇宙元之「世界」、「時代」、「歷史時刻」；它的載體是話語元之「語言」、「語法結構」；它的創造者是表達元之「藝術家」。地方風格、時代風格應該這樣來分析，就是各類表現風格也不例外。理論家描寫風格所用的語言可以千差萬別，但

「四六結構」或這種左三角結構的規律是不能超越的。

功能語體風格也是如此,王德春教授說:「科學語體(H)的功能,是準確而系統地敘述(B)自然、社會和思維的現象(Y),嚴密論證(B)這些現象的規律性(Y)。它(H)服務於科學技術領域和生產領域(Y)。」[46]此論著眼於話語元之「科學語體」,揭示其產生的根源,即宇宙元之「自然、社會和思維的現象」及其「規律性」,創造這種功能風格的人(這句話的主語儘管省去,但從謂語「敘述」、「論證」中透露出他的存在)。這段論述還描寫了雙向的過程,通過「描寫」、「敘述」以反映客觀世界的現象和規律是一個方向,而「服務於」又是一個方向。

辭篇之篇法和章法,屬於話語元,但它的根也在宇宙元。辭章篇法和章法也是表達者與客觀世界之萬事萬物相碰撞形成思想、感情,通過思維運作,在話語作品中考慮全篇語體、風格以及關係全篇的表達方式、藝術方法等;考慮作為若干個部分與部分、部分與整體的統一協調的結構形式。陳滿銘教授就是這樣認識、這樣總結的。他所講的「章法」是廣義的,含「篇法」於其中。他說:「辭章是結合『形象思維』與『邏輯思維』(B)而形成的。這兩種思維,各有所司。一般說來,如果是將一篇辭章所要表達之『情』或『理』,訴諸主觀,直接透過各種聯想和想像(B)和所選用之『景(物)』或『事』(Y)連接在一起,或者是專就個別之『景』(物)、『事』等材料本身(Y),設計(B)其表現技巧的(H),皆屬『形象思維』;這涉及了『立意』、『取材』(B)與『措詞』(B)等問題,而主要以此為研究對象的,就是主題學、意象學與修辭學。如果是專就『景』(物)或『事』(Y)等各種材料,訴諸

客觀，對應於自然規律（Y），按秩序、變化、聯貫與統一之原則，前後加以安排、佈置（H），以具體表達『情』或『理』的，皆屬『邏輯思維』；這涉及了『運材』、『佈局』與『構詞』等問題，而主要以此為研究對象的，就字句言，即文（語）法學；就篇章言（H），就是章法學。至於合『形象思維』與『邏輯思維』而為一，探討其整個體性的，則為風格學。」⑭此段談及「辭章」、「主題」、「意象」、「修辭」、「語法」、「風格」之諸多理論問題，也可用左三角來概括：屬於宇宙元的有：「景（物）」、「事」、「理」、「自然規律」等「客觀」的東西；屬於表達元的有：「情」、「聯想和想像」、「思維」、「立意」、「取材」、「設計」等活動；屬於話語元的有：「構詞」、「技巧」、「佈局」等。其中「秩序、變化、聯貫與統一之原則」及其運用則是「篇法」、「章法」了。陳教授及其高足仇小屏、陳佳君博士等所歸納總結的三十來種篇法、章法，都可從哲學的高度，用「四六結構」理論作考察、分析⑱。

技法（藝法）、表達方式，也都可用左三角關係來表示。

張壽康教授說：「生活（Y）是基礎，思想（B）是靈魂，章法和技法則是手段」，「章法，是指佈局謀篇（H）的方法、技法；是指運用語言（H）以表情達意（B），釋事論理的基本方法。」他還說：章法和技法「既有提煉生活素材（Y）的問題，又有表現（B）生活（Y）能力的問題。」⑲

表達方式亦然，也可用左三角來表示。

「敘述（H），就是對人物、事件的發展變化（Y）作平實的敘述、表述（B）。」

「說明（H），就是用準確、簡要的語言（H）把事物（Y）

解說清楚、釋述明白（B）。」

「議論（H），就是對事物（Y）闡明自己的觀點，講道理，論是非，定臧否（B）。」

「描寫（H），就是用形象可感的語言（H）對人物、環境、事物（Y）作具體的描繪、摹寫（B）。」⑤

抒情（H），就是抒發感情，表達作者（B）對人物、事物（Y）喜愛、憎惡、崇敬、鄙視、悲哀、歡樂、憤怒、恐懼等感情（B）。

修辭格式同樣可以用左三角來概括、表示。以比喻、比擬為例：

「比喻（H）就是：本質不同的兩種事物，而以那一事物與這一事物的相似點（Y），來形容、說明（B）這一事物（Y）。」

「說話或寫作（B）時，把物擬作人（Y），叫做『擬人』（H）；把人擬作物（Y），或把甲物擬作乙物（Y），叫做『擬物』（H）。擬人、擬物合稱『比擬』（H）。」⑤

即使是一個句子，往往也可用左三角來概括表示。例如：「我愛（B）北京天安門（Y）」（H），整句話屬於話語元，「我愛」屬於表達元，「北京天安門」屬於宇宙元。

左三角還可用來分析文內語境、客觀環境、場景、情境和表達者的個人語境；用來分析辭章效果、話語功能。

掌握左三角的三元、三維雙向的辯證關係，是觀察、分析辭章現象與辭章運用的重要理論基礎之一。

著眼於左三角的宇宙元，或著重於「宇宙元與表達元」等，在其他的部分已論及，不再贅述。

注 釋

① 《禮記·樂記》。

② 《墨子·經上》。

③ 《墨子·小取》。

④ 晉·陸機:《文賦》卷十七。

⑤ 陳望道:《修辭學發凡》,8頁,上海文藝出版社,1959。

⑥ 毛澤東:《在延安文藝座談會上的講話》,《毛澤東選集》第三卷,
   860頁,人民出版社,1991。

⑦ 錢鍾書:《管錐編》第三冊,1177頁,中華書局,1986。

⑧ 〔法〕狄德羅語,轉引自《馬克思列寧主義美學原理》上冊,84頁,
   生活·讀書·新知三聯書店,1962。

⑨ 〔德〕歌德語,見《浮士德》第一部,95頁。

⑩ 梁·劉勰:《文心雕龍·原道》。

⑪ 同上,《情采》篇。

⑫ 《老子》二十五章。

⑬ 漢·王弼:《道德真經注》。

⑭ 同⑩。

⑮ 從劉勰「情經辭緯」的理論中引出來的如:「情景不離」、「情景兼
   到」、「情景俱真」、「情景珀芥」、「情景雙繪」、「情景為綱」、
   「情景相融」、「情景相生」、「情景勻稱」等論說,都可用左三角來
   分析。請閱筆者執筆之《辭章學辭典·分類目錄索引》,見鄭頤壽、
   林大礎等編寫《辭章學辭典》相關各頁,三秦出版社,2000。

⑯ 清·王國維《人間詞話》所謂「有我之境」(造境)、「無我之境」
   (寫境)。

⑰ 《禮記·中庸》謂:「修其身也」,「修身以道」,「修身則道立」,

「修道之謂教」；孟子謂「修其身而天下平」（《盡心》下）；《左傳》謂「修其五教」（《桓公六年》）。

⑱《論語・里仁》。

⑲《荀子・強國》：「道也者何也？曰：禮義辭讓忠信是也。」

⑳同⑩，《徵聖》篇。

㉑《左傳・襄公二十五年》：「仲尼曰：『《志》有之：「言以足志，文以足言。」不言，誰知其志？言之無文，行而不遠。』」

㉒《禮記・表記》：「情欲信，辭欲巧。」

㉓同⑩。

㉔梁・劉勰：《文心雕龍・論說》，參閱趙仲邑譯注《文心雕龍譯注》（灘江出版社，1982）；周振甫主編《文心雕龍辭典》（中華書局，1996）等多種版本及其注釋。

㉕同⑩，《物色》篇。

㉖同上，《明詩》篇。

㉗同上，《詮賦》篇。

㉘清・李漁：《窺詞管見》。

㉙茅盾：《漫談文藝創作》，見《茅盾論創作》，596頁，上海文藝出版社，1980。

㉚清・王國維《人間詞話》云：「詩人（B）對宇宙人生（Y：1W），須入乎其內，又須出乎其外（雙向的），入乎其內，故能寫之；出乎其外，故能觀之。入乎其內，故有生氣；出乎其外，故有高致。」

㉛〔德〕歌德：《歌德對話錄》，見《西方古典作家談文藝創作》，147頁，春風文藝出版社，1980。

㉜〔俄〕阿・托爾斯泰：《致青年作家》，見《蘇聯作家談創作經驗》，16頁，中國青年出版社，1959。

㉝老舍：《文學創作和語言》，見《老舍論創作》，291頁，上海文藝出

版社，1982。

㉞宋·魏慶之：《品藻古今人物》，見《詩人玉屑》。

㉟〔法〕巴爾扎克：《人間喜劇·前言》，見《文藝理論譯叢》第2期，11頁，人民文學出版社，1958。

㊱〔蘇〕高爾基語，轉引自《俄國文學史》，207～208頁，人民文學出版社，1957。

㊲同⑩，《神思》篇。

㊳〔英〕莎士比亞：《仲夏夜之夢》，引自《外國理論家、作家論形象思維》，13頁，中國社會科學出版社，1979。

㊴〔法〕巴爾扎克：《論藝術家》，引自《古典文藝理論譯叢》第十冊，100頁，人民文學出版社，1965。

㊵〔法〕莫泊桑：《彼得和約翰·序言》，引自《世界文學》，1963(11)。

㊶〔法〕左拉：《論小說》，引自《古典文藝理論譯叢》第八冊，124～129頁，人民文學出版社，1964。

㊷清·王國維：《人間詞話》。

㊸〔希臘〕亞里士多德：《詩學》第十七章，見《〈詩學〉〈詩藝〉》，55～56頁，人民文學出版社，1962。

㊹郭沫若：《文學與社會》，引自《郭沫若論創作》，120頁，上海文藝出版社，1983。

㊺〔英〕布拉德伯里：《〈被沙地埋住的狗〉抽象和諷刺》，引自《英國作家論文學》，575頁，三聯書店，1985。

㊻王德春：《語體略論》，52頁，福建教育出版社，1987。

㊼陳滿銘：《章法學論粹》之《序》，1頁，萬卷樓圖書有限公司，2001。

㊽從陳教授及其高足所總結的30多種章法進行分析，可以看出章法都是

植根於客觀世界的規律性存在，通過作者的邏輯思維或形象思維，對話語作品之部分與部分、部分與整體的內容進行佈局、安排的方法。

宇宙元可分三個層面：

自然層之空間：遠近、大小、高低、內外、左右；時間：今昔、久暫。社會層：貴賤、親疏、問答。

文化層（含事理、文化）：本末、淺深、賓主、因果、真假、正反、並列、抑揚、立破、凡目、泛具、縱收、張弛、眾寡、詳略、偏全、圖底、點染。

當然，以上劃分不是絕對的，有的可以兼層，有的可此可彼。

綜合的有：天人、時空交錯、虛實、情景、敘論、插補、平側、視角轉移、知覺轉移。

從此，可以看出陳教授章法學的哲學思辨。我們要從這個深度去探賾索微，鈎玄探幽，才能理解陳教授章法學的真諦。

㊾張壽康主編：《文章學概論》，177頁，山東教育出版社，1983。

㊿鄭頤壽：《辭章學概論》各有關部分，福建教育出版社，1986。

51鄭頤壽：《比較修辭》各有關部分，福建人民出版社，1982。

三、三談「四元」、「六維」的部分組合

話語元、表達元、鑑識元及它們之間聯成2W、3W、6W可構成上三角。上三角以話語元為中心，也是辭章學的一種結構，是其幾個重要理論概括的圖示（當然，全面的概括要用「四六結構」），具有重要的實踐指導意義。

(一)上三角關係受到辭章學相關學科理論家的重視

話語作品，只要寫給人看，唸給人聽，就是廣義的「發表」了。因此，它必定要對讀者、聽者產生影響，其影響或優、或劣、或大、或小。因此，辭章學研究者把上三角作為講究辭章效果、功能的一個重要理論問題進行思考、探討，以解決辭章藝術運用中的諸多理論問題。

上三角關係理論受到辭章學相關學科理論家的重視，他們從不同角度進行論析，此類理論十分豐富，可作為辭章學的借鑑。下面僅從文學、言語學進行例析。

1.上三角文學論

作為意識形態的文學作品，不僅僅是自娛的，它是整個社會的齒輪或螺絲釘，關係著整個社會的運轉。文學辭章學，不僅僅是一種自娛的藝術，它給社會以審美、致用的功能。我們要從上三角文學論中吸收精華，作為文學辭章學和辭章學理論建設的參考。

巴爾扎克說：「我以為一個見信於人的作家（B），如果能使讀者（J）思考問題，就是做了一件大好事；但是必須保持向讀者說（J）話（H）和使讀者聽（J）話（H）的權利；

而這種權利，只有像獲得它的時候那樣，就是說一面要使人得到消遣，才能保持得住。」①這裡就把「作家──作品──讀者」關聯起來，構成了上三角，而且論及雙向的關係。作家屬於表達元，讀者屬於鑑識元，「話作品」屬於話語元。「讀者說話」之「話」屬於對作品反饋的話語，而「讀者聽話」之「話」就是作品了。作家的表達與讀者的反饋，構成了一種「對話」形式，也是對作品他在效果的一種檢驗。可圖示如下。

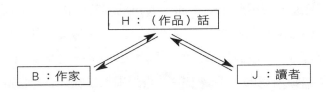

高爾基把這種上三角理論說得更具體了。他說：「文學家（B）的工作究竟是什麼呢？他想像自己的觀察、印象、思想和自己的生活經驗──把它們放進形象、畫面、性格裡去。只有當讀者（J）像親眼看到文學家向他表明的一切，當文學家使讀者也根據自己個人的經驗，根據讀者自己的印象和知識的累積，來「想像──補充、增加（J）──文學家所提供的畫面、形象、姿態、性格的時候，文學家的作品（H）才能對讀者發生或多或少強烈的作用（J）。由於文學家的經驗和讀者的經驗的結合、一致，才有藝術的真實──語言藝術（H）的特殊的說服力（J），而文學影響人們的力量，也正來自這種說服力。」②他概括了文學創作的「神思」的特點：「想像」，文學辭章的特徵：「形象、畫面」這些「語文藝術」以及其中的人物「性格」，還概括了讀者鑑識活動的思維特點：「想像」以及能動性的「補充、增加」這種「再創作」活動；尤其不是

停留在作家的「潛在效果」、作品的「自在效果」上，而突出作品對讀者所產生的「他在效果」：「強烈的作用」、「特殊的說服力」。他把上三角文學辭章學談活了。

　　老舍則從言語標準和表現風格，論析上三角文學辭章的特點。他說：「寫（Ｂ）東西（Ｈ）一定要求精練，含蓄。俗話說：『寧可吃鮮桃一口，不吃爛桃一筐』，這話是很值得深思的。不要使人家讀（Ｊ）了作品（Ｈ）以後，有『吃膩了』的感覺，要給人留出回味的餘地，讓人看了覺得：這兩口還不錯呀！」③文學要用形象（畫面，人物的姿態、性格等）反映現實，因而其辭章的特點，不同於論說文、說明文，其「觀點越隱蔽越好」。正如劉勰所說的「隱也者，文外之重旨也」④，唐・司空圖所說的「不著一字，盡得風流」⑤──「含蓄」的表現風格，「精練」的辭章效果。舒老此段也是放在上三角的理論框架上：表達元（作家）的「寫」，話語元「作品」的「精練、含蓄」，鑑識元之「人」的「讀」，來論析含蓄的風格。

　　上三角文學辭章可通用於詩論、小說論、散文論、戲劇論直至史論及其辭章特點之中。

　　「詩言志。」⑥的確，有的詩人，自吟自怡，他的心中，只有自己，沒有讀者，有的根本沒有發表，過後，此詩也就消失了。但如果寫給人看，唸給人聽，也就屬於廣義的「發表」了；它可能對讀者產生某種影響、效果。因此，凡是有社會責任感的詩人，心目中都有讀者。孔夫子早就提出詩具有「興、觀、群、怨」的社會功能⑦，還說：「不學詩，無以言」⑧，論述了詩人、詩及其對讀者的作用。其後約五百年古羅馬的賀拉斯引用古希臘亞里士多德的話說：「詩人（Ｂ）在安排情

節、用言詞把它寫出來的時候……還應竭力用各種語言方式（H）把它傳達出來。被情感支配的人最能使人們（J）相信他們的情感是真實的，因為人們都具有同樣的天然傾向，唯有最真實的生氣或憂愁的人（B），才能激起人們的憤怒和憂鬱。」作為詩人和理論家的賀拉斯，不是把詩作為自娛的玩藝兒，而是作為感動讀者的工具。他讚賞亞里士多德「對柏拉圖的否定文藝的社會功用的學說的批判，是很有功勞的」⑨。這就論及上三角與詩歌的理論。其中論及的「真誠」論，與莊子的「不精不誠不能感人」論也是不謀而合的⑩。

上三角也適用於小說辭章論。巴金說：「我開始讀（J）小說（H）是為了消遣，但是我開始寫（B）小說（H）絕不是為了讓讀者消遣。我不是一個文學家，我只是把寫作當做我的生活的一部分。……我的每一篇作品（H）都是我追求光明的呼聲。我說過：『讀者（J）的期望就是對我（B）的鞭策。』」⑪「讀者的期望就是對我的鞭策」，這是巴老的警語，他的寫作具有強烈的社會責任感。

上三角還適用於概括、分析散文辭章論，韓愈總結自己寫作的經驗，說：「口不絕吟（J）於六藝之文（H），手不停披（J）於百家之編（H）。記事（B）者必提其要，纂言（B）者必鈎其玄（B）。貪多務得，細大不捐。焚膏油以繼晷，恆兀兀以窮年。」⑫「口吟」、「手披」是從讀者的角度談的；「記事」、「纂言」又是從作者的角度講的。這是作為唐代古文運動理論的倡導者，我國歷史上出色的散文家的經驗之談，是其成功的一條秘訣。

上三角同樣適用於概括、分析戲劇論。戲劇是綜合的藝術，它的鑑識者是觀眾，它和廣大群眾的關係尤為密切。劇作

家寫作劇本既要為觀眾著想，又要為演出效果考慮。劇本雖為書面語，但它不同於其他案頭文學，要有利於演出、說唱。清朝戲劇理論家李漁說：「知我者曰：『……笠翁（B）手則握筆，口卻登場。全以身代梨園，復以神魂四繞，考其關目，試其聲音，好則直書，否則擱筆（H），此其所以觀、聽（J）咸宜也。』」⑬笠翁（李漁號）十分明確、自覺地從上三角關係來講究劇本的寫作，考究劇本的創作、演出、辭章（詞采、音律等）；「觀、聽咸宜」，就是把「讀者的期望」放在自己的心坎上，把「他在效果」作為努力的目標，它突出了戲劇文學的特點。

文學各種體裁作品都不宜冷落了「表達——承載（話語）——鑑識」這種雙向的三元之間的辯證法。非文學作品，例如歷史著作、自然科學作品的寫作也不例外。

2.上三角言語論

上三角關係，也是言語學之諸多學科的重要理論框架之一，它概括了表達、承載（話語）、鑑識三元之間雙向的辯證關係。言語學、語用學、辭章學、修辭學、語體學、風格學等，都可用這個理論結構進行分析。

瑞士語言學家索緒爾談到語言和言語，就論及這三元的雙向關係。他說，語言和言語「這兩個對像是緊密相聯而且互為前提的；要言語（H）為人所理解（J），並產生它的一切效果，必須有語言；但是，要使語言能夠建立，也必須有言語。從歷史上看，言語的事實總是在前的，如果人們（B、J）不是先在言語（H）行為中碰到觀念和詞語形象的聯結（H），他怎麼會進行這種聯結呢？另一方面，我們總是聽見（J）別人說（B）話（H）才學會自己的母語的；它要經過無數次的經

驗，才能儲存在我們的腦子（B、J）裡。最後，促使語言演變的是言語（H）：聽（J）別人說（B）話（H）所獲得的印象改變著我們（B、J）的語言習慣」⑭。這裡對說話和聽話、表達與理解、語言的學習和運用都緊扣住上三角之間的辯證關係進行闡析。言語學的許多規律、原則，也可用上三角關係來圖示。例如，被稱為「列文森三原則」就是這樣：

1.量原則

說話人（B）準則：不要說（B）從資訊上看來弱於你的知識範圍所允許的程度的話（H），除非較強的說法會違背原則。

受話人（J）推論：相信（J）說話人（B）提供的已是他所知道的最強的資訊（H）。

2.資訊原則

說話人（B）準則：最小極限化準則。

「說（B）得盡量少（H）」，即只說最小極限的語氣資訊（H），只要能達到交際目的（6W）就夠了（注意了量原則）。

受話人（J）推論：「擴展規則」。

通過找出最為特定的理解來擴展說話人話語資訊的內容（H），直到認定為說話人的真正意圖為止（6W）。

3.方式原則

說話人（B）準則：不要無故用冗長、隱瞞或有標記的表達形式（H）。

受話人（J）推論：如果說話人用了冗長的或有標記的表達形式，就會有同無標記表達形式不同的意思，尤其

在他要盡力避免這無標記的表達形式帶來的常規性的聯想和依據資訊原則所推導出來的含意時⑮。

「列文森三原則」中其每一條原則都含表達（說話人）、承載（話語）、鑑識（受話人）這三元所構成的三角的雙向的辯證關係。

林玉山教授談到阿姆斯特丹學派的迪克從語用學理論中發展出一種語用資訊的觀點時說：「其中包括一般資訊、情景語息、語境資訊三方面的內容。談話（H）雙方（B、J）掌握的語用資訊的共同之處，是獲得理解的交流效果的前提。」⑯這談的是語用學中的資訊交流成功的前提，同樣也可用上三角關係來圖解。

上三角關係作為辭章學、修辭學的重要理論結構，筆者在《文藝修辭學‧導論》、《先秦修辭理論與「四元六維結構」》等文中，已用了不少篇幅從多種角度進行闡析。下面再引用其他專家的論著作進一步論述。

辭章學具有橋梁性、示範性，這是最好用上三角結構來論析的。這在本書《「四六結構」與普通辭章學的性質》一節已作述說。張志公先生說：辭章學是「在漢語語言學及其各分支學科的基礎知識、基礎理論同培養提高聽（J）、說（B）、讀（J）、寫（B）的語言應用（H）能力之間起一些橋梁性的作用」⑰。我們把這橋梁性的概念引申，認為話語（含辭章藝術）（H）也是架在說、寫（B）與聽、讀（J）之間的一座橋。這座橋起溝通思想、感情的作用，它是雙向的，是文章的寫作與修改、對仗的出對與對對、語文的教與學以及作文教學中之仿寫、縮寫、擴寫、續寫、改寫、喻寫、組合和語體易類等都可用動態

的上三角關係理論作概括、圖示；如果能自覺地用這個理論作指導，就可以收到更好的教學效果、辭章效果。

陳望道先生論析修辭理論，總是從多方面闡析上三角的關係。他首先從語言學的理論高度指出：「語辭（H）就是普通所謂語言。語言是達意傳情（B）的標記（H），也就是表達思想（B），交流思想（B、J、6W）的工具。」⑱語辭，就是話語，包含各種藝術形式，「表達」、「表情達意」，屬於表達元；而「交流思想」則兼及表達與鑑識了（2W、3W）。這是望老寫修辭學專著的主導思想，這思想貫於全書。這是很科學的。

望道先生在其代表作《修辭學發凡》中談到「消極修辭綱領」時說：「記述的境界，如科學文字、法令文字及其他的解說文等（H），都以使（B）人（J）理會事物的條理，事物的概況為目的。」⑲「消極的修辭（H）只在使（B）人（J）『理會』」，而「積極的修辭（H），卻要使（B）人（J）『感受』」。⑳這兩條「修辭綱領」是統帥全書的。望老在後文談到具體的修辭方法時，雖然沒有一一點明此三角關係，正像進入百貨商店，只標明「五金櫃」、「家電櫃」作概括指引，就無須對具體的產品一一點明其為「五金」類了。

志公先生談修辭也一樣，早在半個世紀前，他寫的《修辭概要》第一章說到什麼是修辭時，就開宗明義地指出：「說（B）話（H）和作（B）文章（H），都是為了表達意思（2W）。」「有兩點應該做到：起碼得清楚明白（H），讓人家懂（J）；進一步要生動有力（H），好叫人家信服、聽從、感動（3W、J）。」這「不僅是為了達到自己說（B）話（H）或者作（B）文章（H）的目的；更重要的，這是對聽話或者看

文章（3W）的人（J）必須盡到的責任」。「講修辭，就是為了這些目的」㉑。志公先生從修辭的功能，從說話、寫文章的起碼要求，從修辭的效果，論析修辭的概念。儘管他從「表達」講，但都顧及話語和鑑識。筆者談「表達效果」也不是停留在說寫一方，也是顧及聽讀、客觀世界等各個有機組成部分的。㉒

　　1986年出版的拙著《辭章學概論》所總結的「四六結構」的雛型，就明確地點出「表達」、「承載」、「理解」這種雙向的辭章活動的特點，並用修改的範例（最充分地體現表現、承載、理解以及表達與理解的角色互換的特點）來論析辭章理論。㉓

　　作為專門性辭章學之辭章章法學、小說辭章學等，也是這樣。陳滿銘教授說：「古今人（B）的作品（H），無論體裁是屬於駢散的，或是詩詞的，如果試予剖析（J），均不難發現它們在作法上有著許多『不謀而合』的地方。」㉔陳教授就是從中總結出辭章章法四大律和三四十種章法結構模式。祝敏青教授談到小說辭章意象時也說：「小說是通過言語代碼（H）表現（B）意象。言語代碼作為意象的外載體（H），有著豐富的表現形態（H）。」「表層言語代碼形態與深層蘊意相統一（H），使讀解（J）呈現出一種直觀性，讀解者（J）可以依賴言語代碼形式（H）加以讀解（J）。」㉕作者「表現」，「言語代碼」、「表現形式」，「讀解」，這些，構成了上三角結構，「表現」與「讀解」並重，也是雙向的動態過程的統一。

　　上三角也是風格學的重要理論框架之一。拙文《言語風格與「四六結構」》㉖已論及，下面僅舉一例。馮驥才先生說：「一個作家要善於瞭解（J）別人（B）作品（H）的藝術個性，也要善於發現自己（B）的藝術（H）個性；更要以一種

執著的追求，漸漸創造（B）並完全適合自己的獨特的取材方
式、語言形式、結構方式，強化自己的藝術個性（H）。」㉗
此論十分精闢，它說明：表達者與鑑識者可以互換。同一個
人，閱讀作品——不僅別人的作品，也包括自己的作品——在
這個時候，他是接受者。杜甫「新詩改罷自長吟」，馬克思對
《資本論》書稿的反覆閱讀「琢磨風格」，都把自己的作品做為
客觀存在的言語現象來品賞。一旦心有所悟，感到需要修改
時，又轉為表達者。這則風格論，著眼於鑑識元與表達元，論
析上三角的風格理論。

　　上三角的中心是話語元，它聯結著表達元和鑑識元。話語
的表達，要顧及鑑識元；話語的鑑識，要顧及表達元。這個觀
點也應該用來分析話語各層次的單位。宋人洪邁說：「范文正
公守桐廬，始於釣臺建嚴先生祠堂，自為記，歌詞云：『雲山
蒼蒼，江水泱泱，先生之德，山高水長。』既成，示南豐李泰
伯。泰伯讀之，起而言曰：『公之文一出，必將名世，妄意輒
易一字以成盛美。』公瞿然，握手扣之，答曰：『雲山江水之
語，於義甚大，於詞甚溥；而「德」字承之，乃似趦趄。擬換
作「風」字，如何？』公凝坐頷首，殆欲下拜。」此論一個詞
的運用，卻兼及上三角之表達與鑑識。從李泰伯言，誦讀歌詞
時，是鑑識者；建議改「德」為「風」時，轉為表達者。從范
仲淹分析，寫歌詞時，是表達者；聽評析時，又轉為鑑識者；
最後把「德」改為「風」又轉作表達者。由「德」改為「風」
屬於話語元，是借喻和暗用的兼格㉘。這些言語事實說明：表
達要顧及鑑識，鑑識要想到表達，而且兩者經常互易其位。談
表達只顧表達，論鑑識只講鑑識，都不能不是一種遺憾。

㈡從上三角關係的分析、研究中，總結、抽象出辭章學及其相關學科的新理論

我們從辭章學及其相關學科分析其上三角關係，要進一步總結、抽象辭章學新的理論。著重談以下幾點。

1.「表達⇌承載⇌鑑識」三元雙向一體說

「表達⇌承載⇌鑑識」三元雙向的關係是客觀存在的，我們要用這一觀點論析辭章、修辭、語體、風格及其相關學科和作文的各種形式訓練。志公先生談辭章，總是把「聽、讀、說、寫」結合起來。筆者在《辭章學概論》中就試圖總結這種理論㉙，並用修改範例作示範；筆者與張慧貞、鄭韶風合著的《辭章藝術示範》用了大量的篇幅闡析這種理論。這些修改範例的修改者，很大部分如上述李泰伯一樣的語文學家、修辭學家、文論家，而且有不少修改又反饋給原作者，它們是「表達⇌承載⇌鑑識」理論的產物。

2.辭意先後辯證說

辭與意，孰先孰後，歷史上爭議不少。我們認為：或者意先，或者辭先，或者先後交叉互換，更多的是辭意並行，無先無後。只執一說是不全面，不合言語實際的。

「意先說」在歷史上占著主導的地位。明朝黃子肅說：「大凡作詩，先須立意。意者一身之主也。」㉚沈德潛說：「寫竹者必有成竹在胸，謂意在筆先，然後著墨也。慘澹經營，詩道所貴。倘意旨間架，茫然無措，臨文敷衍，支支節節而成之，豈所語於得心應手之技乎？」㉛劉熙載說：「古人意在筆先，故得舉止閑暇；後人意在筆後，故至於手腳忙亂。」㉜吳德旋說：「古人文章，似不經意，而未落筆之先，必經營慘

澹。」㉝王士禎也說：「以意為主，以辭輔之，不可先辭後意。」㉞此類論說還很多，代代相承，似乎已成為定律。應如何辯證地分析對待？我們認為要從以下兩點來說明。

(1)從「四六結構」及其上三角關係來分析，上述諸論都是就表達而言。表達者在客觀世界的實踐中，產生了表達的願望，形成了某種「意思」，這個「意思」，不管是用口頭還是書面表達，不管是鴻篇巨著，還是幾個句子，都應該有個中心，所謂「主旨」、「主腦」。然後考慮用什麼語體、體裁、句式、語詞，甚至還考慮到說得直白點，還是婉曲點；準確點，還是誇張點；華麗點，還是樸實點。這些都屬於話語藝術形式——「辭」。

不久前，我和沙石先生一行四人到南京開會，一個夜間到夫子廟周圍遊覽。一路通亮如畫，五彩的霓虹燈光，琳琅滿目的旅遊產品，讓人眼花撩亂。秦淮河裡，浮光耀金，遊艇內，琴瑟和鳴，歌聲悅耳。來到烏衣巷口，王謝舊居前，更使我們思接千載，浮想聯翩。在此，我們想到六朝舊事：輔晉的「江左管夷吾」王導，「興滅國，繼絕世」的謝安，戰勝苻堅的謝玄，坦腹東床的書生王羲之，膾炙人口的「柳絮因風」的作者謝道韞；想到被謝安譽為「有蒼生以來所未有」的顧愷之（長康）的山水畫，「如芙蓉出水」之謝靈運等的山水詩。我們還邊遊邊吟杜牧之《泊秦淮》的絕句，由此而感慨。陳後主《玉樹後庭花》的亡國之音，聯繫眼前車水馬龍、歡歌笑語的盛況，心情十分激動。撫今追昔，懷古之情與歌今之意交匯，沙先生就採用《沁園春》的詞牌，寫下了《夜遊南京夫子廟周遭》的長短句：

結侶宵遊，探訪秦淮，六代舊京。

看千家燈火，霓虹吐彩；盪舟載唱，鼓瑟吹笙。

王謝堂前，烏衣巷口，漫步尋幽萬古情。

風流眾：有夷吾輔晉，繼絕干城。

東床坦腹書生，師衛氏張鍾書聖名。

柳絮因風句，長康畫卷，謝家山水，千古精英。

斗轉星移，繁華百倍，朱鵲橋邊萬駕行。

新時世，玉樹庭花歇，奏凱聲聲。

　　詞牌，其中之結構、句式、音律、典故等藝術形式，都屬於
「辭」，都是在立「意」之後才採用的，沙先生感到確實是「意
先辭後」、「以意遣辭」。這是初稿，沙先生還和我們商量怎樣
進行修辭，尤其是在音律方面下一番工夫。我們吟誦詞稿，進
行推敲，又由辭而意，辭意結伴並行，進行考慮。

　　考察夫子廟之前，我一一通過電話聯繫：

　　「喂！林處長嗎？我老鄭。你好！今晚去夫子廟走走怎
　　麼樣？」

　　「太好了！……好！好！」

　　現在再來分析這段話語。老鄭徵求林處長的話，包括獨語
句在內五句。這是意先還是辭先？也是意先。老鄭形成了徵求
林處長之「意」，才組織話語（「辭」）。

　　林處長的答言，辭意之先後就要分析。他先聞其音
（辭），繼而解其意，並形成了允諾之意，隨口而說出「太好

了」，這先與後已經距離很短。最後「好！好！」兩個獨語句辭意相粘，分不清先後了。

上述這個話語，老鄭是發話者，林處長是受話者，形成了上三角關係。

從此，我們可以得出這樣的結論：

從表達元講，總是意先於辭。而意與辭先後之時間距離，與話語篇幅之大小成正比。鴻篇巨著，意與辭之時距很大。有的長篇小說，形成了初步的「主意」之後，還再三斟酌、提煉，然後才施之於辭。一般獨語句，意與辭之時距很小，有的幾乎近於零。一形成話語作品，辭意就粘在一起了。

(2)從接受元講，總是辭先於意。從口語交際講，總要先聽其音，後解其意。從書面交際講，總要先看其文，首先是辨體：請假條、血檢報告單、七律、散文、戲劇……這些形式先出現，接著「披文」，才可「入情」，瞭解其意。它們的辭意先後時距與篇幅大小也成正比。對於風格含蓄的話語，這種時距就更大。平常說「再三琢磨，思而得之」，就是這個意思。

表達與理解的先後，有時還有轉換反覆的過程。一個作者寫一篇作品時，是意成辭；初稿寫成後，尤其是擱置、「冷卻」了一段時間之後，再回過頭來，閱讀初稿，又轉為鑑識者，他就又由辭而意了。繼而，反覆讀、改，辭意之先後就交融在一起了。

上面問題的解決，使下面幾個理論問題也迎刃而解了。

3.三辭三成說

表達元是意成辭——繼而辭成意——辭意相成融為一體；鑑受元是辭成意——繼而意成辭——辭章相成融為一體：這兩元是動態的。話語元，意內辭外、深層與表層、所指與能指、

資訊與載體，即辭意相成；如毛之與皮，粘在一起；糖之與水，溶成糖水一樣。

4.結構組合結合論

表達者的形成話語，先要有初步的結構框架，然後由詞而句，由句而章，由章而篇地用小的言語單位逐步組合成大的言語單位：是「結構——組合」的結合體。鑑識者理解、接受話語，要由詞而句、由句而章、由章而篇地閱讀，從小的言語單位逐步組合成大的言語單位理解其大致的意思，是「組合——結構」的結合體。在此基礎上，表達和鑑識還都有反覆推敲琢磨的過程，這就是「結構組合結合論」建立的實踐依據。

5.表達、鑑識易位說

表達與鑑識之間既有立足的不同，又有緊密聯繫的因緣，它們之間往往互易其位，甚至「一身而二任焉」。它有「同體共時互換」[35]、「同體歷時互換」[36]、「異體共時互換」[37]、「異體歷時互換」[38]、「同異結合」[39]等。這是建立「建辭學」、「解辭學」的理論依據。

6.表達、鑑識活動成敗論

表達與鑑識雙方是對立統一的關係，其成功與否，既有互相理解、遵守合作的原則，取得預期效果；也有針鋒相對，明辨是非，然後獲得統一的過程；又有一方戰勝另一方，一勝一負的可能；還有誰也說服不了誰，不歡而散的結局；更有不說則罷，說後形成矛盾更深的僵局。上三角是產生實在效果的前提，預示著實在效果的好壞與大小。

(三)上三角關係與言語實踐

從上三角關係著重要解決表達、鑑識、教學、學習、文章

修改與藝術方法運用等問題。

1.表達

　　表達者組織話語，必須根據受話對象的特點、要求，察顏、觀色，不僅要注意潛在效果、自在效果，更要講究他在效果；不僅要注意「通意」，找出共同的語言，採用合作原則，還要注意對方的反饋，適時改變話語策略。書面表達，作者既當表達者，又要轉位作鑑識者。魯迅先生說：「我（Ｂ）做完之後，總要看（Ｊ）兩遍，自己覺得拗口的，就增刪幾個字（Ｈ），一定要它讀得順口（Ｊ）；沒有相宜的白話（Ｈ），寧可引古語，希望總有人會懂（Ｊ），只有自己懂（Ｂ）得或連自己也不懂的生造出來的字句，是不大用的。」⑩這種由表達者轉為鑑識者，如果隔的時間長，自己再進行一些實踐，或調查研究，或閱讀其他材料，改變了自己的思維定勢，再回頭鑑識自己的初稿，可能修改得更準確、更周密、更深刻，甚至將原稿改弦更張，改得面目全非，使文章獲得質的飛躍。

　　為了避免表達的主觀性，表達者還要求助於鑑識者。北齊顏之推說得好：「學為文章（Ｂ），先謀親友；得其評論者（Ｊ），然後出手。慎勿師心自任，取笑旁人也。」⑪

　　表達元，是資訊的儲藏器、處理器、編碼機和播發的裝置。表達者在長期的生活中，通過社會實踐，積累了各方面的資訊，也就是具有各方面的知識、理論的基礎，它是認識世界、改造世界的基本條件。但是，在實踐運用中，針對某一特定的交際任務，如商談一項業務，提供一份報告，撰寫一篇論文，創作一篇文學作品：這些，實際上都要對資訊進行處理，原來「黑箱」中資訊儲藏只有一小部分適用於上述某一特定的交際任務，這就要對原來儲藏的資訊進行處理，進行選擇、加

工，有時還要進一步收集、補充必要的資訊，在這基礎上進行表達。

2.鑑識

鑑識者接受、理解、欣賞、品賞話語作品，要根據其語體類型，前言後語，不僅解讀其辭表資訊，還要破譯其深層資訊，要「望表而知裡，捫毛而辨骨；睹一事於句中，反三隅於字外」[42]——由表及裡，由此及彼，理解言內資訊，探尋言外之音。為此，還要「知人」，瞭解表達者特點，包括表達的特定時間、地點、場合、用意；由「人而辭」；也要「由辭而人」，聽話聽音，瞭解其人的品質、動機。

鑑識者還要從接受、理解、欣賞、品賞、研賞中，接受教育，讀書做人，陶冶性情，培養自己的品德，同時學習知識，增長自己的才幹。從語文教學、語文學習講，就是從讀中學寫，從聽中學講。宋人歐陽修說：「作詩須多誦古今人詩。不獨詩爾，其他文字皆然。」[43]清人孫洙有句名言：「熟讀唐詩三百首，不會作詩也會吟。」[44]杜甫深有體會地說：「讀書破萬卷，下筆如有神。」[45]這種「讀」，不是死記硬背，重在理解作品的精華，表達者的精神。袁枚說得好：「或問『詩（Ｈ）既不典，何以少陵有讀破萬卷之說？』不知『破』字與『有神』三字，全是教人讀書（Ｊ）作文（Ｂ）之法。蓋破其卷而取其神，非囫圇用其糟粕也。蠶食桑，而所吐者絲，非桑也；蜂採花，而所釀者蜜，非花也。讀書如吃飯，善吃者長精神，不善吃者生痰瘤。」[46]從語文教學，尤其是作文教學講，讀，還要寫；從鑑識中學習寫作的方法。而學習寫作的方法，重在實踐。清人唐彪說：「諺云：『讀（Ｊ）十篇（Ｈ）不如做（Ｂ）一篇。』蓋常作則機關熟，題雖甚難，為之亦易；不常做，則

理路生，題雖甚易，為之則難。沈虹野云：『文章硬澀由於不熟，不熟由於不多做。』信哉言乎！」⑪張志公先生談到學習語文時，反反覆覆地強調聽讀說寫，強調表達與鑑識兩個方面。而如何讓聽讀說寫取得高效，就是要學習辭章學。許多有經驗、有成就的作家、詩人，在深入生活、積累素材的基礎上，就是多讀多寫，把鑑識與表達結合起來。

3.教師

教師實際上是一座橋，架在作家和學生之間，一身而二任，既當鑑識者，深入領會作品的資訊內涵和其藝術技巧，又代作家立言，談為什麼要這樣寫。好的語文教師，要教學生鑑識的方法、規律，介紹作者的生平（Ｂ）和時代背景（Ｙ），分析段落（「披文」），歸納段意和中心思想（「入情」）這是常見的步驟。但文章千變萬化，鑑識的方法也要多種多樣。有經驗的教師，注意結合「讀」出作文題，把讀轉為寫。其中有許多道理，值得探討，要改變讀、寫脫節的教學法。

4.學習

學習就是讀、寫結合的過程，其道理已如上述。這裡只談「對仗」的藝術。林則徐幼年時，一年除夕，其父在寫春聯，寫了上聯：「除夕月不明，點數盞燈，代乾坤壯色」。可是下聯續不上來。林則徐讀了上聯（Ｊ），沉思片刻，接著對上「新春雷未響，擂三聲鼓，為天地行威」（Ｂ）。要對對，首先要瞭解詞義、句義，接著要理解相對部分的詞性、短語結構、句式類型、平仄聲調、修辭方法、語體風格直至表現風格這些綜合的語文基本知識、基礎理論；再由鑑識轉為表達。志公先生在講辭章學的橋梁性時，很讚賞對課之類語文訓練。他說：明朝，「把訓練對偶列為蒙學階段的一門必修課，這門課的作用

就超越了為作詩做準備的範圍，成為一門綜合性的語文基礎訓練課。這種基礎訓練的性質可以說是典型的橋梁性的，把訓詁學、文字學、聲韻學等古代語言學的基礎知識、基礎理論，同讀書為文的語言應用訓練緊密地掛起鈎來了。」⑭正出於這個意圖，1990年筆者與鄭韶風合寫一本《對偶趣談》，由香港學林書店出版；2000年，又和鄭韶風、魏形峰合寫了同體例的《對偶趣話》一書，由福建人民出版社出版，並在華東區圖書評選中獲得一等獎，深受讀者歡迎。這說明此類讀與寫的綜合訓練是可以試驗、總結的。

5.修改

　　修改，尤其中學語文中名篇的修改，最充分地體現「說寫⇌承載（話語）⇌聽讀」三位一體相反相成的雙向作用，體現了「表達──承載──鑑識」的辭章生成與解讀的結構。這是筆者獨著、主編、合著《辭章學概論》、《辭章藝術示範》、《言語藝術示範》、《語文名篇修改藝術》、《文章修改藝術》的動機。本書《前言》等部分已論及。作為有經驗的編輯，除了要溝通「表達⇌承載⇌鑑識」這三元雙向的交流讀者與作者的文字編審工作外，更重要的還要從客觀世界、社會需要（宇宙元）出發，認真組稿，重視發行和社會效應。這就由上三角擴展到「四六結構」了。

注 釋

①〔法〕巴爾扎克語，引自《西方古典作家談文藝創作》，329頁，春風文藝出版社，1980。

②〔蘇〕高爾基：《給初學寫作者的信》，引自高爾基著《論文學》，225～226頁，人民文學出版社，1978。

③老舍：《人物，語言及其他》，見《老舍論創作》，279頁，上海文藝
　出版社，1982。

④梁‧劉勰：《文心雕龍‧隱秀》篇。

⑤唐‧司空圖：《詩品》。

⑥《尚書‧舜典》。

⑦《論語‧陽貨》：「子曰：小子何莫學夫詩？詩可以興，可以觀，可
　以群，可以怨。」

⑧《論語‧季氏》。

⑨〔希臘〕亞里士多德：《詩學》，羅念生譯，引自《〈詩學〉〈詩
　藝〉》，121、122頁，人民文學出版社，1962。

⑩《莊子‧漁父》。

⑪巴金：《文學生活五十年》，引自《巴金論創作》，16頁，上海文藝出
　版社，1983。

⑫唐‧韓愈：《進學解》，引自《昌黎先生集》。

⑬清‧李漁：《閑情偶寄》卷三。

⑭〔瑞士〕索緒爾：《普通語言學教程》，中譯本，41頁，商務印書
　館，1980。

⑮鍾百超：《新格賴斯會話含意理論研究在我國的進展》，《外語學
　刊》，1996（3）；轉引自林玉山《現代語言學的歷史與現狀》，218～
　219頁，河南人民出版社，2000。

⑯同上，第221～222頁。

⑰張志公：《漢語辭章學論集》，54頁，人民教育出版社，1996。

⑱陳望道：《修辭學發凡》，23頁，上海文藝出版社，1959。

⑲同上，56頁。

⑳同上，74頁。

㉑張瓌一：《修辭概要》，3頁，中國青年出版社，1953。

㉒「表達效果，是表達者修辭活動（Ｂ）所形成的話語（Ｈ）對接受者
　（Ｊ）、對社會（Ｙ）所取得最好、最大的效果，使接受者（Ｊ）不僅理
　解，而且信服、感動，以更好地認識世界，改造世界，建設世界
　（Ｙ）。」（鄭頤壽執筆《緒論》，見鄭頤壽、林承璋主編《新編修辭

學》，7頁，鷺江出版社，1987）。此說「表達」，兼及「話語」和「接受」；「效果」，含對接受者（「他在效果」）、對「社會」（「實在效果」）所產生的影響和作用，而不僅僅限於「表達」一方。這是我們15年前的觀點。在這基礎上，發展為「四六結構」、「四在效果」。

㉓鄭頤壽：《辭章學概論》，44頁，福建教育出版社，1986。

㉔陳滿銘：《章法學新裁》，1頁，萬卷樓圖書有限公司，2001。

㉕祝敏青：《小說辭章學》，56～57頁，海峽文藝出版社，2000。

㉖刊於臺灣《修辭論叢》第二輯，317～352頁，1990。

㉗馮驥才：《小說創作的一個新傾向》，《我心中的文學》，44頁，上海文藝出版社，1986。

㉘宋・洪邁：《客齋五筆》卷五。《論語・顏淵》：「君子之德，風，小人之德，草，草上之風，必偃。」《孟子・滕文公》上：「君子之德，風也，小人之德，草也；草上之風，必偃。」這些都是用「風」暗喻「德」。

㉙同㉓。

㉚明・黃子肅：《詩法》。

㉛清・沈德潛：《說詩晬語》卷下。

㉜清・劉熙載：《藝概・文概》。

㉝清・吳德旋：《初月樓古文緒論》。

㉞清・王士禎：《詩友詩傳續錄》，引自《清詩話》上冊。

㉟「同體共時互換」，指同一個人，在同一個短暫的時間裡，由表達者轉為鑑識者，再由鑑識者轉為表達者。如郭沫若說的：「自己寫（Ｂ）出的東西要讀（Ｊ）得上口，多讀（Ｊ）幾遍，多改（Ｂ）幾遍……」（《怎樣運用文學的語言》，引自《郭沫若論創作》，78頁，上海文藝出版社，1983）。此類互換最為常見。

㊱「同體歷時互換」，指同一個人，在不同的時間裡，由表達者轉為鑑識者，再由鑑識者轉為表達者。

㊲「異體共時互換」，指不同的人，在同一時段，表達與鑑識的位置互換。《論語・憲問》記載：「子曰：為命，裨諶草創之，世叔討論之，行人子羽修飾之，東里子產潤色之。」世叔、子羽、子產原來都

是鑑識者，緊接著進行「討論」、「修飾」、「潤色」，都成為表達者；神諶原是表達者，卻轉為鑑識者，這是第一輪的互換，可能還有第二、三輪的互換。如今，黨政部門，高層次的企事業單位，為集思廣益，實現集體領導和決策的民主化，其重要文件，多數也是這樣產生的。

㊳「異體歷時互換」，指同一文本，由不同的言語主體，在不同的時段裡，表達與鑑識的角色互換。如：「白居易詩：『千呼萬喚始出來』（B），『始』字不如『才』字（J）。詩文有作者（B）未工，而後人（J）改定（B）者勝，如此類多有之，使作者復生，亦必心服。」（明·王昌會《詩話類編》卷三十一）

㊴「同異結合」，即同體、異體、共時、歷時綜合的。傳說：白居易「每作詩（B），令一老嫗解之（J），問曰：解否？嫗曰：解（J），則錄之（B）。不解（J），則易之（B）」（宋·惠洪《冷齋夜話》卷一）。「作詩」、「易之」都是表達者的辭章活動，「作詩」在先，可能幾經修改，才示「老嫗」。老嫗是鑑識者，「解」與「不解」，情況也多種，或共時或歷時。這些活動說明：表達要顧及鑑識，鑑識要為表達著想，僅僅單向的表達或鑑識的情況是有的，但作為辭章學家、辭章學理論的總結卻要眼觀全局，避免偏頗。

㊵魯迅：《我怎麼做起小說來》，引自《魯迅論文學與藝術》下冊，517頁，人民文學出版社，1980。

㊶北齊·顏之推：《顏氏家訓·文章篇》。

㊷唐·劉知幾：《史通·敘事》。

㊸宋·歐陽修：《歐陽文忠公文集·試筆》。

㊹清·孫洙：《唐詩三百首序》。

㊺唐·杜甫：《奉贈韋左丞丈》。

㊻清·袁枚：《隨園詩話》卷十三。

㊼清·唐彪：《讀書作文譜》卷五。

㊽張志公：《漢語辭章學論集》，54頁，人民教育出版社，1996。

四、四談「四元」、「六維」的部分組合

　　鑑識元、話語元、宇宙元及它們之間聯成的3W、4W、5W可構成右三角。右三角以鑑識元為中心，是總結、概括、破譯、理解、接受、批評、欣賞、研賞以及進行教、學的一種理論框架的圖示（當然，全面的概括，要用「四六結構」）。鑑識和表達，是構成話語活動的兩翼，缺一不可。我們把辭章界定為「有效、高效地表達、承載並藉以適切、深入地理解話語資訊的藝術形式」，其中之「表達」與「理解」（鑑識）這兩翼，是靠話語這一載體，才能夠突破時間和空間的界限而飛翔，是把話語的自在效果轉化為鑑識者的他在效果和產生社會的實在效果的關鍵。

　　口頭交流，表達與鑑識，往往是共時的，其形式或者一對一，或者一對二，或者一對眾，或者眾對眾，有往有來，單純的表達而無任何反饋的很少。有時，即使「以不言言之」、「不置可否」、「王顧左右而言他」，其實也是一種反饋——回答。

　　書面交流，有一對一的，例如，一般的書信往來（公開信則是一對眾的），但成功的、重要的話語，例如優秀的文學作品、公文（布告、公告之類）、自然科學、哲學著作，鑑識的對象是百、千、萬，甚至億計。這種交流往往是歷時的，大多數不直接向表達者反饋，例如欣賞文學作品，更多的是面向社會，表述鑑識者的觀點、評價。由於書面話語可以打破時空的限制，對其中優秀話語作品的反饋往往形成輻射式、浸漫式的向四周傳播，流水式、遷延式的向後代流傳。

　　鑑識，不是被動的接受，不限於平面的理解，而是主動的、創造性的。先理解其詞義、句義、章義、篇義，從表層資訊，進入深層資訊，還要根據鑑識者此時、此地、此境，跨過話語本體，根據自身的體會，捕捉其言外之音，進行補充、再創造；其中，包括對資訊正誤、全偏、深淺進行鑑識，對其藝術成就精粗、高低、優劣進行品評，對其在社會產生之實在效果之大小、優劣、永暫進行評價。優良話語作品的生命，就因此而逐步擴大，流傳，向廣闊的空間和永恆的時間跨越、延伸。接受美學的首倡者德國的Ｈ‧Ｒ‧姚斯在其《文學史作為向文學科學的挑戰》一文中說：「接受美學是以作家作品的特徵為中心而構成的生產、乃至敘述的美學。……『公眾不僅不是被動的部分，也就是說不是構成單純的反應連鎖，相反還成為歷史形成的動力。』文學作品的歷史生命沒有其接受人主動的參與是不能想像的。即有了讀者的仲介，作品才保持了一種連續，才進入了變化的經驗的地平之中。由於連續，單純的接受不斷地向批判的理解轉變，被動的接受向主動的接受轉變，所被容認的美的範圍不斷向新的、凌駕於此的轉變。」

　　中外優秀的話語作品再創造活動的鑑識者的人數大大超過表達者個體（即使是集體創作的表達者人數也是有限的）的創作活動、編著活動。中國的「四書五經」、唐詩宋詞、明清小說、現當代的文學作品和古今哲學、自然科學的著作，古希臘、羅馬、埃及、印度以及歐洲文藝復興及其後歐美的哲學、文學、自然科學的優秀話語作品，對它們闡釋、評價的鑑識文字十倍、百千倍於原作，使原作生命得以延伸，光輝永不熄滅，實在效果不斷積累、擴大。

　　漢語辭章學必須借鑑古今中外有關理論，建構理解、接受

等鑑識的理論體系，建立理解、接受的辭章學，簡稱「解辭學」。本文僅以鑑識元為中心，從右三角作舉隅性的闡釋。

(一)鑑識的方式、形式類別

我們的祖先給我們留下了豐富的研究、總結辭章鑑識理論的遺產，它包含以下幾類。

1.注、解

大量的注、解活動從漢代已經開始，如毛亨、孔安國、馬融、鄭玄等都是著名的鑑識家。僅鄭玄就對先秦的典籍《周易》、《毛詩》、《周禮》、《儀禮》、《禮記》、《論語》等作過注解。其中，較多的是疏通文義，也有對之總結、抽象出辭章的理論。例如《毛詩序》云：「詩有六義焉：一曰風，二曰賦，三曰比，四曰興，五曰雅，六曰頌。」鄭玄在《周禮》中進一步說：「比者，以彼物比此物也。」這裡既總結了風、雅、頌的體制特徵，也歸納了賦、比、興的藝術方法。其後還有集合各家注解於一書的，如三國・魏・何晏《論語集解》、晉・范寧《春秋穀梁傳集解》、南朝・宋・裴駰《史記集解》；晉・杜預《春秋左傳集解》等。有稱作「集釋」的，如南朝・宋・姜道盛《集釋尚書》十一卷，清・郭慶藩《莊子集釋》等。「集釋」又稱「集注」，是把各家之注匯集在一起，再加上集注者的見解，如朱熹的《四書章句集注》、《楚辭集注》等。他不僅「集」與「注」，而且提出許多新的見解。有的注，在於考核事實，補充材料。《水經》一書，記述了我國137條的河流水道。而北魏的酈道元為之作注，增加到1250條，注文的篇幅為原書的20倍。南朝・梁・裴松之為陳壽的《三國志》作注，兼採諸書，達150種，注義補闕，增加了許多

史料，其篇幅是原書的數倍。

解：解釋、分析詞義、文義。《禮·經解》，《疏》曰：「解者，分析之名。此篇分析六經體教不同，故名曰《經解》也。」後來，逐步發展成為一種文體。明·徐師曾《文體明辨》「解」體指出：「按字書，解者釋也。因人有疑而解釋之者也。」其最早的代表作是漢·揚雄的《解嘲》。唐朝韓愈的《進學解》、《獲麟解》，則由鑑識又轉為表達了。

2.疏、傳、箋

廣義的注解，就是疏、傳、箋。

疏，又稱「正義」，是注解的注解，是鑑識、反饋又轉為表達的統一體。如《十三經注疏》；《周禮》，漢·鄭玄注，唐·賈公彥疏；《春秋公羊傳》，漢·何休注，唐·徐彥疏；《周易》，魏·王弼、韓康伯注，唐·孔穎達等正義；《禮記》，漢·鄭玄注，唐·孔穎達正義；等等。

傳，古人以「傳」來闡明經義，比一般的對詞義、句義的解釋更進一層，其再著述、再創作的分量更多。如《春秋》之《左傳》，《詩》之《毛詩》，《尚書》之孔安國傳等。

箋，在注釋中，表明作者之意，還要補充、訂正，表達箋者的觀點。如《詩經》之漢·毛亨傳，鄭玄箋。

其他的，如詩話、詞話、文評、曲語、史論，序、跋，其實質，都離不開鑑識活動。當代之「文章分析」、「鑑賞辭典」之類，如雨後春筍，更是典型的鑑識作品。

文學史、文學批評史之類，是高層次的鑑識活動，屬於評賞、研賞類。修辭學史之類，則是對修辭學著作進行鑑識、評價。現當代之修辭學著作，都引用了大量的修辭範例進行分析、總結，這也離不開鑑識，它們都自覺、不自覺地對鑑識與

表達（讀、聽與寫、說）的活動作理論的總結。修辭史、辭章史，欣賞、評賞、研賞的力度則更大，集中在修辭、辭章上。

歷史上的許多「演義」作品，其鑑識活動的再創造性最為明顯。它在鑑識史傳或傳說的基礎上，進行想像、聯想、補充、訂正，而後轉為表達，進行創作。

㈡借鑑、融會有關學科的理論，以建立漢語辭章學的鑑識論

漢語辭章學具有融合性。我們要借鑑、融會哲學、美學、文學、心理學、資訊論、控制論、批評理論、接受理論等有關的成果，來建構漢語辭章學的鑑識論。

第一，從我國優秀文化遺產中汲取營養。

我國傳統的鑑識實踐活動上文已作簡述，作為鑑識理論的總結，始於先秦。

孔子說：「君子不以言舉人，不以人廢言。」[1]墨子說的「言必有三表」[2]，《禮記》所說的「致中和」都論及鑑識的標準、要求。韓非子以「楚人鬻珠」、「秦伯嫁女」為喻，談及評論話語作品的內容與形式的關係和文章社會功能的問題[3]。

孟子的「知人論世」說[4]、「以意逆志」說[5]，漢・董仲舒的「詩無達詁」說[6]，他們都論及文學作品尤其是詩歌之類形象性強的作品的鑑識原則、方法和要求。揚雄的「聖人之經不易知」說[7]，論及話語深層資訊的解讀問題。王充的「論貴是而不務華，事尚然而不高合」[8]，則談及議論性文章的鑑識標準與要求。

魏晉南北朝以後，我國的鑑識實踐已相當發達，總結了這門學科的諸多理論體系。劉勰的《文心雕龍》，尤其是其中的

《知音》篇，相當系統地論及鑑識的諸多問題。它論及鑑識評價的標準、原則、品第、方法，批評、鑑識、評價中的不良傾向，鑑識者的修養，等等。下文放寬視野，分幾點進行簡析。

1.鑑識、評價的標準、原則

話語作品的鑑識、評價，要定其優劣、高下。這與鑑識者的哲學觀點、倫理觀念有關。在我國長期的封建社會中，強調用儒家的倫理道德觀念進行鑑識、評價。

孔子以「思無邪」來評論《詩經》⑨。《禮記》認為：「喜怒哀樂之未發謂之中，發而中節為之和。中也者，天下之大本也；和也者，天下之達道也。致中和，天地位焉，萬物育焉。」⑩這是儒家的中庸思想在鑑識上的表現。

「致用」觀點，在我國鑑識論中占主導的地位。孔子論詩歌具有「興、觀、群、怨」的作用，「不學詩，無以言」，學詩還可以「多識於鳥獸草木之名」，主張「詩教」，表現了他的「致用」的觀點。墨家、法家的「致用」論更加突出。墨子的「言必有三表」論之一，就是「有用之者」，「廢以為刑政，觀其中國家百姓人民之利。」韓非子反對「以文害用」。這觀點影響到後代，例如，葛洪說：「古詩刺過失，故有益而貴；今詩純虛譽，故有損而賤也。」⑪此論不無偏頗，只是以「致用」與否，來定詩之貴賤。

由此產生了對話語作品內容與形式的關係以及話語作品之風格的鑑識、評價標準。道家、墨家、法家強調話語作品的內容，尚樸的鑑識論成為一種偏嗜。

老子說：「孔德之容，惟道是從」⑫，「人之道，為而無爭」⑬，「不言之教，無為之益，天下希能及之矣」⑭。他說「大巧若拙」，「大辯若訥」⑮，「善者不辯，辯者不善」⑯；

「言善信」⑰。莊子說：「知者不言，言者不知；故聖人行不言之教。」⑱他擔心「道隱於小成，言隱於榮華」⑲。他認為「樸素而天下莫能與之爭」⑳。他要求「雕琢復樸」㉑，「既雕既樸，復歸於樸」㉒。他認為「天有大美而不言，四時有明法而不議，萬物有成理而不說」㉓。這是道家「希言自然」㉔、「道法自然」㉕的哲學觀點在辭章鑑識、評價標準上的反映。

墨家、法家也以樸、以質為美。墨子擔心「今世之談也，皆道辯說文辭之言，人主覽其文而忘有用。墨子之說，傳先王之道，論聖人之言以宣告人，若辯其辭，則恐人懷其文忘其直，以文害用也」㉖。墨子以「食必常飽，然後求美」，「先質而後文，此聖人之務。」㉗他不是反對「美」與「文」，只是為了當務之急而先求「質」。韓非子認為「和氏之璧不飾以五彩，隋侯之珠不飾以銀老，其質至美，物不足以飾美」㉘。他是從致用的觀點出發指出「好辯說而不求其用，濫於文麗而不顧其功者，可亡也」㉙。

道、墨、法諸家鑑識、評價辭章的「美」，強調了內容，是其哲學觀點、致用觀點的反映。但從他們的辭章藝術實踐分析，正如劉勰評論《老子》所說的「老子疾偽，故稱『美言不信』；而五千精妙，則非棄美矣」㉚。他們鑑識評價標準，都沒有離開「誠美律」。

在鑑識、評價中，相對而言，儒家的觀點更為辯證，總是兼論內容與形式、質與文，也就是總是以「誠美律」為依據，進行評析。《周易》：「其稱名也小，其取類也大。其旨遠，其辭文，其言曲而中。其事肆而隱。」㉛《禮記》云：「是故情深而文明，氣盛而化神。」㉜孔子說：「情欲信，辭欲巧」㉝，「言之無文，行而不遠。」㉞又說：「文質彬彬，然後君子。」

㉟「旨」、「情」、「質」屬於內容;「辭」、「言」、「文」屬於形式;「信」是「誠」的代名詞,「文」是「巧」的近義詞,「彬彬」,文質兼備之意。這些都集中地體現了儒家以「誠美律」為標準的鑑識論。

儒家這一鑑識、評價理論影響中國社會幾千年。漢·王充說的「辭妍情實」,王逸說的「金相玉質」,梁朝蕭統《文選》講的「微言大義」,鍾嶸說的「文約意廣」,北齊·顏之推說的「辭意可觀」,宋·魏了翁說的「微詞奧義」,歐陽修說的「意新語工」,陳師道說的「語意皆工」,許顗說的「言婉情深」,明·胡應麟說的「義正辭嚴」,王驥德說的「情義婉轉」,清·薛雪說的「意微詞顯」,珠泉居士說的「情文並茂」……(以上恕不一一細述,請閱拙編《辭章學辭典》各條引論)㊱,都是內容與形式並論。這一觀點一直延續到現代。

2.鑑識的品第

鑑識、評價,要辨優劣,分高下。概括起來,主要有三大類品評方式。

⑴描寫式的:用形容、描繪的語言評述話語作品的優劣。晉·范寧評《春秋》:「一字之褒,寵逾華袞之贈;片言之貶,辱過市朝之撻。」㊲這就是對梁·劉勰評價:「《春秋》辨理,一字見義」㊳的具體描寫。唐·杜甫評論李白的詩:「昔年有狂容,號爾謫仙人。筆落驚風雨,詩成泣鬼神。」㊴宋·敖陶孫品評曹操的作品:「魏武帝如幽燕老將,氣韻沉雄。」㊵此類品評,比較具體,祖先給我們留下了十分豐富的寶貴遺產。

⑵用言語標準、表達效果、風格特點進行品評。常用一兩個詞作精練的概括,如「達、當、妥、切、確、明(曉)、

通、順、簡（要、略、約），似、肖、活、生動、流暢，工、巧、真、新、美、妙」等㊹。明・馮夢龍評《送別》：「最淺，最俚，最真。」㊷梁・鍾嶸評：「大明泰始中，鮑（照）、（惠）休美文，殊以動俗，唯此諸人，傳顏（延之）、陸（機）體。」㊸

從風格評價，也有描寫式、概括式兩類。唐・司空圖《二十四詩品》就是用描寫式形容24種的風格特徵。歷史上，此類概括的如：

陽剛，同義詞有：豪放、雄渾、奔放、勁健、壯偉、遒勁、勁健；

陰柔，同義詞有：柔婉、婉約；

繁豐，同義詞有：繁縟、繁徵博引、繁多不迫；

簡約，同義詞有：簡切、要約、核要、體要、辨潔；

華艷，同義詞有：工麗、絢麗、綺麗、艷麗、藻艷。

其他，如：淡、樸、質、曲、直、淺、近、深、遠、精、粗、高、雅、俗、新、清、奇、怪、平、常、秀、潤、疏、密、莊、諧、自然、拗峭、渾成、圓通、停勻、參差、沈鬱、輕俊以及它們的同義詞，筆者整理編製了《辭章學辭典・分類目錄索引》用了約800個辭條，引用了兩三千段辭論進行論析，可供參考。

在我國辭章鑑識、評價的歷史上，就有「評、品、品格、品藻」等術語。

評，是評議、校訂的文辭。清・王兆芳說：「評者，平也，訂也，議也，校訂評議也。主於長短舊說，主議持平。源出晉・孔毓《毛詩異同評》，流有陳邵《周禮異同評》，江熙《公穀二傳評》，及梁・袁昂《書評》。」㊹其後出版之「詩

評」、「文評」、「評釋」、「評解」之類，都是鑑識、評價話
語作品的。

品，品評等級。梁·鍾嶸《詩品》，就是鑑識、評定漢至
齊梁間一百二十餘位詩人作品等級之作。全書分上、中、下三
品，它開我國「詩話」之先河。雖然其中不無偏頗，但為詩歌
的鑑識、評價做了有意義的開拓。《四庫全書總目》認為它
「妙達文理，可與《文心雕龍》並稱」。

品格，評定詩體之類別和優劣、高下的等級。明·高棅
《唐詩品匯總序》：「有唐三百年詩，眾體備矣……至於聲律
興象，文詞理致，各有品格高下之不同。」該書於諸體之中，
各分正始、正宗、大家、名家、羽翼、接武、正變、餘響、旁
流等九格進行鑑識、品評。

品藻，也是對作品的等級，包括風格的鑑定、品評。清·
劉大櫆《論文偶記》指出：「行文最貴者品藻，無品藻便不成
文字，如曰渾、曰灝、曰雄、曰奇、曰頓挫、曰跌宕之類，不
可勝數。」這種品評，還結合辭章話語之內容與形式特點評
定，認為它們「有神上事，有氣上事，有體上事，有色上事，
有聲上事，有味上事，有識上事，有情上事，有才上事，有格
上事，有境上事，須辨之甚明。」這樣品評，就比較具體了。

其後，詩話、詞話、文評、史論之類著作，都是鑑識、評
價話語作品的著述。

⑶描寫與概括結合進行評定的。唐·司空圖《二十四品》
用24種風格名稱作為鑑識、評價的標準。首列的是「雄渾」，
這是概括的品評，繼而具體描寫其獨特的氣氛和格調：「大用
外腓，真體內充。返虛入渾，積健為雄。具備萬物，橫絕太
空。荒荒油雲，寥寥長風。超以象外，得其環中。持之匪強，

來之無窮。」清‧劉大櫆認為：「文章品藻最貴者，曰雄曰逸。歐陽子逸而未雄，昌黎雄處多，逸處少。太史公雄過昌黎，而逸處更多於雄處，所以為至。」⑤

3.鑑識、品評的步驟、方法

⑴披文入情。這就是「辭成意」，繼而意成辭、辭意結合，不僅理解其表層資訊，還要破譯其深層資訊；不僅理解言內之意，而要捕捉言外之音。劉勰說：「觀文者披文以入情」⑯，「文」就是話語藝術形式；「情」就是思想內容。鑑識話語，首先接觸到的是話語形式：或先聞其音，才解其意；或先觀其辭，才知其情。

對內涵深厚的話語，在初步「辭成意」之後，還要以「意」之主旨，再析其辭，才能得其底蘊。這就是孟子說的「不以文害辭」，不要斷章取義地割裂個別字眼而曲解其辭句；「不以辭害志」，不要只就辭句的表面作解釋，而歪曲了作品的原意⑰。蘇東坡對此深有理解，他說：「夫詩者，不可以言語求而得，必將深觀其意焉。故其譏刺是人也，不言其所為之惡，而言其爵位之尊，車服之美，而民疾之，以見其不堪也；『君子偕老，副笄六珈』，『赫赫師尹，民具爾瞻』，是也。其頌美是人也，不言其所為之善，而言其冠佩之華，容貌之盛，而民安之，以見其無愧也；『緇衣之宜兮，敝予又改為兮』，『服其命服，朱黻斯皇』，是也。」⑱用現代的話來說，就是作者通過形象來表達思想感情；觀者要分析形象來理解其深意。為此，帶來了──

⑵反覆誦讀，咀嚼默會。對於形象性強、風格蘊藉的作品，多看一遍，就多一層理解；詩歌之類作品，要反覆吟誦，瞭解詩意。這就像剝筍一般，一層一層地剝，才吃得到鮮嫩的

筍肉。《王直方詩話》記載一件文人雅事：「郭功父少時喜誦文忠君詩。一日過聖俞，聖俞曰：『近得永叔書云：作《廬山高》詩送劉同年，自以為得意，恨未見此詩。』功父誦之。聖俞擊節嘆賞曰：『使吾更作詩三十年，不能道其中一句。』功父再誦，不覺心醉，遂置酒，又再誦，數行，凡誦十數遍，不交一言而罷。明日，聖俞贈功父詩曰：『一誦《廬山高》，萬景不可藏。設如古畫師，極意未能忘。』」⑭漢詩，尤其律絕，非常講究音韻，誦讀琢磨，才能探其詩意。這就如魏慶之所說的：「詩須是沉潛諷誦，玩味義理，咀嚼滋味，方有所益。」他要求：「先將詩來吟詠四五十遍了，方可看注。看了，又吟詠三四十遍，使意思自然融液浹洽，方有見處。詩全在諷誦之功。」⑮

　　⑶統觀全局，深入理解。鑑識、評價話語作品，切忌斷章取義，歪曲全文。劉勰說：「將閱文情，先標六觀：一觀位體，二觀置辭，三觀通變，四觀奇正，五觀事義，六觀宮商。斯術既形，則優劣見矣。」⑯「位體」，指根據作者所要表達的思想內容確定文體。從鑑識講，接觸到一篇話語，是詩歌，抑是戲劇，是實驗報告，抑或申請書，就給理解話語以導向：它確定了是用形象思維，還是用邏輯思維；是著眼於審美，還是致用；是準確理解辭句意思，還是捕捉其言外之音。因此，鑑識要以「得體為先」。「置辭」，選擇、安排、運用語言技巧，它的內容十分廣泛。「通變」，對傳統的繼承和創新，這是保證語言運用、文學創作不斷進步的保證。「奇正」即奇巧和平正，從修辭來講，是用特殊的變格的言語，還是一般通用的常格的方法。「事義」即事類，引用前言往事，來豐富話語內容，論證事理。「宮商」即語言的音樂美。這「六觀」是相

當全面的。後代文論家從中受到啟發，不斷發展了這個理論。

「觀位體」，就是觀察、分析體制之得失。「得體」抑或「失體」是鑑識、評價中的重要標準。金·王若虛就用之評論作品之優劣。他說：「陳後山云：『子瞻以詩為詞，雖工非本色。今代詞手，惟秦七、黃九耳。』予謂後山以子瞻詞如詩，似矣；而以山谷為得體，復不可曉。晁無咎云：『東坡小詞，多不諧律呂，蓋橫放傑出，曲子中縛不住者。』其評山谷則曰：『詞固多妙，然不是當行家語，乃著腔子唱好詩耳。』此言得之。」[52]我們對詩體、詞體之「本色」姑且不論，只說「得體」是他們鑑評的一個標尺。元·袁桷批評宋詩：「唐詩有三變焉，至宋則變有不可勝言矣。詩以賦比興為主，理固未嘗不具。今一以理言，遺其音節，失其體制，其得謂之詩歟？」[53]「詩言志」，重在抒情，「理固未嘗不具」，但若「一以理言」，實為失體。失體又叫傷體。陸時雍說：「敘事議論，絕非詩家所需，以敘事則傷體，議論則費詞也。」但陸氏又不是一概反對詩中的議論和敘事。他說：「如《棠棣》不廢議論，《公劉》不無敘事。如後人以文體行之，則非也。戎昱『社稷依明主，安危託婦人。過因讒後重，恩合死前酬。』此亦議論之佳者矣。」[54]

「披文入情」與「觀置辭」之「文」與「辭」都是話語藝術形式，它是資訊的承載體。作者努力於「有效、高效地表達」，鑑識者要「適切、深入地理解」，離開對「文」、「辭」的分析、解讀就失去了最重要的鑑識依據。它包含「文」、「辭」的各個方面、各個層次。鑑識活動，從來就是如此。上文說的注、解、疏、傳、箋，各種詩話、詞話、文評、曲語都是如此。黃庭堅說：「歐陽文忠公極賞林和靖『疏影橫斜水清

淺，暗香浮動月黃昏』之句，而不知和靖別有咏梅一聯云：
『雪後園林才半樹，水邊籬落忽橫枝』，似勝前句。」⑤此則從
句子、從對偶藝術進行鑑賞、比較、評析。金聖嘆說：「今人
不會看書，往往將書容易混帳過去。於是古人書中所有得意
處，不得意處，轉筆處，難轉筆處，趁水生波處，翻空出奇
處，不得不補處，不得不省處，順添在後處，倒插在前處，無
數方法，無數筋節，悉付之於茫然不知，而僅僅粗記前後事
蹟，是否成敗，以助其酒前茶後，雄談快笑之旗鼓。」⑤這從
小說的結構、藝法等特點論「觀置辭」。

　　文章代有才人出，各領風騷數百年。從總體而言，五千年
的文學史，就是文學通變──對傳統的繼承與創新──的歷
史。這則要在歷時比較中，評析其創意及其在發展史上的地
位。這種評價的要求是高的。楊維楨就是從「觀通變」的角度
來鑑析、評價詩體與代表性詩家的。他說：「評詩之品無異人
品也。人有面目骨體，有情性神氣，詩之醜好高下亦然。風、
雅而降為騷，而降為《十九首》，《十九首》而降為陶、杜，
為二李，其情性不野，神氣不群，故其骨骼不庳，面目不
鄙。」⑤。文學史、文學批評史，無不以「觀通變」之大小、
有無、正負（「負通變」即歷史的倒退）進行鑑識、評價。

　　「觀奇正」早就受到評論家的重視。《詩・大雅・雲漢》
之詩曰：「周餘黎民，靡有孑遺。」用的是「奇」筆（誇飾，
增言之也），孟子就指出：「故說詩者，不以文害辭，不以辭
害志；以意逆志，是為得之。」⑤用現代的話講，這屬於變格
修辭，是不能按字面來理解的。陳師道說：「詩欲其好，則不
能好矣。王介甫以工，蘇子瞻以新，黃魯直以奇。而子美之
詩，奇常、工易、新陳莫不好也。」⑤即使是「常語之中，具

見優劣」⑥。「奇正」的理論，從修辭學講後代發展為變格修辭、常格修辭；從風格學講，發展為奇崛與平易；從創作論講，國外所講的「陌生化」，就近乎新奇代變的藝術手法。

「觀事義」，如理解為「事類」⑥僅限於一種辭格。擴而展之，也只限於以「事類」作為辭格的借代用法，它已屬於「置辭」之內。我以為「事」、「義」可以理解為材料與內容。下文「四觀」將論及。

「觀宮商」就是觀察、分析語音藝術。這在詩歌中表現得尤為突出。詩歌和音樂、舞蹈原來是三位一體的藝術。漢語語音有平仄之分，又是一字一音的，最有助於組織音節，形成旋律美。從最原始的獵歌、《詩經》、楚辭到漢魏樂府、唐詩、宋詞、元曲，都可配樂。鑑識、評價者，從語音的抑揚、疾徐、清濁中，可以領悟詩篇的氛圍和情感。元好問說：「文須字字作，亦要字字讀。咀嚼有餘味，百過良未足」，只有這樣，才能如「聞弦知雅曲」一般，進入詩的意境，品出意味⑥。不僅詩要講音樂美，散文也一樣。賀貽孫說：「李、杜詩，韓、蘇文，但誦一二首，似可學而至焉。試更誦數十首，方覺其妙。誦及全集，愈多愈妙。反覆朗誦，至數十百過，口頜涎流，滋味無窮，咀嚼不盡。」「其境愈熟，其味愈長。」⑥誦讀過程，就是辨宮商，探知其弦外音、音中情、音中境的重要鑑識手段。

劉勰的「六觀」逐步發展。吳騫提出「四觀」，由「六」到「四」，似乎項目少了兩項，其實在「六觀」的基礎上增加了新內容。他引陳爰立先生論詩云：「『以溫厚蘊藉為體，以風雅鼓蕩為用。思入深沉，調出俊爽。宏麗詩不落濃俗，幽靜詩不落枯淡，雄句宜渾不宜粗，婉句宜細不宜巧。一觀意思，

二觀體裁，三觀句調，四觀神韻。四者皆得，方為全詩。四者中更以意思、神韻為主。』觀此可以覘其詩學之造詣矣。」[64]他把「一觀意思」列首，比劉勰「五觀事義」明確了。「以意逆志」——「意」、「志」、「意思」確實是鑑識、評價中首要的內容，從辭章學的理論講，就是「適切、深入地理解話語信息」。「二觀體裁」與劉氏「一觀位體」意近，但若聯繫前文「以溫厚蘊藉為體」之「體」，其內容似乎還含「溫柔敦厚」的儒家鑑識評價作品的原則蘊藉的詩歌風格特點。「三觀句調」，含語句宮商之音。「四觀神韻」——「神韻」是明·胡應麟、清·王士禎鑑識、評價詩歌的理論。胡氏云：「詩之筋骨，猶木之根幹也；肌肉，猶枝葉也；色澤神韻，猶花蕊也。筋骨立於中，肌肉榮於外，色澤神韻充溢其間，而後詩之美備矣。」[65]他把「神韻」作為審美標準，要求「無跡可求」，「言有盡而意無窮」，「味在酸鹹之間」，做到蘊藉、含蓄、沖淡、清遠，具有「妙悟」，達到「語中無語」的境界。

　　「六觀」、「四觀」都是鑑識、評價的標準。此外，還有「深觀」、「博觀」和「微觀」、「整體觀」。

　　「深觀」，就是深入地鑑識、理解。蘇東坡說：「史詩者，不可以言語求而得，必將深觀其意焉。」[66]就是要望表而知裡，捫毛而知骨，瞭解話語作品深層的含義。孟子說的「知言」[67]、「不以文害辭，不以辭害志，以意逆志」[68]；墨子講的「探本」、「窮原」[69]；劉勰說的：「披文以入情，沿波討源，雖幽必顯」，「鑑照洞明」、「深識鑑奧」[70]；章學誠說的「故善論文者，貴求作者之意指，而不可拘於形貌也」[71]。這些，都屬於「深觀」論。

　　「博觀」，就是廣泛閱讀。劉勰說：「凡操千曲而後曉聲，

觀千劍而後識器；故圓照之象，務先博觀。閱喬嶽以形培塿，酌滄波以喻畎澮。」⑦博觀是培養提高鑑識水平、比較作品的基礎，要從「同」（似）中求「異」，「異」裡察「同」，以別優劣、高下。劉克莊說：「余嘗為作文難，論文尤難。貌似者，不若意似。貌似者，《法言》之似《論語》也，《兩京》、《三都》之似《上林》、《子虛》也；意似者，杜詩之似《史記》也，《貞符》之似《王命論》也。」⑦

　　微觀與整體觀。明末清初的金聖嘆，在鑑識、評價戲劇、小說中，總結出許多藝術手法。宗廷虎教授指出「在眾多的技法中，最重要、最有特色的是他的在『極微論』指導下的『挪輾』（即那輾）法」。他把「極微論」概括為「微觀」研究。⑦金氏借用陳豫叔的「那輾」法。陳氏說：「『那』之為言搓那，『輾』之為言輾開也。……所貴於那輾者，那輾則氣平，氣平則心細，心細則眼到。夫人而能氣平、心細、眼到，則雖一黍之大，必能分本分末；一咳之響，必能辨聲辨音……一刻之景，至彼而可以如年。一塵之空，至彼而可以立國。」──「一黍」、「一咳」、「一刻」、「一塵」，即從細微處，而「分本分末」、「辨聲辨音」、「可以如年」、「可以立國」，則可以知大。「大」就是宗廷虎所說的「整體觀」，他舉金批《讀第六才子書西廂記法》說：「一部書，有如許灑灑洋洋無數文字，便須看其如許灑灑洋洋是何文字，從何處來，到何處去，如何直行，如何打曲，如何放開，如何捏聚，如何公行，如何偷過，如何慢搖，如何飛渡。」⑦這就是從結構、情節與文字運用鑑識其辭章章法。

　　這節所講的「六觀」、「四觀」、「博觀」、「微觀」、「整體觀」，都僅僅是舉例性的沿著3W而「披文入情」。其具體方

法還很多。

(4)比較法。比較，是辯證法在辭章活動（含表達、承載、鑑識）中的運用。幾乎所有的文學史和文學批評史，修辭史和修辭學史，都自覺、不自覺地貫穿著歷時比較；表達與修改，鑑識與評價，也都自覺不自覺地比較其內容之全偏、意蘊之深淺、藝術之高下、風格之優劣、效果之大小。比較，可貫穿於話語組成之各個部分，表達者之個體與群體之諸多方面。失去比較，就失去優劣、高低、大小、前後、左右。老子早就指出：「有無相生，難易相成，長短相較，高下相傾，音聲相知，前後相隨」㉖。韓愈的論「推敲」，王安石的選用「到→過→入→滿→……→綠」，都屬於詞語的比較；「屢戰屢敗」與「屢敗屢戰」，則是句式的比較；「先生之德，山高水長」與「先生之風，山高水長」又是平語與比喻的比較。筆者獨著的《比較修辭》、《辭章學概論》、合著之《辭章藝術示範》等七書，都是此類比較之作。對此類比較，不宜囿於思維定勢，認為這種「修改」只是單向的表達、說寫活動；而忘記了，或者沒有看到他改甚至自改，也是鑑識、評價的聽讀、理解、接受這種動態的、雙向的活動；而作為客觀存在的文本，則是相對靜止的「承載」體。總之，它們是「表達⇌承載⇌理解」三位一體的。此類大量的鑑識、評價活動，筆者已用了百萬字的篇幅論析了。古人就很重視從比較中進行鑑識、評價活動。陳善說：「嘗與林邦翰論詩及四雨字句，邦翰云：『「梨花一枝春帶雨」，句雖佳，不免有脂粉氣，不似「朱簾暮捲西山雨」，多少豪傑！』余因謂：『樂天句似茉莉花，王勃句似含笑花，李長吉「桃花亂落如紅雨」，似簷蔔花。而王荊公以為總不似「院落深沉杏花雨」乃似闍提花。』邦翰撫掌曰：『吾子此

論，不獨詩評，乃花譜也。』」⑰這是從句子、比喻的不同作比較進行鑑識、評價。葉適說：「昔人謂『蘇明允不工於詩，歐陽永叔不工於賦，曾子固短於韻語，黃魯直短於散句，蘇子瞻詞如詩，秦少游詩如詞。』此數公者，皆以文字顯名於世，而人猶得以非之，信矣作文之難也。夫作文之難，固本於人才之不能純美，然亦在夫纂集者之不能去取抉擇，兼收備載，所以致議者之紛紛也。向使略所短而取所長，則數公之文當不容議矣。」⑱此則不僅從個體作家，而且從群體作家進行鑑識、評價；不僅評及長處，也論及短處；不僅論及鑑識者之「不能去取抉擇」之不足，而且論及「略所短而取所長」的原則。離開比較這一辯證法，鑑識、評價優劣、高低等就蒼白無力。

4.鑑識者的修養

上文主要從右三角之3W論鑑識，此則著眼於右三角之中心點鑑識者論鑑識。鑑識活動是鑑識者發出的，它是鑑識活動成敗的關鍵。它涉及生理、才識、修養、實踐四大方面。

生理是最基本的鑑識的物質條件。盲人不會鑑識一切造型、色彩的藝術。色盲者不會欣賞色彩畫、水粉畫；聾子不會欣賞音樂。馬克思說：

> 對於沒有音樂感的耳朵說來，最美的音樂也毫無意義，……只是由於人的本質的客觀地展開的豐富性，主體的、人的感性的豐富性，如有音樂感的耳朵、能感受形式美的眼睛，總之，那些能成為人的享受的感覺，即確證自己是人的本質力量的感覺，才一部分發展起來，一部分產生出來⑲。

才識，是鑑識的認識基礎。鑑識要有廣泛的基礎知識、基本理論；還要有被欣賞對象的「雙基」。俗話說：「外行看熱鬧，內行看門道。」欣賞音樂，要懂得基本樂理；欣賞詩歌，要掌握詩歌的特徵。馬克思還說過：

> 如果你想得到藝術的享受，那你就必須是一個有藝術修養的人。如果你想感化別人，那你就必須是一個實際上能鼓舞和推動別人前進的人[80]。

修養，這裡主要講藝術修養，是鑑識、評價作品優劣的基本條件。作為一般的讀者，他怎麼欣賞有其自主權、主動權。有的愛讀古典詩詞，有的愛看驚險小說、言情小說；有的喜歡婉麗的，有的喜歡質樸的，這無可厚非，「蘿蔔青菜，各喜各愛」。但如果你的觀點，要去影響別人，例如教師，尤其是評論家，專業史學家，就應該「無私於輕重，不偏於憎愛」，做到「平理若衡，照辭如鏡」；不要「貴古賤今」，「崇己抑人」[81]；也不應崇洋媚外，似乎只有歐美東洋，才是科學的，數典忘祖；也不應夜郎自大，閉關自守。評論，具有導向作用，它關係到學科的發展。鑑識的立足點在鑑識元，它的指向是話語元，話語元也作用於鑑識元。馬克思說：

> 藝術對象創造出懂得藝術和能夠欣賞美的大眾，——任何其他產品也都是這樣。因此，生產不僅為主體生產對象，而且也為對象生產主體[82]。

這就是3W辯證的雙向作用。鑑識者欣賞作品，使作品生命得

以延續；而作品也造就了鑑識者，讀好的書，看好的電影、戲劇等，就有可能造就鑑識者，不僅增長才幹，也塑造其靈魂。

鑑識元與宇宙元也是雙向互動的。所歷者深，所識者真。生活實踐越豐富，越有助於欣賞作品；而知識越廣博，修養越高，對改造世界，建設世界，推動歷史向前發展的作用也越大。

第二，從國外、從我國新時代的相關學科中借鑑鑑識理論。

國外鑑識的理論，從古希臘、古羅馬已經產生，尤其是近現代，產生了許多新的理論，它反映在各相關學科中，辭章學研究者要善於融會、吸收。

古希臘柏拉圖的著作中已經出現「解釋學」這個詞。最初，用來解釋聖經，繼而把它用之於倫理學、修辭學之中，進而用之於古典學、哲學之中。德國的哲學家德爾泰則致力於建立科學的解釋學。這對辭章的理解可作參考。

18世紀，英國哲學家J‧本瑟姆，曾用「功利主義」解釋社會現象，以後又改稱「最大幸福主義」，用之闡釋倫理觀念，他以「最大多數的最大幸福」判斷是非、善惡。這對於評定辭章的「實在效果」不無啟發。

18世紀德國古典主義哲學家康德的批判理論有其主觀唯心主義和形式主義色彩，但他衝破理性主義和經驗主義的藩籬。我們從他三部「批判」巨著中，去其形式主義的偏頗，取其形式論的精華，對於建構「有效、高效地表達、承載並藉以適切、深入地理解話語資訊的藝術形式」；他之藝術美高於自然美，對於認識「四六結構」尤其是其中的5W的辯證法；他把藝術界定為是在「理性的基礎上的意志活動的創造」，對於鑑

識藝術體；他從質、量、關係和方式分析美的判斷，對於鑑識作品，等等，都可資借鑑。

19世紀，奧地利心理學家、心理分析美學的創始人S・弗洛伊德和瑞士病理學家榮格關於精神分析的理論，用之於鑑識（含文學批評）中，用於分析表達者、鑑識者和作品中人物的深層心理結構，對於辭章定義之「表達、承載、理解」的心理分析也有借鑑意義。而英國語言學家奧格登、文學批評家理查茲的分析美學理論，也有助於對辭章的分析、理解、鑑識。

19世紀20年代末，法國文學研究家A・F・維爾曼開創的比較文學理論，在辭章鑑識中，對文體、語體特徵、表現風格、作家風格、流派風格、民族風格和表現方法、藝術技巧的比較、分析、評價，則具有更實在的意義。

19世紀法國批評家丹納提出的人種、環境、時代等條件，對於辭章學「四六結構」之宇宙元、話語元和鑑識元的理論建設也有啟發。至於20世紀30年代到40年代，批評理論飛速發展，庫里安斯・布魯克斯和羅巴德・培恩・威廉提出分析、批評的理論，認為既要把精神指向話語元，認真細緻地閱讀，又要聯繫宇宙元，從作品的歷史、社會條件這些社會背景因素，生態學、人類學這些文化因素，客觀冷靜而不宜憑主觀的感情衝動對作品隨意褒貶。這就把「四六結構」的右三角都論到了。

20世紀中葉，接受美學的創始人聯邦德國康斯坦茨大學H・R・姚斯教授的《走向接受美學》，闡釋了接受美學的基本理論和基本方法；則從接受美學產生條件、基本理論、發展過程、自身價值以及所發生的影響作全面的介紹和分析，把接受美學理論大大地向前推進一步[83]。

上個世紀末，美國大衛・寧等教授的「戲劇主義批評模式」、「社會主義批評模式」、「後現代主義批評模式」，在西方成為一門「新學」，把批評與修辭緊密地結合起來，對批評修辭學——接受修辭學、理解修辭學、鑑識辭章學——理解辭章學以新鮮而有力的理論支持[84]。

新時期，我國批評、理解、接受——鑑識理論，也取得了顯著的進步。在我國兩三千年鑑識理論深厚的文化積澱上，相繼推出了「文學批評史」[85]、「文藝理論批評史」[86]、「文學鑑賞論」[87]，各種各樣的「鑑賞辭典」更是如雨後春筍般湧現。在這基礎上，把它們提到「學」的高度作系統的理論總結[88]。在修辭學方面，則推出了譚學純、唐躍、朱玲的《接受修辭學》[89]。它從鑑識的角度，闡釋了修辭活動的審美過程、修辭的本質、修辭的交際效果。這是修辭學研究的新開拓。

(三)右三角鑑識論舉隅

上面，主要從鑑識活動主體，從鑑識與話語文本的關係，分析了右三角的部件，有的論述也已涉及右三角關係。

「鑑識元⇌話語元⇌宇宙元」概括表示了話語作品的各種功能。孔子說：「詩可以興，可以觀，可以群，可以怨；邇之事父，遠之事君；多識於鳥獸草木之名。」[90]他概括了文藝話語的多種功能：興——激發鑑識者意志的鼓舞功能；觀——觀察世間萬物、人情世故的認知功能；群——使民眾合群的團結功能；怨——抒發心中不平，諷刺不合理現實的抨擊功能；「事父」、「事君」的倫理教育功能；「多識……」的認識功能。德國的海涅說過相似的話。「德意志的歌手，唱吧！／歌頌德國光榮的解放，／你的歌要抓著我們的心／像馬賽曲一

樣，／鼓舞我們去行動。」[91]這就論及「歌頌」的讚美功能，「抓⋯⋯心」的移情功能，「鼓舞」的激勵功能。郭沫若說：「藝術與人生，只是一個晶球的兩面。和人生無關係的藝術不是藝術，和藝術無關係的人生是徒然的人生。問題要看你的作品到底是不是藝術，到底是不是有益於人生。」「有人說：『一切藝術是完全無用的。』這話我也不承認。我承認一切藝術，雖然貌似無用，然而有大用存焉。它是喚醒社會的警鐘，它是招返迷羊的聖籙，它是澄清河濁的阿膠，它是鼓舞革命的醍醐，它的大用，說不盡，說不盡。」[92]這就論及「喚醒」的警戒功能，「招返」的指迷功能，「澄清」的認識功能，「鼓舞」的勉勵功能。像恩格斯這樣的偉人，重視社會調查實踐，博覽百科典籍，也從文學作品中得到許多資料。他說：「巴爾扎克⋯⋯他匯集了法國社會的全部歷史，我從這裡，甚至在經濟細節方面（如革命以後動產和不動產的重新分配）所學到的東西，也要比從當時所有職業的歷史學家、經濟學家和統計學家那裡學到的全部東西還要多。」[93]這則論及文學作品的「致用」功能。

右三角也圖示了學習、教學的規律。陸游語重心長地啟發他的孩子：「汝果欲學詩，工夫在詩外。」[94]——「詩外」，即客觀世界的萬事萬物，亦即要在社會實踐中，認識世界，受到啟發、教育，選擇寫作題材，形成表達的中心——醞釀詩意，而不應就詩學詩。

現綜合圖示如下：

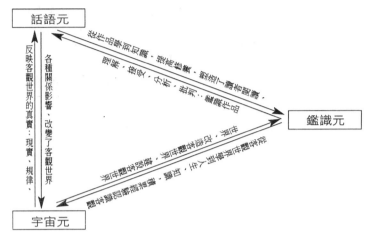

從上圖可以看出：鑑識者通過辭章這一藝術形式鑑識（含：閱讀、理解、接受、分析、批判、欣賞、品賞、研賞等活動）話語作品，對形象性強的文學作品，實際上是進行再創作。鑑識者從話語中，學到各種知識，受到潛移默化。好的話語作品，可使人增長才幹，提高修養，塑好良好的品德，成為對國家、對人類有貢獻的人。鑑識者在客觀世界裡，從各種現象，看到各種本質和規律，積累了人生的經驗，這也是一種學習；同時，用自己的能力、才幹，影響著客觀世界，改造客觀世界，建設客觀世界。話語作品（含辭章藝術），不管是社會科學還是自然科學，都應該反映客觀世界的現象、本質、規律以及其中千變萬化的關係。話語作品通過鑑識者而影響、改變著客觀世界。

上文，我們從古今中外的相關學科中鑑借其相關理論，但要立足於「今天」的「中國」：學習外國的東西，要化為己有，為我所用，而不是被其同化、分化，而失去了自己民族的特點，那是民族的悲哀！要牢記許嘉璐先生的一句名言：無科

學將亡國，無文化將亡種！我們不要拉上虎皮當大旗，借與「世界接軌」之名，不分析、不改造地兼收並蓄，從而淹沒了自己民族原本就富有特色的、光輝燦爛的優秀傳統！但同時，也不應閉關自守，惟我獨尊，這就會使自己失去「他山之石」，使原本質地很好的「玉」顯不出光輝。

我們要大量、深入地挖掘自己民族的遺產，但要用現代的科學觀點，加以分析、歸納，正像考古學家從地下挖出文物一般，進行考察、分析、組合，按歷史的、學科的規律、理論體系，排進博物館；同時，以此為起點，作進一步歸納昇華，來創造今天的富有民族特點的語言文化。

這就是我們繁徵博引古今中外的相關理論的意圖，我們的目的是要建設「現代——漢語——辭章學」。下一節就要對此作一「綜說」。

注 釋

① 《論語・衛靈公》。
② 《墨子・非命上》。
③ 《韓非子・外儲說》。
④ 《孟子・萬章》下。
⑤ 《孟子・萬章》上。
⑥ 漢・董仲舒：《春秋繁露・精華》。
⑦ 漢・揚雄：《揚子法言・問神》。
⑧ 漢・王充：《論衡・自紀》編。
⑨ 《論語・為政》。
⑩ 《禮記・中庸》。
⑪ 晉・葛洪：《抱朴子・辭義》。
⑫ 《道德經》第二十一章。
⑬ 同上，第六十八章。

⑭同上，第四十三章。

⑮同上，第四十五章。

⑯同上，第八十一章。

⑰同上，第八章。

⑱《莊子·知北遊》。

⑲《莊子·齊物》。

⑳《莊子·天道》。

㉑《莊子·應帝王》。

㉒《莊子·山木》。

㉓《莊子·天下》。

㉔《道德經》，第二十三章。

㉕同上，第二十五章。

㉖《韓非子·外儲說》。

㉗《墨子佚文》。

㉘《解老》。

㉙《亡徵》。

㉚梁·劉勰：《文心雕龍·情采》。

㉛見《繫辭下》。

㉜見《樂記》。

㉝《禮記·表記》。

㉞《左傳·襄公二十五年》。

㉟《論語·雍也》。

㊱鄭頤壽、林大礎等編著，三秦出版社，2000年版。

㊲晉·范寧：《春秋穀梁傳集解·序》。

㊳梁·劉勰：《文心雕龍·宗經》。

㊴唐·杜甫：《寄李白二十韻》。

㊵宋·敖陶孫：《姬翁詩評》。

㊶同㊱。

㊷明·馮夢龍：《桂枝兒》卷四。

㊸梁·鍾嶸：《詩品》下。

㊹清·王兆芳：《文體通釋》。

㊺《論文偶記》。

㊻梁・劉勰：《文心雕龍・知音》。
㊼《孟子・萬章》上，參考郭紹虞主編《中國歷代文論選》第一冊，32頁，上海古籍出版社，1979。
㊽宋・蘇軾：《既醉備五福論》，見《東坡七集》後集卷十。
㊾宋・王直方：《王直方詩話》，見《宋詩話輯佚》上冊。
㊿宋・魏慶之：《詩人玉屑》卷十三。
(51)梁・劉勰：《文心雕龍・知音》。
(52)金・王若虛：《滹南詩話》，見《滹南遺老集》卷三十九。
(53)元・袁桷：《題閔思齊詩卷》，見《清容居士集》卷五十。
(54)明・陸時雍：《詩鏡總論》，見《歷代詩話續編》。
(55)宋・黃庭堅：《書林和靖詩》，見《豫章黃先生文集》卷二十六。
(56)清・金聖嘆：《第五才子書施耐庵水滸傳》楔子總批。
(57)元・楊維禎：《趙氏詩錄序》，《東維子文集》卷七。
(58)《孟子・萬章》上。
(59)宋・陳師道：《後山詩話》，見《歷代詩話》上冊。
(60)明・胡應麟：《詩藪》內編卷二。
(61)郭紹虞：《中國歷代文論選》第一冊，303頁，上海古籍出版社，1979。
(62)金・元好問：《與張中傑郎中論文》，見《遺山先生文集》卷二。
(63)清・賀貽孫：《詩筏》。
(64)清・吳騫：《拜經樓詩話》卷一，見《清詩話》下冊。
(65)明・胡應麟：《詩藪》外編卷五。
(66)宋・蘇軾：《既醉備五福論》，見《東坡七集》後集卷十。
(67)《孟子・公孫丑》上。
(68)《孟子・萬章》上。
(69)《墨子・非命上》：「於何本之？上本之於古者聖王之事。於何原之？下原察百姓耳目之實。」
(70)梁・劉勰：《文心雕龍・知音》。
(71)清・章學誠：《文史通義・詩藪下》。
(72)梁・劉勰：《文心雕龍・知音》。
(73)宋・劉克莊：《鄭大年文卷》，見《後村先生大全集》卷一〇九。
(74)易蒲、李金苓：《漢語修辭學史綱》，471～472頁，吉林教育出版

社，1989。

⑦⑤轉引自《漢語修辭學史綱》，475頁。

⑦⑥《老子》第二章。

⑦⑦宋·陳善：《捫虱新話》卷八。

⑦⑧宋·葉適：《播芳集序》，見《水心先生文集》卷十二。

⑦⑨〔德〕馬克思：《1844年經濟學哲學手稿》，引自《馬克思恩格斯全集》第四十二卷，126頁，人民出版社，1979。

⑧⓪〔德〕馬克思：《1844年經濟學哲學手稿》，引自《馬克思恩格斯全集》第四十二卷，155頁，人民出版社，1979。

⑧①梁·劉勰：《文心雕龍·知音》。

⑧②〔德〕馬克思：《〈政治經濟學批判〉導言》，引自《馬克思恩格斯選集》第二卷，95頁，人民出版社，1972。

⑧③參閱〔德〕H·R·姚斯、〔美〕R·C·霍拉勃著：《接受美學與接受理論》，周寧、金元浦譯，遼寧人民出版社，1987。

⑧④參閱《當代西方修辭學：批評模式與方法》，大衛·寧等著，常昌富、顧寶桐等譯，中國社會科學出版社，1998。

⑧⑤如郭紹虞的《中國文學批評史》，上海古籍出版社，1979。

⑧⑥如敏澤的《中國文學理論批評史》，人民文學出版社，1981。

⑧⑦如劉衍文、劉永翔的《古典文學鑑賞論》，上海教育出版社，1991。

⑧⑧例如：黃展人主編的《文藝批評學》，暨南大學出版社，1990；張炳隅的《文學鑑賞學》，上海教育出版社，1991。

⑧⑨譚學純、唐躍、朱玲：《接受修辭學》，上海教育出版社，1992。

⑨⓪《論語·陽貨》。

⑨①〔德〕海涅：《傾向》（1842），引自《海涅詩選》，89頁，馮至譯，人民文學出版社，1956。

⑨②郭沫若：《論國內的評壇及我對於創作上的態度》，引自《沫若文集》卷十，107～108頁，人民文學出版社，1959。

⑨③〔德〕恩格斯：《致瑪格麗特·哈克奈斯》，引自《馬克斯恩格斯全集》第三十七卷，41～42頁，人民出版社，1971。

⑨④宋·陸游：《劍南詩稿·示子遹》。

「四六結構」導源㈢

　　上面，我們介紹了「四六結構」的各個部件及其部分的組合，這是從深入認識「四六結構」出發所做的分析；其實，在運用中，「四元」、「六維」總是結合起來，形成了不可分割的整體。從這整體出發，來認識、闡釋辭章學諸多宏觀、中觀和微觀的問題，就可以得出更加辯證、科學的結論，不僅能「補人之所不足」，「道人之所不同」，甚至可以「說人之所未說」，「到人之所未到」，對辭章學理論進行創新，學術上許多爭議的難題也都迎刃而解了。我們還以之為理論框架，統帥全書，使之形成嚴密的整體。

一、「四六結構」綜述㈠

　　在上文分析的基礎上，我們把「四元」拉成這樣的鏈條：「宇宙元↔表達元↔話語元↔鑑識元↔（宇宙元）」來綜合闡釋下列理論問題，就作為對上文論析的一個小結，也作為下文闡釋的引言，以便把全書串起來。

㈠辭章資訊論

　　辭章資訊的鏈條是這樣的，「信源之源↔信源：編碼↔承

載、傳遞↔信宿：解碼↔信宿之宿」。這個鏈條在一般資訊結構的兩端各增加了一項：前端是「信源之源」。表達者是「信源」所在，但表達者的「資訊」不是「從天上掉下來」的，總是植根於宇宙元（含自然界、人類社會、文化背景），才獲得真知、真感，形成藝術的「審美」資訊，實在的「致用」資訊。後端是「信宿之宿」。鑑識者獲得資訊，進入了「信宿」，但因人是社會的人，從理論講，他或者獲得理智啟迪，增長了才幹；或因而移情，獲得美感；或聽到指令，開始行動；或聽到勸阻，停止某種活動；或遭非議、批駁、反對。這些都對社會產生作用，積極的正作用，或者消極的負作用。辭章要研究「有效、高效地表達、承載並藉以適切、深入地理解話語資訊的藝術形式」，不能不關注、不探討上述資訊鏈條之兩端。

(二)辭章表達（生成）論

辭章表達的過程是四個階段雙向互動的：「宇宙元 $\xleftrightarrow{第一階段}$ 表達元 $\xleftrightarrow{第二階段}$ 話語元 $\xleftrightarrow{第三階段}$ 鑑識元 $\xleftrightarrow{第四階段}$（宇宙元）」。這就可以在前人研究的基礎上作點「量」和「質」的開拓。王易《修辭學通詮》談修辭的過程強調的是「由想而移為辭」。這是由隱性修辭到顯性修辭轉化的過程，是修辭過程中最實在的關鍵的一環，是很有道理的。不過這一環只相當於上述「雙向四個階段論」中單向的第二階段。陳望道的《修辭學發凡》談「修辭和語辭形成的三階段」：「一、收集材料；二、剪裁配置；三、寫說發表。」此論比王易大大進步了：「剪裁配置」、「寫說發表」不僅概括了「由想而移為辭」，而且「寫」、「說」並論，更加具體；更重要的是增加了「收集材料」這一過程，這就深入至「信源之源」，抓住了修辭

過程的源頭。從「收集」到「剪裁」就隱含著雙向的活動。這是帶有質的突破，是了不起的歷史功績，在當時來講，應屬於相當「切實」的、「美備」的。只是也有不足之處：「收集材料」，只是四個階段論中的第一階段；「剪裁配置」和「寫說發表」合起來，都屬於第二階段，而且是單向的，只著眼於「表達」。筆者的《修辭過程說》①和《比較修辭》②提出三個階段論（起始階段、中間階段、終結階段：初步隱含了本書的四個階段論），並用郭沫若的一首七絕（「不辭千里抱瓶來」）的寫作與修改、定稿、社會影響的修辭活動為例來說明，但由於沒用「四六結構」進行分析，所闡述的修辭過程的階段就不夠清晰，道理也就不能談得深刻。本書對《修辭過程說》原作略加修改，點明了四個階段的修辭現象就比原來的分析深刻些，科學些。

㈢辭章鑑識（解讀）論

　　辭章鑑識（解讀）和上述表達（生成）的四個階段相反：「宇宙元 $\xleftrightarrow{\text{第一階段}}$ 鑑識元 $\xleftrightarrow{\text{第二階段}}$ 話語元 $\xleftrightarrow{\text{第三階段}}$ 表達元 $\xleftrightarrow{\text{第四階段}}$（宇宙元）」。鑑識者總是處於一定的社會環境、文化背景和自然情景之中，都依靠其在這個世界中所積累的生活經驗，受客觀世界需要的指使，有瞭解讀話語的必要和要求，才會產生鑑識的願望和要求的，這是第一階段。繼而，轉向話語，依靠約定俗成的語言規律和言語規律，解讀話語，獲得其理性資訊、致用資訊或審美資訊：這就進入第二階段。有時，還進一步與表達者作直接或間接的交流，並瞭解表達者其人（「知人」）：這是第三階段。再進一步瞭解了世界（「論世」），對世界產生各自不同的作用：這是第四階段。

㈣辭章雙向互動交際論

在上述話語生成和鑑識四個階段的基礎上,使表達者與鑑識者產生認同、合作、對話,甚至某種行動。本書第一章第三節已論析了這個問題。

㈤辭章作用、效果論

話語作品的初胚形成、發表、發行、傳播,都產生一定的效果。上述話語生成第一階段的終點(表達元),形成了隱性(腦中)的話語初坯,它對表達者產生了自悟、自豪、自信、自娛、自得、自勉、自勵、自慰、自傷等作用,這種「話語」初胚,就具有潛在的可能外化的辭章效果。第二階段的終點(話語元),辭章的各種作用外化,產生了自在效果。第三階段的終點(鑑識元),作用被點燃,產生了他在效果。第四階段的終點(宇宙元),他在效果對社會產生影響作用。如果鑑識者很多,其作用的總和的平均值(對客觀世界產生的實際影響),就是實在效果。評論修辭效果、辭章效果,只停留在表達者說、寫得「好」上,是很不夠的,是否「好」不是由表達者一廂情願來決定的。有的說「接受效果」是終極。此說比前論有很大進步,注意到了表達與接受兩端,但還未切入客觀世界,因此,還是不夠完善的。同一話語,諸多不同的鑑識者的反映不一樣,甚至完全相反,這只有靠社會實踐來檢驗。因此,社會的實在效果才是品評效果的天平。

㈥四元世界論

對「四元」世界,哲學家、思想家、科學家、美學家、文

學家、語言學家、心理學家、生理學家、醫學家、堪輿學家與各個宗教，都有不同的稱說，從古到今，從中到外，至少幾十種。具有融合性的辭章學必須理清它們之間的辯證關係，才能用各家理論豐富本學科的機體。例如：宇宙元三個層面：第一層面是自然世界，第二層面為社會世界，第三層面屬文化世界。文化世界又稱人文世界，包括文化背景。自然世界、社會世界又稱第一自然、真實世界、現實世界。表達者與鑑識者則是主觀世界、經驗世界、內心世界、精神世界、想像世界之所在。話語文本屬於藝術世界、第二自然、虛擬世界、語言世界。儘管名目繁多，一用「四六結構」的辯證關係進行論析，就化繁為簡，關係明晰，條理清楚了。

(七)常格律

律和各種「法」一樣，也是宇宙之客觀規律和言語主體之認識規律、感情規律在言語活動中的反映，不管它是自覺的、還是不自覺的。辭章學研究者就是要對這種視而不見、察而可知的「規律」進行抽象的概括。

常格律，要求言語主體在合乎思維常規、感情常規、邏輯常規、言語常規的基礎上對客觀事物本質作如實的表達。描寫山之高，就要如實地寫出它海拔多少公尺。試用「四六結構」作個簡析。從表達講，「宇宙元↔表達元」階段，說寫者要採取科學的亦即理智的、冷靜的、實事求是的態度，進行測量、調查、研究。「表達元↔話語元」階段，多用邏輯思維（即抽象思維），理智的頭腦，採用概念、判斷、推理和合乎常規的言語結構，作如實的反映，而不應滲進個人的感情色彩、主觀色彩。這就使「宇宙元↔表達元↔話語元」之間不產生質的誤

差。這種話語傳至鑑識者，構成「話語元↔鑑識元」。鑑識者面對此類話語，也應該按上述之諸多「常規」，作理智的解讀，這樣，鑑識者所獲得的資訊與表達者傳遞出的資訊就有較大的一致性，這就構成「表達元↔話語元↔鑑識元」的關係。通過它，鑑識者可以增加知識，培養能力，增長才幹，用之認識世界、改造世界，這就進入「鑑識元↔宇宙元」了。這是「廣義修辭」之「辭章」的「廣」的一個表現。這種常格律，既用於實用體，也用於藝術體，只是要求與表現形式和社會功能有所不同而已。上述例子僅就實用體而言，藝術體的就不例析了。

實用之辭章也要求有「藝術」：文從句順，簡明扼要，層次清晰，條理清楚等。日常生活中使用之杯盤、桌椅、住房、道路、橋梁，其本質的第一位的功能都在於「實用」，但都講究這些東西的比例、色彩、形狀等有「藝術」。莊子最懂得實用與「藝術」的關係，他描寫廚師宰牛的動作：「手之所觸，肩之所倚，足之所履，膝之所踦，砉然響然，奏刀騞然，莫不中音。合於桑林之舞，乃中經首之會。」③這是解牛（宰牛）的實用之「技」。雖然論解牛的動作、聲音「合於桑林之舞，乃中經首之會」，也有「藝術」的味道，但誰又會從中去品嚐「審美」的情趣呢？

(八)變格律

變格有「格」，也是一種「律」。常與變，正如：散步與舞步、正楷與草書、寫生與漫畫、平面鏡中之象與凹凸鏡中之象、說話與唱戲，前者，屬於常格現象，後者屬於變格現象。「變」是言語主體突破常規對客觀事物本質作真實的表達和理

解。通過「四六結構」來觀察,「變」的原因就很具體了。例如寫山,用「離天三尺三」來形容,它不僅寫了山之高,而且表達了人之情。從表達講,「宇宙元↔表達元」階段,說寫者以豐富的感情,甚至帶著強烈的主觀色彩,觀察事物,使物我交融,物我不分,「物皆著我之顏色」,也就是產生了「變」。「表達元↔話語元」階段,用藝術思維(即「形象思維」),進行想像、聯想,突破言語結構常規,對事物、對個人的感覺、感情作變形的(但本質是真實的)反映,這就再次產生了「變」。它表面看不合邏輯之「理」,卻合乎藝術之「理」。這就使「宇宙元↔表達元↔話語元」之間出現了差異:「變」。這種話語傳至鑑識者,構成「話語元↔鑑識元」。鑑識者面對此類話語,就不僅應該破譯其表層結構,而且要深探其底層的資訊,有時還要加上自己的生活經驗、藝術修養,進行想像聯想,甚至補充、再創造。這樣,它們之間也會產生「變」異。所謂「詩無達詁」,原因在此。經過「宇宙元↔表達元」一次「變」異,「表達元↔話語元」再次「變」異;因此,「話語元↔宇宙元」之間不僅產生了明顯的如「米與飯」一樣的「形變」,甚至產生了如「米與酒」一樣的「質變」——面目全非了。鑑識者從這樣的話語中,不僅像吃飯一般,肚飽力足,而且像喝酒一樣,如醉如癡,陶醉在藝術王國的審美情趣之中,受到鼓舞、感染,去改造世界,美化世界,這就進入「鑑識元↔宇宙元」了。

　　「變」,不能離開「真」——事物之真,情感之真,否則,詭異不可解,就出「格」違「律」了。

㈨表心律

「表心律」詳言之為「表心通意律」。即「有效、高效地表達、理解話語中心」（簡稱「辭旨」），使雙方通情達意的規律。「心」，就是表達者思想感情這個心中資訊並外化為話語中心，它是說寫者所要表達的思想（意）、感情的核心部分。通過「四六結構」分析，就可以認識得更加全面、深入、科學，對傳統的修辭理論就會有新的補充和開拓。

「情」、「意」的根源在宇宙元之中。表達者在客觀世界裡，接觸萬事萬物，從眾多現象、群象、景象、事象，受到刺激、啟發、感悟，亦即獲得了諸多資訊，這就是「宇宙元⇌表達元」階段的表現。繼而，要表達它，就轉向「表達元⇌話語元」階段。此時，「意有偏長」，「辭或繁雜」，表達者必須善於「熔裁」，「整派依源」、「理枝循幹」④，去「義之駢枝」，「文之疣贅」⑤，篩選、陶冶出中心資訊，作為話題（含書面語之題旨）。而這個表達的全過程，話語中心也都在變化之中，文章學中的「錘煉主題」，就是要讓「中心」，或由蕪雜至精純，或由浮淺到深刻，或由片面到全面，或由陳腐到新警，甚至由錯誤到正確：「意」與「辭」都在變化之中，「辭」之職責就在於「有效」、「高效」地表達「中心」，並通過話語，傳遞給鑑識者（這就轉向「話語元⇌鑑識元」階段），取得他在效果，進而獲得實在效果。因此，表達的過程不能「目中無人」、「無的放矢」，或「對牛彈琴」，還必須根據鑑識者的語境，取得認同，才可真正「通意」，取得良好的交際效果。由這裡可以看出：作者對於話題（含辭旨）之類「話語中心」是十分積極地、主動地、創造性地熔鑄之，昇華之，而不

僅僅是消極地、被動地「適應」之。

　　陳望道先生總結的「適應題旨（情景）」之說，在當時是很精彩、很「切實」、很「美備」的。他說：「消極手法側重在應合題旨」，「修辭以適應題旨情景為第一義，不應是僅僅語辭的修飾，更不應是離開情意的修飾」。「凡是切實的自然的修辭，必定是直接或間接的社會生活的表現，為達成生活需要所必要的手段。凡是成功的修辭，必定能夠適合內容複雜的題旨」⑥，這裡的「應合」、「適應」是從「修飾」而言，很容易理解成「題旨」已經形成，也就是進入修辭的第二階段了，而「凡是成功的修辭，必定能夠適合內容複雜的題旨」，是修辭第二階段終點（「成功」了）的「話語」本體中之修辭現象。而「直接或間接的社會生活的表現」，則從修辭的第一階段「宇宙元⇌表達元」一直貫穿到第二階段「表達元⇌話語元」。這裡，既有對「修飾」、「表現」這種動態的分析，也有對話語文本中之相對靜態的修辭現象的品評。其中的「應合」、「適應」、「適合」都應該理解成是主動的、積極的、創造性的，而不是其相反。我們應該用「四六結構」理論，去深入理解、補充、拓展「適應題旨（情景）」這一修辭遺產，更明確地為「廣義修辭學」──辭章學建立一條規律「表心通意律」，才無愧於先賢。

　　從鑑識者講，則應「即辭知心」，「披文入情」，而不應「以辭害意」，才能「適切、深入地理解話語中心」，達到「通意」的目的。

㈩適境律

　　「適境律」，就是「語境適合律」。

「適應」、「適合」、「適切」語境，雖有被動的，但更多是主動的。這從「四六結構」分析就很清楚了。

先看「表達元⇌宇宙元」之間的語境辯證法。宇宙元語境含自然環境、社會環境和文化背景。客觀世界是第一性的，人的主觀是第二性的。第一性對第二性有制約作用，第二性的人的主觀願望不能違背它。北方下雪，作為文學作品要服從於這一自然規律形成的語境，可以說「燕山雪花大如席」——雖然極度誇張，因為燕山有雪花，有這個依據，其中含有某種真實性。而如果說「廣州雪花大如席」，就違背了語境。從這點講，作為第二性的人的思想，必須服從、適應這種第一性的客觀語境。在這樣的情況下，講「適應語境」是確切的。

然而，客觀世界萬象紛紜，而作為「人」的「思想」等等雖然是「主觀的東西」，但是由於人類有特殊的「自覺的能動性」⑦，因此對於客觀的語境，說寫者可以根據表達的需要，選擇、改造甚至創造適合的語境。杜甫的《曲江對酒》頷聯原作「桃花欲共楊花語，黃鳥時兼白鳥飛」，可是「桃花、楊花開不同時」，它違背了適境律。繼而作者改用一花，寫成「桃花細逐梨花落」就切境了⑧。在兩千多年前，荀子就說過：對自然界（「天」）可以「物畜而制之」，「制天命而用之」⑨。這裡的「天命」就是自然規律。清人王國維提出「造境說」⑩，都強調了人的「自覺的能動性」。恩格斯說：「動物所能做到的最多不過是搜集，而人能生產，他製造（最廣義的）生產資料，這是自然界離開了人便不能生產出來的。」⑪這就是擇境、造境的哲學依據。

「表達元⇌話語元」之間是辯證的，表達主體對話語有更大的主觀能動性，對其中的語境，簡直成了這個「第二自然」

的「造物者」，其中的語境，都是作者創造的，例如：「柳絮飄來片片紅」是不切合實際的，而揚州八怪之一的金農為之造一句上文語境「夕陽返照桃花塢」，就點土成金了。《封神榜》、《西遊記》和當代的許多科幻小說中的「語境」，都是如此，用之作背景、作襯托，使表達與語境「適切」、「適合」。這是一種積極的、主動的「適境」。而作為話語這一「第二自然」的文本世界一經成立，作者又要「適應它」。例如，採用了舊體詩詞的某一文體，就應該根據這一體式來遣詞、造句。

作為鑑識者，面對話語作品要「論世」，就是要瞭解其宇宙元的語境；還要「知人」，就是要探明表達者的語境，這都要發揮主觀能動性。

陳望道先生的「適應（題旨）情景」說，比他以前的修辭學大大前進了一步，在當時是很「切實」、很「美備」的。我們應該學習它，發揚它，並用「四六結構」的理論，去引申之，拓展之。

㈡得體律

得體律，詳言之，就是語體、文體（合稱「辭體」）得宜律。這裡所講的語體，即功能語體；文體，特指按功能劃分出來可以和語體對應的文章體制。

寫作必須「辨體」，是在立意之後要解決的首件事。「文章以體制為先」，可作此解。鑑識必須「觀位體」，劉勰把它列為「六觀」的首位。從梁朝至今，從中國大陸到境外，許多權威的專家都再三強調「得體」，而不要「失體」。把「體」置於「四六結構」中來分析，對於「體」的形成、解讀及其重要性就清楚了。從說寫講（屬於表達元），在立意之後，首先考慮

的就是根據言語交際領域、目的、任務（屬於宇宙元）來擇體，是重在「致用」，解決生產、生活、公務、科研中的實際問題，還是重在「審美」，給人以精神的愉悅，或者是以「致用」為體，「審美」為用的：這就產生了實用體、藝術體或融合體，表達者要根據這「體」來選擇言語，建構話語（這屬於話語元）；同時，還要針對聽讀的對象（屬於鑑識元），用口頭表達、語書傳遞或者電信交流，這又形成了口語體、書語體或者電語體。從鑑識講，面對話語作品，首先要「觀位體」，如果是借條之類實用文，關心的是借什麼，借多少，做什麼用，什麼時候歸還之類「致用」的內容；如果看到劇本之類藝術體，關心的是其中主要、次要的人物、情節、場景，留意的是「審美」價值，進而，還要「觀置辭」，「觀通變」，「觀奇正」，「觀事義」，「觀宮商」等，而「披文入情」，從表層資訊，進入深層資訊，從言內之意，到言外之音。不管是表達還是鑑識，如果「失體」，就會事與願違，讓人啼笑皆非，達不到交際的目的，完不成交際的任務，實現不了話語的功能。以往狹義的修辭學有幾個片面性：重「審美」（所謂「美辭學」之類），輕「致用」；重書語，輕口語；重華彩，輕樸實。這是因為缺乏這一至關重要的「語體觀」，以致給讀者以誤導，縮小了修辭學的外延，限制了修辭的功能，使修辭的名聲受到損失。作為「廣義修辭學」的辭章學這門新學科，一開始建立，就注意到了「致用」與「審美」兩端及其交融體。「得體」，這是十分重要的原則。

㈩誠美律

誠美律，是辭章（含修辭）活動的最高規律。「誠」（或

用「真」、「真樸」、「樸誠」、「誠實」、「真實」、「率真」、「真率」、「德」等同義詞、近義詞）、「美」（或用「達」、「文」、「巧」、「工」、「妙」等同義詞、近義詞）並論，在兩千多年前的先秦已經反覆強調，而把「誠」、「美」提到「律」的高度，則約始於一千五百年前的劉勰。他說：「志足而言文，情信而辭巧，乃含章之玉牒，秉文之金科矣。」⑫——「信」即「誠」，「文」、「巧」即「美」，「玉牒」、「金科」，就是「金科玉律」。其後，這一思想貫穿於中國修辭學史、辭章學史、文學史之中。如今，本書把它拈出。

「誠」就內容言，「美」從形式論，十分周全。

《周易》云：「修辭立其誠，所以居業也。」⑬而「誠」是什麼意思？兩千多年來已經作過不少的闡釋。《周易》居於儒家群經之首，尋繹「誠」的解釋，首先要從儒家的觀點切入；同時還要參考其時道家的觀點，考察其意義和在歷史上的衍變，並旁及歐美對「誠」的論述，不僅從詞彙學，而且從哲學、社會學、倫理學、文學、美學等多種相關學科中取得啟發、借鑑，然後在今天的站臺上，賦予實事求是的而不是外加的含義。釋古而不泥於古，賦予今義而又要探源索賾。

有不少學者，只從詞彙學角度給「誠」作解釋：真誠，真實。依此解釋與「所以居業也」掛不起鈎來。多少知識分子「下海」經商，很「誠」，可是破產了，哪有「居業」？

《禮記》指出：「誠者，天之道也。」用今天的話說，就是合乎自然規律。又說：「誠之者，人之道也。」用現代的話講，即合乎倫理道德。王夫之把「誠」字引申，說：「小德、大德，合仁、智、勇於一誠，而以一誠行乎三達德者也。」⑭這個「誠」含義很廣：德、仁、知、勇，真是至高無上的修養

了。莊子說：「真者，精誠之至也，不精不誠，不能動人。」這則把「誠」引向話語交際。具備有上述品質的「誠」，當然可以「居業」了。我們試用「四六結構」進行分析。屬於宇宙元的有：「天之道」（自然界）、「人之道」、「小德、大德」、「仁、知、勇」、「（居）業」（人類社會、倫理道德、文化背景、各種事業）。屬於表達元的有：「修（辭）」、「精」、「誠」。屬於話語元的有「（修）辭」。屬於鑑識元的則是「（感）人」。這些，僅是「內容」這一面。

形式之一面是「美」。我國傳統所談之「美」含兩大類：一是「致用」之「美」。「美」──「羊大也」，這個字，就含有「致用」之義。一是「審美」之「美」。這兩大類並重的觀點，從先秦至今，都是一根主線。與歐美比，這是漢民族文化之優點和特點。

不少修辭學著作談「修辭立其誠」，只局限在詞彙義上；談「美」，只限於「審美」，均未很好地發揚中華民族文化之精華。

概而言之，誠美律即既誠又美的辯證統一的規律。

由上可以看出，用「四六結構」理論來觀察、分析辭章學的諸多學術問題，都可以得出比較科學的合乎辯證法的全新的見解和結論，對於傳統修辭學的研究也有補充和開拓。

注 釋

① 鄭頤壽：《修辭過程說》，1982（1）；收入《修辭學論文集》第三集，福建人民出版社，1985。

② 鄭頤壽：《比較修辭》，福建人民出版社，1982。

③ 莊子：《養生主》。

④梁‧劉勰：《文心雕龍‧附會》。

⑤梁‧劉勰：《文心雕龍‧熔裁》。

⑥陳望道：《修辭學發凡》11、13頁，上海文藝出版社，1962。

⑦毛澤東：《論持久戰》，引自《毛澤東選集》2卷，467頁，人民出版社，1961。

⑧鄭頤壽：《辭章學概論》，253～254頁，福建教育出版社，1986。

⑨荀子：《天論》。

⑩清‧王國維：《人間詞話》。

⑪〔德〕恩格斯：《自然辯證法》，263頁，人民出版社，1955。

⑫梁‧劉勰：《文心雕龍‧徵聖》。

⑬《周易‧乾‧文言》。

⑭清‧王夫之：《讀四書大全說》。

二、「四六結構」綜述㈡

上一節，用「四六結構」理論闡釋了辭章學的諸多重要的理論，這一節，要進一步對辭章學體系的重要問題作一簡析（為增強本「綜述」的整體性，論析的序號承上節）。

㈢辭章定位論

辭章的科學定位，是與辭章學的定義、研究對象、體系、性質等一系列理論問題相互依存的。從「四六結構」觀察，話語元是宇宙元之客觀事物的反映，它架於表達元、鑑識元之間，而辭章屬於話語元。話語由內容（即「意」）與形式（即「辭」）兩個層面構成，辭章屬於形式之一層面，但它融匯（承載）著內容資訊而存在，形式與內容如毛之與皮、水之與乳一樣，不可分開，只是辭章學研究的側重點落在形式（載體）這一層面，從形式這一層面研究它表達、承載與理解內容（資訊）的理論、規律與方法。

話語形式的構成部件很多，從篇章、句子、語詞、語音、文字到藝術方法、表達方式、辭格，從語體、文體到表現風格、作品風格、作家風格。話語形式的構成，還有組合得「通」與「不通」、「對」與「不對」、「好」與「不好」、「妙」與「不妙」等諸多品位；從功能講，有適於「致用」的，有用於「審美」的，有介於兩者之間的。

因此，這種形式與語法學、邏輯學、修辭學、文學、心理學、美學等相關學科、相鄰學科都有聯繫。

因此，辭章學大於修辭學，是廣義的修辭學；它含文章學

的一個側面——形式這一側面,但又大於這一側面。這是因為
文章學限於書面語,而辭章學要兼及口頭語、書面語和電信
語。

㈥辭章定義論

　　定義是對一種事物的本質特徵及其根本規律的認識,把感
性認識提高到理性認識的高度;它用簡要的語言說明了概念的
內涵與外延。

　　定義的邏輯方法是:被定義的概念＝屬＋種差。

　　辭章都屬於「藝術形式」這一「屬」;而「有效、高效地
表達、承載並藉以適切、深入地理解話語資訊」是其「種
差」。在這「種差」中,「話語」至關重要,它區別於音樂、
繪畫、雕塑、舞蹈等的「藝術形式」。辭章之話語要求:內容
上有一定主題,結構上互相銜接又相對獨立的一連串語句;包
括口語、書語和電語,可以是獨白,也可以是對白。這種話語
置於「四六結構」之中,它既承載著資訊,又是被生成(表
達)、被理解(鑑識)的對象。

　　此種話語藝術形式,既有「通」、「對」這一層,使表達
「有效」,理解「適切」;還含「好」、「妙」這一層,使表達
「高效」,理解「深入」。

　　這種「藝術」是廣義的,含「審美」與「致用」兩端及其
交融的功能。

　　這種定義不是從天上掉下來的,是對辭章現象、性質、特
點的認識逐步全面、加深而對傳統定義作不斷修正、補充,使
之不斷完善。它是這樣發展下來的——

　　(1)「辭章之學,就是文章之學。」①這個定義沒有揭示

「種差」,而「屬」概念也不妥帖。

(2)「辭章學是研究詩文寫作中運用語言的藝術之學。」②
這個定義的「種差」只限於「詩文寫作」這類書面語,而不含
口語。外延不周全。

(3)「辭章學,是文章學的一個側面。」③這個定義把「屬」
概念定在「文章學」上,把「種差」落在「一個側面」上。但
文章學限於書面語。

以上三個定義與張志公先生提出的辭章學要全面培養、提
高說寫(書面語)、聽讀(口頭語)能力的本意不切合。

(4)「辭章,就是有效地表達話語資訊的藝術形式。因此,
辭章學,就是研究有效地表達話語資訊的藝術形式的科學。簡
而言之,就是話語藝術學。」「話語,有口頭表達與書面寫作
兩大方面。」④並輔以圖示,大意如下:

從「四六結構」分析:感受、認識、評價(含感情、理智)
客觀世界(屬於宇宙元)↔說寫活動(說寫者)、表達(屬於
表達元)↔書面文章或口頭話語,依靠辭章承載資訊(屬於話
語元)↔聽讀活動(聽讀者)理解所承載的資訊,有所感受、
認識、評價(含感情、理智)(屬於鑑識元)↔客觀世界(轉
向宇宙元)。這是對上述定義所做的圖解。從上述可知:「有
效地表達」是涉及「四元」的,也就是「表達」有「效果」:
「表達效果」,其本質與修辭一樣,修辭的「表達效果是表達者
(表達元)修辭活動所形成的話語(話語元)對接受者(鑑識
元)、對社會(宇宙元)所產生的客觀效應。它有好壞之別,
大小之分。修辭活動,總要選用最恰當的語言,以取得最好、
最大的效果(高效),使接受者(鑑識元)不僅理解(適切理
解),而且信服、感動(深入理解),以更好地認識世界,改造

世界，建設世界。」⑤這些觀點，至今沒有改變，可是定義「4」沒有把上述內容全部概括進去。

1996年，張志公先生對自己原先所下的定義（上述1至3三種定義）提出了修正的意見，認為它是「不妥善的」，「因為辭章學不僅僅是寫作的藝術，它是全面培養提高運用語言的能力（包括口頭語言和書面語言，也就是平常說的聽說讀寫在內的各種能力）的一門科學。」但該怎麼定義，他留給後來者去完成。筆者從志公先生的說明中汲取力量，增強信心，用「四六結構」理論為指導，對定義「4」做了補充，使之漸趨明確、周密，而比較完善。

(5)「辭章是有效地表達、承載並藉以理解話語資訊的藝術形式。『表達』，就說寫而言，屬於表達辭章學；『理解』就聽讀而言，屬於鑑識辭章學；『承載』，就辭章本體而言，它是資訊的載體，是表達與接受的媒體。」⑥這個定義就把1986年《辭章學概論》（44頁）中的論析概括進去了，就比以往的定義周全些。本書又進一步在這個定義的「有效」後加「高效」，在「理解」前加狀語「適切、深入」三個詞。「有效」、「適切」就一般的表達、理解而言，「高效」、「深入」就高一層次的表達、理解而言，它們充分體現辭章學融會進邏輯學、語法學、詞彙學、語音學、文字學、訓詁學和修辭學、文學、詩學、美學等相近、相關學科的特點，體現了「致用」、「審美」和交融的三大功能。

「四六結構」使定義科學化、周密化多了。

㈡辭章性質論

在研究中，對辭章性質的概括也有個過程。張志公先生

說：「漢語辭章是……一門語言應用的學科。」⑦它「具有靈活性、選擇性、非強制性……它不限於語法規律，還必須涉及修辭的內容、邏輯的內容，把這些內容融合起來。」⑧「漢語辭章學是一門綜合性的、『橋梁性』的學科。」⑨——應用性、綜合性、橋梁性、靈活性、選擇性、非強制性等，是志公先生對辭章學性質所作的概括。另外，也談及辭章學的民族性、時代性等。

筆者對辭章學的性質作過如下概括：

融合性、一體性、示範性⑩。示範性實是動態的橋梁性。

編碼性、綜合性、實用性⑪。

上面概括都有道理，但主、次不夠突出。筆者以為「從『四六結構』分析，辭章學的性質有三層：從辭章本體論，具有融合性、一體性；從上三角（由表達元、話語元、接受元構成）論，具有橋梁性、示範性；從『四六結構』（由宇宙元、表達元、話語元、鑑識元構成）論，具有民族性、時代性。」⑫本書再做些補充，成為——

話語元具有：代碼性、融合性、一體性；

上三角具有：橋梁性、示範性、交際性；

「四六結構」整體具有：民族性、時代性、實用性。

「代碼性」體現了學科的定位「有效、高效地表達、承載並藉以適切、深入地理解話語資訊的藝術形式」。

「橋梁性」是相對靜態的，「示範性」是動態的橋梁性，而交際性則體現了「表達、承載、理解」三位一體雙向互動的性質。

「實用性」說明它是應用性質的學科，屬於言語學的範疇。

㈥三辭三成說

傳統的說法：「意成辭」，「辭不能成意」，「意先辭後」；又說「文章以體制為先」。這幾乎成為定論，也成為人們的思維定勢，被文學理論家、文章學家、言語學家、語言學家反覆引用。可是一用「四六結構」理論來觀察、分析，就可以對此類理論做出科學的、辯證的說明。

從表達元講，是「意成辭」，「意先辭後」。「體制」也是一種形式，屬於「辭」的範疇，只有在立「意」之後，接著才是「擇體」。

從鑑識元講，是「辭成意」，「辭先意後」；此時，確是「文章以體制為先」，即梁·劉勰「六觀」論的首觀：「一觀位體」，以語體、文體為導向，才能適切、深入地破譯其詞彙信息、美學信息，理解其言內之意和言外之音。

上面就總體而言。表達元在「意成辭」之後，還要輔之以「辭成意」；鑑識元在「辭成意」之後，也要輔之以「意成辭」，兩者相互結合。這是就重要的、風格蘊藉的話語文本而言。

「意成辭」、「辭成意」都是動態的。

從話語元講，是「辭意相成」的天衣無縫的整體，則是相對靜態的。

「意成辭」、「辭成意」，「辭意相成」之說，合稱「三辭三成說」，它對舊說翻新，並作了重要的補充和發展。

㈦辭章體系論

話語的定位，學科性質的概括，「三辭三成說」的成立，

就能對體系作出更加科學的建構。

從「四六結構」分析，辭章的外框架系統由宇宙元、表達元、鑑識元構成，使辭章與客觀世界、表達者、鑑識者形成統一體，實現辭章效果（由潛在效果、自在效果轉化成他在效果、實在效果）和功能（「致用」、「審美」及其交融的功能）。

辭章的內框架系統，資訊媒介：有文字（書語）、語音（口語）、電符（電語）三種；累進的言語系統，有詞、語、句，有辭格、藝法、表達方式和章、篇等。它們的綜合運用，又形成了語體特徵、表現風格。語言要素和非語言要素都是表達、承載並藉以理解話語資訊的藝術形式。

這樣的體系，雖然是個龐大的辭章部件的家族，但各部件位置明確，它們之間層次分明，組合起來條理清楚，使辭章學不至於因多種、多層次、多方位的融合而成為「大雜燴」。我們主編的《大學辭章學》用上「用字——解字」、「調音——聽音」，「遣詞——解詞」、「造語——釋語」、「選句——釋句」，「設章——析章」、「構篇——析篇」等，就是要體現「表達——承載——理解」這種辭章結構。

深入一層，還有辭章內部的語格系統、語體系統、風格系統。

這些，全部靠「四六結構」來組建。

(六)四在效果論

這在上一節「辭章表達（生成）論」已作分析。這一觀點，是對以下論點的修正和補充：

(1)有的專家認為：表達效果好，就是「說」得好，「寫」

得好。此論，只侷限在表達元。

(2)有的專家則說：接受效果是判斷修辭效果的唯一標準。此說忘記了「實踐是檢驗真理的惟一標準」，忽視了接受者是「人」，是作為社會的人。諸多受眾的接受效果有大小不同，甚至正負相反，接受效果只有歸結到對社會實踐是否產生了正面的效應來檢驗，產生正面的、積極作用的效果才是好的，而這種作用越大，效果也就越佳。

㈨結構組合結合論

辭章（含修辭）手段是否就歸結於組合，還是結構？只要通過「四六結構」進行觀察、分析，也就清楚了。

從表達者（屬於表達元）講，總是立足於世界的萬事萬物（屬於宇宙元），首先產生了要表達的「情」和「意」，繼而思考一下採取何語體，和話語的大致結構（屬於話語元），有時，還要考慮到接受的對象（屬於鑑識元）：也就是從「四六結構」、話語結構開始，「袖手於前」，才能由詞生句，句積章，章成篇，「疾書於後」地組合起來。它是「結構」、「組合」相結合的。從鑑識講，就得由詞而句，由句而章而篇地組合起來，這過程則是始於「組合」，而後是「組合」、「結構」相結合的。重要的話語，表達也好，鑑識也好，總是「結構」與「組合」的反覆結合。因此，傳統說的「一切辭章手段都歸結於組合」或者「都歸結於結構」均有片面性。劉勰是最早把「結構」、「組合」結合起來的理論家。他既從表達元談「因字而生句，積句而成章，積章而成篇」的「組合」過程；又從鑑識元講「篇是彪炳，章無疵也；章之明靡，句無玷也；句之清英，字不妄也」的「結構」論析。這是很珍貴的遺產。

㈤修改性質論

文章修改屬於什麼性質的活動？有的說屬於修飾、潤色的手段，正像雕刻家雕出初坯之後再磨光，或上色一樣；有的說，修改是創作的後續工程。修改屬於哪一門學科？有的說屬於修辭學，有的說屬於文章學，有的則主張另立一門學科稱「修飾之學」。如果用「四六結構」分析，就可以得出比較科學的結論。

修改，不僅是文字的修飾、潤色，也是對內容甚至主題的提煉、深化。它要考慮話語的內容，是否與所要表達的客觀事物切合，是否抓住了重點，突出了典型，反映了本質（屬於宇宙元）；是否準確地表達了說寫者所要表達的「情」和「意」（屬於表達元）；有時還要根據特定的接受對象（屬於鑑識元）調整內容和文字（屬於話語元）。越是重要的話語，越是「修改」之初，「四元」中關係到內容的改動越居於重要的地位。這時，與文章學、寫作學、創作論關係密切。當內容確定之後，只在同義手段、語音節奏、語體、色彩、表現風格上進行潤色，這主要屬於修辭學。修改的對象是語篇（文篇），它涉及文字、語音、詞語、句子、篇章的方方面面，其中有從「不對」到「對」，「不通」到「通」，「不好」到「好」，「不妙」到「妙」的轉化，要充分運用邏輯學、語法學、修辭學、語體學、文章學、文藝學等學科的理論、知識和方法、技巧，因此，它也可以歸屬於具有融合性的辭章學。

修改的實施者有幾種情況：

一種是自改。自改，有即時改定的，有隔了一段時間，甚至文章發表幾年、十幾年後再版前進行修改的。此類修改，擬

稿的表達者，改動時又轉為鑑識者，然後再回到表達者的立場。它是表達與鑑識自易其位，兩者結合。

一種是他改。語文教師、編輯，都要修改文章。他們首先是鑑識者，然後對文章進行修改。有時還把修改的意見反饋給原作者，作雙向交流後才作改動。它是鑑識與表達互易其位最為典型的。

一種是以上兩種的結合。

由此可見，修改的過程，最充分地體現了「四六結構」及其中的「表達↔承載↔理解」三元一體的結合、雙向互動的辯證關係。它最充分地體現了辭章學的融合性、一體性、示範性，是學習辭章藝術的最好途徑。我們把此類論析文章修改的書名之曰「辭章藝術示範」，原因就在於此。

用修改稿為例談辭章（含修辭）活動的藝術，還能充分地體現「動靜相形」、「正反對照」的鮮明特點。

從「四六結構」談修改，既植根於宇宙元，又兼及「表達——承載——理解」，既「見大」又「見小」，是在大處觀小、小處顧大的一種探索。

常格、變格、畸格及九種語格的變化，比較修辭學、比較辭章學、常格修辭學、常格辭章學、變格修辭學、變格辭章學、規範修辭學、規範辭章學和辭章語格學等新學科的建設，都是以「四六結構」為框架、修改範例為語料建立或將建立起來的。

聯繫「四六結構」談修改，不僅實用性大，理論性也強。

注 釋

① 張志公：《談「辭章之學」》，《新聞業務》，1962（2）；又見《漢語辭章學論集》，12頁，人民教育出版社，1986。

② 張志公：《漢語辭章學與漢語語法》，《語言研究》，1983（2）；又見《漢語辭章學論集》，20頁，同上。

③ 張志公：《文章之學值得探討——張壽康主編〈文章學概論〉序》，《語文知識叢刊》，1983（5）；又見《漢語辭章學論集》，42頁，同上。

④ 鄭頤壽：《辭章學概論》，44頁，福建教育出版社，1986。

⑤ 鄭頤壽、林承璋主編：《新編修辭學》7頁，鷺江出版社，1987。

⑥ 鄭頤壽：《「四六結構」與修辭三論》，《修辭學習》，2001（1）；又見《漢語辭章學研究的回顧與展望》，《福建師範大學學報》哲學社會科學版，2001（4）。

⑦ 張志公：《漢語辭章學和漢語語法》，《語言研究》，1983（2），收入《漢語辭章學論集》，21頁，同上。

⑧ 張志公：《建立和漢語語法相對待的學科——漢語詞章學》，《語文研究》，1980（1），收入《漢語辭章學論集》，35頁，同上。

⑨ 張志公：《漢語辭章學概說》，59頁，同上。

⑩ 鄭頤壽：《辭章學概論》，8頁，福建教育出版社，1986。

⑪ 鄭頤壽：《論修辭學與辭章學》，《修辭學論文集》第五集，4～5頁，河南大學出版社，1990。

⑫ 鄭頤壽：《漢語辭章學研究的回顧與展望》，《福建師範大學學報》哲學社會科學版，2001（4）。

三、「四六結構」綜述㈢

上兩節，比較側重於從幾個方面重要的理論進行分析，這一節比較側重於對辭章藝術作點舉隅性的分析。

㈡篇法論與章法論

「篇章」是建構與鑑識話語的最大言語單位，它籠罩了其下位的所有言語單位。「篇法」、「章法」都是客觀事物的規律（宇宙元）通過說寫者（表達元）思想、感情的處理在言語作品（話語元）中的反映。這就要求首先思考關係到全篇題材、中心資訊與話語藝術形式之間的辯證法，考慮語體、文體、表現風格，考慮關係全篇的表達方式（如用說明的表達方式，則成為說明文，用議論的表達方式，則成為議論文）；考慮關係全篇的藝術方法（如借物吟懷法、對比構篇法）等等；這就是「篇法」。接著考慮「章法」，就是安排、組織好部分與部分、部分與整體的辯證關係。臺灣學者研究的「章法（含篇法）」，對此是很明確的，並取得了卓著的研究成果。為表達得有效、高效，還不得不顧及他在效果（鑑識元）和實在效果（宇宙元）。如果在話語作品中談「章法」，只見「言」不見「人」，不見「事」，不見「物」，章法就成了空中樓閣。張壽康、陳滿銘諸教授的章法（含篇法）論，都注意到了這些問題。

㈢表達方式論

張壽康先生說：表達方式「是由文章（話語元）的交際

（表達元、鑑識元）目的所決定的具體語言表達形式」①。

筆者談表達方式總的是從「文章（話語元）的表達效果」（鑑識元、宇宙元）來考慮的。例如其中的：

「敘述，就是對（表達元）人物、事件的發展變化（宇宙元）作平實的敘說、表述（話語元）。」

「說明，就是用（表達元）準確、簡要的語言（話語元）把事物（宇宙元）解說清楚、釋述明白（話語元）。」②

上述，都從「四六結構」落筆進行分析。如要表述得更周到些，也可以說成：

表達方式，是說寫者（表達元）根據客觀事物（宇宙元）和交際（表達元、鑑識元）需要以取得最佳辭章效果（話語元之自在效果、鑑識元之他在效果、宇宙元之實在效果）所採取的語言表達形式（話語元）。

敘述，是說寫者（表達元）根據人物、事件的發展變化（宇宙元）和交際（表達元、鑑識元）需要以取得最佳辭章效果所採取的平實的敘說、表述的語言表達形式（話語元）。

其他的表達方式，如說明、議論、描寫、抒情等可依此類推。

㈢藝法論

藝術方法，如比、興、賦、象徵、誇飾、對比、襯托、問答、繼踵、示現、摹擬等，都是說寫者（表達元）根據客觀事物（宇宙元）和交際（表達元、鑑識元）需要以取得最佳辭章效果所採取的藝術方法（話語元）。例如，對比，是說寫者（表達元）把相反、相對的兩種事物或一事物相反、相對的兩個方面（宇宙元）放在一起，對照、比較，使雙方都更加鮮

明、突出（話語元），給聽讀者造成更加深刻的印象（鑑識元）的一種藝術方法。

㈢辭格論

辭格也是說寫者（表達元）根據客觀事物（宇宙元）和交際（表達元、鑑識元）需要以取得獨特的效果所採取的修辭格式（話語元）。例如：

比喻，是說寫者根據（表達元）本質不同的兩種事物（宇宙元）和交際（表達元、鑑識元）需要，而以那一事物與這一事物的相似點（宇宙元），來形容、說明這事物（話語元）。

比擬，是說寫者（表達元）根據交際（表達元、鑑識元）需要，把物（宇宙元）擬作人（話語元），或把甲物（宇宙元）擬作乙物以取得特殊效果的修辭格式（話語元）。

誇張，是說寫者根據交際需要（表達元、鑑識元），有意擴大或縮小（表達元）事物的形象、特徵、程度、數量和作用等（宇宙元）所採取的一種修辭格式（話語元）。

拙著《比較修辭》所下的上述定義，基本上如此，只是說得比較簡練，上述是「詳言之」的一種表述。

㈢語音、文字、符號、詞語、句子論

西人所講的語義三角形，實際上包含宇宙元、表達元、話語元三要素。錢鍾書的《管錐編》指出：中國古代文論中的「意」、「文」、「物」，《墨子·經》上所說的「舉」、「名」、「實」，西人所講的「思想」或「提示」、「符號」、「所指示之事物」③，與本書所述「表達元」、「話語元」、「宇宙元」相當。這道理是古今中外一致的。本段所講的「語音、文字、符

號、詞語、句子」就屬於「文」、「名」、「符號」這一「三角形」。但是，這些論述只側重在靜態的分析上，而「四六結構」則不限於上述的「三方聯繫」、「三事參互」的「三角形」關係④，而是「四方聯繫」、「四事參互」的「四元」關係，話語的動態分析就得顧及「四元結構」。

㈥資訊值的相等、相似、相差和變值、增值、貶值

上面分析了「資訊論」、「定位論」、「常格論」、「變格論」、「語境論」、「功能論」、「三辭三成說」等，本段要進一步用「四六結構」作綜合的考察。

「辭章」定位在「形式」上，是否朝著西方「語言論轉向」語言的自指功能？下文要從分析作出具體的回答。

首先，要從語體切入。上個世紀80年代的拙著《比較修辭》、《辭章學概論》，已明確地區分文藝體、實用體及其交融體，明確地區分藝術思維、邏輯思維，藝術的審美、理智的啟迪，以及它們的交融特徵。而西方對語言「能指」形式的追求是指向藝術的文學語言。從文學語言講，辭章也要充分挖掘其「能指」的功能。我們講變式、變格、變形，扭曲語言作為陌生化的手段，講調音、節奏、韻律、諧音，甚至故意造成拗口，講聯邊、析字、辭趣和排比、對偶、頂針、回環的運用，講詩歌的建築美、音樂美……都在於挖掘「能指」的藝術潛力。只是辭章學所講之「藝術形式」，不限於文學語言，還包含實用語言。這是一方面。另一方面，本書所講之「藝術形式」，是用「有效、高效地表達、承載並藉以適切、深入地理解話語資訊」為其限制語。辭章學研究「能指」並不忘卻「所指」。

其次，上文所講的「三辭三成」，對「能指」與「所指」的關係並不是孤立在作家「表達」的一方，而兼及文本、鑑識，這又是對傳統「以意遣辭」、「意先辭後」論的拓展和補充，給「藝術形式」功能以辯證的評估。

在此基礎上，我們要從「四六結構」對資訊值之相等、相似、相差和變值、增值、貶值作動態、靜態等辯證的剖析。不同語體，辭章的生成所承載的資訊和鑑識者解讀所獲得的資訊，其「值」是不一樣的。

實用體，含日常語言，大眾應用文、公文和社會科學、自然科學論著等。它們對資訊的編碼、傳遞、解碼都盡量要求資訊值相等，甚至不要依靠語境的襯托，都能直接、無誤地溝通。它表現在辭章生成的第一階段，對客觀世界資訊的接收無誤；第二階段，嚴格按照常格修辭，按照約定俗成的規則進行編碼，讓「能指」與「所指」密合，在傳遞中讓通道暢通無阻，不產生資訊的損耗。鑑識者也要根據自己生活經驗的積累，按照約定俗成的語法規則進行解碼。表達與鑑識，編碼與解碼，做到1是1，2是2，這樣才能準確交際，指揮生產，協調工作。其中，充分表現出思維的邏輯性，資訊的理智性、客觀性，功能的實用性。

藝術體，含散言體、對白體、韻文體。它們對資訊的編碼、傳遞和解碼，則有相等、相似、相差和變值、增值、貶值的多種表現。表達者在辭章生成的第一階段，往往滿懷感情和強烈的主觀性，觀察客觀事物，浮想聯翩，視通萬里，思接千載，舒卷風雲，奴僕萬物，讓客觀事物「皆著我之顏色」。這類客觀事物，已經變形、變色。第二階段，進一步把客觀之物象、景象、事象化為腦中之形象、印象、幻象，進行攪拌，重

新組合，並扭曲語法規則，使之變性、變音、陌生化、情意化、形象化，傳遞給鑑識者。鑑識者面對此類一度、再度變異的話語，必須聯繫話語元之前後語境，宇宙元之客觀語境和表達元寫說者語境，從話語元表層資訊進一步深挖其深層資訊，從言內資訊進一步捕捉其言外資訊，從詞彙意義進一步探尋其審美意蘊。這樣，原先信源之源的客觀資訊，表達者編碼之信源的資訊，話語文本中深蘊之底層資訊，鑑識者解讀之資訊，就有相等、相似、相差的不同表現形式。相對而言，這諸多資訊相等的很少，而藝術性越強的，相等的就越少。鑑識者在解讀的過程，憑藉自己的生活經驗、藝術修養、生活道路、文化水平、專業特點等因素，進行再創造，其再創造的越多，其所獲得的美學資訊與表達時原先的資訊差距越大，有的變值——別解、歧解，誤解，有的增值，有的貶值。清人譚獻說：「作者未必然，讀者何必不然。」⑤作者有創作的主動性，鑑識者有解讀的再創性，這是創美與審美中常見的現象。不同的鑑識者由於各自特點的不同，對同一話語的解讀，也很難完全吻合，對於形象性、變異性、情意性越強的話語，其所獲得的資訊差異就越大，甚至大相異趣。這就是王夫之所說的「作者用一致之思，讀者各以其情而自得之」⑥。對於藝術性強的詩歌之類作品，尤其是這樣。這就是「詩無達詁」的原因。表達與鑑識的資訊差異，除了因所處的語境不同、言語雙方主觀因素的差異外，還與話語文本有關。如果編碼詭異，寄託隱晦，或有失誤，就會導致資訊的貶值；如果編碼奇妙，形象豐滿，寄託深遠，就會給解碼者以廣闊的空間和再創造的餘地，使資訊增值，藝術生命長青。

「四六結構」還可用來論析功能語體的生成、類別、特

徵，語體要素、語體功能、傳遞媒介和語體平面等理論問題，
也可用來論析言語風格、文章風格、個人風格、流派風格、地
方風格、時代風格和風格要素、風格類型、風格優化等一系列
理論；用來論析內部辭章學、外部辭章學及其下位學科的建
設。這將待後逐步分析。

　　本書就是用「四六結構」作總的理論框架，統帥全書，使
之形成嚴密的體系，使具有融合性的學科成為完美的整體。

　　「四六結構」不是「舶來品」，卻與國外相關理論有較大的
一致性。下一部分將從先秦的相關理論說起作進一步的闡釋，
說明辭章學這門學科是生長在中華文化沃土之中，又沐浴著時
代的光輝，融進西方對我有用的營養，壯大了學科的機體，因
此，它具有鮮明的民族性。由於它文理交通，今內化古，中裡
融西，使之具有時代性，也含有一定程度的世界性、開放性。

　　這三部分，就作為全書承上啟下的過渡吧。

注　釋

①張壽康：《文章學導論》，181頁，湖北教育出版社，1985。
②鄭頤壽：《辭章學概論》，126、135頁，福建教育出版社，1986。
③④錢鍾書：《管錐編》第三冊，1177頁，中華書局，1986。
⑤清·譚獻：《復堂詞話》。
⑥清·王夫之：《薑齋詩話》卷一。

〔附〕本書「話語」含義解說

　　話語語言學是一門新興的學科，它有一個逐步形成的過程。它的理論基礎來源於歐美的語言學家。上個世紀初，捷克布拉格學派的馬特鳩斯創立了句子實義切分理論，英國著名語言學家弗斯提出了在情景中研究語言過程的學說，美國結構主義語言學家海里斯在《話語分析》中總結了按結構主義的分佈理論分析話語的分佈分析法，法位學的創始人派克提出了話語的法位分析法，奧地利語言學家德雷斯勒提出話語語義學、話語語法學和話語語用學的話語三個分支學科的理論，聯邦德國羅曼語言學家瓦恩利希提出「語言學只能是話語語言學」的新論。1968年哈特曼在一次國際學術會議上發表了《話語作為語言學對象》，對話語這門學科的性質、目的、對象和研究方法作了闡述，建立了話語語言學。其他歐美的許多語言學家也深入進行探討，把這門學科的研究推向前進。德國的語言學家索溫斯基推出了《話語語言學》，闡述了話語語言學產生、發展的過程和學科的基本理論①。上個世紀80年代以來，我國也出版了多部話語語言學的新著：王福祥的《俄語話語結構分析》、《漢語話語語言學初探》，劉煥輝的《言語交際學》、《交際語言學》，黃國文的《語篇分析概要》，沈開木的《句段分析——超句體的探索》，等等。他們給「話語」所做的定義大體相同，但有的還有不小的區別。本書採用比較公認的權威的被辭典化的說法，參考、吸收了：王德春②，張滌華、胡裕樹、張斌、林祥楣③，王維賢、張學成④等專家編著的三部語言學詞典的釋義。儘管這三典的釋義也不完全一致，但比起上

述各專著的觀點有更大的趨同性。本書的「話語」，既參考吸收了國外「話語」的含義，又從我國傳統的文章學⑤、辭章學⑥理論出發，賦予它以下的含義：

1.內容上有一定主題或有完整話題，結構上互相銜接又相對獨立的一連串語句；

2.包括口頭語、書面語和電信語，可以是獨白，也可以是對白；

3.包括表達（即被生成）、承載和理解三個方面；

4.包括話語的四個層次，從大到小依次是：辭篇、辭段、辭組、辭句（含相當於句子的「辭語」、「辭素」）；

對這四項簡析如下：

「一連串」的「串」，表面上是借用轉換生成語法「符號串」中「串」的術語，而實際上中國化了——「串」是會意字，中間一豎（「｜」）表「意」；兩個扁囗（「呂」）代表若干個（不限於兩個，少則一個，多則數個或十幾個、幾十個）言語單位。「串」是內容與形式的統一體，即辭章定義中「……話語資訊的藝術形式」——「資訊」即「意」，為「辭裡」；「形式」即若干個言語單位，為「辭表」。

「辭篇」，由辭段串成，它是有效、高效地表達、承載並藉以適切、深入地理解辭篇資訊的相對獨立的統一體。

「辭段」，由辭組串成，它是有效、高效地表達、承載並藉以適切、深入地理解辭段資訊的相對獨立的統一體。

「辭組」，由辭句串成，它是有效、高效地表達、承載並藉以適切、深入地理解辭組資訊的相對獨立的統一體。

「辭句」，由辭語串成，它是有效、高效地表達、承載並藉以適切、深入地理解辭句資訊的相對獨立的統一體。

「辭語」，由若干個辭素串成，在一定的語境下，可構成獨語句。

「辭素」，相當於語法上的「詞」，在一定的語境下，可構成獨詞句。

「辭句」、「辭語」、「辭素」，都是最小的表意單位。

由此可見，辭章話語的最小單位相當於語法上的一個句子。例如「歲寒然後知松柏之後凋也」⑦、「現在我宣佈：第二屆全國文學語言研究會學術討論會勝利閉幕」。辭章話語的最大單位是口頭語的話篇，書面語的文篇：一篇文章、一首詩、一份報告、一封信等。

辭章學既然是獨立的學科，因此，有自己的學科體系、學科專用術語。如果忽而用文章學的術語，忽而用話語語言學的術語，就真正變成了「大雜燴」，失去了學科的獨立性。請看217頁的表。

我們用「辭篇」、「辭段」、「辭組」、「辭句」、「辭語」、「辭素」這六個術語，不是有意標新立異，而是要和文章學的篇、章（部分、大段）、小段（或段落中的一個層次）、獨句段、獨語段、獨詞段，要和話語語言學中的語篇、語段、句群（又稱句組），要和交際語言學中的話篇、話段、話叢、話句等區別開來。本書，尤其是在篇章辭章學分析中，將大量運用這些術語，表達特有的含義，以區別於文章學、話語語言學、交際語言學等。

上文所說的「表達、承載、理解」也體現在辭章學各研究對象中，請看218頁的表。

與相近學科對應的單位、層次、要素

辭章學的話語構成單位	話語語言學	語言修辭學	交際語言學	文章學	語言結構層次 語法系統	音系層次	句法層次	語義層次	語體要素層次	風格要素層次	詩歌結構層次	詞篇結構層次
辭篇	語篇	篇⑧	話篇	篇					篇(章)⑩體素	篇(章)格素	篇(首)	篇(首、闋)⑮
辭段	語段	語段(章)	話段	段⑨(章)					(篇)章⑪體素	(篇)章格素	章⑫	片(闋)
辭組	(句組)句群	(句組)句群	話叢	層次					句組體素	句組格素	聯、韻⑬	韻⑯
辭句	語句		話句	獨句段	句子	句子音系	句子語法	句子語義	句子體素	句子格素	句	韻、句⑰
辭語					詞組	短語音系	短語語法	短語語義	短語體素	短語格素	語詞(音步)⑭	
辭素					詞	詞的音系	詞的語法	詞的語義	詞的體素	詞的格素		

辭章學對象	表達	承載	理解
語音的運用	調音	音義結合體	循音獲義，聽話聽音
文字的運用	用字	形義結合體	解釋字義
詞兒的運用	遣詞	最小的有意義的言語單位	解釋詞義
短語的運用	造語	幾個詞的結合體，語義單位	解釋語義
句子的運用	選句	有相對完整意義的言語單位	解釋句義
段落的結構	組織辭段形成辭篇	辭篇的構成單位，含有段義	分析、歸納段意
辭格的運用	設格	具有特殊意義的修辭格式	分析、理解辭格表層和深層的意義
藝法的運用	適用、巧用藝術方法	富有創造性的、含有審美和致用意義的方法	適切、深入地理解藝法的理性信息或美學信息
表達方式的運用	根據交際功能選用表達方式	承載著致用或審美的信息	適切、深入地理解其辭裡或辭表、言內或言外的信息
說明 狀態	動態的	相對靜態的	動態的
明 分支學科歸屬	建辭學	本辭學	解辭學

關於「表達、承載、理解」的含義，後面「三辭三成」說等節要作進一步闡釋，這種理論貫穿於全書。

「有效」是對語法上「通」、邏輯上「對」而言的，是起碼的要求；「高效」是對修辭上「好」、「妙」而言的，是進一步的要求。辭章要統而管之，要既「通」又「對」且「好」而「妙」。這就區別於語、邏、修三門學科。「適切」大致與「有效」對應，「深入」大致與「高效」對應，但不是絕對的。

注 釋

①林玉山：《現代語言學的歷史與現狀》，河南人民出版社，2000。

②王德春主編：《修辭學詞典》，浙江教育出版社，1987。

③張滌華、胡裕樹、張斌、林祥楣主編：《漢語語法修辭詞典》，安徽教育出版社，1988。

④王維賢、張學成主編：《語法學詞典》，浙江教育出版社，1992。

⑤張壽康：《文章學導論》，湖北教育出版社，1985。

⑥張志公：《漢語辭章學論集》，人民教育出版社，1996。

⑦《論語‧子罕》。

⑧「篇章」，泛指「篇」（含「文篇」、「話篇」）、「章」（相當於「語段」、「話段」）。

⑨文章學中的「段」，還有大段、小段之分。在「段」之內又有「層次」或由幾個句群、或由一個句群、或由一個句子組成。

⑩⑪「篇」、「章」同⑧。

⑫古詩的「段」稱「章」。

⑬七律的首句不押韻者，兩句為一韻，共四韻；首句押韻者，首聯兩韻；頸聯、頷聯、結聯各一韻，共五韻。一聯兩句，相當於句組。

⑭近體詩的「音步」，有的由兩個字構成，有的一個字構成。兩個字構成的，有的是一個詞，有的是一個短語。

⑮詞一首又稱一「闋」。如果是雙調，上半首（段）稱「上闋」，下半首（段）稱「下闋」。有時詞的「段」又稱「片」，也稱「闋」。上片稱「上闋」，下片稱「下闋」。

⑯詞的一片內，往往有若干「韻」。一韻，或是一個句子，更多的是兩三個句子（分句），與話法上句群相當。

⑰有時一句就是一韻。

肆

「四六結構」與
普通辭章學理論(一)

　　辭章學能否成為獨立的學科，一個重要的條件就是要有自己的理論框架、理論體系，才能建構起「學」的大廈。辭章學具有鮮明的融合性，它要融合相鄰學科、相關學科的基礎知識、基礎理論，但它們不是諸多要素的「湊合」，或前後安排的「接合」，也不是簡單的「結合」，而是水乳交融的「融合」。這就要靠本學科的理論框架、理論體系來改鑄相鄰學科、相關學科的部件，熔化在辭章「學」的理論框架、理論體系之中。

一、 「四六結構」與普通辭章學理論框架

㈠辭章學理論框架的重要性

1.辭章理論導源於辭章實踐

　　理論導源於實踐，辭章學理論導源於辭章藝術實踐，漢語辭章理論導源於漢語辭章藝術實踐。

　　漢語辭章理論，見於文字記載的已有三四千年的歷史，它涉及漢語辭章學的方方面面，把它們組織起來，可以建構相當

完整的漢語辭章學的理論體系，作十分簡要的整理，不下數百萬字。這點，只要請讀者翻閱一下拙文《「四六結構」的相關理論始於先秦》①和筆者與林大礎等編著的《辭章學辭典》②，就可窺豹於一斑了。

　　我們的祖先在辭章的實踐中，除了分別從不同視角總結了宏觀的「四六結構」論的各要素、各部件之外，還總結了許多辭章的規律和方法。各種的「法」「術」就是對實踐的總結，是一方面的理論。這種「實踐」，包括「讀」（聽）、「寫」（說）兩個方面。宋人強幼安說過，「凡為文，上句重，下句輕，則或為上句壓倒。《晝錦堂記》云：『仕宦而至將相，富貴而歸故鄉。』下云：『此人情之所榮，而今昔之所同也。』非此兩句，莫能承上句。《居士集序》云：『言有大而非誇』，此雖只一句，而體勢則甚重。下乃云：『達者信之，眾人疑焉』，非用兩句，亦載上句不起。……此為文之法也。」③這是從閱讀中領悟出方法的理論來。陳造云：「作文之法，備於六經，學者矻矻他求，何哉？經於句法、字律，《春秋》嚴矣，一字之變，褒貶各在。」「屈子曰：『吉日兮良辰』，此其法也。退之碑《羅池廟》曰：『春與猿鳴兮，秋鶴與飛』，此老多得先秦文法，六一翁疑之非是。」這是從歷時比較中領會到句法。

　　由於好的辭章實踐，符合人的認識規律、審美規律、邏輯規律，表現在語言運用上，就是言語規律，所以「文成而法立」。「文」之能「成」，靠實踐，「法」之能「立」，靠歸納、總結。這講的都是「文」：書語。「書語」與「口語」、「電語」之法從總體講是一致的。這個道理，我們的祖先早已察知。所以墨子說：「凡出言談，由文學為之也，則不可而不先立法。」④「立法」，就是對實踐的總結。既然「法」（包括

「術」)或稱「律」總結出來了,言語活動(包括聽說、讀寫)就應該如莊子所說的「鳴而當律,言而當法」⑤。劉勰云:「才之能通,必資曉術,自非圓鑑區域,大判條例,豈能控引情源,制勝文苑哉?是以執術馭篇,似善奕之窮數;棄術任心,如博塞之邀遇。」⑥辭章理論來源於並指導著辭章實踐;同時,辭章實踐又檢驗、豐富、發展了辭章理論。由於生活是豐富多彩的,藝術實踐也在發展之中,我們的祖先深明此理,既「立法」、「曉術」、「循法」、「執術」,又強調不要泥「法」、「拘法」,不要固守「定法」,要總結「活法」(「變格律」即由此而來)。這是辭章實踐的發展深入,因此辭章理論要與時俱進。這就是深含哲理的「有法‧無法」論。呂本中說得好:「學詩當識活法。所謂活法者,規矩備具,而能出於規矩之外,變化不測,而亦不背於規矩也。是道也,蓋有定法而無定法,無定法而有定法。知是者,則可以與語活法。謝之暉有言:『好詩轉圓美如彈丸』,此真活法也。近巨惟豫章黃公,首變前代之弊,而後學者知所趨向,必精盡知,左規右矩,庶幾至於變化不測。然余區區淺末之論,皆漢、魏以來有意於文者之法,而非無意於文者之法也。」⑦從「言語規律」來講,「定法」屬於常格律;活法,屬於變格律;「弊」則屬於畸格了。畸格,就要轉化它,其法即屬於化畸律。這種道理,古今是相通的。我國五千年有文字記載的文化史,加上現當代豐富的語言實踐和現當代對語言運用的各有關學科的研究,如修辭學、文章學、話語語言學、語體學、風格學的研究,其中當然包括對東洋西歐有益的理論的借鑑,當代漢語辭章學理論受到重視,逐步建立起了一門新的學科。

2.辭章理論的清醒,是辭章學學科建設的前提

　　建立漢語辭章之學，是言語實踐的需要，是繼承漢語優良傳統、弘揚中華文化精華，以適應現代社會生活的需要。在這些「需要」的推動下，必須對這門學科的諸多理論問題，尤其是對帶有全局性、根本性的理論問題，例如辭章學之定義、對象、性質、體系、理論框架、規律等有「成竹於胸」的清醒認識，才能紮紮實實地、一步一個腳印地，為建設新的學科奠基、砌磚、添瓦。呂叔湘、張志公、陳滿銘等先生就是這樣做的。

　　1961年，呂叔湘先生指出：語言研究「主要在修辭格的研究和改正詞句錯誤兩方面（後者有一部分屬於語法範圍）。這未免太狹窄」。上個世紀30年代，我國建立了現代修辭學這門新學科，這是修辭學發展史上的豐功，但時代發展了，就不應停留在辭格的研究上。1952年出版的呂叔湘、朱德熙的《語法修辭講話》「是建國後第一部語法修辭新著」，「在修辭學研究方面表現了可貴的革新精神，為修辭學的研究開闢了一條新路」。它表達與鑑識並論；分析語病主觀與客觀兼論；語料注意實用；所論之「修辭」，也「超過了以往修辭學所論述的範圍，也比以往修辭學有深度」，「在原有的修辭學研究的基礎上作了一次較大的革新和改造」。這是作者理論上的自覺，是對辭格為中心的突破。其中，「超過了以往修辭學所論述的範圍」，屬於討論表達得「通與不通」、「對與不對」的問題，也就是「注意把它和語法、邏輯聯繫在一起」，這實際上已經涉足辭章學的園地了。這本書，「對語法修辭知識的普及起了巨大的作用。在全國的學校、機關、部隊、廠礦學習語法修辭的熱潮中」，「成為當時最熱門的暢銷書」。儘管如此，作者在理論上很清醒，認為「這本書的缺點有『過』與『不及』兩方

面。『過』是說這裡邊有些論斷過於拘泥，對讀者施加不必要的限制。『不及』又有兩點：只談用詞和造句，篇章段落完全沒有觸及；二，只從消極方面講，如何如何不好，沒有從積極方面講，如何如何才好。這樣，見小不見大，見反不見正，很容易把讀者引上謹小慎微，不求有功但求無過的路上去，然而大家知道，這樣寫文章是不可能寫好的。」⑧這是作者清醒的理論自覺。它啟發我們，語言的運用，要把語、邏、修結合起來，也就是要講「通」、「對」，還要求「好」、「妙」，要「正」、「反」兼顧，這就要把相關學科的理論綜合起來運用；從學科研究對象講，既要講「用詞造句」，又要講「篇章段落」，既要「見小」，又要「見大」。這就都講到了辭章學的內容。拙著《辭章學概論》以及筆者與林大礎主編的《辭章學辭典》，既談「健格」（常格、變格）的言語，也談「畸格」的現象；既設正面論述的辭條，也設「章法諸忌」之類從反面作的論述。這樣處理與先賢的主張是完全一致的。

為了建立漢語辭（詞）章學，呂先生要求研究者「對這門學問的目的、研究對象、研究方法好好討論一下」，並指出：字法、句法、章法、聲律、風格、文體，包括翻譯文體「從原則方面到技術方面」都是辭章學要研究的對象。他滿懷信心地說：「我們能夠逐漸建立起來自己的漢語詞章學（或漢語修辭學，或漢語風格學）。」⑨這三門學科，如今都已建立起來了。

對建立漢語辭章學，張志公是最自覺、最用心的一位，他對建立漢語辭章學的目的及其定義、性質、對象等都提出了一系列設想。後來，他對辭章學的定義「發現並承認」「出現的某些失誤」，提出「不對！該否定就得否定」⑩的態度，更是

了不起的理論上的飛躍。這就大大促進了學科的建設。

陳滿銘教授之談辭章章法學，也是為全面提高讀、寫（包括教學）水平服務的，從而總結出章法四大律和三四十種具體的「法」來的。

我省學者最早給辭章學下的定義是「辭章學，就是研究有效地表達話語資訊的藝術形式的科學」；過了15年之後，進一步把它定義為「辭章學是研究有效、高效地表達、承載並藉以適切、深入地理解話語資訊的藝術形式的科學；它要研究辭章的理論體系及其規律和方法。」這就由著重於表達（說寫）引申到理解、鑑識（聽讀），既研究辭章的交際過程，也研究作為辭章活動成品的話語藝術客體。

㈡漢語辭章學理論框架的建立

一種新學科的理論框架是根據學科的對象、定義、性質、體系等最根本的學科理論體系建立起來的，它是對這一系列成果的總結和昇華，是學科建設中帶宏觀的根本性的理論。當然，這樣的理論框架，不可能一蹴而就，也要在實踐中不斷修正、充實、完善。

漢語辭章學的理論框架，就是「四六結構」和根據這一宏觀結構建立的理論系統。請閱拙著《「四六結構」導源》各章節。這個框架內、外兼論，表達、承載與鑑識並說，不贅述。

筆者在《辭章學概論》中描繪了「四六結構」的雛型，把「表達」、「承載」、「理解」，作為以原文（或初版）與改文（或修改版）相比較來談辭章理論及規律、方法的體系框架，來貫串《概論》全書⑪，繼而，形成了「四六結構」的原型，企圖作為「文藝修辭學」的理論框架⑫，並寫成了《論辭章學》

一文，文中設一大段著重闡釋「辭章學」的理論框架⑬。接著，又寫成《先秦修辭理論與「四元六維結構」》⑭，寄給某論文集的主編，結果石沉海底。筆者深恐該文謬妄，再思數載，承專家肯定並收入《藝文述林》（語言學卷），頗得讀者好評。近年，又作補充，作為本書之《「四六結構」導源》的中心內容。可見這一理論的建立，歷時十餘載，艱辛跋涉，逐步前進。

由「四六結構」的「雛型」「原型」到目前之「新型」大體構思一致。尤其是比較「原型」和「新型」前後兩個理論框架可以看出：總體上，都是以宏觀的「四六結構」理論為依據；「辭章的內框架系統」，分「資訊媒介」和「累進的語言表達系統」（在2001年8月的全國文學語言研究會的小型學術研討會上改為「累進的言語單位系統」），實際解決了辭章學研究的對象和體系問題。前後兩種框架的區別是，後一種框架及其表述更完整了。原先的框架把它定位在「表達系統」上，因此，相應的用上「調（音）」、「用（字）」、「遣（詞）」、「造（語）」、「選（句）」、「構（篇）」等動詞構成的動賓式的短語，顯然，這都是側重表達而言的。修改後的框架，改為「累進的言語單位系統」──「言語」，就是對語言的運用，包括聽說和讀寫兩個方面，因此，原來的「調音」、「用字」等，相應地改為「語音」、「文字」等，從表達講，它們包括「調音」、「用字」等；從鑑識講，它們包括「聽音」（「聽話聽音」的「聽音」）、「識字、解字」等；同時，也包括作為話語文本存在的客體。這樣的框架，既包括「建辭學」、「解辭學」、狹義和廣義的辭章學的框架，也包括了內辭章學、外辭章學；既包括「結構論」、「組合論」，又把「結構組合結合論」統一起

來了。「結構組合結合論」中的「結構」，包含宏觀的「四六結構」，中觀的篇章結構，微觀的句子語詞結構；「結構組合的結合」，則把表達與鑑識雙向的相反、相輔、相成的反覆過程都概括進去了。這點請閱《本書「話語」含義解說》、《「四六結構」與「三辭三成」說》和《「四六結構」與結構組合結合論》等節。

辭章的運用，不僅要調動辭章文本各層次的言語單位，還與言語主體——表達者、鑑識者，以及言語所反映的客觀世界相聯繫。

⑴表達者（表達元）與客觀世界（宇宙元，又稱世界元）之間對立統一的關係。

⑵表達元與話語元（包括辭章）之間對立統一的辯證關係。

⑶話語元與鑑識元之間對立統一的辯證關係。

⑷鑑識元與世界元之間對立統一的辯證關係。

⑸世界元與話語元之間對立統一的辯證關係。

⑹表達元與鑑識元之間對立統一的辯證關係。

以上六對，就構成了「六維」——六組既矛盾又統一的辯證統一體。它是建立辭章學理論框架中的重要「構件」。

上述六維相互組合，可構成左三角、上三角、右三角、下三角四種關係。

⑴左三角，由「世界元——表達元——話語元」構成。

⑵上三角，由「表達元——話語元——鑑識元」構成。

⑶右三角，由「話語元——鑑識元——世界元」構成。

⑷下三角，由「表達元——世界元——鑑識元」構成。

將上述四元、六維組合起來，就是「四元六維結構」，簡

稱「四六結構」。它可闡析以下理論：

　　(1)辭章之「定位論」、「對象論」、「性質論」、「體系論」；

　　(2)結構組合結合論；

　　(3)建辭過程論，解辭過程論；

　　(4)辭章之「潛在效果」、「自在效果」、「他在效果」、「實在效果」；

　　(5)言語之常變規律；各種藝術方法（藝法）；

　　(6)語境系統論；

　　(7)風格系統論；

　　(8)內外修辭學、內外辭章學之各層次新學科的建設理論。

　　總之，「四六結構論」是漢語辭章學的宏觀理論框架，而「結構組合結合論」，則是兼及辭章學中觀、微觀的理論。理論框架的建立，對學科之諸多根本的理論問題都具有原則性、方向性的指導意義。

注　釋

①收入《藝文述林》（語言學卷），上海文藝出版社，1999。

②《辭章學辭典》，三秦出版社，1999。

③見《唐子西文錄》，《歷代詩話》上冊，中華書局，1981。

④《墨子·非命中》。

⑤《莊子·寓言》。

⑥梁·劉勰：《文心雕龍·總術》。

⑦《夏均父文集》，見《後村先生大文集》卷九十五。

⑧參閱袁暉：《二十世紀的漢語修辭學》，249～253頁，書海出版社，2000。

⑨呂叔湘：《漢語研究工作者的當前任務》，見《呂叔湘語文論集》，23～24頁，商務印書館，1983。

⑩張志公：《漢語辭章學論集》，259頁，人民教育出版社，1996。

⑪鄭頤壽：《辭章學概論》，44頁，福建教育出版社，1986。

⑫鄭頤壽：《文藝修辭學・導論》，福建教育出版社，1993。

⑬鄭頤壽：《論辭章學》，《福建師範大學學報》，1994（1）。

⑭同①。

二、「四六結構」與「三辭三成」說

在傳統辭章論中,「意在筆先」、「意能成辭」而「辭不能成意」這種理論占著統治的地位。這從說寫角度的一個方向講,是對的,但不全面。

從「四六結構」的三個角度觀察、分析「辭」的運用,有三種情況,我們稱之為「三辭」;它們與「意」形成三種關係,我們稱之為「三成」。「三辭三成」是對古代辭章論的提煉和出新,是辭章學中帶根本性的問題,辭章的定義、性質、效果和培養提高說寫聽讀能力等根本性的理論問題都與此相互關聯著。

首先要說明的是:「意」就內容而言,它與「話語藝術形式」的「辭」相對,其同義詞有「情」、「質」、「志」、「心」等;而「辭」的同義詞有「辭章」、「文」、「言」、「語」等。

(一)「三辭」、「三成」簡論

1.表達元:意成辭

表達者在客觀世界中,接觸了萬事萬物,受到刺激、啟發,形成了心中的「情」和「意」。把「情」、「意」用語言表達出來,就成為「辭」。我國傳統的文論、辭章論都十分強調「意能遣辭,辭不能成意」,「先意氣而後辭句」①,強調「意在筆先」②,所謂:「辭足通意」③,「以辭達意」④,「造意出辭」⑤,「情形於辭」⑥,「情發辭形」⑦等,都是這個意思。這種觀點充分地體現在詩、文的創作論中:「詩言

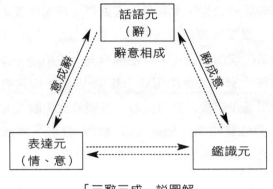

「三辭三成」說圖解

志」⑧，「詩以達意」⑨，「詩發乎情」⑩；「以文傳意」
⑪，「為情造文」⑫，「文辭通情」⑬，「文生於心」⑭。這
些理論從說寫角度的一個方向講，都是很精闢的。在辭章論
中，有兩段話彌足珍貴：

> 故立文之道，其理有三：一曰形文，五色是也；二曰聲
> 文，五音是也；三曰情文，五性是也。五色雜而成黼
> 黻，五音比而成韶夏，五情發而為辭章，神理之數也。
> …………
> 故情者，文之經；辭者，理之緯。經正而後緯成，理定
> 而後辭暢。此立文之本源也⑮。

「五情發而為辭章」之「為」，與「五色雜而成黼黻，五音比而
成韶夏」之「成」交錯成文，「為」即「成」也。即「五情發
而成辭章」之意。「辭章」又稱「辭」：「經（情）正而後緯
（辭）成」——即「情正辭成」之意。
　　「意成辭」、「情成辭」，在表達過程中是先決的，主要

的。然而表達的過程，尤其是內容重要、藝術性高的作品，初稿寫出後，還要反覆朗讀、吟詠，從初稿之「辭」中對「意」有新的感悟，或由謬至正，或由偏至全，或由淺至深，或由此及彼：這種「辭」又反作用於「意」。因此，表達的過程，既要首先肯定意先辭後、意可成辭；又要看到，辭又輔意，辭可促意。它們是雙向的。如果用這個觀點分析、理解下列文論——辭章論，就會佩服先賢的真知灼見。

> 雪芹先生之書，情也，夢也；文生於情，情生於文者也⑯。
>
> 文生於情，情又生於文，氣動志而志動氣也。故有所識解而著文辭，辭之所及，忽有所觸而轉增識解，皆一理之奇也⑰。

曹雪芹之寫《紅樓夢》，確因對當時的社會「有所識解」，有其「情」、「志」為基礎。這就是「文生於情」。書稿初成，反覆朗讀其「辭」，進行想像、聯想，補遺糾舛，又「有所觸而轉增識解」，轉而為「情生於文」：「舊我」曹雪芹這位作者，轉為「新我」曹雪芹那位讀者，情生文，轉為文生情。魯迅說曹氏「或續或改」⑱，據說大的改動有七次，真是「字字看來都是血，十年辛苦不尋常」。這說明「表達元（情、意）⇌話語元（文、辭）」是雙向的，「情生辭」、「意成文」是主要的，而「辭生情」、「文成意」也是存在的，只是要分清主與次、先與後，而不是半斤五兩，或顛倒其「程序」。從這點講，「以意為主，以辭輔之，不可先辭後意」⑲，也是正確的。

2.鑑識元：辭成意

鑑識者在鑑識作品的過程中,是先有意抑或先有辭?辭意的關係如何?本節僅就「鑑識元⇌話語元」作點論析,而不是全面闡述鑑識的規律與方法的。

我國傳統的文論、辭章論,都強調:「讀」、「披」、「覘」、「觀」等鑑識活動。這些活動,首先接觸到的是「辭」:「詩」、「文」的藝術形式,然後才能理解其「人」之「心」、「情」、「胸懷」,這就是要「以辭而已矣」⑳,「讀書知人」㉑,「即辭知心」㉒,「披文入情」㉓,「覘文見心」㉔,「觀詩惟求胸懷」㉕。對於詩歌之類作品,還要反覆「沉潛諷誦」。略舉幾則辭章論如下:

> 何謂知言?曰:詖辭知其所蔽,淫辭知其所陷,邪辭知其所離,遁辭知其所窮㉖。
> 世遠莫見其面,覘文輒見其心㉗。
> 古者即辭以知心,故即其或慚、或枝,或遊、或屈,而知其叛逆、知其誣善而失守也;即其或詖、或淫、或邪、或遁,而知其所蔽陷、知其離且窮也㉘。
> 詩有內有外。顯於外者曰文曰辭,蘊於內者曰意曰志㉙。

這四則所談的鑑識活動,首先接觸的都是「辭」或「文」,然後才知道表達者的「心」和「意」、「志」。對於詩歌之類形象性強、資訊深蘊的作品,還要再三諷誦:

> 然則讀詩之法奈何?曰:「從容諷誦以習其辭,優遊浸潤以繹其旨,涵泳默會以得其歸,往復低佪以盡其致,

抑揚曲折以循其節，溫厚深婉以合詩人之性情，和平莊敬以味先王之德意㉚。

這講得更清楚，先諷誦其「辭」，然後瞭解其「旨」、「歸」、「性情」、「德意」。鑑識的過程是「辭成意」。這是為主的，同時也要輔之「意成辭」──初步瞭解全詩、全文的大「意」、主「旨」之後，有助於進一步賞識其「辭」之巧妙，尋繹其「意」之微妙，又有助於深入探知其「旨」、「歸」之深幽：反覆涵泳，把「辭成意」與「意成辭」結合起來，如繭之抽絲，逐步向心，漸次深入。有段論述，深得其旨：

> 詩須是沉潛諷誦，玩味義理，咀嚼滋味，方有所益。
> 須是先將詩來吟詠四五十遍了，方可看注。看了又吟詠三四十遍，使意思自然融液浹洽，方有見處㉛。

「諷誦」、「吟詠」的，是詩之韻律、節奏等外在的藝術形式：「辭」；但尋繹的又是詩之內核：「義理」、「滋味」、「意思」。這則論述，把「辭成意」、「意成辭」的反覆推進、深入的過程表達出來了。

3.話語元：辭意相成

話語作品（詩、文之類），是內意與外辭融合體的文本。表達元之「意成辭」與鑑識元之「辭成意」，都是動態的，因而有先有後，有先後重疊反覆的過程；而作為文本存在的話語作品，則處於相對靜態之中，因而沒有先後之分，卻有表裡相輔相成的關係。「文質彬彬」、「情經辭緯」是傳統辭章論所最推崇的：

質勝文則野，文勝質則史；文質彬彬，然後君子㉜。

夫鉛黛所以飾容，而盼倩生於淑姿，文采所以飾言，而辯麗本於情性㉝。

這是傳統辭章論中帶根本性的理論。其他的如：「情文俱盡」㉞，「情辭俱至」㉟，「意勝文高」㊱，「意與語合」㊲，「文、理、義兼並」㊳，「理得辭順」㊴，等等，都是論述辭意相成的。

(二)「三辭三成」的同一性與差異性

表達者之「意成辭」，文本之「辭意相成」，鑑識者之「辭成意」：這三者之「辭」與「意」一致否？有的要力求一致，有的無法一致，有的故意造成不一致。這就要運用辯證的觀點、語體的觀點進行分析。

古今文論、辭章論中經常評論及這不一致的，除個別含有褒義或中性的（以＊為記號）外，多數是貶義的。如：「辭不達意」，「文不逮意」㊵，「紙短意長」＊，「言有盡，意無窮」＊，「但恨言語淺，不及人意深」＊；「辭意相乖」，「文憎過意」㊶，「言與志反」㊷，「理不勝辭」㊸，「辭勝其理」㊹，「辭華於理」㊺，「尚詞而病於理」㊻，「言工而弗當於理」㊼，「辭理俱失」㊽，「尚辭失情」㊾，「質木無文」㊿，「文過於質」(51)，「文滅質，情溺心」(52)；「辭不可釋」，「意深莫測」＊，「不知所云」，「詩無達詁」＊，「見仁見智」＊，「故弄玄虛」，「莫明其妙」＊，「莫名其謬」，別解＊，歧解，誤解，費解，不可解……從這些評論可以看出：「三辭

三成」的理論，早就受到前賢今秀的重視，是辭章學應該系統而深入地研究的重要課題。

形成「三辭三成」之不一致的原因很多：有表達者與鑑識者的修養、言語結構、功能語體、辭章風格、語用文化等方面的因素，簡要例析如下。

1.言語主體修養

表達者與鑑識者都是言語的主體，他們的品質修養和文化修養不高，都會造成「三辭三成」的不一致。如今商海橫流，物欲浪狂，誠信之船經常翻沈。據說：甲、乙二人原為好友，甲欲經商，借乙款10萬元。乙深恐「無商不奸」，一日要甲出具借條。甲特設盛宴，請乙赴席。酒酣之際，甲當席給乙5000元，說：「Hái qiàn kuǎn jiǔ wàn wǔ qiān yuán zhěng.」並把重音落在「Hái qiàn」上。隨即，當席工整寫下借條：

　　　　還欠款玖萬伍千元整。

後面，簽字、蓋章。乙索回5000元，拿著借條也唸：「Hái qiàn kuǎn jiǔ wàn wǔ qiān yuán zhěng」，反覆多遍，小心翼翼地收起借條。自以為有了憑證，甲再也抵賴不得了。誰知甲從此翻臉不認人，倒說欠款早已全部還清。乙告於司法部門，甲說：第一次已還5000元（乙當場認定），以後又「還」（huán）欠款95000元，已全部還清。此例：表達者故意用讀音造成「辭意」一解——這是品質問題；而文本元之話語實際上是「辭意」可兩釋的歧義句；鑑識者不知其中有詐——這裡有文化水平低，缺乏法律觀念，造成誤解而受騙上當。

傳說：清朝某書生，善書法，皇后很欣賞它。一日召他入

宮寫扇面一幅，為王之渙的《涼州詞》。書成，皇后怒斥其
「欺君」之罪，有意省去詩中「間」字。書生大懼，急中生
智，連忙申說此是一首仿詩新曲，並念道：

> 黃河遠上
> 白雲一片
> 孤城萬仞山
> 羌笛何須怨
> 楊柳春風
> 不度玉門關

原詩，意能成辭；所書扇面「黃河遠上白雲」，辭不成意了；
皇后初見之扇面也是辭不成意的，但經書生改讀，又辭意相成
了。皇后很欣賞書生的敏捷，善於應變，為表示自己的寬宏大
量，不僅不加罪，還賜酒壓驚，並獎以白銀。書生原為「表達
者」，旋即轉為「鑑識者」，又轉為「表達者」，此中「三辭三
成」也跟著變化，竟有旋乾轉坤之效。這靠的是書生的沉著、
機智和深厚的文化藝術修養。

2.言語結構

俗話說「文章自己的好。」這說明：語言的運用者，除了
有意造成歧義等畸格的言語外，總是認為自己的話語結構是好
的，即使是病句、畸格句，也自認為是好句、健格，自以為
「意可成辭」，「辭可載意」。可是，作為客觀存在的文本，自
有其不以表達者主觀意志為轉移的客觀結構規律，鑑識者總是
根據「約定俗成」的規律破譯文本話語的資訊，這也就造成了
「三辭三成」之不一致。例如：

七曲山在川北的梓潼城邊。山不高，名也不響，近年來，知道它的，恐怕除了本地人，便是與本地人有交道或到過此地的人了。

這不奇怪，蜀中風景名勝星落棋布，而各處風景名勝的主人們無不修橋築路的聯繫外界，絞盡腦汁地招攬遊人，唯獨「七曲山」既不鋪張道路、又不鼓吹自己，而是甘守清靜。結果，這一靜，靜到了天下鮮有人識的地步㊽。

在表達者看來，「名勝星落棋布」，「主人們無不修橋築路的聯繫外界」，「鋪張道路」：都是「意可成辭」的，才敢拿出去發表。可是作為文本之言語結構，顯然是辭意難於相成的。認真的鑑識者獲得的資訊就打了折扣。

談到「意」，還要分析正誤、全偏、深淺的不一致。

1999年2月9日《家庭生活報》刊登流沙河的《拙聯叢話》（四十）。大意是：

西安有位書法家，向流沙河函索墨寶。流沙河見其大名為「鵬虎」，感到「意象甚為雄壯」，就以之作嵌字聯：

北海浪高鵬出水
南山林密虎生風

從表達者講，是符合「以意成辭」的原則的。可是，作為客體的作品就有瑕疵。因為「鯤」是大魚。琢磨之後，沙河先生說：「出水之後起飛，方化為鵬。正在出水若是鵬鳥，羽翼濡

濕如何起飛?」這是「辭勝其理」,或曰「辭華於理」,辭意就不穩密了。因此,作者把「鵬」改為「鯤」,使辭理相得。「虎生風」語出《易經》。沙河先生指出:「這是觀察不精所致。實情是虎不從風上來,以免腥氣驚跑獵物。」這是自作別解的。據《周易‧乾》:「飛龍在天,利見大人。何謂也?子曰:同聲相應,同氣相求;水流濕,火就燥;雲從龍,風從虎。聖人作而萬物覩。本乎天者親上,本乎地者親下,則各從其類也。」它運用博喻,說明九五卦爻之義,論述「各從其類」之理。《正義》指出:「風從虎者……虎是威猛之獸,風是震動之氣,此亦是同類相感。故虎嘯則谷風生,是風從虎也。」這說明「風」與「虎」亦同類相從,用之來比喻「聖人作而萬物覩」,而不是「虎從風上來」。這又說明,作為聯語讀者的我們,對「虎生風」辭意的理解與表達者流沙河對辭意的理解是不同的。此聯寄給鵬虎先生時,仍是「鵬出水」,作者說「那是別人的大名呀」,「當然是不能改的」。鵬虎先生出於對沙河先生的敬仰,對「辭過其理」的聯句,可能還是很欣賞的呢。而他拜讀了《拙聯叢話》(四十)之後又是如何呢?——表達者、不同的鑑識者,對上述聯語,所產生的「三辭三成」的「辭意(理)」是各有千秋的。

3.功能語體

不同的功能語體,其辭意的關係是不同的。

文藝語體,「三辭三成」之辭意區別最為明顯。上述對聯的辭意評析也可說明這一點。

1985年,摯友李君給我談了一件家事:其妻之父於1949年春從福州馬江赴臺。當時其妻之母初婚,有孕,未能偕往。可是一別36年,日思夜想,未得團圓。如今已經兩鬢斑白。筆者

有感於斯言，寫成《望臺詩草》三首，其一云：

> 腸斷馬江卅六年，
> 曉風殘月杏花天。
> 鏡中霜髮催人老，
> 借問嬋娟幾度圓？

詩承紐約四海詩社編入《全球當代詩詞選集》，我很感激。可是在小名下注曰「女」，這又使我啼笑皆非。我確是借女人思夫之口吻來創作的，詩中之女主人與作者實非一人。這不是我的發明啊，屈原的《湘君》不是借湘夫人思夫之口創作的嗎？李白之《長干行》，杜甫之《新婚別》，等等，也都是用第一人稱的女人口吻來寫的。可是作為編詩集者（鑑識者）從詩中所得之辭意與作者表達的辭意相差甚遠；其他鑑識者獲得的辭意又是另外一種。如果是形象性強、藝術性高的作品，這種差別就更大。「詩無達詁」，「見仁見智」，對於《紅樓夢》之類小說，也是如此。

實用體，尤其是其中的自然科學體，只要能正確地認識、反映、理解客觀世界的定義、規律、道理的，其「三辭三成」之辭意應該都是密合的。「$(a+b)^2 = a^2+2ab+b^2$」，不管是何人，也不管用哪一種文字，甚至哪一種圖解，它不因人、因時、因地而不同。這是辭章學研究要給予特別留意的。實用體之表達元、文本元、鑑識元之辭意應該越一致越合乎客觀規律越好。當然，如果表達者或鑑識者認識、表達、理解不正確，也會造成它們之間辭意的不一致，這則要另當別論了。

4.辭章風格

　　辭章風格類型多種，其中「顯」、「隱」是相對立的一組。「隱」，就是「含蓄」、「蘊藉」的風格，主要表現在文藝作品中。它的資訊主要靠「呈現」，要盡量避免逕直的「告知」，其觀點越隱蔽越好。古今中外都有這種觀點。

　　《周易・繫辭上》早就說過：「聖人有以見天下之賾，而擬諸其形容，象其物宜，是故謂之象。」「參伍以變，錯綜其數。通其變，遂成天下之文。極其數，遂定天下之象。」這是從哲學的高度來論析，所以《繫辭下》又說：「易者，象也；象也者，像也。」它靠特殊的符號（卦爻）及其變化來「呈現」千變萬化、萬象紛紜的事象、氣數。

　　這種「象」的含義是深蘊的，不確定的。正如老子所說的：「道之為物，唯恍唯惚，其中有象；恍兮惚兮，其中有物。」㊔

　　這種哲學觀點，影響中國幾千年。語言的運用、文學創造中的辭章現象也是如此。魏・王弼就用它來闡釋言語現象。他說：「夫象者，出意者也。言者，明象者也。盡意莫若象，盡象莫若言。言生於象，故可尋言以觀象；象生於意，故可尋象以觀意。意以象盡，象以言著。故言者所以明象，得象而忘言；象者，所以存意，得意而忘象。猶蹄者所以在兔，得兔而忘蹄；筌者所以在魚，得魚而忘筌也。然則，言者，象之蹄也；象者，言之筌也。」這段話如果用「四六結構」之上三角來分析，就可以更加深入地探賾索隱。它不僅從表達與鑑識動態的雙向過程來闡析言（辭）、意的辯證法，又從文本元論析了言（辭）意的表裡關係；並把「三辭三成」論發揮得淋漓盡致：表達者「意以象盡，象以言著」，意先於言（辭）；鑑識者「尋言以觀象」，「尋象以觀意」，言（辭）先於意。同時，

從「呈現」的觀點，分析了「言」（辭）的特徵。其「象」中之「意」是深蘊的、朦朧的、多義的。這種風格特點，具有特殊的言語結構、心理效應和美學功能。陸機說：「雖離方而遁員（圓），期窮形而盡相」（《文賦》）。——方、員（圓）就是規矩，屬於常格的言語；而「離方遁員」、就是對規矩的偏離、變異，是變格的言語。它們以「象」的形式（「形」、「相」）出現。類似這種風格的言語「情朦朧而彌鮮」[55]，情意不明晰，卻更能給人以美感。劉勰也說：「擬諸形容」；「象其物宜」，「奇巧之機要也。」[56]通過「形容」，「象其物宜」，語言就很「奇巧」。「象」，使表達者飄遊不定的「意」的幽靈，找到了停泊的肉體，又披上「辭」的彩衣，彈奏著語鏈譜成的「高山流水」的樂章。這種文字的風格是「隱」的，它如「源奧而派生」；含「文外之重旨」，「以複意為工」，「義主文外，秘響旁通，伏彩潛發，譬爻象之變互體，川瀆之韞珠玉也。故互體變爻，而化成四象；珠玉蘊水，而瀾表方圓」[57]。這樣「旁通」，「派生」，產生了多義性。這是因為它多用比興、象徵、托物言志的藝法。黑格爾說：「象徵一般是直接呈現於感性觀照中的一種現成的外在事物，對於這種外在事物並不直接就它本身來看，而是就它們暗示的一種較廣泛的意義來看。」[58]由於它用「暗示」的藝法，意在言外，十分隱晦，因此其意義往往是雙關的，甚至模稜兩可，無法確指。有的語段，還留有「意義的空白」，讀者要靠「隧道效應」（如火車進入隧道，人們雖只見隧道外部分車廂，但可推知其全形），靠「格式塔」心理效應，進行再創造，補充、彌合「待補部分」，使之「完形」。儘管如此，讀者還是見仁見智，如歌德所說的「優秀的作品無論你怎樣去探測它，都是探不到底的」。這就形

成了「三辭三成」的諸多不一致性。

5.語用文化

語言是社會現象，也是文化現象。不同歷史、不同地區、不同民族，因政治、經濟、時代、地域、風俗習慣、宗教信仰、思維方式、各自的文化水平、職業、職務、性別等等不同，在交際活動中，都給語言賦予不同意義──特別是附加義、言外義。福州話的「3」與「生」同音，「3」、「13」、「33」都是吉利的；而外國人的「13」，卻是很不吉利的；香港話「8」與「發」音近，因此「8」、「18」（要發）、「888」都和發財致富、子孫發達聯繫起來了。「4」和「死」音近，因此「4」、「14」、「44」不被人歡迎。玫瑰花表示愛情，菊花表示隱逸，牡丹表示富貴；紅色表示喜慶，白色表示喪事（當然，色彩的含義因時、因地、因景、因人還有區別，如「紅」表示熱情、煩躁；白表示高潔等等）。如果是不同國度中的不同民族，這種文化差異就更大，表現在語言的表達與理解上就有很大不同，甚至褒貶相反。現引幾段話：

> 漢、英語言在社交應酬方面的語用差異還表現在道謝和道歉方面。漢語的「謝謝」和英語的「Thank you」使用場合不盡相同。操漢語的人在商店購物、到餐館用餐、到旅店投宿、雇用交通工具等場合，一般主動向售貨員、服務員、司機等人表達謝意，感謝他們為自己服務；但在操英語的人的心目中，售貨員、服務員、司機理應向顧客表達謝意，感謝顧客的光顧。由於我們的商店職工和服務人員不注意這種語用差別，當操英語的顧客熱情地向他們道謝時，他們最大的反應也只不過說一

聲「不用謝，這是我們應該做的」，以爲這已經很有禮貌了，其實，他們理應先主動向顧客表示謝意。

操英語的人在公共場合發言之後，要向聽眾道謝，感謝他們耐心聽完他的講話，對他表示了尊重。同樣的場合，我們操漢語的演講人更多是準備接受聽眾對他的感謝。當然，這也是有道理的：演講人付出了勞動，聽眾也從中獲益，自然是應該聽眾向演講人表示感謝。

在收受禮物時，操漢語的本族人總是先推辭，以示「禮貌」，直到對方堅持相贈時才表示接受。接受禮物之後一般也不當面打開，這也是出自「禮貌」，以免讓贈送人誤認爲「貪婪」。操英語的人剛好相反，他們也講究「禮貌」，但採取的是「迎合」的方式，表現爲高興地接受禮物，而且當面將禮物打開，以博取贈送人的歡心。這時，他們當然要向贈送人表示感謝，並對所贈禮物當面讚賞一番，或說明那是自己最喜歡或最需要的東西。

操英語的本族人家庭中，兒女爲父母分擔家務有時會向父母索取報酬，父母不但照付，而且還要向兒女表達謝意；幾歲的小孩子幫助母親做點小事，母親也會當面道謝。這些現象在操漢語的本族人家庭中是難得出現的。

非親屬稱謂方面的漢、英語用差異還突出表現在如何稱呼上了年紀的人。漢語中的「張老」、「李老」是對上了年紀的人的尊稱，「老張」、「老李」是同輩人中表示稔熟的稱謂。但無論「張老」還是「老張」，「李老」還是「老李」，用「Old Zhang」、「Old Li」來表達，都是語用失誤，因爲「張老」雖老，但還表示尊敬，而「Old Zhang」卻絲毫沒有表示尊敬的味道。「老張」不

老，用「Old Zhang」來稱呼一位中年人，甚至年輕
人，更是使操英語的本族人感到莫名其妙。現在有人把
「老張」、「老李」譯作「Lao Zhang」、「Lao Li」，雖然
避免了將稱謂對象「老化」，但免不了使不瞭解漢語語
用特徵的操英語的人理解爲某人姓「張」名「老」，另
一個人姓「李」名「老」⑤⑨。

上述引文僅從民族文化不同這一點來談這種不同國度、不
同民族的文化背景的說寫者所表達的資訊和聽讀者所接受的資
訊，而對於沒有特殊文化意義的語句，可以是等值的（例如：
「這是一本書」和「This is a book」）。對此，就可以直譯。如若
表達者所用的語句，尤其是深含文化意義的諺語、成語、歇後
語和方言土語，有的含有文化意象（例如漢語用「狗」稱人，
表示貶義），有的含有文化情感（例如漢語用「老」稱人，表
示尊敬），有的表示特定時期的政治經濟觀念：這些，對於不
諳漢文化的異國、民族的聽讀者，其所獲得的資訊，往往是不
等值的，或者對其附加意義聽而不聞，或者所獲得的認知大相
逕庭，甚至褒貶相反。對此，譯成外語時，不宜直譯，而要千
方百計地尋找相當的詞語（這是不容易的）來對譯，或者乾脆
採用意譯，或在譯語中附加說明詞來補救。儘管這樣，表達者
之「意成辭」與鑑識者之「辭成意」還是很難等量齊觀，兩者
吻合的。如果是形象性、變異性強的文藝作品，尤其是詩歌，
作者之「意成辭」和譯後之「辭成意」就有很大的不同。

不僅不同國度、不同民族之說寫與聽讀雙方之「辭」、
「意」有這種差異，即使是同一國度、同一民族，由於時代和
文化背景的不同，也有這種差異。例如古人之稱「社稷」、

「（太史公）走馬卒」之類，很難在現代漢語裡找到恰好對應的詞語，用普通話翻譯後，其附加意義就脫落了。造成此類文化意義的不一致的原因還很多，這裡就不細述了。

我們瞭解了「三辭三成」的此類不一致，在說寫、聽讀和翻譯中，就應該主動地、積極地駕馭它，或故意造成它們的不一致，或要想方設法克服其不一致，力求其一致。這是辭章學中一個重要的命題。

(三)研究「三辭三成」說的意義

「三辭三成」是客觀存在的言語現象，我們特別對它進行歸納、昇華，這對於辭章實踐和理論建設都是有意義的。

1.實踐意義

「三辭三成」說，用「四六結構」理論，對辭意關係作動態的辯證分析。從表達論，說寫者不僅要根據此時、此地、此景、此事、此物形成擬表達的「意」（或「情」），以之為主帥來調度語言，對於內容重要的，再由「辭」而「意」，由「意」而「辭」反覆進行錘煉；同時，還要考慮形成「辭意相成」的話語之後，對鑑識者可能產生的影響。因此，要表達得好，就要首先「想」得好，感情要健康，意思要正確、全面、深刻，這是前提。這就是「先意後辭」，然後「由辭而意」，緊密結合，不斷反覆，才能表達得好（當然這指的是重要的話語作品）。從鑑識講，要理解話語所傳遞的「意」（或「情」），就要遵循約定俗成的語法規則，通過對話語結構的分析，才能正確地捕捉其「意」，並在對「意」的大致理解之後，再反過來「由意而辭」作深入的分析。說寫、聽讀這種有先、有後，又緊密結合的雙向活動，是一種理論的認識；對「三辭三成」的

既要一致、也難於一致,甚至故意造成不一致要作辯證的分析。它對於言語交際、寫作教學、語文教學,對於文學創作和文學鑑賞、文學批評都有指導意義。

2.理論意義

「三辭三成」論,對於辭章學諸多重要理論問題的研討都有重要意義:

從辭章的定義講,它是「有效、高效地表達、承載並藉以適切、深入地理解話語資訊的藝術形式」。「表達」就說寫之「意成辭」而言,「理解」就聽讀之「辭成意」來說,「承載」從話語之「辭意相成」來談;「……資訊……形式」則是對上述「意」和「辭」的概括。

從辭章效果講,要求「有效」、「高效」,它表現在表達者之「意成辭」的潛在效果、話語之「辭意相成」的自在效果(此兩種「效果」屬於未實現之「可能」的效果),鑑識者之「辭成意」的自在效果(理解效果)及其對客觀世界所產生的實在效果(此兩種「效果」屬於實現之效果)。

從文本講,「意成辭」、「辭成意」以及它們的緊密結合,體現了辭章的代碼性、橋梁性、示範性。

「三辭三成說」,對於深入理解「結構組合結合論」,對於建構「建辭學」、「解辭學」,對於分析「風格形成論」、「風格優化論」、「風格功能論」也是重要的參照系。這將在本書後文細述。

注 釋

①唐・杜牧:《答莊充書》,《樊川文集》卷十三。

②《李義山詩集輯評》:「李商隱《蟬》……起二句,意在筆先……。」

（清‧沈德潛：《說詩晬語》）卷下：「寫竹者必有成竹在胸，謂意在筆先，然後著墨也。慘淡經營，詩道所貴。」劉熙載《藝概‧文概》：「古人意在筆先，故得舉止閑暇。後人意在筆後，故至於手腳忙亂。」陳廷焯《白雨齋詞話》：「所謂興者，意在筆先，神餘言外。」

③宋‧司馬光：《答孔文仲司戶書》：「孔子曰『辭達而已矣』，明其足以通意，斯止矣，無事於華藻宏辯也。」（《溫國文正司馬公文集》卷六十）

④明‧李東陽：「作詩不可以意徇辭，而須以辭達意。」（《懷麓堂詩話》）

⑤明‧劉基：「文與詩同生於人心，體制雖殊，而其造意出辭，規矩繩墨，固無異也。」（《蘇平仲文稿序》，《蘇平仲文稿》卷首）

⑥明‧陳懋仁：「蓋詩人之賦，以其吟詠性情也。騷人之賦，有古詩之義者，亦其發於情也。其情而不知自形於辭，其辭不自知而合於理。情形於辭，故麗而可觀；辭合於理，故則而可法。」（《文章緣起》注）

⑦晉‧摯虞：「古之作詩者，情之發，因辭以形之。」（《文章流別論》，《全晉文》卷七十七）

⑧詩言志，歌永言。（《尚書‧虞書‧舜典》）

⑨漢‧司馬遷：「孔子曰：『六藝於治一也，禮以節人，樂以發和，書以道事，詩以達意，易以神化，春秋以義。』」（《史記‧滑稽列傳》）

⑩清‧方薰：「詩發於情，故能感人之情。」（《山靜居詩話》，《清詩話》下冊）

⑪南朝‧宋‧范曄：「常謂情志所托，故當以意為主，以文傳意。」（《獄中與諸甥姪書》，《宋史‧范曄傳》）

⑫南朝‧梁‧劉勰：「昔《詩》人什篇，為情而造文。」（《文心雕龍‧

情采》)

⑬五代・徐鉉：「成天下之務者存乎事業，通萬物之情者在乎文辭。」
（《翰林學士江簡公序》，《全唐文》卷八八一）

⑭同⑤。

⑮梁・劉勰：《文心雕龍・情采》。

⑯清・娜嬛山樵：《補紅樓夢序》，見《補紅樓夢》卷首。

⑰清・章學誠：《文史通義・雜說》。

⑱魯迅：《墳・論睜了眼看》。

⑲清・王士禎：《師友詩傳續錄》，《清詩話》上冊。

⑳孟子：「故說者不以文害辭，不以辭害志；以意逆志，是謂得之。如
以辭而已矣……」（《孟子・萬章上》）

㉑孟子：「頌其詩，讀其書，不知其人，可乎？」（《孟子・萬章下》）

㉒見本段正文下第三則引文。

㉓㉔梁・劉勰：「夫綴文者情動而辭發，觀文者披文而入情，沿波討
源，雖幽必顯。世遠莫見其面，覘文輒見其心。」（《文心雕龍・知
音》）

㉕明・楊循吉：「予觀詩不以格律體裁為論，惟求能直抒胸懷，實錄景
象，讀之可以諭，婦人小子皆曉所謂者，斯是為好詩。」（《朱先生詩
序》，《明文授讀》卷三十五）

㉖《孟子・公孫丑上》。

㉗梁・劉勰：《文心雕龍・知音》。

㉘宋・魏了翁：《攻媿樓宣獻公文集序》。

㉙清・吳淇：《六朝選詩定論緣起》，見《六朝選詩定論》卷一。

㉚清・劉開：《讀詩說中》，見《劉孟塗集》卷一。

㉛宋・魏慶之：《詩人玉屑》卷十三。

㉜《論語・雍也》。

㉝同⑮。

㉞荀子：「凡禮始乎梲，成乎文，終乎悅校。故至備，情文俱盡。」
（《荀子‧禮論》，《荀子集解》）

㉟明‧王禕：「修齡之詩……可謂情辭俱至，足以自名其家者也。」
（《盛修齡詩集序》，《王忠文公集》卷七）

㊱宋‧陳亮：「大凡詩不必作好語言，意與理勝則文字自然超眾。……
故杜牧之云：『意全勝者，辭愈樸而文愈高；意不勝者，辭愈華而文
愈鄙。』」（《書作論法後》，《陳亮集》卷十六）

㊲明‧胡應麟：「樂天詩世謂淺近，以意與語合也。若語淺意深，語近
意遠，則最上一乘，何得以此為嫌！」（《詩藪》內編卷六）

㊳唐‧李翱：「故義雖深，理雖當，詞不工者不成文，宜不能傳也。
文、理、義三者兼併，乃能獨立於一時，而不泯滅於後代，能必傳
也。」（《答朱載言書》，《李文公集》卷六）

㊴宋‧陳亮：「昔黃山谷云：『好作奇語，自是文章一病，但當以理為
主。理得而辭順，文章自然出群拔萃。」（《書作論法後》，《陳亮集》
卷十六）

㊵晉‧陸機：「每自屬文，尤見其情。恆患意不稱物，文不逮意，蓋非
知之難，能之難也。」（《文賦》，《文選》卷十七）唐‧王士源：
「浩然凡所屬綴，就輒毀棄，無復偏錄，常自嘆為文不逮意也。」
（《孟浩然集序》，《孟浩然集》卷首）

㊶梁‧蕭子顯：「言尚易了，文憎過意，吐石含金，滋潤婉切。」（《南
齊書‧文學傳論》）

㊷梁‧劉勰：「夫以草木之微，依情待實，況乎文章，述志為本，言與
志反，文豈足徵！」（《文心雕龍‧情采》）

㊸魏‧曹丕：「孔融體氣高妙，有過人者，然不能持論，理不勝辭，以
至乎雜以嘲戲。」（《典論‧論文》，《文選》卷五十二）

㊹唐・陸希聲：「元賓尚於辭，故辭勝其理。」（《唐太子校書李觀文集序》，《全唐文》卷八一三）

㊺宋・柳開：「文惡辭之華於理，不惡理之華於辭也。」（《上大名府王祐學士第三書》，《河東先生集》卷五）

㊻宋・嚴羽：「南朝人尚詞而病於理，本朝人尚理而病於意興；唐人尚意興而理在其中；漢魏之詩，詞理意興，無跡可求。」（《滄浪詩話・詩評》，《滄浪詩話校釋》）

㊼元・楊維楨：「言工而弗當於理，義窒而弗達於辭，若是者後世有傳焉，無也！」（《金信詩序》，《東維子文集》卷七）

㊽清・方熊：「相如長於敘事，而或昧於情。揚雄長於說理，而或略於辭。至於班固，辭理俱失。」（《文章緣起》補注）

㊾清・方熊：「夫俳賦尚辭而失於情，故讀之者無興起之妙趣，不可以言『則』矣。」（同上）

㊿梁・鍾嶸：「東京二百載中，惟有班固《詠史》，質木無文。」（《詩品序》，《詩品注》）

51唐・孫樵：「樵雖承史法於師，又嘗熟司馬遷、揚子雲書，然才韻枯梗，文過於質。」（《與高錫望書》，《孫樵集》卷二）

52宋・沈作喆：「古人謂『文滅質，情溺心』者，豈特為儒之病哉？亦為文之弊也。」（《寓簡》卷八）

53《九曲山》，見某報1999.2.23（11）。

54《道德經》第二十一章。

55晉・陸機：《文賦》。

56梁・劉勰：《文心雕龍・詮賦》。

57同上，《隱秀》。

58〔德〕黑格爾：《美學》第二卷。

59何自然：《語用學概論》，196～200頁，湖南教育出版社，1999。

三、「四六結構」與普通辭章學定義

在闡述這個題目之前，要先談談「辭章」、「辭章之學」的含義，然後進而論析先賢今秀概括「辭章學」定義之得失和不斷完善的過程，闡明定義中幾項用語的含義及其理論依據。

(一)「辭章」是個多義詞

1.一般論著中「辭章」的含義

辭章，又作「詞章」，自古以來，人們賦予它的意義不盡相同。

《書‧洪範疏》：「言者，道其語有辭章也。」這裡的「辭章」，是文采之意。

《後漢書‧蔡邕傳》：「少博學，好辭章、術數、天文。」這裡的「辭章」卻是詩辭歌賦以及各類散文作品。

《文史通義》：「義理存乎識，辭章存乎才，徵實存乎學。」這裡的「辭章」指的是文章的藝術。

《虞東先生文集序》：「《易》稱修詞，《詩》稱詞輯，《論語》稱為命，至於討論修飾而猶未已，是豈聖人之溺於詞章哉？蓋以為無形者道也，形於言謂之文；既已謂之文矣，必使天下人矜尚悅繹而道始大明。若言之不工，使人聽而思臥，則文不足以明道，而適足以蔽道。」這裡的「詞（辭）章」指的是對文章進行修改、加工，使之富有文采的意思。

由此可見，古代典籍中的「辭章」（詞章）是個多義詞，不同的時代，不同的學者，賦予它的意義是不盡相同的。但就言語（含口語和書語）作品而言，指的是其藝術形式。我國辭

章的理論源遠流長，它散見於詩話、詞話、曲語、文評、史論、筆記、散文、小品、寓言、笑語、謎語之中。

現代對辭章的研究更重視了，認為聽說、讀寫必須講究辭章。1959年，《紅旗》第12期發表《關於寫文章》一文指出：好的文章，「在義理、考據和辭章等方面，總是經過認真努力的。」這裡的「義理」、「考據」，講的是文章的內容，包括題旨、題材等；「辭章」指的是文章的表現形式。

同年《紅旗》第14期又發表了施東向的《義理、考據和辭章》，明確地指出：「辭章是屬於文章形式方面的問題。講究辭章，在我們說來，就是要求適合於內容的完善的形式。」又說：「好的內容要求有好的形式，拙劣的辭章必然使內容受到損害。」文章還強調指出：「辭章問題雖然是個形式問題，卻不只是單純的技巧，而是同作者的思想作風有密切關係的。」此文談到辭章這一形式時具體指出：「我們所說的辭章涉及語言、章法和風格等方面。一個作者力求掌握豐富的詞彙和多樣的句法和章法，目的是為了運用自如，能夠把內容傳達得準確而生動。」

2.通用辭書對「辭（詞）章」的解釋

1981年出版的《現代漢語詞典》，對「辭章」（「詞章」）有兩種解釋。

一是「韻文和散文的總稱」。這就是上述《後漢書》所講的「辭章」。

一是「文章的寫作技巧；修辭」。

1996年出版的《現代漢語詞典》修訂版，仍是作這樣的解釋。

1986年出版的《辭源》，1992年出版的《辭海》都指出：

「辭章，詩文的總稱。」這和《現代漢語詞典》解釋的第一義是一致的。《辭海》還指出：「辭章亦作『詞章』」；在「詞章」條注「同『辭章』」。《辭源》於「詞章」條後亦注「也作『辭章』」。著名語言學家呂叔湘、陳望道、張志公諸先生都曾將「辭章」稱作「詞章」，後來張志公先生都改稱之為「辭章」。臺灣著名語文學家、辭章章法學家、博士生導師陳滿銘教授也是這樣。

3.語言學辭典有關「辭（詞）章」的解釋

1987年出版的《修辭學詞典》對「辭章學」的注解是：「(1)即文章學，研究文章表現形式的學科。具體研究語言的使用、篇章的構成以及作家和作品的風格等，實際上是綜合研究除文章內容而外的各種表現特點，是介乎語言學、文藝學、作文法之間的交叉性質的學科。(2)指修辭學。」（王德春主編，浙江教育出版社）。

1988年出版的《漢語語法修辭詞典》「辭章學」條注：「辭章學也稱『詞章學』。研究詩文寫作中運用語言的藝術之學。與修辭學關係很密切。漢語辭章學是企圖用現代科學觀點，特別是運用現代語言學觀點整理探討我國傳統的詩文寫作中運用語言藝術的一門語言應用學科。我國先秦兩漢論文有『文』、『辭』、『章』、『文辭』、『文章』等說法，魏晉隋唐以後出現了『辭章』這個概念……同時出現了討論這些問題的專門論著，如曹丕《典論·論文》、陸機《文賦》、劉勰《文心雕龍》等等，……以上『文、辭、章、文辭、文章、辭章』，古文一般統稱『文』或『辭章』。和文或辭章相對的是『道』（包括『德』、『義』、『理』等）和『情』（包括『意』、『志』、『才』等），古文一般統稱『質』或『實』。文（辭章）

與質（實）相對，用現代的話來說，前者是語言形式，後者是思想感情即內容。二者對立統一，『文質相資』（劉勰）。可見『辭章之學』就是研究這個對立統一體中『文』（『辭章』）這方面的。它是研究關於語言的運用和語言藝術的。辭章學既然是語言藝術之學，必然跟漢語的特點，包括語音的、詞彙的、語法的特點有密切的關係。一方面漢語中的語言藝術要利用漢語方面的特點，並發揮這些特點的藝術功能，另一方面也受著這些特點的影響和制約。」（張滌華、胡裕樹、張斌、林祥楣主編，安徽教育出版社）。這個解釋重點突出，不僅論及語言藝術的諸方面，也論及辭章效果，突出了藝術性、有效性。這些概括，與1986年出版的拙著《辭章學概論》的論點本質上是一致的。所不同的就是：拙著從古今語言運用和語言理論的實際出發，認為辭章學不僅要研究書面辭章，還要研究口語辭章；古今有關口語辭章的論述不少，也應給予總結。這些不同，只不過是學科外延的大小之分罷了。

㈡辭章之學

古今學者從語言的運用中感到「辭（詞）章」是一門學問，一種學科。根據目前所掌握的資料看，「辭章之學」這個短語至少在明清已經出現。明朝王守仁的《王文成公全書》卷七《博約論》云：「文散於事而萬殊者也，故曰博；禮根於心而一本者也，故曰約。博文而非約之以禮，則其文為虛文，而後世功利辭章之學矣。」「是故約禮必在於博文，而博文乃所以約禮。二之而分先後焉者，是聖學之不明而功利異端之說亂之也。」此論非議不合於禮的文，就是徒求「虛文」之文采華麗的作為藝術形式的「辭章之學」。

清朝梁章鉅的《退庵論文》說：「王夢樓嘗言：詞章之學，見之易盡，搜之無窮。今聰明才學之士，往往薄視詩文，遁而窮經注史，不知彼所能者，皆詞章之皮面耳。未吸神髓，故易於決合。如果深造有得，必愁日短心長，孜孜不及，焉有餘力旁求考據乎！」

　　古人對於「辭（詞）章之學」的概念、作用，見仁見智，正如張志公先生所說的「從來沒給『辭章之學』下過定義，也沒有一本專談辭章之學的著作。傳統的所謂辭章之學這個概念，從前人所談的有關辭章的各種具體問題來看，包括的範圍相當廣泛。可以說，凡是寫作（作詩和作文）中的語言運用問題，無論是關於語法修辭的，關於語音聲律的，還是關於體裁風格的，都屬於辭章之學。就中談得最多，在寫作實踐中最注意的，是煉字煉句的工夫，再就是文章的『體性』。」「辭章之學，可以說是一門富於民族特點的探討語言藝術的學問。它包含我們現在一般理解的『修辭學』的內容，但是比『修辭學』的範圍廣，綜合性大，更符合我國語言文字的特點和運用語言的傳統經驗。」①這段話，簡明地描寫了辭章之學研究的對象、學科性質、特點以及與修辭學的關係，它比古人所談的「辭章之學」的概念明晰得多了。古人所講的「辭章之學」的「學」，還停留在一種「學問」上，而志公先生談的「辭章之學」的「學」，是作為與「修辭學」相比較而存在的一門語言運用的學科。

(三)辭章學

　　辭章學作為一門新的學科，人們對它的認識隨著學術研究的發展、深入而逐步全面、科學，有時還沿著「否定之否定」

的規律前進。它合乎學科發展的辯證法。在這個過程,有兩種情況:

一種是「只做不說」、「先做後說」、「多做少說」。所謂「做」,就是根據自己對「辭章學」的認識進行耕耘,寫出一篇篇、一部部辭章學的論著來,而不急於「說」,就是不急於給「辭章學」下定義、定範疇。耕耘總有成果,自然「瓜熟蒂落」,「水到渠成」。正如「千紅萬紫」,不言「春」,而春在其中矣。這是一種紮實的學風,科學的態度。學科建設的前期,沒有這樣精耕細作,就沒有收穫。陳滿銘教授②、仇小屏博士③、祝敏青教授④和筆者等的《對偶趣話》、《辭章藝術示範》著作就是這樣。

一種是「既說也做」,「邊做邊說」,「做後再說」。這就是既重視對言語實踐、言語藝術進行描寫——「做」,也重視對所「做」的給予昇華,明確研究的目的、對象,給它畫個大致的範圍,下個定義,歸納它的性質,明確它的功能和研究的方向。呂叔湘先生指出:「對這門學問的目的、研究對象、研究方法好好討論一下,並且確定它的名稱。」⑤陳望道、張志公、戴磊等先生對此都進行了研討,對「辭章學」作了界說。但由於他們對這門學科研究的目的、對象的認識不完全一致,因此所下的定義不可能「眾口一聲」;甚至同一位學者,隨著時代的發展,研究的深入,「前言」與「後論」也不可能完全一個調子。這是好現象,只有諸家直至百家爭鳴,學術研究才會發展、繁榮。

1962年1月4日,陳望道先生在華東師範大學作學術報告指出:「張志公說,詞章學是總名稱」,「他主張,以詞章學來統帥修辭學和風格學。」示意如圖1。「照我看,詞章學就是

圖 1

圖 2

修辭學。我認為修辭學可以包括風格學，而詞章學這一名稱可以不用。」⑥可示意如圖2。

這話是針對志公先生《詞章學？修辭學？風格學？》（《中國語文》1961年8月號）一文發表的看法。兩位大師在探討時，既明確表述自己的學術觀點，做到「當仁不讓」，又很雍容爾雅，望道先生用「照我看」，志公先生在論文題目中用了三個問號，表現出他們認真探討的學風。

看問題要全面，要看實質，看發展。如果只從字面看陳先生1962年關於「詞（辭）章」的論述，就可能得出「陳張對立」的結論。但如果從發展看，拜讀一下1964年3月24日陳先生《關於修辭學對象等問題的答問》⑦，再分析一下《答問》所談的「修辭學」的研究對象，就可發現望老的修辭學思想的大飛躍，他此時所談的「修辭學」對象與志公先生的辭章學對象已經大同小異，只存在「詞章學這一名稱」要不要的問題了。請閱本節附文《陳望道修辭學思想的兩度飛躍——陳、張一致論》。

志公先生的學術觀點也是與時俱進的。

1962年，志公先生給這門學科下了定義：「『辭章之學』，就是文章之學。」⑧

1983年他進一步說：「辭章學是研究詩文寫作中運用語言的藝術之學。如果用英語來稱說，大致可以稱之為The Art of

Writing a Linguistic Approach。」⑨他對此作了兩點發揮，給這門學科定位、確定其研究對象：

一是把「辭章」定位在「語言形式」上。他說：「……文（辭章）與質（實）相對，用現在的話來說，前者是語言形式，後者是思想內容，二者是對立統一的，兩千多年來一直是這樣看法。」⑩

一是確定其研究對象：「辭章之學講究『連接篇章』（王充）；『聯辭結采』（劉勰）；講究『謀篇』、『著文』、『酌字』、『修辭』；要求『巧』、『約』、『微』、『暢』、『達』、『簡』、『妍』、『麗雅』等等，反對『拙』、『繁』、『冗長』、『相襲』等等。這些詞語，有的含義很清楚，有的有些抽象或模糊，但是總的看來，都是關於語言的運用和語言藝術的。」⑪

這段話簡要說明了兩千多年來我國辭章論的概貌。

請讀者翻閱一下《辭章學辭典·總目索引》「辭章與內容」部分：「辭章與題材」；「辭章與意旨」，包含：「辭與意」、「辭與情」、「辭與志」、「辭與骨」、「辭與氣韻」、「辭與神」、「辭與事」、「辭與實」、「辭與理」、「辭與旨」、「文與質」、「文與心」等⑫，以及由此帶出的三四百個辭條，就可以看出志公先生這樣歸納是與漢語辭章學優良傳統一脈相承的。志公先生給辭章所做的這一定位，和現代學者的研究也是相呼應的。施東向先生說：「辭章是屬於文章形式方面的問題。講究辭章，在我們說來，就是要求適合於內容的完美形式。」⑬陳滿銘教授研究辭章章法學，也是從內容與形式的關係方面，把辭章定位在「形式」上，把主旨（綱領）、題材、情、理、景（物）、事歸於「內容」，並用劉勰的「情（內容）經辭（形式）緯」說，分析了它們之間的辯證關係。請閱拙文

《辭章章法學的奠基之作——讀陳滿銘的〈章法學新裁〉》（見「兩岸文化研討會」文集，2002年5月於揚州）。

1983年志公先生又說：「漢語辭章學」「可以說是文章之學的一個側面吧。」⑭聯繫上面的分析，這「一個側面」就是相對於「內容」的「形式」的方面。

志公先生孜孜不倦地探索，不斷前進，不斷出新，使辭章學研究沿著科學的方向挺進。他說：

> 經過這幾次試驗，尤其是最後一次嘗試，自己的認識逐漸地更明確了一些。一開始我曾經說過：「辭章之學」就是「文章之學」。（見《談「辭章之學」》，《新聞戰線》1962年第2期）現在認識到這種說法有片面性。辭章學同所謂文章之學有相同、相近的部分，但是也有很不相同的部分，因而說成「就是」，把這兩個東西當中畫個等號，是不妥善的。我還曾經在一篇參加國際學術討論會的論文裡，提出一個英語的譯名，我說：辭章學……如果用英語來稱說，大概可以稱之爲The Art of Writing：a Linguistic Approach。現在想想這個譯名也不妥善，因爲辭章學不僅僅是寫作的藝術，它是全面培養提高運用語言的能力（包括口頭語言和書面語言，也就是平常說的聽說讀寫在內的各種能力）的一門學科。這裡說說，也是想提醒你們注意：不要因爲在總的方面你們接受我的觀點，就認爲我說的每句話都對；同時也建議你們，要敢於發現並承認在研究、講述、寫作中出現的某些失誤。萬萬不要因我這樣說過，就得堅持不變，不能自己否定自己。不對！該否定就得否定，清代學者

戴震說過，作學問，要「不以人蔽己，不以己蔽己」。
（轉引自孟憲範同志文）這話說得太好了！希望你們記
取！雖然直到現在我所做的工作還很不完整，很不理
想，然而對它的前景、對它會比較完善地建立起來，我
還是充滿了信心⑮。

　　這段講得太好了，從中可以看出志公先生科學的態度，不
斷開拓的精神，坦蕩的胸襟，對建立這門新學科的熱切希望和
堅定的信心。這裡要特別強調三點：

　　一、志公先生原來給辭章學下的定義僅僅是「不完善」，
「該否定就得否定的」僅是其中「不妥善」的部分，主要是把
辭章學限於書面語的文章，限於寫作者一方。如果彌補了這不
完善的部分，原定義中合理的部分，應該充分肯定。

　　二、定義是對研究對象、學科性質、目的任務等的抽象和
概括，是對事物本質特徵的認識。志公先生對辭章學的這諸多
方面的認識是正確的，有的還是比較全面、比較精闢的。例
如：指出辭章是言語作品的「藝術形式」，辭章學是橋梁性的
學科，是全面提高運用語言的能力（包括口頭語言和書面語
言），辭章學要顧及說寫、聽讀雙方等。這都是帶根本性的問
題，志公先生早就注意到了，只是在給辭章學下定義時尚未全
面地給予概括罷了。

　　三、志公先生毫無否定辭章學這門學科之意，這門學科已
經初步建立起來，希望能夠「比較完善地建立起來」——「比
較」一詞下得十分恰當，科學在發展，所謂的「完善」都是就
某一歷史時期研究的情況而言，時代發展了，當年「完善」的
就會變得「不完善」或「不夠完善」。這是歷史的辯證法，不

以人的意志為轉移的。本書《普通辭章學與文章學》已作闡析，此節從略。

在詞章學與修辭學、風格學的關係上，戴磊教授提出了很好的意見。她的研究是有成效的。她說：「詞章學、修辭學、風格學可以並列為三門不同的學科，它們各有研究的對象和範圍，不能互相包括。但它們之間也不是互不相關，彼此隔絕的，在某些點上還相互交錯，有的部分相互包容。」她用下圖來表示：

這種理論，可概括為「鼎立交錯說」。所謂「鼎立」，就是詞章學、修辭學、風格學三科都是獨立的；所謂「交錯」，就是它們之間又有部分相互包容。這一說法，符合對立統一的觀點，是可取的。只是她的立論，還侷限在辭章學與修辭學、風格學三科上，也就是只在張志公與陳望道兩位先生論述的基礎上，提出自己的見解。其實辭章學還與文章學、文學、語體學、文體學、語法學、話語語言學以及邏輯學、心理學、資訊學、美學等都有關係。它具有邊緣性、多科性，與有關學科形成了輻射式、滲透式（或叫浸潤式）的關係。

筆者在《概論》中，把陳望道先生的觀點概括為「等同包容說」（詞章學就是修辭學，修辭學可以包括風格學），志公先生的觀點是「包容分立說」？「包容說」？「融合說」？（針對《詞章學？修辭學？風格學？》一文所做的概括）洪心衡教

授看了拙著後寫了一篇書評，認為《概論》是「整體融合說」⑯
（話語是個整體，它要融合修辭學、文章學、語體學、文體
學、風格學以及語音學、詞彙學、語法學、邏輯學、心理學等
等學科的原理、規律和方法，而不限於修辭學、風格學）。

㈣辭章學之我見

辭章之能否成學，能否比較完善地建立起來，我認為必須
具備以下「驗收標準」：

(1)要建立統帥學科的高屋建瓴的科學理論框架；

(2)要有明確的學科研究對象；

(3)要建構嚴密的科學體系；

(4)要有明確的學科目的、任務；

(5)要給學科下個科學的定義；

(6)要總結獨具特色的規律、方法；

(7)要有鮮明的區別於鄰近學科的學科性質；

(8)要規劃辭章學分支學科的建設。

對此，我做不到，要靠今賢和來者。但我不願袖手旁觀，
而要盡心盡力進行研討，目前只能提出一些淺見，還有待於不
斷自我完善之中。上述八點，除定義待後闡述之外，其他各點
做些簡要說明。

我想用「四六結構」做理論框架來統帥整個學科。拙著
《辭章學概論》（以下簡稱《概論》）就已試用這個理論的雛型
來統帥全書（見「概論」第44頁），初步建構了「客觀世界」、
「說寫者」、「書面文章或口頭話語」、「聽讀者」等「四元」，
上個世紀90年代初才進一步總結出「四六結構」原型，得到張
壽康先生的鼓勵，寫進《文藝修辭學・導論》；如今又進一步

用之闡析「三辭三成說」，辭章學的「定位論」、「對象論」、「性質論」、「體系論」、「四在效果論」、「語境論」、「結構組合結合論」、「辭章活動最高原則論」、「言語規律論」、「語體論」、「風格論」等宏觀的理論，闡析「藝法論」等中觀和辭格、句子、語詞等微觀的問題。

「四六結構」的言語「作品元」，可分成所指與能指，亦即內容和形式兩個側面，辭章是「有效、高效地表達、承載並藉以適切、深入地理解話語資訊的藝術形式」這個側面。從這一側面出發，「辭章學」所研究的對象也就明確了，其對象多於修辭學，範圍大於修辭學。這諸多的對象不是烏合之眾，它形成了嚴密的體系，其體系內部的各個部件各安其位，不好隨意變動（如要變動，就要相應地改動相關的部分）。這樣，「定位論」、「對象論」、「體系論」也就解決了。

從「四六結構」論析辭章學的性質，它具有三個層次：代碼性、融合性、一體性，橋梁性、示範性、交際性，時代性、民族性、實用性。用這九性可以分析辭章學之許多宏觀、中觀、微觀的論題。這些性質明確了，辭章學的目的、任務也清楚了：從實踐講，在於全面地培養提高說寫（表達元）聽讀（鑑識元）的能力；從理論講，在於建構辭章學的科學體系。

從「四六結構」出發，就可以辯證地闡析辭章學宏觀的言語規律及其諸多分律，以及體現融合性特點的表達方式、藝術方法（藝法）等。

從「四六結構」出發，就可以順理成章地論析、建構內辭章學、外辭章學及其分支學科建辭學、解辭學、本辭學等諸多分支學科。

以上諸方面問題闡析深透了，辭章學的個性突出了，它自

然地以獨具的風姿卓立於百科之林。

下面，要比較具體地闡析一下辭章學的定義。

先看1986年出版的《概論》中的定義：「辭章學是研究有效地表達話語資訊的藝術形式的科學」，並明確指出「話語，有口頭表達與書面寫作兩大方面」[17]。對這個定義我曾在《論辭章學》[18]一文中作了闡析，至今觀點沒有改變，但認識到這個定義還有不完善的地方。

在理論上，《概論》（第3頁）指出「話語，有口頭表達與書面寫作兩大方面」。考慮到口頭表達的典型語料最好用錄音演示，如果改用書面表達的形式，往往都做了一些修改，也就是其口語的特點損失了很多；又考慮到口頭表達和書面寫作其規律在本質上是一致的，所以筆者又明確說明「本書只講作為書面表達的文章寫作方面」，想以此兼及口語。其實這是不易完全做到的，這是一個不完善的地方。

《概論》（第44～45頁）勾勒了「四元結構」的初坯並做了簡要的說明。

> 從下圖可以看出：文章植根於客觀世界（社會、自然）之中。沒有客觀世界的土壤，文章的樹木花草就長不成。說寫者從客觀世界獲得感受、認識和評價，產生了感情或理智，萌發了表達的願望，然後才有說寫活動——也即運用辭章的活動——這實際上是「編碼」的過程，表達的過程。這個過程要在原來對客觀世界感受、認識和評價的基礎上，進一步篩選題材，醞釀提煉中心思想，調整話語的層次（文章的段落），講究、選擇表達的方法和技巧（書面語還要寫成初稿、反覆推敲），

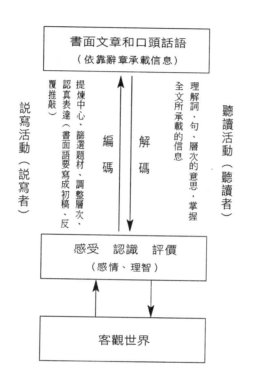

編成話語（書面語就是文章）。如果感情濃烈，富有感染力，認識深刻，富有哲理性，「編碼」的藝術性又很高，就會使話語的美學資訊特別豐富。聽讀者，則通過話語理解它所承載的資訊，然後獲得對客觀世界的感受、認識和評價，產生了感情或理智，從而認識世界，改造世界。由於聽讀者的思想、文化水平和出身、地位、經歷等等不同，他們「解碼」的能力就有差別，所獲得的感受、認識和評價也就因人而有不同。如果聽讀的是藝術性很高的文學作品，這種差別就更大。這種差別不僅表現在不同的聽讀者之間，而且也表現在聽讀者與說寫者之間。尤其是文學作品，作者創作的主觀意圖

與讀者從作品中所獲得的感受，有時相差很大。

這個圖解及其說明文字，簡要地談到了下面的觀點：

(1)概括了「四元」：客觀世界、說寫者、話語、聽讀者；「六維」：「客觀世界──說寫者」、「說寫者──話語」、「話語──聽讀者」、「聽讀者──客觀世界」、「客觀世界──話語」、「聽讀者──說寫者」。

(2)闡述了運用辭章形成話語的過程：植根於客觀世界（世界元）→說寫者（表達元），從客觀世界獲得資訊（感受、認識等），進行「編碼」→形成話語→傳遞給聽讀者（鑑識元），聽讀者對話語進行「解碼」，獲得資訊（感受、認識等）→對客觀世界（宇宙元）產生了作用：「認識世界，改造世界」。

(3)描寫、概括了辭篇生成論的四個階段：「客觀世界」→「獲得感受、認識和評價」，是雙向活動的第一階段；「萌發了表達的願望」→「編成話語」，是雙向的第二階段；「話語」→聽讀者，並「理解它所承載的資訊」，是雙向的第三段；聽讀者獲得對客觀世界的感受、認識和評價，產生了感情和理智→「認識世界，改造世界」，是雙向的第四階段。「解辭」的過程則是相反的雙向的過程。

(4)說寫者是先有「感受、認識和評價，產生了感情或理智，萌發了表達的願望──就是先有「意」；「然後才有說寫活動──也即運用辭章的活動」──「成辭」：合起來就是「意成辭」。「聽讀者，則通過話語理解它所承載的資訊」，即「辭成意」。

(5)從圖表可以看出：說寫者「提煉中心、篩選題材、調整層次、認真表達」：實際上是「組合、結構」的結合。而聽讀

者「理解詞、句、層次的意思,掌握全文所承載的資訊」,實際上是「組合、結構」的結合。

(6)顧及了「說寫」與「聽讀」、「編碼」與「解碼」雙方。而聽讀者「獲得對客觀世界的感受和評價」,實際上就是反饋的過程。

(7)從說寫、話語、接受三個角度,概括了「表達」、「承載」、「理解」的三種形式。

(8)指出了表達者通過編碼所承載的資訊與鑑識者通過解碼所獲得的資訊,因聽讀者本身的因素和話語作品構成的因素(如藝術性高的文學作品)的不同而「有差別」,甚至有很大的差別,指出了「三辭三成」的矛盾與統一,也就是差異與同一的辯證關係。

(9)指出資訊有「感情」和「理智」的不同,亦即辭章藝術有「審美」與「致用」兩大功能及兩者交融功能。這思想貫穿於全書。書末的表格對這三個功能及其產生的原因、條件做了概括。

但是,還有不完善的地方,主要表現在:才形成「四六結構」的雛型,許多問題(例如由「四元」形成的「六維」之間的辯證關係等)分析不深透,有的還未論及;對定義的各義項未作深入的闡析。

在實踐上,《概論》全書都用原稿和改稿作比較來闡析。原稿,體現了表達者的原意。改稿,有兩種情況。一種是:本書精選的語文名篇,其中絕大部分是編輯課本的語文專家(先是鑑識者)反覆進行閱讀、思考、推敲,然後作了修改(又轉為表達者)。這種修改有的還徵得原作者的同意——體現了表達、鑑識、反饋的過程;有的無法與原作者(已作古等多種原

因）進行反饋，是靠集體研究反覆斟酌後改定的。一種是：原作者（表達者）寫成文章之後（有的隔了幾年甚至幾十年），重新反覆閱讀（轉為鑑識者），有的還詢諸師友（鑑識者）作了修改（又轉回作表達者）。此類修改用例，最能體現表達與鑑識雙向的協作，體現辭章學的融合性、橋梁性、示範性這些特點。因此被國內外專家、學者、作家、詩人譽為「這是極有益處的學習法」。「好像作家對我們用實物示範」，好像置身於「語言實驗室之中」。筆者的這種構思貫穿於《概論》全書。不完善的是只以《概論》（第44頁）的一張圖示來概括，然後「只做不說」，說得不夠，不透徹。

下面，在拙文《論辭章學》闡析的基礎上做些補充，給「辭章」下個比較完善（與自己比較而言）的定義並作簡要的闡明。

辭章是有效、高效地表達、承載並藉以適切、深入地理解話語資訊的藝術形式。

說明如下：

(1)辭章是一種「藝術形式」，但它不能脫離內容，而是內容與形式兩者相輔相成的完美的統一體。它們之間，從符號學講，是「所指」與「能指」的關係；從資訊學講，是資訊與載體的關係；從文章學講，是內容與形式的關係。

辭章學要研究辭章的理論體系與作為資訊載體的語言手段、藝術形式和規律。筆者設計並為主編撰的《辭章學辭典》（三秦出版社，1993年交稿，2000年出版）從話語作品表達講，設立：「謀篇」、「選句」、「造語」、「措詞」、「用

字」、「調音協律」、「運用各種辭格和藝術方法」、「講究表達方法」、「對話語進行修改‧潤色‧錘煉」、「追求良好的表達效果」、「形成風格」、「適應語體和文體」等專題，來描寫構成辭章的諸多因素。由筆者設計並與諸定耕先生聯合主編的《中國文學語言藝術大辭典》（為《辭章學辭典》的姊妹書，原稱「辭章藝術辭典」，後改變書名，重慶出版社1993年版）也是按這個學術觀點構思的。

我們所說的「藝術形式」是以「有效、高效地表達、承載並藉以適切、深入地理解話語資訊」為前提的，它與「資訊」（思想內容）緊緊結合，相輔相成。這種觀點有我們民族的優良傳統。如《辭章學辭典》所設的「辭與意」、「辭與情」、「辭與事」、「辭與實」、「辭與理」、「辭與旨」、「文與質」、「文與志」、「文與心」等專題，就是從不同角度匯編了三四百條傳統精闢的辭章論。它們都是把形式（辭、辭章）與內容（意、情、事、實、理、旨、質、志、心等）作為相對的概念。這是帶根本性的問題。因此，我們把「辭章與內容」作為辭章學首先應該探討的課題。我們研究的側重點是落在「藝術形式」上，但反對為辭章而辭章，為藝術而藝術的唯美傾向。宋人魏了翁云「尚辭章者管風骨」[19]，這是要避免的。明確以「有效、高效地表達、承載並藉以適切、深入地理解話語資訊」作為「藝術形式」的定語，是科學辭章定義的組成部分，它區別於舊的辭章論。

(2)辭章包括口語和書語。這個定義所講的「話語」，指有完整話題、結構齊全、前後連貫的言語單位。包括口語之話篇與書語之文篇及其下位的組成部分，可以是一個人的發言，也可以是幾個人之間的會話；包括辭段、辭組和辭句。這是辭章

學不同於文章學、辭章不限於「文章形式」的一個方面。

辭章包括口語和書語，自古而然。概而言之，先秦時期，口語、書語並重，兩漢以後，偏重書語。這個影響一直延續到現代。當代語言學家才又強調對口語的研究，新的時代，還要研究電語。

春秋、戰國時就很重視口語修養。《詩經·小雅·都人士》云：「出言有章。」鄭玄謂：「吐口言語又有法度文章。」《禮記》在引用孔子的話「君子道人以言，而禁人以行」之後就援引了《詩經》「出言有章」之語。所謂「吐口言語」、「有章」、「有法度文章」就是口語辭章。孔子把「言語」列為教學的一門課程，十分強調言語的功能和言語的適切。他說：「……晉為伯，鄭入陳，非文辭不為功，慎辭哉！」⑳《周易》謂：「將叛者其辭慚，中心疑者其辭枝，……」㉑孟子也說：「詖辭知其所蔽，淫辭知其所陷，……。」㉒這些論述中的「文辭」、「辭」都指口語辭章。劉勰指出：「辭者，舌端之文，通己於人。」㉓歷史發展到今天，還把辭章侷限在作為書語的「詩文寫作」、「寫作技巧」、文章的「表現形式」是不夠全面的。

(3)要求「有效、高效」，有「藝術」。「有效性」、「藝術性」是辭章的另一個要求。如果效果不好，缺乏藝術性，不是我們所追求的辭章。

「有效性」是主觀的，也是客觀的，但它必須通過辭章來體現。所謂「主觀的」，就是表達者與鑑識者都要以「有效性」作為努力的目標，力求有效、佳效、高效。很難設想：主觀上模糊其辭，模稜兩可，會表達得明晰而準確；語無倫次，東拉西扯，會表達得連貫而清晰；很難設想：主觀上不知所云，不

求甚解，會理解得適切而深入。所謂「客觀的」，就是通過適切的辭章手段取得良好的社會效應。辭章效果要接受社會的檢驗。表達與鑑識中，良好的主觀願望與良好的客觀效果有統一性也有矛盾性。唯其有統一性，故表達者、鑑識者盡力追求良好的效果，充分發揮主觀的能動性；又因其有矛盾性，故「言不逮意」、「不解其意」，願望與效果不一致也偶爾有之。科學的辭章學要力求闡析表達與鑑識中主觀與客觀的統一性，避免其矛盾性。效果的主觀、客觀統一論，是把表達與鑑識，編碼、傳遞與解碼、反饋作為言語交際過程的一個統一體來對待的。

　　辭章的效果是有層次性的。《辭章學辭典·分類目錄索引》中設置並收入以下有關「效果論」：「達」、「當」、「妥」、「切」、「確」、「明曉」、「通順」、「簡要」為基礎的層次；「似」、「活」、「生動」、「流暢」為高一個層次；「工」、「巧」、「真」、「新」、「美」、「妙」等為最高的層次。但是，這種劃分僅是相對而言，例如，有的專家把「簡要」列為最高的層次。

　　辭章效果還有語體、文體（合稱「辭體」）的適應性。「達」、「當」、「妥」、「切」、「確」、「明曉」、「通順」、「簡要」、「流暢」等適用於各種語體、文體；「似」、「活」、「生動」、「工」、「巧」、「真」、「新」、「美」、「妙」主要適用於文藝語體、文體。把辭章侷限在文藝創作方面也是不夠全面的。

　　因此，所謂辭章的「藝術性」是廣義的，亦即包括各種語體、文體，有口語體、書語體、電語體；有實用語體、藝術語體、融合語體；藝術體文有韻文語體、散文語體。因此，所謂

辭章的「藝術性」，不限於「用形象反映現實又高於現實的有典型性的意識形態」這個概念，而是泛指辭章中適切而有創造性的言語手段，讓辭意完美結合取得佳效、高效的言語手段。王充說：「口則務在明言，筆則務在露文；高士之文雅，言無不曉，指無不可睹；觀讀之者，曉然若盲之開目，聆然若聾之通耳。」㉔他從表達（口言、筆文）與鑑識（觀讀）兩個方面，把「明」、「露」、「雅」分別作為口語、書語的藝術要求。陸機說：「詩緣情而綺靡，賦體物而瀏亮。碑披文以相質，誄纏綿而悽愴。銘博約而溫潤，箴頓挫而清壯。頌優游以彬蔚，論精微而朗暢。奏平徹以閑雅，說煒曄而譎誑。」㉕其中詩、賦屬於藝術體，其藝術要求是「綺靡」、「瀏亮」；「碑」、「誄」、「銘」、「箴」、「頌」從總體論屬於融合體；而「論」、「奏」、「說」則屬於實用體㉖。它們都有各自的藝術要求。把辭章藝術侷限於文藝體，不符合數千年來漢語辭章的實際。現當代辭章藝術有很大發展，這是辭章學研究應當給予總結的。

這裡要說明的是：辭章具有融合性，要融合語法、邏輯和修辭等多門相關學科、相鄰學科。傳統的說法是語法論通與不通，邏輯辨對與不對，修辭講好與不好。它們是辭章的基礎。由「不通」到「通」、「不對」到「對」，辭章就「有效」（有的也達到「佳效」）了。修辭要在「通」與「對」的基礎上進一步求「好」與「妙」——作為「大修辭學」的辭章效果就是「佳效」、「高效」的。上文所說的「達、當、妥、切、確、明曉、通順、簡要、流暢」的辭章就是「有效」的（不排斥其中還有「佳效」、「高效」的可能）；而「似、活、生動、工、巧、真、新、美、妙」的辭章就是「佳效」、「高效」的（不

排斥其中以「有效」為基礎的成分）。「佳效、高效」可用「高效」作代表，「有效、高效」都屬於「有效性」。

(4)「表達、承載並藉以適切、深入地理解」。「表達」就說寫而言。研究有效、高效地表達話語資訊的藝術形式的理論體系及其原則、規律、方法的科學就是建構辭篇話語的科學，簡稱「建辭學」。

「承載」就言語作品而言。研究有效、高效地承載辭篇話語資訊的藝術形式的理論體系及其原則、規律、方法的科學是文本辭章學，簡稱「本辭學」。

「理解」就聽讀而言。研究有效、高效並藉以適切、深入地理解辭篇資訊的藝術形式的理論體系及其原則、規律、方法的科學是理解辭章學，簡稱「解辭學」。

上述的「適切」就「有效」而言，「深入」就「高效」而言。

表達、承載、理解是分別立足於「表達元」、「文本元」、「鑑識元」概括出來的。它充分體現了辭章的橋梁性、示範性。這是因為大部分辭章學著作是從表達元、文本元、鑑識元來編著的。

總之，辭章學是研究、總結辭章的理論體系及其原則、規律、方法的科學。詳言之，辭章學是研究、總結有效、高效地表達、承載並藉以適切、深入地理解話語資訊的藝術形式的理論、體系及其原則、規律、方法的科學。

這個定義的產生是從辭章學研究的對象、目的任務、性質特點及其與相近學科的統一性和差異性的比較中歸納出來的，其主要理論依據就是「四六結構論」。全書將由此逐步展開。

注 釋

①張志公：《談「辭章之學」》，《新聞業務》，1962（2），收入《漢語辭章學論集》（以下簡稱《論集》），13、18頁，人民教育出版社，1996。

②陳滿銘教授早於上個世紀70年代開始就相繼發表了幾十篇辭（詞）章章法學的論文，如：《談詞章的兩種基本作法：歸納與演繹》、《談安排詞章主旨的幾種基本形式》、《談詞章主旨、綱領與內容的關係》等，還推出了辭章章法學的集大成之作《章法學新裁》（萬卷樓圖書有限公司，2001）等專著。

③仇小屏發表了60多萬字的《中國辭章章法析論》（碩士學位論文）和《文章章法論》（萬卷樓圖書有限公司，1998）。

④祝敏青推出了《小說辭章學》，海峽文藝出版社，2000。

⑤呂叔湘：《漢語研究工作者的當前任務》，《中國語文》，1961（4），又見《呂叔湘語文論集》，23頁，商務印書館，1983。

⑥陳望道：《修辭學中的幾個問題》，見《陳望道修辭學論集》，266頁，安徽教育出版社 1985。

⑦同上，279～282頁。

⑧同①。

⑨張志公：《漢語辭章學與漢語語法》，《語言研究》，1983（2）；又見《論集》，20頁。

⑩同上，22頁。

⑪同上，22～23頁。

⑫三秦出版社，2000。

⑬施東向：《義理、考據、辭章》，《紅旗》，1959（14）。

⑭張志公：《文章之學值得探討——張壽康主編〈文章學概論〉序》，

《語文知識叢刊》，1983（5）；《論集》，42頁。

⑮《論集》，259頁。

⑯洪心衡：《言語前景的新開拓——評價鄭頤壽的〈辭章學概論〉》，《語文月刊》，1988（11～12）。

⑰鄭頤壽：《辭章學概論》，3頁，福建教育出版社，1986。

⑱鄭頤壽：《論辭章學》，《福建師範大學學報》，1994（1）。

⑲宋‧魏了翁：《楊少逸不欺集序》，見《宋金元文論選》。

⑳《左傳‧襄公二十五年》。

㉑《周易‧繫辭下》。

㉒《孟子‧公孫丑上》。

㉓梁‧劉勰：《文心雕龍‧書記》。

㉔漢‧王充：《論衡‧自紀篇》。

㉕晉‧陸機：《文賦》。

㉖書語三分法見鄭頤壽：《語體劃分概說》，刊於《語體論》，安徽教育出版社，1987。

〔附〕陳望道修辭學思想的兩度飛躍

——陳、張一致論

語言學有文字學、語音學、詞彙學、語法學、語義學、修辭學、語體學以及語境學等等分支學科。分列學科研究，有助於深入的探討，對學科的發展，十分必要。但從語言運用（包括說寫、聽讀）來講，又要把這些分支學科有機地融合起來，培養言語的技能，提高言語修養，增強言語能力。

呂叔湘、張志公從「綜合運用」考慮，倡議要建立漢語「辭章學」。陳望道先生也很重視語言的「綜合運用」，但他不擬用「詞（辭）章學」這個名稱。呂、張二君的觀點已有另文闡釋，本文只著重分析望老的觀點。1962年1月4日，望老在華東師範大學作報告時指出：「照我看，詞章學就是修辭學。我認為修辭學可以包括風格學，而詞章學這一名稱可以不用。」①真是石破天驚，有些研究者對辭章學的研究剛剛荷戈躍馬，尚未出征，就鳴金收兵了。

從表面看，似乎呂、張是一方，陳君又是一方，似乎兩軍對壘，勢不兩立。果真如此嗎？否！他們僅僅在「確定它的名稱」上有分歧，而對語言運用的性質、對象、目的、任務等一系列帶根本性、實質性的問題是有一致性的，可以說是大同小異，言異而旨同。

看問題，要看全面，要看實質，要看發展。認為呂、張與陳君的辭章觀是對立的，是因為他們只看到局部，只看到名稱，是因為他們沒有從望道先生學術發展的歷程中來考察。

事物是怎麼發展的？其中有一條十分重要的規律：這就是

黑格爾所揭示的否定之否定律。否定之否定與在同一條件（時間、地點、場合）下之自相矛盾有本質的不同。前者是事物質的飛躍，後者是邏輯的錯誤，它們具有天壤之別。對否定之否定律的認識，古今中外的哲人是一致的。老子說「反者，道之動」。對此，錢鍾書先生「旁徵博引中外典籍，用了一萬多字來闡述發揮」。錢先生說「『反』融貫兩義，即正、反兩合，乃背出分訓之同時合訓，足與『奧伏赫變』（德語aufheben即揚棄）齊功比美」。「這樣就揭示了老子與黑格爾關於否定之否定律的所見略同。」②我們要從這一哲理的高度來觀察、分析、評價望道先生不同階段修辭學研究的成果，對其一次次「否定之否定」而給它高度的評價，既肯定其原有研究的歷史性貢獻，又洞察其新研究深入的成就，而不至於驚慌失措，把彼一時「對象本質自身的矛盾」中已經被此一時「奧伏赫變」的東西仍然當作此一時甚至今後永遠不變的「金科玉律」。評價任何事物的成就都應該放在特定的歷史階段所起的歷史貢獻上。如果今天的小學生，因為知道「地動說」而輕視了哥白尼的貢獻，則將貽笑大方。我們不惜筆墨地講述這個道理，就在於要正確認識望道先生不同時期都能朝著「否定之否定律」前進的歷史性貢獻，就在於要察微知著，沿著望道先生閃光的精闢論述的指引，從研究的一個臺階邁上另一個臺階。復旦大學陳望道修辭學研究室中的不少同志就有這種精神，他們所推出的《修辭新論》、《漢語修辭學史綱》、《中國現代修辭學史》、《中國修辭學通史》等，就是最雄辯的明證，它們都在《修辭學發凡》的始基上大大突進了一步。

　　望道先生的《修辭學發凡》是「中國第一部有系統的兼顧古話文今話文的修辭學書」③。它是一部「具有里程碑性質的

重要著作」④。「在中國,《修辭學發凡》是大家公認的獨一無二的權威巨著」,這一「巨著」是「千古不朽的」;陳望道是「中國有史以來最偉大的修辭學家」⑤,「《發凡》早已成為我國現代修辭學的奠基石和修辭學上的重要里程碑。這個結論後來為全國的修辭學研究者所接受」⑥。這些評價,都是實事求是的。

可貴的是陳望道先生還是一位了不起的唯物辯證法者。他深知:「修辭學的述說,即使切實到了極點,美備到了極點,也不過從空前的大例,抽出空前的條理來,作諸多後來居上者的參考。要超越它所述說,並沒有什麼不可能,只要能夠另闢新境,另創新例,至少能夠另立新解。」「我們生在現代,固然沒有墨守成例舊說的義務,可是我們實有採取古今所有成就來作我們新事業的始基的權利。」⑦讀者諸君,可千萬不要僅僅把這段話看成通常所說的「謙虛之辭」,科學的態度是實事求是的,來不得半點的誇大或虛假。這是望道先生發自內心的話,不僅是對後來者的鞭策和勉勵,而且是他要再登高峰的宣言。這裡要特別注意「我們」一詞,它是實實在在的包括表達者自己。從哲學觀點講,昔日之舊「我」已去,來日之新「我」的望道先生也是「後來居上者」啊!

《發凡》發表29年後的1961年10月24日,望道先生在南京大學作《我對研究文法、修辭的意見》的學術報告。他以《發凡》作為修辭學「新事業的始基」,要「超越」他原來「所述說」,「另立新解」。他說:「修辭中的條件很多,而且很複雜,我們要看清楚關係。在修辭學裡,有些語言事實可以從字面上得到解釋,有些則不能從字面上來解釋。」「修辭可分為消極修辭和積極修辭兩類,消極修辭可以按照字面解釋,積極

修辭則不能按照字面解釋。」⑧這顯然是對《發凡》的兩大分野說的重要發展。以「兩大分野」論，辭格和辭趣都屬於積極修辭，《發凡》中沒有產生轉義現象、純粹的映襯、摹狀、引用、仿擬、示現、設問、感嘆、疊字、回文、反覆、對偶、排比、錯綜、頂真、倒裝等辭格以及辭趣中的不少實例，都是「可以從字面上得到解釋」的；只有比喻、借代、移就、拈連、比擬、諷喻、鋪張、倒反、婉曲、諱飾、析字、藏詞、飛白、節縮、折繞等「不能從字面上來解釋」，這就是說「可以從字面上得到解釋」的，更多於「不能從字面上來解釋」的。面對望道先生所作的「另立新解」，如果不以辯證唯物主義的歷史觀點來分析，就會得出所謂「前後矛盾」等錯誤的結論；如果躲躲閃閃，迴避這29年前後論說的不同，就不會察微知著地看到望道先生的修辭學思想的一次飛躍。有的學者從這裡看到望道先生在新的時代修辭學思想的閃光，以此照亮自己前進的道路，他們以「能不能按照字面解釋」這一「語言的較深層次開掘修辭意義」⑨，再加上「語言結構有沒有突破常規」兩者結合，把修辭分為「常格」和「變格」的兩種，把詞語、句子直至辭格都分為兩類，建立了自己的修辭學理論體系⑩。十年後，又進一步把這兩類細分為：常格、變式、變義、變格四種；並把變式歸屬於常格，變義歸屬於變格；把變式、變義、變格又統稱為變異⑪。這樣就可以把所有的言語現象作科學的分析，而放在一個平面上。他們還在這基礎上，提出了開拓常格修辭學、常格辭章學、變格修辭學、變格辭章學、變異修辭學、變異辭章學的構想。這是在學習中外現代語言學有關理論的同時，又得益於望道先生閃電般的修辭學思想而開拓出的修辭學的新路子。1961年，望道先生已是71歲的古稀老人，加上

參政議政、行政、教學、科研四副擔子一肩挑，要靠自己另建修辭學的新體系已經難於暇顧，他只能用自己的學術研究的光華照亮「後來者」前進的道路。我們不能不由衷感謝望道先生。

1964年，望道先生74歲的那一年3月4日，他對復旦大學語言研究室修辭組同志提出的問題做了回答，就修辭學的對象與任務問題，作了極其重要的發言，把他的修辭學思想又推向一個高峰——描寫了「大修辭學」（相近於辭章學）研究的對象和體系。

> 問：修辭學是否要研究修辭病例？有人認爲研究修辭病例對寫作有幫助，這種意見對否？
> 答：所謂消極修辭就是講不好的修辭現象的。消極修辭研究零點和零點以下的東西，所謂零點以下的東西就是不通的，零點就是普通的通順明白的；積極修辭則要研究零點以上的東西。它們的關係可以用下圖來表示：

> 我在《修辭學發凡》裡舉了許多古書中不通的例子。如：「無絲竹管弦之盛」，「絲竹」是借代音樂，「管弦」也是借代音樂，這句話等於說「無音樂音樂之盛」，所以不通。又如「不得造車馬」，「車」可造，「馬」不可造，這在連貫上也是不通的。因此，修辭學研究病例是它的一個重要方面。

研究修辭可以提高閱讀能力、寫作能力，使閱讀更能切實掌握內容，寫作更能正確表達內容，使語文日益臻於精密完美。

問：文章中的藝術手法是否也屬於修辭學研究的範圍？

答：藝術手法就是技巧，修辭學要研究。《儒林外史》中寫嚴監生臨死之時，伸著兩個指頭，總不肯斷氣，在旁的侄兒和家人七嘴八舌，都猜不透他的心事，後來趙氏上前說了一句：「爺，只有我能知道你的心事。你是為了那燈盞裡點的是兩莖燈草，不放心，恐費了油。我如今挑掉一莖就是了。」登時就斷了氣。這是諷刺的藝術，從修辭上說也用得好。當然，我們是現實主義者，今天就不能這樣用。運用修辭必須分析研究。

問：修辭與文法的區別何在？是不是每一句通順的話都是修辭？

答：凡通順的話從修辭方面看都是修辭。文法是研究組織的，修辭是研究對應題旨情景而來的語文運用的。修辭現象比文法現象多。例如：「馬，吾知其為馬。」在文法上講「馬」是提示語，在修辭上要講用這個提示語取得什麼修辭效果。文法只講如何組織成通順的句子，修辭則要講如何適應題旨情景而取得修辭效果。

問：兩大分野（消極修辭、積極修辭）是否包括一切修辭現象？

答：兩大分野完全可以包括一切修辭現象。任何事物都是一分為二的，不屬於這就屬於那。零點和零點以下是消極修辭，零點以上是積極修辭⑫。（黑點為引者所加）

　　這四段答言，非常重要。它與望道先生在南大所作報告的觀點不同，可以說其修辭學思想又在南大所作的學術報告的基礎上向前飛躍了一步。「零點以下的東西」這一「新解」所包含的語文對象很廣，諸如用錯別字，記錄錯別音，構詞不對，語法不通，邏輯悖理，辭格錯誤，篇章結構紊亂或前後矛盾，不合語體、文體特徵，歪風卑格等等，這些是辭章學研究的「重要方面」，它大大超出了一般所說的「修辭講表達得好與不好，語法講表達得通與不通，邏輯講表達得對與不對」的範疇。望道先生在南大的報告說，「消極修辭可以按照字面得到解釋」，而另立的「新解」消極修辭是「零點和零點以下的東西」，其中「零點以下」的，有的使人費解，有的使人歧解、誤解，未必全部「可以按照字面得到解釋」，「零點以下」的言語現象，有違反常格律的，有違反變格律的，有違反「表心、適境、得體」等適用律的。從此，並參考國內外有關的理論，有的研究者又得到啟發，總結出了與常格、變格（合稱「健格」）相對的概念「畸格」，來概括此類言語現象，並總結出對畸格進行轉化的規律——化畸律，提出了建立「規範修辭學」、「規範辭章學」的構想。望道先生所「另立」的「新解」，大大拓寬了傳統修辭學研究的對象範圍。

　　傳統修辭學以辭格為中心，而望道先生的新觀點提出「藝術手法」或叫「技巧」，也是修辭學研究的對象。這方面範圍就很廣闊。「文章藝術手法」、「技巧」也包括辭格，又大大地多於辭格，大於辭格。有人以此就編出了厚厚的辭書，大大拓寬了傳統修辭學研究的對象、範圍⑬。

　　按「另立」的「新解」，積極修辭是「零點以上的東西」，這就包容了舊解所說的「使語言明白、通順、平勻、穩密」的

消極修辭和「使語言生動、形象的」的積極修辭。新解的「零點以上的東西」，也大大拓寬了望道先生在30年代所界定的「積極修辭」的對象、範圍。

1932年與1964年，這是新舊不同的兩個時代，任何學科理論都有很大的發展。30年前後，這是人生不同的兩個時期，沒有泥封自己的學者都在進步，在不斷開拓。陳望道先生沐浴著新時代的光輝，其學術思想得到了空前飛躍的發展。這是歷史的辯證法，也是有作為學者的辯證法。

望道先生在言語學發展的歷史大道上一次又一次地邁步躍進，尤其是在《發凡》發表32年之後所作的《關於修辭學對象等問題答問》中，把語言運用的範圍大大拓寬了，除了辭格、辭趣之外，還增加了兩大項：一是「文章中的藝術」，這內容比辭格還要豐富；二是「零點和零點以下的東西。所謂零點以下的東西就是不通的，零點就是普遍的通順明白的。」其實望道先生這一修辭學思想早萌芽於發表《答問》的32年前的《發凡》中。《發凡》中有一段很重要的論述：「隨筆衝口一恍就過的，或是添注塗改窮日累月的。這個經程便是我們所謂修辭的經程；這個經程上所有的現象，便是我們所謂的修辭現象。」⑭這種「添注塗改窮年累月」的「所有現象」，有錯字、別字、異體字；有別音、錯音；有組詞不當、詞義誤解之類用錯詞的；有短語組合、句子結構不當之類語法錯誤的；有句群組織凌亂，或關聯不合語法，或前後矛盾的；有章法不合邏輯、前後失去照應之類的篇章結構不當的；有運用說明、議論、描寫、抒情等表達方式錯誤的；有修辭格運用不當的；有語體、文體運用不適切的；有各類風格，諸如表現風格、作品風格、個人風格、時代風格、地方風格、流派風格不協調，或

不好、不高、甚至卑劣的⑮。我想，這就是望道先生所說的
「所有的現象」吧！這些與上一部分所說的「零點以下的東西」
是一致的，望道先生認為它是修辭學要研究的「一個重要方
面」，再加上「零點和零點以上的東西」（包括藝術手法、技巧）
其範圍很廣，這種修辭就是「大修辭」，也就是呂、張諸先師
所講的「辭章」學的對象。由於研究範圍的擴大，功能也隨之
增強。《修辭學發凡·引言》談到「修辭學功用」時說：「修
辭學可以說同實地寫說的緣分最淺」。而在其32年後的《答問》
中把修辭功能擴大到「提高閱讀能力、寫作能力」這種讀、寫
雙向並重上。這同呂、張兩先生說的辭章學要全面提高聽讀、
說寫能力的觀點也是一致的。這功能也大大增強、知用面大大
拓寬了。

　　望道先生的這四個「大大拓寬」了的修辭學範圍、功能，
比起《修辭學發凡》的對象寬廣得多、功能強得多，他這閃光
的修辭學思想，點燃了「後來者」繼續登攀的火把。宗廷虎先
生就說過：「通順的話是修辭現象，文理不通的病句也是修辭
現象。只不過前者是好的修辭現象，成功的修辭現象；後者是
不好的修辭現象，失敗的修辭現象而已。失敗的修辭現象也是
一種修辭現象，因為它也產生於修辭過程之中。」⑯這一觀
點，顯然是受到望道先生的啟發。望道先生說：修辭過程上
「所有的現象，便是我們所謂修辭的現象」⑰。1961年7月23
日，望道先生在上海語文學會作學術報告指出：「修辭學是語
文的綜合運用（請讀者注意這四個字——引者注），也是內容
的具體表達，一個內容可以有幾種具體表達方法，修辭所要研
究的，就是這些具體的表達方法。」⑱宗教授則進一步指出，
這種「千差萬別」的「具體表達方法」「無不是修辭現象」

⑲。這裡所講的「內容」與「具體的表達方法」──「千差萬別」的「具體表達方法」，就是相對的概念。正因為如此，宗教授在談到修辭現象時擴而展之，指出：「從辭章結構上看，修辭現象不但存在於詞、句之中，也存在在段落和章節裡」，「修辭是全面地研究整篇文章、講話中運用語言的技巧的，『詞法』、『句法』、『章法』都要研究」，「篇章組織的安排」也還要區分「消極和積極」的⑳。宗先生研究修辭也是聽讀、說寫雙向並重的。筆者把陳望道、宗廷虎先生作為修辭學的「寬容派」代表，他們大肚能容，容嚴格派的各種好的與不好的語文現象。由此，可以證明，陳先生所講的修辭對象和呂叔湘、張志公先生所說的「詞（辭）章」的對象是一致的。只是呂、張兩先生從綜合運用各種各樣的語文現象出發，「確定它的名稱」，叫「詞（辭）章學」，而望道先生上個世紀60年代以後所講的「修辭」，其對象大大拓寬了《發凡》所實際研究的內涵，應該屬於「大修辭學」。從這點講：「詞章學就是修辭學」是名實相副的。

　　一般說來，在某一時期理論的超前性與實踐的滯後性是常見的，沒有理論思辨的「歪打正著」是極少的，沒有理論的自覺意識的瞎摸，不可能邁進新學科的門檻。前面說過，望道先生到上個世紀60年代，兩度為「兩大分野」「另立新解」，兩度從《發凡》修辭「事業的始基上」作超前的理論思辨，儘管他還沒有按「另立新解」寫出新體系的修辭學著作，但他閃光的學術觀點，點燃了「後來者」接力賽的火把，把《發凡》以後的研究成果一次又一次發揚光大起來。

　　英雄所見略同。這種「綜合運用」的觀點，受到許多語言學名家的重視。張靜教授說：「我一向主張建立一套語音、詞

彙、語法、修辭、邏輯以及文學欣賞相結合的，以『對不對』和『好不好』為主線的綜合運用的語言教學體系。」㉑這觀點和呂、張、陳三君也是一致的。外語研究也一樣。研究法語的趙俊欣先生也對「舊的修辭學的引申和擴大」作探討，其對象與呂、張的「辭章學」㉒也近似。這就是問題的實質。

辭章學者，大修辭學也。它有別於傳統的修辭學。但我們以為廣大學者所說的「修辭學」和呂先生、張先生以及我們所說的辭章學，還是分別用兩個名稱好。因為我們所講的辭章學是「研究、總結有效、高效地表達、承載並藉以適切、深入地理解話語資訊的藝術形式的理論體系和規律、方法的科學」，「藝術形式」的面很廣，從表達講，有：位體（語體‧文體）、構篇（章法）、選句（句法）、遣詞（字法）、調音（聲律）、設格（辭格）、運用藝術方法和表達方式直至形成各種風格，還包含這些方面表達得既對又通、既好又妙的不同品格，等等，如果把這些內容都歸於修辭學，豈不是說明廣大修辭學者所寫的「修辭學」著作都是「很不完全的修辭學」著作了嗎？

從現代講，辭章學，確是脫胎於修辭學，又大於修辭學。但從歷史講，中國古代的修辭理論含於辭章理論之中，筆者已有幾種論著論及㉓。

辭章學和修辭學有很密切的血緣關係。王德春先生㉔和張滌華、胡裕樹、張斌、林祥楣諸先生㉕分別在他們主編的修辭辭典和修辭語法辭典中都給「辭章學」設立詞條，也就是說，在他們修辭學的族譜中還記載著辭章學這一旺族。我們相信，辭章學的族系昌盛之日，正是中國修辭學史之類著作為他們設章立節之時。

注 釋

①陳望道：《修辭學中的幾個問題》，《陳望道修辭論集》，266頁，安徽教育出版社，1985。

②錢鍾書：《管錐編》第二冊，444～449頁，中華書局，1986；舒展《讀錢鍾書札記》，《民主》，2000（3）。

③劉大白：《修辭學發凡·序》，轉引自宗廷虎《中國現代修辭學史》，139頁，浙江教育出版社，1990。

④張志公：《〈修辭學發凡〉給我的教益》，同上，140頁。

⑤鄭子瑜：《中國修辭學的變遷》，同上。

⑥宗廷虎：《現代修辭學的第一座里程碑——陳望道的〈修辭學發凡〉》，同上，141頁。

⑦陳望道：《修辭學發凡·結語》，276頁，上海文藝出版社，1959。

⑧《陳望道修辭論集》，254頁，安徽教育出版社，1985。

⑨孫洪文：《有比較才有鑑別》，《語文戰線》，1984（4）。

⑩鄭頤壽：《比較修辭》，福建人民出版社，1982。

⑪鄭頤壽主編：《文藝修辭學》，7頁，福建教育出版社，1993。

⑫陳望道：《關於修辭學對象問題答問》，《修辭學論文集》第一集，2～3頁，福建人民出版社，1983。

⑬「藝術手法」、「技巧」（簡稱「藝法」）與辭格有密切的聯繫：有的藝法與辭格用同一名稱，如誇張、對比、襯托、象徵、興法；有的藝法大於辭格，或範圍大，或綜合了幾種辭格，如「比」＞比喻、比擬、諷喻；以點代面、舉例、典型化＞借代；侔法＞映討、對偶；詳略交互＞互文；仿化＞仿擬；諷刺＞反語；描寫、形容＞摹狀。有不少原來的辭格，應歸於藝法，如：精細、示規、警策、通感、婉曲、移情、幽默等。有許多古人所講的藝法，應予以提煉、歸納，如「正

言若反」、「陰陽辯證」、賦、辟、援、推等等。

⑭陳望道：《修辭學發凡》，9頁，上海文藝出版社，1959。

⑮鄭頤壽：《論辭章學》，《福建師範大學學報》（哲學社會科學版），1994（1）。

⑯宗廷虎等：《修辭學新論》，6頁，上海教育出版社，1988。

⑰陳望道：《修辭學發凡》，9頁，上海文藝出版社，1959。

⑱陳望道：《談談修辭學的研究》，《陳望道文集》第三卷，626頁，上海人民出版社，1988。

⑲宗廷虎等：《修辭學新論》，10頁，上海教育出版社，1988。

⑳同上，16～17頁。

㉑張靜：《語言、語用、語法》，9頁，文心出版社，1994。

㉒趙俊欣：《法語文體論·前言》，上海譯文出版社，1984。

㉓鄭頤壽、張慧貞、鄭韶風：《辭章藝術示範》，6～8頁，上海教育出版社，1991；鄭頤壽：《科學的態度，巨大的啟發》，收入《鄭子瑜〈中國修辭學史稿〉問世十周年紀念論文集》，43～52頁，中國社會出版社，1998。

㉔王德春主編：《修辭學辭典》，29頁，浙江教育出版社，1987。

㉕張滌華、胡裕樹、張斌、林祥楣主編：《漢語語法修辭詞典》，78～80頁，安徽教育出版社，1988。

四、「四六結構」與普通辭章學的研究對象

學科研究對象是理論體系之「矢」所射之「的」，只有明確了對象，才可確定學科的定義、學科概念的內涵與外延，才便於進一步建構學科的體系。因經，志公先生說：「首先要確定研究的對象、範圍、內容和方法。」①呂叔湘先生也很重視這些問題。他說：「對這門學問的目的、研究對象、研究方法好好討論一下。」②辭章學研究的對象範圍很廣，它綜合運用了多種學科有關的理論、原則、規律、方法和技巧，而為之「立個集體戶」，但這些集體戶成員並不是湊合、拼合、接合的，而是有機地融合成一體的。這個「集體戶」的成員對外活動持的是辭章學王國的「護照」，在學科之中，並不實行「一科多制」。它融化入多種相關學科的血液來豐富自己，從而形成了有機的整體，但它不妨礙，也不代替相關學科的研究，它與相關學科各自獨立而又互利共榮，互相促進，推動發展。

(一)漢語辭章學的研究對象

1.確定漢語辭章學研究對象的要求

漢語辭章學研究對象的確定服從於這一學科的目的、任務。它旨在幫助讀者建構全方位、多功能的言語智慧體系，提高語言綜合運用（包括聽說、讀寫）的能力；它要在言語理論與實踐，也就是語言的基礎知識、基礎理論和語言的實際應用能力的培養之間，在聽說和讀寫之間，架起一座橋；因此，要求這門學科充分地體現融合性（綜合性）、一體性（整體性）、示範性（橋梁性），要求不僅講語法上的「通」，邏輯上的

「對」，還要求兼及文字、語音、語彙、修辭手法、表達方式、藝術技巧的運用之「對」且「好」而「妙」含說、寫者表達得「好」而「妙」，聽、讀者領會其「好」而「妙」；要求兼顧表達、傳遞與理解、反饋兩端，兼顧口語、書語、電語，兼顧實用體、藝術體及其融合體。

2.各家對漢語辭章研究對象的論述

呂叔湘先生論辭（詞）章學的研究對象包括：修辭格、改正錯病句，聲律、字法、句法，章法、技術（藝術技巧），風格（包括風格的定義、要素、類型、研究方法）等③。

張志公先生把辭章學的對象確定為綜合運用詞彙學、語法學、文藝學、修辭學、風格學等語言運用的相關學科④，其中《漢語辭章學引論》重點把它們概括為：篇章、語彙（詞、虛詞、成語、習慣語）、字、比興、體裁、風格等⑤。

拙著《辭章學概論》，以「有效地表達話語資訊」作為原則、前提，設了《辭章與內容》（含「辭章與主旨」、「辭章與題材」）作為前提，而把側重點放在：章法、表達方式、語格、語體、風格；「語格」部分談了有關文字學、語音學、詞彙學、語法學、邏輯學、心理學的常規、變格和畸格的轉化⑥。

筆者與張慧貞、鄭韶風的《辭章藝術示範》以「有效地表達話語資訊」作為原則、前提，首先介紹了「辭章與主旨」、「辭章與題材」，接著，就把側重點放在：文字、語法、邏輯的規範，聲音的協調、詞語的錘煉、句式的調整、辭格的運用、篇章的結構、題目的錘煉、表達方式的選用、藝術方法的運用上⑦。

筆者與林大礎等編著的《中國文學語言藝術大辭典》（原稱《漢語辭章藝術大辭典》）和《辭章學辭典》是姊妹書。現

以《辭章學辭典》為例作個簡析。該書以「四六結構」為體系，全書五大部分，除了最後一個部分「有關辭章論著」外，其他四個部分是：「辭章論」、「論辭章與物事·生活」、「論辭章與作者·表達者」、「論辭章與鑑賞」，其中，以第一論（辭章論）為重點，分「辭章界說」、「辭章與內容」、「辭章的運用與構成」、「表達效果」、「風格」，其中「辭章的運用與構成」又是重點，它包括：「構思、想像、營造」、「熔裁·附會·置辭」、「執術馭篇」、「謀篇」、「選句」、「造語·措詞」、「用字」、「調音·協律」、「辭格、藝術方法」、「表達方法」、「修改·潤色·修飾·錘煉」等。

臺灣學者陳滿銘教授的《章法學新裁》等專著論辭章章法學，也首先重視談辭章與主旨、辭章與題材，然後把側重點放在章法四大律和三十幾種具體的章法上。這與大陸的研究大方向是一致的。

(二)辭章學對象的多與少、詳與略

上述各書所講的辭章學對象多少不同，詳略互異。這是正常的。有兩點值得注意：

1.服從於不同的讀者對象

志公先生指出：漢語辭章學「這樣的書大概要比現在所有的語法書都厚得多。我們可以縮寫（疑為「編寫」之誤）出各種不同的本子，——大型的，中型的，小型的；詳本，略本，等等，以適應各種不同對象的需要」⑧。上述介紹的幾本書，其中《漢語辭章學引論》約15萬字，《辭章學概論》約23萬字，《辭章藝術示範》約27萬字，都屬於略本或次略本，小型的或次中型的。這樣，其所闡析的辭章對象當然少。《中國文

學語言藝術大辭典》(《漢語辭章藝術大辭典》)約156萬字,
《辭章學辭典》約100萬字,大概可屬於中型的或次大型的,詳
本的或次詳本的。這樣,其所論析的辭章對象當然多些。這
些,是從適應不同讀者對象考慮所作的安排。

2.漢語辭章學研究對象的序列化

辭章學研究的對象越多,編排在一起越困難,而怎樣安排
得合乎科學性、系統性、周密性,這是值得研討的。

這個序列可以從多個角度進行排列。《本書「話語」含義
解說》一文,以「表達、承載、理解」為經做了一種排列。下
面,再用「四六結構」作另一種排列。

辭章的內框架系統												辭章的外框架系統
聲律	字法	詞法	句法	章法	篇、法	辭式	辭格	表達方式	藝術方法	語體、體制	風格、體性	辭章效果 辭章功能
信息媒介	大體上形成累進的言語系統									言語特徵的總和		話語生成、鑑識和對客觀世界所產生的審美、致用功能:認識世界、建設世界
話語元 (辭章:表達、承載、理解話語信息的藝術形式)												表達元　　鑑識元 世界元

這個表,對辭章學「這個家族」及其內親外戚的成員列出
了「譜系」,簡明地指出辭章的內、外框架系統。其中,「辭
章的內框架系統」包括12個方面:文字、語音,詞語、句子,
辭式、辭格、藝法,表達方式,章、篇,表現風格、語體風格
等。這個「表」,還表示了以上12個方面的內在聯繫:文字、
語音屬於傳遞資訊的媒介;詞語、句子是由小到大的言語單
位,屬於辭章的語言要素系統;辭式、辭格、藝法,表達方

式，章、篇，是辭章的非語言要素系統，它是對文字、語音、詞語、句子的綜合運用。以上10個方面的成功配合，就形成了表現風格、語體風格。

特別值得注意的是：(1)以上12個方面形成了「話語元」。而「話語」，既指口語，又指書語和電語；既指「辭篇」（相當於話語語言學之「語篇」，言語交際學之「話篇」，書面語之「文篇」、「篇什」），也指前後連貫、具有一定中心資訊、相對獨立的「辭段」（相當於話語語言學之「語段」，言語交際學之「話段」，文章學之章、段）。(2)話語，是內容和形式、資訊與載體的統一體。各層次辭章話語單位的「能指」與「所指」，形式與內容可以依次分解為：「辭篇─篇旨（即『辭旨』：主題）」、「辭段（章）─段意」、「辭句─句意」、「辭語─語義」、「辭素─詞義」、「字─字義」、「音─音義」，因此，「辭章內框架系統」把「辭章」定位為「有效、高效地表達、承載，並藉以適切、深入地理解話語資訊的藝術形式」──是帶「資訊」的「形式」。(3)「表達、承載，並藉以適切、深入地理解」中的三個動詞十分重要；「表達」就說寫而言，「理解」就聽讀而言，「承載」就話語文本而言。我以為，這個定義比1986年出版的《辭章學概論》前進了一步。由於定義的更新，與《辭章學概論》定義中「表達」這個詞相適應的「調（音）」、「用（字）」、「遣（詞）」、「造（語）」、「選（句）」、「運用（辭格、藝法、表達方式）」等動詞都刪去了，使這個對象序列的表述更加周密。

㈢漢語辭章學研究對象的開放性與封閉性，融合性與獨立性，共性與個性

　　如上所述，漢語辭章學要幫助學習者建構全方位、多功能的言語智慧體系，要在語言學及其分支學科和相關學科（如邏輯學、心理學）的基礎知識、基礎理論與實際運用能力的培養之間，要在聽、讀與說、寫之間架起一座橋，不僅要求語言表達得「對」、「通」，還要「好」、「妙」；要兼顧表達與理解、傳播與反饋，口語、書語與電語，實用體、藝術體和融合體。這就使得辭章學的研究對象具有「開放性」，只要有利於培養、提高語言運用（聽、讀與說、寫）的能力，增強辭章效果（潛在效果、自在效果、他在效果、實在效果）的言語手段，都屬於辭章學廣為「招賢」、「納才」的對象，實現言語運用手段十八般武藝的大團結、大聯合。這種「開放性」比起作靜態研究的文字學、語音學、詞彙學、訓詁學、語法學、語義學等語言學的分支學科，要大得多，也比修辭學大些。但是這種「開放性」也不是無度的，它只允許持有辭章學國度的「護照」者入境。因此，不屬於「建構全方位、多功能的言語智能體系」，不屬於架在「語言運用的基礎知識、基礎理論與實際運用能力的培養之間」的一座橋，不屬於架在聽、讀與說、寫之間的「動態」的言語現象，亦即不具有橋梁性、示範性的言語現象及由此類現象歸納、昇華的知識、理論的，一般說來，辭章學對它們具有一定的封閉性。辭章學要兼理語言運用中的「萬機」，已經不勝其任，它已無法多管閑事，「越俎代庖」承擔其他學科的義務。例如：

　　　　音高是聲音的高低，決定於發音體在一定時間內顫動次數的多少。顫動次數越多，聲音越高；反之，聲音就越低。語言的高低同聲帶的長短、厚薄、鬆緊很有關係。

這屬於語音學的基礎知識，系統地闡明其道理，是語音學的分
內事，辭章學無須旁貸其勞，而架空地來談此類的理論、知
識。從這點講，它具有一定的封閉性。至於：

> 隨情選韻，因情變聲，這是聲音修辭的一條原則。感情
> 有高有低，聲音有揚有抑，兩者要巧妙配合。根據聲音
> 響亮程度的不同，韻部可分為洪亮的、柔和的和細微的
> 三種：ang、an、ong、eng、a，發音比較洪亮；ai、ei、
> ao、o，收音比較柔和；i、u、ü、ie，音響比較細微。
> 一般說來，抒發豪壯、昂揚、歡快、熱烈、奔放的感
> 情，宜用比較洪亮的韻；傾吐優美、輕鬆、低沈、哀痛
> 的情懷，宜用柔和、細微的韻。（《辭章學概論》第103
> ～104頁）
>
> 例如《木蘭詩》開頭：「唧唧復唧唧，木蘭當戶織，不
> 聞機杼聲，唯聞女歎息」，表達的是低沉的情懷，用的
> 是細微的韻。她凱旋了，「歸來見天子，天子坐明堂。
> 策勳十二轉，賞賜百千強」，表達的是歡快的感情，用
> 的是洪亮的韻。

這段話分析語音的高低、大小和抒發感情的關係，還用《木蘭
詩》為例，這是為闡明語言運用的道理服務的。其中雖然也講
到三種韻部的基礎知識、基礎理論，但都是為語言的運用服務
的。辭章學就在它們之間架起一座橋，在表達者與理解者之

間，架起一座橋。這是辭章學義不容辭的責任。辭章學對此類語言知識、理論和言語現象具有開放性。開、閉分明，才會使學科研究的對象明確，使學科的邊緣界限比較清晰。

對語言學及其各分支學科、相關學科的開放性，就表現出了辭章學學科的融合性；而這種「開放」又是有條件的，也就是對非辭章對象具有封閉性，這就表現出了學科的獨立性；開放性、融合性，又使辭章學與語言學及其分支學科、相關學科在某一方面具有共性，但在形成各科的對象方面，又各自形成個性。這些性質，是對立統一規律在學科研究對象上的體現。

㈣辭章學研究對象的分合與甄別

辭章學研究對象表現在與有關學科的關係上，具有如上所述的開放性與封閉性、融合性與獨立性、共性與個性的對立統一的關係。因此，在研究對象上必定有交叉。這是事物的統一性所決定的。有時一個對象幾種均用，有時側重點不同。這裡著重分析表達方式、藝術方法、語體、文體、風格及「通」、「對」、「好」、「妙」的辭章效果。

1.表達方式

表達方式，屬於文章學研究的範疇。我國早期的修辭學著作，由於多以文章的體裁為例，因此，極個別的著作也談到表達方式。1926年出版的董魯安的《修辭學講義》（再版時改稱《修辭學》）第二編「文格論」，以表達方式之不同，分設論辯文、疏證文、敘記文、描寫文等四種文體。第三編「批評論」，闡述詩、散文（包括小說、論文）、劇曲等文藝批評理論。其實，這些內容，都應歸文章學、文藝學的範疇。「五四」運動後出版的高語罕的《國文作法》，就是從文章寫作的角

度，闡述了敘述文、描寫文、解說文、論辯文四種文章的體裁。當代各家的文章學專著，幾乎全部都設專章、專節闡述表達方式的理論。辭章學具有融合性的特點，它從語言綜合運用的角度來說明表達方式。張志公的《漢語辭章學論集》，主要是論文的匯編，其中的《漢語辭章學引論》雖然是講義，但是，限於篇幅，未設專文、專節論表達方式。可是在論析的過程，還經常談到表達方式。例如：「敘述事物，多用或者少用形容修飾的話，表達效果不同。」這裡既談「敘述」的表達方式，也涉及「形容修飾」的描寫方式，但他緊緊扣住語言的運用。

張先生在談到篇章時，指出「說明性的段是最典型的，所以教學常常由此入手。其所以典型，就是幾個要點非常清楚：說明什麼，怎樣說明，都非常明確」。這談的是說明的表達方式，但它是從語文教學出發，亦即從培養聽讀、說寫的角度出發來闡析，體現了辭章學的橋梁性。

張先生在談到「起承轉合」的篇章模式時說：這「是從許許多多各種各樣的文章分析、總結、歸納出來的，用我們現在的話說，就是提出問題、分析問題、解決問題」。他進一步分析說：「所謂『起』，用今天的話說，就是文章的開端。記敘性的文章，『起』就是事情的開頭；議論性的文章，『起』是提出問題，說明這篇文章要議論個什麼問題。所謂『承』，就是針對開頭的話題加以發揮。記敘性文章的『承』，就是接著開端，敘述事情的發展經過，揭示事物的種種矛盾和鬥爭；議論性文章的『承』，就是對開頭提出的問題加以分析，對論點加以論證。」這就更具體地論及敘述、議論的表達方式在篇章結構中的運用。作為專著的《辭章學概論》由於篇幅不太小，

就設了一章五節分別闡析敘述、說明、議論、描寫、抒情的表達方式。值得注意的是：它們都緊扣語言的綜合運用，尤以其中用同一作品的原文與改文作比較來闡析的例子，在語言的基礎知識、基礎理論和實際運用之間，在表達者（範例的作者）和理解、鑑識者（廣大讀者）之間，架起一座橋。

辭章學之論表達方式要緊扣語言的運用。例如，談描寫，可從形容詞謂語的選擇，修飾性、描繪性、形容性短語（包括定語、狀語、補語）的運用，列錦、借代包括綜合運用語言各要素的拈連、移就、比喻、比擬、誇張等等相關的辭格以及比興等藝法來分析。這與文章學之談表達方式就不一樣了。表達方式是辭章學的一個研究對象，其中包括用了許多修辭手段。

表達方式是從表達者講，但作為辭章學，還應該從鑑識者的角度談應該怎樣理解各種表達方式所傳達的資訊，在兩者之間架起一座橋。

2.藝術方法

藝術方法簡稱「藝法」、「技法」，它是文章學和辭章學都應研究的對象。

1961年呂叔湘先生在談到辭（詞）章學研究的對象時，指出「從原則方面到技術方面，都很值得作為詞章學的一個專題來研究」⑨。

呂先生說：辭（詞）章學也要研究翻譯體，「比如哲學文章應該盡量保存原文和字法、句法，以免失真，而文學作品就應該完全『漢化』。」⑩從這個角度來理解「技術」，應該就是語言的「藝術方法」吧。

1964年3月24日，陳望道先生在復旦大學語言研究室修辭組和同志們研討，其中有個問答：

問：文章中的藝術手法是否也屬於修辭學研究的範圍？
答：藝術手法就是技巧，修辭學要研究⑪。

「藝術方法」或稱「藝術手法」、「技巧」，確是辭章學要研究的⑫，修辭學是否要研究呢？這就要從「純修辭學」和「大修辭學」來分析了。「純修辭學」研究辭格等，而不研究藝術方法。請看看有代表性的修辭學專著吧，哪一部有給「藝術方法」設過專節、專章呢？沒有。如果說「藝術方法」也是修辭學研究的對象，而這對象自成體系，比起辭格來恐怕更多，可是包括《修辭學發凡》、《修辭概要》等著名代表作都未為之設立專節、專章。豈不是說這些權威的修辭學著作都是很不完善的嗎？其實，望道先生後期的修辭學觀點有很大的飛躍，他已經把修辭學和辭章學等同起來了⑬，儘管這等同於辭章學的「大修辭學」還未建立，可是這種「大修辭學」的觀念已經樹立起來了，因此，這種「大修辭學」（即辭章學）應該研究藝術方法⑭。

　　修辭學與辭章學都要研究資訊的編碼形式，研究以最適切的代碼形式來表達、承載資訊，從對代碼形式的破譯來理解資訊，取得最佳的修辭效果和辭章效果，發揮最大的社會作用。它們的區別是：修辭學著眼於「語言」的運用，它以語音、詞彙、語法這些語言因素為憑藉，研究對這些因素的常格運用與變格運用，研究運用這些因素構成辭格和辭式，研究運用這些因素組成語段、篇章，形成功能風格與表現風格。而辭章學著眼於「藝術形式」，它包括修辭藝術和文章藝術等。過去古文筆法所總結的藝術方法，如：一字立骨法，就題生情法，波瀾

縱橫法，曲折翻駁法，小中見大法，無中生有法，借影法，寫照法，巧避法⑮，用筆轉題法，逐層詰責法，駁難本題法，回護題意法，逐段辯駁法，寬題狹作法，狹題寬作法，駁正舊說法，借賓定主法，高一層襯起法，低一層襯起法，即景生情法，推舊出新法，推論題意法，純粹記事法，夾敘夾議法，先敘後議法，收處著議法，逐層遞轉法，抑揚搖曳法，虛神宕漾法，堆疊取勢法，一氣呵成法，起段奇突法，比較論斷法⑯，詼諧寓意法⑰；現代文章學所總結的藝術方法，如：繁簡法，賓主法，反正法，虛實法，曲直法，張弛法，斷續法，開合法，抑揚法，藏露法⑱，畫龍點睛法，賓主變化法，以退求進法，抑遏蔽掩法，暗中呼應法，抬高跌重法，斷處皆續法⑲……這些藝術方法都是信息的代碼形式，內容十分豐富。它們與修辭方法有聯繫，有的是多種修辭方法的綜合運用，有的是某些相似的修辭方法的擴展，有些則是目前的修辭方法所無法指稱的。古人所總結的藝術方法，有的概念欠明確，有些彼此重疊、交錯。即使是當代人所總結的，也未形成系統。這些，都有待於進一步研究、整理。我們要總結古今、借鑑外國的有關話語藝術形式的理論，以建立辭章學藝術方法的科學體系。

3.語體、文體（合稱「辭體」）

呂叔湘先生說：「辭（詞）章學研究各種文體。」⑳

張志公先生談到辭章學時更把「文體」的概念具體化。他勉勵研究者探討：「韻文和散文運用語言有什麼特點」；「文藝作品和非文藝作品運用語言有什麼特點」；「科學作品和非科學作品運用語言有什麼特點」；「公文的語言有什麼特點」㉑。這裡談的雖然是文體，但是都緊緊扣住「運用語言」的「特點」來說明。這些「特點」的綜合表現，就形成了語體

風格特點。在我國語體學建立之前，有不少語言學家就是用「文體」來代稱「語體」。張先生在《漢語辭章學引論》中，還設一講《體裁論》，談論詩歌、散文、小說等文體，仍然緊扣語言特點來分析㉒。此「講」之後，還附《文體》一篇㉓。

《辭章學概論》全書貫穿著語體的觀點，在《章法》中，談「得體」㉔；在《表達方式》中談五種表達方式與語體（從功能劃分的「文體」）的對應關係㉕；在《言語規律》中，總結出「得體律」，即「語體、文體得宜的規律」㉖，並且設一個專章《語體風格的琢磨》論語體學的理論、規律、方法在辭章學中的運用。作示範性、橋樑性的論析㉗。

這裡有三點特別值得說明：

(1)以上兩書都是從運用「語言的特點」，從「功能」角度來談。文體是文章學、文體學研究的對象，但文章的分類，可從地域分，如漢文體、和文體；可從時代分，如建安體、黃初體；可從聲律分，如韻文體、散文體……也可以從「功能」分，分為實用體、藝術體、融合體。這種由功能劃分的文體，可以與「語體」作對應研究，雖然研究的視角不同，卻可殊途同歸。

(2)以上兩書都是在辭章學著作中談語體、文體，是讓這些「體」為我所用，在這些學科的基礎理論、基礎知識和語言運用能力的培養之間，在表達者與鑑識者之間架起一座「橋」。它們都不越俎代庖，不包辦文體學、語體學研究的任務。在當今語體學、文體學都可以單獨成「學」的時代，尤其應當學科界限明確，交叉運用適切。

(3)辭章學從「功能」角度劃分文體，使之與語體對應，這樣，既可繼承我國豐富的文體理論的優秀遺產，又便於借鑑外

國語體學研究的成果，並把複雜的文體、語體成為簡明易懂、便於學習、掌握的理論。辭章學把這種語體、文體對應起來的言語現象稱為「辭體」。

4.風格體性（辭章風格，簡稱「辭風」）

風格是辭章效果的集中表現，是辭章修養的最高標誌。辭章學必須研究風格。

風格的形成有兩方面要素：內蘊情志要素、外現形態要素。由於這些方面要素的側重點不同，就形成了不同類型的風格。辭章風格雖然與內蘊情志要素有關，但研究的著眼點是放在外現形態要素上㉘。這點，志公先生談得很明確。他說：「風格是一種具有自己特點的表現形式。它是一種形式，但是這種形式具有某種特定的內涵，從而足以引發人們一種特殊的感覺。」㉙這種著眼於「形式」，也就是「外現形態」要素的風格就是辭章風格，又稱「表現風格」，古書上稱之為「體性」。劉勰把它概括為典雅、遠奧、精約、顯附、繁縟、壯麗、新奇、輕靡等㉚。陳望道先生把它概括為：簡約與繁豐、剛健與柔婉、平淡與絢爛、謹嚴和疏放等四組八種，我們編著的《新編修辭學》、《文藝修辭學》、《辭章學辭典》（以下簡稱《典》），都有相似的歸納。

表現風格可融化入但不能全部指稱代替作家風格、作品風格、流派風格、時代風格、地域風格。例如：司馬相如之誇艷（《典》240頁）㉛，劉向之簡易（《典》202頁），溫庭筠、韋莊之藻麗（《典》616頁），齊梁之綺靡（《典》307頁），盛唐之麗雅（《典》250頁），南之「華」北之「樸」等，都是表現風格。可是文學風格要從內蘊情志要素與外現形態要素的結合來歸納、品評，有的理論家只強調內蘊情志要素，作為側重在外

現形態要素的表現風格就無法指稱它了。例如「高古」、「沉鬱」、「詭異」等風格，就無法簡單地從語言形態來分析，它們還涉及內蘊情志要素，這是風格學的「學務」。

辭章學要講究風格，主要是表現風格。呂叔湘先生說：歐洲的風格學「既研究不同文體的不同風格，也研究不同作家的不同風格，而首先是研究什麼是風格，風格是怎樣形成的」，這談的是「風格學」的研究對象和任務。呂先生談「風格」時，還是沒有離開「語言」這個本位，他說「風格的要素雖然也不外乎字法、句法和章法」㉜。「字法、句法和章法」就是志公先生所說的「形式」，是形成風格的外現形態要素。它是辭章學研究風格的主要切入點。當今漢語風格學已經建立起來了，辭章學只要在風格理論、風格知識和提高辭章風格的實際運用能力之間，在說寫者和聽讀者之間架起一座橋，而無須為風格學代辦全部的「學務」。

5.辭章要求既「通」又「對」且「好」又「妙」

辭章學的融合性表現在辭章修養、辭章效果上，就是要求既「通」又「對」且「好」又「妙」，它籠括了語法學、邏輯學、修辭學的要求。這是傳統的說法。其實辭章學還要運用文字學、語音學、詞彙學、文章學、文藝學、心理學等學科的有關理論、規律和方法。因此，我們主張辭章修養、標準，辭章要求可以概括為：對、錯兩大級。錯的再分兩級：一是不合文字學、詞彙學、語法學等的言語，亦即違背「內律」的辭章，二是雖然合乎內律，但有違外律的。對的也再分兩級，一是一般的「對」，但不夠好；二是不僅「對」，而且很「好」，很「妙」。畸格與健格，就是「錯」與「對」的兩大類，常格與變格中，又都有一般的「對」和「好」的不同。這樣，辭章學研

究的對象就很大了，它融會了文字學、語音學、詞彙學、語法學、邏輯學、修辭學、語體學、文體學、文藝學、風格學、心理學等方面的理論和知識，在語言運用中表現為上述的二類四級言語現象，它們又可統帥具體的辭章效果，形成了科學的體系。

這，就是辭章學研究對象的辯證法。

注 釋

①張志公：《詞章學？修辭學？風格學？》，《中國語文》，1961（8）。《漢語辭章學論集》（以下簡稱《論集》），3頁，人民教育出版社，1996。

②呂叔湘：《漢語研究工作者當前的任務》，《呂叔湘語文論集》（以下簡稱《語論》），23頁，商務印書館，1983。

③同上，23～24頁。

④《論集》，3～11頁。

⑤《論集》，59～256頁。

⑥鄭頤壽：《辭章學概論》（以下簡稱《概論》），215～279頁，福建教育出版社，1986。

⑦鄭頤壽、張慧貞、鄭韶風：《辭章藝術示範·前言》，1～8頁，上海教育出版社，1991。

⑧張志公：《論集》，36頁。

⑨⑩呂叔湘：《漢語研究工作者的當前任務》，《語論》，24頁，商務印書館，1983。

⑪陳望道：《關於修辭學對象等問題答問》，中國修辭學會《修辭學論文集》第一集，3頁，福建人民出版社，1983。

⑫請閱本書《藝法舉隅——論「比」和比喻》。

⑬陳望道先生說：「詞章學就是修辭學」，見《修辭學研究中的幾個問題》，收入《陳望道修辭學論集》，266頁，安徽教育出版社，1985。

⑭請閱本書《陳望道修辭學思想的兩度飛躍》。

⑮清人《古文筆法百篇》，上海進步書局印行。

⑯《古文筆法百篇》，世界書局編輯，1925。

⑰《古文筆法百篇》，上海廣益書局發行，1923。

⑱藺羨璧主編：《文章學》，南開大學出版社，1985。

⑲周振甫：《文章例話》，中國青年出版社，1983。

⑳同⑨。

㉑《論集》，5頁。

㉒《論集》，230～235頁。

㉓《論集》，236～238頁。

㉔《概論》，79～80頁。

㉕《概論》，126頁。

㉖《概論》，262頁。

㉗《概論》，280～296頁。

㉘鄭頤壽：《論語體與修辭風格》，《修辭學研究》第四輯，廈門大學出版社，1988。又見：《論文章風格和言語風格》，南京大學出版社，1994；《言語修養》，首都師大出版社，1999；《格素論》，《邁向21世紀的修辭學研究》，廣東人民出版社，2001。

㉙《論集》，239頁。

㉚梁·劉勰：《文心雕龍·體性》。

㉛《典》240頁，即《辭章學辭典》，240頁，餘類推。

㉜《語論》，23頁。

五、「四六結構」與辭章學體系

　　學科體系是對學科性質的物質化，學科理論框架的具體化，研究對象的序列化，它體現了學科的科學性、系統性、周密性和完美性。

㈠建立辭章學體系的依據

1.辭章學性質的物質化

　　辭章學的融合性（綜合性）決定了它必須融化入有關語音學、文字學、詞彙學、語法學、修辭學、邏輯學、文章學、語境學、文體學、語體學、風格學、心理學和美學等有關的理論、原理、規律和方法、技巧；辭章學的一體性（整體性），又決定了它表達或解讀的過程，必須從題旨（中心資訊）、辭體（語體、文體）、風格等宏觀入手，必須把「結構論」與「組合論」結合起來；辭章學的橋梁性（示範性）又決定了它必須在說寫與聽讀，基礎知識、基本理論與實際運用能力的培養之間架起一座橋，「四六結構」就成了這座橋的示意圖①，把這些理論物質化了。

2.辭章學理論框架的具體化

　　「四六結構」及由此結構引申的「結構組合結合論」是建立漢語辭章學體系的根本依據。漢語辭章學的體系將辭章學的內框架系統與外框架系統具體化了②。

3.辭章學研究對象的序列論

　　漢語辭章學研究的對象包括語音、文字、詞語、句子、辭格、表達方式、藝術方法的融合運用及其形成的辭章效果、辭

章風格、功能風格、語體風格、文體風格等；包括表達與鑑識、編碼與解碼、傳播與反饋等言語交際的全過程。面對這些多角度、多序列的融合運用的對象，如果沒有從理論的高度，對它們作富有科學性、系統性、層次性、邏輯性、一體性、周密性的組織安排，勢必治絲益棼，或讓它們成為烏合之眾。

(二)辭章學理論體系簡介

「四六結構」及由此引申出來的「結構組合結合論」是辭章生成、承載與解讀的理論依據③，根據這些理論來建立漢語辭章學的體系，就可以更好地體現這一學科的科學性、系統性。我們可以從多個角度來建構它的學科體系。

1.辭章生成論體系

依據辭章生成論建構的體系，是為了指導說、寫活動，總結這方面的理論、規律和方法，可建立「建辭學」。建辭學不同於修辭學。前者之「辭」是作為與話語資訊相對應的形式，其外延大於「修辭」之「辭」。「建辭學」之「建」也大於「修辭」之「修」，是「建構」之意，它統攝了「調音」之「調」，「用字」之「用」，「遣詞」之「遣」，「造語」之「造」，「選句」之「選」，「設格」之「設」；還統攝了「運用藝術方法、表達方式」之「運用」。「建辭學」是側重於說、寫者而言的，這種「側重」也不是單向的，它仍然是雙向的④。

建辭的過程是：「宇宙元⇌表達元⇌話語元⇌鑑識元⇌（宇宙元）」。其中的「→」為主，「←」為輔，是以表達為主線的雙向結構。

按照辭章生成論建立的「建辭學」，當然還應以話語中心

為指向、語境（世界元的時空背景、人類社會、文化背景的語境，說寫者與聽讀者的言語主體語境，話語的語體特徵、前文後語的語境）為制導進行建構。因此，「結構論」是建辭的指針，但在形成話語鏈的時候，還應以「組合論」的形式而逐步遞進地建構起來；可見，這種「結構論」和「組合論」又是緊密結合的。

2.辭章鑑識論體系

依據辭章鑑識論建構體系，是為了解讀辭篇，總結這方面的理論、規律和方法，可建立「解辭學」。「解辭學」之「解」，是「理解」、「破譯」、「接受」、「欣賞」、「鑑賞」、「評賞」之意；「解辭學」之「辭」與「建辭學」之「辭」是同體的、一致的⑤。解辭的過程是：「（宇宙元）⇌鑑識元⇌話語元⇌表達元⇌宇宙元」。其中的「←」為主，「→」為輔，是以鑑識為主的雙向結構。

按照辭章鑑識論建立的「解辭學」必須多維結合：「鑑識元⇌話語元」為核心，為靶子；又要根據「話語元⇌宇宙元」的「論世」語境，包括時空語境、社會語境、文化背景等；根據「鑑識元⇌表達元」的「知人」語境為參照系。「鑑識元⇌話語元」是按由辭素、辭語而辭句，而辭段，而辭篇來破譯語鏈的過程，這屬於反向的「組合論」；「話語元⇌宇宙元」、「鑑識元⇌表達元」又屬於宏觀的「結構論」之一部分，「解辭」的過程，也是「組合論」和「結合論」緊密結合的⑥。

3.辭章效果論體系

談「效果」時，過去曾用過「表達效果」、「交際效果」等概念。如果談「表達效果」，僅著眼於「表達者」，「交際效果」僅限於說寫與聽讀兩端，還是不夠的。1987年，筆者在執

筆《新編修辭學》的《表達效果》中指出：「表達效果，是表達者修辭活動而形成的話語對接受者、對社會所產生的效應。它有好壞之別，大小之分。修辭活動，總要選用最恰當的語言，以取得最好、最大的效果，使接受者不僅理解，而且信服、感動，以更好地認識世界，改造世界，建設世界。」這裡談「表達效果」，已經把它放在「四元六維」的結構之中：「表達者」，即說寫者，屬於表達元；「形成話語」就由2維轉向話語元；「接受者」、「理解」、「信服、感動」，就由3維轉向鑑識元；「認識世界，改造世界，建設世界」，又從4維轉向宇宙元。當然，這「四元」之間還隱含著其他各維。在讀者還未能全面理解四元之間的關係時，為了避免把「效果」鎖定在表達一方，本書從「四六結構」考察，把「表達效果」改稱「話語效果」、「言語效果」、「辭章效果」、「修辭效果」，再把這種「效果」細分為「四在效果」：潛在效果、自在效果、他在效果和實在效果。潛在效果是「未發為辭」的「黑箱」中有可能外化而產生的話語效果。要想表達得明晰，表達者就要思緒清楚，以「己之昏昏」，是無法使人「昭昭」的。自在效果，是話語客觀存在的效果；他在效果，是由說寫轉到聽讀者所產生的效果；實在效果，是聽讀者對社會所產生的效果。潛在效果是原動力，自在效果是前提，他在效果是目的，實在效果是落實。實在效果是他在效果的引申與擴展。「潛在效果」、「自在效果」是可能轉化為「他在效果」、「實在效果」的效果。辭章效果體現了說寫與聽讀、表達與鑑識、傳播與反饋、話語與客觀世界的雙向的辯證關係，體現了辭章活動的目的、任務⑦。

4.辭章功能論體系

辭章功能是靠文本的辭體特徵體現的，亦即辭體功能。

從「對立」講，辭章的功能體系可分為實用功能與藝術功能兩大類，陳望道先生就是採用這種「二分法」⑧，這可以說提綱挈領，抓住了最主要的辭章功能、辭體功能。而從「對立統一」講，則可先分為「對立」的兩類：實用功能、藝術功能；再從兩者的「統一」的角度設立另一類，即「融合功能」，或稱「交叉功能」、「邊緣功能」。這種三分法是在「二分法」功能的基礎上發展建立起來的。拙文《語體劃分概說》等論著就是採用這種體系⑨。

這裡要特別指出的是：媒體不是功能，但與形成功能的語言特徵有關。過去，從國內到國外，大多數學者都把語體先二分為口頭語體和書卷語體，然後再細分其下位語體。例如，書卷語體，再分為實用語體、藝術語體和融合語體。顯然，第一層次是按媒體特徵不同所作的二分，而第二層次之書卷語體又是從功能角度所作的三分。上述兩種劃分法，其標準不一致，形成了明顯的缺陷，這種體系，在邏輯上不夠周密，在系統上不夠科學。如何解決這個問題，不少學者都做了努力。拙文《語體坐標初探》⑩、《語體平面及其運用》⑪就是為解決這一缺陷建立的體系。以功能為經、媒體為緯建構的「語能平面」，就可給任何一種言語單位作科學的語體定位。我們就用這個平面撰著《數字語體學》、《比較語體學》和「電腦辭典」——《電腦輔助閱讀、寫作數據庫》⑫，這是一種原創性的研究，是我們初擬開拓的新領域，有待於在實踐中驗證，有待於專家和廣大讀者指正。

5.辭章風格體系

辭章風格又稱「表現風格」，是以風格的外現形態格素特

徵為依據，以內蘊情志格素為參照系所體現出來的話語特徵的總和。辭章風格體系與言語規律、功能語體密切相關。這是一個十分複雜的體系，我們想盡量化繁為簡，以掌握其內在的對應性和規律性。筆者曾用一個簡表（見313頁），揭示了言語規律、辭格、辭式、言語單位和功能語體、辭章風格的關係。

「一般說來，常格修辭與辭式，多見於實用語體，易形成簡約、樸實、明快等風格；變格修辭與辭格，多見於文藝語體，易形成繁豐、藻麗、蘊藉等風格；融合語體介於兩者之間。」但這種區別又不是絕對的，它們之間形成相互交融、相互滲透的關係[13]。表現風格與辭章效果又有大致對應的關係，拙文《語體與修辭》[14]等文已作簡析了，可參閱。

6.語格體系

語格有健格（常格、變格）和畸格兩大類。從言語角度，對這些語格作動態分析，可歸納出九種（六種是成功的、三種是失敗的）變化規律。其中，每一種變化，又可以從語音、文字、詞（實詞、虛詞）語（各類短語）、句子（各式句子）直至辭格（幾十種辭格，還包括平語轉化為辭格，辭格轉化為平語），可以建構十分豐富、飽滿又十分嚴密、科學而有規律性的體系。吳士文、馮憑兩位先生主編的《語法修辭學》，以「應該這樣說卻故意那樣說」為體系，建立了「語法修辭學」的邊緣性學科，此書從語格講，實際上僅是「常格→變格」的一組變化。根據九組變化，可以建立：規範修辭學、規範辭章學，常格修辭學、常格辭章學，變格修辭學、變格辭章學，變異修辭學、變異辭章學的新體系，還可以綜合建立「語格學」這一辭章學的分支學科[15]。

語格變化是言語規律的綜合運用，是「四六結構」理論在

言語規律 ＼ 修辭格式 ＼ 修辭方法		常格修辭			變格修辭	
		辭式		辭格		
言語單位	語音的調配	音節的協調 平仄的配置 音韻的和諧 雙聲疊韻的運用	擬聲	各言語層次的排比、層遞、對偶、對比、反復、頂真、設句反問、仿擬等	諧音 雙關	各言語層次的比喻、比擬、雙關等
	詞語的錘煉	意義的錘煉 色彩的協調	重疊 節縮 摹狀		借代 易色 反語	
	句式的選擇	語序的常與變 形體的長與短 組織的鬆與緊 結構的整與散			拈連 移就	
	句群的組織	構造類句群：關聯式句群／意合式句群　功能類句群：敘述性句群／描寫性句群／抒情性句群／議論性句群	辭格式句群		辭格式句群	
各言語單位的綜合運用	篇章的結構	銜接的手段 照應的方法 層次的表達		辭格構篇		
	語體的形成	書　卷　體 實用語體　融合語體　文藝語體				
		口語體				
	風格的培養	簡約 ——————— 繁豐				
		樸實 ——————— 藻麗				
		明快 ——————— 蘊藉				
		莊重 ——————— 幽默				

言語實踐中的運用。上文已說過言語規律可以和語體特徵、辭章風格作大致對應的研究，語格也不例外。這樣建立起來的體系，其內部關係密切、有序，融成一體，富有科學性。

7.組合論體系

所謂組合論體系是按照言語單位由小而大建構起來的體系，從建辭學講，除了「調音」、「用字」運用資訊媒體之外，還要按「遣詞」、「造語」、「選句」、「組段」、「構篇」的層次順序；進而「設格」、「運用藝法」和「表達方式」，它們是綜合運用詞、語、句、段、篇等手段構成的⑯。絕大部分修辭學著作即按此體系來撰述的。它也是建構辭章學的一個體系。1993年出版的《中國文學語言藝術大辭典》（原稱《漢語辭章藝術大辭典》）筆者編寫了寫作大綱，把全典分成12部分：總論、文字的運用、語音的協調、詞語的調遣、句子的選用、段篇的結構、辭格的設置、表現手法的巧用、語體的適應、文體的適用、風格的培養、語言藝術鑑賞等，其大部分就是按組合論建構體系的。

8.結構論體系

所謂結構論體系是按照言語單位由大而小建構起來的體系，即先定體式、篇章框架，再考慮運用哪類句式（整句如七言句、五言句和散句等幾十種），然後在章句中選語，在章、句、語中遣詞。這可以建構辭章學的體系和別出一格的修辭學體系。

志公先生的《論集》多為單篇的論文，其中《漢語辭章學引論》部分可視為一本專著，分15講，前四講：《漢語辭章學概說》、《說語言》、《漢語簡論》、《語言的應用——簡說「聽說讀寫」》，後三講：《體裁論》、《風格論》、《結束語》，

都屬於概論部分；當中八講：《篇章論》（二講）、《句讀論》、《語彙論》（三講）、《字》等七講是按由大到小的結構論來建構的體系，其後《說「比興」》則是對詞語、句子、段篇的綜合運用。

9.結構組合結合論體系

拙著《辭章學概論》，第一章「緒論」，第二章「辭章與內容」，第三、四章「章法」，第五章「表達方式」：是按由大到小的層次來安排、設計體系的；第六章「語格」又按由小到大來分析、論述；第七章「語體風格的琢磨」則是對「辭章與內容」、「章法」、「表達方式」、「語格」的綜合運用。⑰全書體系體現了對「結構組合結合論」的物質化、具體化和序列化。

10.「四六結構」體系

《辭章學辭典》，全書五大部分：「辭章論」、「論辭章與物事‧生活」、「論辭章與作者‧表達者」、「論辭章與鑑賞」、「有關辭章論著」。撰寫此類大型的編著，用「四六結構」不僅更具科學性，也便於組織、安排材料。此典的第一部分「辭章論」，又分「辭章的運用與構成」、「表達效果」、「風格」等；「辭章的運用與構成」不僅是這一部分，也是全書的重心，所占篇幅最大，它包括：「構思、想像、營造」、「熔裁‧附會‧置辭」、「執術馭篇」、「謀篇」、「選句」、「造語、措詞」、「用字」、「調音‧協律」、「辭格、藝術方法」、「表達方法」、「修改‧潤色‧潤飾‧錘煉」、「表達效果」、「風格」等，其中的「執術」、「篇」、「句」、「語」、「詞」：由大而小，屬於結構論，頭尾的部分屬於綜合運用。

11.融合體系

這裡要特別談談文章的修改問題。文章修改屬於文章學研究的內容，它包括內容（題材、題旨）和形式（辭章）兩大部分。辭章學雖然不是不顧文章的內容，但是側重從形式——語言的綜合運用來論析辭章效果及其規律、方法的，它統管表達得既通又對、且好又妙，它綜合運用語音學、文字學、詞彙學、語法學、修辭學、語體學、風格學等方面的內容；而修辭學則側重在表達得「好」的追求上。因此，以定評作家的典範作品修改為例來談辭章藝術，最能體現辭章學的融合性（綜合性）、橋梁性（示範性）。鮮明地樹起這面旗幟的是《辭章藝術示範》⑱一書。此書以文體為綱編排文章，有意識地介紹辭章的普遍規律，例如：文字的規範、語法的規範、邏輯的規範，這些主要屬於表達得「通」與「對」的問題，它綜合運用了文字學、語法學、邏輯學的原理、規律與方法。介紹聲音的協調、詞語的調配、句式的調整、辭格的運用；篇章的結構、題目的錘煉、表達方式的選用、藝術方法的運用，這些綜合運用了修辭學、文章學的原理規律與方法；介紹了語體風格的協調，這又綜合運用了語體學、風格學的原理、規律與方法：其中，有屬於表達得「通」與「對」的問題，但更重要的在於追求「好」與「妙」的辭章效果。作者對這些問題的認識是自覺的，態度是積極的，編著過此類書多種，只是為避免書名相重，不管是《文章修改藝術》⑲、《言語藝術示範》⑳，還是《語文名篇修改範例》㉑，從寫作的動機、目的，各書的體系，都是《辭章藝術示範》的姊妹書。

隨著辭章學研究的發展與深入，還會創立起其他的辭章學體系，這在專門辭章學中表現得尤為突出，下文將進一步闡述。

㈢對辭章學體系的認識與運用

世界萬事萬物都是豐富多彩的，辭章學也一樣，其體系也是多種多樣的，但又是統一的。只要這些體系能對辭章學的性質加以物質化，辭章學的理論框架加以具體化，辭章學的對象加以序列化，做到體系科學、周密、系統，都是應該給予肯定的。

辭章學體系的統一性和多樣性是客觀事物的同一性和特殊性在辭章學研究中的體現。它受到以下因素的影響。

1.普通辭章學和專門辭章學

普通辭章學是總結、歸納辭章學諸多分支學科中普遍存在的統一性的理論體系及其規律、方法的科學。上述所講的辭章學體系應該是對辭章學性質的物質化，對辭章學理論框架的具體化，對辭章學對象的序列化，這是各門辭章學的共性，普通辭章學尤其是這樣。但是，這「三化」的體現並不是半斤八兩一個模印出來的，辭章學家總是根據特定的目的、任務，特定的讀者對象，選擇特定的角度，建構富有個性的、既有理論性又有實用性的新體系。祝敏青的《小說辭章學》就是從小說的寫作與鑑賞來建構體系的，它把辭章的對象個性化[22]，突出論析小說辭章學富有個性的幾個方面：小說的審美特徵，小說意象系統，小說敘述視點，小說人物話語調控，小說語境和非小說語境，小說編碼與解碼的介面。

上述所講的從「四六結構」，從語格的九種變化，從「結構組合結合論」，從原稿與改稿的對照比較的融合分析，等等，來建構辭章學的新體系，都將使辭章學這一花園百花盛開，千紅萬紫。

辭章學體系的統一性融於特殊性之中，特殊性又要體現統一性，這是辯證統一的。詩歌辭章學、戲劇辭章學、散文辭章學等辭章學的大家庭中的每一個成員㉓，都有各自的個性特徵，其學科體系在體現統一性的同時，都應突出其特殊性和創造性，才能發展、繁榮辭章學這門新學科。

2.辭章學和非辭章學

在建構漢語辭章學體系時，要嚴格劃分學科界限，區分辭章學與相關學科，例如修辭學、文章學，分析它們的統一性和特殊性。這是因為傳統說法有「辭章學就是修辭學」㉔、「辭章學就是文章之學」㉕等。這種說法，似是而不全是、不全非，容易引起混亂。本書《陳望道修辭學思想的兩度飛躍》，用發展的觀點高度評析了陳望道先生由修辭學到辭章學觀點躍進的「實質」，對「辭章學就是修辭學」的問題做了論析。張志公《論集》的《結束語》對「『辭章之學』就是文章之學」和「漢語辭章學」「是文章之學的一個側面」作了該否定就得否定的精闢的論述㉖。本書的《辭章學與文章學》、《辭章學與修辭學》等節，對此都作了闡析。

3.辭章學與相關學科的分與合

辭章學和風格學、語體學、文體學、修辭學等關係密切又不宜等同。辭章學要運用它們的原理、規律與方法又不能取代這些相關的學科。本書已設多節對此進行闡析。這裡僅著重舉辭章學和風格學為例來談一點看法。呂叔湘先生說：「我們能夠逐漸建立起來自己的漢語詞章學（或漢語修辭學，或漢語風格學）。歐洲學者稱這門學問為風格學，既研究不同文體的不同風格，也研究不同作家的不同風格，而首先是研究什麼是風格，風格是怎樣形成的。風格的要素雖然也不外字法、句法和

章法，但是跟語法研究的角度不同，方法也就不一樣。語法研究主要從排比入手，而詞章的研究則需要更敏銳的『風格感』，需要更多的想像力，雖然排比之功也不可廢，甚至統計工作也有一定的用處。」「詞章學研究各種文體，這裡面應該包括翻譯體。」㉗這些論述很有道理，談到風格的各種類型，形成風格的要素，研究風格的方法手段等。這對於建立漢語風格學也有指導意義。研究辭章學應該怎樣解決有關學科的分合問題呢？我們認為：要分析呂先生發表上述觀點的背景。呂先生發表上述觀點的時間是1961年，當時漢語風格學、詞（辭）章學都還沒有建立起來，因此他對如何在詞（辭）章學中設立風格學的內容談得比較具體。如今漢語辭章學、風格學都已建立起來了，各門學科都應該建立自己的理論體系，確定各自的研究對象；同時，在吸收其他學科的理論、規律與方法時，應讓它們融進本學科的體系之中，成為本學科的有機組成部分。就以辭章學來講吧，應該吸收風格學的相關內容，重點是辭章風格（表現風格）。這是因為辭章學的側重點是「話語藝術形式」，因此，其吸收的風格內容也應該側重在風格的外現形態格素上。如果涉及不同文體、不同作家的風格時，也應該這樣處理。至於風格學理論體系的問題，應由風格學進行研究，辭章學無須為之越組代庖。對待語體學、文體學、修辭學的理論體系也應該這樣。這樣就使學科界限清晰，讓這諸多學科既各自獨立，這就有助於學科的發展；又可互相補充、促進，這就有助於語言的綜合運用。

注 釋

①請閱本書《「四六結構」與普通辭章學的性質》圖解。

②請閱本書《「四六結構」與普通辭章學的研究對象》圖解。

③請閱本書《「四六結構」與結構組合結合論》等文。

④⑤⑥請閱本書《本書「話語」含義解說》等文。

⑦請閱本書《「四六結構」與「四在效果」》等文。

⑧陳望道：《體式和體式的分類》，《修辭學發凡》，247頁，上海文藝出版社，1959。

⑨鄭頤壽：《語體劃分概說》，發表於《福州師專學報》，1985（1、2）；《語體論》，中國華東修辭學會、復旦大學語言文學研究所編，安徽教育出版社，1987。

⑩收入陸稼祥主編的《文學語言論文集》第二、三合輯，重慶出版社，1997。

⑪請閱《辭章學新論》之《辭體平面及其運用》等節。

⑫請閱《辭章學新論》《〈電腦輔助寫作、閱讀辭典〉解說詞》等節。

⑬鄭頤壽：《新編修辭學·結語》，見鄭頤壽、林承璋主編《新編修辭學》，633頁，鷺江出版社，1984。

⑭見《福建師範大學學報》，1991（2）。

⑮鄭頤壽：《辭章學概論》，215～239頁，福建教育出版社，1986；《規範修辭學》，復旦大學語言文學研究所編《語法修辭論》，159～170頁，浙江教育出版社，1984；《論言語規律》，中國修辭學會編《修辭學論文集》第四集，21～37頁，福建人民出版社，1987。

⑯請閱鄭頤壽：《比較修辭》，該書把借代、反語、改用、節縮、鑲嵌、非別等辭格歸詞語修辭；把拈連、移就等歸句子修辭；把兼用詞、語、句、章的辭格又歸一類，如對偶（含詞對、語對、句對、章對）、仿化（含仿詞、仿語、仿句、仿章），排比（含語句排比、章節排比），等等，都重視由言語單位的層次性來論析。這屬於組合論體系。

⑰鄭頤壽：《辭章學概論》，福建教育出版社，1986。

⑱鄭頤壽、張慧貞、鄭韶風《辭章藝術示範》，上海教育出版社，1991，《前言》部分重點介紹了辭章學的理論。

⑲鄭頤壽：《文章修改藝術》，福建教育出版社，1983。

⑳鄭頤壽、祝敏青等：《言語藝術示範》，安徽教育出版社，1992。

㉑鄭頤壽、潘曉東等：《語文名篇修改範例》（二冊），南昌：江西教育出版社，1997。

㉒㉓鄭頤壽：《〈小說辭章學〉序二》，介紹了50多種專門辭章學的學科，海峽文藝出版社，2000。

㉔陳望道：《修辭學中的幾個問題》，《陳望道修辭學論集》，265～267頁，安徽教育出版社，1985。

㉕㉖張志公：《漢語辭章學論集》，12、42、259等頁，北京：人民教育出版社，1996。

㉗呂叔湘：《呂叔湘語文論集》，23～24頁，商務印書館，1983。

「四六結構」與
普通辭章學理論㈡

一、「四六結構」與普通辭章學的性質

漢語辭章學具有哪些性質,如果從「四六結構」進行觀察,就能分析得更加科學、周密。從話語元講,它具有代碼性、融合性、一體性;從上三角講,具有橋梁性、示範性、交際性;從「四六結構」整體論,具有民族性、時代性、實用性。前三性是最具個性的性質;後三性次之,最後三性則是不少文化性質的學科所共有的。

㈠從話語元分析:代碼性、融合性、一體性

1.代碼性

話語元,是由內容與形式,亦即意與辭、所指與能指、資訊與載體構成的。文章學既要研究其前者,也要研究其後者;辭章學雖然不能不顧前者,然而,著眼於後者,研究後者如何有效、高效地表達、承載前者,並適切、深入地通過後者破譯前者,其代碼性、形式性是突出的,但這種形式不是無靈魂的空殼,不是掛在衣架上的衣服,而是穿在人體上的彩衣,是承

載著內容的形式。傳統的辭章論十分重視這一點，「辭旨論」、「辭意論」就是把形式與內容統一起來論析的。陳壽《許靖傳》評：「辭旨款密。」《鍾會傳》：「辭指（旨）款實。」①宋濂說：「……嚴體裁之正，調律呂之和，合陰陽之化，攝古今之事，類人己之情，著之篇翰，辭旨皆無所畔背，雖未造於至文之域，而不愧於適用之文矣。」②這些都是「辭」與「旨」並論。墨子主張「以辭抒意」③；王充提倡「辭妍情實」④。劉勰指出：「夫綴文者情動而辭發，觀文者披文而入情。」⑤顏之推云：「辭意可觀，遂稱才士。」⑥這些，都是「辭」與「意」、「情」兼論，劉勰的話，還把表達與鑑識並論。其他的如「辭事論」、「辭實論」、「辭志論」、「辭理論」、「辭神論」⑦等：其中的「辭」，指藝術形式，就是承載著內容（「旨」、「意」、「情」、「事、」「實」、「志」、「神」等）的，兩者是辯證的統一。我們的祖先很重視「辭」、「意」的統一，強調「辭」為「意」役，指出「尚辭章者乏風骨」⑧，批評「溺於辭章」⑨的唯美現象。要求「修辭立其誠」⑩，「文質彬彬」⑪，達到內容與形式的完美統一。「辭章」這一「藝術形式」，是以「有效、高效地表達、承載並藉以適切、深入地理解話語資訊」為其前提的。

　　「辭意」統一這一觀點，貫穿於話語的各個方面。語音，是語言的物質外殼，要求以音傳意，情韻統一；它貫穿於各個層次的言語單位。文字是書寫的符號系統，是用來表意的。詞有詞義，語有語義，句有句義，段有段意，篇有主旨。話語的主旨是靠各層次、各方面的意思輻射、聚焦而成的。即使風格，辭章著重研究的也是其「形式」，研究這形式所蘊含的意蘊。辭章的這種「形式性」、「代碼性」，使辭章學與文章學區

別開來。

辭章著眼於「話語」（包括口語的話篇、書語的文篇、電語的語篇和電文），這是辭章的融合性所決定的。修辭學是語言學的一門分支學科，它著眼於語音、文字、詞語、句子及其綜合運用所形成的辭格來研究如何增強修辭效果。辭章則著眼於話語「藝術形式」來研究如何增強辭章效果。它要綜合運用各種修辭手段，但不具體闡析各種修辭手段的定義、類別等理論體系。這是辭章學和修辭學的一點區別。

辭章學具有自己獨特的性質，這些性質的有機統一，就使得它與鄰近學科區別開來。認識這些性質，有助於掌握並運用辭章學的規律與方法。

2.融合性

辭章學是一門與多種學科有聯繫而又獨立的學科，它要融合運用多種學科的理論、知識、規律、方法和技巧。這裡只著重談談辭章學怎樣運用語音學、詞彙學、語法學、邏輯學和修辭學的問題。

辭章學要運用語言學。文章是用語言文字寫下來的，辭章也是通過語言形式表現出來的。因此，講究辭章就要綜合運用語言學諸方面的規律。例如：

(1)原文：有時這些聲音寄託於勞動號子，寄託於車隊奔馳之中，彷彿令人感到戰鼓和進軍號的撼人氣魄……（秦牧《土地》）

改文：……彷彿令人感到咚咚戰鼓和進軍號角的撼人氣魄……

(2)原文：順著光帶，隱隱糊糊可以看見幾十名工人像貼

在萬丈絕壁上似的，打著炮眼，彷彿在開鑿著登天的
梯子。（杜鵬程《夜走靈官峽》）

改文：順著光帶，隱隱約約可以看見幾十名工人……

(3)原文：這才有趣呢。你們來到這裡，爲著主人破了
產；而我來到這裡，卻因主人發了財。（葉聖陶《書
的夜話》）

改文：……你們來到這裡，因爲主人破了產……

例(1)，原文「戰鼓和進軍號」表達是對的，但改爲「咚咚
戰鼓和進軍號角」辭章效果就更好了。「咚咚」是擬聲詞，形
象地描寫了「戰鼓」的聲音；「咚咚戰鼓」和「進軍號角」都
是四音節的，相互配合，音節和諧，聲音響亮，渲染了氣氛。
由此可見，辭章要運用語音學的原理。

例(2)，原文「隱隱糊糊」用的是形容詞的重疊式（AABB
式），但「隱糊」這個詞很少見，詞義晦澀。改文「隱隱約約」
是形容詞「隱約」的重疊式，是看起來不清楚的意思。它描寫
了在雪天裡仰望山上景色的情景。把「隱隱糊糊」改爲「隱隱
約約」，這是詞彙學原理的運用。

例(3)，「你們來到這裡」與「主人破了產」前後兩個分
句，是因果關係，而原文卻用表目關係的介詞「爲著」。改爲
表示因果關係的連詞「因爲」就規範化了。這例辭章的琢磨就
運用了語法學的原理。

語音學、詞彙學、語法學，都是語言學的組成部分。沒有
語言學的知識，要取得好的辭章效果是不可能的。

辭章學還要運用邏輯學。前面說過，辭章活動必須通過語
言形式表現出來，而語言又是思想的物質外殼，兩者密不可

分。這就是一定的思維要依靠一定的語言形式，一定的語言形式表達一定的思維內容。如果概念不清晰，判斷有錯誤，推理不嚴密，表現在語言上必定不合邏輯。完美的辭章在邏輯方面的推敲都是很周到的。例如：

(4)原文：蜂王是黑褐色……每隻蜜蜂都願意用採來的花精供養它。（楊朔《荔枝蜜》）

改文：……每隻工蜂都願意用採來的花精供養它。

(5)原文：經過他的宣傳，蘆溝橋早就世界聞名。（茅以升《中國石拱橋》）

改文：早在十三世紀，蘆溝橋就聞名世界。那時候有個義大利人馬可‧波羅……十分推崇這座橋……

例(4)，「蜜蜂」是個大概念，它包括工蜂、蜂王（母蜂）和雄蜂，用「花精」供養蜂王的只是工蜂。改詞概念的外延明確了。例(5)，蘆溝橋是因為它的成就而聞名，還是因為「他」——馬可‧波羅的宣傳才聞名呢？改文告訴我們，這兩個原因有主次之分，先後之別。馬可‧波羅的宣傳使世界上更多的人知道蘆溝橋，但他的作用畢竟是次要的，是在蘆溝橋的成就之後的。改文先講蘆溝橋的成就聞名世界，然後談馬可‧波羅對它的推崇。這樣，主次有別，推論合理。

好的辭章，不僅要做到語法「通」，邏輯「對」，而且要做到修辭「好」。辭章學與修辭學都要講究語言藝術，兩者密切相關。因此，要煉好辭章，就得講究修辭。例如：

(6)原文：人一窮，背後就有人來評論你。（魏巍《東

方》)

改文：人一窮，就有人戳脊梁骨。

(7)原詩：小篷船，運肥到田間，

　　　　櫓搖歌響鬧翻天。

　　　　來自柳樹雲，進入桃花山。（民歌《小篷船》）

改詩：小篷船，運肥來，

　　　　櫓搖歌響悠悠然。

　　　　穿過柳樹雲，

　　　　融進桃花山。

　　以上兩例原文，語法「通」，邏輯「對」，但修辭不如改文「好」。例(6)，「評論你」是常格的用法，可以按字面來理解，是中性詞。改為「戳脊梁骨」，是變格的用法，不能簡單地按照字面來理解，是「背後說閒話，評長論短」的意思，含有貶義。例(7)，原詩「來自」、「進入」，表意是準確的，但是比較一般。改為「穿過」、「融進」，使人的活動與自然景物融為一體，成為完整的畫面，動靜相生，詩味濃鬱。「穿過」，不僅寫出篷船的迅疾，運肥的繁忙，而且把濃密的綠柳、無邊的春色點染盡致。改為「融進」，寫出小篷船漸漸隱去的情景，色彩明麗，意境深遠，勞動的無限樂趣洋溢於字裡行間。「鬧翻天」，與清晨安謐和諧的氣氛不協調，改為「悠悠然」，把和平勞動的愉快、自得的情意表達得準確而充分。修辭，在美化語言、增強辭章效果中，具有十分重要的作用。

　　辭章學與文章學、語體學、文體學、心理學、資訊學、文藝學、美學以及其他相近、相關學科的關係，本書將在其他章節結合有關內容加以闡述。

明確辭章學的融合性，有助於認識辭章學輻射式的邊緣性與滲透式的多科性，這對於辭章學的學習、運用和研究都是有啟發的；同時可以避免孤守一隅、只觀一面的片面性。

3.一體性

前面講的融合性，是就宏觀而言，是辭章學的外部聯繫，這裡講的一體性，是就中觀、微觀而言，是辭章學的內部聯繫，也就是要把話語看作統一的整體，從整體出發來考慮每一局部的問題。辭章的運用，除了要注意外部聯繫外，還應該注意內部聯繫，並把外部聯繫融化在內部聯繫之中，形成篇章的整體美。因此，辭章的運用，必須立足全篇，扣緊主題，辨認體式，協調風格，不能就詞講詞，就句談句，就段論段。辭章的一體性，表現在內容與形式、觀點與材料以及語體風格上；表現在詞、句、段、篇這些語言層次上。下面引一個《概論》的例子：

> (1)原文：那茫茫無邊的大海上，波浪滾滾滔滔$_1$，前呼後擁$_2$，撞到礁石上，唰地捲起兩丈高$_3$的浪花$_4$，雪崩似的飛濺著礁石$_5$。（楊朔《雪浪花》）
>
> 改文一：那茫茫無邊的大海上，波浪滾滾$_1$，撞到礁石上，唰地捲起兩丈多高$_3$的浪花，像雪崩似的四處亂飛亂濺礁石。
>
> 改文二：那茫茫無邊的大海上，滾滾滔滔$_1$，一浪高似一浪$_2$，撞到礁石上，唰地捲起幾丈高$_3$的雪浪花$_4$，猛力沖擊著海邊的礁石。

這裡有五處改動較大。為什麼要這樣改呢？這就要從辭章

的一體性去分析。從全文看，這篇文章通過對雪浪花的描寫，歌頌改天換地的中國人民。全文色彩明朗，調子高昂，激動人心。第1處原文還好，而改文一作「波浪滾滾」，兩個音部都是仄聲，它後面的一個分句也是仄聲收尾，這樣，唸起來聲音抑鬱。「波浪」的「浪」又與後面原文「浪花」、改文二「一浪高似一浪」的「浪」字重複。改文二作「滾滾滔滔」，就好了。「滔滔」狀寫海浪的氣勢，又是平聲，聲調昂揚，與雄偉的氣勢達到了和諧的統一。從句內看，「滔」（平）、「浪」與「上」（仄），「花」（平）、「石」（仄），平仄交錯，鏗鏘悅耳。再看第2處的修改。原文作「前呼後擁」，從全篇看，形象不美，感情色彩不協調。全文寫的是「浪花」——勞動人民，而「前呼後擁」一般用來渲染舊社會官老爺出來時那種威風凜凜、不可一世的派頭和氣焰，用來描寫勞動人民不合適；因此，改文刪之。從句內看，刪後，留下「滾滾滔滔」，又顯得文氣不足，所以改文二加上「一浪高似一浪」，以渲染浪花的氣勢。第3處，原文是「兩丈高」，從詞義講，「兩丈」是確指，未免太實了，不如改文一「兩丈多高」；但還是比較實，改文二「幾丈高」，略帶誇張，更有助於渲染浪花的氣勢和力量。第4處，把原作「浪花」改作「雪浪花」，從文題看，起了點題的作用；從句內看，下面把「雪崩似的飛濺著」刪掉了，在這裡加一個「雪」字來修飾「浪花」，就簡練而形象地描寫了浪花的形狀。第5處，「雪崩似的飛濺著」。「飛濺」氣勢不大，力量不足；改作「四處亂飛亂濺」，多了「四處」和兩個「亂」字，比原文更差了。從全文看，有損於浪花的形象，它們「自由散漫，各行其是」；從段與段的呼應看，又與下文不協調（下文寫：「無數浪花集到一起，心齊，又有耐性……」

「無數浪花集到一起，形成這個時代的大浪潮……」真是目標專一，行動一致），最後改為「猛力沖擊著海邊的礁石——把「飛濺」、「亂濺」改為「沖擊」，再加上修飾語「猛力」，這就頓然生色，遽增萬鈞之力。

從上例辭章的琢磨可以看出，不管是一個詞（「雪」），一個短語（「兩丈高」、「像雪崩似的」），還是一個句子（「波浪滾滾」），一種辭格（比擬「前呼後擁」，比喻「雪浪花」）的推敲，都不是孤立的，而必須把它們與題目、中心、文體等聯繫起來考慮，必須把它放在句內、段間、篇中去考慮，更動一個言語單位，往往既改變了它的意義，又會波及其他的言語單位，恰似「牽一髮而動全身」，「擲石池中，波漾全池」一樣。劉勰說過：「夫人之立言，因字而生句，積句而成章，積章而成篇。篇之彪炳，章無疵也；章之明靡，句無玷也；句之清英，字不妄也。」⑫反之，也可以這樣說：「字之不妄，則句清英；句之無玷，則章明靡；章之無疵，則篇彪炳。」詞句、辭格的改動，尚且會涉及全句、全段，甚至全篇；如果是主題的改動，材料的增刪，結構的調整，牽動面就更大了。古人云：「綱舉目張」，俗語說：「一著不慎，全盤皆輸」，話語關鍵內容的改動就是這樣。

代碼性、融合性、一體性，是辭章學最具體的最小層次的特性。

(二)從上三角分析，辭章學具有橋梁性、示範性、交際性

「四六結構」的上三角是由「表達元——話語元——鑑識元」構成的。可圖示如下：

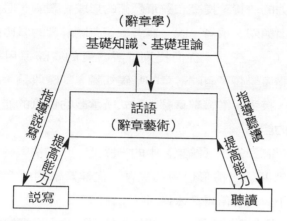

1.橋梁性

　　志公先生指出：「在語言學的各種基礎知識、基礎理論這一端，同培養提高聽、說、讀、寫能力這實際應用的另一端，是不是也需要、而且也有可能建立一種橋梁性的學科呢？答案是：十分需要，也完全可能。」⑬他明確地指出：漢語辭章學就是這樣一門橋梁性的學科。

　　志公先生的觀點是完全正確的，這是橋梁性的第一個含義。我們認為，如果從「四六結構」來分析，辭章學還是架在說、寫與聽、讀之間的一座橋。這應該是橋梁性的第二個含義，我們把它稱作「交際性」，下文另述。

　　請看上圖：由辭章藝術承載資訊構成的話語，它是意與辭、內容與形式的結合體。從這裡總結、歸納、提煉、昇華而形成語言學及其分支學科、相關學科的「基礎知識、基礎理論」，從而建構起「辭章學」的理論體系，總結出辭章運用的原則、規律、方法。辭章學與話語藝術構成了辭章理論和辭章實踐的對立統一的辯證關係；辭章理論來源於辭章實踐，又指導著辭章實踐；辭章實踐檢驗著辭章理論又豐富了辭章理論。

能力的培養、提高和辭章藝術的形成、讀解，必然關涉到說、寫者與聽、讀者。說、寫者學習有關辭章的基礎知識、基礎理論（「二基」），從而提高了說、寫的實際運用語言的能力；聽讀者學習了有關辭章的基礎知識、基礎理論，從而提高了理解、接受、鑑識辭章藝術形式所承載的資訊的能力，亦即聽、讀的能力。

試析志公先生《論集》中的一段話：「句法與辭章的關係無疑更為密切，情形也更為複雜。從辭章學的角度看漢語句法，有不少問題值得深入探討。」

「名詞或名詞短語」（這裡姑且使用這些大家習慣的術語，下同）連屬成句在詩詞曲裡常見。請看幾個著名的用例：

雞聲茅店月，人跡板橋霜。（溫庭筠《商山早行》）
七八個星天外，兩三點雨山前。（辛棄疾《西江月·夜行黃沙道中》）
枯藤老樹昏鴉，小橋流水人家，
古道西風瘦馬，……（馬致遠《天淨沙》）

不能認為用逗號隔開的每個組合不是句子，然而它同任何其他類型的句子都不一樣。它不是由主謂詞組構成的主謂句，不是由動詞詞組（開門!）、形容詞詞組（好極了!）、單個的名詞詞組（好小伙子!）或者單個的詞（走!）構成的非主謂句。雖然這類句子多見於詩詞曲，但是它的存在表明漢語容許幾個名詞（或名詞詞組）連屬起來構成意思明白的一個句子。這種句子用於靜態描寫，形成一幅形象、色彩、意趣都很鮮明的畫面，喚起讀者某種感覺、情緒或者聯想、想像。單獨一個不

行，一定得幾個配合起來才能產生這種效果。單獨一個「雞聲」，或者一個「茅店」，或者一個「月」，給人的印象很單薄，甚至是模糊的。三樣連在一起，使讀者想像出趕路的人聽見黎明的雞叫聲，從荒山村野的小旅店裡走出來，抬頭望見還沒有落下去的夜月。倘若讀者有過相同或者近似的生活經驗，他甚至會感到寒風吹在他的臉上，使他冷得有點微微顫抖。馬致遠小令裡那三句立即在讀者眼前展示出一副荒漠蕭索的景象，引起一種淒清、孤獨、悲涼的情懷。這種句子的構造是特殊的，藝術效果和感染力是強烈的。漢語為什麼能夠容許這種句子，這種句子成立的諸種條件，是漢語語法學習應當研究的問題。」⑭

　　上述三個例子，都用很好的辭章藝術形式，表達、承載富有美感的資訊。其中劃橫線的部分屬於語言學的各種基礎知識、基礎理論；加波浪線的部分，從說、寫者而言（其實是《論集》著者為說、寫者立言），是說明為什麼要這樣說、寫；從聽、讀者而言（《論集》著者實際就是聽、讀者），是就自己的接受、理解、鑑識上例的藝術性及美學資訊而言。《論集》的著者，是假想的說、寫者，又是實實在在的聽讀者，一身而二任，把「橋」架起來了。

2.示範性

　　上面所講的「橋梁性」是對辭章現象作靜態的分析。示範性則是對辭章現象作動態的分析，其實質也屬於橋梁性，只不過為了區別，把這種動態現象稱作「示範性」。從教、學而言，動態示範優於靜態現象。

　　辭章學講辭章運用的原則、規律和方法，不是空對空地只作抽象的闡述，它必須靈活應用多種學科的知識，從辭章的實

踐中總結出理論，又通過辭章的實踐對理論作直觀的示範說明。魯迅先生在《不應該那麼寫》一文中引用惠列賽耶夫的話說：「應該這麼寫，必須從大作家們的完成了的作品去領會。那麼，不應該那麼寫這一面，恐怕最好是從那同一作品的未定稿本去學習了。在這裡，簡直好像藝術家在對我們用實物教授。恰如他指著每一行，直接對我們這樣說——『你看——哪，這是應該刪去的。這要縮短，這要改作，因為不自然了。在這裡，還得加些渲染，使形象更加顯豁些。』」現在我們就舉些例子來說明。例如：

(1)另一個故事是古代有一個窮人，餓得快死了，有人丟給他一碗飯，說，「嗟！來！」（喂！給你吃！）餓人拒絕了嗟來的施捨，不吃這碗飯，後來就餓死了。不食嗟來之食這個故事也很有名，傳說了千百年，是有其積極的意義的。那人擺著一副慈善家的面孔，吆喝一聲，喂！來！這個味道是不好受的，吃了這碗飯，第二步怎樣呢？顯然，他不會白白施捨，吃他的飯就要替他辦事！這個餓人是有骨氣的，看你這副臉孔，神氣，居心，寧可餓死，也不吃你的飯。當然，有人會說，這個人幹嘛不去勞動呀？問得對，但是，要知道，那時候土地是私有的，他沒有土地如何勞動？也會有人問，他幹嘛不去找工作呀？問得也對，但也要知道，在那個社會裡，同樣沒有窮人就業的機會。這樣，他只好餓死了。相反，這個人要是生活在今天，當然不會餓死，同樣，我們可以相信，這個人要是生活在今天，他會好好勞動，過好日子，絕不會

接受嗟來之食。（吳晗《談骨氣》原文）

「你看——哪，這（加橫線的部分——引者注，下同）是應該刪去的」，因為它「扣題不緊，對論證中心論點沒有作用。」⑮這段文字，改成如下：

另一個故事是古代有一個窮人，餓得快死了，有人丟給他一碗飯，說，「嗟！來食！」（喂！來吃！）餓人拒絕了「嗟來」的施捨，不吃這碗飯，後來就餓死了。不食嗟來之食這個故事很有名，傳說了千百年，也是有積極意義的。那人擺著一副慈善家的面孔，吆喝一聲「喂！來吃！」這個味道是不好受的。吃了這碗飯，第二步怎樣呢？顯然，他不會白白施捨，吃他的飯就要替他辦事。那位窮人是有骨氣的：看你那副臉孔、那個神氣，寧可餓死，也不吃你的飯。

⑵五點鐘，第一回聲很有勁地叫了。紅磚罐頭的蓋子——那扇鐵門一推開，就像放雞鴨一般地無秩序地衝出一大群沒鎖鏈的奴隸。每人手裡拿一本打印子的簿子，不很講話，即使講話也沒有什麼生氣。一出門，這人的河流就分開了，第一廠的朝東，二三五六廠的朝西。走不到一百步，她們就和另一種河流——同在東洋廠家工作的「外頭工人」們匯在一起。但是，住在這地域附近的人，對這河流裡面的不同成分是很容易看得出的。外頭人的衣服多少的整潔一點，有人穿著旗袍，黃色或者淡藍的橡皮鞋子，十七八歲的小姑娘們有時愛搽一點粉，甚至也有人燙過頭髮。包身

工，就沒有這種福氣了，她們沒有例外的穿著短衣，上面是褪色和油髒了的湖綠乃至青蓮的短衫，下面是元色或者柳條的褲子。長頭髮，很多還梳著辮子。破髒的粗布鞋，纏過而未放大的腳，走路也就有點蹣跚的樣子。在路上走，這兩種人很少有談話的機會。髒，鄉下氣，土頭土腦，言語不通，這也許都是她們不親近的原因。過分地看高自己和不必要地看輕別人，這在「外頭工人」的心裡也是下意識地存在著的。她們想：我們比你們多一種自由，多一種權利，──這就是寧願餓肚子的自由，隨時可以調廠和不做的權利。

紅磚頭的怪物已經張著嘴巴在等待著它的滋養物了。印度門警把守著鐵門，在門房間交出准許她們貢獻勞動力的憑證，包身工只交一本打印子的簿子，外頭工人在這簿子之外還有一張黏著照片的入廠憑證。這憑證已經有十一年的歷史了。顧正紅事件之後，內外棉搖班（罷工）了，可是其他的東洋廠還有一部分在工作，於是，在滬西的豐田廠，有許多內外棉的工人冒混進去，做了一次裡應外合的英勇的工作。從這時候起，由豐田廠的提議，工人入廠之前就需要這種有照片的憑證了。──這種制度，是東洋廠所特有的，中國廠當然沒有，英國廠，譬如怡和，工人進廠的時候還可以隨便地帶個把親戚或者自己的兒女去學習（當然不給工資），怡和廠裡隨處可以看見七八歲甚至五六歲的童工，這當然是不取工錢的「贈品」。（夏衍《包身工》原文）

「你看——哪……這（加橫線的部分）要縮短。」因為它與本文主題扣不緊。其中，有些文字容易產生誤解，例如對「外頭工人」的描寫：他們的「福氣」，「過分地看高自己和不必要地看輕別人」，「多一種自由，多一種權利」，「還可以隨便地帶個把親戚或者自己的兒女去學習」，等等。此文選作中學課文，青少年學生很難準確地理解其真實的情況。縮短後，只剩下三句：

> 五點鐘，上工的汽笛聲響了。紅磚「罐頭」的蓋子
> ——那扇鐵門一推開，帶工老闆就好像趕雞鴨一般把一
> 大群沒鎖鏈的奴隸趕出來。包身工們走進廠去，外面的
> 工人們也走進廠去。

這三句中，兩句半都是緊扣題目，描寫「包身工」的，只有第三句——由兩個並列分句構成，前一分句描寫「包身工」，後一分句帶出「外面的工人」。這樣筆墨集中，辭章效果更好。

(3)原文：而伴同前去冒險的，只有這方才學話的孩子；
簡直等於自己孤零的一個。（葉聖陶《夜》）
改文：而伴同前去冒險的，只有這方才學話的孩子；
簡直等於孤零零的一個。
(4)原文：眼眶裡明瑩著僅有的淚。（同上）
改文：眼眶裡亮著僅有的淚。
(5)原文：笨重的運貨車有韻律地響著鐵輪。（同上）

改文：笨重的運貨車的鐵輪有韻律地響著。

(6)原文：短髮女郎隨即回答，用教師撫慰學生那樣的溫
和的調子。（葉聖陶《雲翳》）

改句：短髮女郎隨即用教師撫慰學生那樣溫和的調子
回答。

「你看——哪……這要改作，因為不自然了。」例(3)，原
文形容詞「孤零」比較彆扭，拗口，改為「孤零零」聲言就流
暢了。例(4)，原文「明瑩」是古漢語形容詞，一般不帶賓語；
改為變性的動詞「亮」，更符合現代的修辭用法。例(5)，原
句：「運貨車……響著鐵輪」，是古漢語中使動的用法，改為
現代漢語「運貨車的鐵輪……響著」，就現成而自然了。例
(6)，原句將狀語「用……調子」挪於謂語之後，是變式句，因
為沒有這種需要，改句把它挪到狀語前，構成常式句，就自然
了。用詞、造句、設格、謀篇、情節安排、人物對話，都有自
然與否的問題。它要求天然的，不做作、不雕飾、不堆砌、不
侷促、不呆板，渾然天成。上述改動，不是給我們做了很好的
示範了嗎？

(7)原文：說到玉女峰，一般人只想到她「插花臨水」、
嫵媚多姿的美麗外表，而忽視了她柔中有剛的特點，
她還具有中流砥柱的英雄氣概。（章華《閩北考察紀
行》）

改文：說到玉女峰，一般人只想到她「插花臨水」、
嫵媚多姿的美麗外表，而忽視了她柔中有剛的特點。

> 玉女峰，是武夷山的標誌，是武夷人改天換地、妝點
> 河山的精神象徵。<u>九曲溪滾滾滔滔，時而急流漩渦，</u>
> <u>時而洶湧澎湃，山洪來時，還要咆嘯怒吼。可是玉女</u>
> <u>呢，不藏在深閨之中，不流連於月宵花下，而是毅然</u>
> <u>步向急流，要力挽狂瀾，</u>具有中流砥柱的英雄氣概。
> 玉女屹立，武夷長青，江山多嬌。

「你看——哪，在這裡還得加些渲染，使形象更加顯豁
些。」原文「玉女」怎樣「柔中有剛」，不具體、不形象。改
文增加文字（加橫線的部分）用九曲溪急流，用「流連於月宵
花下」悠閒生活來襯托，就使玉女既嫵媚又剛毅的巾幗英雄的
形象突現出來了。

辭章學，使文藝學、美學、文章學、語法學、修辭學的理
論、規律和方法具體化了，它完全符合人們的認識規律，使人
便於理解，易於掌握。

3.交際性

上面所述橋梁性著重從基礎知識、基礎理論與能力的培
養、提高而言，交際性則是就說、寫與聽、讀兩端資訊的發
出、反饋交往而言。上三角，可以看成是言語交際的特殊模
式。

辭章學的基礎知識、基礎理論、基本規則是說寫者與聽讀
者必須共同遵守的原則，或稱「憲章」，對資訊進行編碼，形
成了作為載體的話語，通過信道發出、傳播；聽讀者根據這些
原則對「話語」進行解碼、理解、接受，鑑識了資訊，有時還
得對說寫者作直接的或間接的、及時的或異時的反饋。這種資
訊交往，有時要反覆進行。辭章學的下位學科：「建辭學」立

足於說寫者，來分析、歸納、總結辭章表達的理論、規律、方法；解辭學則立足於聽讀者，來分析、歸納、總結辭章鑑識的理論、規律、方法。而作為廣義的辭章學，則是兼及分析、歸納、總結辭章表達、承載、理解的理論、規律、方法的科學，亦即辭章這種「藝術形式」在表達、承載、理解資訊中的理論體系及其規律、方法。廣義的辭章學與建辭學、解辭學構成了一座橋，這樣的話語作品，就成了說寫與聽讀之間資訊交際的媒體。橋梁性、示範性、交際性是辭章學中層次的特性，它是從辭章與表達、鑑識而言的。

(三)從「四六結構」的整體來分析，辭章學又具有民族性、時代性、實用性

這是辭章學最大層次的特性。

1.民族性

辭章學全稱「漢語辭章學」，它具有漢民族文化的特點。漢民族文化之諸多因素，包括它的物質、精神之多方面，都會在辭章中體現出來，都是辭章學應該給予歸納、總結的。

中國文化，周之《易經》、諸子百家，漢之儒學、佛學，南北朝之玄學；五行八卦，各個時期的政治、經濟、文學、藝術，各地的風俗、習慣等文化背景，都給辭章打下深深的烙印。

我國處於北半球，秋天正是夏去冬來的過渡季節，北雁南飛，萬木凋零，使許多古人產生了悲秋之感。宋玉《九辯》：「悲哉秋之為氣也！蕭瑟兮，草木搖落而變衰。」魏文帝《燕歌行》：「秋風蕭瑟天氣涼，草木零落露為霜。」曹植《秋思賦》：「四時更代兮秋氣悲，高雲靜兮露凝衣。」陸機《文

賦》：「悲落葉於勁秋。」李白詩：「天秋木葉下，風冷莎雞悲。」杜甫《秋興》：「山樓粉蝶隱悲笳。」歐陽修《秋聲賦》：「蓋夫秋之為狀也，其色慘澹，烟霏雲斂。」秋，這一自然現象，也融化入深深的文化現象。其他的，如炎夏、寒冬，朝日、夕陽，東風、西風，泰山、黃河，長城、故宮，玉階、丹墀，松、梅、竹，蓮、藕、菊，桃、李、杏，桔、梨、棗，駿馬、綿羊，狼虎、燕雀，直至黑、白、紅、黃，等等，都是客觀的事物，而在特定的語境下，都蘊含著深深的文化信息。這些都與民族風俗、習慣、社會背景，思維方式，緊緊地聯繫著。

語言中的各種因素，與民族的文化聯繫就更為密切。

漢語一字一音，平仄、抑揚，形成了詩詞的抑揚格而不同於西方詩歌的松緊格；它又與感情之低與高，情緒之悲與喜聯繫著。諧音、雙關、拗音、疊音、音趣等，都深含民族的特點。

漢語用方塊字，組合容易，加上漢民族喜歡成雙成對，這就構成了對偶這種極具民族風味的辭格，也有利於形成排比、頂針、回文、聯邊、析字、字代、字喻、形趣等言語藝術。

漢語詞類名、動、形區別不太明顯，而且同一個詞，時有兼類現象，沒有形態標誌，組詞容易，雙音詞、四字格成語，獨具特色的諺語、熟語、歇後語、仿詞、同異等現象很多。

由於字詞、短語的特點，又形成了靈活的句子結構，長短、鬆緊、順逆、整散、常變等句式豐富多彩。

由於這些特點，也形成了獨具特點的篇章結構和辭體。詞體之篇有定句，句有定字，字有定聲，篇有定韻；詩之寶塔形、樓梯形、方塊形，鼓點式、回文、織錦，等等，都深具民

族的特點。

辭章學之民族性是突出的。辭章學就是要突出這些民族語言的特性，從這些特性來總結語言運用的規律，使它比從西方引進的語法學，東洋引進的修辭學更具民族特點，更符合運用語言的傳統經驗。我們感到，最富民族性，就最具世界性。

2.時代性

語言的運用總是隨時代之不同而不同，總是服從於時代政治、經濟、文化的特點和需要，與時俱進。在歷史的長河中，語音、文字和詞語、句子的結構規律，文章的體式，都在不斷變化之中，翻開不同時代的話語作品，其不同的精神面貌、情調韻味就不相同，詞彙、句子、篇章結構等也不一樣。時代風貌，時代精神，時代風情，時代色彩，使不同歷史階段的辭章形成不同的時代風格。

上面講的民族性、時代性，是從宇宙元與話語元，宇宙元與說寫元、聽讀元的關係中來考察、論析的。

它們是「適合語境律」的重要內容，是辭章的根本規律之一。這是我們應該充分認識到的一個方面。另一方面也要看到民族性、時代性，是文化之各種學科的共性：文學、藝術、雕塑、書法、美學、醫學甚至房子、器皿、橋梁等等都具有這些共性。從辭章學講，它是宏觀的特性。因此，《論集》、《概論》等專著都不把它們拈出，而是把它們融化在言語規律中來總結。

3.實用性

所謂實用性，主要表現在以下三點。

一是它比語法、修辭更具民族性，它是從漢語自身的特點進行歸納、總結，對我國五千年來文論、史論、詩話、詞話、

曲語等傳統經驗作整理、歸納、昇華,加以系統化、科學化建立起的一門新學科。

二是因為它具有融合性,把語言學的各分支學科(文字學、訓詁學、音韻學、詞彙學、語法學、語體學、風格學)、相關學科(文藝學、心理學、邏輯學)綜合起來,以建構全方位、多功能的言語智能體系,要講究既「通」又「對」,且「好」而「妙」。

三是因為它是一門應用的學科,從應用的角度總結理論,又用這理論指導應用。它的目的就在於提高說寫聽讀的能力、語言運用的綜合能力。

我們既要充分認識實用性這一特點,又要看到它不僅是言語類的學科,甚至也是自然科學的許多學科的共性。因此,《論集》、《概論》等專著以之作寫作的指導思想,但不特別予以強調。

本書從「四六結構」考察,從三個層面,總結辭章學的九種性質,是為了讓讀者不僅能科學地理解其性質特點,更是為了有效地應用。這是辯證法在總結、認識辭章學特性中的運用。

注 釋

①晉・陳壽:《三國志》之《蜀志》、《魏志》。

②明・宋濂:《曾助教文集序》。

③《墨子・小取》。

④漢・王充:《論衡・對作篇》。

⑤南朝・梁・劉勰:《文心雕龍・知音》。

⑥南北朝・顏之推:《顏氏家訓・文章篇》。

⑦鄭頤壽：《辭章學辭典‧分類目錄索引》，鄭頤壽、林大礎等《辭章學辭典》目錄，12～16頁，三秦出版社，2000。

⑧宋‧魏了翁：「尚辭章者乏風骨。」（《楊少逸不欺集‧序》）

⑨清‧袁枚：「《易》稱修詞，《詩》稱詞輯，《論語》稱為命，豈聖人之溺於詞章哉？」（《虞東先生文集序》）

⑩《周易‧乾‧文言》：「子曰：『君子進德修業。忠信，所以進德也；修辭立其誠，所以居業也。』」《修章學辭典》517頁對此有數節引論，可參閱。

⑪《論語‧雍也》：「質勝文則野，文勝質則史；文質彬彬，然後君子。」

⑫南朝‧梁‧劉勰：《文心雕龍‧章句》。

⑬張志公：《論集》，52～53頁。

⑭同上，32～33頁。

⑮潘曉東：《刪繁就簡，合乎規範》，鄭頤壽、潘曉東主編《初中語文名篇修改範例》，54～56頁，江西教育出版社，1997。

二、「四六結構」與「四在效果」 *

　　話語作品，要「以意遣辭」、「以辭抒意」、「辭意相成」。「意」，就是內容，是核心；「辭」是語言形式，是載體。本節專論後者，並把筆鋒聚焦在「四六結構」的哲學思辨上，論析「辭章效果」（含修辭效果）的產生、存在和發揮作用的全方位、全過程。

　　言語活動要追求「好」的辭章效果。張志公先生就多次提到這個問題。1961年，他倡議建立漢語辭章學的意圖，就是要「探討運用語言的技巧和效果等這一路的問題」①。1983年，他又說「產生辭章效果，成為辭章學的研究對象」，並指出「辭章效果」「產生於新穎」②等言語技巧。

㈠辭章學要探討辭章效果

　　辭章之對話語資訊的建構、承載和解讀，都要求有「好」的效果。「好」的辭章效果（簡稱「辭效」）必須符合言語標準。符合的，就是好的；否則，就是不好的。王德春教授認為「言語修養標準」是「為提高言語效果、改進言語質量而提出的典範言語的標準，人們在使用語言時可以具體遵循，並用之衡量話語質量。有三類十二條標準。1.同語言有關的標準：(1)正確性；(2)豐富性；(3)簡明性；(4)純潔性；(5)健康性。2.同思維和現實有關的標準：(1)精確性；(2)邏輯性。3.同言語環境有關的標準：(1)適合性；(2)淺顯性；(3)生動性；(4)說明性；(5)有效性」。這就把言語修養標準與言語效果的取得聯繫起來③。

這是對「好」的效果的具體化。

志公先生是把「準確、鮮明、生動」④作為辭章修養的標準；「經濟」（簡練）、「準確」、「效率」，作為「現代化社會對辭章提出的新要求」⑤。筆者在《比較修辭》書中則把「明晰、準確、協調、簡練、連貫、周密、形象、生動、有力」作為「好」的修辭效果的具體化和標準。具體的辭章效果和言語標準是從不同角度提出的，但它們又是可以相通的，是互為因果的。

辭章效果和修辭效果是相通的，但辭章效果大於修辭效果（見下文「辭章效果的融合性」）。

修辭學界對「效果」的認識，過去有的講「表達效果」或「交際效果」，有的則講「表達效果和接受效果」等。如果說「表達效果」僅就說寫者而言，是很不夠的；而「交際效果」的提法則前進了一大步，但若僅就說寫與聽讀而言，也還不是很圓滿的；「表達效果和接受效果」也屬於這一種。我們從「四六結構」的理論框架出發，把辭章效果細分為：潛在效果、自在效果、他在效果和實在效果。這四種效果總體講是一致的，但是因語境和言語主體等不同，有時又有區別，甚至很大的區別。

(二)「四在效果」

1.潛在效果

潛在效果是著眼於表達元的效果。任何言語表達都要經過表達者對話語進行建構。而要建構效果好的話語，首先「黑箱」中的話語「底本」其可能產生的效果應該是「好」的，這正如好的照片，必須有好的底片一樣。有經驗的理論家、作家對此

有深刻的體會。他們認為：「不論人底頭腦中會產生什麼樣的思想，以及這思想在什麼時候產生，他們只有在語言的材料底基礎上、在語言的術語和詞句底基礎上才能產生和存在。完全沒有語言的材料和完全沒有語言的『自然物質』的赤裸裸的思想，是不存在的。『語言是思想底直接現實』（馬克思）。思想的真實性是表現在語言之中。」⑥葉聖陶先生的這段論述是很精闢的。他還說：「要是我的語言雜亂無章，人家絕不會承認我的思想有條有理，因為語言的雜亂無章正就是思想雜亂無章。要是我的語言含糊朦朧，人家絕不會承認我的思想清楚明確，因為語言含糊朦朧正是思想含糊朦朧。要是我的語言乾巴巴的，人家絕不會承認我的思想好像剛開的花朵，因為語言乾巴巴的正就是思想乾巴巴。」⑦這就是說，表達出來可能產生的「好」的話語效果來源於思想上構想的潛在的「好」的話語效果，它們是一致的；把思想和言語分開，把思想中可能產生的潛在的「話語效果」和顯性的話語效果截然分開，是不合事實、不合邏輯的。因此，要想表達得明晰，首先自己的思想認識應該是清楚、明白的，以己之「所不知」，是不能使人「知之」的；要想表達得條理井然，首先自己的思想認識應該條理清楚；要想表達得周密，首先自己的思想認識應該合乎邏輯。從語體功能講，對藝術語體，則應用藝術思維（又稱形象思維），才能表達得形象、生動、美妙；對實用語體，則應用邏輯思維（又稱抽象思維），才能表達得概念準確、判斷正確、推理合乎邏輯。

　　潛在效果，是「未移為辭」之前所具有的可能產生的話語效果。沒有這一效果的潛能，要取得好的自在效果、他在效果、實在效果是不可能的。

潛在效果的大小、優劣，決定於說寫者對宇宙元萬事萬物的觀察、認識和選擇，決定於對「結構組合結合」⑧規律的把握。

我們特別指出潛在效果，在於揭示「效果」產生的過程，揭示效果的辯證法，在於強調表達者對這一效果的重視。

2.自在效果

自在效果是就話語元而言的，是潛在效果的顯現化、物質化，它是存在於話語作品中可能產生社會效應的效果。這種效果，或用口語，或用書語，或用電話為媒介，來承載、來傳遞。

自在效果，是修辭家、辭章家所極力、精心追求的，是轉為他在效果、實在效果的前提和依據。潛在效果還是縹緲不定的，而自在效果，尤其是以書語為媒介的，其自在效果就被透明化、定型化，使之可以衝破時空的界限，在不同的時代、不同的地方產生其社會效用。它對產生他在效果、實在效果起著決定性、根本性的作用，是表達者關注的焦點。

自在效果是潛在效果的引申，而其價值的兌現還取決於他在效果和實在效果。

3.他在效果

他在效果是就鑑識元而言的，它是對自在效果的兌現，沒有聽讀者的參與和創造，潛在效果、自在效果的社會效應就無法實現。

對同一話語現象，不同的聽讀者對它的接受、理解、鑑識、評價是不同的，往往有正誤、全偏、深淺的區別，因此，其所產生的社會效應就有正負、優劣、大小的不同。這種不同，受到語境和語體的制約，也受到鑑識者思想、觀點、興趣

愛好、文化水平等自身因素的影響。

同樣一句話，其自在效果是客觀存在的。但因不同語境的襯托、干擾，其自在效果就會變值。有條街道，上面掛著「發展才是硬道理」的標語牌，這自在效果是很好的，是宣傳部門所做的好事。交通部門也設計了許多標語，有塊標語牌是「限速60公里」。獨立看這一標語，也會產生很好的社會效應。可是交通部門的工作人員，把這塊標語與上述標語緊接著掛在一起，在這語境裡，就有可能產生弦外之音，使本來的自在效果受到干擾、打折，使之變值。

不同的語體，其自在效果的被干擾、被變值的情況是不同的。實用語體之科技語體、應用語體等，要力求其自在效果與他在效果的一致性。「$(x+y)^2=x^2+2xy+y^2$」，這樣的話語，不分國度，不分民族，不分人群的理解是一致的，其自在效果和他在效果，在能正確理解它時是完全一致的。文藝語體，其中韻文體的詩歌，尤其是風格蘊藉的作品，由於用形象性的語言來承載資訊，就使不同的聽讀者有不同的理解，這就是所謂的「詩無達詁」而產生不同的社會效應。同樣是《水滸傳》，有的人說它是反映農民戰爭的小說，有的說它是描寫強盜的作品；同樣是《紅樓夢》，有的人說它是反映即將崩潰的封建社會的佳作，有的說它是「誨淫」的黃書。同樣是《詩經·周南·關雎》，朱熹認為它是：「周之文王，生而有聖德，又得聖女姒氏而為之配，宮中之人於其始至，見其有幽閑貞靜之德，故作是詩。」⑨洪子良指出：《關雎》「《小序》以為后妃之德行，《集傳》又謂宮人詠大姒和文王的。他們的據說，姑且不論，總的都是採取民間的詩篇，讚美淑女得配君子的意思」⑩。而現代的研究者大多數認為它是民歌，是愛情詩。

不同的聽讀者對同一話語的自在效果的破譯和鑑識是不同的。林彪「語錄舉過頭，萬歲掛在口。面前很溫順，背後下毒手」，還壓制、打擊、迫害一大批好幹部。有人寫了一首順口溜：

虎之得位勢洶洶，妄對忠良逞霸風。
借問淫威何日息，轉瞬林下一門空。

這是上世紀60年代末的作品。在民間手抄流傳中，許多讀者看了很高興，產生了好的他在效果。可是如果有個人，自己得到高位之後，就開始以權謀私，並善耍兩面派：對上、對外，畢恭畢敬，彬彬有禮，而獲得了領導的「信任」，騙得了「謙虛」、「平易近人」的「佳譽」，可是對自己一權獨攬的機構內部，對自己的淫威控制得住的一些部下，尤其是在某些方面超過自己的部下，就要威風，發脾氣，甚至迫害他，壓制他，暗算他，打擊他。此種人內在的品質，與林彪很相似，如果其他的相同點很多，例如，也是姓「林」的，名字還和十二生肖有關，叫「龐」、「駿」、「祥」之類單字名，又當了工會的「副主席」，而心胸狹窄，自己讀了上面順口溜後主動「對號入座」，更不肯以此為鑑，改變自己瞞上欺下、陽奉陰違、存心惡毒的劣質，就很有可能對此詩恨之入骨，如果知道了此詩的作者，還很可能大打出手呢！同一話語，其自在效果不變，而不同的接受者對它破譯所產生的他在效果，差別如此之大。

他在效果不是話語效果、辭章效果的終結，它要受實在效果的品評和檢驗。

4.實在效果

實在效果是就宇宙元而言的，「實踐是檢驗真理的惟一標準」。他在效果所產生的社會效應，就是實在效果。它是萬千聽讀者「他在效果」總和的平均值，是對社會所產生的實實在在的效應。由於潛在效果、自在效果、他在效果都有大小、優劣的不同，因此，其所產生的社會效應也是不一樣的。只有對社會實踐有積極的大的效應，才是好的最佳的效果。

如上所述，同一自在效果，因人不同，可能轉化成不同質的他在效果；也還可能因時、因地的不同，使他在效果產生不同質的變化。

人，不是孤立的生命個體，是「社會」的人。因此，作為表現他在效果的任何一個人，都會對他所處的社會產生不同程度的作用。好的文學作品，能教育人，鼓舞人，娛樂人，讓人的精神振奮，心情愉快，為社會的安定、穩定，為社會的進步、繁榮、富強產生正值的作用。這除了作品的思想正確、感情健康之外，也與辭章之「美」有關。反之，就產生負值的效果。

我們指出實在效果在於強調說寫者的社會責任感、使命感，在於提醒聽讀者要對話語作品之優劣有分析批判的能力，能夠正確地取捨。

(三)正確認識、對待、評估「四在效果」

這裡有幾點值得特別注意：

(1)既不要把辭效和話語作品的功能混為一談，又要看到辭效在話語作品的功能中所起的某種作用。內容很正確、很健康的話語作品，本來具有好的社會功能，如果辭章又合乎言語修

養標準，其社會效益就很大。這是我們所提倡、所追求的。如果辭章不合言語修養標準，其社會效應就大大受損。反之，內容不好的話語作品，其言語修養越差，讓人不屑一聽、一看，負面的社會效應就小些；如果其言語修養越高，其負面的社會效應就越大。這些對社會起負效應的話語，都是要克服，要避免的。當今世界，消息交流之面空前之廣，提供資訊之量空前之多，傳遞資訊之速度空前之快，因此，作為「有效、高效地表達、承載、並藉以適切、深入地理解話語資訊的藝術形式」，在強調「藝術形式」這一本職之外，對「資訊」之「有效」、「高效」（「佳效」、「大效」）也不能不聞不問。「尚辭章者乏風骨」⑪，連古人都有這種認識，我們豈可單純「為藝術而藝術」，對資訊之正誤冷漠不仁？

(2)「四在效果」，都離不開「四六結構」的理論框架。「四在」的各種效果，都有其側重點、落腳點，但又有其多條的輻射線，也就是都與三維發生聯繫，如表達元，與宇宙元、與話語元、與鑑識元等近三維發生雙向的對立統一的關係；有時，還不得不考察其遠三維，如宇宙元與話語元，話語元與鑑識元，鑑識元與宇宙元，對此也不能「旁若無維」，冷漠不管。

(3)辭效的融合性。傳統的說法，語法管通與不通，邏輯管對與不對，修辭管好與不好，而辭章要統而管之，要求既通，又對，且好。這種效果的融合性，就要求運用辭章者，要有全局觀點，綜合運用有關學科的原理、規律與方法。語格的九種變化，就體現了這種融合性。

(4)辭效的辯證法。傳統的修辭學著作，都要求表達得明晰、準確、簡練、形象、生動。這種提法不錯，抓到了大部分

言語作品應具的品質。但如果從語體功能、風格特點出發，從辭章效果的系統性，從辯證唯物論的觀點來考察，就感到還有不足之處。就以明晰為例，實用語體從總體講要求明晰，不宜故弄玄虛，也少用形象性的語言來表達。藝術語體，有要求明晰的，也有要求模糊的；它們的風格，有明快的，也有含蓄的。當然，明晰而不應淺露，模糊而不該晦澀。這樣，每種辭效就形成了六組對立統一的關係。舉例圖示如下，其他的就可類推了。

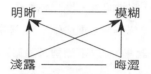

明晰與模糊只要得體都是好的，淺露和晦澀都是不好的。淺露要向明晰或模糊轉化，晦澀亦然。拙著《比較修辭》⑫就談了九種正值和負值相對立的修辭效果，拙文《語體是修辭學的基礎》⑬和《語體與修辭》⑭都談了九種如上六組的對立統一關係。

(5)辭效和辭風。辭效和辭風有密切的聯繫。志公先生早在1962年就已指出：「所謂文章體性，無非是表達效果的集中表現。」⑮這裡所說的「體性」就是表現風格。辭章效果見於字詞、語句、辭格等言語單位，它們只具有風格色彩；而表現風格以篇為單位，它是字詞、語句、辭格等同類辭章風格色彩的融合所體現出來的在話語中占優勢的總的特徵。諸多形象性的字詞、語句、辭格的融會，就容易形成藻麗的表現風格；諸多明晰性的字詞、語句、辭格的融會，就容易形成明快的表現風格。因此，辭章的生成，要力求優效、高效，表現風格也就容

易體現出來。所謂「占優勢的總的特徵」，是因為一個話語單位（一首詩、一篇文章、一部小說等）其表現風格往往是多樣的，其中「占優勢的總的特徵」，才能代表該話語的表現風格。

　　辭章效果──「四在」之效果，是辭章學應該深入研究的一個重點課題。

注 釋

＊本節與鄭韶風合作，經她同意，收入本書。

①張志公：《詞章學？修辭學？風格學？》，《中國語文》，1961（8），收入《漢語辭章學論集》（以下簡稱《論集》），3頁，人民教育出版社，1996。

②張志公：《漢語辭章學與漢語語法》，《論集》，20頁，《語言研究》，1983（2）。

③王德春主編：《修辭學詞典》，187頁，浙江教育出版社，1987。

④同①，《論集》，6頁。

⑤《論集》，120頁。

⑥⑦轉引自智仁勇等摘編《葉聖陶語文教育言論摘編》，110、112頁，天津古籍出版社，1994。

⑧請閱本書《「四六結構」與結構組合結合論》。

⑨《詩經集注》卷一，上海達文書局印行。

⑩洪子良：《詩經白話解》，上海中原書局出版。

⑪宋·魏了翁：《楊少逸不欺集·序》。

⑫鄭頤壽：《比較修辭》，258頁，福建人民出版社，1982。

⑬《福州師專學報》，1984（2）。

⑭《福建師範大學學報》，1991（1）。

⑮張志公：《漢語辭章學論集》，14頁，人民教育出版社，1996。

三、「四六結構」與語境*

　　語境，是選擇、適應、創造與分析、理解、想像言語的環境，是言語學的一個重要概念。「適境律」，是言語的一條根本規律。如若用「四六結構」來觀察，將有助於對語境作出更加科學的論析，建構新的語境學的學科體系；也有助於對「適境律」作更加科學的闡析。本節只重點論析言外語境、言內語境、六維和語境的一些問題。

㈠言外語境和言內語境

　　從「四六結構」分析，語境有「言外語境」、「言內語境」①。「言外語境」，包括宇宙元語境、表達者語境、鑑識者語境；「言內語境」，即話語之語境。

1. 言外語境

　　(1)宇宙元語境，包含國度（國內、國外）②言語交際雙方所處的「特定的時間、地點、領域、場景、氣氛，民族特點、風俗習慣、文化背景」③，「民族文化傳統」④，包含「適時、適地、適境、適事、適物、適勢、適人、適情、適文」⑤等。這些因素是針對不同話語作品提出的。我們把它們歸納成三個層面：

　　①自然環境，即物理世界，含宏觀、中觀、微觀的時間、空間環境、場景、景物及其相互關係。

　　②社會環境，含國內、國外不同歷史時期的社會背景。

　　③文化環境，即民族特點、風俗習慣、文化背景、文化傳統以及具體的文化場。

(2)鑑識者語境，就是話語解讀者的語境，也就是說寫的對象語境，它和社會環境緊密聯繫。本國人、外國人，敵人、朋友、自己人，領導、群眾，上級、下級，長輩、平輩、晚輩，老人、小孩，男人、女人，工人、農民、知識分子，知心者、陌生人；包含他們的出身、職業、性別、年齡、社會地位、經濟地位、文化程度、思想修養、生活道路、興趣愛好以及心情等因素。這些，鑑識者的人與人的關係，包含與表達者的關係，又構成了社會語境的重要內涵⑥。

(3)表達者語境，即說寫者所處的地位、情勢，包括自己的出身、職業、年齡、性別、社會地位、經濟地位、文化程度、思想修養、生活道路、興趣愛好，以及表達時特定的心情等因素⑦。

2.言內語境

包括話語中心（辭旨，含書面語的主題、題旨，口頭語的話題）、內容以及前言後語——題目、段落、句子、短語內部及其前後言語單位的相互配合，語音、聲律的協調等⑧。所謂「通與不通、對與不對、好與不好」，所謂「常格」、「變格」、「略格」，都要在這語境中才能表現出來，才能分析、說明清楚。

這些語境的理論在上述引文中已用了許多文字、語例作了論析，不贅。

(二)六維和語境

六維的每一維都是對立統一的辯證關係，處於主動與被動、作用與反作用、制約與反制約的雙向轉化之中，孤立的觀點、靜止的觀點是不合言語實際和言語規律的。

1.「說寫元⇌宇宙元」的語境辯證關係

宇宙元語境諸要素決定著說寫元的話語活動，而說寫元又反作用於宇宙元。宇宙元之特定的時間、空間、領域、景物、場景，特定的社會，包括社會制度、社會關係、社會經濟，特定的民族文化，具體的文化場，包括社會人群的知識、信仰、道德、法律、習慣、風俗等語境因素都對說寫活動產生影響、制約作用，說寫活動必須適應它。然而，作為說寫者的話語活動又是積極的、主動的，他們可以在符合言語規律的前提下，選擇、改造甚至創造語境要素。杜甫的七律《曲江對酒》描寫春遊曲江勝景，其頷聯原作「桃花欲共楊花語」，改作「桃花細逐楊花落」，最後改為「桃花細逐梨花落」⑨，都表現出作者對語境要素進行選擇、改造、創造所作出的努力，努力的結果，使表達者苦悶的心情與花「落」的語境，相適應了；把原來「桃花、楊花開不同時」的違境的句子，改成「桃花、梨花」交錯飄落的景色來表達自己孤獨、淒愴、抑鬱的心境——使外境與心境、時間語境與景色場景都相適切、相適應了。這是哲學上客觀決定主觀而主觀又能動地反作用於客觀的辯證法在「宇宙元⇌說寫元」這一維語境關係上的反映。只強調客觀語境的決定制約作用而忽視說寫者的主觀能動性和對客觀的反作用是片面的，形而上學的。

2.「說寫元⇌話語元」的語境辯證關係

說寫者是話語文本的創造者，是被康德譽為「變成好像是第二自然」⑩的「造物者」。從這點講，說寫者對話語文本語境起著主動的支配作用。例如：

因其遊蹤，幾遍神州，目之所寓，足之所踐，蘊積化而

為詩。故言之有物，語不虛設，豈僅灞橋尋詩、花間覓句所能比擬。（章華為謝剛慧《滴石吟草》詩集所作《序》原文）

這是《序》中作者主動創造的相對獨立的一個辭段。辭段既已形成，它們的前後文又互相配合，互相制約，才能構成和諧的整體。可是仔細推敲，就感到「足之所踐」放的位置不對：「足」應與上文語境的「遊蹤」緊連，「足」到之後繼之以「目」，才合乎事理、文理。再者，「蘊積」之後加「胸中」兩字，形成「足——目——胸」的層遞結構，改文「……幾遍神州，足之所踐，目之所寓，蘊積胸中，化而為詩……」形成勻稱的音節。由此可見，話語元語境又反作用於說寫者對辭段作新的思考。「說寫元⇌話語元」語境也是對立統一的辯證關係。

3.「話語元⇌鑑識元」的語境辯證關係

辭章的形成過程是：「宇宙元⇌說寫元⇌話語元⇌鑑識元⇌宇宙元」，與之相應的，辭章的效果有：潛在效果→自在效果→他在效果→實在效果。瞭解這些有助於認識「話語元⇌鑑識元」的語境辯證法。鑑識者是破譯話語文本資訊的主體，破譯的過程是主動的，積極的，甚至對文本起再創造的作用；而文本所提供的語境又對鑑識者瞭解話語中之每一個辭語、辭句、辭段等言語單位元的資訊起反作用。山海關孟姜女廟有副對聯：

海水朝朝朝朝朝朝朝朝落
浮雲長長長長長長長長消

　　此聯靠孟⇌女廟面朝大海，海面經常雲消雲長這一特殊地點、場景語境的提示，靠前後詞語的特殊語境的襯托，靠對聯結構規律這一民族文化傳統的暗示，讀者不僅不難於破譯上下聯語義資訊，而且獲得對聯作者奇思妙構的美學資訊。它們的讀音是：

hǎi shuǐ cháo zhāo cháo zhāo cháo zhāo cháo zhāo luó

fú yún zhǎng chǎng zhǎng chǎng zhǎng chǎng zhǎng chǎng xiāo

這副對聯如果用其本字來表達，並加上標點，就是：

　　海水潮，朝潮，朝潮，朝潮，朝落

　　浮雲漲，常漲，常漲，常漲，常消

它完全符合漢語「定主謂狀謂狀謂狀謂狀謂」這一連動式的結構，符合對聯詞性相對（名詞對名詞、動詞對動詞、副詞對副詞）、平仄相反的原則。這些前後言語境提示了、幫助了聽讀者對話語資訊的破譯。

　　不同鑑識者對話語資訊的破譯，又會因處境、心情、藝術修養等自身語境的差異對同一話語作品做不同的「再創作」性質的破譯。對名著如此，對一般的作品有時也有這種情況。上個世紀60年代，有個大學生，清晨起來，看見校園的花沾滿濃濃的露水而低垂；太陽上升，花上的露水乾了，花枝輕仰起來。他就寫下《曉英》一詩：

　　玉露如珠嵌曉英，問君何故淚盈盈。

　　舉頭喜見東陽出，拭就涕痕帶笑迎。

此詩登在學生自辦的文學雜誌上。當時，正是「我們心中最紅最紅的紅太陽」最紅的年代，曉英向陽，而且喜笑顏開。對此，有人就認為它是歌頌偉大領袖的小詩。而有位芳名楊曉英的女生，以為這是求愛詩。她對他早就仰慕，讀詩後，以為他對她有好感，就鼓起勇氣偷偷地向他寄去儲滿「熱情、深情」的信——而他根本沒有此意。可見鑑識者的語境對話語的破譯也起暗示、引導甚至制約的反作用。對風格蘊藉的名作的理解更是如此。

4.「鑑識元⇌宇宙元」的語境辯證關係

每位鑑識者都處於特定的時空背景（宇宙元）之中，時空的各種因素都會影響鑑識者對話語文本的破譯。上例《曉英》一詩也可說明這個問題。相傳，有一天，蘇東坡到王安石府上，看見王安石寫的一首詩，其中一聯是：

> 西風昨夜過園林，
> 殘菊飄零滿地金。

蘇東坡根據自己長期以來所處之時空裡看到的菊花，都沒有「飄零」這一生活經驗，以為王安石寫得不對，就在其詩後附記兩句：

> 秋英不比春花落，
> 說與詩人仔細吟。

後來，蘇東坡因政見不合於主權者，被貶到黃州任團練使。秋風掃過，看到殘菊紛紛飄落。這時，他才發現自己鑑識

有誤，誤批了王相君的詩稿。可見宇宙元語境對聽讀者的鑑賞起著暗示、指引的作用；讀者必須善於「體物驗事」⑪，才能理解得正確、全面、深入。

5.「宇宙元⇌話語元」的語境辯證關係

宇宙元之自然界、人類社會、民族文化是構成語境的三個層面，它制導、制約著話語文本的建構與解讀。「東風壓倒西風」，這在中國，由於特殊的地理位置，中華民族幾千年來給「東（春）風」所賦予的含意是「約定俗成」的，在說寫與聽讀之間，都是可以相通的。如果在西歐的外交場合，用之來表述政治概念，而作為翻譯官，忘記了自己所處的地域、國度，不管這些熟語的深層意義與西歐的文化背景，按言語的表層意義直譯，勢必帶來不好的實在效果。處於西歐的前蘇聯人認為：西伯利亞的寒風（東風）壓倒了大西洋的暖風（西風）。他們心中不會感到愉快的。在中國講「東風壓倒西風」，語境賦之以褒義，而在前蘇聯，就帶有貶義了。這是宇宙元對話語文本信息的制約與干預。「東風壓倒西風」的比喻，鼓舞了中國人；一移到前蘇聯，卻不能帶來好感，這是話語文本對宇宙元的反作用。

21世紀，是人類向太空發展的世紀。因此，建構、解讀反映天文現象的作品，必須深刻瞭解宇宙元與話語元之間的關係。例如：鄭文光《宇宙裡有些什麼》一個辭組的原文：

> 洶湧的熱浪不斷從這些大火球吐出來，射向寒冷黑暗的宇宙空間。

「宇宙空間」，就是地球大氣層外的空間，也叫外層空間。在這

空間，有千千萬萬洶湧著熱浪的大火球。這就是描寫對象「火球」的特殊語境。既然有千千萬萬的「火球」，因此，「寒冷黑暗」並不是宇宙空間的惟一特徵。改文把「寒冷黑暗」改為「廣漠」，使話語與宇宙元的語境相適應了。《辭章藝術示範》一書《科學性，科技文章的生命線》一節用了大量的語料闡釋了這個問題⑫。我們特別選用此類例子，在於強調「宇宙元」的含義不限於地球上的萬事萬物，還包含無窮無盡的宇宙空間和時間。這一點，今後將逐步突出，天文工作者、天文知識的寫作者和廣大聽讀者對天文作品的解讀，要有這種觀念。

6.「說寫元⇌鑑識元」語境的辯證關係

　　說寫是為了聽讀。其雙方有共時、共境直接的雙向交流，也有歷時、異境間接的雙向交流。說聽的口頭話語交流，多屬於前者；寫讀的書面作品的交流，多屬於後者。儘管它們有差別，但它們之間對立、統一的辯證關係是一致的。言語交際的雙方，總要根據對方的世界觀、人生觀，根據對方思想道德修養、生活處境、社會地位、文化水平、興趣愛好、年齡性別等語境因素為參照系組織話語，才能收到良好的辭章效果。傳說：「一個書生上街買柴。到了街上，見到來來往往的賣柴人，他叫道：『賣薪的，買薪囉！』賣柴的沒有一個理他。一直到了晌午，集市快散了，他揪住一個賣柴人，問他為何不賣。賣柴的說：『我是賣柴的，你要買星，找賣星的去吧！』」這是說者沒根據聽者的語境（文化水平）條件造成的交際失誤⑬。俗語：莫對傷心人，說己得意事；莫對災區人，談論人參補；莫對癌症人，宣告病危期；路逢陌生人，莫說知心話；縱然是好詩，要向知者吟；高山流水曲，莫向牛彈琴。說寫者一廂情願，不顧聽讀者對象的語境因素的話語，其辭章效果肯定

不好。

聽讀者也一樣，要瞭解說寫者對象的語境因素，才能正確解譯其言語資訊。孟子所說的「知人（論世）」⑭就是這個道理。有一首題為《芙蓉》的詩：

朝著素裙勝韻丰，日餐陽氣漸酡容。
群芳開後紅顏改，春色晚來伊獨濃。

有人根據這首詩的內容認為：這是老年人的吟懷詩。實際情況如何呢？它是一個14歲孩子寫的。當年「春闈」，他報考一所省城最拔尖的學府，在來自全省的「群英」角逐的口試、筆試中雙獲第一名，春風得意。可是秋來時，患了一場大病，高燒昏迷，亂說胡話。病好後，頭髮掉光，瘦骨如柴，且不說走路有困難，就連站著都支撐不住。休養個把月後，他可以坐在房前，望著庭中的木芙蓉：清早白色，而太陽照射後，逐步轉紅，傍晚顏色最濃。他看了一天又一天，寫了上面一首詩。而鑑識者，不知其「人」，只憑詩說詩，造成了誤解。

說寫與聽讀，尤其是說與聽雙方，均應根據對象語境，取得瞭解、認同，在心靈上拉近距離，而且得到「通意」⑮，辭章效果才是好的。

注 釋

＊本節與趙林合作，經他同意收入本書。

①鄭頤壽：《建構全方位、多功能的言語智能體系》、《適應語境，琢磨風格》等文，鄭頤壽主編《文章修改藝術》，17～18、125～128頁，安徽教育出版社，1993；又見《論「四六結構」和語體、資訊、

語境》,1997年提交全國文學語言研究會金華會議論文（內容提要）。

② 鄭頤壽：《比較修辭》等專著,福建人民出版社,1982。

③ 鄭頤壽：《適境得體,撢象傳神》,見鄭頤壽、張慧貞、鄭韶風編
著：《辭章藝術示範》,165～166頁,教育出版社,1991。

④ 鄭頤壽、鄭韶風：《對偶趣談》,166頁,香港學林書店,1990。

⑤ 鄭頤壽：《辭章學辭典·分類目錄索引》,7頁,三秦出版社,2000。

⑥⑦⑧同①～④。

⑨ 鄭頤壽：《辭章學概念》,253～254頁,福建教育出版社,1986。

⑩〔德〕康德：《判斷力批判》。

⑪ 鄭頤壽編：《辭章學辭典·論鑑賞的方法、要求·體物驗事》各詞
條,該典《分類目錄索引》83頁,三秦出版社,2000。

⑫ 鄭頤壽、張慧貞、鄭韶風：《辭章藝術示範》,251～271頁,上海教
育出版社,1991。

⑬《民間笑話大觀》,229頁,黃山書店,1987。

⑭《孟子·萬章下》。

⑮「通意」說,是墨子提出的,見《墨子·經下》,可閱《辭章學辭典》
第443頁注。

四、「四六結構」與結構組合結合論

從「四六結構」來觀察「辭章」，就可以由說、寫和聽、讀以及辭章的本體來作科學的論析，就可以更好地闡明「結構組合結合論」。這是由「辭章是有效、高效地表達、承載並藉以適切、深入地理解話語資訊的藝術形式」這個本質特徵所決定的。「表達」始於「結構」，繼而「組合」，進而把「結構」、「組合」結合起來；「理解」始於「組合」，繼而「結構」，進而把「結構」、「組合」結合起來。「承載」則是「結構組合」天衣無縫的結合體。

㈠結構論

「結構」是建築學的術語，又引申為各個部分的配合、組織，如物質結構、原子結構、工程結構；用在藝術作品上，指各部分的組織形式和內部構造；用在話語作品上，可指書面的文章結構和口頭的話語結構。這個「結構」，就是「四六」的宏觀結構和話語的中觀、微觀結構。

話語的生成，表達者（表達元）首先要從宏觀考慮，即根據對客觀世界（宇宙元）的觀察、實驗、體驗，形成了思想認識、評價、感情和擬表達的中心，根據時間、地點、場合（宇宙元）和聽讀的對象（鑑識元），對所掌握的材料、數據、人物、事件進行分析、提煉，分清輕重主次和它們的內在關係：這是宏觀的結構。接著，再考慮話語各部分的配合、組織安排。這就由宏觀的結構轉到了「話語元」這一中觀的結構。

古人對《易經》「言有序，悔亡」這一章法不斷演繹論

析，把「悔亡」的思想感情與「言」這一話語的「有序」之結構層次聯繫起來。劉勰指出：「宅情曰章」，「明情者總義以包體」，「章總一義，須意窮而成體」，「振本而末從，知一而萬畢矣。」①又說「若築室之須基構，裁衣之待縫緝矣」②，來比喻文章的結構。它要求：「裁章貴於順序，斯固情趣之指歸，文筆之同致也。」③這些理論闡析了：先是形成於表達者心中之情，然後才轉為「章」這一話語的中心──「義」、「意」（內容），這是「本」。這首先著眼於宏觀結構。而「順序」之「言」，又轉到了中觀的話語元結構。

王葆心的《古文辭通義》對此的認識與論述更加明確：「方氏《書震川文集後》曰：『孔子於「艮」五爻詞釋之曰：言有序。「家人」之象繫之曰：言有物，凡文之愈久而傳未有越此者也。』」「又望溪評《史記・十二諸侯年表》，約其詞文，去其繁重，以制義法曰：『春秋之制義法，自太史公發之，而後之深於文者，亦具焉。義即《易》所謂「言有物也」；法即《易》所謂「言有序也」。義以為經而法緯之，然後為成體之文。』」此論由宏觀結構之「物」（宇宙元）；論及中觀結構：話語（文、言），以「義」為經，以「法」為緯，內容與形式相對、相成、相統一於「文、言」之中。

「中觀」之「結構論」，劉勰早已論及，即以「篇」為單位，來考慮、組織「章句」。他說「尋詩人擬喻，雖析章取義，然章句在篇，如繭之抽緒，原始要終，體必鱗次」，才能做到「篇之彪炳，章無疵也；章之明靡，句無玷也；句之清英，字不妄也」④。這是從話語之「大」的言語單位，遞相統攝、制導「小」的言語單位。後代的文論家對此作了更具體的闡發。清朝戲劇理論家李漁就很明確「結構」這個詞。他說：

「至於『結構』二字，則在引商刻羽之先，拈韻抽毫之始，如造物之賦形，當其精血初凝，胞胎未就，先為制定全形，使點血而具五官百骸之勢。倘先無成局，而由頂及踵，逐段滋生，則人之一身，當有無數斷續之痕，而血氣為之中阻矣。工師之建宅亦然。基址初平，間架未立，先籌何處建廳，何方開戶，棟需何木，梁用何材，必俟成局瞭然，始可揮斤運斧。倘造成一架，則便於前者不便於後，勢必改而就之，未成先毀，猶之築舍道旁，兼數宅之匠、資，不足供一廳一堂之用矣，故作傳奇者，不宜卒急拈毫。袖手於前，始能疾書於後。」⑤此論強調中觀之話語元要「先制定全形」，先成全「局」，「袖手於前」，才能「疾書於後」。

這種由宏觀的「四六結構」到中觀的話語結構的理論，當代的理論家就更明確了。嘯馬、游友基的《文章原理初探》寫道：「篇章結構（話語元）是作者（表達元）觀察事物、分析問題（宇宙元）時思維活動的條理性在文章（話語元）裡的反映。」張壽康主編的《文章學概論》指出：「章法技法問題（話語元）涉及的範圍較為廣泛，其中既有提煉生活素材的問題（宇宙元），又有表現生活能力的問題」（宇宙元→表達元→話語元）。

微觀的結構論，是談如何從章中選句，句中造語，語中遣詞的結構。各種語體都有其特定的語句結構，如公文語體有一定的格式；科學語體、文藝語體有一定的句式、語詞，這在格律詩、詞、曲中，表現得尤為明顯，連句子結構、字數多少、聲音平仄、押韻位置都有「結構」的規律。拙文《再論言語規律——結構律》對此已有專論。

以上都是從表達的角度來闡析「結構論」。

其實，理解、接受、鑑識也要分析「結構」，才能居高臨下，破譯話語的真諦。元朝程元禮說：「每篇先看主意，以識一篇之綱領，次看其敘述抑揚、輕重、運意、轉換、演證、開闔、關鍵、首腹、結束、詳略、淺深、次序，既於大段中看篇法，又於大段中分小段看章法，又於章法中看字法，則作者之心不能逃矣。譬之於樹，通看則由根至表，幹生枝，枝生華葉，大小次第相生而為樹；又折一幹一枝看，則各自有枝幹華葉，猶一樹然，未嘗毫髮雜亂，此可以識文法矣。」這與表達論是相反的，其次序是「鑑識元」（看、識）→話語元→表達元（作者之心）。其中「話語元」按結構層次由大到小：主意→篇→大段→小段→字法。語文教師分析詩文，讀者閱讀作品，聽者琢磨整段的口語，無不如此。

上述我們列舉分析書面話語生成和破譯的理論，作為組成話語的修辭與辭章也是如此。

㈡組合論

組合論是闡析言語的單位由小到大組織成為整體的理論。「組合」是一種施工過程，適用於各門科學技術。組合機床，是由通用的動力部件（如動力頭、滑臺等）和支承部件（如床身、立柱等）以及少數的專用的零部件組織合成專用的機床。裁縫師做衣服就是靠組合縫成的。由我們主編的《中國文學語言藝術大辭典》、《辭章學辭典》等，每本百萬字，就是靠全國文學語言研究會中志同道合的幾個省市的專家、學者合作努力組合成的。

在話語的生成中，最早論及組合的是劉勰。他說：「夫人之立言，因字而生句，積句而成章，積章而成篇。」⑥——

「立言」：寫作（其道理也通用於說話），總是由小的言語單位到大的言語單位遞層組合成的。

「組合」過程論，受到許多專家、學者的重視。章微穎的《中學國文教學法》指出：「章法就是文章構成的型態，也就是句成段，段成篇，如何組織起的方式」。陳滿銘教授在《國文教學論叢》中說：「所謂的章法，是指文章構成的型態而言，也就是將句子組合成節段，由節段組合成整篇的一種方式。

在修辭學界鮮明地提出「言語形式組合論」最有影響的首推劉煥輝教授。他說：「把言語形式的適切組合作為修辭的基本手段，可以立足於語言運用的科學基地，從不同角度去歸納它的表達手段系統。由於語言是一個音、義結合的符號系統，因此可以一方面從語音的組合入手去組成相應的言語形式，以求修辭上所講的音樂美；另一方面從語義的組合入手去組合思想內容的表達形式，以求《發凡》所說的『使達意傳情能夠適切』。由於語言又是一個分層組裝的符號系統，因此又可根據思想內容的表達容量，組合成句、段、章、篇等大小不同的話語單位。」⑦這是從表達論「組合」。

其實，不僅表達要靠「組合」，鑑識、理解亦然。閱讀文章，要由字（詞）至句，至章，至篇，南宋王應麟的《三字經》就指出：「讀史者，考實錄」，「口而誦，心而惟」。聽「話」也是如此。

修辭的表達、承載、理解，都要靠組合，辭章亦然。

㈢結構、組合結合論

結構論、組合論，就某一個角度講，都是相當精闢的，都

從某一個側面歸納了話語生成的規律，功不可沒。但是，應該指出的是：在表達和理解的過程，「結構」和「組合」總是緊密「結合」，而且是反覆進行的。只是表達，是從「結構」開始，然後進行「組合」；理解，先從「組合」開始，然後才能掌握其宏觀、中觀、微觀之「結構」的內涵。上述單獨強調「結構論」或「組合論」的一些學者，在他們的頭腦深處，都沒有否定另一論，只是沒有鮮明地把兩論結合起來。劉勰是最早把兩論結合起來的。他說：「宅情曰章」，「情者總義以包體」，「章總一義，須意窮而成本」，強調「章句在篇」，「句司數字」，「外文綺交，內義脈注」，才能做到「篇之彪炳，章無疵也；章之明靡，句無玷也，句之清英，字不妄也」，才能「振本而末從，知一而萬畢矣」。這是很精彩的結構論，這種動態的話語結構論當然不同於作靜態研究的語法結構論。同時，劉勰又指出「因字而生句，積句而成章，積章而成篇」這種組合的「程序」⑧。

曹冕的《修辭學》論及「篇之格律」時指出：「篇有篇旨，段有段旨，句有句旨。句之旨統於段，段之旨統於篇，是謂篇之統一。」前一句，由「旨」（中心內容）而論，由言語大的單位論及小的單位，屬於結構論；後一句，由小而大，屬於組合論：前後兩句結構與組合兩者結合。朱庭珍的《筱園詩話》有類似的論述：「古人詩法最密，有章法，有句法，有字法，而字法在句法中，句法在章法中，一章之法又在連章之中，特渾含不露耳。」鄭文貞的《篇章修辭學》也指出：「整體、全局離不開部分、局部，離不開構成它的分子，話語和篇章離不開詞語和句子。」又說：「句受制於段，統於段，段受制於篇，統於篇。」朱、鄭兩位也是從結構、組合結合來論述

的。

由上可知，任何有成就的言語學家、文章學家，都不會否定「結構論」和「組合論」的「結合論」。

筆者的「四六結構論」、「言語規律」，就是從「結構組合結合論」抽象出來的，「結構」是本質，是大局，是指針，它顧及表達與鑑識、客觀事物與話語，話語之內容與形式，它統帥、制導著「組合」；「組合」是「手段」，是對「結構」實施的步驟：「結構」與「組合」總是緊密結合的。要表達，就得先有「結構」之「竹」成之於「胸」，然後進行「組合」；「組合」成「話語」之後，還要「口而誦，心而惟」地由小而大，反覆思考，往往還要從總體「結構」進行調整，使「組合」更合理。鑑識、理解雖然與表達是反向的，必須通過組合：由小而大，才能從瞭解詞語之義到句義，由句義到段義，由段義到篇義，但這僅僅是初步的；要深入理解篇、段、句、語、詞字之義，又得置之於宏觀、中觀、微觀的「結構」之中進行考察，來修正初解之偏頗，補充其不足，深化其淺者，而且要讓「組合」、「結構」多次反覆結合，反覆進行。好的「話語」，有「常讀常新」之說，越是內涵豐富的，字面字裡不一致的變格話語，尤其是如此。

「結構組合結合論」，不僅僅停留於「話語」論「話語」，而且從產生「話語」的「根」、「源」──宇宙元，亦即社會存在、自然環境、文化背景，由「宇宙元」之萬事萬物與「表達者」雙向的、對立的、統一的作用，才形成了說寫者的認知、思想、感情，才有「話語元」之「結構組合結合」的基礎和依據。聽讀者要深刻理解話語（尤其是有深意的話語），就必須由「話語元」連及「表達元」、「宇宙元」。而分別或者單

提「結構論」、「組合論」者很容易忽視，至少沒有很突出地強調「話語」與其「根」、「源」（宇宙元）之對立、統一的關係。

「結構組合結合論」的理論框架是「四六結構論」，是言語規律，它是論析話語的根本理論依據。

掌握好「結構組合結合論」，對於語言運用、理論研究（包括定義、對象、性質、體系和規律、方法等）都有裨益，這是因為它是帶有根本性、包容性的理論，既含宏觀的「四六結構論」，又含中觀的話語篇章結構論，微觀的句子語詞和語音、文字結構論；辭格、藝法結構論，語體、文體、風格結構論；既論表達，也談鑑識；既論話語內部結構，又談話語之外諸元之結構。這種結構組合的結合是修辭學、辭章學、文章學、語體學、風格學等語言運用的學科「綜合協調部」。

注 釋

①梁·劉勰：《文心雕龍·章句》。

②梁·劉勰：《文心雕龍·附會》。

③④同①。

⑤清·李漁：《閑情偶記·結構第一》。

⑥同①。

⑦劉煥輝：《一切修辭手段都歸結為組合——關於修辭理論和研究方法的思考》，載《修辭學研究》第四輯，廈門大學出版社，1988。

⑧同①。

五、建立普通辭章學的任務、目的和方法、步驟

　　漢語辭章學新學科的建立，必須具有清醒的理論自覺，做到任務清楚，目的明確，方法科學，步驟合乎發展規律。

㈠建立漢語辭章學的任務，最主要的有三大項

　　一項是理論體系的建設，一項是辭章藝術的歸納、總結，一項是把前兩項結合起來，運用於社會，指導言語實踐，提高學習者聽說、讀寫的能力，養成自己的言語風格，促進社會形成良好的文風。

　　辭章的理論體系，從大的方面講有：辭章學的定義、對象、體系、性質、效果以及辭篇生成與解讀的步驟、規律、方法。上文已經對此做了闡述。這些理論，應建立在對漢民族辭章理論的歷史比較研究和新時代理論成果的總結與昇華上，並從中找出一個能夠籠罩整個學科的宏觀理論來，筆者以為，這就是貫穿著辯證法思想的「四六結構」理論。

　　辭章藝術，是一個龐大的系統，是架在「理論」和「運用」之間的一座橋。首先，要著眼於「規律」。規律，是對實踐的歸納和總結，是不可違抗的。這些規律有：本書所總結的「誠美律」和「言語規律」，陳滿銘教授所總結的辭章章法「四大原則」──「原則」①，就是規律，等等。按「言語規律」，派生出九種語格變化規律②，並將依律建立「常格辭章學」、「變格辭章學」、「變異辭章學」、「規範辭章學」和「語格學」等辭章學的下位學科。按「四大原則」建立的辭章章法學並進

而建立篇章辭章學，陳教授及其高足的十多部三四百萬字的成果，就是對這些規律的實施③。其次，辭章藝術方法，是對「規律」的實施、具體化。張志公先生所說的辭章的「方法技巧」、「語音聲律」和「章法」、「句法」、「字法」、「比興」④，陳滿銘教授所總結的演繹法、歸納法、正反法、泛具法、敘論法、虛實法、順逆法、揚抑法、賓主法、今昔法、遠近法、大小法、本末法、輕重法、平側法、立破法、問答法、顯隱法以及三疊法等⑤，筆者歸納的「構思、想像、營造」、「熔裁‧附會‧置辭」、「馭術馭篇」、「謀篇」、「選句」、「造語‧措詞」、「用字」、「調音、協律」、「辭格、藝術方法」、「表達方法」、「修改‧潤色‧潤飾‧錘煉」等，用了千計的辭條闡釋了數百種的辭章藝術方法⑥。「方法技巧」，使「理論」、「規律」物質化；而「理論」、「規律」，又使「方法技巧」系統化。沒有兩者——「虛」與「實」的結合，建立漢語辭章學就是一句空話。

　　「理論」、「規律」、「方法技巧」必須與實際運用結合起來，用之於教學，用之於說寫、聽讀，才能產生真正的社會效益。據鄭韶風評述：我國目前三大支辭章學研究隊伍，他們的辭章學建設，都是從教學實踐中來，再用之於教學實踐，進行檢驗，使理論不斷豐富、發展，而漸趨完善⑦。本書的《談談大學生的言語理論修養》就談到了言語藝術修養與理論修養及其途徑、方法等，可作為本節的補充。

㈡建立一門新學科，是歷史發展的必然，絕非故意標新立異，要有其十分明確的社會目的

　　作為大語法家、語文學家張志公先生說過：「在語言學界

和語文教學界，多年來存在著一個令人頭疼的問題，那就是怎樣把漢語語言學的基礎知識、基礎理論同培養聽說讀寫的應用能力（也就是語文教學）實實在在地結合起來。」「原來在基礎知識、基礎理論這一端與實際運用那一端，需要有也可能有一種橋梁性學科把兩端掛起鉤來。」辭章學這門新學科，「就是試圖在漢語語言學及其各分支學科的基礎知識、基礎理論同培養提高聽、說、讀、寫的語言應用能力之間起一些橋梁性的作用」⑧。拙著《辭章學概論》已用「示範性」等來說明這個問題⑨。本書《「四六結構」與辭章學的性質》用了一個圖表把這個「示範性」、「橋梁性」具體化。我們編著的多本「修改藝術」、「言語示範」之類書都是要「架」這個「橋」。陳滿銘教授、仇小屏博士在多種辭章章法學著作中，則是用了十分簡明的圖表來展示章法的理論和藝術，也起了「橋梁性」、「示範性」的作用。

㈢研究辭章學的方法，主要是辯證法

上文講的處理好「基礎知識、基礎理論」與「培養實際應用能力」之間關係的方法就是辯證法。用「四六結構」理論來分析、處理辭章學的諸多理論問題，這是學科宏觀的辯證法。北京、福建、臺灣等地出版的幾十部辭章學著作都充分地體現了辯證法。下面再強調幾種方法：

一是「一坐雙伸法」。就是坐在現代的中國，一手伸向古代，一手伸向外國。說具體點就是：要坐在現代的——新時代的新需要，坐在漢語言民族特點與實實在在應用需要的板凳上，既要繼承發揚祖先積累的優秀的辭章傳統，整理、挖掘豐富的辭章理論和藝術方法的庫藏，又要虛心學習西方從古希

臘、古羅馬直至現當代索緒爾現代語言學以及結構主義語言學、轉換生成語言學、語義學、語用學、數理語言學、應用語言學、話語語言學、功能語體學和風格學的理論。「兩伸」，還要「兩化」──化古鑄今，化外育中，突出現代漢語辭章學的時代性、民族性。臺灣的多種辭章章法學論著、福建為主編撰的《辭章學辭典》比較側重於對本民族傳統辭章學理論與規律、方法的整理總結，「四六結構」則是融會古代的文源論、創作論、作家論、鑑識論、文用論，西方的現象論、鏡子論、客體論、批評論而建立起來的。而辭篇、辭段、辭組、辭句、辭語、辭素的辭章言語單位體系的建立，則是借鑑於系統論、話語語言學、言語交際學的理論，力圖讓辭章學成為具有鮮明個性的獨立的學科。這諸多方面，我們做得還很不夠，有待於進一步努力。

數理法。我們力圖運用數理的方法解決漢語辭章學中一些理論問題。「體素」、「格素」概念的提出：從望道先生的零點上下理論引申出正值、負值、大值、小值、零值的「體素」理論；用坐標原理、經緯原理描寫各類語體的特徵，建立「語體平面」或稱「語體經緯」理論，解決國內外不少專家在語體分類上邏輯不嚴密、分類標準不一致的問題；並由此引申，提出了建立「計算機輔助寫作、閱讀數據庫」，撰寫《電腦輔助寫作、閱讀辭典》的構想，進而啟動這一工程，等等，我們都在探索、試驗之中。

比較法。拙著《辭章學概論》就是全書運用原稿與改稿、初版與修訂版作比較寫成的。其他的如拙著《文章修改藝術》，由筆者等主編的《辭章藝術示範》、《文章修改藝術──言語藝術示範》、初中、高中《語文名篇修改範例》等書，都

是運用「比較法」寫成的。它突出了辭章的融合性、一體性、示範性、橋梁性。

眼觀六路、耳聽八方的輻射、融合的方法。這是辭章學的融合性、橋梁性、實用性所決定的。本書有關文章已作論述，不贅。

㈣建立漢語辭章學的步驟

這要從多個角度講。

從認識論講，應按「實踐──認識──再實踐──再認識……」的規律前進。北京、福建、臺灣的幾部幾百萬字的辭章學著作的寫作都是按這個規律進行的。

從學科內部理論體系講，呂叔湘先生說：「對這門學問的目的、研究對象、研究方法好好討論一下」，學習毛澤東有關說話和寫文章的指示，借鑑國外風格學的理論；「我國古典的『詩文評』裡面也大有可以繼承的東西」；進一步，還要研究「風格是怎樣形成的。風格的要素……」；「研究各種文體……」。本書的理論體系建設，大體上就是這樣來實施的。

從「掛招牌」與「經營業務」的先後來講，可先可後。張志公的《漢語辭章學論集》，拙著《辭章學概論》、我們合作的《辭章藝術示範》、《辭章學辭典》，陳滿銘的《談詞（辭）章的兩種基本作法：歸納與演繹》，《談安排詞（辭）章主旨的幾種基本形式》、《談詞（辭）章聯絡照應的幾種技巧》等幾十篇文章，仇小屏的《中國辭章章法論》，祝敏青的《小說辭章學》等，都掛了「辭（詞）章」的招牌。他們以及其他學者，還有更多的論著，只「做」不「說」──「做」辭章學的文章，不「說」明它與辭章學的戶籍關係。

這些「步驟」各有所宜。在辭章學已經成立的今天，還要進一步向其廣度和深度開掘。拙文《〈小說辭章學〉序》、《「四六結構」與辭章學新學科的建設》已作說明，這裡從略。

建立漢語辭章學，還有許多需要進一步研討的課題，有待於專家、學者進一步探索。

注 釋

①陳滿銘：《章法學新裁·代序》，8頁，萬卷樓圖書有限公司，2001。

②請閱本書《論言語規律》、《辭章與語格簡論》等節。

③鄭頤壽：《臺灣辭章學研究述評》、《辭章章法學的奠基作──讀陳滿銘的〈章法學新裁〉》，見中國修辭學會辭章學研究會《文學辭章論》（即將出版）。

④張志公：《漢語辭章學論集》，12、13、20頁，人民教育出版社，1986。

⑤同③。

⑥鄭頤壽、林大礎等：《辭章學辭典》，《分類目錄索引》1～3頁，15～43頁，三秦出版社，2000。

⑦鄭韶風：《漢語辭章學研究四十年述評》，刊於臺灣《國文天地》第194期，收入《文學辭章論》（即將出版）。

⑧張志公：《漢語辭章學論集》，49、51、54頁，人民教育出版社，1996。

⑨鄭頤壽：《辭章學概論》，16～19等頁，福建教育出版社，1986。

中 編

漢語普通辭章學
與相關學科

普通辭章學與
語法學、修辭學

　　語法和修辭的分與合，歷來受人重視。郭紹虞的《漢語語法修辭新探》和吳士文、馮憑的《修辭語法學》，都從「合」的角度進行了有益的探討。高校的多種漢語教材，往往先講語法，後講修辭，把兩者「接合」起來。這是值得從理論與實踐兩個方面進行研討、實驗的課題。

　　辭章學具有融合性，它與修辭學、語法學以至語音學、文字學、詞彙學、訓詁學等相鄰學科都有密切的聯繫，還同文章學、文學、文體學、語體學、風格學、邏輯學、心理學和美學也有瓜葛，更是值得進一步探討的課題。其中，辭章學與修辭學的關係又是一個重點，其分、合關係如何，爭論者更多，是一個要分析、解決的難題；否則，辭章學的研究就不好深入下去，更不用說建立這門新的學科。

　　從歷史發展的軌跡考察，古代的辭章學包容著修辭學；現代科學的修辭學才獨立成「學」；如今，在修辭要繼續深入研究的同時，包容修辭學、語體學、風格學等相關理論、規律、方法的辭章學又異軍突起，與修辭學等相鄰學科形成了互相補充、互相促進、共同發展的局面。

一、辭章與語法、修辭分合論

辭章學、修辭學和語法學、詞匯學、語義學、語音學、文字學等關係十分密切，又是各自獨立的學科。總的說來，辭章學、修辭學屬於言語學，語法學、詞匯學、語義學、語音學、文字學等屬於語言學。

辭章學是「大修辭學」，或稱「廣義修辭學」，因此本節先從分析修辭學和語言學之諸多學科的異同，著重從其「分合」關係著墨。而語言學之諸學科，主要又把筆墨放在語法學上，其他學科就可類推了。

㈠語法、修辭之分合

語法和修辭，是兩門各自獨立又有密切聯繫的學科。它們有各自的理論體系，各自的學科性質、研究對象與社會功能。但在言語過程中，兩門學科又有密切的聯繫。因此，語法、修辭的教學者、研究者又注意把它們結合起來。有的在教學或編寫的教材中，先講語法，後講修辭，讓兩者前後「接合」起來；有的在講語法時聯繫到修辭，講修辭時旁及語法，讓兩者「摻合」起來；有的則把同一論題分作語法、修辭兩點，一方面從語法講應該「這樣」，另一方面從修辭講卻要「那樣」，把兩者「聯合」起來。「接合」「摻合」都是不理想的「結合」，「聯合」是較好的「結合」。

過去在處理語法、修辭「合」與「分」的問題時，往往出現兩種偏向。講到「合」，就混淆了學科界限，弄得非驢非馬，這就影響了學科的科學性；講到「分」，強調兩者的不

同，又把它們分割開來，「河水不犯井水」，「老死不相往來」，給言語交際戴上腳鐐手銬。

在當今世界各門學科大分化又大融合的年代裡，一方面要尊重學科的個性，對語法、修辭作微觀的深入的理論探討；另一方面，也可以把語法、修辭以至文字、語音、詞彙、邏輯、語體、風格等有關語言運用的學科融合起來，作宏觀的動態的研究，建立一門邊緣性的新學科，以適應言語交際的實際需要，從更廣的範圍，根本解決「結合」的問題。這就要研究辭章活動中的語格的理論①。

用語格來處理「結合」的問題，就不僅是語法和修辭的二元結合，或語、邏、修的三元結合，而且涉及文字、語音、詞彙、語法、邏輯、語體、風格等多元的結合。這種結合，就不是生硬的「接合」「摻合」和二元的「聯合」，而是有機的多元的「融合」，從而拓寬言語研究的領域，增強學科的科學性和實用性。

㈡多元之分、合

在言語過程中，自覺地不自覺地多元結合無時不有，無處不在。下面試析一篇書面話語的一小部分語句，就可看出多元結合是絕對的、普遍的。

王願堅的《普通勞動者》是一篇佳作。作家在運用語言中，調動了各種積極因素，運用有關學科的原理、規律、方法與技巧。在它初擬階段是這樣，即使寫成作品發表之後，再版時作者還對語言反覆推敲，使之漸臻佳境。例如：

將軍也擠過去，從人縫裡伸手抓了兩個饅頭和幾個鹹蘿

（→蘿）蔔。

上例前者加著重號的詞語，是原稿，後者（括號內的）是改稿
（下同）。「籮」是形聲字，是「蘿」的誤用，誤在義符上。這
屬於文字的運用②。

他聽得出這人講的是哪（→那）一次阻擊戰。

這屬於詞彙的運用。

將軍不禁感情（→慨）地說……

上述原文句子成分配搭有毛病，改句就妥當了。這則屬於語法
的運用。

工具（→別的工具）沒有了……只有（→找到）那（→
兩）個空筐，他倆便每人抓起一隻，用手提起土來。

「筐」也是一種工具，原判斷「工具沒有了」不周密；改句給
主詞加上限制語「別的」就妥當了。原句前面說「那個」，可
見有「一隻」，後面說「他倆每人抓起一隻」，表明有「兩
隻」，前後欠一致，違反了邏輯的矛盾律；改為「兩個空筐」，
就適當了。
　　上述幾例的毛病，從嚴格的學科界限講，不是修辭的問
題，因為從傳統的觀點講，它們僅僅解決表達得「通」與「對」
的問題。下列各例，就涉及修辭的問題了。

他……就嘟噥著把放得不合適的筐子整理整理（→一番）。

這老同志年紀大（→不輕），幹勁可真不小。

兩人走著一樣的步子，他倆（→兩人）分吃一塊鹹菜，用一個水壺喝水。隨著每一趟來回他倆（→兩人）都覺得出兩人（→他們）這忘年交的友誼都在（→在迅速地）增進。

他很快就知道（→並且從他這張爆豆鍋似的嘴巴裡，很快就知道了）這個戰士叫李小明（→這個單位的一些情況）。

上述四例原文，從文字、語音、詞彙、語法、邏輯的運用講都沒有毛病，但都不如改文表達得好。這裡有詞語的錘煉、句式的變換（肯定句→否定句）、辭格（反覆格、比喻格）的運用等。《普通勞動者》還有關於語體、風格方面推敲的，限於篇幅，不一一例析。

有時，即使是一個很小的語言單位，例如一個詞的錘煉，也會涉及多種學科的原理、規律與方法的運用。徐遲的《哥德巴赫猜想》有句話描寫陳景潤在「文革」中堅持科研的情景。

白天在圖書館的小書庫一角，夜晚在煤油燈底下，他又在爬，爬，爬（→攀登，攀登，攀登）了，他要尋找一

條一步也不錯的登山之途，又是最好走的路程。

這裡以高峰比喻科學的尖端，以山巒之險阻比喻科研上的種種困難，以「爬」比喻陳景潤所做出的努力。但作者不滿足於這種表達，又把「爬」易為「攀登」。從文字學、詞彙學、語義學講，「爬」是形聲字，單純詞，它是手腳著地移動的意思，其方向是不定的，可以向上，也可以向下，可以向前，也可以向後，可以直線前進，也可以左右搖擺，前後迂迴。「爬」行（如「爬行主義」）還含有言外之意：沒有出息的、緩慢前進的，甚至含有卑鄙下流之意。在陳景潤的家鄉（福州倉山）如果用「爬」來描寫人，就是對人的污辱——這又和社會語言學有關了。「攀登」是由兩個語素構成的合成詞。其中「攀」為形聲字，「登」為會意字，它們語義豐富，是手攀腳登的意思，而且它的方向只能是向上的。因此，「爬」所塑造的人物形象遠不如用「攀登」來描寫得雄偉、高大。他不畏艱險，奮力向上。這又與文藝學有關了。從語音學、心理學講，「爬」是單音節的，「攀登」是雙音節的，又是開口度較大的陰平調的，音量充足，發音響亮，加上用了反覆格，造成有力的節奏感，這就有力地表現了人物不畏艱險、刻苦攀登的精神。這樣，作用在聽（讀）者感官上所產生的刺激就更強烈，所留下的印象就更深刻了。

再看袁鷹《井岡翠竹》中一個詞的推敲。

漫天風雪，封住山，阻住路，卻搖撼不了人們的意志，澆（→撲）滅不了人們心頭的熊熊烈火。

從文字學、詞彙學、語義學講，「澆」是形聲字，從「水」，它只適用於描寫液態的東西，而不宜用來描寫「風（氣態）雪（固態）」。從語法學講「風雪……澆」主謂配搭不攏，這是語法結構方面的病句。從邏輯講，用「澆」這個概念構成的「風雪……澆」這個判斷，不合事理。這又是邏輯病句。從修辭學講，如果把「風雪……澆」看成擬物的寫法，則因沒有根據被比擬的對象「風雪」的特點來寫，又是修辭的病句。把「澆」改為「撲」，也是用形聲字，語義豐富，用擬人的方法描寫「風雪」之大，來反襯人們建設的熱情。不用「風吹」「雪壓」而用「撲」，這是對語法和邏輯的變格運用。此例也可以改成「風雪……影響不了……人們建設的積極性」。這也是通的，但語言過於平直，與全文濃烈的抒情氣氛、描繪的色彩和託物言志的藝術手法欠協調。這又同語體學、文藝學有關了。

(三)建立多科融合的新學科

上述言語現象，告訴我們以下理論問題。

在完整的言語過程中，單純的語法現象或修辭現象較為少見，僅僅語法和修辭的二元結合也還不夠，更多的情況是文字、語音、詞彙、語法、修辭、語體、邏輯等多元結合。

它們的「結合」，不是機械的「接合」「摻合」，多數也不是二元的「聯合」，而是有機的多元的「融合」。因此，我們必須用「融合」的觀點運用語言，研究語言，用「融合」的觀點分析言語現象，開展教學活動。

研究言語，只對完成了的作品作靜態的分析是不夠的，而必須對言語過程作動態的研究；觀察言語現象，只看言語活動的一個過程（終結階段，即完成了的話語），只看它表面的形

態，也是不夠的③，而必須研究言語的全過程：表達者接觸外界事物——有所感受、有所領悟，產生表達的願望——對語言進行結構、選擇、加工——完成了的話語——傳遞給接受者——對社會所產生的實際的影響。這過程的每個階段，都是相互作用的、雙向的。聽、讀者要通過話語形式的分析，瞭解表達者的意圖，破譯話語的深層信息。

　　過去學術界所樂道的語法與修辭的二元結合，或「語邏修」的三元結合，還未能全面地反映言語實際；用這類結合進行教學，也不能滿足讀者的要求。因而必須多元地融合，並用此觀點對言語現象進行分析、研究，以客觀地、全面地、適切地描寫言語，進行言語教學，指導言語交際。

　　因此，傳統的說法：語法講「通」與「不通」，邏輯辨「對」與「不對」，修辭論「好」與「不好」，這些已無法全面反映言語標準的實際。由於結合元素較多，只好把「通」、「對」和「好」進行合併組合，分為「對」與「好」兩大類。凡在文字、語音、詞彙、語法、邏輯等方面表達得正誤，統稱為「對」與「不對」。這些方面即使表達得「對」，但並不是最理想的，稱為「不好」；而只有進一步進行結構、選擇、加工以取得最適切、最高效、最優化的辭章效果，才能稱之為「好」。至於修辭結構的錯誤，如上文所述擬物不當，也屬於「不對」之列。因此，就一般而言，言語交際的效果有「不對」、「雖對而不好」和「好」三個標準，三種境界。如果是文藝作品，「好」中之「特好」的，可稱為「妙」。

　　由此，就可以對修辭學、語法學等學科的界限作比較明確的劃分，讓它們驢為驢，馬為馬，以增強其科學性。

　　由此，就要進一步對上述融合著各科的原理、規律與方法

的言語現象作綜合的宏觀的研究，建立一門或多門邊緣性的學科，以妥善處理上述涉及的多學科的問題，指導言語交際。

由此，就給言語學習者、教學者、研究者提出更高的要求：不僅要分開學習、講授、研究文字學、語音學、詞彙學、語法學、修辭學、語體學、邏輯學等學科的理論體系，而且要把它們融匯在「黑箱」之中，進行攪拌、化合，建立多維、多向、多元、多層次、多序列的有機地統一在一起的言語理論體系，並把它作為綜合運用的能力。應該特別強調的是，即使在有了綜合性的邊緣性的新學科，實現了學科的大融合之後，也不能否定分開研究各學科與學習、講授各學科理論體系的必要性。要「合」得更好，必須「分」得更清楚；要「合」得緊密，必須對「分」研究得更深刻。「分」與「合」是相輔相成的，它促進了科學的發展。

這些融合的言語現象及融合運用的社會需要，逼著我們從「語修」二元結合或「語邏修」三元結合的框子裡邁步出來，提出了建立辭章學（含語格學）的構想。它還融入語言學之各分支學科以及邏輯學、文章學、文藝學、創作論與美學等方面的內容。

注 釋

① 鄭頤壽：《辭章學概論》第六章，已對語格的理論作淺近的分析。

② 限於篇幅，修改的理由不作說明，請閱鄭頤壽：《辭章藝術示範》，上海教育出版社，1991。

③ 鄭頤壽：《修辭過程說》，見本書第三編第三章附文。

二、普通辭章學與修辭學

辭章學與修辭學的關係如何，這是要進一步深入探討的課題。陳望道先生提出了「詞章學就是修辭學」①的「等同包容學」②，張志公先生創立了「詞章學大於修辭學」③的「包容分立說」，戴磊女士則總結了「辭章學、修辭學、風格學可以並列為三門不同的學科」④的「鼎立交錯說」。第一種觀點，從字面看，似乎否定了創立詞章學（即辭章學）的必要性，第二、三種觀點則認為應該開創辭章學這一新的學科。這些對立的、不同的觀點，關係到修辭學的研究與辭章學的開拓，是科研中帶全局性、根本性、原則性的問題。

我們認為修辭學與辭章學是兩門各自獨立的學科，它們既有密切的聯繫，又有明顯的區別。下面從學科的性質、研究的對象、任務、運用的要求、原則和規律等方面作些闡述。

修辭是在「四六結構」中運用語言取得最佳言語效果的活動。修辭學則是研究、總結修辭現象、修辭規律的科學。辭章是有效、高效地表達、承載並藉以適切、深入地理解話語信息的藝術形式。辭章學就是研究辭章這種藝術形式的理論體系及其規律、方法的科學。它們的學科性質是不同的，但又有密切的聯繫。這表現在以下三點。

(1)代碼性。修辭學與辭章學都要研究信息的代碼形式，研究代碼形式在表達、承載、理解話語信息中，取得最佳的言語效果，發揮最大的社會作用的方法與規律。它們的區別是：修辭學著眼於「語言」的運用，它以語音、詞彙、語法這些語言要素為憑藉，研究對這些要素的常格運用與變格運用，研究運

用這些要素構成辭格與辭式，研究運用這些要素組成語段、篇章、形成功能風格與表現風格。而辭章學著眼於「話語」這一「藝術形式」，它包括修辭藝術。過去古文筆法所總結的藝術方法，如：一字立骨法，就題生情法，波瀾縱橫法，曲折翻駁法，小中見大法，無中生有法，借影法，寫照法，巧避法⑤，用筆轉題法，逐層詰責法，駁難本題法，回護題意法，逐段辯駁法，寬題狹做法，狹題寬做法，駁正舊說法，借賓定主法，高一層襯起法，低一層襯起法，即景生情法，推舊出新法，推論題意法，純粹記事法，夾敘夾議法，先敘後議法，收處著議法，逐層遞轉法，抑揚搖曳法，虛神宕漾法，堆疊取勢法，一氣呵成法，起段奇突法，比較論斷法⑥，詼諧寓意法⑦；現代文章學所總結的藝術方法，如：繁簡法，賓主法，反正法，虛實法，曲直法，張弛法，斷續法，開合法，抑揚法，藏露法⑧，畫龍點睛法，賓主變化法，以退求進法，抑遏蔽掩法，暗中呼應法，抬高跌重法，斷處皆續法⑨……這些藝術方法都是信息的代碼形式，內容十分豐富。它們與修辭方法有聯繫，有的是多種修辭方法的綜合運用，有的是某些相似的修辭方法的擴展，有些則是目前的修辭方法所無法指稱的。古人所總結的藝術方法，有的概念欠明確，有些彼此重疊、交錯，即使是當代人所總結的，也未形成系統。這些，都有待於進一步研究、整理，以建立科學的辭章學體系。

(2)綜合性。修辭學要綜合運用文字學、語音學、詞彙學、語法學、邏輯學等學科的原理、規律與方法，總結離合、析字、仿詞、諧音、非別、對偶、排比、層遞、比喻、比擬、誇張等修辭手法，建立自己的理論體系。辭章學的綜合性更大，既要綜合運用修辭學所綜合運用的上述學科，還要綜合運用文

章學、詩學、詞學、文藝學、文體學、風格學和美學等學科的原理、規律與方法，總結敘述、描寫等表達方法，總結翻空出奇、題前蓄勢、跌宕傳神、曲折達意等藝術方法。這種綜合性，不是「1+1+1=3」式地機械堆疊起來，不是「沙+水+木屑」地摻合起來，而是有機地「融合」「化合」起來。我們把辭章學的這種性質稱為「融合性」⑩。這種融合是在語言的運用過程中，在話語的組合、分析中形成的。辭章學要總結古今、借鑑外國的有關話語藝術形式的理論，建立自己的科學體系。

(3)實用性。辭學與辭章學除了有自己的理論體系外，還帶有明顯的實用性。這裡所講的實用性，有兩個含義：一是它的理論是從言語實踐中總結出來又用於指導言語實踐的，一是說明它們同文字學、語音學、詞彙學、語法學、邏輯學等學科的關係。文字學、語音學等學科著重於對各自學科作理論體系的闡述。修辭學要靈活運用文字學、語音學、詞彙學、語法學、邏輯學等有關學科的原理、規律與方法，總結析字、諧音、仿詞、對偶、擬人等修辭方法——統稱「辭格」，但無須越俎代庖，去闡述文字學等學科的理論體系。辭章學也一樣，除了要靈活運用文字學等學科的原理、規律與方法外，還要靈活運用修辭學的原理、規律與方法。如：對比喻、比擬的擴展、引申運用，形成了比興、影射、寫照、託物言志等辭章的藝術方法——統稱「藝法」；對排比、反覆、層遞、頂針的擴展、引申運用，形成了重章疊句、排疊、鋪敘等藝法，對借代的擴展、引申運用，形成了以點代面、舉例說明、典型概括等藝法。從這裡也可以看出修辭學與辭章學的聯繫和區別。

修辭學與辭章學這兩門學科的性質既有區別又有聯繫，因此它們所研究的對象既有差別也有相重疊的地方。它表現在語

言要素、言語單位、表達方法、技巧、表現風格和語體、文體
等方面。

(1)語言要素、言語單位。修辭學與辭章學都要講究語音、
詞語、句子、句群的運用，研究綜合運用這些語言單位來組織
篇章、形成風格。而辭章學所運用的範圍也廣於修辭學。

從語音講，如：雙聲詩、疊韻詩、仄聲詩、騷體、駢文、
永明體、近體詩、古體詩、宋詞、元曲、新詩、新民歌、新格
律詩、散文詩等，都有一整套對音節、聲調、押韻、節奏的要
求，這些都是對語音學的綜合運用，都屬於辭章學研究的範
圍。

從詞彙、句法講，如古代文論中所講的偷語、稚語、累
語、露語、率語、蠻語、謔語、雅語、爽語、快語、冶語、緊
語、奇語、巧語⑪，情語、景語、怨語、誚語、醒語、憤語、
達語、諧語⑫、文語、晦語⑬，工語、常語，真語⑭、駢語、
套語、鄙言⑮等等，它們或與功能語體有關，或與表現風格有
關，或重在表達方法，或著眼於表達的內容。有些名稱概念欠
明確，界限欠清楚，未形成科學的體系。這些，也是辭章學應
該研究、分析、排比、剔除的，個別的可歸於修辭學，以充實
修辭學的內容，大多數要與功能語體、表現風格等融合起來研
究，以形成辭章學關於詞句運用的科學體系。

從篇章的組織技巧講，要綜合運用修辭學、文章學、文藝
學、邏輯學等有關原理、規律與方法，闡明標題、層次、開
頭、結尾、過渡、呼應以及其他各種章法藝術。如：首尾開
合，繁簡奇正，起承轉合，層次波瀾，仰先俯後，整派依源，
理枝循幹，緩急敷煞，開門見山，倒戟而入，奇句奪目，媚語
攝魂，悠揚搖曳，別出一層，兜裹全篇，放開一步，宕出遠

神，本位收住，醒明本旨，橫雲斷嶺，橫橋鎖溪，接用提法，轉用駐法，以起為轉，連環接筍，埋伏照應，蛛絲馬跡，明斷暗續，等等。這些，都是辭章學應綜合研究、分析、排比、歸納的。

(2)表達方式、技巧。這是辭章學應當研究的主要任務之一，而各種修辭手段，一般說來，只是作為表達的方法、技巧的組成部件。例如描寫，可通過形容詞謂語的錘煉，藝術修飾語的運用，也可用借代、摹狀、仿擬、拈連、移就、比喻、比擬、誇張等辭格。白描多用常格修辭，彩繪多用變格修辭。為使描寫的各個方面、各個層次更加清楚，又可兼用排比、層遞的方法。為了加濃描寫的色彩，還可兼用重疊、反覆的方法。有的描寫性很強，如：形容、體物、狀景、造象、寫生、摹擬、形似、神似、移情、激射、寫照、借諷、顯示、象徵、示現、有我、無我等，都要綜合運用各種修辭手段、表達方式，形成融合性的辭章技巧。古代這類藝術方法，有的概念欠明確，有的概念彼此交叉、重疊。今人總結了自己的寫作經驗，吸收了國外有用的藝術技巧，創造了許多新的藝法。這些，都有待於系統化，以建立辭章技巧的科學體系。

(3)表現風格。風格是個多義詞。從言語風格講，它是言語作品的外現形態與內蘊情志完美統一而表現出來的鮮明獨特的風貌與格調。外現形態包括：語音、詞語、句子、辭格、篇章結構、表達方法、藝術技巧、情節安排，以及符號、圖表、公式等；內蘊情志包括：作品的題材、主題、思想與從中反射出來的作者的立場、觀點、思想、品格、感情、意志、個性、才能、學識以至時代精神、民族氣質等⑯。修辭學與辭章學都要講究風格的培養，但其著眼的範圍，前者較小，後者較大。修

辭學著眼於外觀形態的語言要素的諸方面，它是對語音、詞語、句子、篇章、辭格等綜合運用而表現出來的一系列言語特點的總和，是言語作品呈現出的鮮明、獨特的風貌與格調。這種風格，從表達一定內容所用的語言多少分，有繁豐與簡約之異；從語言形象性的強弱和色彩的濃淡分，有藻麗、樸實之別；從傳遞信息所用語言的曲直、深淺分，有蘊藉、明快之殊；從語言的生動性、趣味性的強弱分，有幽默、莊嚴等不同。這四對風格是普通修辭學應該研究的。辭章學著眼於上述形成風格的諸多因素。它不僅要著眼於外現形態的語言要素，還要講究外現形態的其他要素，來闡釋文章風格、文學風格、個人風格、流派風格、地方風格的形成等。

我國早就注意到風格的問題。魏·曹丕提出「四體說」[17]，梁·劉勰提出「八體說」[18]，鍾嶸對103位作家的詩歌風格進行論析，總結了上中下詩品[19]。唐·李嶠提出「十體論」[20]，皎然提出「十九體說」[21]，司空圖總結了「二十四品論」[22]。宋·嚴羽把風格概括為「優游不迫」、「沉著痛快」兩大類，包括九種風格[23]。明·屠隆把風格概括為婉雅、奇偉兩大類，前者「寥廓清曠，風日熙朗」，後者「播弄恣肆，鼓舞六合」。[24]清·姚鼐繼承發展了屠隆等人的研究成果，把風格概括為陽剛與陰柔兩類[25]。前人研究的成果十分可觀，但未建立起科學的體系。他們的著眼點，有的重在外現形態，有的重在內蘊情志，有的重在體式特點。系統研究這些風格的理論體系是風格學的事，辭章學則從辭章運用的角度，也就是著重從外現形態的諸多角度，研究形成、優化、鑑識風格的手段。顯然，它比修辭學對表現風格的研究要廣闊得多。

(4)語體和文體。語體，是根據不同的交際領域、交際目

的、任務、傳遞媒介、交際方式，反覆地使用不同的語言材料而形成的言語特點的有機統一體，如書卷體、口語體、電信體。書卷體有藝術體、實用體、融合體；口語體有對白體、獨白體；電信體有電報體、熒屏體。系統闡明語體風格的科學體系是語體學的任務。

文體，是文章的體制，它同內容、功能與語言的運用、結構的模式、表達的方式都有關係。它的分類多種多樣，有的從歷史發展進程分，如建安體、黃初體、正始體；有的從運用領域分，如啟、奏、檄、露布；有的從作家分，如蘇李體、曹劉體；有的從語句分，如四言、五言、七言、長短句；有的從聲律分，如古詩、永明體、近體詩、古風；有的從表達方式分，如記敘體、議論體、抒情體、說明體，等等。系統研究文體的科學理論，是文體學的事。

表現風格、語體、文體，是不同的概念，但有密切的聯繫。它們都統一在話語之中。修辭學從語言運用的角度來研究如何協調表現風格和語體風格的方法和規律，一般不講文體的運用，而辭章學則從話語藝術形式的形成和鑑識，兼對表現風格、語體、文體進行研究。把文體、語體、表現風格結合起來研究，在古代就開始了，也就是已含有辭章研究的因素。曹丕在《典論・論文》中說：「奏議宜雅，書論宜理，銘誄尚實，詩賦欲麗。」這裡的奏、議、書、論、銘、誄、詩、賦都是文體，雅、理、實、麗，則是表現風格。這種把文體與風格對應起來研究，儘管還欠周全（如詩賦除「麗」之外，還有「樸」、「簡」、「繁」等風格），但抓住了文體的某些主要特徵。詩要用形象思維，多用比興等方法，而不宜像散文一樣直說，賦要「鋪采摛文」。這樣，就容易形成藻麗的風格。陸機

《文賦》云：「詩緣情而綺麗，賦體物而瀏亮，碑披文而相質，誄纏綿而淒愴……」這裡不僅注意到文體與風格的對應關係，而且注意到形成風格的內蘊情志：「情」、「纏綿」、「淒愴」等。到了劉勰的《文心雕龍》，徐師曾的《文章辨體》，吳訥的《文體明辨》，則進一步從外現形態、內蘊情志、適用場合、交際目的等角度來分析文體的特點，並融入了功能語體與表現風格的理論。從梁‧劉勰提出的文筆之辨直到清人劉天惠、侯康、梁元釗等人的文筆考，則又把言語特點同文章體制、表現風格結合起來論述。辭章學要從話語的藝術形式，從形成、鑑賞風格的外現形態的諸要素對表現風格、功能語體與文章體制作綜合的對應的考察，以建立辭章學的風格體系。

修辭學和辭章學都是實用性很強的學科，它們在運用方面都有一定的要求。通常認為，語法的運用要求「通」，邏輯要求「對」，修辭要求「好」。作為研究話語形式的辭章學則要把「通」、「對」、「好」兼而任之。從「好」講，辭章學除了修辭之「好」外，還要求藝術之「妙」。例如陳望道先生說的「《儒林外史》中寫嚴監生臨死之時，伸著兩個指頭，總不肯斷氣」，「為了那燈盞裡點的是兩莖燈草，不放心」，「這是諷刺的藝術」，塑造了視財如命的東方葛朗臺的形象，其藝術效果包括了修辭方法上的「好」，藝術技巧之「妙」，其層次是很高的，它往往是多種修辭方法之「好」融合起來所產生的效果。

(5)言語規律。言語規律是修辭活動與辭章運用都應當遵循的。它包括結構律、適用律與化畸律。結構律有常格律、變格律；適用律有表心通意律、語境適合律、語體得宜律㉖。對這些言語規律的運用範圍，從總的說來，辭章學也大於修辭學。

總之，修辭學與辭章學是兩門既有聯繫又各自獨立的學

科。修辭學是建構辭章學大廈的重要支柱。辭章學的誕生，又會給修辭學以新鮮的血液。「辭章學大於修辭學」這一說法，反映了辭章學的一方面特性。但是，另一方面辭章學只能靈活運用修辭學的原理、規律與方法，而無法「包辦代替」地去系統闡述修辭學的理論體系。辭章學是從有效、高效地表達、承載並藉以適切、深入地理解話語信息的角度出發，靈活運用修辭學、文章學以及文字學、語音學、詞彙學、語法學、邏輯學、文體學、語體學、風格學等有關學科的原理、規律、方法而建立起來的一門綜合性的新學科。

注 釋

① 陳望道於1962年1月4日在華東師範大學所作的學術報告，見《陳望道文集》第三卷，639頁，上海人民出版社，1981。

② 鄭頤壽：《辭章學概論》，22～23頁，福建教育出版社，1986。

③ 張志公：《談「辭章之學」》，見《從觀察到寫作》，133頁，人民日報出版社，1985。

④ 戴磊：《修辭學·詞章學·風格學》，載《修辭學習》，1984（4）。

⑤ 清人《古文筆法百篇》，上海進步書局印行。

⑥ 《古文筆法百篇》，世界書局編輯，1925。

⑦ 《古文筆法百篇》，上海廣益書局發行，1923。

⑧ 蘭羨璧主編：《文章學》，南開大學出版社，1985。

⑨ 清·劉熙載：《藝概·文概》，轉引自周振甫：《文章例話》，244頁，中國青年出版社，1983。

⑩ 鄭頤壽：《辭章學概論》，8頁，福建教育出版社，1986。

⑪ 明·王世貞：《曲藻》。

⑫ 程羽文：《程氏曲藻》。

⑬明・王驥德：《曲律》。

⑭凌蒙初：《譚曲雜劇》。

⑮李紱：《穆堂別稿》。

⑯鄭頤壽執筆：《語體風格引論》，見鄭頤壽、林承璋主編：《新編修辭學》，鷺江出版社，1987。

⑰魏・曹丕：《典論・論文》。

⑱梁・劉勰：《文心雕龍・體性》。

⑲梁・鍾嶸：《詩品》。

⑳唐・李嶠：《評詩格》。

㉑唐・皎然：《詩式》。

㉒唐・司空圖：《二十四詩品》。

㉓宋・嚴羽：《滄浪詩話》。

㉔明・屠隆：《鴻苞集》。

㉕清・姚鼐：《惜抱軒文後集》卷六。

㉖鄭頤壽：《辭章學概論》第六章，福建教育出版社，1986。

三、現代漢語修辭學導源於古代漢語辭章論

　　鄭子瑜先生是第一部漢語修辭學史的作者，是一位治學態度十分嚴謹的修辭學家。他在學術方面的立論，能給後學者以很大的啟發，引導他們去不斷開拓，不斷深化，完成前人未竟的事業。本節只以上海教育出版社1984年出版之鄭先生的《中國修辭學史稿》第二篇（《中國修辭學思想的萌芽期——先秦時代》，以下凡引用本書者只注頁碼）為例，進行分析，以就教於鄭先生和廣大讀者。

　　「萌芽」者，剛剛萌發，未長成樹之謂也，比喻事物剛剛開始，未成規模，未具系統。這可從修辭客體論和表達論、接受論、效果論、語境論等方面來論析，用大量論例證明先秦修辭學已經萌芽。對此，鄭子瑜、宗廷虎諸先生已有論述，拙文《「四六結構」的相關理論始於先秦》也已論及，本節只把筆墨集中在以下兩點上。

(一)科學的態度

　　科學的態度，是實事求是的。鄭老在論析先秦修辭學萌芽的時候，指出當時諸子對修辭學的「不知」、「不自覺」，論述的「偶然」、「模糊」、「模稜兩可」，只是「涉及」，只是「散論」，並同意望老的「飄搖無定說」，等等，而且提出「放寬論」作為權宜之計。既不「虛美」，也不「妄貶」，十分注意論述的分寸。這是大學者求真、求實的態度。

1.「不知說」

　　鄭老在論及「先秦修辭學思想的萌芽時代」時指出：「那

時候還不知有所謂修辭學」（第8頁）。在談到辭格的現象時也指出：「老、孔二子還不知道什麼是積極修辭——不知道辭格到底是什麼」（第24頁）。

2.「不自覺說」、「偶然說」

由於「不知」，所以先秦諸子在論述修辭學時，是「不自覺」的、「偶然」的。鄭老在談到《詩‧大雅‧板》的「辭之輯矣，民之洽矣」時指出：當時「還只是不自覺地偶發地修辭意識」（第13頁）。根據上下文，這個「意識」僅僅是「覺察（到）」的意思。

3.「模糊說」、「模稜兩可說」、「涉及說」、「散論說」

由於「不知」、「不自覺」，所以先秦諸子即使有論及修辭學，也只是若即若離、朦朦朧朧、模稜兩可的。首先是概念不具體。鄭老在談到「飾辭與不飾辭這兩方面意見」時，指出：先秦諸子「對修辭學還不曾有過具體的概念」（第8頁）——概念都是抽象的，這裡所謂的不「具體」，指的是「特定的」、「把理論或原則結合到特定的」修辭現象、修辭規律上的意思。當時，對於整個修辭學，都是「那麼樣地含含糊糊」（第8頁）。即使是「孔子的修辭學說」，也是「模糊而不清楚」（第15頁）。對於一些諸如「文質」的關係，「有時又說了模稜兩可的話」（第15頁）。「先秦諸子，談到人的言行之時」，也只是「偶然」、「涉及修辭」（第8頁）罷了。先秦的修辭論，未形成系統，「只作了修辭的散論」（第519頁）。這些，與宗廷虎、李金苓教授所說的，「當時由於生產力的侷限，作為上層建築的文史哲等社會科學尚處於渾然一體（著重號均引者所加，下同）的狀態，當然還無修辭學的概念」①是一致的。

4.「飄搖無定說」

鄭老感到，先秦修辭論，立論往往搖擺不定。他引用望老的話說：「古來留傳給我們的詩話、文談、隨筆、雜記、史論、經解之類，偶然涉及修辭的，又多不是有意識地在作修辭論，它們論述的範圍照例是飄搖無定；每每偶爾涉及忽然又颺開了，我們假如限定範圍去看，往往會覺得所得不多」（第520頁）。真是大學者所見略同。

5.「不夠系統說」、「不完全一樣說」

為什麼先秦，甚至包括較長的「古」代修辭論出現這種情況呢？這是因為「諸子的修辭學說」，不是「明朗」地專論修辭，所以其內部理論結構「不夠系統」（第23頁）。我們把當時他們的理論和現代的說法加以比較，例如寓言理論，就可發現「和我們現在的寓言的意義未必是完全一樣」（第14頁）。其實除寓言之外的其他方面的修辭理論，大體也如此。

6.「放寬說」

先秦修辭理論的實際情況就是這樣矛盾地存在著。當時，修辭學思想已經萌芽，不少論述，包含修辭學意識，有不少論述，已涉及與修辭學有關的原理、語言技巧、談說之術。但是，先秦諸子對於整個修辭學，又是「不知」的、「不自覺的」，其觀點不「明朗」，總是「模糊」的，只是「偶然」「涉及」的，「飄搖無定」的，「散論」式的……那麼，怎樣處理這些矛盾呢？鄭老在《中國修辭學的變遷》一書中提出了解決的辦法，就是「把衡量修辭的尺度放得寬一些」（第519頁）。這是很實事求是的。

鄭老這樣嚴謹的態度、科學的精神幾乎貫穿於《史稿》的全書。

(二)巨大的啟發

大學者、大科學家在科學的高峰上登攀，他們都感到科學是無止境的。因此，他們都寄希望於後來者。陳望道先生在《修辭學發凡·結語》中指出：「……修辭學的述說，即使切實到了極點，美備到了極點，也不過從空前的大例，抽出空前的條理來，作諸多後來居上者的參考。要超越它所述說，並沒有什麼不可能，只要能夠提出新例證，指出新條理，就能夠開拓新境界。」②鄭老也說：「先秦的修辭學思想，還在萌芽時期，所以諸子的修辭學說——特別是孔子的修辭學說，還不夠系統、明朗，須待後世的學者來闡說」（第23頁）。

我們可否沿著鄭老「放寬一些」的路子思考開來？可以，而且應該。所謂「放寬一些」，就是不侷限在「以語言為本位」的純修辭學，而是把它的範圍擴大，且稱之為「大修辭學」。

「大修辭學」是什麼？就是辭章學。它是富有民族特點的、「渾然一體」的、有比較科學系統的一門學科。

先秦對這種「大修辭學」的認識，是「不知」的、「不自覺」的、「模糊」的、「偶然」「涉及」的嗎？

否。

先秦對這種「大修辭學」是知道的、自覺的、清楚的、一再加以闡述的；只是當時不稱之為「大修辭學」，而是稱之為「辭」，或其同義詞「言」、「語」、「文」、「章」，它是與話語作品的內容相對待的，是「有效、高效地表達、承載並藉以適切、深入地理解話語信息的藝術形式」——就是「辭章」。研究辭章的學科，就是辭章學。

先秦已有辭章之學，而且初具規模。我國古代辭章學萌芽

於先秦，成長於兩漢，初步成熟於魏晉南北朝，以後漸趨繁榮。我國的修辭學是長在辭章學的大樹上的花枝。研究修辭學史的專家只是從辭章論的大樹上選摘下修辭論的果實，加以編排展示的。修辭學史和辭章學史的關係可用下圖來表示。

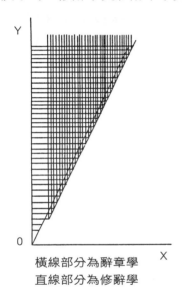

Y

0

橫線部分為辭章學
直線部分為修辭學

X

其中Y軸表示時間，X軸表示學科的外延。從這個座標系中可以看出：辭章之學產生在前，修辭之學產生在後；辭章之學外延較大，修辭之學外延較小；它們大部分重疊，不重疊的部分，說明它們都有各自研究的對象。一般說來，以往的修辭客體論只研究修辭總論、調音、用字、遣詞、造語、選句、構篇、運用辭格、形成表現風格和語體風格。辭章要融化、運用這些修辭理論和方法，但範圍比修辭廣。修辭要求「好」（語法要求「通」，邏輯要求「對」），而辭章，作為一種「藝術形式」，不僅要研究「通」的問題、「對」的問題、「好」的問題，還要研究「妙」的問題，這顯然比修辭學研究的範疇大了。加上作為「話語藝術形式」的辭章，還要突破上述的內容，它要在運用修辭方法的基礎上，研究各種藝術方法和表達方式，而這兩部分的內容是非常豐富的。辭章的各個組成部分有其自在的科學體系，拙文《論辭章學》③對此已作初步述析。我們以為，這樣處理修辭學和辭章學的關係，不僅合乎學科存在的今天，而且符合學科發展的歷史和將來。

古代中國人的思維方式，重概括而少分析。例如把世界的構成分為金、木、水、火、土五大要素，把世界的規律統稱為「道」。對於「有效、高效地表達、承載並藉以適切、深入地理解話語信息的藝術形式」的認識，也是很概括的、渾然一體的。當時辭章的各種具體的表達手段，借用《易經》的話來講，是「相混成而未相離」的，使今人望之「窈窈冥冥」然，「昏昏默默」然（《莊子》）。

古人所謂的「辭」（辭章）有兩點值得特別加以強調。

1. 古代，特別是先秦所謂的「辭」，多指「話語」，包括口頭話語和書面話語

鄭先生談到先秦「辭」的含義時指出，包括「語辭」和「文辭」，亦即口頭話語和書面話語。他指出：「《禮記·曲禮》：『安定辭。』疏：『審言語也。』……④《說苑·善說篇》引子貢語：『出言陳辭，身之得失，國之安危也。』……《論語·泰伯》：『出辭氣，斯遠鄙倍矣。』朱熹《集注》說：『辭，言語；氣，聲氣也；鄙，凡陋也；倍，與背同，謂背理也。』指的……都是語辭」（第3頁）。我們認為典型的語辭，如《易經·繫辭下》：「將叛者其辭慚，中心疑者其辭枝，吉人之辭寡，躁人之辭多，誣善之人其辭游，失其守者其辭屈。」《孟子·公孫丑上》亦云：「詖辭知其所蔽，淫辭知其所陷，邪辭知其所離，遁辭知其所窮。」《荀子·非相》篇所說的：「談說之術，矜莊以涖之，端誠以處之，堅強以持之，分別以喻之，譬稱以明之。」這裡的「談說之術」就是「辭」術，都就口頭話語而言。鄭老還指出「如《荀子·正名》：『辭合於說。』注『成文為辭』。指的是文辭」（第3頁）。我們認為如《易·繫辭》：「其旨遠，其辭文，其言曲

而中」的「辭」也是文辭。但更多的情況下，語、文是不分家的，可指語辭，也可指文辭。如《禮記》三十二《表記》：「情欲信，辭欲巧。」《論語》十五《衛靈公》：「辭達而已矣。」這些「辭」，都可兼指語辭和文辭。白春仁教授說：「在古代，語文統而論之，是不分家的。」⑤指的就是最後這一種。本書《「三辭三成」說》對此已有專論，不贅。

2. 古人所謂「辭」（或其同義詞「文」、「言」、「章」、「語」）是和「話語資訊」相對待的「藝術形式」，是資訊的載體

《呂氏春秋・離謂》：「言者，以喻意也。言意相離，凶也。夫辭者意之表也，鑑其表而棄其意，悖。」《說文》所謂「詞，意內而言外也。」清・段玉裁注：「有是意於內，因有是言於外。」《文史通義・辨似》說：「夫言所以明理，而文辭則所以載之之器也。」「意之表」、「言外」、「載之之器」說，是古今一致的。可見，古代所說的「辭」及其同義詞，是與內容相表裡的話語藝術形式，是資訊的載體。略引一些論例如下。

(1)「辭」「意」並論，互為表裡。例如：

> 以名舉實，以辭抒意，以說出故⑥。
> 辭意可觀，遂稱才士⑦。
> 「辭達而已矣。」明其足以通意，斯止矣⑧。
> 「辭達而已矣。」……辭取達意而止，不以富麗為工⑨。
> 「辭達而已矣。」夫言止於達意，疑若不文，是大不然⑩。
> 非夫辭豐意雄，霈然有不可御之勢，何以至此⑪！

辭以意為主，故辭有緩有急，有輕有重，皆生於意也⑫。

文以意為主，辭以達意而已矣⑬。

(2)「辭」「情」並論，互為表裡。例如：

爻象動於內，吉凶見於外，功業見於變，聖人之情見乎辭⑭。

情欲信，辭欲巧⑮。

文露而旨直，辭妍而情實⑯。

若夫製作之文，所以彰往考來，情見乎辭，言高則旨遠，辭約則義微，此理之常，非隱之也⑰。

夫綴文者情動而辭發，觀文者披文而入情，沿波討源，雖幽必顯⑱。

情以物遷，辭以情發⑲。

然則志足以言文，情信而辭巧，乃含章之玉牒，秉文之金科矣⑳。

余糊口四方，多與箏人酒徒相狎，情見乎辭㉑。

(3)「辭」「理」並稱，互為表裡。例如：

若夫豐約之裁，俯仰之形，因宜適變，曲有微情。或言拙而喻巧，或理樸而辭輕㉒。

永嘉時貴黃老，稍尚虛談，於時篇什，理過其辭，淡乎寡味㉓。

故辭理庸俊，莫能翻其才㉔。

長卿傲誕，故理侈而辭溢㉕。

故情者文之經，辭者理之緯；經正而後緯成，理定而後
辭暢㉖。

辭與理競，辭勝則理伏；事與才爭，事繁而才損㉗。

古之詩人，雖趣尚不同，體制不一，要皆出於自得，至
於辭達理順，皆足以名家，何曾有以句法繩人哉㉘？

夫孔子所云「辭達」者，正達此理耳，無理則所達爲何
物乎㉙？

說不可使辭勝於理，辭勝理則以反人爲實，以勝人爲
名，弊且不可勝言也㉚。

(4)「辭」與「事」、「辭」與「志」、「辭」與「旨」相表
裡。例如：

辭皆言事，而事自有實，不煩文豔以過於實，故但貴辭
達則足也㉛。

或云：「君子尚辭乎？」曰：「君子事之爲尚。事勝辭
則伉，辭勝事則賦，事辭稱則經，足言足容，德之藻
矣。」㉜

觀隗囂之《檄亡新》，布其三逆，文不雕飾，而辭切事
明㉝。

達即繁簡適中，事辭相稱㉞。

《後漢書》稱荀悅《漢紀》「辭約事詳」；《新唐書》以
「文省事增」爲尚，其知之矣㉟。

不以辭害志，以意逆志，是爲得之㊱。

才性異區，文辭繁詭，辭爲膚根，志實骨髓㊲。

彼名辭也者，志義之所使也㊳。

其旨遠，其辭文㊴。

　　從以上略舉的論例中不難看出：作為「辭」，亦即「辭章」
——話語藝術形式，是和「意」、「情」、「理」、「事」、
「志」、「旨」等相表裡的。「意」、「情」、「理」、「事」、
「志」、「旨」往往都作為內容的代稱詞。

　　由此可見，「辭」的外延很廣，包括「修辭」，又大於修
辭。

　　如果用「辭章」的觀點，去考察先秦以至中國古代的「詩
話、文談、隨筆、雜記、史論、經解之類」有關論述，我們就
可以發現：古人對其中奧妙是「知道」的、「自覺」的，他們
有一系列的論述，不是「偶然」的、「偶爾涉及」的、「飄搖
無定」的，其觀點是鮮明的，不是「模糊」的、「含含糊糊」
的、「模稜兩可」的。這是我國富有民族特點的國學之一。
「我國辭章學的論著浩浩洋洋，是一份極其寶貴的文化遺產。
它包括了修辭的各個方面的理論，但其範圍又遠遠超出修辭
學。因此，我們不以我國古代沒有嚴格的科學意義的修辭學而
遺憾，卻以有比修辭學更博大的辭章學而自豪。惜乎這份遺
產，還未全面地、系統地開掘。我們應當在修辭學已經建立、
發展的今天，一方面進一步繼承我國古代修辭理論的遺產，另
一方面要借鑑現代社會語言學、語用學、言語學、語體學、風
格學、文章學、寫作學的研究成果，廣泛而深刻地開展對辭章
學的研究，以期早日建立更加科學的漢語辭章學，把我國辭章
學的研究推向前進。」㊵

注 釋

①宗廷虎、李金苓：《漢語修辭學史綱》，33頁，吉林教育出版社，1989。

②陳望道：《修辭學發凡》，278頁，文藝出版社，1959。

③鄭頤壽：《論辭章學》，見《福建師範大學學報》哲學社會科學版，1994(1)。

④我們引用時省略去一句話：「《孟子》：『不以文害辭。』注『詩人所歌詠之辭。』」愚以為「不以文害辭」的「辭」是書面話語，即「文辭」。因為上述《孟子》引文之下是「……不以辭害志，以意逆志，是為得之。如以辭而已矣，《雲漢》之詩曰：『周餘黎民，靡有孑遺。』信斯言也，是周無遺民也。」──「不以文害辭」的「辭」指的是「《雲漢》之詩」之類的文辭，只不過用詩人之口「歌詠」出來罷了。謹附此，以就教於鄭先生。

⑤白春仁：《文學修辭學》，1頁，吉林教育出版社，1992。

⑥《墨子・小取》。

⑦北齊・顏之推：《顏氏家訓・文章篇》。

⑧宋・司馬光：《答孔司戶文中書》。

⑨宋・朱熹：《四書集注》。

⑩宋・蘇軾：《答謝民師書》，見《經進東坡文集事略》。

⑪宋・歐陽修：《答吳充秀才書》。

⑫宋・陳騤：《文則》。

⑬金・趙秉文：《竹溪先生文集引》，見《閑閑老人淦水集》。

⑭《周易・繫辭下》。

⑮《禮記・表記》。

⑯漢・王充：《論衡・對作篇》。

⑰晉·杜預：《春秋左氏傳·序》。

⑱梁·劉勰：《文心雕龍·知音》。

⑲同上，《物色》篇。

⑳同上，《徵聖》篇。

㉑清·朱彝尊：《陳緯文〈紅鹽詞〉序》。

㉒晉·陸機：《文賦》。

㉓梁·鍾嶸：《詩品序》。

㉔㉕梁·劉勰：《文心雕龍·體性》。

㉖同上，《情采》篇。

㉗北齊·顏之推：《顏氏家訓·文章篇》。

㉘金·王若虛：《滹南遺老集·詩話下》。

㉙明·袁宏道：《論文》。

㉚清·劉熙載：《藝概·文概》。

㉛清·劉寶楠：《論語正義》。

㉜漢·揚雄：《法言·吾子》。

㉝同㉔，《檄移》篇。

㉞清·洪亮吉：《曉讀書齋初錄》。

㉟同㉚。

㊱《孟子·萬章》。

㊲同㉔。

㊳《荀子·正名》。

㊴《周易·繫辭》。

㊵鄭頤壽、張慧貞、鄭韶風：《辭章藝術示範·前言》，7～8頁，上海教育出版社，1991。

普通辭章學與
文章學、文章修改

在辭章學研究早期（上個世紀80年代），曾以為「辭章之學，就是文章之學」；又說：辭章學是文章學的一個側面。後來，張志公先生指出這種說法「不妥善」。理清辭章學和文章學以及文章修改的聯繫與區別，是漢語辭章學這門新學科建設中亟待解決的大課題。

一、普通辭章學與文章學

不少學者認為：修辭學、文章學是建構辭章學大廈的兩根主要支柱。此言不差。

辭章學和文章學是兩門有密切聯繫又有區別的學科。它們有同有異。下面，我們主要以張志公的《漢語辭章學論集》（以下簡稱《論集》）與張壽康的《文章學導論》（以下簡稱《導論》）兩部有代表性的著作做比較，進行分析，談談筆者的淺見。

辭章學和文章學的相同點主要有以下幾個方面。

一、辭章學和文章學都屬於語言運用的學科。張志公先生說：辭章學是「運用語言的藝術之學」①。張壽康先生說：

「文章學應當是語言學的一個分支」②,「一個部門」③。他們都從「語言運用」的角度給辭章學和文章學做了界說。

二、辭章學和文章學的學科目的、任務相近。在實際運用方面,都是為了提高學習者寫作和閱讀的水平。志公先生說:「辭章指寫作的方法和技巧」④,「研究詩文寫作中運用語言的藝術」⑤。壽康先生談到「為什麼要研究漢語文章學」時說:就是要求「每個公民都要能讀會寫」⑥。在理論建設方面,辭章學和文章學都要建構自己富有特點的理論體系,總結學科的規律、方法。

三、辭章學和文章學的研究對象都重視對「言語單位」的運用,做為建構學科體系的主要內容。志公先生把章法、句法、字法、比興、風格、文體⑦作為辭章學的研究對象,並強調指出「煉字、煉句是掌握語言的根基」⑧。壽康先生談到文章學的對象時引用王充《論衡・正說》的話:「句有數以連章,章有體以成篇」⑨;引用阮元的話:「屬辭成篇,故曰文章」⑩;肯定了劉師培的《文章原始》中的話:「積字成句,積句成文,欲溯文章之緣起,先窮造字之源流。」壽康先生認為「這話是很有道理的」,「文章是書面語言,書面語言的基礎是文字」⑪。兩位大師都把字、句等作為文章寫作的基礎,學科研究的主要對象。

四、辭章學和文章學都不單純追求「藝術技巧」,都注意處理好內容和形式的辯證關係。志公先生從我國辭章論的優良傳統指出:「文(辭章)與質(實)相對待,用現在的話來說,前者是語言形式,後者是思想內容,二者是對立統一的,兩千多年來一直是這樣看法。」⑫壽康先生說:「文章是反映客觀事物的組成篇章的書面語言,是社會發展的工具。這個定

義告訴我們，文章的內容是反映的客觀事物，形式是組織篇章。」⑬

　　五、辭章學和文章學有關理論在我國都有悠久的歷史，文化積澱深厚。古人往往把兩門學科融合起來，論述文章學理論時談到了辭章學的內容，說到辭章學理論時，涉及文章學的方面，往往兩者難解難分，交融成一體。

　　由於有以上幾個重要方面的相同點，因此，志公先生說：「『辭章之學』就是文章之學。」⑭《現代漢語詞典》⑮、《修辭學詞典》⑯、《漢語語法修辭詞典》⑰等權威的工具書在給「辭章學」釋義時，都有個義項即：辭章學就是文章學，或稱詩文寫作中運用語言的藝術之學。

　　時代在前進，學術研究在不斷發展，不少學者對於辭章學和文章學的關係問題用辯證的觀點作進一步的思考。焦點集中在辭章學是否就是文章學？如果是，有了文章學何必再增加一門辭章學？如果有區別，區別在哪裡？

　　我於1985年完稿並在幾次高校試講了《辭章學概論》；同年夏天，中國華東修辭學會在廬山舉辦語法修辭講習班，我又用此書稿給來自我國26個省、市自治區的一百多名學員試講（講其中的「語格」部分）。1986年《辭章學概論》（以下簡稱《概論》）正式問世。書中表述了辭章學和文章學是兩門既有密切聯繫又是各自獨立的學科⑱。辭章學要研究口頭表達和書面寫作兩大方面，從重視「話語」的角度進行闡釋。而文章學正如壽康先生指出的只研究「組成篇章的書面語言」⑲。這是辭章學和文章學的區別之一。

　　文章學既講究文章的內容：題材、立意，就是壽康先生所說的文章「三要素」之首兩位的要素「質料」、「思想」，也研

究文章的形式，就是壽康先生所說的文章「三要素」之三的「表達」，也就是內容的載體。由此可見，「文章三要素」強調的是前兩個要素：內容⑳。而辭章學的著眼點在「有效、高效地表達、承載，並藉以適切、深入地理解話語資訊的藝術形式」──中心語是「藝術形式」㉑，這就是志公先生所說的「辭章學是研究詩文寫作中運用語言的藝術之學」「也就是指作品的形式方面」㉒。為了表達這個意思，他對辭章學作了新的定義：辭章學「可以說是文章學的一個側面吧」㉓。我想，這個「側面」就是和內容相對立相統一的「藝術形式」這一側面吧。可見辭章學和文章學雖然都兼顧內容與形式，但側重點略有不同。這是它們的又一區別。

區別之三：即使談「藝術形式」（「表達」），文章學談「結構、語言、表達方式、文體」㉔等，這些方面，與辭章學的著眼點、著力點又有區別。

文章學談「結構」，著眼於「反映客觀事物的組成篇章的書面語言」㉕──所謂「客觀事物」，就是內容，它著眼於材料的剪裁、內容的主次、詳略的安排；雖然也談語言運用上的總分、綱目、層次、伏應，但更側重在內容的安排上。辭章學談「結構」──章法，既重視吸收文章學的章法理論，又重視從語言運用的角度談「屬辭成篇」的藝術，如：起、承、轉、合，伏、應，條理，脈絡、線索，開、合，緩、急，擒、縱，波瀾、抑揚、頓挫，曲折、錯綜、變化、奇正，長、短，枝、幹㉖，聯絡，照應，泛寫、具寫，凡目，平側，縱橫，疊合，語勢，句法，字法，順敘、倒敘、插敘、補敘㉗，等等，顯然，著眼點、著力點是放在語言藝術上。

文章學談語言是從書面語這一「寫作的工具」㉘來闡釋

的，而且談得比較簡略；而辭章學兼及口語、書語和電語，從中總結出言語規律來，最主要的就是「健格」與「畸格」，「常格」與「變格」，以及由常格、變格、畸格構成九種動態的「語格」變化規律；並要進一步對此類變化作系統的研究，建立常格辭章學、變格辭章學、規範辭章學等分支學科㉙。辭章學吸取了修辭學、語體學、風格學，尤其是現代語言學觀點的成分遠遠地大於文章學，因此它有點像「話語語言學」「交際語言學」，又可稱為「大修辭學」，只要有助於增強「語言藝術效果」的相關學科的理論、規律與方法都要融會進來。總之，修辭學著眼點、著力點是放在語言藝術上。

文章學談表達方式，著眼點、著力點放在書面語言的「寫作」藝術上。辭章學要兼顧口語與書語，強調表達的辭章效果，重視從功能語體或從功能分類的文體特徵來論析㉚。這就帶來下面的文章。

文章學談「文體」——書面文章的體制。辭章學是「語言藝術之學」，談的是功能語體，並注意與從功能分類的文體作對應研究，把口語、書語融會起來闡釋。

區別之四，從風格講，文章風格，尤其是其中的文學風格，重在內蘊情志的風格要素和外現形態的風格要素的統一，有時只強調內蘊情志格素，例如「風格就是人」，強調的是「人」的思想、觀點、感情、品質、學識、修養、才華、氣質等內在的要素；而辭章風格，雖然並不排斥內蘊情志風格要素，但著眼點放在外現形態風格要素上，因此，這種風格被稱為「表現風格」（又稱「修辭風格」）㉛。

此外，文章學側重在文章的寫作，雖然也談文章的分析和鑑賞，但這是次要的；而辭章學從「表達、承載、理解」等角

度進行分析，從「四六結構」的三個角度把這三個方面融會起來，以提高綜合運用語言的聽說（口語）讀寫（書語）的能力；其中「說寫」是就「表達」講，「聽讀」是就「鑑識」講，亦即雙向結合的言語交際能力。

文章學重在分析成「篇」的書面的詩文，其中尤以散文為重點，以「篇」為單位進行闡釋；而辭章學要兼顧書面語、口頭語、電信體，要講辭篇、辭段、辭組、辭句等辭章單位[32]。

由於辭章學和文章學有如此明顯的區別，所以志公先生對「辭章之學」就是「文章之學」，「文章之學的一個側面」做了補充的說明[33]。

這是志公先生對辭章學和文章學學科性質認識的飛躍，對後學者深有啟發。

總之，辭章學與文章學，「是各自獨立又有密切聯繫的學科」。[34]

注釋

① 《論集》，20、23頁，人民教育出版社，1996。
② 《導論》的《代序》，2頁，湖北教育出版社，1985。
③ 《導論》，11、12等頁。
④ 《論集》，12頁。
⑤ 《論集》，20頁。
⑥ 《導論》，1頁。
⑦ 《論集》，20頁。
⑧ 《論集》，14頁。
⑨ 《導論》，9頁。
⑩ 《導論》，10頁。
⑪ 《導論》，23頁。
⑫ 《論集》，22頁。
⑬ 《導論》，9頁。

⑭《論集》，12頁。

⑮中國社會科學院語言研究所編：《現代漢語詞典》，206頁，商務印書館，1996。

⑯王德春主編：《修辭學詞典》，29頁，浙江教育出版社，1982。

⑰張滌華、胡裕樹、張斌、林祥楣主編：《漢語語法修辭詞典》，79頁，安徽教育出版社，1988。

⑱鄭頤壽：《辭章學概論》，6～8頁，福建教育出版社，1986。

⑲《導論》，9、10、11等頁。

⑳《導論》，76～86頁。

㉑鄭頤壽：《概論》，3頁；拙文《漢語辭章學研究的回顧與展望》，見《福建師範大學學報》（哲學社會科學版），2001（4）；本書的《「四六結構」與辭章學定義》等，都把「藝術形式」作為「辭章」定義的中心語。

㉒《論集》，20、12頁。

㉓《論集》，42頁。

㉔《導論》，79～86頁。

㉕《導論》，9頁。

㉖拙編：《辭章學辭典·分類目錄索引》，「目錄」部分，20～23頁，重慶出版社，2000。

㉗陳滿銘：《章法學新裁》，萬卷樓圖書有限公司，2001，仇小屏的《中國辭章章法論》等書。

㉘《導論》，80頁。

㉙請閱本書《論言語規律》、《辭章與語格簡論》、《「四六結構」與修辭過程》等節。

㉚《概論》，280～296頁，《語體風格的琢磨》就是從功能來劃分文體，把文體和語體對應起來。

㉛請閱《辭章學新論》之《「格素」論》等節。

㉜請閱《本書「話語」含義解說》、《「四六結構」與「三辭三成」說》、《「四六結構」與普通辭章學定義》等節。

㉝《論集》，259頁，並請閱《辭章學新論》、《全面正確地理解張志公漢語的辭章學定義》等節。

㉞《概論》，6頁。

二、普通辭章學與文章修改

㈠文章修改中的辭章實踐

辭章學與文章修改，結下不解之緣，自古而然。《論語·憲問》記載：

> 爲命，裨諶草創之，世叔討論之，行人子羽修飾之，東里子產潤色之。

「草創」（擬稿）、「討論」（研究分析）、「修飾」「潤色」（修改、加工），可見他們對辭章的重視。古人不僅推敲一篇一篇的文章，甚至修撰、琢磨一部書。《左傳·成公十四年》云：

> 君子曰：「《春秋》之稱，微而顯，志而晦，婉而成章，盡而不汙，懲惡而勸善，非聖人誰能修之？」

《左傳·莊公七年》還有具體的記載：

> 不修《春秋》曰：「雨星不及地而復。」君子修之，曰：「星隕如雨。」

此類修改的記載，散見於詩話、詞話、文評、曲語、史論之中，涉及辭章學的諸多方面內容，它把音韻學、訓詁學、語法學、文章學、修辭學、邏輯學、心理學、文藝學與美學熔於一爐，作綜合的研究。

宋人朱熹評南軒詩云：

> 「臥聽急雨打芭蕉」，先生曰：「此句不響」，曰「不若作『臥聞急雨到芭蕉。』」①

把「聽」改作「聞」，從音韻學講，是將仄聲改為平聲，把開口度小的改為開口度大的，使字音響亮，句內平仄相間，抑揚交錯，形成詩句的節奏感。把「打」字改為「到」字，是因為「打」「芭」韻母相同，兩個連用比較拗口，改為「到」就避免了這個瑕疵。

張橘軒詩：

> 半篙流水夜來雨，一樹早梅何處春？

元遺山曰：「佳則佳矣，而有未安。既曰『一樹』，烏得為『何處』？不如改『一樹』為『幾點』，便覺飛動。」②這樣，從邏輯學講，就使前後一致，順理成章；從修辭學講，是對偶的錘煉。

《南唐野史》載張回《寄遠》詩：

> 「蟬鬢彫將盡，虯髭白也無？」齊己改為：「虯髭黑在無？」回拜為一字師③。

從心理學講，人們都不喜歡「虯髭」變「白」，而是擔心「黑在無」。改詩符合「寄遠」的心情。

《列女王凝之妻謝氏傳》：

> 謝氏字道韞，安西將軍奕之女也。嘗內集，俄而雪驟下。（其叔）安曰：「何所似也？」安兄子朗曰：「散

鹽空中差可擬。」道韞曰：「未若柳絮因風起。」安大
悅④。

原句用「散鹽空中」比喻下雪，謝道韞把它改成「柳絮因風
起」，比喻貼切、形象，富有詩意。只有富貴人家子女，食
飽、衣暖、心情愉悅，才有這種感受。

從上可以看出，古代修改理論涉及辭章學的諸多方面。它
們具體生動，使人津津樂道。

現代對「修改藝術」的探討，更加全面，更加深入，更加
系統，它為辭章學的形成創造了一個條件。

魯迅、葉聖陶、老舍、何其芳、郭紹虞、陳望道、張壽康
等文學家、詩人、文論家、修辭學家、文章學家，他們論述了
修改的重要性、範圍、對象等，對「修改藝術」、辭章理論做
出了貢獻。

老舍說，文章要「狠心地改，不厭煩地改。字要改，句要
改，連標點都要改，毫不留情。對自己寬大便是對讀者不負
責。」⑤這則是從創作的責任感與文章的社會效果來論述文章
修改的重要性。

現代文章修改理論中，關於修改的範圍、對象的闡述，對
於辭章學的建立有重要的作用。

修改的範圍有多大？葉聖陶先生說：「要在動筆之前與成
篇之後，下一番工夫求語言的完美。」⑥這裡所說的「下一番
工夫」，就是反覆修改、推敲、琢磨。許多文章學、寫作學教
材，雖然目前還只能對它們所講的修改「劃一個範圍，是指初
稿寫就到定稿完成的一段過程」⑦。但是，從理論上也承認：
「從某種意義上說，修改工作並不只是初稿完成後才開始的，
而是應該貫穿在寫作的始終。」⑧「好的文章往往是在不斷錘
煉中產生的。」⑨

文章修改的對象有哪些？如上所述，既然修改不限於初稿

寫成後，而是貫於寫作的始終，因此修改的對象也就不限於在
文字上進行推敲、琢磨，而且還包括修正觀點、提煉主題、篩
選題材、斟酌提綱，也就是包括文章的內容與形式兩大方面。
葉聖陶先生說：「凡是修改，都由於意思需要修改，一經修改
就變更了原來的意思。」「修改必然會變更原來的意思，不過
變更有大小的不同。」他又說：「詞句需要變更，不為別的，
只為意思需要變更。」⑩陳望道先生也指出：「以修飾為修
辭，原因是：(1)專著眼在文辭，因為文辭較有修飾的餘裕；(2)
又專著眼在華巧的文辭，因為華巧的文辭較有修飾的必要。而
實際，無論作文或說話，又無論華巧或質拙，總以『意與言
會，言隨意遣』為極致。在『言隨意遣』的時候，有的就是運
用語辭，使與所欲傳達的情意充分切當一件事，與其說是語辭
的修飾，毋寧說是語辭的調整或適用。即使偶有斟酌修改，如
往昔所常稱道的所謂推敲，實際也還是針對情意調整適用語辭
的事，而不是僅僅文字的修飾。」⑪張壽康先生的《修飾——
修辭學的一個重要部門（修飾之學提綱）》所講的「修飾」與
葉聖陶、陳望道兩位先生看法一致，即修改不「僅僅文字的修
飾」。張先生說：「文章是客觀事物的反映。人們在反映客觀
事物的時候，在頭腦裡加工的時候，已在反覆思考，反覆修
正，把這種反覆思考的內容寫出來之後，如果覺得認識深刻
了，能夠反映事物的邏輯層次了，就可以不再修改或者不再作
大的修改。如果認為這種認識仍不全面，對寫出的東西不滿
意，那麼就要修改，比如主旨、內容屬思想認識方面，結構、
語言屬表達形式方面。」⑫何其芳同志在談到修改時，也說
「內容或表現形式有缺點，必須加以修改」，他還把這兩方面的
問題具體列為十二點來分析。⑬總之，修改的範圍包括文章組
成的內容和形式兩大方面。

　　既然文章的修改貫於寫作的全過程，牽涉到文章組成的諸
方面，它就必須綜合運用文章學、修辭學、語法學、詞彙學、

語音學，必須綜合運用文體學、語體學、心理學、邏輯學、資訊學、美學等有關學科的理論、知識和技巧，是一門綜合性的學問。而每一修改，包括內容方面的修改，也離不開語言形式，從這點講，「文章修改藝術」，尤其是關於藝術形式方面的修改，屬於修章學的範疇，文章修改的理論，是辭章學理論的重要組成部分。當然，文章修改階段的不同，修改的對象不完全一致。一般說來，成稿之前，把更多的精力集中在主題的提煉、題材的篩選、提綱的斟酌等方面；成稿過程，著眼於表達；成稿之後，把更多的精力花在文字的推敲上。這成稿過程與成稿之後的修改，主要屬於辭章學的事。這些過程，要運用辭章學諸方面的規律與方法。

文章評改與文章修改的研究，為辭章學的建立創造了條件。

作者對文章的修改，側重於表達；語文學家、編輯對文章的評改則是鑑識與表達的雙向結合。

先講文章評改。郭紹虞、葉聖陶、呂叔湘、周振甫、張志公、朱德熙諸先生，在這方面的研究成績卓著。

郭紹虞的《學文示例·評改》，分理論與實例兩方面來評論。理論之部，摘引了劉勰的《文心雕龍》、劉知幾的《史通》、王若虛的《滹南遺老集》、章學誠的《文史通義·答問》、王嘉璧的《酉山泉·點竄》、張宗郴的《帶經堂詩話·指瑕類》等書中關於文章（包括詩歌）修改的評論，內容豐富，精華薈萃。實例之部有兩類：甲為摘謬類，乙為修正類。它指出了《史記》、《漢書》以至韓愈、柳宗元、歐陽修、蘇洵、蘇軾的詩文與《水滸傳》、《西遊記》直至現代中學生雜誌《文章病院》中的文病數十條，論析文章修改的道理。

葉聖陶、呂叔湘、朱德熙、張志公、徐仲華的《文章評改》⑭收集了自1962年至1966年中華函授學校作文評講文章15篇。書中引作評改的文章，有的是報刊上發表的，有的是學員

的習作。葉聖陶、呂叔湘等專家，分別給予評改，「把各方面的問題都說到」⑮，具有明顯的綜合性。

此外，呂叔湘、周振甫兩先生的《習作評改》⑯，張志公、朱德熙、周振甫諸先生的《高中學生作文評改》⑰，《初中生作文評改》⑱等，都屬於這一類的編著。

文章評改把文章學、修辭學等有關學科的理論講活了，深受讀者歡迎。在專家的倡導下，近年來，此類編著如雨後春筍，它充分顯示了辭章之學旺盛的生命力。

再講文章的修改。這裡指的是作家、語文專家對名篇的修改。這類編著，有以文章為單位來論析的，有對諸多作品、諸多作家的修改藝術作綜合研究的。天津師院與曲阜師院中文系寫作組的《怎樣修改文章》⑲，朱正的《魯迅手稿管窺》⑳以及拙著《文章修改藝術》㉑，都是以單篇文章為單位，來分析文章修改藝術的。此類編著，對魯迅、楊朔、袁鷹、徐遲、馬南邨、魏巍、王願堅、謝冰心、杜鵬程、柳青、李瑛等名家的散文、小說、詩歌的修改作分析、鑑賞。這些編著，展示了文章修改的特性：融合性、一體性和示範性。朱泳燚先生的《葉聖陶的語言修改藝術》㉒、拙著《比較修辭》㉓，則是對修改藝術作總結的。前者選取葉聖陶修改實例，從詞彙學、語法學、修辭學等方面，總結語言修改的方法與規律。張壽康先生說：「《比較修辭》，實際上是修改藝術之意。這本書從『詞語修辭』、『句子修辭』、『修辭格』的修辭學體系，比較系統地講述了修辭比較的用例，既有理論性，也有指導語言實踐的作用。」㉔近年來，對名篇修改的理論總結，日益受到重視，成果紛呈。

(二)文章修改體現辭章理論

由以上分析可以看出：文章修改有內容方面的，也有形式方面的，這當然屬於文章學的事了。但若細加分析，文章寫出

初稿之後，或者已經出版，再版時在文字上再作推敲，在這樣的情況下，雖然不免還有內容方面的修改，但更多的是對語言進行修飾、潤色，包括：文字的運用，語音的協調，詞語的運用，句式的選擇，辭格的運用，藝法的巧用，段落的調整，語體的協調，風格的琢磨等。其中，有關於傳統所說的用得「對」與「不對」、「通」與「不通」的問題（其實可歸併起來，統稱「對」與「不對」，包括文字的、語音的、詞語的、語法的、邏輯的，等等）與「好」與「不好」、「妙」與「不妙」的問題，它統屬於「藝術形式」的範疇。這些就統屬於辭章學的範疇了。

此類文章修改，突出地體現了「表達」、「承載」、「鑑識（接受）」三個方面的配合與表達、鑑識（接受）角色的互換。文章是由作者寫成的，這屬於表達元。而文章的修改有兩種情況：一是由原作者自己修改的。此時的原作者，已由表達者轉到鑑識（接受）者的角度，正如杜甫說的「新詩（文）寫罷自長吟（讀）」一樣，「長吟」者之「新我」成為「舊我」作品之鑑識者、接受者、欣賞者，發現其中的瑕疵，又轉為表達者，進行修改。一是由讀者（編輯、作家、語文專家等）對作品進行修改。讀者首先是鑑識（接受）者，發現其中之不足，幫助作者（或徵得作者的同意）做了修改。這時，鑑識（接受）者轉為表達者，並與表達者緊密協作。而作為修改前後的作品，就是文章資訊的載體。

因此，這類修改，又充分體現了「三辭三成說」的理論。作者（表達者）寫作文章，首先是「意遣辭」，繼而還要與「辭成意」的反覆結合；讀者（修改者）要進行修改，首先是「辭成意」，繼而還要與「意成辭」的反覆結合。而作為被改動的「文章」這一客體，就是「辭意相成」的話語了。

這類修改，也充分體現了「結構組合結合論」。作者（表達者）寫作之初總要先有宏觀的「結構」──以主旨為統帥，

以語體為指向，以總體框架為格局，然後按「因字而生句，積句而成章，積章而成篇」㉕的程序組合起來。作為讀者（修改者），總要先因字而句，積句而章，積章成篇地通讀全文，尤其是第一次解讀，必須先有這個「組合」的過程。唐朝孟郊說：「夜吟曉未休，苦吟神鬼愁。」㉖元朝劉將孫說：「老杜有『新詩改罷自長吟』之句，蓋其句有未足於意，字有未安於心，他人所不知者，改而得意，喜而長吟，此樂未易為他人言，而作者苦心深淺自知，正可感也。」㉗老舍也說：「我寫作中有一個竅門，一個東西寫完了，一定要再唸再唸再唸，唸給別人聽（聽不聽由他），看唸得順不順？準確不？彆扭不？邏輯性強不？……看看句子是否有不妥之處。」㉘從頭到尾「吟」「唸」的過程，就是「組合」的過程。而瞭解全詩、全文的大意、大體結構、語體功能類別之後，又要從這些大的「結構」進行思考，把「結構」與「組合」結合起來，才能達到「篇之彪炳，章無疵也；章之明靡，句無玷也；句之清點，字不妄也」的境界㉙。

這類修改，還充分體現了話語生成的動態特徵和語格變化的過程。它總要放在「四六結構」的框架之中作動態的考察。從語格理論講，它有九種基本的變化，其中六種是成功的，三種是失敗的。對失敗的要下一番轉化之功，使之化「畸」為「健」。此類變化，頻率最大的就是志公先生所說的「煉字煉句」之類辭章學的「根基」㉚從這個變化中，可以總結出許多理論、規律與方法來，以充實辭章學的內容，並建構常格辭章學、變格辭章學、變異辭章學、規範辭章學和語格學等辭章學的下位學科㉛。

這種修改，亦充分體現了辭章效果「質」的區別：「有效」「高效」的表達和「正確」「深入」的理解這些不同的層次。由表達得「不對」到「對」（含由「不通」到「通」）的變化，就是由「負效」、「無效」到「有效」的變化；由「對」但不夠

「好」到「好」（含「妙」）的變化，就是由「有效」進入「高效」的境界了㉜。從解讀、鑑識（接受）講，由「不解」、「費解」、「歧解」、「誤解」到能「正確」地理解是最基本的層次，還要做到「深入」地理解，就進入更高的層次了。這類修改也體現了辭章生成四個階段的效果：潛在效果、自在效果、他在效果、實在效果。

這類修改，還充分地體現了辭章學的性質：一體性、融合性、代碼性、示範性、橋梁性、交際性、實用性、時代性、民族性。

因此，筆者把此類比較側重在「話語藝術形式」方面的修改，歸於辭章的範疇，因名此類書曰「辭章藝術示範」㉝。與此類體例完全相同的書還有：《文章修改藝術》㉞《文章修改藝術──言語藝術示範》㉟《初中語文名篇修改範例》、《高中語文名篇修改範例》㊱等。不統一用「辭章藝術示範」有兩個原因。一是出版《文章修改藝術》時，拙著《辭章學概論》尚未問世，擔心讀者不理解「辭章」的含義而影響了圖書的發行；一是為了避免書名的重複而失去「新鮮感」，只好掛不同的「招牌」推銷「辭章藝術」的珍品──作家「現身說法」的範例。

注 釋

①《朱子語類》卷百四十。
②清‧顧嗣立：《寒廳詩話》。
③宋‧戴埴：《鼠璞》。
④《晉書》卷九十六。
⑤老舍：《我怎樣學習語言》，見《人物、語言及其他》。
⑥葉聖陶：《語言與文字》。
⑦⑧中央廣播電視大學教材《寫作通論》，233頁，北京出版社，1983。
⑨北京師範大學中文系編寫：《寫作基礎知識》，246頁，北京出版社，1979。

⑩《葉聖陶語文教育論集》下冊，468頁。

⑪陳望道：《修辭學發凡》，5頁，上海文藝出版社，1959。

⑫中國修辭學會編：《修辭學論文集》第3集，37頁，福建人民出版社，1985。

⑬何其芳：《談修改文章》。

⑭商務印書館，1980。

⑮葉聖陶、呂叔湘等：《文章評改》，上海教育出版社，1979。

⑯開明書店，1951。

⑰北京出版社，1980。

⑱北京出版社，1982。

⑲吉林人民出版社，1980。

⑳湖南人民出版社，1981。

㉑福建教育出版社，1983。

㉒寧夏人民出版社，1981。

㉓福建人民出版社，1982。

㉔張壽康：《修飾之學——修辭學的一個重要部門》，見《修辭學論文集》第3集，同⑮第35頁。

㉕梁·劉勰：《文心雕龍·章句》。

㉖孟郊：《夜感自遣》，《孟東野詩集》卷三。

㉗劉將孫：《偓佺集序》，見《養吾齋集》卷十。

㉘老舍：《人物、語言及其他》，轉引自朱伯石《寫作概論》，175頁，湖北教育出版社，1983。

㉙同㉘。

㉚張志公：《漢語辭章學論集》，14頁，人民教育出版社，1996。

㉛請閱本書《辭章與語格概說》。

㉜請閱拙編《辭章學辭典》中《分類目錄索引》第3頁所列15類的「表達效果」，三秦出版社，2000。

㉔筆者與張慧貞、鄭韶風合著：《辭章藝術示範》，上海教育出版社，1991。

㉞鄭頤壽：《文章修改藝術》，福建教育出版社，1983。

㉟鄭頤壽等，安徽教育出版社，1993。

㊱鄭頤壽與潘曉東主編：《語文名篇修改範例》，江西教育出版社，1997。

普通辭章學的原則、
規律與方法舉隅

辭章活動的最高原則：
「四六結構」與誠美律

　　日月運行，春夏秋冬；做工種田，建樓鋪橋；行車走馬，吃飯睡覺……從自然界到人類社會，從宏觀到微觀，無不有律。循規蹈律，是成功的前提，違規背律，則失敗無疑。這是不以人的意志為轉移的。作為萬物之靈的人，要善於從司空見慣的現象中，發現規律，總結規律，並駕馭規律，而不是被動地成為規律的奴僕。辭章活動也一樣，也有它的規律。它有最高的總律「誠美律」，有言語的內律、外律和化畸律。總結這些規律，辭章活動才有則可依；深入地闡釋這些規律的真諦，才能充分發揮它們的導向作用。以「誠美」為例，從先秦已反覆被先賢所闡釋，到南朝梁，劉勰已明確地把它提到「金科玉牒」的地位。可是至今一千多年還未被很深刻地論析。

　　要闡釋「誠」的真義，必須把它放在特定的歷史時期（先秦），不僅要說明儒家所講之「誠」的深義，還要參之道家、墨家的觀點；不僅要闡釋先秦儒家（如《禮記》）對誠的述說，還要探求在歷史發展的過程中如何演變、引申（如「誠」合「小德」、「大德」、「仁、智、勇」於一體之說）；不僅要看中國的論述，還要以外國的理論為參照；不僅從詞彙學上進行解釋，還要參之社會學、倫理學、心理學、文學、美學等相

關學科，才能探賾索微。在繼承、發揚優秀的文化遺產中，要釋古而不泥於古，論今而不把古人現代化，應該從深厚的文化積澱中實事求是地發揚其精華，用現代的語言做通俗的解說，做到有所揚棄，推陳布新，為今天的中國所用。

一、「誠」論

辭章學（含修辭學），屬於言語學，是研究語言運用的學科。「運用」之者，是「人」——作為社會的人，因此，必與每個「人」之諸多因素、「社會」之諸多方面有極為密切的聯繫。我們把「有效、高效地表達、承載並藉以適切、深入地理解話語信息」作為辭章這種「藝術形式」的修飾語，就是要闡明「辭」（辭章）與「意」（信息）間的辯證關係，要追求「有效、高效」，對社會產生良好的效應。辭章學具有融合性，它可融入哲學、社會學、倫理學、心理學、美學、文學等多種有關「誠」、「美」的理論，為我所用，建構誠美的理論體系。因此，本書提出「誠美律」，作為辭章活動的「最高原則」，以之籠罩全書。

辭章活動要求「誠」、「美」，在我國有兩三千年的優良傳統，而且歷代相承。儘管其間也有幾股「唯美」、「唯形式」論抬頭，但「誠美」論之脈不斷，始終都是一根主線。

言語活動要求「誠」、「美」，歐美亦然，雖然也有一段歷史時期西方修辭學被詭辯論所踐踏，使之聲名狼藉，但這歷史早已過去。本章旨在弘揚中華辭章的優良傳統，借鑑西方的相關理論，闡釋辭章運用的最高原則。

(一)「誠」的含義

1.「誠」的原義、引用義和同義詞

孔子說：

> 君子進德修業。忠信，所以進德也；修辭立其誠，所以
> 居業也①。

此論在我國兩千多年的歷史中，逐步被闡述、演繹，成為
辭章活動包括文學創作的一條重要原則。可圖示如下：

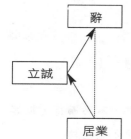

「誠」，在先秦的經典著作中，是自然
規律，也是與這種自然規律相通的倫理道
德。

(1)「誠」的原義是「道」（自然規律）
——「誠者，天之道也」②。

這裡所講的「天之道」，我們把它理
解為自然規律、宇宙規律。古人認為，天體的運轉都是守「誠」
的，日月運行，晝夜更迭，寒暑交替，春夏秋冬，都沒有「失
信」，這就是「天道」。辭章學家陳滿銘教授深諳此理。他引用
《中庸》第三十章的話說：

> 仲尼祖述堯舜，憲章文武（成己——仁）；上律天時，下襲
> 水土（成物——智）；辟如天地之無不持載，無不覆幬，辟
> 如四時之錯行，如日月之代明；萬物並育而不相害，道
> 並行而不相悖，小德川流，大德敦化，此天地之所以為
> 大也（配天、配地）。

陳教授說：對這段話，王夫之在其《讀四書大全說》裡，
曾總括起來闡釋為：

> 小德、大德，合知、仁、勇於一誠，而以一誠行乎三達
> 德者也③。

古人認為：作為聖人的孔子，上配天，下法地，而達到至
「誠」——聖的境界。這就把「誠」提到了至高的位置；同時
還是「小德、大德，合知、仁、勇」於一「誠」的倫理觀念。
因此，又說：
(2)「誠之者，人之道也」，「性之德也」
誠，是可配天、法地的至高的倫理道德。《禮記》云：

> 誠之者，人之道也。誠者，不勉而中，不思而得，從容
> 中道，聖人也。誠之者，擇善而固執之者也④。

「誠」之「德」，合乎「天道」，可以「成己」、「成物」，
得以「配地」、「配天」。《禮記》又云：

> 誠者，自成也，而道，自道也。誠者，物之終始，不誠
> 無物。是故君子誠之為貴。誠者非自成己而已也，所以
> 成物也。成己，仁也；成物，知也，性之德也。合外內
> 之道也。故時措之宜也，故至誠無息，不息則久，久則
> 徵，徵則悠遠，悠遠則博厚，博厚則高明。博厚所以載
> 物也；高明所以覆物也，悠久所以成物也。博厚配地，

高明配天，悠久無疆。如此者，不見而章，不動而變，無為而成，天地之道，可壹言而盡也，其為物不貳，則其生物不測。天地之道，博也，厚也；高也，明也；悠也，久也⑤。

這是把「誠」作為君子之「德」。誠，內要「成己」，達到「仁」的境界；外要「成物」，合乎「知（智）」的要求。這樣「合外內之道」，使自己「博厚」，可以「載物」，足以「配地」；使自己「高明」，可以「覆物」，足以「配天」。《禮記》進一步指出：

自誠明，謂之性；自明誠，謂之教。誠則明矣，明則誠矣。唯天下至誠為能盡其性；能盡其性，則能盡人之性；能盡人之性，則能盡物之性；能盡物之性，則可以贊天地之化育；可以贊天地之化育，則可以與天地參矣⑥。

「至誠」，就「能盡其性」，「盡人之性」，「盡物之性」，「可以贊天地之化育」，「可以與天地參矣」。《正義》指出：「此明天性至誠，聖人之道也。」⑦

儒家認為，「至誠」之道還可以通天，預知將來：

至誠之道，可以前知。國家將興，必有禎祥；國家將亡，必有妖孽，見乎蓍龜，動乎四體，禍福將至，善必先知之，不善必先知之，故至誠如神⑧。

由是觀之，孔子所說的「誠」，是從形而上的哲學視角來闡釋，是唯心的，說它是「天之道」，是至高的倫理道德。「誠」成為宇宙運行、人類活動的最高原則和要求。可圖示如下：

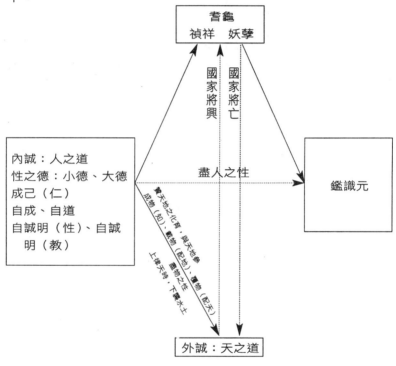

　　以上要從哲學的高度，從「四六結構」的寬闊視野，參照社會學、倫理學和詞彙學，才能全面、深刻地揭示中華傳統「誠」的真諦，抓住「修辭立其誠」的本質。如果僅僅從詞彙學，從表達者單向的角度說明「誠」，就只能掌握「誠」的局部義項，依此談「修辭立其誠」「所以居業」的道理，就很難說服人，更無法把它提到最高原則的高度。

2.「誠」的近義詞及其詞義的縮小

在兩三千年的使用中，「誠」的詞義逐步縮小，同時產生了許多近義詞。

(1)「真者，精誠之至也」

古人講到「誠」的同義詞「真」，也以「天」、「自然界」、「宇宙」、「天地自然」來闡釋，和上述的「天道」意思相近，而達到天人一體，天人合一的境界。《莊子》有段話，論及「真」與「誠」的關係：

> 真者，精誠之至也。不精不誠，不能動人。故強哭者雖悲不哀，強怒者雖嚴不威，強親者雖笑不和。真悲無聲而哀，真怒未發而威，真親未笑而和，真在內者，神動於外，是所以貴真也。……真者，所以受於天也，自然不可易也。故聖人法天貴真……⑨

這裡所說的「真」，是「受於天」，「自然不可易」的，與儒家所說的「誠者，天之道也」，很一致；這裡所說的「聖人法天貴真」與儒家所講的「一誠行乎三達德」、「誠之者，人之道也」、「性之德也」，也很一致。而「不精不誠，不能動人」，用來闡釋言語交際與辭章的「有效、高效」論就很切合了。圖示如下：

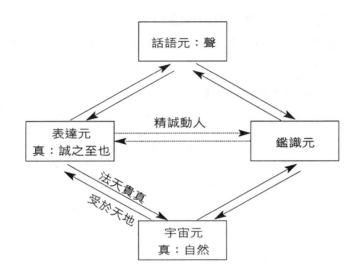

話語元：聲

表達元
真：誠之至也

鑑識元

精誠動人

法天貴真
受於天地

宇宙元
真：自然

　　莊子的「真」、「誠」論，對我國兩三千年來的藝術、文學、辭章活動影響十分深遠。歷代文藝理論家、文學家、詩人，繼承、發揚了莊子「真者，所以受於天也」的思想，和文藝辭章運用（包括表達與鑑識）聯繫起來。金·元好問指出：「一語天然萬古新，豪華落盡見真淳。」⑩這裡用「真淳」評論詩歌辭章風格。明·屠隆也說：「大真宰握權爐錘，鑄物不假雕刻，萬象森然，形隨性別，狀以情殊。散萬於一，總一於萬。前者推蕩，後者遞遷，然而無弗肖也。故曰化工。梦而不雜，成而不變，運而不勞，是天下之絕巧也。⋯⋯張僧繇之寫龍，三年而不點睛，點即飛去，可謂手奪造化，然而龍也乎哉？」⑪這把「真」提高到「化工」、「天下之絕巧」、「手奪造化」的高度來論釋優秀的風格。鄧雲霄亦云：「詩者，人籟也，而竅於天。天者，真也。王叔武之言曰：真詩在民間。而空同先生有味其言，至引之以自敘。夫空同先生跨輾千古，力敵元化，乃猶稱真詩在民間。而吾夫子亦曰：『斯民也，三代

之所以直道而行也。」以吾夫子之聖，不能外於斯民之直。空同先生，固聖於詩也，孰能外民間真音而徒為韻語？」⑫這段也是用「真」和「天」聯繫起來評論民歌藝術之不朽。李夢陽運用「真」評論文學辭章的時代風格，指出《詩經》是「天地自然之音也」；而「金、元之樂也」，「其調靡靡」「奚其真」？⑬

　　古人還用「真」、「誠」的觀點論析辭章的生成、話語的構成。明人解縉說：「古人之詩，事切情真，出於至誠，如喜而笑，怒而叫，哀而哭泣，痛而呻吟，皆非勉強為之，故其詩自好，蘇武、李陵之詩是也。後人為詩者，往往為人題卷，事情不切於己，旋立意思，旋琢語句，如不喜而強笑，不痛而呻吟，皆非至誠，皆非自然，神氣皆不渾全，所以不好。」⑭這段話顯然暗用莊子的語意，但它從「為詩者」，從「立意思」、「琢語句」，從風格是否「自然」，「神氣」是否「渾全」，效果是否「好」立論，這就是很適切的辭章論了。

　　上列論述，可圖示如下：

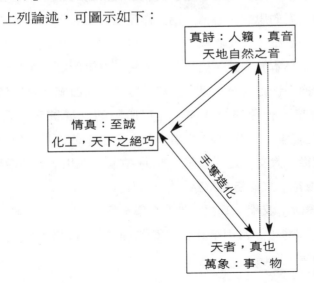

真詩：人籟，真音
天地自然之音

情真：至誠
化工，天下之絕巧

天者，真也
萬象：事、物

手擘造化

其他的如：「第一等真詩」⑮，「真情」⑯，「情真意
摯」，「真情並實境」⑰，「真意趣」⑱，「真格律」、「真風
調」⑲，「真色」⑳，等等，都成為辭章活動，尤其文學辭章
活動的原則和要求。

「真」即「誠」，「誠」則「真」，或稱「真誠」，已經由形
而上的哲學論向辭章論逐步落實了。它是我國優良的傳統。符
合辭章活動，包括文藝辭章活動的客觀規律。這與歐美的相關
理論是一致的。莎士比亞就是把「真」列為主題與辭章的首條
原則要求㉑。托爾斯泰論藝術的三個條件，「誠」與「真」就
占了兩條㉒。

(2)樸誠、真樸、誠實、真實、率真、真率

「樸誠」、「真樸」、「誠實」、「真實」、「率真」、「真率」
是由「誠」與「真」引申出來的一組論說運用辭章要求的用
語。含辭章的生成論、鑑識論和效果論等。它們的意思和形而
上的哲學觀點逐步脫離，逐步切入辭章活動的領域。它著眼於
語言運用者的思想、心情、話語作品風格和表現手段。賀貽孫
說「……故曰，大文必樸，又曰，修詞立誠。樸誠者，真之至
也。為文必本於樸誠。而後隨境所觸，隨筆所之，旁見側出，
主客變換，恍惚離奇，鬼神莫測；譬如鏡中西施，身影皆麗，
雪夜梅花，香色難分」㉓。這裡所說的「樸誠者，真之至
也」，是繼承了《莊子》「真者，誠之至也」的觀點，但是，更
明確地從「大文」之「修詞（辭）」立論，並用「鏡中西施」、
「雪夜梅花」來描寫其特點。

「樸誠」又與「真樸」㉔「真率」㉕「率真」㉖「真實」㉗
「誠實」㉘意近，常用來評論文學作品的作家風格。

(3)信、忠信

「信」、「忠信」也是「誠」的近義詞。孔子說：「情欲信，辭欲巧。」㉙又說：「君子進德修業。忠信，所以進德也；修辭立其誠，所以居業也。」㉚「忠信」成為先秦諸子對言辭的一致要求。儒家諸子就是這樣，反覆強調：「言必信」㉛，「言忠信」㉜，「言而有信」㉝，「言必先信」㉞，「言以出信」㉟，「言足信也」㊱，「言語必信」㊲，「言忠信慈祥」㊳。作為道家的老子也反覆強調：「居善地，心善淵，與善人，言善信，正善治，事善能，動善時」㊴；並說：「信言不美，美言不信。善者不辯，辯者不善。知者不博，博者不知。」㊵墨子也說：「言必信，行必果」㊶。

可見「誠」及其近義詞「真」、「信」，是中華辭章的優良傳統。

(4)「德」、「善」、「有物」

古人在對「誠」的理解、強調的基礎上，給它作了進一步的引申，認為「誠」即「道德」，即「善」，即「有物」。

上文講「小德、大德，合知仁勇於一誠」主要從形而上的哲學觀點來談，這裡主要從倫理道德來講。孔子說：

> 忠信，所以進德也㊷。

「忠信」，也就是「誠」，「誠」是用來「進德」的。因此，孔子又說：

> 有德者必有言，有言者不必有德㊸。

這裡所說的「有言」，是合乎「誠」的「忠信」之言。「德」

在內，「言」在外，有諸內必形諸外也。所以孔子反對「巧言亂德」⑭。唐朝李華說：「有德之文信，無德之文詐。」⑮這和孔子之論是一脈相承的。文天祥論修辭，就是把「誠」與「德」聯繫起來，可以說是合成一體了。他說：

> 修辭者，謹飭其辭也。辭之不可以妄發……蓋一辭之誠，固是忠信；以一辭之妄間之，則吾之業頓隳，而德亦隨之矣⑯。

這裡的「誠」≈「忠信」≈「德」，緊密聯繫起來了。清人程廷祚說：「為文之道，本之以誠，施之以序，終之以達。以此發揮道德……」⑰其中的「誠」本諸作者之心性，是內容，是本質；「序」，是結構，是形式；「達」是效果。它們的終極目的都是用以發揮「道德」。總之，「誠」作為倫理道德，在我國有優良的傳統。「誠」、「忠誠」、「忠信」、「信」是倫理道德，從其性質講，是與「惡」（無信、謊言、詭辯、詐言、奸言、邪言等）相對的，「誠」也就是「善」。孔子曰：「誠之者，擇善而固執之者也。」⑱人的品質「誠」，就會選擇「善」道，並讓它成為自己堅定的信念，而不隨俗變化。

「誠」，就不憑空亂說，不編造謊言。因此，清人程廷祚說：「修辭立其誠……大要以誠為本，有物即誠也。」⑲這又把「修辭立其誠」的「誠」與「言有物」的「物」聯繫起來了。

崇「誠」尚「真」，必然非「詐」貶「假」，這是一件事情的兩個方面。

凡是真理就沒有國界，西方國家優秀的作家、藝術家，也

強調「真誠」、「真實」。法國的羅丹說：「真正的藝術家總是冒著危險去推倒一切既存的偏見，而表現他自己想到的東西。」「因此他教同道們要率直坦白」。他又說：「藝術又是一門學會真誠的功課。」[50]德國的黑格爾說：「偉大藝術家都有一個特徵，就是在寫外在自然環境時，都是真實的。」[51]俄國的屠格涅夫[52]、蘇聯的高爾基[53]等，都強調文學辭章要承載「誠」、「真」、「真誠」、「真實」的信息，要「率直坦白」。他們都反對「誠」之反面。

修辭要「誠」和「真」、「信」、「忠信」、「德」、「善」等，當然要否定其反面的品德：「偽」、「假」、「無信」、「無實」、「利口」、「奸說」、「奸言」以及「不真不誠」、「心口不一」、「憑空捏造」，甚至「胡謅」、「扯謊」、「撒謊」等等惡行。《禮記》說：「情深而文明，氣盛而化神，和順積中而英華外發，惟樂不可以為偽」[54]。「樂」尚且不可以為「偽」，作為「心之聲」的「言」、「修辭」更是如此。孔子說：「人而無信，不知其可也。」[55]荀子說：「不順禮義，謂之奸說。」[56]「不順禮義，謂之奸言。」[57]孟子說：「言無實不祥。」[58]又說：「惡利口，恐其亂信也。」[59]古代文論中，經常可以看到對此類修辭的批評。

歐陽修說：「詩人貪求好句，而理有不通，亦語病也。如『袖中諫草朝天去，頭上宮花侍宴歸』，誠為佳句矣，但進諫必以章疏，無直用稿草之理。」[60]

謝榛指出：「魏武帝曰：『周公吐哺，天下歸心。』既以周公自任，又曰：『天命在吾，吾為周文王矣。』老瞞如此欺人。詩貴於真，文姬得之。」[61]這是以曹操前後兩個矛盾的辭段，批評曹操出語不「真」不「誠」。

葉燮批評有些人「日誦萬言，吟千首，浮響膚辭，不從中出，如剪綵之花，根蒂既無，生意自絕，何異乎憑虛而作室也』。」⑥所謂「不從中出」，就是「不真不誠」，故稱之為「憑虛作室」，「剪綵之花」，沒有生命力。

歌德說：「臆想捏造不是我的事情：我始終認為，現實比我的天才更富天才。」⑥契訶夫說：「別胡謅自己沒有經歷過的痛苦，別硬畫自己沒有見過的畫面，因為扯謊在小說裡比在談話裡還要乏味得多。」⑥別林斯基說：「在藝術中，凡是不忠於現實的東西都是撒謊，它所暴露的不是才能，而是無才。」⑥

(二)「誠」的辯證法

上文說過：真、真實、率真、真率、真樸、樸誠、誠實，信、忠信，直至德、善等內在的情感品德事實等，都屬於「誠」的範疇；而其反面：假、偽、虛偽、狡詐、奸言、捏造、撒謊等，則是「誠」之大敵。現在要進一步論析「誠」的辯證法。

1.口語交際中「誠」與「智」的辯證法

「誠」是哲學的、倫理的、情感的。在口語交際的過程，是否可以不顧語境（包括社會語境、具體情景和對象語境）把一切資訊（關係國家、民族利益的機密、個人的隱私）一股腦兒地全告訴對方，甚至於敵方呢？否。這是對國家、對民族之最大不「誠」——不「忠信」，甚至墮落為國家的敗類、民族的孽子。俗話說：「鳥美在羽毛，人美在智慧」。「誠」還要有「智」。

當年有個西方記者問國務院總理周恩來：「中國人民銀行有多少資金？」

周恩來總理答道：「中國人民銀行的貨幣資金嘛，有十八元八角八分。」

在場的記者聽了都莫名其妙，周恩來只好繼續說：「中國人民銀行發行面額為十元、五元、二元、一元、五角、二角、一角、五分、二分、一分的十種主輔人民幣，合計為十八元八角八分……」

總理的答言，引來全場熱烈的掌聲。這「誠」不「誠」？這是最大的「誠」：對國家忠誠，對記者誠懇，也給發問的記者以很大的面子。如果向西方記者如實說明中國有多少資金；或者撒個謊，說個假數字；或對記者說：「你太不識相了吧，這是我國的經濟機密，怎麼可以告訴你呢？」這就不合「忠誠」和「誠懇」的原則，將造成很不好的國際影響。

率真（直爽而誠懇）是好的，但也要根據語境。

據說，羅斯福就任美國總統之前，曾在海軍裡擔任要職。一天，一位朋友向他問起海軍在加勒比海的一個小島上建立潛艇基地的計畫。

羅斯福向四周看了看，壓低聲音問：「你能保密嗎？」

「當然能。」

「那麼，」羅斯福微笑著說，「我也能。」

羅斯福答言，也是一種「誠」，對國家對職守的忠誠，而「我也能」，又是何等的「率真」？也是對朋友「誠懇」的忠告。

「誠」，是一種倫理道德，它與「詐」、「奸言」是勢不兩立的，不能因為「誠」而被「詐言」、「奸言」所圍攻。

清朝乾隆年間有位進士李調元，學、文兩絕，被譽為「蜀中才子」。在他出任廣東學政時，來個巡按。此人忌妒李調元

的才名，想藉機侮辱他一番。巡按設計了一個難題，想出其不意給李一個難堪。

巡按：「聽說你的老師在京中威重位顯，但近來聽說他常常為如夫人洗腳，不知你是否知道此事？」

李調元：「眼見才是實。如果真是這樣，也只有他的奴婢丫嬛才能知道，大人您怎麼也知道呢？」⑥⑥

這是一場「誠」與「不誠」的舌戰。巡按的刁難，存心不誠；而李調元處處存「誠」：「眼見才是實」──這是最大的「誠」，忠誠於事實；為「如夫人洗腳」，屬於房幃內部之事，的確也「只有他的奴婢丫嬛才能知道」。李調元就是如此語帶雙關地「直率」相告：「大人您怎麼也知道呢？」更顯得十分「率真」，又是一箭雙鵰，使巡按無言以答，自取沒趣。李調元以「真率」戰勝了「奸詐」，又是如此自然，如若循著巡按的話說「知道此事」，就是對恩師的不誠；如果說「不知道此事」，等於自己的「無知」和對事實的默認，既侮辱了老師也羞辱了自己。

「誠」是品德，「智」則要講藝術，藝術就是一種「美」。可見「誠」「美」總是結伴而行的。

上面著重從口語交際中談了「誠」的辯證法，下面著重從書面寫作論析「誠」（真實）的辯證法。

2.書語作品中「真」與「誠」的辯證法

書語作品，包括藝術體之文學作品，實用體之科技文章、應用文章和藝術、實用的交融體。

文學作品是一定的社會生活在作家的頭腦裡的反映的產物。社會生活是客觀存在的，作家應該深入生活，進行細緻的觀察，反映生活的真實。魯迅說：文學「藝術應該真實，作者

故意把對象歪曲，是不應該的。故對於任何事物，必要觀察準確，透徹，才好下筆。農民是純厚的，假若偏要把他們塗上滿面血污，那是矯揉造作，與事實不符」⑥⑦。

寫出農民的「純厚」，這是就其總體的本質特徵而言，是其內在的；而給農民「塗上滿面血污」（如果確有其人），則是個別農民外在的非本質形象，這是「矯揉造作」，是不「誠」、不「真」的歪「作」，而不是「創作」。

創作方法不同，表現「真」的狀態就有區別；契訶夫說：「（現實主義文學創作應該）按照生活的本來面目描寫生活。它的任務是無條件的、直率的真實。」⑥⑧浪漫主義的文學創作則要運用豐富的想像和誇張的手法，塑造人物形象，反映現實生活。創作方法不同，辭章的運用就有區別，但都要求「誠」、「真」、「可信」，這是藝術之「誠」，藝術之「真」。亞里士多德說：「一樁不可能發生而可能成為可信的事，比一樁可能發生而不可能成為可信的事更為可取。」⑥⑨馮金伯說：「張子野『不如桃杏，猶解嫁東風。』《詞筌》謂其無理而妙。羨門『落花一夜嫁東風，無情蜂蝶輕相許』，愈無理而愈妙，試與解人參之。」⑦⑩「桃杏嫁東風」，「落花嫁東風」都是「不可能發生而可能成為可信的事」。這是作者的奇思異想，用了「比」的辭章藝法。有的學者不加分析地濫用「無理而妙」之語。袁守定說：「文章先辨真假。攄義切題，略無枝附，是謂理真。精理既具，字句足以傳之，是謂辭真。行文一氣貫注，絕無斷續，是謂氣真。反是，則為假矣。」⑦⑪「東風」者，春風也。春風和暖滋潤輕柔，催得百花開放，花戀風，風愛花。花老將謝時，亦隨春風而去，花去而桃、杏結子，新的生命誕生了，豈不是「嫁」給東風了。如果是凜冽的秋風，狂暴的颶風，則

不宜用「嫁」了。「嫁」是「不可能發生」的事，但如「嫁」一樣給人生機盎然的快感，又「成為可信的事」。此中有「理」，是藝術王國之理。「理真」、「辭真」、「氣真」，「誠」在其中矣，故此句深得「妙」（美）趣，合乎誠美律。而馮氏所說的「無理而妙」之「理」，係邏輯王國之理。藝術之理與邏輯之理在本質上是一致的，但因思維特點、言語社會功能的不同，其「理」又有區別。高爾基說：「真正的詩——往往是心的詩，往往是心的歌，即使略有一點哲學性，但是總以專講道理的東西為羞恥。」⑫魯迅也說：「詩歌不能憑仗了哲學和智力來認識，所以感情已經冰結的思想家，即對於詩人往往有謬誤的判斷和隔膜的揶揄。」⑬這些論述，對於認識文學辭章之「真」、「誠」、「信」都是極有啟發的。

文學作品重在「情」，它的辭章就像飽含「情」之水分的花朵。因此，情真是關鍵。不僅詩歌，小說亦然，其中的人物形象，是根據典型化手段創作出來的，在生活中，可能有其原型，但又比原型更高、更集中、更概括，因此更典型，也更具普遍性。這就使它不僅具有生活的「真」，還具有比生活更「真」的藝術之「真」。李贄深明此理，他在批評《水滸傳》中多次就「真」、「假」的問題談了很好的意見。在《水滸傳》第一回的總評裡，他說：「《水滸傳》事節節都是假的，說來卻似逼真，所以為妙。常見近來文集乃有真事說做假者，真鈍漢也，何堪與施耐庵、羅貫中作奴！」⑭

這裡之所謂「假」，是指其人、其事不是客觀世界原型之「真」，所謂「逼真」是指其創作的文學形象，藝術之「理真」、「辭真」、「氣真」。它是小說辭章「誠美」的辯證法。

抒情、陳情的作品，尤其要求「情真」。不精不誠，不能

感人，更不用說「泣鬼神」、「動天地」的藝術效果了。歷史上的幾個名篇，由於其情之真，而流傳千古。如諸葛亮的《出師表》，李令伯的《陳情表》，韓荊州的《祭十二郎文》，從內容講，屬於公文語體、應用語體，但是能含真情，卻成了十分成功的抒情文。薛瑄認為，此類作品「出於真情則工，昔人所謂出於肺腑者是也」。「故凡作詩文，皆以真情為主」⑮。情真、辭工，是誠美律的又一辯證法。如果不真，語雖工，也不可取。如「舍弟江南沒，家兄塞北亡」⑯之類「實無其事」的「假」詩，對仗雖工，卻成了千古笑話。

科學作品，以「理」為主，要求數據真，事實真，邏輯之理真。鄭文光的《飛出地球》是科普作品，它要求高度的科學性。舉兩段原文試析之：

例一：太陽的密度是水的3.5倍。

例二：從這顆星星到那顆星星，速度是每秒16.6公里的火箭船，得走好幾萬年。

根據科學研究的最新成果表示，上例中數字欠真。「3.5倍」應改為「1.4倍」；「16.6公里」應改為「16.7公里」——物體速度每秒等於或大於11.2公里，就可以掙脫地球引力的束縛，成為繞太陽運行的人造衛星，或飛到其他行星上去，但它還受太陽引力的束縛。只有速度等於或大於每秒16.7公里的時候，物體才可以飛到太陽系以外的宇宙空間去。這種速度叫第三宇宙速度，也稱逃逸速度。原文16.6公里的速度，要讓宇宙飛船離開太陽系還是不可能的。內容是科學性，是科技文章的

生命線。這是「真」、「誠」的又一辯證法⑦。

岡察洛夫說：「科學家不創造任何東西，而是揭示自然界中現成的隱藏著的真實，藝術家創造真實的類似物，這就是說，他所觀察到的真實在他想像中反映出來，他又把這些反映轉移到自己的作品裡。這就是藝術的真實。

「因此，藝術的真實和現實的真實並不是同一個東西。從生活中整個兒搬到藝術作品中的現象，會喪失現實的真實性，不會變成藝術的真實。把生活中的兩三件事實照原來的樣子擺在一起，結果會是不真實的，甚至是不逼真的。

「這是什麼原故呢？就是因為藝術家不是直接仿照自然界和仿照生活來寫作的，而是在創造他們的逼真物。創作過程就在這裡！」⑱

這段話對「科學的真實」、「現實的真實」、「藝術的真實」做了精闢的說明。狄德羅也說：「詩裡的真實是一回事，哲學裡的真實又是一回事。為了存真，哲學家說的話應該符合於事物的本質，詩人只求和他所塑造的性格相符合。」⑲

「詩裡的真實」，就是藝術的真實，這種「真實」，有時卻以「假象」⑳出現。屈原《離騷》，上窮碧落下黃泉，宓妃佚女，飄風雲龍，其實全是「假象」。歌德在談到「詩與真」時說：「每一種藝術的最高任務即在於通過幻覺產生一個更高真實的假象。」㉑這個「假象」卻比「真實」之「真」更「真」。如：「老杜《竹詩》云：『雨洗涓涓淨，風吹細細香。』太白《雪詩》云：『瑤臺雪花數千點，片片吹落春風香。』李賀《四月詞》云：『依微香雨青氛氳。』元微之詩云：『雨香雲淡覺微和。』以世眼論之，則曰：竹、雪、雨何嘗有香也？」㉒——竹、雪、雨有「香」，也是「假象」，可是卻很「真」，確

實不能「以世眼論之」。

我們把「誠」與倫理聯繫起來，因而對「情之真」還要求「本乎情之正」[83]，要求以健康的感情感染人，鼓舞人。

風格是辭章藝術的最高層面，「真」表現在風格上，這就要求我們處理好「真」與「樸」、「華」的辯證法。

上文已經談過，中外理論家、作家、詩人，對樸素、自然的風格都十分推崇。認為「樸誠者，真之至義」。這觀點不錯，反映了文學辭章的實際。尤其是實用體的辭章，如論、說、記事之文，要求理真、事真，忌辭過其理。王充說：「論貴是而不務華，事尚然而不高合。論說辯然否，安得不譎常心、逆俗耳？眾心非而不從，故喪黜其偽，而存定其真。」[84]邵雍說：「史筆善記事，長於炫其文；文勝則實喪，徒憎口云云。詩史善記事，長於造其真，真勝則華去，非如目紛紛。」[85]以此論「真」，不無道理，但僅是事物的一個方面，「華」亦可真。

世界是豐富多彩的，生活是千姿百態的。紅霞、朝日、雪山、紅葉、鮮花、綠草；良宵佳節，結婚喜慶，煉鋼爐旁，歌舞昇平：如能真實地描繪它，其辭章風格就是華麗的。《碧溪詩話》曰：「世俗喜綺麗，知文者能輕之；後生好風花，志大則厭之。然文章論當理與不當理耳，苟當於理，則綺麗風華同入於妙；苟不當理，則一切皆為長語。」[86]劉白羽的作品，多數比較華美。他說：「我們的生活是如此豐富多彩，燦爛輝煌，我們怎能沒有與之相稱的熱情洋溢、文采煥發的作品去反映它呢？」[87]劉勰談風格，雖然不無偏頗，但就總體而論還比較辯證。他講的八組風格：典雅、遠奧、精約、顯附、繁縟、壯麗、新奇、輕靡。「壯麗」的風格「卓爍異彩」，是華麗

的;此外,如「遠奧」之「馥彩典文」,「繁縟」之「博喻釀彩」,也有「華」彩的成分⑧⑧。他認為「酌奇而不失其真,玩華而不墜其實」⑧⑨。只要內容「真」、「實」,「奇」、「華」也是好的。尤侗說:『若舍其聲華格律,而一惟真意是求,則枵然山澤之臞已。』⑨⑩這是「真」與「華」、「樸」的辯證法。

上面,從哲學、社會學、倫理學、文學、創作論等多種學科,從表達、鑑識、文本、世界的多維的雙向的「四六結構」的整體出發,對「修辭立其誠」作了論析,現在對它的全部含義作如下的表述:

(1)「辭」,是與內容相對的話語藝術形式,而不是一般理解的「以語言為本位」的狹義的「修辭」之「辭」。(這點在本書的前面部分已經論述。)

(2)「誠」,我們去其「形而上」的觀點,而汲取其精華,應包含以下的幾項:

誠是合乎事物發展規律(含自然規律),合乎社會倫理道德,反映客觀世界最真實的本質特徵,表達合乎上述要求的說寫者真誠的思想感情,又有智慧,能使聽、讀者感動、信服而取得最佳辭效,有助於國家、有益於人民的品德。

這是「誠美律」的一個組成部分。

注 釋

① 《周易·乾·文言》,四部叢刊本。

② 《禮記正義》卷五十三,四部叢刊本。

③ 陳滿銘:《章法學論粹》,165～166頁,萬卷樓圖書有限公司,2002。

④⑤⑥⑦⑧同②。

⑨《莊子・漁父》，四部備要本。

⑩金・元好問：《論詩三十首》，見《遺山先生文集》卷十一。

⑪明・屠隆：《吟物詩序》，見《白榆集》卷一。

⑫明・鄧雲霄：《重刻空同先生集敘》，見《空同子集》卷首。

⑬明・李夢陽：《詩集自序》，見《空同集》卷五十。

⑭明・解縉、姚廣孝等：《永樂大典》卷八二二引《編類》文。

⑮清・沈德潛云：「有第一等襟抱，第一等學識，斯有第一等真詩。如太空之中，不著一點；如星宿之海，萬源湧出；如土膏既厚，春雷一動，萬物發生。古來可語此者，屈大夫以下，數人而已。」(《說詩晬語》)

⑯明・陸時雍云：「故曰：『詩可以興』。詩之可以興也者，以其情也，以其言之韻也。夫獻笑而悅，獻涕而悲者，情也。聞金鼓而壯，聞絲竹而幽者，聲之韻也。是故情欲其真，而韻欲其長也。二言足以盡詩之道矣。」(《詩鏡總論》，見《歷代詩話續編》，無錫丁姓校印本)

⑰清・方東樹云：「最要是一誠，不誠無物。誠身修辭，非有二道。試觀杜公，凡寄贈之作，無不情真意摯，至今讀之，猶為感動。無他，誠焉耳。」(《昭昧詹言》卷一，人民文學出版社)。

明・都穆云：「學詩渾似學參禪，語要驚人不在聯。但寫真情並實境，任他埋沒與流傳。」(《南壕詩話》，見《歷代詩話續編》，無錫丁氏校印本)

⑱清・曹雪芹云：「黛玉(與香菱說詩)道：「……詞句究竟末事，第一是立意要緊，若意趣真了，連詞句不用修飾，自是好的。」(《紅樓夢》第四十八回)

⑲清・尤侗云：「詩無古今，惟其真爾。有真性情，然後有真格律；有真格律，然後有真風調。勿問其似何代之詩也，自成其本朝之詩而

已。勿問其似何人之詩也,自成其本人之詩而已。晉人有云:『我與我,周旋久。』寧作我也。」(《吳虞升詩序》,見《西堂雜俎二集》卷三,康熙刻本)

⑳清·劉熙載云:「詞之為物,色香味宜無所不具。以色論之,有借色,有真色。借色每為俗情所艷,不知必先將借色洗盡,而後真色見也。」(《藝概·詞曲概》,上海古籍出版社)

㉑〔英〕莎士比亞:《十四行詩》第105首,210~211頁,見《莎士比亞十四行詩》,屠岸譯,新文藝出版社,1957。

㉒夏衍說:「托爾斯泰論藝術的三個條件,第一是能夠明白地辨別善惡,第二是能夠誠實地愛善惡惡,第三是能夠真實地表現善惡,文藝的工作不單是思維,更不單是技術,同時還需要熱情,這兒更需要真情。」(《真實的關心》,見《夏衍雜文隨筆集》,240頁,生活·讀書·新知三聯書店,1980)

㉓清·賀貽孫:《答友人論文二》,見《水田居文集》卷五。

㉔㉕清·賀貽孫云:「晉人詩,能以真樸自立門戶者,惟陶元亮一人。」又說:「唐人詩近陶者,如儲、王、孟、韋、柳諸人,其雅懿之度,樸茂之色,閑遠之神,澹宕之氣,雋永之味,各有一二,皆足以名家,獨其一段真率處,終不及陶。陶詩中,雅懿、樸茂、閑遠、澹宕、雋永,種種妙境,皆從真率處流出,所謂『稱心而言人亦易足』也。真率處不能學,亦不可學,當獨以品勝耳。」(《詩筏》,敕書樓刻本)

㉖賀貽孫以「真樸」、「真率」評陶元亮,孫聯奎以「率真」評之。孫說:「疏野謂率真也。陶元亮一生率真,至以葛巾漉酒,已復著之。故其詩亦無一字不真。篇中『性』字、『真』字、『天』字及『率』字、『若』字,無非是『率真』二字。率真者,不雕不琢,專寫性靈者也。」(清·孫聯奎:《詩品臆說·疏野》題解,齊魯書社)同評一位陶元亮,卻用「真樸」、「真率」、「率真」,可見它們是同義

詞。

㉗明・周履靖云：「凡讀建安詩，於文華中取真實。」（《騷壇秘語》卷中，叢書集成本）

㉘宋・胡仔曰：「《冷齋夜話》云：『李格非善論文章，嘗曰：「諸葛孔明《出師表》、劉伶《酒德頌》、陶淵明《歸去來兮辭》、李令伯《乞養親表》，皆沛然如肝肺中流出，殊不見斧鑿痕。」是數君子在後漢之末，兩晉之間，初未嘗以文章名世，而其詞意超邁如此，是知文章以氣為主，氣以誠為主。老杜詩過人，在誠實耳。』」（《苕溪漁隱叢話》前集卷三）這裡，直接用「誠實」作「誠」的同義詞。

㉙《禮記・表記》，四部叢刊本。

㉚《易・乾・文言》，四部叢刊本。

㉛《論語・子路》，四部叢刊本。

㉜《論語・衛靈公》，同上。

㉝《論語・學而》，同上。

㉞《禮記・儒行第四十一》，同上。

㉟《左傳・襄公二十七年》，四部備要本。

㊱《禮記・表記》，四部叢刊本。

㊲《孟子・盡心下》，同上。

㊳《儀禮・士相見禮第三》，四部叢刊本。

㊴㊵老子《道德經》八章，八十一章。

㊶《墨子・兼愛下》。

㊷同①。

㊸《論語・憲問》，四部叢刊本。

㊹《論語・衛靈公》，四部叢刊本。

㊺轉引自何良俊：《四友齋叢說》。

㊻宋・文天祥：《西澗書院釋菜講義》，《文文山集》卷十一。

㊼清・程廷祚：《與家魚門論古文書》，《清溪集》卷十，金陵叢書

本。

㊽《禮記·中庸》，四部叢刊本。

㊾同㊼。

(50)〔法〕羅丹：《羅丹藝術論》，6頁，沈琪譯，吳作人校，人民美術出版社，1978。

(51)〔德〕黑格爾：《美學》第一卷，314頁，朱光潛譯，人民文學出版社，1958。

(52)〔俄〕屠格涅夫說：「我們要重複說，藝術，在別林斯基看來，和科學、社會及國家一樣，是人的具有規律的活動領域。……但是，他對藝術，也和對人的一切活動一樣，要求真實，即活生生的生活真實。」(〈回憶別林斯基〉，見《別林斯基論文學》，104頁，新文藝出版社，1958)

(53)〔蘇〕高爾基說：「對於人類和人類生活的各種情況，作真實的、赤裸裸的描寫的，謂之現實主義。」(《談談我怎樣學習寫作》，見《論文學》，163頁，人民文學出版社，1978)

(54)《樂記》，四部叢刊本。

(55)《論語·為政》，同上。

(56)《荀子·非十二子》，中華書局。

(57)《荀子·非相》，同上。

(58)《孟子·離婁下》，四部叢刊本。

(59)《孟子·盡心下》，同上。

(60)宋·歐陽修：《六一詩話》，見《歷代詩話》上冊。

(61)明·謝榛：《四溟詩話》卷一。

(62)清·葉燮：《原詩》。

(63)〔德〕歌德語，引自《馬克思列寧主義美學原理》上冊，442頁，生活·讀書·新知三聯書店，1962。

(64)〔俄〕契訶夫：《給兄弟的信》，見《西方古典作家談文藝創作》，

637〜638頁，春風文藝出版社，1980。

㉕〔俄〕別林斯基：《瑪爾林斯基作品全集》，見《別林斯基論文學》，5頁，新文藝出版社，1958。

㉖以上三例轉引自姚亞平的《年青的朋友　請鍛煉你的口才》（北京少年兒童出版社，1989）等著作。

㉗魯迅：《第二次全國木刻聯合流動展覽會上的談話》，見《魯迅論文學和藝術》下冊，998頁，人民文學出版社，1980。

㉘〔俄〕契訶夫語，見《契訶夫論文學》，53頁，人民文學出版社，1959。

㉙〔希臘〕亞里士多德：《詩學》第二十四章，見《〈詩學〉〈詩藝〉》，90頁，人民文學出版社，1962。

㉚清·馮金伯：《詞苑萃編·旨趣》（詞話叢編本）。賀裳《皺水軒詞筌》云：「唐李益詞曰「『嫁得瞿塘賈，朝朝誤妾期。早知潮有信，嫁與弄潮兒。』子野《一叢花》末句云：『沉恨細思，不如桃杏，猶解嫁東風。』此皆無理而妙。」《歷代詞人考略》卷十引《黃嬭餘話》：「范公稱過庭錄記張子野《一叢花》詞云：『不如桃杏，猶解嫁東風』，歐陽永叔尤愛之。子野謁永叔，永叔倒屣迎之，曰：『此乃桃杏嫁東風』郎中。」

㉛清·袁守定：《談文》，《占畢叢談》卷五，光緒重校刻本。

㉜〔蘇〕高爾基：《給亞倫斯·加凱爾女士》，見《給青年作者》，34頁，中國青年出版社，1955。

㉝魯迅：《詩歌之敵》，見《魯迅論文學和藝術》上冊，134頁，人民文學出版社，1980。

㉞明·李贄：《李卓吾先生批評忠義水滸傳》第一回總評，明容與堂刻本。

㉟明·薛瑄：《讀書錄》卷四，正誼堂叢書本。

㊱陶宗儀：《說郛》，見王利器《歷代笑話集》。

⑦ 張慧貞：《科學性，科技文章的生命線》，見鄭頤壽、張慧貞、鄭韶風《辭章藝術示範》，上海教育出版社，1991。

⑧〔俄〕岡察洛夫：《遲到總比不做好》，見《古典文藝理論譯叢》第一冊，182頁，人民文學出版社，1961。

⑦〔法〕狄德羅：《論戲劇藝術》，見《西方古典作家談文學創作》，99頁，春風文藝出版社，1980。

⑧ 假像：哲學、美學用語。哲學上指的是：映現出的實在的對象的形象，看似實際存在，而其實際是不具有客觀實在性的單純的主觀形象。它是存在、實在的對立語。美學上「假像」是作為表示美的對象獨立的自在形式的用語。認為美屬於假像的世界的看法，較早產生於柏拉圖，後來經康德、席勒到哈特曼而形成了美的假像說。晉學新認為：「存在於美中的形式和內容正是在這假像的世界中才表示出完全的結合。大概這樣才能說假像在美的一般現象中，具有積極的本質的意義。」轉引自晉學新等編《最新文藝用語辭典》，93～94頁，四川人民出版社，1999。

⑧〔德〕歌德：《詩與真》，見《西方文論選》上卷，446頁，上海文藝出版社，1963。

⑧ 明·俞弁：《逸老堂詩話》，見《歷代詩話續編》，無錫丁氏校印本。

⑧ 借用明·許學夷：《詩源辨體》卷三語。

⑧ 漢·王充：《論衡·自紀》。

⑧ 宋·邵雍：《詩史吟》，見《伊川擊壤集》卷十八。

⑧ 轉引自王之望的《文學風格論》，194頁。

⑧ 劉白羽：《給人民做一個通訊員》，見《創作經驗漫談》，人民文學出版社，1979。

⑧ 梁·劉勰：《文心雕龍·體性》。

⑧ 同上，《辯騷》篇。

⑩ 清·尤侗：《月將堂近草序》，《西堂雜俎三集》卷四。

二、「美」論

(一)概說

「美」，屬於社會歷史科學的範疇，它和哲學、倫理學、心理學、文藝學、言語學都有關係。辭章是有效、高效地表達、承載並藉以適切、深入地理解話語信息的「藝術形式」，它追求「言語之美」，這與美學、語言學就有特別密切的聯繫。辭章是言語藝術之美（審美）與實用之美（致用）的物質化。

我國先秦之孔子、老子、墨子、孟子、莊子、荀子，兩漢之揚雄、王充、劉安及至其後的葛洪、劉勰等文藝家、作家、詩人；西方之柏拉圖、亞里士多德、達·芬奇、荷加斯、柏克、費爾巴哈、鮑姆加登、黑格爾、馬克思等哲學家、美學家、文藝家、作家、詩人，都探討了「美」、「文藝之美」、「言語之美」的理論問題。本書要用美學的理論為指導，探討有關辭章尤其是文藝體辭章「美」的理論與方法。

美，和哲學關係密切，古今不同的美學觀點都是其一定的哲學觀點在對待美的看法上的反映。總的說來，西方從兩千多年前的古希臘、古羅馬以來，對美的諸多理論問題，唯心主義美學觀點和唯物主義美學觀點始終進行著爭論。我國從兩千多年前的先秦以來，也產生了有關美學的理論，其後逐步發展，相對而言，總是用樸素的唯物辯證法，對美的諸多原則問題進行闡析，雖然也有唯心主義的美學觀點，但辯證的、唯物的觀點占著主導的地位。

中外有關美的理論的探討，比較集中地圍繞著以下論題展

開：美的事物與美的觀念；美及其功能，主要是道德功能；內
美（美的內容）與外美（美的形式）……明確這些論題，對瞭
解、形成辭章之美有理論的指導意義。

1.美的事物與美的觀念

古希臘唯心主義思想的哲學家柏拉圖，其學說以「理念論」
為中心，表現在美學上，他認為在美的事物之外，還有美的理
念。他認為，只有美的理念，才是真正的、永恆的美。「這美
本身，加到任何一件事物上面，就使那件事物成其為美，不管
它是一塊石頭，一塊木頭，一個人，一個神，一個動作，還是
一門學問。」[1]柏拉圖認為：神是真善美的最主要的體現者，
「科學、道德、藝術都是神學的婢女」[2]。此說否定了現實這
一美的源頭，顛倒了物質和意識的關係。這種唯心主義的美學
觀點，影響深遠。普羅丁繼承其論，認為「物體之所以美，由
於它分有了來自神的理性」[3]。他也把真、善、美統一於神。
即使到了18世紀第一次用「美學」這個術語，並把美學作為哲
學體系的一個組成部分的鮑姆加登，還是認為美感只是一種特
殊的、感性的、朦朧的知識，只是科學知識的一種低級形態[4]。
18世紀德國哲學家、客觀唯心主義者黑格爾繼承、發展他們的
觀點，也說：「美是理念」，「感性的客觀的因素在美裡並不
保留它的獨立自在性，而是要把它的存在的直接性取消掉（或
否定掉）。」[5]黑格爾把美歸結為絕對精神的低級階段。其後
德國唯心主義哲學家叔本華、19世紀義大利唯心主義哲學家克
羅奇等基本上也是上述理論的繼承者、演繹者。

另一方面，與上述觀點相反，不少學者用唯物主義（含樸
素唯物主義）的哲學觀點闡釋美的本質。柏拉圖的最有成就的
門生古希臘哲學家、百科全書式的學者亞里士多德否定了「美

的理念」說，認為美的本質就在感性事物的本身。美必須具有特定的感性形式，而且要從客觀存在的事物中去發現美。他說：「美的主要形式『秩序、勻稱與明確』」⑥，「一個美的事物……不但它的各部分應有一定的安排，而且它的體積也應有一定的大小；因為美要依靠體積與安排。」⑦這些論述是古希臘樸素的唯物主義觀點在美學理論上的反映。14～18世紀，西方的美學家、文藝家，例如達·芬奇、荷加斯等，都認為要從客觀事物中去發現美，尋求美的本質和規律。18世紀法國唯物主義哲學家、百科全書派的首領狄德羅把美分為「實在美」（客體對象本身形式方面的秩序、對稱等的安排關係）和「相對美」（對象與其他事物相比較、聯繫等關係），他強調「美是現實事物本身的客觀關係，而不依存於人們的主觀意識」⑧。柏克也認為，美是「物體的某些品質」，「借助於感觀的干預而機械地對人的心靈發生作用」獲得的愉快感受。其後的費爾巴哈，19世紀俄國和德國唯物主義哲學家，例如車爾尼雪夫斯基，都進一步發揮了唯物主義的美學觀點。到了馬克思則從辯證唯物主義的觀點來正確解決美的本質問題，以更好地論析美的事物與美的意識，內美與外美的諸多理論問題。美的客觀存在是第一性的，美的意識、觀念是第二性的；存在決定意識，而意識又反作用於客觀事物，兩者是辯證的統一。這是分析、解決「言語之美」──「辭章之美」及其規律的根本指導思想。

我國古代有關美的理論，對美的事物和美的觀念的認識比較合乎樸素的辯證法。

北齊·劉晝說：「物有美惡」⑨，宋·歐陽修說「山水登臨之美」⑩，他們都從客觀的「物」、「山水」談「美」。梁·

劉勰說得更精闢，他從客觀事物之美引申進辭章藝術之美，來論析為文之道。他說：「傍及萬品，動植皆文：龍鳳以藻繪呈瑞，虎豹以炳蔚凝姿。雲霞雕色，有逾畫工之妙，草木賁華，無待錦匠之奇。夫豈外飾，蓋自然耳。」⑪

這裡的「萬品」，如「動植」：「龍鳳」、「虎豹」、「草木」以及自然現象之「雲霞」都是客觀事物，「文」、「藻繪」、「炳蔚」、「賁華」、「雕色」是它們表現出來的「美」的形式，這些都是第一性的；而「畫工」、「錦匠」都是在它們的基礎上才能表現其「妙」、「奇」的。沒有客觀事物之美，就沒有藝術家（畫工、錦匠）手下之美。

客觀事物之美是第一性，它決定了文藝之美；但文藝之美，又反作用於客觀事物。蔡夢弼說：

> 丹陽洪景盧《客齋隨筆》曰：「江山登臨之美，泉石賞玩之勝，世間佳景也，觀者必曰如畫。至於丹青之妙，好事君子嗟嘆之不足者，則又以逼真目之。如老杜『人間又見真乘黃』，『時危安得真致此』，『悄然坐我天姥下』，『斯須九重真龍出』，『憑軒忽若無丹青』，『高堂見生鶻』，『直訝松杉冷，兼疑菱荇香』之句是也。」⑫

這裡談到兩種美。一是文藝作品、辭章藝術「逼真」之美，一是客觀事物（江山）「如畫」之美。上述理論可用「四六結構」圖示如下：

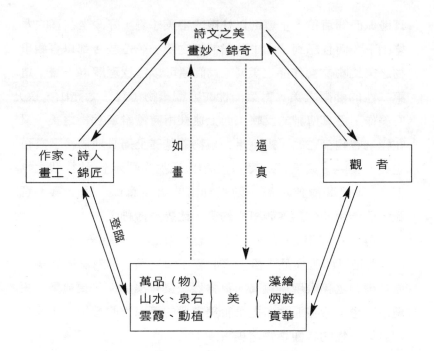

　　先談「逼真」之美。文藝作品反映客觀事物之美，表現得「活像」，不僅「形似」，而且「神似」。這種「似」之美是第二性的，是植根於客觀事物第一性之美上的。明朝李贄評《水滸傳》第二十一回總批曰：「此回文字逼真，化工肖物。摩寫宋江、閻婆惜並閻婆處，不惟能畫眼前，且畫心上；不惟能畫心上，且並畫意外。」「畫眼前」，即形似；「畫心上」，即神似。杜甫《韋諷錄事宅觀曹將軍畫馬圖引》，讚美曹霸畫馬說：「將軍得名三十載，人間又見真乘黃」。「乘黃」是古代的千里馬，這裡說畫得像真的千里馬一樣逼真。杜甫《題壁上韋偃畫馬歌》曰：「時危安得真致此，與人同生亦同死！」這則描寫品格上讚美馬的精神，在危難之時，可與主人同生共死。杜甫《奉先劉少府新畫山水障歌》：「悄然坐我太姥下，

耳邊似已聞清猿。」這則以杜甫的審美感覺，好像坐在真的太姥山下，而且聽到了山中猿猴清啼之聲……這些，都以客觀事物之美比喻文藝作品之美⑬。我們還可以這樣理解：「畫」這第二性的藝術之美，對第一性的客觀事物（馬、太姥山、猿）之美作了逼真傳神的反映；而上述杜甫詩體辭章藝術之美，又在轉為客觀存在的「畫」這一事物的基礎上逼真地描繪了畫面之美。其中「又見真乘黃」、「與人同生亦同死」、「坐我太姥下」、「已聞清猿」聲，則是杜甫的審美意識，這一審美意識，反作用於作為客觀事物的畫，比畫更傳神了。

再看「如畫」。蘇軾詞：「江山如畫，一時多少豪傑。」⑭這則是以藝術作品「畫」來形容江山之美。因為藝術之美比原本事物之美表現得更高、更強烈、更有集中性、更典型、更理想，也更帶普遍性。這是審美主體的第二性的藝術之美反作用於第一性的客觀事物之美。

由此，又串出了一個問題，人們的審美意識、審美感受、審美理想是怎樣產生、形成、提高的？是抽象「理念」賦予的，還是從實踐中獲得的？我們的回答是後者。這在我國有關美的論述中，都自覺、不自覺地透露出這一點。上文說的「江山登臨之美」——「登臨」就是一種實踐，親臨其景，目觀、耳聞、心想，產生了審美感受，形成審美意識，有的藝術家、作家、詩人，還從中總結出審美理論。明·王慎中總結其審美經驗說：

予初入縣至宜興，入其境，顧而美之曰：此非吳地與？何其風物氣象不類吳中也！及縱而遊之，益以得其美焉。其山水之勝者，往往幽邃而曠遠，明秀而淨深；至

於草木泉石，亦皆發色含氣，而有餘光，與夫澶曼綺美，腴衍而澤麗者，大不同焉。予愛而異之，意必有魁奇特拔之人，應而出者，以鍾其美。……及讀公之詩乃欣然得曰：所謂魁奇而特拔者，其固在此也⑮。

「入境」、「顧美」，這是初步美的實踐，美的感受；「縱遊」、「益得其美」，這是比較全面、深入的美的實踐，把「美的感受」向「美的認識」、「美的理論」推進、昇華。上述「其山水之勝者……」就可以說明，它不限於對美的感性的認識，而且提高到理性的認識上。這對於辭章藝術之美的認識也有啟發。

美在實踐中才能發現，文藝辭章之美正是在發現中給予總結、昇華的。明・王世貞說：「凡幼於所為遊，必有詩，詩必美，美必傳之搢紳先生。」⑯這就從發現美（客觀事物之美）說到創造美（文藝辭章之美）。清・袁枚很有體會地說：

夫物雖佳，不手致者不愛也；味雖美，不親嚐者不甘也。子不見高陽池館蘭亭梓澤乎？蒼然古蹟，憑弔生悲，覺與吾之精神不相屬者何也？其中無我故也。公卿富豪未始不召梓人營池圃，程巧致功，千力萬氣落成。主人張目受賀而已，問其某樹某名而不知也。何也？其中亦未嘗有我故也。惟夫文士之一木一石，一亭一臺，皆得之於好學深思之餘。有得則謀，不善則改。其蒔如養民，其刈如除惡，其創建似開府，其浚渠鑿山如區土宇版章。默而識之，神而明之。惜費故無妄作，獨斷故有定謀。及其成功也，不特便於己快於意，而吾度材之

功苦，構思之巧拙皆於是徵焉⑰。

　　他以「味美」要靠「親嘗」為喻，說明「物佳」必須「手致」，做到「有得則謀，不善則改」「好學深思」，精思巧構，對其所以美「默而識之，神而明之」。這樣美的對象就「有我」，融進「我」的美的認識、美的理論，這樣獲得的「快於意」的美感就達到了「神」、「明」的境界。這是由「賞美」到「造美」的一種飛躍。辭章話語之美的形成也就是這樣。

2.美的事物與美的功能

　　美有否功能性，存在著反覆的爭論，尤其是西方的文藝界。爭論的引起者是古希臘的柏拉圖，他攻擊文藝（含詩歌）搖撼人心，是不道德的。而他的學生亞里士多德則首倡藝術獨立自主說，否定詩歌作為德育的附庸。而絕大多數文藝家都認為文藝與道德密不可分——亦即具有道德功能，如托爾斯泰、盧梭等。

　　19世紀，法國進步浪漫派作家、詩人提出「為文藝而文藝」的口號，法國詩人、浪漫主義者戈蒂埃把這一口號加以引申，說「我們相信藝術的獨立自主」，「一個藝術家如果關心到美以外的事，就失其為藝術家了」；「形式美就是意思美」⑱。他還說：「這詩有什麼用處？美就是它的用處」，「一件東西有用便不美」，甚至說「用處最少的東西就是最令人高興的東西」⑲。他把「美」與「功能」（含道德功能）絕對分割開來。海涅、惠司勒、康德、克羅奇、尼采等唯心派的美學家都持這一觀點。歷史上文藝界「為藝術而藝術」「為詩而詩」的口號和美學界的「無所為而為的觀賞」，相互呼應。這種觀點，表現在語言學上，就是「為語言研究而語言研究」。研究

作為言語學範疇的辭章藝術（廣義的）美的科學，對此必須作出科學的評價。

美具有功能的理論，是一條主線，西方如此，我國更是如此。

總的說來，從古希臘到19世紀，寓倫理道德之善於文藝之美中的理論，占主流地位。

古羅馬詩人、批評家賀拉斯認為，文藝有兩種功能：首先是道德功能，其次才是審美功能。文藝復興時代的歐洲，不少文藝家也認為藝術美與倫理道德之善應該並重。英國積極浪漫主義詩人雪萊認為道德功能是文藝的重大任務，理查茲也重視文藝和道德的密切關係。

我國自古以來，美的致用觀點是很突出的。《國語》有段論述：

> 夫美也者，上下、內外、小大、遠近皆無害焉，故曰美。若於目觀為美，縮於財用則匱，是聚民利以自封而瘠民也，胡美之為？夫君國者，將民之與處，民實瘠矣，君安得肥？且夫私欲弘侈，則德義鮮少；德義不行，則邇者騷離而遠者距違。天子之貴也，唯其以公侯為官正，而以伯子男為師旅。其有美名也，唯其施令德於遠近，而小大安之也。若斂民利以成其私欲，使民蒿然忘其安樂，而有遠心，其為惡也甚矣，安用目觀？……若君謂此臺美而為之正，楚其殆矣！」[20]

「無害」，就是「有益」。「美」，要有益於民，要合乎「德義」的要求。美與功能，尤其是道德功能，竟然成了因果的邏輯關

係。荀子從更大的範圍論「美」，說「天之所覆，地之所載，莫不盡其美。」㉑這就是說，自然界之盡美，在於對人類有助益。宋・歐陽修則從細小處論美（妍）。他說：「磚瓦賤微物，得廁筆墨間；於物用有宜，不計醜與妍。金非不為寶，玉豈不為堅，用之以發墨，不及瓦礫頑。乃知物雖賤，當用價難攀。豈惟瓦礫爾，用人從古難。」㉒這說明即使是「磚瓦」之類「微物」，「用有宜」就是美（妍）的。此類「致用」的美學觀念在我國古代占著統治的位置。這一理論表現在對美與德、美與善、內美與外美的密切關係方面被充分地強調。孔子認為，一個人之美，在於他的內在的道德修養。他說：「如有周公之才之美，使驕且吝，其餘不足觀也已。」㉓這是從人的道德修養與才幹能力論美。儒家倫理觀的核心是「仁義」，合乎仁義，就是美的，所以孟子說：「豈以仁義為不美也？」㉔

「仁義」是儒家所最推崇的倫理道德，它是人之最根本之美。晉人孫盛說：「道德淳美，則有善名；頑囂聾昧，則有惡聲。故《易》曰：惡不積不足以滅身。又曰：美在其中，而暢於四支，發於事業。」㉕「道德淳美……暢於四支，發於事業」這與「修辭立其誠，所以居業也」的說法是很一致的。這些，講的都是倫理道德之美。

西方那種「詩有什麼用處？美就是它的用處」，「一件東西有用便不美的」觀點，在中國詩論、文論（含辭章論）中是沒有地位的。在我國，詩有用、文有用的觀點，從古到今總是十分鮮明而突出的。一是審美的怡情作用，一是致用的啟智作用，另外就是兩者兼而有之。筆者即據此反觀古往今來的相關理論，從「功能」出發給文體分類，並與語體作對應研究，以之劃分「語體平面」，確定每一個言語單位的「功能度」及其

所處的「語體區」。這實在是受益於老祖宗給我們滋補的精神食糧，它是辭章論的一項重要內容。

客觀地說，美既有「怡情」的審美功能，也有「啟智」的實用功能。

我國先民，把詩歌、舞蹈融為一體，用以歌頌打獵豐獲、部落爭戰勝利，慶祝節日。《呂氏春秋》記載：「昔葛天氏之樂，三人操牛尾，投足以歌八闋。」[26]《吳越春秋》記載的《彈歌》，是原始初民的獵歌，慶祝打獵勝利[27]。此類歌舞，不僅娛人，亦以娛神，這就是詩歌的審美怡情功能。

先秦的《樂記》早有闡述音樂審美功能的理論。古代詩歌、音樂、舞蹈經常是配合成一體的，而單獨闡析詩文的愉悅審美功能的，在我國秦漢的詩論、文論中雖不多見，但比較精闢。漢朝宣帝（劉詢）說：「辭賦，大者與古詩同義，小者辯麗可喜。譬如女工有綺縠，音樂有鄭衛，今世俗皆以此虞說耳目。」[28]「辯麗可喜」的是辭賦之美，如「綺縠」之華彩，如「鄭衛」之樂聲，可使耳目「虞說」（娛悅），得到審美的享受。北齊‧顏之推說：「虞舜歌《南風》之詩，周公作《鴟鴞》之詠；吉甫、史克，雅頌之美者，未聞皆在幼年累德也。」[29]這則指出風雅頌之詩的審美功能，它並不影響德教之施。

秦漢之後，詩文中描寫、論述審美功能的逐步增加。尤其是到魏晉文學自覺之後。晉‧陶淵明「閑靜少言，不慕榮利」，「簞瓢屢空，晏如也。常著文章以自娛」，「銜觴賦詩，以樂其志」[30]。是作者描寫自己神遊於詩歌王國中審美的愉悅。梁‧劉勰的「感物吟志」[31]，「物以情觀，故辭必巧麗」[32]，「情以物遷，辭以情發」[33]，相當精闢地論析了詩文創作、欣賞中的審美功能。其後，論詩文審美功能就更多了，

不細述。

　　鍾嶸把詩的功能（主要是審美功能）提高到「動天地，感鬼神」的高度㉞。白居易說得更具體：「詩者，根情，苗言，華聲，實義。上自聖賢，下至愚騃，微及豚魚，幽及鬼神，群分而氣同，形異而情一，未有聲入而不應，情交而不感者。」㉟──「聖賢」、「愚騃」，概括了社會各階層；「豚魚」，借代了各種生物；「鬼神」則兼及幽冥世界。詩的審美、感染功能簡直至了無所不包的程度。這正如金・元好問說的這是「詩之極致」㊱；明・王禕說的「詩之為用，其托物連類」㊲；徐禎卿說的：「詩者風也，風之所至，草必偃焉。」㊳中國，堪稱「詩國」，詩的感人・審美功能被充分的重視。

　　我國古代談及詩具有「泣鬼神」、「幽及鬼神」的功能不僅僅作形容用，而且的確與祀神、娛神有關，可是它不同於西方柏拉圖、普羅丁等理論家，把詩之類藝術作為「神的婢女」，而是把詩作為抒發真誠之意、表達虔敬之心的工具。《詩經》之雅頌以及《鄭風・溱洧》都描寫了祭祀活動。《楚辭》之《東皇太乙》《湘君》《湘夫人》、《國殤》《山鬼》等原本也是取自民間的祭歌，由屈原給予加工、昇華而成為詩章，用「作歌樂鼓舞以樂諸神。」㊴其中的神靈可敬可親，富有人情，《湘君》《湘夫人》《山鬼》還是優秀的戀歌，且不說湘君、湘夫人之形象委婉動人，連「山鬼」也「既含睇兮又宜笑，子慕予兮善窈窕」，纏綿悱惻，含情脈脈，又「無褻慢淫荒之雜」，具有很強的審美功能。

　　相對而言，我國詩、文的「致用」論觀點，顯得更加突出。它用於組織生產勞動，用於政治、軍事、外交，用於教育、文化、娛樂等領域。這點，和古希臘、古羅馬的文藝的道

德功能論很相近。

《淮南子‧道應訓》說：「今夫舉大木者，前呼『邪許』，後亦應之，此舉重勸力之歌也。」「勸力之歌」與今天的「夯歌」相近。「勸力」即其致用功能，用以協調動作，減輕疲勞，增強勞動的效率。這是我國有文字記載的最早的「致用」之歌。《詩經》的「風」詩，也有此類的篇什，《周南‧芣苢》是其代表作。方玉潤指出：「讀者試平心靜氣，涵詠此詩。恍聽田家婦女，三三五五，於平原繡野，風和日麗之中，群歌互答，餘音裊裊，若遠若近，忽斷忽續，不知其情之何以移；而神之何以曠，則此詩可不必細釋而自得其妙焉。」⑩這是一種美妙的審美活動。

孔子對詩這種藝術的功能概括得最全面：「詩可以興，可以觀，可以群，可以怨。邇之事父，遠之事君，多識於鳥獸草木之名。」⑪又云：「誦詩三百，授之以政，不達；使於四方，不能專對，雖多，亦奚以為？」⑫孔子的文藝功能論，影響深遠。司馬遷說：「故聞宮音，使人溫舒而廣大；聞商音，使人方正而好義；聞角音，使人惻隱而愛人；聞徵音，使人樂善而好施；聞羽音，使人整齊而好禮。」⑬《毛詩序》指出：「風，風也，教也；風以動之，教以紀之。……情發於聲，聲成文謂之音。治世之音安以樂，其政和；亂世之音怨以怒，其政乖；亡國之音哀以思，其民困。故正得失，動天地，感鬼神，莫近於詩。先王以之經夫婦，成孝敬，厚人倫，美教化，移風俗。」⑭梁‧鍾嶸說：詩可以「照燭三才，暉麗萬有，靈祇待之以致饗，幽微藉之以昭告」⑮。這些論述都充分肯定了詩美的功能。當然，在我國歷史上，也有視詩之藝術為「雕蟲小技」，甚至認為「著紙者糟糊之餘事」，「祭畢之芻狗」，

「無補救於得失」⑯。但這種觀點是次要的，而且屢受先賢的批評。上述孔子、司馬遷的理論可用「四六結構」圖示如下：

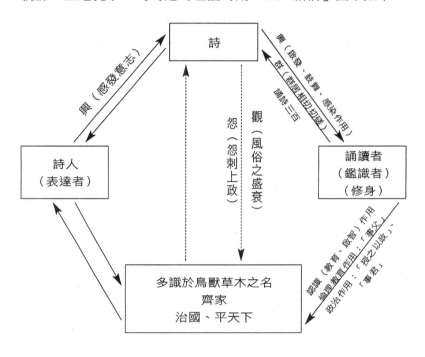

孔子認為詩歌有多種功能：興（朱熹：「感發志意」），表達、激發思想感情的作用；審美功能（郭紹虞：「啟發、感染」）、鼓舞作用；「多識於鳥獸草木之名」的認識、教育、啟智作用。倫理教育作用：「事父」，體現儒學「齊家」的思想；「授之以政」、「事君」，體現儒學「治國、平天下」的思想。政治作用：從老百姓講，可以「怨刺上政」；從官方講，可以采風，「觀風俗之盛衰」；還兼及認識作用。這段論述，既談了「詩」的審美怡情功能，也講了「致用」的多種社會功能。

司馬遷的「聞音」論主要在於闡述藝術感染作用；《毛詩序》亦然。這些都是很精闢的。

我們闡述美之功能在於論析辭章這一「有效、高效地表達、承載並藉以適切、深入地理解話語信息的藝術形式」的以下幾個觀點：

(1)辭章所表達、承載、理解的「信息」，既含理性信息，又含美學信息。

(2)「有效、高效」，既重「致用」之效，也重「審美」之效。「效」，就是效果、功能。從表達者講，在於擬求「功能」（潛在效果）；從文本講，在於具有功能（自在效果）；從鑑識者及其對社會的影響講，在於獲得「功能」（他在效果，實在效果）。

(3)「表達」重在發出信息，重在「造美」；「理解」重在破譯信息，在於「審美」；「承載」則要把「理性信息」、「美學信息」與美的藝術形成水乳交融，既有內美，又有外美，達到內美與外美的和諧統一。

3.美的內質與美的形式

和諧統一、協調適中是形成美的一條原則。正如笛卡爾說的「美是一種恰到好處的協調和適中」，英國美學家夏夫茲說的「凡是美的都是和諧的和比例合度的」[47]。一個美的對象，從其整體而論，首先是其內質美與外形美的和諧統一。如上所述，如果不顧內質，只求形式，就容易滑入形式主義、唯美主義的深淵。

我國傳統有關美學的理論，都強調內美與外美的協調、配合。漢‧劉安以美人雖有體質之內美，還要服飾之外美配合作比喻，闡述內美與外美的關係。他說：

今夫毛嬙西施，天下之美人。若使之銜腐鼠，蒙蝟皮，衣豹裘，帶死蛇，則布衣韋帶之人過者，莫不左右睥睨而掩鼻。嘗試使之施芬澤，正蛾眉，設笄珥，衣阿錫，曳齊紈，粉白黛黑，佩玉環揄步，雜芝若，籠蒙目視，冶由笑，目流眺，口曾撓，奇牙出，靨酺搖，則雖王公大人有嚴志頡頏之行者，無不憚悇癢心而悅其色矣⑱。

毛嬙西施是「天下之美人」，其容貌、體態、身體各部位的結構、比例等諸多方面，都是「美」的。但「若使之銜腐鼠」，「帶死蛇」，臭氣衝天，行動詭怪，勢必令人掩鼻，使人作嘔；加上「蒙蝟皮，衣豹裘」，內外配合很不協調，勢使「左右睥睨」，不敢正視。這屬於美內而醜外。如果美質，又配上「施芬澤」，「雜芝若」，「正蛾眉，設笄珥，衣阿錫，曳齊紈，粉白黛黑」，再加上動作優美：「佩玉環揄步」、「籠蒙目視，冶由笑，目流眺……」還會表現出動態的媚美；這屬於內美與外美的和諧統一，其美感效果就很好。

晉・左思說：「美物者，貴依其本；贊事者，宜本其實。匪本匪實，覽者奚信？」⑲左氏從「依本」、「宜實」（「本」「實」均內質）來闡述「美物」的原則，此論側重在「內美」上，可貴的是他把「內美」與「誠」「信」（均屬於內質）聯繫起來，論及了「誠美」的原則。如果內質不美，只靠修飾其外美，效果則差。北齊・劉晝說：

紅黛飾容，欲以為艷，而動目者稀；揮弦繁弄，欲以為悲，而驚耳者寡：由於質不美也。質不美者，雖崇飾而不華；曲不和者，雖響疾而不哀⑳。

劉氏以女人和音樂為喻：女人必須「質」、「飾」兼美，才會「動目」，如果「質不美」，只顧「崇飾」，必定「動目者稀」。劉勰說：「樂本心術」(51)，白居易說：「感人心者，莫先乎情」(52)，樂聲之所以感人，關鍵在於感情。若無含「悲」情的樂曲，雖「揮弦繁弄」，也「響疾而不哀」，必定「驚耳者寡」。這講的都是內美與外美要緊密配合，和諧統一。

明人譚元春論詩文之美，也側重在內在意蘊的「溫柔敦厚」和「中有深趣」上。他說：

> 六經無不美之文，無不樸之美。匡衡說詩可解人頤，而史稱其說詩深美。深美云者，溫柔敦厚，俱赴其中，弟所謂是中有深趣者也(53)。

王昌會論詩文之美，則強調作者的情趣、修養這些屬於人生觀的因素。他說：樂天《對酒》詩曰：「『蝸牛角上爭何事，石火光中寄此身。隨富隨貧且歡喜，不開口笑是癡人。』……自詩家言之，可謂流麗曠達，詞旨俱美。」(54)人生觀「流麗曠達」，表達的詩的主「旨」和詞句亦美，就達到內外「俱美」的境界。

內在的美，靠作者的思想、修養，而形式之美，要靠加工、修飾，才能使之與內美達到和諧的統一。晉．葛洪說：「雖云色白，匪染弗麗；雖云味甘，匪和弗美。故瑤華不琢，則耀夜之景不發；丹青不治，則純鈎之勁不就。」(55)葛氏認為「色白」之織品，要「染」上不同的顏色，才會亮「麗」；「味甘」的食物，要靠「和」羹，才成美餚；「瑤華」要雕

琢，才會發出耀夜的光彩；「丹青」要靠「治」，才能產生「純鈎之勁」。「色白」、「味甘」、「瑤華」、「丹青」的內質是美的，經過「染」、「和」、「琢」、「治」的藝術加工，使其形式美化，才使內美與外美達到和諧的統一。

上述多方位、多角度的辯證觀點，是本書研究辭章藝術之美的原則與方法：我們將引用多種學科有關美的理論，尤其是詩論、文論中有關美的理論，論析內質與形式和諧統一的美，多學科、多角度、多語體、多風格、多層次的辭章之美。

(二)辭章藝術之美

1.內質與外形和諧統一的辭章之美

和諧統一，協調適中是形成美的一條原則，表現在辭章上，首先要求內容美與形式美的和諧統一，如：詞質理暢，意新語工，情信辭巧，情深文明，辭切事明，理懿辭雅。表現在辭章藝術的各層次上，要求：剛柔得體，風格協調；編珠綴玉，首尾停勻；立意命句，隨言短長；句奇語重，造語貴新；一字一珠，新妥奇確；以韻輔意，金聲玉振；抽青對白，綺合繡聯；執術馭篇，法活文新……這僅是舉例性的，請閱拙篇《辭章學辭典·分類目錄索引》各條。下面略舉幾段古人內外兼顧的「美」論。

唐朝司馬貞的《補史記序》就是以「詞質而理暢，斯亦盡美矣」⑯來評歷史作品的。「詞質」為外美，「理暢」為內美，用之來評論「史」體辭章之美是恰當的，它體現了史書重在「實錄」的辭章特點上。「詞質」是史書之類實用體辭章的特點。

作為文藝體的詩歌詞曲也都重視內美與外美的和諧統一。

清人汪師韓說：「宋、元後詩人有四美焉：曰博，曰新，曰切，曰巧。既美矣，失亦隨之。學雖博，氣不清也，不清則無音節；文雖新，詞不雅也，不雅則無氣象；且也切而無味，則象外之境窮；巧而無情，則言中之意盡。『枯楊生華』，何可久也？『翰音登於天』，何可長也？其旨遠，其詞文，其言曲而中，其事肆而隱，可與言詩，必也其通於《易》。」⑤⑦這裡所講的「四美」，內外兼論：「博」指學問，是內美，卻要輔之以「音節」之外美。「文新」、「詞雅」是外美，卻要有「氣象」之內美。「切」「巧」均論用詞之外美，要有「象外之境」與「情」、「意」之內美。明人胡應麟用人體之「筋骨」、「肌肉」、「色澤神韻」作比喻，認為「筋骨立於中」，是內美；「肌肉榮於外」，為外美；而「色澤神韻充溢其間，而後詩之美善備」⑤⑧。他認為「斯義也，盛唐諸子庶幾近之」。相比較而言，他認為：「宋人專用意而廢詞」，「元人專務華而離實」，這種偏於內而忽於外，重於外而輕於內，都是不好的。

　　明・王驥德評論詩和曲的辭章說：「昔人謂孟浩然詩，諷詠之久，有金石宮商之聲；秦少游詩，人謂其可入大石調：惟聲調之美，故也。」⑤⑨他又說：「意新語俊，字響調圓，增減一調不得，顛倒一調不得，有規有矩，有色有聲，眾美具矣！而其妙處，政不在聲調之中，而在句字之外。又須煙波渺漫，姿態橫逸，攬之不得，挹之不盡。摹歡則令人神蕩，寫怨則令人斷腸，不在快人，而在動人。此所謂『風神』，所謂『標韻』，所謂『動吾天機』。不知所以然而然，方是神品，方是絕技。」⑥⑩詩和曲的辭章之美，從內容和形式講，要求「意新語俊」：內美與外美兼顧；辭章上則要求有「絕技」：「有規有

矩」，用現代的話講，即要合乎言語規律；要求有「聲調之美」，「字響調圓」，有「金石宮商之聲」；還要語言形象，有「色」彩之美。在此基礎上，還要有字外之意，聲外之音，達到「煙波渺漫，姿態橫逸，攬之不得，挹之不盡」的境界，具有「標韻」、「風神」，達到「神品」的品位，並取得最佳的審美效果：「摹歡則令人神蕩，寫怨則令人斷腸，不在快人，而在動人」，動人「天機」，也就是不僅獲得美的愉悅，而且有移情作用，並啟迪人的悟性。這就使辭章之「眾美具」。

此兩段論述，雖很簡短，而美學的理論卻很豐贍。它從三元入手：表達元的「摹」、「寫」，鑑識元的「諷詠」，話語元之「意新語俊……」並論及潛在效果產生的條件「絕技」，自在效果之「風神」、「標韻」、「神品」，他在效果、實在效果之令人「神蕩」、「斷腸」。

不過，有時為了強調，有時因其特定的語境，或側重於闡述內美，或側重於闡釋外美。由於我國傳統的辭章論重視美的功能性，因此強調內美尤為理論家所重視。這個觀點至今仍有影響。臧克家之論詩詞、辭章「美」，重在內美（題材）上。他認為：「如果說只有『鬥爭的火花』才可以留傳下來的話，那麼，我們將失去多少優美動人的愛情詩、田園詩、山水詩，以及抒寫離愁別恨、旅途辛苦、友朋贈答、遊子思鄉的佳作！人生廣闊似海洋，暴風驟雨，波浪掀天，境界固然壯闊動人；風和日麗，波光耀金，氣象也自靜美悅目。」[61]

詩，重在抒情。艾青論詩歌辭章之「美」，就很強調感情。他認為「美的感情出美的詩」[62]。這是強調的說法，而不是說他們不重視形式之美。這僅僅是一個方面。在強調內美的基礎上，還要從辭章這一話語「藝術形式」著眼，探討話語之

各層次，構成話語之各言語單位之形式美，研究這些形式美如何為內容美服務，並讓內美與外美和諧地統一起來。

2.多學科、多角度的辭章之美

我國古代傳統所談的美，有廣義的，自然的，社會的，含哲學、倫理學、文章學、心理學；狹義的，主要談文藝：文學、音樂、繪畫、書法、舞蹈之美。這對於研究辭章富有「融合性」的藝術之美都有指導、借鑑的意義。莊子說：

> 天地有大美而不言，四時有明法而不議，萬物有成理而不說。聖人者，原天地之美而達萬物之理，是故至人無為，大聖不作，觀於天地之謂也[63]。

這是從哲學的觀點來談美，天地之「大美」，「不議」、「不說」是自然而然地存在著的。這與莊子「無為」的哲學思想是相通的。作為聖人，要探究美之道理，並能通達「萬物之美」，做到天人合一，內外一致。這在下一段的論述中，表現得更加突出。他說：

> 昔者舜問於堯曰：「天王之用心何如？」堯曰：「吾不敖無告，不廢窮民、苦死者，嘉孺子而哀婦人，此吾所以用心已。」舜曰：「美則美矣，而未大也。」堯曰：「然則何如？」舜曰：「天德而出寧，日月照而四時行，若晝夜之有經，雲行而雨施矣。」堯曰：「膠膠擾擾乎！子，天之合也；我，人之合也。」夫天地者，古之所大也，而黃帝、堯、舜之所共美也。故古之王天下者，奚為哉？天地而已矣[64]。

「人之合」是一種美，而「天之合」才是大美。此類美容易形成自然、樸素的辭章表現風格。美，是多方位的，《左傳》有段論述，相當精彩：

吳公子札來聘，……請觀於周樂。使工為之歌《周南》、《召南》。曰：「美哉！始基之矣，猶未也，然勤而不怨矣，」為之歌《邶》、《鄘》、《衛》。曰：「美哉！淵乎，憂而不困者也。吾聞衛康叔、武公之德如是，是其衛風乎？」為之歌《王》。曰：「美哉！思而不懼，其周之東乎？」為之歌《鄭》。曰：「美哉！其細已甚，民弗堪也，是其先亡乎？」為之歌《齊》。曰：「美哉！泱泱乎，大風也哉！表東海者，其大公乎？國未可量也。」為之歌《豳》。曰：「美哉！蕩乎！樂而不淫，其周公之東乎？」為之歌《秦》。曰：「此之謂夏聲，夫能夏則大，大之至也，其周之舊乎？」為之歌《魏》。曰：「美哉！渢渢乎！大而婉，險而易行，以德輔此，則明主也。」為之歌《唐》。曰：「思深哉！其有陶唐氏之遺民乎？不然，何憂之遠也。非令德之後，誰能若是？」為之歌《陳》。曰：「國無主，其能久乎？」自鄶以下，無譏焉。為之歌《小雅》。曰：「美哉！思而不貳，怨而不言，其周德之衰乎？猶有先王之遺民焉。」為之歌《大雅》。曰：「廣哉！熙熙乎！曲而直體，其文王之德乎？」為之歌《頌》。曰：「至矣哉！直而不倨，曲而不屈，邇而不逼，遠而不攜，遷而不淫，復而不厭，哀而不愁，樂而不荒，用

而不匱，廣而不宣，施而不費，取而不貪，處而不底，行而不流，五聲和，八風平，節有度，守有序，盛德之所同也。」見舞《象箾》、《南籥》者，曰：「美哉！猶有憾！」見舞《大武》者，曰：「美哉！周之盛也，其若此乎？」見舞《韶濩》者，曰：「聖人之弘也，而猶有慚德，聖人之難也。」見舞《大夏》者，曰：「美哉！勤而不德，非禹，其誰能修之。」見舞《韶箾》者，曰：「德至矣哉！大矣，如天之無不幬也，如地之無不載也。雖甚盛德，其蔑以加於此矣，觀止矣。若有他樂，吾不敢請已。」⑥⑤

這是一段十分典型的多方面、多角度的「美」論。「使工為之歌」，是音樂、歌唱聲音之美；「舞」，則是與音樂、詩歌融為一體的舞蹈藝術之美；《周南》、《召南》等，又是文學辭章話語之美；「勤而不怨」、「憂而不困」、「衛康叔、武公之德」，則是人格修養、倫理道德之美；「大而婉，險而易」等又屬於表現風格之美：有內美，有外美，有內外美的結合；有各種美的「載體」，有「歌舞」之類美的表達，有「觀」賞者美的「審讀」。

用辯證法來探討美（含辭章之美），在我國有優良的傳統。清人葉燮就是用它（「對待」的觀點）來論析語言的陳熟、生新的美與不美的問題。他說：「陳熟、生新，二者於義為對待。對待之義，自太極生兩儀以後，無事無物不然：日月、寒暑、晝夜以及人事之萬有——生死、貴賤、貧富、高卑、上下、長短、遠近、新舊、大小、香臭、深淺、明暗，種種兩端，不可枚舉。大約對待之兩端，各有美有惡，非美惡有

所偏於一者也。其間惟生死、貴賤、貧富、香臭，人皆美生而惡死，美香而惡臭，美富貴而惡貧賤。然逢、比之盡忠，死何嘗不美？江總之白首，生何嘗不惡？幽蘭得糞而肥，臭以成美；海木生香則萎，香反為惡。富貴有時而可惡，貧賤有時而見美，尤易以明。即莊生所云：『其成也毀，其毀也成』之義。對待之美惡，果有常主乎？生熟、新舊二義，以凡事物參之：器用以商、周為寶，是舊勝新；美人以新知為佳，是新勝舊；肉食以熟為美者也；果實以生為美者也。反是則兩惡。推之詩獨不然乎？抒寫胸襟，發揮景物，境皆獨得，意自天成，能令人永言三嘆，尋味不窮，忘其為熟，轉益見新，無適而不可也。若五內空如，毫無寄托，以剿襲浮辭為熟，搜尋險怪為生，均為風雅所擯。論文亦有順、逆二義，並可與此參觀發明矣。」⑥此論頗為精闢。

3. 多種語體的辭章之美

辭章之美，體現在各種語體（含功能類文體）上。文藝語體之美，側重於藝術之「審美」效果；實用語體之美，側重於「致用」效果。

先講文藝語體「審美」效果。

我國傳統辭章論更多的是論述文藝語體、文體之「審美」效果。

漢‧揚雄說：「詩人之賦麗以則，辭人之賦麗以淫。」⑥魏‧曹丕云：「銘誄尚實，詩賦欲麗。」⑥——麗，是一種美，即華美。古人認為詩、賦之體要「麗」。但「麗」不是其惟一的特徵。明‧胡應麟認為七律詩體之美要求內美：「意若貫珠」，「如夜光走盤，而不失迴旋曲折之妙」；「思欲深厚有餘，而不可失之晦；情欲纏綿不迫，而不可失之流」：使內

容（思、情）與言語風格（深厚、纏綿）配合恰到好處。還要求外美：「言若合璧」，「如玉匣有蓋，而絕無參差扭捏之痕」。要求色彩鮮明，如「綦組錦繡，相鮮以為色」；要求聲音協調，如「宮商角徵，互合以成聲」。做到「肉不可使勝骨，而骨又不可太露；詞不可使勝氣，而氣又不可使太揚」，使內外協和統一。而風格上，要求「莊嚴，則清廟明堂；沈著，則萬鈞九鼎；高華，則朗月繁星；雄大，則泰山喬嶽；圓潤，則流水行雲；變幻，則淒風急雨。一篇之中，必數者兼備，乃稱全美」[69]。

如此之「全美」，確實不易，即使是「名流哲匠，自古難之」清人吳喬用「美」的標準對王維和孟浩然之詩作比較鑑識。他說：「王右丞五古，盡善盡美矣。觀別者篇，可入《三百》。孟浩然五古，可敵右丞。」[70]

用「審美」觀點鑑識文藝語體，這是主要的，雖然也不排斥「致用」的評價。

再看實用語體「致用」之美。

實用語體是非文學類話語，如劉勰所說的「論」、「說」、「議」、「對」之類議論文，「詔」、「策」、「檄」、「移」、「章」、「表」、「奏」、「啟」之類公文，「書記」之類應用文。它們與詩、賦、樂府、詞、曲、散文、小說、戲劇之類文學作品不同。實用語體之「美」，重在「致用」，這是首要的；在這前提下並不排斥藝術的審美。由於寫作的對象、目的和個人風格的不同，在「文學的自覺」之前，實用體與文藝體交叉、滲透的融合體，也注意語言的藝術性，呈現出一種「融和美」。

現當代科學昌明，科學語體以其鮮明的時代色彩登上了歷

史舞臺。科學及科學語體之美引人矚目。

科學，真正的科學，先進的科學，是人類智慧美的結晶，它揭示了真理，有益於人類，一開始就同真、善聯姻。科學美，是對世界美的創造性的發現和理性的描述，揭示了世界、世界間各種事物和諧的結構形式、合乎某種客觀「節奏」的運動規律。天體結構，運行規律；春夏秋冬，朝夕午夜；數學原理，物理規則，化學變化；對於有科學修養的人，既得到理智的啟迪，也使之怡情。物理學家狄拉克讚美愛因斯坦的相對論，是科學成果的美；薩列則把黎曼的幾何看成與普蘭克的鋼琴曲一樣優美，把科學之「致用」與藝術之「審美」相通起來。對於科學家來講，這種體會尤為深刻。居里夫人說：「科學的探索與研究，其本身就含有至美」[71]。

作為歷史學家、美學家，把古代文字、石器、銅器（如鐘鼎）、瓷器、陶器、雕刻（玉雕、石雕、牙雕、骨雕），把各種建構：房屋、橋梁、城牆……都作為「美」的客體；而當代科學論著中之圖表、符號、公式、數據，流線形之火車、輪船、飛機，各種電器產品，霓虹燈光，新型的建築：摩天大樓、跨海大橋……則更輝映出新時代科學技術之美。它們都體現了和諧的美的結構、運動的規律（節奏）。

科學論著、科學語言，也具有美，它是認識之美，理性之美，其最本質的風格特徵：簡約、樸實、明快、莊重（謹嚴）；偶爾也出現繁豐的風格。至於藻麗、蘊藉、幽默等風格，不是科學語體的本質特徵；而輕靡、豪放（粗獷）則與科學語體風格有較大的距離。文學風格的適度滲透進入科學論著，其原本的科學語體就轉為融合體了。

認識、品評科學語體之美（含風格美），只看到它們的統

一性，或只看到它們的區別性，都是偏頗的。美學界把兩類之「美」混同起來的有之；把它們截然分開的，歷史更為長久。例如說「真」，屬於哲學、科學的範疇；「善」，屬於倫理道德的範疇；「美」，屬於文學藝術的範疇：就屬於後者。

認識辭章這種「藝術形式」，分析辭章之語體、風格，就應該用既對立又統一的辯證觀點，才能闡釋恰當，抓住其本質特徵和相互之間對立統一的規律。

4.多種表現風格的辭章之美

融合性，是辭章的一大特徵，而風格，就是內蘊情志風格要素與外現形態風格要素特點的綜合，它最集中地體現辭章藝術之美。風格越鮮明，越突出，人的美感就越強烈，所留下的印象也就越深刻，影響面也越廣。這正如孟子所說的：「口之於味也，有同耆焉；耳之於聲也，有同聽焉；目之於色也，有同美焉。」⑫辭章風格，就是辭章的色，會給人「同美」的感受。

優秀的辭章風格，都是美的。因此，作為作家，既要求有鮮明的個人風格，又希望風格的多樣化；作為讀者，既允許風格的偏嗜，又希望能對諸多風格平理若衡，照辭如鏡。儘管如此，在風格的品評中，往往因人而有不同。樸素、明晰、簡練等風格尤為中外作家，評論家所讚賞。

莊子說：「樸素而天下莫能與之爭美。」⑬這種觀點，很有代表性，老子、墨子都喜樸惡華。這是他們「無為」、「務實」的哲學、政治觀點在風格觀上的表現。

與此相近的，古代辭章論中不愛繁豐而喜簡練的風格，這是又一種傾向。劉勰說：「文以辨潔為能，不以繁縟為巧；事以明核為美，不以深隱為奇。」⑭

外國作家、理論家，也推崇樸素、簡約之美。俄國的列·托爾斯泰說：「樸素是美的必要條件。」⑦別林斯基說：「純樸是藝術的作品的必不可少的條件；就其本質而言，它排斥任何外在的裝飾和雕琢。純樸是真理的美，——藝術的作品因為它而有了力量；另一方面，虛假的藝術作品卻常常因它而毀滅，因此便不得不追求雕琢、複雜和奇特。」⑦

法國狄德羅簡直在高歌簡約、樸素之美。他說：「天賦我以簡樸的愛好；我力求以閱讀古人書來使這種愛好趨於完善。這就是我的秘訣。誰要是用一點聰明去讀荷馬，就準會發現我所汲取的源泉。

「啊，我的朋友，簡樸是多美麗！我們和它疏遠了，那是多大的錯誤啊！」⑦

俄國普希金則從風格的內蘊情志論析形成簡明等風格的原因。他說「精確與簡潔，這是散文的首要美質。它所要求的是思想，沒有思想，再漂亮的語句也全無用處。」⑦

我們認為華或樸，繁或簡，隱或明，各有用場，只要用得恰當、得體，都是好的。莊子好樸，與其避世的思想有關；劉勰讚美「辨潔」、「明核」，則與文體有關，這是針對「議對」以「明是非，定去就」的文體而言的。明人楊慎說得比較客觀。他說：「論文或尚繁，或尚簡。……或尚難，或尚易。……予曰：繁有美惡，簡有美惡，難有美惡，易有美惡，惟求其美而已……論文者當辨其美惡，而不當以繁簡難易也。」⑦這裡雖然沒說到如何「辨其美惡」，但不是一味崇簡斥繁。六經之文，風格多樣，明·譚元春說：「六經無不美之文，無不樸之美。匡衡說詩可解人頤，而史稱其說詩深美。深美云者，溫柔敦厚，俱赴其中，弟所謂是中有深趣者也。」⑧譚氏雖然

推崇「樸素」，也肯定其他諸多風格之美；不僅肯定了文本風格之美，而且讚賞匡衡「說詩」的析美、賞美的審美活動。清・陳祚明欣賞《箜篌引》「華壯悲涼，無美不備」⑧[81]，風格多種、多樣。文藝辭章風格，從總的說，有陽剛、陰柔兩大類。清・姚鼐論析了此兩類文藝辭章風格之美：

> 吾嘗以謂文章之原，本乎天地。天地之道，陰陽剛柔而已。苟有得乎陰陽剛柔之精，皆可以爲文章之美。陰陽剛柔並行而不容偏廢，有其一端而絕亡其一，剛者至於僨強而拂戾，柔者至於頹廢而暗幽，則必無與於文者矣。然古君子稱爲文章之至，雖兼具二者之用，亦不能無所偏優於其間，其故何哉？天地之道，協合以爲體，而時發奇出以爲用者，理固然也。其在天地之用也，尚陽而下陰，伸剛而絀柔，故人得之亦然。文之雄偉而勁直者，必貴於溫深而徐婉。溫深徐婉之才，不易得也；然其尤難得者，必在乎天下之雄才也。夫古今爲詩人者多矣，爲詩而善者亦多矣，而卓然足稱爲雄才者，千餘年中數人焉耳。甚矣其得之難也⑧[82]。

他還具體的描寫了陽剛、陰柔之美的特點：

> 鼐聞天地之道，陰陽剛柔而已。文者，天地之精英，而陰陽剛柔之發也。惟聖人之言，統二氣之會而弗偏，然而《易》《詩》《書》《論語》所載，亦間有可以剛柔分矣。值其時其人，告語之體各有宜也。自諸子而降，其爲文無弗有偏者。其得於陽與剛之美者，則其文如霆，

如電，如長風之出谷，如崇山峻崖，如決大川，如奔騏
驥，其光也，如杲日，如火，如金鏐鐵；其於人也，如
馮高視遠，如君而朝萬眾，如鼓萬勇士而戰之。其得於
陰與柔之美者，則其文如升初日，如清風，如雲，如
霞，如烟，如幽林曲澗，如淪，如漾，如珠玉之輝，如
鴻鵠之鳴而入寥廓；其於人也，漻乎其如嘆，邈乎其如
有思，暧乎其如喜，愀乎其如悲。觀其文，諷其音，則
為文者之性情形狀舉以殊焉。且夫陰陽剛柔，其本二
端，造物者糅而氣有多寡進絀，則品次億萬，以至於不
可窮，萬物生焉。故曰：一陰一陽之為道。夫文之多
變，亦若是已。糅而偏勝可也。偏勝之極，一有一絕
無，與夫剛不足為剛，柔不足為柔者，皆不可以言文
㊸。

姚氏之論「美」，植根於客觀世界。他把客觀世界之美分成陽
剛、陰柔兩大類，並指出這兩大類形成了文章風格之美。陽剛
之美，「雄偉而勁直」，陰柔之美，「溫深而徐婉」，並用自然
現象和人的性格情感作比喻來描繪它們的特徵。其中，以人為
喻者，有助於認識形成風格的表達元的格素。陽剛風格之美，
「其於人也，如馮高視遠，如君而朝萬眾，如鼓萬勇士而戰
之」；陰柔風格之美，「其於人也，漻乎其如嘆，邈乎其如有
思，暧乎其如喜，愀乎其如悲」。其中，以自然現象為喻者，
也有助於認識形成風格的宇宙元的格素。陽剛風格之美，「則
其文如霆，如電，如長風之出谷，如崇山峻崖，如決大川，如
奔騏驥，其光也，如杲日，如火，如金鏐鐵」——這種風格，
表現在話語元上，語言響亮，昂揚，色彩明麗，氣勢宏大，氣

魄雄偉。陰柔風格之美，「則其文如升初日，如清風，如雲，如霞，如烟，如幽林曲澗，如淪，如漾，如珠玉之輝，如鴻鵠之鳴而入寥廓」——這種風格，表現在話語元上，語言柔婉，低沈，色彩柔和，語言曲折、委婉、優美。當然，這種自然現象和人的性格、情感表現在剛柔上又是相交叉的，不能「一有一絕無」，截然分開，即既有區別，又有聯繫。

各種鮮花，秀色各異，各種風格之美，也各有所宜。明·屠隆說：「藉使天一於揚沙走石，地一於危峰峭壁，江河一於濁浪崩雲，人物一於戈矛叱咤，好奇不太過乎，將詯見者厭矣。文章大觀，奇正、離合、瑰麗、爾雅、險壯、溫夷，何所不有？」㉔歌德說：「讓我們多樣化吧！蘿蔔固然好，可是把它跟粟子和在一起才算最好。」㉟

風格美是多樣的，失去多樣，千篇一律，就無美可言了。雄洪為美，婉麗亦美；簡明是美，蘊藉亦美。湯顯祖認為「機與禪言通，趣與遊道合」，「皆以若有若無為美」㊱。

盧照鄰說：「鼓吹樂府，新聲起於鄴中；山水風雲，逸韻生於江左。言古興者，多以兩漢為宗；議今文者，或用東朝為美。」㊲這就論及地方風格、時代風格之美了。一般說：南華北樸、南柔北剛，不宜厚此薄彼。而時代風格，確有優劣之分。

辭章風格之美，是由諸多風格要素形成的話語之整體特點。因此，辭章的運用正如前蘇聯富曼諾夫說的：「要琢磨每一個字、每一句話，要研究通篇的風格。一切都要恰到好處，都要站得住腳，都要恰恰是在情節發展需要它的地方寫出來，而且要做到一字不易，換一個字就會損害通篇的完整性和它的美。」㊳

形成辭章風格之美，首先心靈要美。布豐說：「風格卻就是本人」就是這個道理。同時，也要學習語言。高爾基說：「要深切地注意民間語言的美妙之處，注意歌謠、童話、聖詩、梭羅門雅歌的句子構造。你會在這些作品中看到驚人豐富的形象、精確的比喻、樸素得迷人和優美得驚人的形容語。要深切地注意民間創作，因為這是令人神志清爽的，正如山上的、地下的甘美的清泉一樣。更要密切地接近民間語言，要尋求樸素、簡潔、用三言兩語就創造出形象來的健壯力量。」[89]這就由風格美談到話語諸多因素的美了。它是辭章學研究的對象。

5.多層次的辭章之美

　　辭章話語之美，表現在諸多方面，上文說的「風格美」是其綜合的表現。

　　話語之「美」，不僅是形式，還要顧及內容（主題、題材、情節安排）；從形式論，不僅詞句、辭格，還要看到全篇結構。茅盾說：「結構指全篇的架子。既然是架子，總得前、後、上、下都是勻稱的，平衡的，而且是有機性的。勻稱指架子的局部美和整體美，換言之，即架子的整體和局部應當動靜交錯、疏密相間，看上去既渾然一氣，而又有曲折。平衡指架子的各部分各有其獨立性而不相妨礙，非但不相妨礙而且互相呼應，相得益彰。有機性指整個架子中的任何部分，不論大小，都是不可缺少的。少了任何一個，便損傷了整體美，好比自然界中的有機體，砍掉它的任何小部分便使這有機體成為畸形的怪物。」[90]

　　結構美，是大局。聞一多論詩的「建築美」，就是從詩行的排列而形成的形體結構來說的。

　　辭章之美，還要講究技巧。梁・劉勰說：「若夫駿發之士，心總要術」[91]，「是以執術馭篇，似善弈之窮數；棄術任心，如博塞之邀遇。」[92]普列漢諾夫有個精彩的比喻，說明技巧的重要。他說：「要知道，食物所含的熱量絕不排斥高明的烹飪藝術。重要的不僅僅是原料是否新鮮，還有燒法。大家都知道，麵粉可以做麵包，也可以做漿糊，一條富有滋養料的鮮魚在疏忽的廚子手裡既可以變成木匠用的膠，也可以變成肥料，這兩者都是不好吃的。」[93]

　　因此，寫作的手法、技巧，或稱藝術方法──簡稱「藝法」，是形成辭章美的重要手段。因此，我們「應該研究文學勞動的手法和技巧，只有在掌握了這種技巧的條件下，才有可能賦予材料以或多或少完美的藝術形式」[94]。

　　文學不同於科學，它重在情意美、形象美、意境美、變異美、多樣美、音樂美、獨創美。科學重在理智美、抽象美、規範美、統一美、整齊美、精確美。辭章要兼收其諸美。此類之「美」都要從語言的運用表現出來。列夫・托爾斯泰說：「無論在談話裡，也無論是在文學作品裡，任何一個思想都可以用各種不同的方法來表達，但是理想的方法卻只有一種，也就是這樣一種方法：沒有比我們用來表達自己思想的這種方法還要更好、更有力、更明瞭和更美的方法……在藝術作品裡，只有這樣的情況下，即既不能加一個字，也不能減一個字，還不能因改動一個字而使作品遭到損壞的情況下，思想才算表達出來了。這就是作家應該努力以求的方法。」[95]這從表達手段、用詞造句來營造辭章之美，與莫泊桑的「一詞說」[96]頗為相似。

　　萊辛則從表達方式論辭章之「美」。他重視描寫動態之「美」。他論動態之「美」，不僅談到表達者潛在效果之「美」，

文本自在之「美」，也論及鑑識者他在之「美」與對社會產生的實在之「美」。這種辭章「美」之論是很精闢的。他說：「詩還可用另外一種方法，在描繪物體美時趕上藝術，那就是化美為媚，媚是在動態中的美，正因為是在動態中，媚由詩人寫比由畫家畫就更適宜。畫家只能暗示動態，而事實上他所畫的人物形象都是不動的。因此，媚落到畫家手裡就變成裝腔作態。但是，在詩裡，媚終於是媚，是一縱即逝而卻令人百看不厭的美。媚是飄來忽去的，一般說來，我們回憶一種動態比回憶一種單純的形狀或顏色，要容易得多，也生動得多，所以媚在這種情形下比起美來，能產生更強烈的效果。」⑨⑦

雨果主張「為藝術而藝術」，但他談到辭章之「美」時，也得承認表達者的「心靈」，鑑識者的「情操」和文本「美」的「外衣」的關係。他說：「詩句無非是美麗身體上的漂亮外衣。詩可以用散文表達，不過在詩句的莊嚴曼妙的外表之下，詩更顯得完美。心靈中的詩啟發人的高尚情操、高尚行動及高尚的著作。」⑨⑧這就「內美」、「外美」兼論了，與我們所說的辭章之定義相吻合。

總之，「美」是「致用」與「審美」的藝術，是內美與外美的統一。這是古今中外有見地作家、詩人和理論家的共識。只強調其一而忽視其二不合乎言語實踐，不合乎辯證法。這是認識、創造、賞鑑、辭章之美的原則。

注 釋

① 〔希臘〕柏拉圖：《大希庇阿斯篇》，引自朱光潛譯《柏拉圖文藝對話錄》，188頁，人民文學出版社，1963。

② 轉引自王朝聞主編《美學概論》，78頁，人民出版社，1981。

③〔羅馬〕普羅丁：《九卷書》，第一部分卷六。

④同②，79頁。

⑤〔德〕黑格爾：《美學》第1卷，145頁，人民文學出版社，1983。

⑥〔希臘〕亞里士多德：《形而上學》，265～266頁，商務印書館。

⑦〔希臘〕亞里士多德：《詩學》，25頁，羅念生譯，人民文學出版社。

⑧〔法〕狄德羅：《美之根源及性質的哲學的研究》，引自《文藝理論譯叢》，1958⑴。

⑨北齊·劉晝說：「物有美惡，施用有宜；美不常珍，惡不終棄。紫貂白狐，制以為裘，鬱若慶雲，皎如荊玉，此裘衣之美也；籚管蒼蒯，編以蓑笠，葉微疏累，黯若朽穰，此卉服之惡也。裘蓑雖異，被服實同；美惡雖殊，適用則均，今處繡戶洞房，則蓑不如裘；被雪沐雨，則裘不及蓑。以此觀之，適才所適，隨時成務，各有宜也」（《劉子·適才》）。此論十分強調「美」的客觀性、功能性，觀點鮮明而突出。

⑩宋·歐陽修云：「夫舉天下之至美與其樂，有不得而兼焉者多矣。故窮山水登臨之美者，必之乎寬閑之野、寂寞之鄉而後得焉；覽人物之盛麗，誇都邑之雄富者，必據乎四達之衝、舟車之會而後足焉。蓋彼放心於物外，而此娛意於繁華，二者各有適焉。然其為樂，不得而兼也。」（《有美堂記》，《歐陽文忠公文集》卷四十）

⑪梁·劉勰：《文心雕龍·原道》。

⑫蔡夢弼：《草堂詩話》卷二。

⑬參閱周振甫：《詩詞例話》，15～16頁，中國青年出版社，1962。

⑭宋·蘇軾：《滿江紅·赤壁懷古》。

⑮明·王慎中：《杭雙溪詩集序》，《王遵岩集》卷二。

⑯明·王世貞：《秣陵遊稿序》，《弇州山人四部稿》卷六十七。

⑰清·袁枚：《隨園後記》，《小倉山房文集》卷十二。

⑱〔法〕戈蒂埃：《藝術家》（L'Artiste），轉引自《朱光潛美學文集》第一卷，106～107頁，上海文藝出版社，1982。

⑲〔法〕戈蒂埃：《詩序》，107頁，同上。

⑳《國語·楚語上》。

㉑《荀子·王制》，見《荀子集解》。

㉒宋·歐陽修：《古瓦硯》，《歐陽文忠公文集》卷五十二。

㉓《論語·泰伯》。

㉔《孟子·公孫丑下》。

㉕晉·孫盛：《老子疑難反訊》，《廣弘明集》卷五。

㉖《呂氏春秋·古樂篇》。

㉗《彈歌》僅八字：「斷竹，續竹，飛土，逐宍（古肉字，借代禽獸）」。描寫了狩獵全過程。

㉘漢·劉詢語，見《漢書·王褒傳》。

㉙北齊·顏之推：《顏氏家訓·文章篇》。

㉚晉·陶淵明：《五柳先生傳》，見清·陶澍注《靖節先生集》。

㉛梁·劉勰：《文心雕龍·明詩》。

㉜梁·劉勰：《文心雕龍·詮賦》。

㉝梁·劉勰：《文心雕龍·物色》。

㉞梁·鍾嶸：《詩品序》，見《詩品注》。

㉟唐·白居易：《與元九書》，《白居易集》卷四十五。

㊱金·元好問：《陶然集詩序》，《遺山先生文集》卷三十七。

㊲明·王褘：《書胡山立先生詩稿後》，《王忠文公集》卷十七。

㊳明·徐禎卿：《談藝錄》，見《歷代詩話》下冊。

㊴漢·王逸：《楚辭章句》。

㊵方玉潤：《詩經原始》。

㊶《論語·陽貨》。

㊷《論語·子路》。

㊸漢·司馬遷：《史記·樂書》。

㊹《毛詩序》，《毛詩正義》卷一。

㊺梁·鍾嶸：《詩品序》，見《詩品注》，人民文學出版社。

㊻轉引自晉・葛洪：《抱朴子・尚博》：「或曰……」葛洪認為：「文章之與德行，猶十尺之與一丈，謂之餘事，未之前聞。」

㊼轉引自趙景波：《詩藝管窺》，21頁，福建人民出版社，1982。

㊽漢・劉安：《淮南子・修務訓》。

㊾晉・左思：《三都賦序》，《文選》卷四。

㊿北齊・劉晝：《劉子・言苑》。

(51)梁・劉勰：《文心雕龍・樂府》。

(52)唐・白居易：《與元九書》，《白居易集》卷四十五。

(53)明・譚元春：《黃葉軒詩義序》，《譚友夏合集》卷九。

(54)明・王昌會：《詩話類編》卷二十一。

(55)晉・葛洪：《抱朴子・勗學》。

(56)唐・司馬貞：《補史記序》，《全唐文》卷四〇二。

(57)清・汪師韓：《詩學纂聞》，《清詩話》上冊，中華書局。

(58)明・胡應麟云：「詩之筋骨，猶木之根幹也；肌肉，猶枝葉也；色澤神韻，猶花蕊也。筋骨立於中，肌肉榮於外，色澤神韻充溢其間，而後詩之美善備，猶木之之根幹蒼然，枝葉蔚然，花蕊爛然，而後木之生意完。斯義也，盛唐諸子庶幾近之。宋人專用意而廢詞，若枯木卉槁梧，雖根幹屈盤，而絕無暢茂之象。元人專務華而離實，若落花墜蕊，雖紅紫嫣熳，而大都衰謝之風。故觀古詩於六代、李唐，而知古之無出漢也。觀律觀於五季、宋、元，而知律之無出唐也。」(《詩藪》外編卷五)

(59)明・王驥德：《曲律・論聲調》。

(60)明・王驥德：《曲律・論套數》。

(61)臧克家：《「鬥爭的火花」》，引自《學詩斷想》，106頁，四川人民出版社，1979。

(62)《艾青談詩》，192頁，花城出版社，1982。

(63)《莊子・知北遊》。

(64)《莊子・天道》。

㊺《左傳‧襄公二十九年》。

㊻清‧葉燮：《原詩‧外篇上》。

㊼漢‧揚雄：《法言‧吾子》。

㊽魏‧曹丕：《典論‧論文》。

㊾明‧胡應麟：《詩藪》內編卷五。

⑩清‧吳喬：《圍爐詩話》卷二，叢書集成本。

⑪轉引自《科學與美》，53頁，科學出版社，1981；又見李永燊、顧建
華編著《美學修養》，2～3頁，首都師範大學出版社，1999。

⑫《孟子‧告子上》。

⑬《莊子‧天道》。

⑭梁‧劉勰：《文心雕龍‧議對》。

⑮〔俄〕列‧托爾斯泰：《致安德列夫》，見《西方古典作家論文藝
作》，564頁，春風文藝出版社，1980。

⑯〔俄〕別林斯基：《瑪爾林斯基作品全集》，見《別林斯基論文學》，
5頁，新文藝出版社，1958。

⑰〔法〕狄羅德：《論戲劇藝術》，見《文藝理論譯叢》第一冊，176
頁，人民文學出版社，1958。

⑱〔俄〕普希金，引自季莫菲也夫主編：《俄羅斯古典作家論》，849
頁，人民文學出版社，1958。

⑲明‧楊慎：《論文》，《升庵全集》卷五十二。

⑳明‧譚元春：《黃葉軒詩義序》，《譚友夏合集》卷九。

㉑清‧陳祚明：《采菽堂古詩選》卷六。

㉒清‧姚鼐：《海愚詩抄序》，《惜抱軒文集》卷四。

㉓清‧姚鼐：《復魯絜非書》，《惜抱軒文後集》卷六。

㉔明‧屠隆：《與王元美先生》。

㉕歌德語，見程代熙、張惠民譯：《歌德的格言和感想集》，95頁，中
國社會科學出版社，1982。

㉖明‧湯顯祖：《如蘭陵集序》，《湯顯祖集》（詩文集）卷三十一。

⑧⑦唐・盧照鄰：《樂府雜詩序》，《幽憂子集》卷六。

⑧⑧〔蘇〕富曼諾夫：《〈夏伯陽〉和〈叛亂〉的寫作經過》，見《論寫作》，245頁，人民文學出版社，1955。

⑧⑨〔蘇〕高爾基語，引自《高爾基文學書簡》上冊，132頁，人民文學出版社，1962。

⑨⓪茅盾：《漫談文藝創作》，引自《茅盾論創作》，603頁，上海文藝出版社，1980。

⑨①梁・劉勰：《文心雕龍・神思》。

⑨②梁・劉勰：《文心雕龍・總術》。

⑨③〔俄〕普列漢諾夫：《才能和勞動》，見《譯文》，1956（7）。

⑨④〔蘇〕高爾基：《論文學技巧》，見高爾基《論文學》，320頁，人民文學出版社，1978。

⑨⑤〔俄〕列夫・托爾斯泰語，引自季莫菲也夫主編《俄羅斯古典作家論》，1129頁，人民文學出版社，1958。

⑨⑥〔法〕莫泊桑說：「不論一個作家所要描寫的東西是什麼，只有一個詞可供他使用，用一個動詞要使對象生動，一個形容詞使對象的性質鮮明。因此就得去尋找，直到找到這個詞，這個動詞和形容詞，而絕不要滿足『差不多』，絕不要利用蒙混的手法，即使是高明的蒙混手法，不要利用語言上的詼諧來避免上述的困難」（莫泊桑《談「小說」》，轉引自《外國名家談寫作》，162頁，北京出版社，1980）。這從用詞要準確講，可備一說。其實明晰準確是一種「美」，朦朧模糊也是另一種美，要看用得是否合乎誠美律（含合乎語境、語體）。

⑨⑦〔德〕萊辛：《拉奧孔》（朱光潛譯），見《世界文學》，1960（12）。

⑨⑧〔法〕雨果：《給未婚妻婭代爾・付謝的信》，轉引自《外國文學參考資料》（19世紀部分），250頁，高等教育出版社，1958。

三、誠美的辯證法

(一)「誠美」與「眞善美」關係簡說

關於眞、善、美的問題，是哲學家、社會學家、藝術家、文學家、美學家所共同關心的。「向來哲學家分眞善美為三事，以為眞屬於哲學科學範圍，善屬於倫理宗教範圍，美屬於藝術範圍。」①此說有一定道理，說明三者相互之間有區別；不可忽視了三者之間的聯繫。從人的德行講，「眞」誠不弄虛作假，與「善」就很一致，「眞」誠，反映了世界的客觀規律，它又是「美」之前提。從藝術講，作品「眞」，則是美之極致；美之極致，就具有有益於社會的功能，就與善有某種聯繫。「善」雖屬於倫理道德，從科學講，善者更崇眞、愛眞，按照客觀規律辦事；從藝術講，都是其永恒的主題。如將「眞、善、美」與我國數千年來「誠」、「美」的理論作辯證的對應分析，可大致圖示如下：

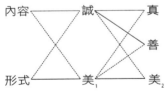

實線表示其主要的聯繫，虛線表示兩者之中也有瓜葛。「誠」對應「眞」、「善」，也與「美₂」有關；「美₁」對應藝術之美₂，也與「眞」、「善」有聯繫。「誠」是內容，也與形式相互依存；「美₁」講形式（外美），也與內容（內美）相為表裡。因此，「美₁」雖屬於美學的範疇，卻與哲學、倫理關係密切；「誠」雖屬於哲學、倫理的範疇，也與美₂有聯繫。

真、善、美的論題，從古希臘到現代，爭論了幾千年，本

書不對此作系統的、全面的分析，只是從辭章運用的角度，把「誠美」與「真善美」既對應也不完全對應，既有區別又有聯繫的對立統一的辯證關係作如上的示意。

世界各國對「誠、美」（或稱「真、善、美」）的認識在反覆的研討、爭論之中而漸趨明確。

我國古代的「尚質重用說」一定程度地影響中國文壇幾千年。西方的柏拉圖、盧梭都重德，而雨果、戈蒂埃卻重美，提出「為藝術而藝術」的理論；從康德到克羅奇的唯心主義美學家，他們對「誠美律」亦即倫理道德與美的藝術的理解都欠辯證。

人類總是在探索真理中前進。在我國辭章學發展的歷史中「誠美」兼顧，總是一條主線。孔子說：「情欲信，辭欲巧」②，一方面指出「辭達而已矣」③，另一方面又指出「言之無文，行而不遠」④。認為「文質彬彬，然後君子」⑤。劉勰的：「情采」說，指出「老子疾偽，故稱『美言不信』；而五千精妙，則非棄美矣」⑥。這都是十分精闢的「誠美」結合論。

吳喬認為王維、孟浩然作品都是「誠（善）美」的。他說：「王右丞五古，盡善盡美矣。觀別者篇，可入《三百》。孟浩然五古，可敵右丞。」⑦現代文學家田漢說：「我們進行寫作練習或創作，要牢記一點：概括生活，選擇生活，必須擅於透過生活，去提煉生活中真的、善的和美的東西。」⑧「誠美」說，也受到當代修辭學研究者的重視。姚亞平、王希杰的著作中，都用相當的篇幅論及「修辭立其誠」的原則。宗廷虎，他在評論「忠信，所以進德也；修辭立其誠，所以居業也」這一辭章論時說：「兩千多年來，歷代仍尊奉它為修辭的準則。即：既要求有真誠的品德、思想；又要求有完美的言辭，

而且強調主體人之『誠』對修辭的主導作用。」⑨這段分析很精闢。

在兩三千年的爭論中，西方對真善（誠）與美的關係的認識也逐步辯證。柏拉圖的最大弟子亞里士多德就是其老師偏頗的文藝美學思想的異議者。從文藝復興到18世紀的許多美學家、藝術家，如達·芬奇、荷加斯等，其後的柏克、費爾巴哈、車爾尼雪夫斯基直至馬克思，對「美」的本質及其與「真」、「美」的關係的認識逐步科學了。這對於我們認識辭章的「誠美」律都深有啟發。

莎士比亞有一段關於真、善、美和辭章的關係談得十分深刻。他說：

> 真、善、美，就是我全部的主題，
> 真、善、美，變化成不同的辭章，
> 我底創造力就花費在這種變化裡，
> 三題合一，產生瑰麗的景象。
> 真、善、美，過去是各不相關，現在呢，三位同座，真是空前⑩。

美學家王朝聞談真、善、美的關係最為科學。他說：

> 真、善、美，就其歷史的發生發展來說，只有當人在實踐中掌握了客觀世界的規律（真），並運用於實踐，達到了改造世界的目的，實現了善，才可能有美的存在。但作為歷史的成果，作為客觀的對象來看，真、善、美是同一客觀對象的密不可分地聯繫在一起的三個方面。

人類的社會實踐，就它體現客觀規律或符合於客觀規律的方面去看是真，就它符合於一定時代階級的利益、需要和目的的方面去看是善，就它是人的能動的創造力量的客觀的具體表現方面去看是美⑪。

真、善、美是既有密切聯繫又有區別的。這是建立辭章「誠美律」的哲學基礎。

上面簡談了「誠美」之間及其與「真、善、美」之間的辯證關係。

辭章學具有融合性，我們可以從古今中外言語學、語體學、創作論等方面「廣益多師」，對「誠美」作更深刻、更辯證的論析。

(二)從表達「美」的不同詞語認識「美」與「誠」的辯證法

表述「美」的詞語可分兩大類，一是用「美」的同義詞、近義詞，一是用描繪的手段表述「美」。這樣，我們就能從更廣闊的範圍，從美的本質，掌握它與「誠」的辯證法。

傳統辭章論，往往用不同的詞語，來表達、衡量「美」。最常用的有「達」、「文」、「巧」、「工」、「妙」等。

「辭，達而已矣」⑫是孔子的一句名言，對後代的作家、理論家影響深遠。歷代作家、理論家都從不同角度闡釋了「達」的美質。裴度說：「且文者，聖人假之以達心，達則已，理窮則已，非故高之、下之、詳之、略之也。」⑬何晏說：「凡事莫過於實，辭達則足矣，不煩文艷之辭。」⑭司馬光說：「『辭達而已矣』，明其足以通意，斯止矣，無事於華藻宏辯

也。」⑮俞彥說：「盡意以就音而能自達者，鮮矣。」⑯顧炎武說：「詞主乎達，不論其繁與簡也。」⑰趙執信說：「始學為詩，期於達意，久而簡澹高遠，興寄微妙，乃可貴尚。」⑱

這些論述著重於辭章效果：表達者把情意寄之於「辭」，而讓聽讀者能夠確切、深入地理解，達到了交際的目的。它的辭章風格或「實」、或「繁」、或「簡」，或「簡澹高遠，興寄微妙」，但以「達」為旨歸，怎樣才能「達」？這裡還有語體、文體的區別。實用體用的是邏輯思維，要求表達得準確、簡明，而藝術體用藝術思維，靠形象來表達，對「達」的要求就更高了。蘇軾深明此意，他說：「夫言止於達意，即疑若不文，是大不然。求物之妙，如繫風捕影，能使是物了然於心者，蓋千萬人而不一遇也。而況能使了然於口與手者乎？是之謂辭達。辭至於能達，則文不可勝用矣。」⑲趙秉文也說：「文以意為主，辭以達意而已。古之人不尚虛飾，因事遣辭，形吾心之所欲言者耳。間有人之所不能言者，而形之於文，斯亦文之至乎？……豐而不餘一言，約而不失一辭，使人讀之者，娓娓不厭，蓋非務奇之為尚，而其勢不得不然之為尚也。」⑳李東陽則認為：「作詩不可以意徇辭，而須以辭達意，可歌可詠，則可以傳。王摩詰『陽關無故人』之句，盛唐以前所未道，此辭一出，一時傳誦不足，至為三疊歌之。後之詠別者，千言萬語，殆不能出其意之外，必如是方可謂之達耳。」㉑洪吉亮則謂：「達即繁簡適中，事辭相稱，猶所謂『初奘《黃庭》，剛到恰好處』也。」

這些論述都是就文藝體而言。蘇軾認為這種「達」則「文之不可勝用矣」；趙秉文也說：「斯亦文之至也」——文藝體的「達」和「文」有時是同義詞。蘇、趙和李東陽之論

「達」，還聯及「四六結構」，從「物」（宇宙元）到「心」（表達元），再到「口」、「手」（話語元），而「使人讀之」（鑑識元）這樣表達的全過程；他們之論「達」還兼及順向的表達過程，到逆向的鑑識過程，使人「通意」，「娓娓不厭」，「可歌可詠」，「可以傳」，取得了很好的辭章效果。洪氏以「初揚《黃庭》，剛到恰好處」形容「達」的標準，它「繁簡適中，事辭相稱」。離開語體、文體來分析、評論「達」，都將隔靴搔癢，抓不到要害；就無法真正理解「達」的「美」質。這些理論，可用「四六結構」圖示如下：

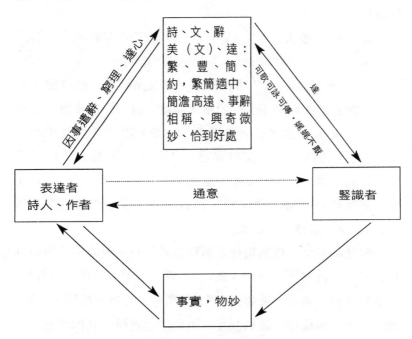

詩人、作家在客觀世界中，捕捉到「事」之「實」、「物」之「妙」這些美質，在頭腦中進行熔鑄，運用「辭」的形式，把「事」、「理」、「心」（思想、感情）表達出來，形成了

詩、文。這就是「達」，達就是美，就是文（有文采）。它的美質或繁豐，或簡約，做到繁簡適中、簡澹高遠、事辭相稱、興寄微妙、恰到好處。「適中」、「恰到好處」，就是美學上所講的諧調、匀稱、合乎比例的原則。這樣的「達」美，傳遞給鑑識者，因其與內容、形式之事辭相稱之美，因其可歌可詠——合乎美學的原則「節奏」的要求，使讀者獲得審美的樂趣，感到「娓娓不厭」。這樣的「達」美，使表達者與鑑識者之「意」相「通」了，這就交換了感情，互通了信息，清除了隔閡，內容健康的作品，還有助於社會的安定、穩定，有助於社會的發展進步。

達，是一種美，文、巧、工、妙，更是大家所公認的美了。

「文」是什麼意思？古代作家、文論家根據自己表達（含創作）與鑑識（含閱讀）的體會，賦給它以不同的含義。

文，文采，也就是語言優美，不是乾巴巴的。孔子說：「志有之，言以足志，文以足言；不言，誰知其志？言之無文，行而不遠。」[22]此論從表達元（志）、話語元（言）、鑑識元（誰）順逆的雙向來闡釋，而以是否「文」作為言之可否「行遠」這一辭章效果的條件。

劉勰把「文」作為幾種言語風格的總稱。他說：「是以九代詠歌，志合文則。黃歌《斷竹》，質之至也。唐歌《在昔》，則廣於黃世。虞歌《卿雲》，則文於唐時。夏歌《雕牆》，縟於虞代。商、周篇什，麗於夏年。至於序志述時，其揆一也。暨楚之《騷》文，矩式周人；漢之賦、頌，影寫楚世；魏之策制，顧慕漢風；晉之辭章，瞻望魏彩，榷而論之，則黃、唐淳而質，虞、夏質而辨，商、周麗而雅，楚、漢侈而艷，魏、晉

淺而綺，宋初訛而新。」㉓這裡的「文（於唐時）」與「麗」
是近義詞，都指文采、華麗之意。由「質」到「文」，又要做
到「文質彬彬」，就合乎「美」的要求。而「淳而質」、「質而
辨」、「麗而雅」這些風格，如上節所述，也應屬於「美」的
範疇。

孔子還說：「情欲信，辭欲巧。」㉔「巧」有褒貶的兩種
用法。從褒言，是巧妙、美巧之意。孔子論「巧」有個前提：
「情」要「信」──「情」就內容而言，要求「誠信」；「辭」
就形式而言，要求美巧、巧妙：要求兩者的統一。

在「情信」前提下的「辭巧」，就能做到「巧不妨信」㉕，
「巧而能莊」㉖；達到「巧絕」㉗、「巧麗」㉘的境界；這就要
求表達者的「巧思」㉙，方法的「曲」折微妙㉚。

從貶言，是違背了「誠」、「信」、「真」原則的「巧」。
例如「巧詆」㉛、「巧舌」㉜、「巧言令色」㉝、「巧言亂
德」㉞、「巧言偏辭」㉟、「巧言如簧」㊱、「花言巧語」㊲
之類的「巧」，都是「當禁」㊳的。

工：有個義項，《辭源》注曰：「精巧」，與「巧」又是
同義詞。用筆之工者，也可使辭章達到「美」的境界。歐陽修
說：

> 「語之工者固如是：狀難寫之景，含不盡之意，何詩爲
> 然？」聖俞曰：「作者得於心，覽者會以意，殆難指陳
> 以言也。雖然，亦可略道其彷彿，若嚴維『柳塘春水
> 漫，花塢夕陽遲』，則天容時態，融和駘蕩，豈不如在
> 目前乎？又若溫庭筠『雞聲茅店月，人跡板橋霜』，賈
> 島『怪禽啼曠野，落日恐行人』，則道路辛苦，羈愁旅

思，豈不見於言外乎？」㊴

聖俞論「工」，也是從表達（作者）、話語（語）、鑑識（覽者）雙向的過程來闡釋，它使所表述的對象「如在目前」，「見於言外」，辭章效果極佳。其他的如「工麗」㊵、「工於命意」㊶、「工於騁勢」㊷等，都使辭章效果佳美。具體論述請閱《辭章學辭典》。

表達「美」，還可用許多不同的描寫方法，下面將結合「誠美」兼論的詞語進行論析。

(三)「誠美」是辭章活動的最高原則──規律

詩有「詩律」，詞有「詞律」，曲有「曲律」，言語活動有言語規律。劉勰云：「志足而言文，情信而辭巧，乃含章之玉牒，秉文之金科矣。」㊸「志足」內容充實，思想深刻，與「情信」合起來，相近於「誠」字，「文」、「巧」為「美」的異名詞；「玉牒」、「金科」就是「規律」。

誠、美兼論，先秦以來，就受到先賢的重視。《周易》的「旨遠辭文」㊹說，孔子的「情信辭巧」說，王充的「辭妍情實」㊺說，陸機的「意巧言妍」㊻說，沈約的「銜華佩實」㊼說，劉勰的「理懿辭雅」㊽說，歐陽修的「事信言文」㊾、「意新語工」㊿、「辭豐意雄」[51]說，陸游的「有實有文」[52]說，陳師道的「語意皆工」[53]說，李東陽的「意象俱足」[54]說，等等，雖然用語不同，大體都屬於「誠美」並論。其中「(旨)遠」、「(情)實」、「(事)信」、「(有)實」，都含有內「誠」的意思；「(辭)文」、「(辭)妍」、「(言)文」、「(有)文」都含有外「美」的意思；其他的「意巧言妍」等則

是內美與外美的兼備。而劉勰是漢語辭章學史上第一位把「誠
美」提到「玉牒」、「金科」的高度。它是統管言語之內律與
外律的最高規律。上文說過王驥德講「有規有矩」，才能「眾
美具」⑤——「規」「矩」也就是「律」，從辭章講，就是言語
規律。

內律含常格律、變格律。陳子昂詩「前不見古人，後不見
來者，念天地之悠悠，獨愴然而涕下」⑤，全詩用常格的句
子，可是因「感嘆生命有限，自然無窮」，而去「懷才不遇」，
「思緒萬千」⑤；聯繫歷史，「感昔樂生、燕昭之事」，因而賦
詩，「流涕而歌」⑤，其情真（誠）而濃烈，噴發而出，給人
以陽剛之美。劉禹錫詞：「春去也，多謝洛城人。弱柳從風疑
舉袂，叢蘭浥露似沾巾。獨坐亦含顰」⑤。這裡的春天、柳
樹、蘭花都擬人化了。春天臨別之前，還會向洛陽的人表示殷
勤的謝意，柳樹也舉起衣袖告別，蘭花還為之流下惜春的淚
水。這用的全是變格的句子，「流麗之筆」，卻「麗而不流」
⑥，「別饒風趣」⑥，給人以「婉麗」⑥的風格之美。總而言
之，多用常格律的辭章，易形成簡約、明快、樸實、莊嚴之
美；多用變格律的辭章，易形成繁豐、蘊藉、藻麗、幽默之美
⑥，但不是絕對的，這僅是就大致而言。如果用畸格的語言，
則會墜入歪風卑格之中，是不足稱道的不良文風。

外律有表心通意律、語境適合律，綜合律有語體得宜律、
符合風格律、畸格轉化律。

違背了表心通意律的辭章，使人歧解、費解、誤解，甚至
不可解，使人莫名其妙，何美之有？例如，上個世紀70年代
末、80年代初，朦朧詩的崛起，這是一種文學現象，雖非空
前，也非絕後；它受了西方意象派、象徵主義的影響，貌似

「進口貨」，卻是「出口轉內銷」之品，其中不乏佳作⑭。但有的十分古怪、晦澀、難懂，連作者也自稱「莫名其妙派」、「超感覺詩派」、「極端主義派」⑮等——既然走向「極端」「超感覺」了，而且以「莫名其妙」為追求的目標了，其「妙」——辭章之美，也就使讀者莫名，這嚴重違反了表心通意律。鄭敏說：「詩的結構像一座橋梁（話語元），連結著詩人的心靈（表達元）與外界（宇宙元），連結著詩人與讀者（鑑識元），詩人通過這種結構給他的精神境界以客觀的表現。詩的真義存在在它的結構裡。」⑯這段話隱合「四六結構」理論，而且也論及辭章的「橋梁性」。走向極端的朦朧詩，這座「橋」斷了，失去了「表心通意」的作用，不管作者如何自命「清高」，「妙」到極點，也無法使人領悟，「詩的真義」不存在了。如果用「四在效果」分析，只有埋藏在作者心底的「潛在效果」，其「自在效果」僅僅是古怪的「排列組合文字」⑰的空殼，無法轉為「他在效果」、「實在效果」，其美學信息就大為貶值了。有個習作者，酷愛朦朧詩，寫了自命為「意象疊加」的「作品」：「蒲扇／筷子／酒杯」。他感到此詩太平庸，又對它作了修改：「蒲扇／筷子／枕頭」。他感到還未出奇，經過苦思，最後改作「江邊，月亮／酒杯，蒲扇／狼藉，高鼾」。這簡直是對朦朧詩的屈解，誤入歧途遠矣。有的作者，極為賞識零標點，不顧內容，使人無法卒讀，造成難解、歧解、誤解。此類之風是不可長的。企圖讓人「莫名其妙」的朦朧詩作者，不誠；沒有優美意境的「意象疊加」，不顧情景的連串的零標點，不美。這都違背了誠美律。

　　美與不美，還與適（適應、適合、適切）境與否有關。婚紗是美的，如果一個老太婆穿著它到市場去買菜，不僅這婚紗

失去美的價值，連此老都將被視為瘋子了。請看下段論美的文
字：

> 清醯之美，始於耒耜，黼綵之美，在於杼軸。布之新，
> 不如苧。苧之弊，不如布。或善為新，或惡為故。獻醻
> 在頰則好，在額則醜。繡以為裳則宜，以為冠則譏 ⑱。

老太婆穿著婚紗上市場，獻醻在額，都不合場境和位置，
就不美，其效果肯定不好。

漢語辭章學由來重視「適境」之美，拙編《辭章學辭典》
列了如「夏爐冬扇」⑲、「初夏柳花」⑳、「鶣鵒過雨」㉑、
「鬥牛掉尾」㉒、「頸足兩展」㉓、「對牛彈琴」㉔、「置槪歈
於大門」㉕等好幾十個條目，從正反兩個方面，展示適境律之
重要㉖。

語體得宜律，也是品評美之與否的一個標尺。語體含相對
待的實用體、藝術體及其相滲透的融合體。文體和語體是兩個
概念，但又有密切的聯繫，從功能角度劃分的文體可以和功能
語體對應起來研究。以駢賦這個文體來講，它屬於藝術體，重
在審美功能，如藻繪之美、氣勢之美、整齊統一之美和音樂之
美等。它有這個「體」的特殊句式。離開「體式」特點來品評
其美與否往往評得不適切。王勃的《滕王閣序》屬於駢賦，確
是不朽的佳作。據云：「王勃著《滕王閣序》時年十四。都督
閻公不之信。勃雖在座，而閻公意屬子婿孟學士者為之，已宿
構矣。及以紙筆巡讓賓客，勃不辭讓。公大怒，拂衣而起，專
令人伺其下筆。第一報云『南昌故郡，洪都新府』，公曰：
『是亦老生常談』。又報云『星分翼軫，地接衡廬』，公聞之，

沈吟不言。又云『落霞與孤鶩齊飛，秋水共長天一色』，公鑒然而起，曰：『此真天才，當垂不朽矣！』遂亟請宴所，極歡而罷。」⑦「落霞與孤鶩齊飛，秋水共長天一色」是全文最精彩的奇句。前句色丹，後句色碧；前者動，後者靜；前為圖，後為底⑱，境界開闊，色彩明艷，不僅寫出閣外之景，也傳出宴會之情。這是很得體的。可是對此句又有一傳說。王勃寫好此序不久，溺水而卒。每於陰風濁浪之際，舟子常聞「落霞」、「孤鶩」之句。他們認為是王勃之鬼魂所作。有人在聽到鬼魂再次誦讀此句時，告訴他：這兩句還有瑕疵，句中刪去「與」、「共」字可使句子更加矯健。鬼魂聞言，從此羞匿，再也不出來呼叫了。這是無稽之談。但冷靜分析，刪得確實有理，可備「一說」（「一說」而已）。駢文又稱「四六」文，其句式以四字句、六字句為主。如：

閭閻撲地，鐘鳴鼎食之家；舸艦迷津，青雀黃龍之舳。
虹銷雨霽，彩徹區明。落霞（與）孤鶩齊飛，秋水（共）
長天一色。漁舟唱晚，響窮彭蠡之濱；雁陣驚寒，聲斷
衡陽之浦。

這就形成了如下句式：四六、四六；四四，六六；四六，四六。既整齊，又有變化，這是合乎「四六」之「體」式特徵的。因而，改句更美，可成一說。

《朱子語類》有則記載：

歐陽永叔作《晝錦堂記》云：「仕宦至將相，富貴歸故鄉，此人情之所榮，今昔之所同也。」後增二字作「仕

宦而至將相，富貴而歸故鄉。」

《畫錦堂記》屬於散文體，句式長短參差，自由活潑，只要有
助於表意抒情記事，可以於句中增字、減字。此兩句主要抒發
榮歸故裡之情，以切「畫錦」之意，加兩個「而」字，使句子
聲音朗暢，加強了抒情氣氛。這也是合「體」的。如果是五古
之體，就不宜如此增益文字了。

綜合律，下一節進行分析。

誠美律從內容與形式兩個側面，對合乎內律、外律之言語
作全面的品評。凡是合乎誠美律者，辭章效果則佳；否則，就
不佳。辭章以「有效」、「效佳」和「話語信息」、「藝術形式」
作為定義的組成項目，就隱含有「誠美」之意。誠美律，就是
合乎事物發展規律（自然規律）、社會倫理道德，反映言語主
體真實思想感情和客觀事物本質事實，又有智慧，有助於通情
達意，能感動人，說服人，而取得審美、致用之最佳效果的規
律，是言語之最高層次的總規律。概言之，「誠美律」是既誠
又美的辯證統一的規律。

注 釋

①轉引自《朱光潛美學文集》第一卷，109～110頁，上海文藝出版社，
　1982。
②《禮記·表記》，四部叢刊本。
③《論語·衛靈公》，同上。
④《左傳·襄公二十五年》，四部備要本。
⑤《論語·雍也》，
⑥梁·劉勰：《文心雕龍·情采》。

⑦清・吳喬：《圍爐詩話》卷二，叢書集成本。

⑧田漢：《談寫作基本功的鍛煉》，見《田漢論創作》，511頁，上海文藝出版社，1983。

⑨鄭子瑜、宗廷虎等主編：《中國修辭學通史》（先秦兩漢魏晉南北朝卷），《總論》，11頁，吉林教育出版社，1998。

⑩〔英〕莎士比亞：《十四行詩》105首，見《莎士比亞十四行詩》，210-211頁，屠岸譯，新文藝出版社，1957。

⑪王朝聞主編：《美學概論》，34～35頁，人民出版社，1981。

⑫《論語・衛靈公》。

⑬唐・斐度：《寄李翱書》。

⑭三國・何晏：《論語集解》。

⑮宋・司馬光：《答孔文正司戶書》，見《溫國文正司馬公文集》。

⑯明・俞彥：《爰園詩話》。

⑰清・顧炎武：《文章繁簡》，見《日知錄》。

⑱清・趙執信：《談藝錄》。

⑲宋・蘇軾：《答謝民師書》。

⑳金・趙秉文：《竹溪先生文集引》，見《閑閑老人滏水集》。

㉑明・李東陽：《懷麓堂詩話》。

㉒《左傳・襄公二十五年》。

㉓梁・劉勰：《文心雕龍・通變》，灕江出版社，1982。

㉔《禮記・表記》，四部叢刊本。

㉕錢鍾書：《管錐編・毛詩正義・河廣》。

㉖宋・蔡夢弼：《草堂詩話》卷一。

㉗梁・劉勰：《文心雕龍・定勢》。

㉘梁・劉勰：《文心雕龍・詮賦》。

㉙《唐書・李確傳》。

㉚清・袁枚：「凡作人貴直，而作詩文貴曲。孔子曰：『情欲信，辭欲
　巧。』孟子曰：『智譬則巧，聖譬則力。』巧即曲之謂也。崔念陵詩
　云：『有磨皆好事，無曲不文星。』洵知言哉！」（《隨園詩話》卷
　四）

㉛漢・司馬遷：《史記・汲鄭列傳》。

㉜唐・劉兼《誠是非》：「巧舌如簧總莫聽，是非多自愛憎生。」

㉝《尚書・皋陶謨》：「何謂乎巧言令色孔壬。」孔子云：「巧言令
　色，鮮矣仁。」（《論語・學而》）

㉞《論語・衛靈公》。

㉟《莊子・人間世》。

㊱《詩經・小雅・巧言》：「巧言如簧，顏之厚矣。」《後漢書・陳蕃
　傳》：「夫讒人似實，巧言如簧，使聽之者惑，視之者昏。」

㊲元・王實甫：「對人前巧語花言，沒人處便想張生，背地裡愁眉淚
　眼。」《西廂記》）

㊳太平天國・洪仁玕等《戒浮文巧言諭》：「言貴從心，巧言由來當
　禁。」

㊴宋・歐陽修：《六一詩話》。

㊵清・趙翼：《甌北詩話》。

㊶宋・范溫：《潛溪詩眼》。

㊷清・劉師培：《南北文學不同論》。

㊸梁・劉勰：《文心雕龍・徵聖》。

㊹《周易・繫辭下》，四部叢刊本。

㊺漢・王充：《論衡・對作篇》。

㊻晉・陸機《文賦》：「其會意也尚巧，其遣言也貴妍。」

㊼梁・沈約：《潛衰草賦》。

㊽梁・劉勰：《文心雕龍・諸子》。

㊾宋‧歐陽修：《代人上王樞密求先集序書》，見《歐陽文忠公書》。

㊿宋‧歐陽修：《六一詩話》。

㍿宋‧歐陽修：《答吳充秀才書》。

⑤宋‧陸游：《上辛給事書》，見《渭南文集》。

⑤宋‧陳師道：《後山詩話》。

⑤明‧李東陽：《懷麓堂詩話》。

⑤明‧王驥德：《曲律‧論套數》。

⑤唐‧陳子昂：《登幽洲州臺歌》。

⑤蘅塘退士：《新評唐詩三百首》。

⑤盧藏用：《陳氏別集》。

⑤唐‧劉禹錫：《憶江南》。

⑥清‧況周頤：《蕙風詞話》。

⑥俞陛雲：《唐五代兩宋詞選釋》。

⑥陳廷焯：《別調集》卷二。

⑥鄭頤壽：《新編修辭學‧後記》，見鄭頤壽、林承璋主編《新編修辭學》，632頁，鷺江出版社，1987。

⑥田志偉：《朦朧詩縱談》，163頁，遼寧大學出版社，1987。

⑥同上，175～176頁。

⑥鄭敏：《詩的內在結構》，見《文藝研究》，1982（2）。

⑥同⑥，176頁。

⑥漢‧劉安：《淮南子‧說林訓》。

⑥謂不合時宜，見漢‧王充《論衡‧逢遇》。

⑦夏天柳絮早已過時，謂不合真實。見清‧王端履：《重論文齋筆錄》。

⑦鷓鴣怕濕，不會在雨天飛過，謂不合真實。見明‧郎瑛：《七修類稿》。

⑫牛相鬥時，總是把尾巴搐入兩股間，不會搖擺著尾巴。見宋・蘇軾：《書戴嵩畫牛》。

⑬鳥飛時，脖子和雙腳不會同時伸展，展頸則縮腳，伸腳則縮頸，頸足兩展不真實。見宋・蘇軾：《書黃鑑畫雀》。

⑭喻不顧對象語境，妄發議論。見《建中靖國續燈錄》卷二十二《汝能禪師》。

⑮意為把尿壺放在大門口，不適境，不得體。見清・袁枚：《隨園詩話》卷六。

⑯以上諸例，均諸名家批評不適境、不真實（不誠）、不美的用語。此類弊病還很多，請閱拙編《辭章學辭典・分類目錄索引》，76～77頁。

⑰《唐摭言》卷五。

⑱「底」謂背景，「圖」是背景上的景物。這是臺灣仇小屏博士總結的新理論，見其博士學位論文《時空設計美學》。

「四六結構」與言語規律

　　宇宙萬物，無不有律，言語也一樣，也有它的規律，這就是言語律。它是言語活動、言語教學的指針，是言語理論中帶根本性的課題。研究總結言語律，對於辭章學與修辭學的體系建設，促進辭章學與修辭學的發展，都具有重要的意義。筆者曾用言語規律論析語法與修辭的關係，奉請鄭子瑜先生指正。①

一、論言語規律——兼呈鄭子瑜先生②

　　言語律有總律，有分律。總律是分律的概括，分律是總律的具體化。總律，從「四六結構」的宏觀言，也就是「誠美律」；它統帥著內律、外律、化畸律及其各種分律。隨著語言的發展，分律日益繁多，但是都要受到總律的制約。分律是言語手段構成的規律，如借代律、排比律、比興律、象徵律等等。任何一種言語及其現象，都上屬於總律，又下屬於某一分律。本節僅以古漢語為例，說明從古以來，不管什麼人，都要自覺或不自覺地遵循言語的規律③。

(一)內律

　　內律與「四六結構」也有關係，但它主要著眼於話語元，

是話語內部結構的規律。內律有兩條：常格律、變格律。

1.常格律

常格律是一般的言語規律。它根據「守經」的原則，也就是根據語音學、詞彙學、語法學、邏輯學等常規對語言進行結構、選擇、加工和理解、鑑識，以求得最佳效果的規律；常格的言語現象，字面、字裡是一致的，也就是可以從字面來理解的。常格律運用的範圍最廣，頻率最高。王銍《默記》云：

> 熙寧初，歐公作史照《峴山亭記》，以示章子厚。子厚讀至「元凱銘功於二石，一置茲山，一投漢水」。曰：「一置茲山，一投漢水」亦可，然終是突兀。惇欲改曰：「一置茲山之上，一投漢水之淵」爲中節。文忠公喜而用之。

表達者歐公原作「一置茲山，一投漢水」，文法（語法，下同）「亦可」；但鑑識者子厚認爲聲音局促，顯得突兀；如改作「一置茲山之上，一投漢水之淵」，則平仄協調，聲音悠揚，鏗鏘悅耳。這是「守」語音學之「經」的言語。

陶岳的《五代史補》云：

> 齊己，長沙人……時鄭谷在袁州，齊己因攜所爲詩往謁焉。有《早梅詩》曰：「前村深雪裡，昨夜數枝開。」谷笑謂曰：「數枝非早，不若一枝則佳。」齊己矍然，不覺兼三衣叩地膜拜。自是士林以谷爲齊己一字師。

表達者齊己以「昨夜數枝開」來描寫早梅；鑑識者鄭谷以爲

「數枝非早，不若一枝」。顯然「一枝」突出了「梅」開得「早」這一題旨。「數」與「一」都合乎詞彙用法的常規，這是「守」詞彙學之「經」的言語。阮閱的《詩話總龜》云：

> 賈島初赴舉，在京師。一日，於驢上得句云：「鳥宿池中樹，僧敲月下門。」又欲作「推」字，煉之未定。於驢上吟哦，引手作推敲之勢，觀者訝之。時韓退之權京兆尹，車騎方出。島不覺行至第三節，尚爲手勢未已。俄爲左右擁至尹前，島具對所得詩句，「推」字與「敲」字未定，神遊像外，不知迴避。退之立馬久之，謂島曰：「『敲』字佳。」

此詩（《題李凝幽居》）敘趨訪之事，表「幽居」之旨。月夜訪友，如果不宣而入，則有違禮節，故「推」字不合情境。「將入門，聲必揚」，先敲門待主人招呼後才進入，這是一般的常識。深山月夜，萬籟俱寂，敲門聲起，空谷傳響，宿鳥飛鳴。真是響中寓靜，更見環境之靜謐，突出「幽居」之題旨。「推……門」與「敲……門」，都合乎句子結構常規，都是「守」語法學之「經」的言語，但以後者辭章效果為佳。顧嗣立的《寒廳詩話》云：

> 張橘軒詩：「半篙流水夜來雨，一樹早梅何處春？」元遺山曰：「佳則佳矣，而有未安。既曰『一樹』，烏得爲『何處』？不如改『一樹』爲『幾點』，便覺飛動。」

前面說「一樹早梅」，可見春已來到；後面又說「何處春」，前

後牴牾，尚「有未安」。改「一樹」為「幾點」，表達周密。這是「守」邏輯學之「經」的言語。

言語事實證明，常格律要「守」多種學科之「經」。辭章實踐與修辭活動，都不以「守經」為滿足，總是要在「守經」的基礎上，對語言進行結構、選擇、加工，鑑識、破譯其深層信息，以求最佳的辭章效果。古代是這樣，現代也是如此。從「守經」講，辭章學、修辭學與語音學、詞彙學、語法學、邏輯學等學科有聯繫，但從辭章效果而言，則又要對各種「守經」的言語有所選擇、取捨，這說明辭章學、修辭學與語音學、詞彙學、語法學、邏輯學等學科又有區別。只講「聯繫」不問「區別」，勢必混淆學科的界限；只講「區別」不管「聯繫」，勢必困死辭章學、修辭學，失去實用的價值。

2.變格律

變格律是特殊的言語規律。它是講究「權宜」的，也就是研究突破語音學、詞彙學、語法學、邏輯學的常規，以尋求最佳辭章效果的規律；變格的言語現象，字面、字裡是不一致的，也就是不能從字面來理解的。它也表現在言語的各個方面。

語音是語言的物質外殼。如果讀錯音或別音，就會「音不達意」。可是有時卻故意實錄其錯別音，以增強辭章效果。《史記·張丞相列傳》云：

> 帝欲廢太子，而立戚姬子如意為太子。大臣固爭之，莫能得；上以留侯策即止。而周昌廷爭之強，上問其說。昌為人吃，又盛怒，曰：「臣口不能言，然臣期……期……知其不可。陛下雖欲廢太子，臣期……期……不奉

詔。」

漢高祖要廢太子，而立戚姬之子如意為太子，大臣們不同意。表達者周昌十分激動，把「臣蕠知其不可……臣不奉詔」說成「臣期……期……知其不可……臣期……期……不奉詔」。蕠，極也，甚也。上句意即「臣極知其不可」，周昌誤講「蕠」為「期」。由於激怒，說成「期……期……」「期……期……」形容口吃，說話蹇澀，把周昌的口吻、神態逼真地描摹下來了。司馬遷故意實錄別音（寫在書面上就是別字），來描寫人物，十分生動。而鑑識者不致於誤解，是因為有其特殊的語境：周昌口吃，又適盛怒。這是非別（又叫「飛白」）律的運用，是突破語音學常規的言語。

詞語有其固定的結構形式和內容，言語應該「守」這個「經」。但是說寫者有時卻故意突破常規，伸縮離合字形詞形，聽讀者則不能按照詞語表面的意義去理解。東漢時童謠唱道：

　　千里草，何青青；十日卜，不得生。

這是隱語。《後漢書‧五行志》范曄按：「『千里草』為『董』；『十日卜』為『卓』。」它有意拆開字形，暗示董卓將亡。蘇東坡的《念奴嬌‧赤壁懷古》寫：

　　羽扇綸巾，談笑間，檣櫓灰飛煙滅。

「檣櫓」又作「強虜」。「檣」是桅杆；「櫓」是安在船梢或船旁，靠人搖使船前進的工具。而在這首詞中，不用這些詞彙

義，指的是曹操的戰船和軍隊。這些例子，都突破了文字學、詞彙學的常規，它們是按照析字律與借代律來運用的。

　　句子的結構也有其規律。其中重要的一條，就是成分應該配搭恰當，否則就是病句。可是，有時卻故意突破常規。陸游的《過采石有感》寫：

　　　　明日重尋石頭路，醉鞍誰與共聯翩。

岳飛的《滿江紅》寫：

　　　　怒髮沖冠，憑欄處，瀟瀟雨歇。

「醉」與「怒」都只能與人配搭，上兩例卻依次移來同「鞍」與「髮」配搭。這是突破語法常規的言語，是移就律的運用。

　　語言的運用，還應該合乎邏輯。可是有時卻故意突破邏輯常規。《史記·屈原列傳》云：

　　　　舉世混濁而我獨清，眾人皆醉而我獨醒。

「舉世」包含「我」。上例表面不合邏輯，但在特定的語境裡不會造成誤解，而且「清」「濁」對比還有強調的作用。這是突破邏輯學常規的言語。

　　上述諸例，僅僅是舉隅性質的，此類用法還很多，如鑲嵌、仿語、反語、雙關、節縮、變性、拈連、比喻、比擬、誇張等，都屬於這類用法。

　　變格是「權宜」的言語，它要靠一定的語境而存在，要靠

特殊的結構模式以見意，而形成各自特殊的分律。這些分律的總和就是變格律。對於變格的言語，鑑識者要根據語境尋求其深層信息，言外之意，弦外之音。

常格律與變格律，是對立而又統一的，它是事物的一般性與特殊性在言語規律上的體現。任何成功的語言結構，都不能離開這兩條規律。

(二)外律

外律，是適切運用語言以收到最佳辭章效果的規律，它突破了話語元，是關聯「四元」的規律。外律有兩條：表心律、適境律。

1.表心律

表心通意律，簡稱表心律，是有效、高效地表達、理解話語中心，使說寫、聽讀雙方通情達意的規律。言語結構是形式，是信息的載體，而「話語中心」是內容，是說寫者所要表達、聽讀者所要理解的信息。信息包括語句篇章的意義、思想、感情。孔子說：「情欲信，辭欲巧。」④劉勰說：「故情者，文之經；辭者，理之緯。經正而後緯成，理定而後辭暢。此立文之本源也。」⑤他肯定「為情而造文」，反對「為文而造情」⑥。這些論述都是很有見地的。陶宗儀《說郛》記載，有個書生，寫了一首排律，其中有句云：

舍弟江南沒，家兄塞北亡。

這兩句，如果單從結構言，合乎對偶律。可是，當人讀後，十分同情地對作者說「不意君家凶禍並重如此」時，作者卻笑著

說：「實無此事，但求屬對親切耳。」也就是他只顧內律，而不管外律（表心通意律），造成表達不妥、理解乖誤的後果。這理解的乖誤是表達者造成的。因此成為千古笑話⑦，可為作文者戒。這是反面的例子。下面再看看善於運用表心通意律的範例。《呂氏春秋‧貴公》篇云：

> 荊人有遺弓者，而不肯索，曰：「荊人遺之，荊人得之，又何索焉？」孔子聞之曰：「去其『荊』而可矣。」

「荊人」與「人」，範圍不同：前者小，後者大。楚王以楚國為懷，孔子推而及之天下。作為讀者的劉向善解其意，他在《說苑‧至公》篇說：「仲尼聞之，曰：『惜乎其不大？亦曰「人遺弓，人得之」而已，何必楚也！』仲尼所謂大，公也。」由「荊人」到「人」，前後意義的變化不小，它表意深刻了，劉向理解確切了。《雙竹居雜話》云：「沈文肅公葆楨，年少時頗跌宕不得所，相傳其早年有《詠新月詩》云：『一鈎已足明天下，何必清輝滿十分。』其蘊負約略見之矣。」後來，作為讀者的林則徐把「必」字改為「況」字，變成：「一鈎已足明天下，何況清輝滿十分。」原詩自是、自足、自負，改詩自信、自豪、自強，前後感情色彩迥異，境界確有「霄壤之別」。理解者幫助表達者、促進表達者；而作為理解者轉為第二個表達者，第一個表達者又轉為第二個理解者，讀寫雙方造成了表心通意的良性循環，連我們這樣的讀者、理解者也從中受到教益。

上述諸則，原句都合乎內律——結構律，但表達效果不好；改作不僅合乎內律，也合乎外律——表心律，給解讀者好

的影響，而成了寫作與鑑識的佳話。由此可見，言語不囿於同義的變換，它總是「以意遣辭，以辭抒意」，做到辭意有機地結合。當然，「表心」要受到作者與讀者的立場、觀點、思想、感情、學識、才華等主觀因素的影響，要用好表心律，必須加強思想修養，才能做到「文質彬彬」。

2.適境律

適境，就是適合言語環境。要使之「適合」，就要適應、選擇、改造甚至創造語境，既有被動的，也有主動的，使主觀與客觀達到對立的統一。適合言語環境的規律，就是適境律。言語環境，也可以用傳統的說法來概括，就是「誰在何時何地對誰說什麼話」來理解。這裡可以分解為兩大因素，一是表達、理解的主觀因素，一是表達、理解的客觀因素。

表達的主觀因素，就是上文的第一個「誰」字。「辭如其人」，各人的情況不同，言語特點也就有差別。施補華的《峴傭說詩》云：

> 三百篇比興爲多，唐人猶得此意。同一詠蟬，虞世南「居高聲自遠，端不借秋風」，是清華人語。駱賓王「露重飛難進，風多響易沈」，是患難人語。李商隱「本以高難飽，徒勞恨費聲」，是牢騷人語。比興不同如此。

這裡所講的「比興」，實即比擬。比擬要因物寓意。同一甬蟬，因人不同，所寓之意也就有差別。虞世南官至秘書監，社會地位很高，又得到唐太宗的讚賞，美名遠揚。「居高聲自遠，端不借秋風」，就是他的思想、地位的反映。駱賓王因上書議論朝政，被誣入獄。他深感「時路艱虞，遭時徽纆」⑧，

有足難走,有口難言,因此發出「露重飛難進,風多響易沉」的哀嘆。李商隱曾任東川節度使等職,因受牛李黨爭影響,被人排擠,潦倒終生。「本以高難飽,徒勞恨費聲」,正是他生活清苦、知音難覓、怨恨不已的牢騷。鑑識者施補華深明這些背景,指出:同一詠蟬,同用比擬,而意趣各殊。這就是適應了他們各不相同的主觀因素的結果。

表達的客觀因素,就是上文所講的「何時何地對誰說什麼話」。宋子京的《新唐書》云:

> 州有孟瀆,久淤。簡治導,漑田凡四千頃。

這段記載,忽略了表達的時間因素,很容易導致理解者的失誤。事實上「久淤」的常州之瀆不叫「孟瀆」,「孟簡」治導後,「州人德之」,才名「孟瀆」。清人洪亮吉的《曉讀書齋初錄》云:

> 州有瀆久淤,簡治導,漑田凡四千頃,州人遂名為孟瀆。

這樣表達,「瀆」與「孟瀆」的前後時間關係就清楚了。

《戰國策‧趙策》描寫觸龍巧妙說服趙太后,讓長安君為質於齊的經過。他先以自己愛子之心感動太后。他說,自己的孩子舒祺:

> 十五歲矣,雖少,願及未填溝壑而託之。

這樣,以己喻人,叩動了聽者太后的心弦,使之「笑」了,才對太后說:

> 今媼尊長安君之位,而封之以膏腴之地,多予之重器,而不及今令有功於國;一旦山陵崩,長安君何以自託於趙?

趙太后終於醒悟了,說「『諾,恣君之所使之!』於是為長安君約車百乘,質於齊」。觸龍善於因境設言,他兩次講到「死」——死,人之所忌,因此用了委婉的說法——說自己用「填溝壑」,說太后則用「山陵崩」。這完全符合說者與聽者的心理與身分。因此收到了良好的辭章效果。這些,都是適境律的運用。

(三)綜合律

綜合運用內律、外律以增強聽說、讀寫辭章效果、修辭效果的規律,就是綜合律。綜合律,從正面講,有得體律、合格律;從反面講,有化畸律。

1.得體律

語體、文體(合稱「辭體」)得宜的規律,簡稱「得體律」。

「得體」之說,不是筆者的杜撰。古今學者都注意到了。徐渭在《南詞敘錄》中指出:「夫曲本取於感發人心,歌之使奴童婦女皆喻,乃為得體。」他認為「世有不可解之詩,而不可令有不可解之曲」。這是就「曲」這一文體而發的。袁暉教授說:劉祁闡發了《文心雕龍·定勢》的觀點:「文章各有

體，本不可相犯欺。故古文不宜蹈襲前人成語，當以奇異自強。四六宜用前人成語，復不宜生澀求異。如散文不宜用詩家語，詩句不宜用散文言。律詩不宜犯散文言，散文不宜犯律賦語，皆判然有異。如雜用之，非惟失體，且梗目難通。」⑨這裡的「失體」與上文的「得體」恰可相對⑩。程祥徽教授說：「特定的人在特定的場合中首先考慮的是說得體的話。得體之『體』可以理解為語體之體。說得體的話，就是說合乎語體特徵的話。」⑪筆者的「得體律」是從古今言語活動及相關理論中總結出來的，又得到許多今賢的認可，另有論文專談，不贅。

　　言語得體律。從辭章講，「文章以體制為先，精工次之。失其體制，雖浮聲切響，抽黃對白，極其精工，不可謂之文矣。」⑫相傳，揚州兩兄弟對月吟詩。弟弟吟道「月光如水照揚州」。可是，哥哥認為，月光普照天下，豈只照在揚州，就把它改為「月光如水照揚州等地」。這兩句從結構講，都沒有毛病，也都合乎內律。但從適合語體、文體的特徵來講，則有優劣之分。詩，屬於藝術體，它要用藝術思維，要求浮想聯翩，「神與物遊」，「吐納珠玉之聲」、「捲舒風雲之色」，要求「尋聲律而定墨」，「窺意象而運斤」⑬。「月光如水照揚州」，就合乎這個要求。而「月光如水照揚州等地」，用的是邏輯思維，雖然表達的內容準確、周密，但聲律不協，興味索然。蘇東坡的《念奴嬌·赤壁懷古》描寫：

　　　故壘西邊，人道是三國周郎赤壁。……遙想公瑾當年，小喬初嫁了，雄姿英發。

《新經》云：「今江漢間言赤壁者有五：黃州、嘉魚、江夏、漢陽、漢川。」⑭三國赤壁之戰的赤壁在嘉魚，博學多才的蘇軾是知道的。當年他被貶黃州，就以黃州赤壁為古戰場，借題發揮，而巧妙地用上「人道是」三個字，暗示這是傳說的。赤壁之戰（西元208年），小喬已嫁與周瑜近十年，「初嫁了」，巧用模糊語「初」字來敘述，以點綴一個美人，突出「雄姿英發」的儒將形象。這從藝術體來講，是允許的。但如果從作為實用體的歷史著作來講，就不妥當了。史書「其文直，其事核，不虛美，不隱惡」⑮，必須「按實而書」⑯。《史記·鄧通傳》：「文帝崩，景帝立。」文景相繼，一崩一立，這是得體的。而《賈生傳》云：「孝文崩，孝武皇帝立。」文帝與武帝之間，尚隔一景帝（在位16年），一崩一立，就不相承，有違史實，這就失體了。

藝術體，在內容上表現出情意性（感情性、主觀性），在語言上表現出形象性、生動性、變異性、音樂性、多樣性、獨創性⑰；實用體，在內容上表現出理智性（科學性、客觀性），在語言上表現出抽象性、明晰性、準確性、周密性、術語性⑱。藝術體主要用藝術思維；實用體主要用邏輯思維；藝術體要給人以藝術的美感；實用體要給人以理智的啟迪。融合體介於藝術體和實用體之間⑲。這是得體律應該注意的。

內律與外律也是對立統一的。言語必須既合乎內律，又合乎外律，缺一不可。

2.合格律

符合風格色彩的規律，就是合格律。風格是運用各種風格要素（簡稱「格素」）⑳所形成的言語的氣氛和格調，是言語特徵的綜合表現。合格律是對上述諸律的綜合運用與優化。風

格包括文章風格、言語風格，言語風格含語體風格、表現風格[21]，「得體律」已講了適合語體、文體風格的特徵，這裡的「合格律」專指合乎表現風格的規律。是簡約抑或繁豐，是樸實抑或絢麗，是明快抑或含蓄，是莊嚴抑或詼諧，是豪放抑或柔婉，這都是合格與否要講究的內容。它是語言學的最高層面。形成風格，是作家成熟的標誌，是他的作品可以在萬紫千紅的文學百花園中鬥艷競芳的合格證書，可以「傳遠」的最硬翅膀。「故君子曰：『《春秋》之稱，微而顯，志而晦，婉而成章，盡而不汙，懲惡而勸善。非聖人誰能修之？」[22]這講的是含蓄的風格，《春秋》的這種風格只有孔聖人才「能修之」。

風格同內律之修辭格式、修辭方法（包含語音的協調、詞語的錘煉、句式的選擇、句群的組織、篇章的結構）、語體的形式這些外現形態格素有關[23]。

魏·曹丕說：「蓋奏議宜雅，書論宜理，銘誄尚實，詩賦欲麗。」[24]這是從外現形態格素之文體特徵論風格，雖然不很辯證（例如「詩」體也有「麗」之外的其他風格），但抓住了總的趨勢。

風格同語境等形成的內蘊情志格素也有關係。劉勰說：「喪言不文」[25]。是從具體的場景氣氛論風格。他還說：「夫三皇辭質，心絕於道華；帝世始文，言貴於敷奏；三代、春秋，雖沿世彌縟，並適分胸臆，非牽課才外也。」[26]這是從時代因素論風格。李延壽說：「江左宮商發越，貴乎清綺；河朔詞義貞剛，重乎氣質。」[27]這是從地域特點論風格。

辭章活動，合乎風格形成的規律，使風格適切、和諧、鮮明，是言語修養的高標準、嚴要求。

3.化畸律

違反內律、外律、得體律、合格律的，就是畸格，是表達得不妥當，甚至有錯誤使人不易理解，甚至歧解、誤解的言語。對畸格下一番轉化的工夫，使之合乎內律、外律和綜合律，就是「化畸」。化畸的規律就是化畸律，它是又一種綜合的運用。王若虛的《滹南遺老集》卷二十四《新唐書》辨下引：

> 《王璵傳》云：（琚）「自傭於揚州富商家，識非庸人，以女嫁之。」

「自傭」的主語承前文省，為「王璵」，「識非庸人」的主語可能產生歧義，或承主語「王璵」省，或承「於」的賓語「富商家」省，使人捉摸不定，這是畸格的。王若虛謂「識」字上當有「其家」或「其主」等字。這就化畸格為常格了。《晉書·列女王凝之妻謝氏傳》云：

> 謝氏字道韞，安西將軍奕之女也。嘗內集，俄而雪驟下。安曰：「何所似也？」安兄子朗曰：「散鹽空中差可擬。」道韞曰：「未若柳絮因風起。」安大悅。

大雪紛紛何所似，這是一個命題。謝朗答曰：「散鹽空中差可擬。」謝道韞則云：「未若柳絮因風起。」從內律言，鹽是菱形的，其質重，撒下時不能因風飛舞；而鵝毛雪形似柳絮，其質輕，因風則飄飄揚揚。因此，前者比喻欠貼切，後者則酷似。再從外律言，這寫的是官家子女在欣賞飛雪時的情趣。他

們「坐高堂，飫肥鮮，衣輕裘」，心情愉悅，儘管還在嚴冬，卻有春光融融之感。「散鹽空中」與這情景不合，而「柳絮因風」則情景相融。把「散鹽空中」改為「柳絮因風」，就化畸格為變格了。

語言的表達，很難出口成章，一字不易。即使是名家，也會出現畸格。出現畸格，就要轉化，使之向常格或變格飛躍。

㈣研究、總結言語律的意義

言語律的研究，對於言語實踐與教學，對於辭章學與修辭學的科研，都具有重要的意義。

1.有助於辭章實踐與修辭活動

辭章實踐與修辭活動都必須遵循言語律，在遵守誠美律的總要求下，還要遵循內律、外律、綜合律。遵循內律是前提。內律有「守經」的常格律，有「權宜」的變格律。辭章實踐與修辭活動，一方面要「守經」，例如寫別字、念別音，生造或拆散詞語，句子成分搭配不當，等等，都是違「經」的，因此，要借助語音學、文字學、詞彙學、語法學的規律予以轉化，使之不僅表達得「對」、表達得「通」，而且表達得「好」；讓鑑識者能夠適切地理解。另一方面，又可「權宜」，也就是遵循變格律，有意突破語音學、文字學、詞彙學、語法學的一般規律，力求表達得「巧」，表達得「妙」；讓鑑識者能夠深入地理解。同時，還要遵循外律，以處理好形式與內容，表達、鑑識與語境，言辭與語體、文體的關係，以充分發揮語言的社會功能，收到最佳的辭章效果。進一步，還要遵循合格律，形成適切的優良的風格。辭章與修辭活動的過程，往往有成有敗，辭章效果有優有劣，化畸律則要化敗為成、化劣

為優，對不理想的表達下一番「補天」之功。言語規律，是辭章與修辭活動的指南。

2.有助於語言教學

科學研究越深入，門類的劃分也就越細。但任何科學都不是孤立的，它必然與其他學科有聯繫。辭章學、修辭學與語音學、文字學、詞彙學、語法學之間的關係也是這樣。表現在教學上，就要處理好它們之間「分」與「合」的關係。「分」有分的好處，這有助於學習各科的知識、技能，掌握其理論和規律。但如果處理不當，把這些學科隔絕開來，「各自為政」，辭章與修辭活動也就被困死了。「合」，有合的好處，這有利於融會貫通。但如果只是按語音、文字、詞彙、語法的順序講下去，這只是前後「接合」；如果講語音、文字、詞彙、語法時也講些修辭，講修辭時，也講些語音、文字、詞彙、語法，這只是機械的「接合」，都是不理想的；「如果能用常格與變格的規律來講修辭」[28]，常格講合乎常規的修辭，變格講突破常規的修辭，前者講「守經」，後者講「權宜」，由常到變，常變結合，這「就更有助於處理好修辭學與有關學科『分』與『合』的問題。這樣，即使『分』了，不致於兩者『分離』、『分隔』；這樣的『合』，就不是一般的『結合』，更不是機械的『接合』，而是有機的『融合』。這樣，教學的效果就會更好些」[29]。事實證明，這種做法是可取的。吳士文、馮憑主編的《修辭語法學》[30]就是這樣做的。語言學家張志公先生就肯定了這樣的「融合」[31]。辭章與有關學科的關係，也是這樣。

3.有助於學術研究，開拓新的領域

言語有規律可循。以「四六結構」為依據，以言語律為綱，可以進行多方面多角度的研究，建立修辭學與辭章學的新

體系，開拓修辭學與辭章學的新領域。

(1)以常格律為核心，研究對語言進行結構、選擇、加工與破譯、鑑識、反饋（廣義的，反饋給原表達者或社會，下同），以增強修辭效果、辭章效果的方法和規律，來建立常格修辭學、常格辭章學。

常格修辭、常格辭章，都是「守經」的。如上文所引「一置茲山之上，一投漢水之淵」，「昨夜一枝開」，「僧敲月下門」等例，都是「守」語音、詞彙、語法等科之「經」的。但不是一切「守經」者，修辭效果、辭章效果都是好的，如上文所引「一置茲山，一投漢水」、「昨夜數枝開」、「僧推月下門」等。陳望道先生說：「文法貴乎守經，修辭則側重權宜。」[32]這種「守經」、「權宜」之說用了「貴乎」與「側重」來修飾，並沒有把語法與修辭絕對化，而如果簡單地一概否定「守經」的為修辭，則把語法、修辭的關係割絕了。這是不符合辯證法的。從語體而論，實用體的修辭，幾乎全部是「守經」的，融合體也以「守經」為主，即使是藝術體，除了「權宜」之外，還有不少「守經」的。否定所有的「守經」之語為修辭，無異於說明：幾乎全部實用體、大部分融合體和一部分藝術體無須修辭。這一理論，不合言語事實，不利於指導修辭實踐與辭章活動。我們認為常格修辭與常格辭章使用頻率最高，運用範圍最廣，應該加強研究，以建立起科學的體系。

(2)以變格律為核心，研究對語言進行結構、選擇、加工與破譯、鑑識、反饋，以增強修辭效果、辭章效果的方法和規律，來建立變格修辭學、變格辭章學。

過去對變格修辭的研究較為重視，但還不夠系統化，不夠深入，還有待於進一步整理、總結、充實，以便在建立變格修

辭學的基礎上建立變格辭章學。

變格與畸格是鄰居。變格用得不好，就會滑入畸格。例如「年在紈綺」[33]，「震霆不及塞耳」[34]，原來想用變格修辭，但「紈綺，貴戚子弟之服耳。劉子玄自述其兒童時事云：『年在紈綺』，此何謂哉？」[35]「紈綺」用詞不當，其意不達，讓人費解。「易『疾雷』為『震霆』，易『掩』為『塞』，不惟失真，且其理亦不安矣。雷以其疾，故不及掩耳，而何取於震？掩且不及，復何暇塞哉？此所謂欲益反弊者也。」[36]此類語，「直欲句句變常，此其所以多戾也」[37]。

變格與常格是相對的。一方面要明確「辭以不常為美」[38]，「意翻空而愈奇」[39]的變格效果，但要以運用適切為前提；另一方面又不要過分「異於常」[40]，「惟異是求」，否則，「則怪字語詭僻，殆不可讀，其事實則往往不明，或乖本意」[41]。因此常、變要適宜，才能做到拙與巧、質與華的協調、統一。

變格要得體。變格是文藝修辭、文藝辭章的特性之一[42]，尤以詩歌多用之。實用體和融合體，卻以常格修辭為主。有些修辭理論，看來似乎對立，但若因體辨析，卻是統一的。以「實錄」（常格修辭）為例，各家褒貶不同。劉勰云：「言徵實而難巧」[43]，他貶「實」。這是從文藝創作而言。李諤說的「只宜實錄」[44]，李翔所謂「史遷之實錄」[45]則褒「實」。這是就公文語體、史傳文章而言。變格要得體，才能進一步處理好拙與巧、質與華、實與虛的對立統一的關係。

變格有時代性。時過境遷，不僅變可化常，常可化變；而且畸可化變，變可化畸。「馬牛皆百匹」[46]、「潤之以風雨」[47]、「大夫不得造車馬」[48]之類，是「從一而省文」的「並言」法，在古代是「約定俗成」的；而在現代則不適宜了。古代常

用官職、地名代人名，常用階級觀念明顯的諱辭、謙辭等，現在一般也不用了。

變格修辭學、變格辭章學還有許多問題值得研究。

(3)用化畸律為核心，研究修辭、辭章與風格的規範問題，以建立規範修辭學、規範辭章學。

修辭規範與語法規範有相同處，也有相異處。合乎語法規範的常格修辭，只是規範修辭的一部分。規範修辭還包括突破常規的變格修辭，突破語音學、文字學、詞彙學、語法學、邏輯學、心理學的一般規律的修辭。語法規範，只管句子內部結構，而修辭規範除了要受內律制約外，還要受外律制約，它不限於句子內部結構。

因此，規範修辭、規範辭章有廣義、狹義之分。凡是合乎言語律（內律與外律）的，也就是一切成功的修辭、成功的辭章，都是規範修辭、規範辭章，這是廣義的；由畸格轉化為合律的修辭、辭章，也就是以化畸律為核心的修辭、辭章，是狹義的。目前，還應研究狹義的規範修辭、規範辭章，以填補修辭學、辭章學的空白。

(4)以常格、變格為綱，來統帥所有修辭現象、辭章現象，可以建立修辭學、辭章學的新體系。1982年出版的拙著《比較修辭》與1985年出版的《修辭語法學》（吳士文等主編），就是這樣做的。如果進一步以化畸律、常格律、變格律為綱，也就是研究「零點以下」→「零點以上」的修辭現象、辭章現象，還可建立一個新的修辭學體系、辭章學體系，使修辭、辭章具有更大的實用價值。這方面的許多理論問題，將另文專論。

(5)根據語體之得失、風格之優劣，研究語體從失體到得體、風格從「低下」到「優良」的方法和規律，可以建立語體

優化學、風格優化學㊾。

　　(6)畸格、常格、變格可以互相轉化，其中有六對轉化是成功的；有三對轉化是失敗的。六對是「畸格→常格」，「畸格→變格」，「常格→常格」，「常格→變格」，「變格→變格」，「變格→常格」；三對是「畸格→畸格」，「常格→畸格」，「變格→畸格」。這九種變化，概括了所有的言語現象。前六對變化，只要運用得適切，就都是好的；後三對只有用「化畸律」來規範，向常格或變格轉化，才可達意。

注 釋

①1985年9月24日，新加坡修辭學家鄭子瑜先生，曾給我們來信，要我們談談對語法、修辭結合論的看法。他說：「諸位或是語法專家，或是修辭學家，或是語法兼修辭學家，希望能對此表示各人的意見，在報刊披露出來。好讓我歸納諸位的意見，以便據以修訂將於明年再版的《史稿》，……」語法與修辭的關係，是帶有全局性的課題。因此不揣謭陋，參加討論。拙文《常格與變格》（刊於1982年出版的《福建語言論文集》）已論及此。本文進一步由言語規律來闡明。鄭子瑜教授係日本早稻田大學語學教育研究所研究員，香港中文大學中國文化研究所高級研究員，曾任中國與日本幾所重點大學客座教授，對修辭學深有研究，因呈拙文求教。

②拙著《辭章學概論》把言語規律融化於全書，由福建教育出版社1986年出版。

③拙文《常格與變格》（刊於《福建語言論文集》）、《論文藝修辭學》、《修辭過程說》（收入《修辭學論文集》二、三集）、《〈比較修辭〉是怎樣寫成的》（刊於《大眾修辭》1985年第一期）、《比較修辭》、《辭章學概論》等，以現代漢語為例，從不同角度闡述言語規律。此

文以古漢語為例，以進一步證明言語規律是古今言語的普遍規律。

④《禮記‧表記》。

⑤⑥梁‧劉勰：《文心雕龍‧情采》。

⑦這個故事被收入王利器的《歷代笑話集》。

⑧見其《自序》。

⑨劉祁：《歸潛志》卷八。

⑩袁暉：《中國古代語言風格研究的回顧》，見程祥徽、黎運漢主編：《語言風格論集》，221頁，南京大學出版社，1994。

⑪程祥徽：《風格的要素與切分》，同上，29頁。

⑫倪正父語，轉引自吳訥：《文章辨體序說》。

⑬梁‧劉勰：《文心雕龍‧神思》。

⑭見《太平御覽》引《江圖經》。

⑮漢‧班固：《漢書‧司馬遷傳》。

⑯梁‧劉勰：《文心雕龍‧史傳》。

⑰鄭頤壽：《論文藝修辭學》，《修辭學論文集》第二集，福建人民出版社，1983。

⑱⑲鄭頤壽：《語體劃分概說》，《福州師專學報》，1985（1-2）。

⑳1993年8月8日至12日，中國修辭學會和河北省修辭學會在北戴河舉辦「張弓修辭學思想國際研討會」，筆者向大會提交了《論「體素」與「格素」》的論文，刊於《鐵嶺師專學報》，1994(1)。2000年7月26～30日，中國修辭學會在廣州暨南大學舉辦「國際學術研討會暨學會成立20周年紀念大會」，筆者又提交了《格素論》一文，刊於《邁向21世紀的修辭學研究》，廣東人民出版社，2001。

㉑鄭頤壽：《論文章風格與言語風格》，同⑨，174頁。

㉒《左傳‧成公十四年》。

㉓鄭頤壽：《新編修辭學‧結語》，631～632頁，鷺江出版社，1987。

㉔魏‧曹丕：《典論‧論文》。

㉕梁‧劉勰：《文心雕龍‧情采》。

㉖同上，《養氣》。

㉗李延壽：《北史‧文苑傳》。

㉘㉙鄭頤壽：《常格與變格》，《福建語言論文集》，1982。

㉚吳士文、馮憑主編：《修辭語法學》，吉林教育出版社，1985。

㉛張志公：《修辭語法學‧序》，吉林教育出版社，1985。

㉜陳望道：《文法簡論》，《陳望道文集》第二卷，上海人民出版社，1980。

㉝劉知幾：《史通‧自敘》。

㉞宋子京：《新唐書》。

㉟㊱㊲王若虛：《滹南遺老集》。

㊳晉‧葛洪：《抱朴子‧辭義》。

㊴梁‧劉勰：《文心雕龍‧神思》。

㊵皇甫湜：《答李生第一書》。

㊶金‧王若虛：《滹南遺老集》。

㊷鄭頤壽：《論文藝修辭學‧變異性》。

㊸梁‧劉勰：《文心雕龍‧神思》。

㊹隋‧李諤：《上隋煬帝草文華書》。

㊺李翔：《百官行狀奏》。

㊻《左傳‧襄公二年》。

㊼《易‧繫辭》。

㊽《禮記‧王藻》。

㊾鄭頤壽：《論風格的高下優劣》，《古漢語研究》，1998年增刊。

二、再論言語規律①（提綱）
—— 微觀結構律

世界萬物，小自原子，大至星空，都有結構。只有揭示事物的結構規律，才能認識事物；只有掌握事物的結構規律，才能運用這些事物為人類服務。言語也一樣，小自音素、語素、體素、格素、辭素的配合，大至篇章話語的組織、生成、分析、鑑識，直至「四六結構」的各層組合、分解都有結構規律。只有揭示言語的結構規律，才能建構、理解話語，只有掌握言語的結構規律，才能完成聽說讀寫的任務。

言語的結構規律，雖然要運用語言的結構規律，但有區別。言語的結構規律大於語言的結構規律。它除了要運用語言的結構規律外，還要運用修辭、邏輯等方面的結構規律。它不是孤立的、靜態的結構形式，而是一種綜合的動態的結構體系。

言語結構是從言語過程——言語主體、言語環境、言語目的、言語任務等因素，以及編碼、傳遞、解碼、反饋、控制、調整等活動，來建立自己的體系。

言語結構，既是對語言進行選擇、加工、調整、組合和分析、鑑識的創造性的雙向直至立體的結構過程；又是這種活動所構成的言語結果，寫在書面上，就是一段、一篇承載著一定信息的創造性的結構模式。從詞性講，這個「結構」是動詞，又是名詞。

言語結構，也就是辭章結構，它大於修辭結構。修辭結構是組合言語結構的部件。一切修辭活動，都屬於言語結構的實

施過程，一切修辭手段，都屬於言語結構的藝術；一切修辭現象，都是言語結構系統的體現；表達者修辭水平的高低，決定於言語結構能力的大小，接受者鑑識修養水平的高低，決定於對言語結構分析、理解的深淺，因此，研究修辭學、辭章學，不得不研究言語結構規律。

研究言語結構規律，早已引起學者們的注意，只是還未進行全面而系統的研究。陳望道的《修辭學發凡》，譚永祥的《修辭新格》，總結了幾十種辭格，已注意到對辭格結構的分析。吳士文的《修辭格論析》，指出了「修辭格的特定結構問題」。袁暉的《比喻》，唐漱石的《比喻的結構與功能》，劉國泰的《「互文」與「合說」》都已涉及辭格的結構理論。林興仁的《句式的選擇與運用》，從句法的語言結構，引向句式變換的言語結構，這是他「同義結構」理論的實施，王曉平對表達方式的結構，也作了很有成效的研究。

(一)結構的層次性

1.結構的層次有大小之分

兩個氫原子，一個氧原子，構成一個水的分子，如果這是小結構、內結構的話，那麼一口池塘，一條江河，就是大結構、外結構。無數水分子聚成池塘江河。池塘江河，從內質言，都離不開水分子，從外形言，池塘的周圍地形，江河的上下游地勢，都是形成池塘江河的「結構框架」。言語結構與此相似，也有小結構，諸如析字、離合、聯邊，是對文字的結構；雙聲、疊韻、疊音、擬聲、諧音、雙關、平仄、韻律，是對語音的結構；借代、仿詞、非別、同字是對詞語的結構；拈連、移就是對句子的結構；至於對偶、排比、反覆、層遞、頂

針、回文、比喻、比擬、誇張等等，則是對語言要素諸層次的
結構②；層次、連貫、分合、呼應等等，則是對篇章的結構。
這些，又都屬於言語的內結構，內結構的規律，即所謂「內
律」③。運用這些內律，必須依賴於一定的表達者、鑑識者，
依賴於他們交際活動的目的，言語環境，主觀的、客觀的，這
些，都屬於言語的外結構，外結構的規律就是「外律」④，有
表心通意律、語境適合律及綜合運用之語體得宜律、合格律。
言語的內結構（內律）與外結構（外律）的組合，就形成了
「四六結構」。

2.內結構與外結構是有層次的

(1)內結構有文字結構、語音結構、詞語結構、句子結構、
篇章結構等。

①文字結構，如：

析字結構　　AB……A……B

同字結構　　AZ……BZ……CZ

聯邊結構　　PA……PB……PC……

疊字結構　　AA……BB……

②語音結構，如：

諧音結構　　$Y\begin{cases} ……B \\ ……L \end{cases}$

偶韻結構　　…………A

　　　　　　…………BY

　　　　　　…………C

　　　　　　…………DY

隨韻結構　　…………A_1Y

　　　　　　…………A_2Y

$$\cdots\cdots B_1 Y$$

$$\cdots\cdots B_2 Y$$

抱韻結構　　$\cdots\cdots A_1 Y$

$$\cdots\cdots B_1 Y$$

$$\cdots\cdots B_2 Y$$

$$\cdots\cdots A_2 Y$$

交韻結構　　$\cdots\cdots A_1 Y$

$$\cdots\cdots B_1 Y$$

$$\cdots\cdots A_2 Y$$

$$\cdots\cdots B_2 Y$$

③詞語結構，如：

拆詞結構　AB$\cdots\cdots$A$\cdots\cdots$B

疊詞結構　「AA」、「BB」、「ABAB」、「AABB」

倒詞結構　BA

④句子結構，如：

分合結構　「$A_1 B_1 \cdots\cdots A_2 \cdots\cdots B_2$」或「$A_1 \cdots\cdots B_1 \cdots\cdots A_2 B_2$」

「$A_1 B_1 C_1 \cdots\cdots A_2 \cdots\cdots B_2 \cdots\cdots C_2 \cdots\cdots A_3 \cdots\cdots B_3 \cdots\cdots C_3 \cdots\cdots A_4 \cdots\cdots B_4 \cdots\cdots C_4$」

主謂殊位結構　W，Z

定中殊位結構　Z$\cdots\cdots$W，D

狀中殊位結構　Z$\cdots\cdots$W，Z

⑤篇章結構，如：

並列結構　A$\cdots\cdots$

B$\cdots\cdots$

C$\cdots\cdots$

總分結構　$A_1B_1C_1$……　　A_1……　　　　$A_1B_1C_1$……

　　　　　A_2……　　　　B_1……　　　　A_2……

　　　　　B_2……　　　　C_1……　　　　B_2……

　　　　　C_2……　　　　$A_2B_2C_2$…　　　C_2……

　　　　　　　　　　　　　　　　　　　　　$A_3B_3C_3$

倒式結構　D……

　　　　　A……

　　　　　B……

　　　　　………

　　　　　C……

⑥辭格結構，如：

比喻結構

頂針結構　……A，A……B，B……C

回文結構　A……B，B……C，C……A

對偶結構　$A_1B_1C_1$，$A_2B_2C_2$

排比結構　$A_1B_1C_1$，$A_2B_2C_2$，$A_3B_3C_3$

　　　　　「A_1……A_2……A_3……」

　　　　　「……A_1，……B_1，……C_1」

反覆結構　「AB，AB」　　「AB……AB……」

　　(2)外結構有表達者與鑑識者，即聽說結構、讀寫結構；空間結構，時間結構──文外結構。題旨、上下文、前後語，語

體、文體——文內結構，文外結構與文內結構進一步組合就形成「四六結構」。

㈡結構的模式性

任何結構都依靠一定的形式來表現。這種形式多種多樣，千變萬化。以比喻為例，它的立體結構已如上圖，它的線性結構卻有詳略、前後的不同，我們用B表本體，C表喻詞，Y表喻體，X表相似點，其線性結構如下：

$B\cdots\cdots C\cdots\cdots Y\cdots\cdots X$

$B\cdots\cdots X\cdots\cdots C_1\cdots\cdots Y_1\cdots\cdots C_2\cdots\cdots Y_2$

$B\cdots\cdots，Y\cdots$

$\cdots\cdots BY\cdots\cdots$

$\cdots\cdots YB\cdots\cdots$

$\cdots\cdots Y\cdots\cdots$

$B\cdots\cdots X\cdots\cdots Y_1，X\cdots\cdots Y_2，X\cdots\cdots Y_3$

$B\cdots\cdots Y_1\cdots\cdots Y_2\cdots\cdots Y_3$

可以變成數十種形式。

這些結構形式，從形式的獨立性強弱分，有自在結構、他在結構。自在結構，形式的獨立性強，對上下文的依賴不明顯，結構的各個部分可以結成一體，明顯地表現出來。他在結構，形式的獨立性不強，它必須依靠一定的語境才可表現出來。「張帆舉棹覺船輕」與「孤帆遠影碧空盡」都有「帆」字，但上下文語境不同。前句「帆」與「棹」、「船」同時出現，此「帆」用其本身的詞義，後句「帆」字則否，用其借代義，指「船」。這一「帆」是靠較大層次的結構——整個句子、整首詩的襯托，才表現出修辭義的。反語、非別、變性、

降用、易色、誇張、反問、折繞、曲解等等，都屬於這一種。外在結構也有其結構。它正如黑白電視，一片黑或一片白，就沒有形象，只有眾多黑白的粒子居於不同的位置，以不同的亮度配合起來，才能映出形象來。

這些結構形式，從形式的定型性的強弱分，又有辭格與辭式的不同⑤。辭格的結構形式比較定型化，如借代、比喻、比擬、誇張、對偶、排比等。辭式的結構形式不夠定型化，靈活性很大，如音節的協調，平仄的配置，音韻的和諧；詞語意義的錘煉、色彩的協調；句序的常變，句形的長短，句子組織的鬆緊，結構的整散等。這是一方面。但另一方面辭式與辭格沒有絕對的界限，形式定型較強些的辭式也就取得了辭格的國籍。

(三)結構的規律性

言語結構，都是語義的外衣，從信息學講，都是信息信息的編碼形式。因此，結構規律，不是單純的形式問題，還涉及對語義的表達問題。由此，結構規律可分兩大類。其一是：從形式講，按常規組合的；從語義講，沒有產生變義，可以按字面理解的：這就是常格結構。其二是：從形式講，突破常規的；從語義講，產生變義，無法按字面理解的：這就是變格結構。前者如聲音的配合，句子的長短、鬆緊、整散、分合，沒有兼格的對偶、排比、反覆、設問、反問、對比、層遞等；後者如變色、降用、借代、反語、誇張、比擬、雙關等。

處於常格結構與變格結構之間的是變義結構和變式結構。

變式結構突破了常規的組合形式，但是語義沒有產生變化，還可以按字面來理解的。從本質講，它還屬於常格的範

疇。

變式結構，如：主謂殊位和主謂易位，狀語殊位和狀語易位，定語殊位和定語易位，偏正複句的位置倒裝，歐化句，變色句⑥，省略句。押韻，以及沒有兼用變格的對偶、排比、頂針、回文等辭格，都屬於變式結構。它們不同於一般的言語結構模式。

變格結構、變義結構與變式結構統稱變異結構。變異結構的語言，就是變異性的語言，它是文學語言的一個特徵。

常格、變義、變式、變格之間的關係如下：

言語結構，從結構與語義的關係分，則有同義同構、同義異構、異義同構、異義異構等。在修辭中，同義異構對表達所起的作用最大，應當花大力研究。

㈣結構的分合

言語結構多種多樣，有小結構（微觀結構），中結構（中觀結構），大結構（宏觀結構），有內結構，外結構，有自在結構、他在結構，有常格結構、常式結構、變義結構和變格結構，等等。在言語交際中，這些結構都是綜合起來運用的。

話語結構（包括書面語的文篇結構、口語的話篇結構），就是這些結構的綜合運用。

語體色彩的形成也要綜合運用多種結構。口語體、書卷語中的文藝語體變異結構用得較多。實用語體多用常格結構。融合語體主要用常格結構，偶爾兼用變格結構。

　　風格的形成，也要綜合運用多種結構。簡練、樸實、明快、莊重的風格，多用常格結構，繁豐、藻麗、蘊藉、幽默的風格，多用變格結構。

㈤研究言語結構是修辭學現代化的主要內容

　　要實現修辭現代化，言語模式化，實現信息代碼化，人機對話，就得研究言語結構，研究言語結構的規律——結構律。

　　研究言語結構，可以著眼於宏觀，研究言語活動方面大的結構規律；也可以作微觀研究，化整為零，對每個具體的修辭手段作結構的分析，找出它的規律，中觀結構介於宏觀結構、微觀結構之中。「三觀」兼顧，才能建起修辭學和辭章學的結構大廈。本書一開篇就從宏觀的「四六結構」進行分析，本文所講之微觀結構必須置於宏觀結構的框架之中，才能表達、理解得適切。

　　各層次言語結構被科學地揭示並實切應用之日，也就是修辭學、辭章學的科學化、現代化之時。

注 釋

①1982年出版的拙著《比較修辭》以常格、變格兩個結構規律來建立全書的體系。同年，寫成論文《常格與變格》，刊於《福建語言論文集》。1985年，中國修辭學會第三屆年會，我又提交了《論言語規律》一文，進一步闡述了言語結構規律，承編入《修辭學論文集》第四集。1986年出版的拙著《修辭學概論》，1987年我參加主編的《新編修辭學》，再一次簡述了「結構律」的理論。本文，就是對這些論述作進一步的闡發。

②請閱拙著《比較修辭》，161頁，福建人民出版社，1982。

③④請閱拙著《辭章學概論》與拙文《論言語規律》（收入《修辭學論
　文集》第4集）。

⑤請閱鄭頤壽、林承璋主編《新編修辭學》，632頁，鷺江出版社，
　1987。

⑥如在白話文中，夾雜用些語體色彩不一致的文言句。

言語規律的綜合運用

　　內律、外律及其綜合律，在言語活動中，可以互相組合，以充分發揮言語的功能。根據語格的九種變化現象，系統研究它們組合的規律，或分別從文字、語音、詞彙、語法、修辭格式進行探討，或把它們綜合起來進行研究，可以建構各種辭章學微觀的體系，既加強了辭章學的科學性，也突出其實用性；既可開拓語格學這一融合性的學科，又可建立語格的諸多下位分支學科。這是極具理論價值和實用意義的工作，本章僅僅是舉隅性的例析。

一、辭章與語格簡論

　　言語的規律與方法，有一般的、有特殊的，有正確的、有錯誤的，因而形成了不同的品格，這就是語格。

㈠語格的類別與特點

　　語格包含上節所講的常格、變格與畸格。在《論言語規律》一節，我們已經說過什麼是常格、變格和畸格的言語，本節就要在這基礎上作深入一步的闡釋。

　　語言的運用，常格與變格都是需要的，但它們的特點不

同，適應的語體不同。常格以「辭達」為主要目的，它要求「達」中求「巧」，平中顯奇，其風格比較通俗、平淡、明快。變格務求「辭巧」，做到巧妙感人，出神入化，其風格比較文雅、絢麗、含蓄。常格可以用於各種語體，變格主要用於文藝語體，偶爾也用於融合語體，一般不用於實用語體。只要運用得當，變格是美的，常格也是美的，前者「濃抹」，後者「淡妝」，抑彼揚此，或揚彼抑此，都是不妥當的。

畸格則相反，是「醜」的。但它客觀地存在於言語之中。或因表達的一般規律沒有掌握，以致「違常失格」，或因過分獵奇，以致「弄巧成拙」；或雖合乎一般和特殊的結構規律，但違反了它們運用的規律。要提高辭章效果，做到「辭達」、「辭巧」，就應該消除各種畸格。

常格與變格，是事物的一般性與特殊性在言語規律中的反映，它們構成了一組矛盾對立的統一體；常格、變格（合稱「健格」）與畸格，則是事物中健康與畸形、完美與殘缺、適切與乖戾、正確與錯誤在言語規律中的反映。它們又構成了一組矛盾對立的統一體。常、變、畸三格，是言語現象的概括，任何言語現象都離不開這三格。

㈡語格的變化

常格、變格與畸格，是可以互相轉化的。其基本類型可以歸納為以下四組九對。其中，成功的變換有三組六對：

一組：⑴畸格→常格

⑵畸格→變格

二組：⑶常格→常格

⑷常格→變格

三組：(5)變格→變格

(6)變格→常格

失敗的變換有一組三對：

四組：(7)畸格→畸格

(8)常格→畸格

(9)變格→畸格

前六對的變化規律，本節附文《修辭過程說》將作分析①，這裡只著重分析一下後三對。

先看第(7)對，「畸格→畸格」。這就是說，原來表達有毛病，修改後仍是這樣。如果到此為止，就是失敗的。優秀的作品，總要化失敗為成功，讓它向常格或變格轉化。王宗仁的《夜明星》原文這樣寫：

汽車順著山坡轉了個月牙形的彎，忽然眼前躍出了一片燈海，琳琅滿目，浮光耀眼，好不豁亮。

文章描寫西藏高原上電燈亮了的情景。「琳琅」，精美的玉石，一般用來比喻珍奇的物品、文章或人材，用來比喻電燈欠貼切。「浮光」，指水面上的反光，用來比喻山區的電燈也很費解。這從修辭講是比喻不妥當。「燈海，琳琅滿目」，從語法講，主謂配搭也欠妥貼。因此，這是畸格句。後來改成：

……忽然眼前躍出萬點燈火，銀花似錦，好不豁亮！

這比原作稍有進步。但是，「銀花」是白色的，而「錦」是有多種顏色的有花紋的絲織品。這從邏輯講，前後欠統一；從修

辭講，比喻的本體和喻體之間缺乏相似點。因此，還是畸格的，還應該下一番「化畸」的工夫，最後改成：

　　……忽然眼前躍出萬點燈火，銀花燦爛，好不豁亮！

用「燦爛」來描寫「銀花」，主謂配合恰當，合乎事理，比喻貼切。這樣，語法通了，邏輯對了，修辭也好了。

　　再看第(8)對，「常格→畸格」。這就是說，原來表達還是平實無誤的，經過推敲，反而不妥當了。這在言語中，時有所見。楊朔的《雪浪花》，原文寫道：

　　老漁民……回到漁船上，大聲說笑著，跟大夥一起整理收拾滿船新打的鮮魚活蝦。

這表達還是不錯的，但是作者不滿意，改成：

　　老漁民……回到船上，大高聲說笑著，清理收拾滿船爛銀也似的鮮魚活蝦。

這裡，還有幾處毛病。一是把「大聲」改為「高聲」，但未刪去「大」字。二是把「整理」改為「清理」。「清理」是徹底整理或處理的意思，表意欠確切。這兩處修改都沒有成功。三是把「新打的鮮魚活蝦」改為「爛銀也似的鮮魚活蝦」。用「爛銀也似的」作比喻，來描寫「鮮魚」，增加了語言的形象性，這是成功的；但因「活蝦」是灰而發青的顏色，與「爛銀」（白色的）沒有相似點。可見改文瑕瑜互見，總的說來，還是

畸格的。有成就的作家，文思敏捷，往往在剎那間，就能「保瑜去瑕」，而進入至境。上例是這樣轉化的：

> 老漁民……回到船上，大聲說笑著，動手收拾著爛銀也似的新鮮魚兒。

這裡改動了四處：一是把「高」字刪去，仍然保留「大」字，這更符合老泰山穩重、謙虛的性格特點。二是把「清理」改為「動手」，表意具體、確切。三是在「收拾」後加時態助詞「著」，與「說笑著」的「著」呼應，說明邊說邊行動，描寫的情態更形象，同時唸起來聲音更和諧，節奏更分明。四是把「鮮魚活蝦」改為「新鮮魚兒」。這樣，比喻貼切周密了；把「鮮」改為「新鮮」，單音節的詞成為雙音節的，聲音協調，又加強了描摹的效果；把「魚」改為「魚兒」，與「新鮮」配合，讀來順口，而且「兒」化後還增添了喜愛、親切的感情色彩。這是成功的轉化。

最後看第(9)對，「變格→畸格」。這就是說原來是奇巧的，經過修改後，反而出現了毛病。這類情況也不少見。請看王駕的《晴景》詩：

> 雨前初見花間蕊，雨後兼無葉底花。
> 蛺蝶飛來過牆去，應疑春色在鄰家。

此詩本意著重「春色在鄰家」，暗寓愁人傷春易逝之旨。全詩「得情物之真，故自然而省力」。「花『初』開見蕊而雨至，風狂雨橫之後，非但葉外可見之花已落，並葉底未見之花亦殘。

蛺蝶飛來，無花可駐，翩翩飛過牆去，此院之春已逝矣，春色倘仍在人間，其在鄰家乎？一種愴涼之意，盡在言外，本無瑕可抵也。」傅庚生先生的這段分析，是很中肯的。王安石很喜歡這首詩，曾給它改動了七個字，編入《百家詩選》中。改詩云：

> 雨來未見花間蕊，雨後全無葉底花。
> 蜂蝶紛紛過牆去，卻疑春色在鄰家。

「雨來」、「雨後」，時間緊連。「雨來未見……蕊」，可見「蕊」未結，「花」未開，這樣「雨後全無」一句，就沒有著落，它與首句失去了呼應。改詩有背事理，亦不合狂風冷雨摧殘春花之義，淒愴之情無所襯托。因此，傅先生說：「荊公改作，則為用力逼出『卻疑春色在人家』一句，寫得庭花未開便殘，轉失襯托深淺之美，容與含蓄之致，且花未吐蕾，雨後便落，亦失事理之真；分明是橫加斧鉞」。變格與畸格是鄰居。有的人「直欲句句變常」②，「惟異是求，肆意雕鐫，無所顧忌，所以字語詭僻……或乖本意」③，以致詩文「多戾也」。把「怒髮上衝冠」改為「怒髮上衝冠，冠為之裂」，把「疾雷不及掩耳」改為「震霆不及塞耳」，都屬於這一類。消除此類畸格，一般只要恢復原作的真面目即可。

　　瞭解、運用以上第四組的三對語格變化規律，總的目的都在於消除畸格。消除畸格，是語言運用中一項「補天」的工作。這一工作，大多數在反覆修改的過程中完成。粗心的作者，有時沒有注意到，就難免他人、後人「疵議」了。

　　四組九對基本的語格變化規律，還可以互相配合運用。這

些語格規律，可以概括語言學、邏輯學、心理學在語言運用中之得失優劣。掌握語格變化的規律，而把它與具體的表達方法結合起來，就抓住了言語規律的綱與目。

(三)研究語格的意義

語格是對言語規律所作的總結。深入研究語格，對於指導言語實踐與理論研究都有重要的意義。這種研究，有實用性、綜合性與學術性。

1.實用性

語格的內律，是從調音（聽音）、用字（解字）、選詞（釋詞）、造句（析句）、謀篇（析篇）、設格（解格）等具體的言語活動中總結出來的，因此，它又倒過來，對言語活動起指導作用。語格規律，揭示了言語活動的內在規律，把言語理論具體化、直觀化，使言語現象動態化、形象化。語格及其互變規律，是辯證唯物論在言語規律上的反映，它反映了人們的認識規律，語言實踐的規律，它好懂、切用。

2.綜合性

語言學、邏輯學、心理學，既有差異性、矛盾性，又有相關性、統一性。從差異性、矛盾性講，它們是各自獨立的學科。這些學科，性質不同，研究的對象各異，具體的內容與體系也不一樣。這是一個方面。但是它們又有相關性、統一性，也就是它們又互相聯繫，互相滲透。這是又一個方面。研究者可以從差異性、矛盾性這一方面進行具體的探索，也可以從相關性、統一性這一方面把這些學科聯繫起來，作綜合的研究。教學與學習也是這樣。但是，不能只顧一個方面，以此非彼，以彼斥此。語格，正是從語言運用的角度，對語言學、邏輯

學、心理學等學科作綜合的研究，用語格律把這些學科有機地融合起來，而不是機械地「綜合」或「接合」起來。言語活動，總要融合運用各有關學科的知識、方法與規律，語格正是反映了這一言語實際。

3.學術性

對語格作具體而深入的研究，有助於開拓修辭學、辭章學新領域，還可建立起修辭學、辭章學新的分支學科。這些學科全用動態的言語現象來揭示語言運用的具體方法和規律，把學術性與實用性完美地結合起來。

注 釋

①原文載《修辭學論文集》第三集，福建人民出版社，1985；略作修改後，收入本書。

②金・王若虛：《滹南遺老集》，卷二十四。

③金・王若虛：《滹南遺老集》，卷二十二。

二、「四六結構」與修辭過程

修辭是對語言進行結構、組合、選擇、加工和分析、理解、反饋以取得表達、承載、鑑識的最佳效果的一種活動①；簡言之，就是在「四六結構」中運用語言以取得最佳效果的一種活動。客觀事物處於不斷變化、發展之中，又是錯綜複雜、萬象紛紜的。說、寫者要把它表達出來，而要表達得好，使人理解，有所感受，就必須有個實踐、認識循環往復，使認識不斷趨向正確、不斷深化的過程；表現在語言上，還必須有個認識與表達逐步統一起來的過程。認識不深，就表達不好；即使認識得深，還未必能表達得好。而要表達得好，就必須在認識得深的基礎上，有個對語言進行結構、組合、選擇、加工的過程，以便讓認識與表達統一起來，以有效地承載信息。而聽、讀者如果能通過觀察、分析動態的修辭現象，破譯其理性信息或美學信息，就能有所知、有所感，有所反饋、有所補充、創造，甚至化為某種行動，對社會產生一定的影響。這就是修辭的過程。

(一)修辭過程例析

1942年6月26日，郭沫若的大型歷史劇《屈原》在重慶北碚演出，作者應邀前往觀看。他興致勃勃地抱著自家插花用的大瓷瓶，準備給演出作道具。途中霖雨霏霏，他詩興大作，到了劇社，口占一詩：

　　不辭千里抱瓶來，

此日沉陰竟未開。

敢是抱瓶成大錯？

梅霖怒灑北碚苔。

作為聽讀者的演員們因作者親臨劇社，深受鼓舞，對他詩思敏捷，更為讚嘆。他們與作者感情融洽，暢所欲言，就你一言我一語地進行雙向交流。他們首先肯定了這首詩寫得好，同時也指出其中的瑕疵。有的說，兩個「抱瓶」，字面重複，不夠好。郭老略加思索，就把第三句改為「敢是熱情驚大士」，並風趣地說，觀音大士感動了，所以才下雨啊。正當大家談得十分熱烈的時候，扮演嬋娟的名演員張瑞芳擠進來說，這「怒」字太兇了。郭老欣然表示要另換一個字。趁演員出場的時候，他執筆吟哦，把「怒」字改為「遍」字，感到不妥，又改為「透」字，仍覺未安，最後才定為「惠」字。演出結束，張瑞芳一看，讚嘆不已，說「惠」字改得很好很好。這時梅雨初霽，《屈原》也順利地演了一場，郭老意味深長地說：「農人劇人皆大歡喜，惠哉，惠哉。」②

這段話講的是寫詩。寫詩、作文和講話道理一樣，為了取得最佳的修辭效果，就得對語言進行結構、組合、選擇、加工和分析、理解、反饋，這種結構、組合、選擇、加工和分析、理解、反饋的過程，也就是有個修辭的過程。

我們從上述修辭的過程，看到了「活」的、「動」態的修辭，看到了修辭的現象，也看到了雙向交流的修辭活動。這個修辭過程，一般可以分解為四個階段：我們還是以上面那首詩的修辭活動為例，作個簡單的分析。第一階段「宇宙元⇌表達元」：郭老在抗日戰爭時期，寫成了《屈原》的劇本；自己親

自「抱瓶」前往觀看這劇本的演出，路上因景生情，詩興油然而生。這就轉入了修辭的第二階段「表達元⇌作品元」：作者在「生情立意」之後，接著就是「定體」，選用七絕這種近體詩，寫出初稿。第三階段「作品元⇌鑑識元」：演員們對初稿進行評論，讀者和作者進行雙向交流，把第三句改為「敢是熱情驚大士」（這句已跨進辭章學的門檻了），把第四句的「怒」字遞改為「遍」字、「透」字、「惠」字。作者進一步對語言進行結構、組合、選擇、加工，聽者對它進行分析、理解、反饋，最後再由作者把它確定下來。作品第四階段「鑑識元⇌宇宙元」：作品被讀者理解、接受，在社會上產生影響。

修辭過程，有上述的四個階段。這是修辭過程的一般表現形式。修辭過程除了上述一般的表現形式外，還有其特殊的形式。

有時，由於所表達的事物比較簡單，或由於寫說者修辭造詣較高，用語言來反映某種事物時，可以一下子就達到完美的境界。例如，當人們看見廚房失火了，就會情不自禁地驚叫起來：「火！」引起聽者的警覺，及時把它撲滅。這修辭效果就很好──這個「火」是獨語句，這在句式的選擇上是成功的，它比起「你們看，廚房裡燃起熊熊的烈火啦！」（存現句），比起「廚房被火燒啦！」（被動句）等等句式，要簡練得多，傳神得多。這類修辭有沒有過程呢？有。一年、一月、一日，有它們的起始、經過和終結，一刻、一分、一秒，也不例外。第一階段「宇宙元⇌表達元」：說話的人看到「火」時，大腦皮層受到刺激，有了表達的需要。第二階段「表達元⇌話語元」：說話人從他長期積累的語料倉庫中拈出「火」字，把它表達出來形成了話語。由於說話的人對這類簡單事物的反映很

快，對這種修辭方法的運用很純熟，所以可以一下子就能表達得恰到好處。試想想，遇到上述失火的情況，如果是剛剛在學習漢語拼音的外國人，剛剛咿咿呀呀地學語的嬰兒，就很難用上這麼適當的句式了。不過「火」這種修辭過程，它的語言表現形式沒有進行修改。第三階段「話語元⇌聽讀元」：聽話者聽到「火」的呼救聲（還有許多反饋的語言，我們把它省略了）。第四階段「聽讀元⇌宇宙元」：大家把火撲滅，完成了交際活動任務，收到良好的實際效果。這是修辭過程特殊的表現形式。

修辭的過程歷時長短相差很遠。如「火」這種修辭過程，時間極短。再如七步成詩，當面屬對，外交場合的問答，其修辭過程也是很短暫的。反之，「十年成一賦」，或者文章寫成幾年、幾十年後又作修改，其中某些詞句的修辭階段就延續了相當長的時間。

詩文的修辭過程，主要靠寫說者本人，也可以接受別人的幫助。古今創作上的「一字師」、編輯人員、語文教師，都經常幫助別人修辭。中小學《語文》課本中的選文，有不少就是經過語文專家、編輯修改的，絕大部分都改得很好。這些「一字師」、編輯、語文教師和專家，都參與作品的修辭，他們的角色往往由鑑識者轉為表達者，再轉為鑑識者，兩者反覆更替。

由此看來，修辭過程是客觀存在的，用「四六結構」來分析，就能分析得科學而深刻，並從中總結其方法和規律。上述修辭定義中的「結構」包括「四六結構」的宏觀結構，辭篇的中觀結構，辭格、語句的微觀結構。用「四六結構」來認識、運用、研究修辭，對於提高修辭素養（包括說寫者對語言的結

構、組合，聽讀者對修辭現象的分析、理解水平），推動修辭教學、研究，都是十分必要的。

㈡修辭過程的特點、規律

修辭過程的特點、規律集中起來有三點：其一，修辭總是有所為而發，總要求反映得合乎客觀規律（宇宙元），合乎言語結構規律（話語元），對聽讀者（鑑識元）、對社會（宇宙元）產生好的影響。因此，它的每個階段，從理論講都是雙向的。其二，就是「變」。「變」按照程度的不同，又有「漸變」和「突變」兩種。漸變的「變」，程度較輕，事物只產生「量」的變化；突變的「變」，程度較重，事物產生了「質」的飛躍。其三，修辭不是單純的語言技巧問題，它與所表達的思想內容有密切關係。因此，修辭的過程，是錘煉思想的過程，美化語言的過程，也就是讓表達者的思想感情和盡可能完美的語言形式統一起來的過程。研究修辭過程，從根本上講，就是應該用「變」的觀點，全面地觀察、分析錘煉思想內容和美化語言形式兩方面怎樣有機地統一起來的方法和規律。這就往往從修辭的活動轉化為辭章的活動。下面，著重分析這一點。

先講錘煉思想內容。陳望道先生早在1924年寫的《修辭學在中國之使命》一文中就指出：修辭的「辭是由思想和言語組成的，二者缺一，便不成辭」。而人們的思想認識，總是由感性開始，經過一番「去粗取精、去偽存真、由此及彼、由表及裡的改造製作工夫，造成概念和理論的體系」（毛澤東《實踐論》），從而飛躍到理性認識的階段。表現在「辭」上，往往有同義選擇、異義變換和歧義消除三種。

同義選擇，就是修辭過程，雖然語言形式改變了，但是所

表達的概念、意義相同或基本相同。這就是在意義上只有「量」的變化——是「漸變」的。同義變換，按「量」變的大小不同，又有等義變換和微殊變換之分。

等義選擇，就是修辭過程，儘管語言形式有所變化，但所表達的概念和意義的變化幾乎等於零，只是語體色彩、聲音、語氣和表達的側重點等等，稍有差別罷了。將「就把窗關上」改為「就把窗子關上」（葉聖陶《潘先生在難中》）③，把「今天你先開個頭也好」改為「你今天先開個頭也好」（巴金《軍長的心》），等等，都是等義變換。這類變換，可使表達更加精密、理想，臻於「恰到好處」的佳境。

微殊選擇，就是修辭過程，語言形式變化了，所表達的概念、意思在「大同」的基礎上卻有「小異」。這種意義變化，往往有範圍大小、語氣輕重、描寫精粗、用筆疏密、著色濃淡等等不同。把「小說作家就有汪敬熙、羅家倫……」改為「小說作者就有汪敬熙、羅家倫……」（魯迅《〈中國新文學大系〉小說二集序》），把「彩色的衣裙在溫熱的陽光中照耀著」改為「彩色的衣裙在炎熱的陽光中照耀著」（葉聖陶《兩樣》），把「也缺不了『清國留學生』的速成班」改為「花下也缺不了成群結隊的『清國留學生』的速成班」（魯迅《藤野先生》）等等，都是微殊選擇。這類選擇，可使表達更加準確、周密、形象、生動。

等義選擇和微殊選擇總的意義沒有變化。研究這類變換，總結出互相變化的豐富多彩的方法和規律，對於豐富語言的表達手段，增強修辭效果和語言的藝術性有十分重要的意義。

修辭的過程，還有異義的變換，這一點已被無數的言語事實所證明。如果忽視或者否定了這一點，則如綁起自己的另一

隻腳，怎能邁步跨入美妙的語言境界之中？

異義變換，就是修辭過程的不同階段，語言形式變化了，所表達的概念、意思就不同，也就是在意義上產生了「質」的變化，是「突變」的。異義變換，按變化幅度的大小，又有迥別變換和相反變換兩種。

迥別變換，特指修辭過程的不同階段，語言形式變化了，所表達的概念、意義迥然不同但不是根本相反的變換。把「黃白色的小蛾」改為「灰褐色的小蛾」（葉聖陶《稻草人》），把「修這條永遠沒有人管的臭溝」改為「修這條從來沒有人管的臭溝」（老舍《龍鬚溝》），把「整個山頂都被打翻了」改為「整個山頂的土都被打翻了」（魏巍《誰是最可愛的人》）等等，都是迥別的變換。變換後的詞句，表達的是迥然不同的概念、意義，它使表達的思想性、科學性、邏輯性都大大加強了。

相反變換，就是修辭過程的不同階段，語言形式變換了，所表達的概念、意思、感情色彩等產生了相反的變化。把「獨恨太平無一事」（張詠詩）改為「獨幸太平無一事」（蕭楚材改），把「一鉤已足明天下，何必清輝滿十分」（沈葆楨詩）改為「一鉤已足明天下，何況清輝滿十分」（林則徐改），把「屢戰屢敗」改為「屢敗屢戰」（轉引自楊樹達《漢文文言修辭學》），等等，前後內容截然不同。這裡有正誤之別，褒貶之分。

迥別變換和相反變換，修辭前後意義「異」大於「同」，產生了九十度甚至一百八十度的變化。這些變換，是作者思想認識或觀點上質的飛躍，它對於增強話語的科學性、思想性起了重大的作用。

歧義消除，就是通過修辭的過程，消除兩種或幾種可能的解釋的言語現象，使表意明晰，而準確地反映客觀事物。

一種語言結構，有時可以表達幾種意義，例如「看打乒乓球的少先隊員」，既可理解為：

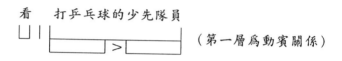

（第一層爲動賓關係）

也可以理解為：

（第一層爲偏正關係）

這叫做歧義結構。語言表達中，並不完全排斥歧義結構。有的歧義結構在特定的語境中卻是單義的。例如，《母親的回憶》，既可理解為「母親」是「回憶」的對象，也可理解為「母親」所進行的「回憶」。但它在特定的語境裡只能作一種理解（第一種理解），這可看成是相對的歧義結構，又叫做「多義句」，是允許使用的。而孤立看「看打乒乓球的少先隊員」一句，可作兩種理解，就是絕對的歧義結構，是一種修辭病句。修辭的過程，應當想法消除這類歧義句。例如《一件珍貴的襯衫》原文是：

檢查治療結束後，這位工作人員用電話請來我們車間的支部書記和我們班的班長。讓他們同我一起到交通隊去談談情況。「紅旗」轎車把我送到天安門交通隊，談完

了這次事故的經過⋯⋯

上例中的「檢查治療結束」就是絕對歧義結構，它既可理解為「檢查好治療工作結束」（即「檢查」與「治療」是動賓關係），也可理解為「檢查和治療這些工作結束」（即「檢查」與「治療」是聯合關係）。

有時，孤立看不是歧義結構，如「『紅旗』轎車把我送到天安門交通隊」，單看沒有歧義，但聯繫上文「他們同我一起到交通隊」，就有歧義了。到底「他們」有沒有同「我」一起去呢？是中途決定只要「我」去，「他們」不要去；還是「他們」也去了，但和「我」的待遇不一樣，「我」是坐轎車去，「他們」是步行或騎自行車去。這類歧義句是由於表達不明確、不周密造成的，是語境歧義句。這是又一種修辭病句。

修辭的過程，應當消除絕對歧義和語境歧義。上述一段話後來改成如下：

檢查和治療結束後，這位工作人員打電話把我們車間的支部書記和我們班的班長請來，讓他們同我一起到交通隊去談談情況。「紅旗」轎車把我們送到天安門交通隊，我們談了談這次事故的經過。

這就一目瞭然了。消除歧義，是修辭過程在意義上的又一種變換類型，是修辭的任務之一。從歧義到單義，有時是漸變的，有時是突變的，但以後者居多。

從上述語義變化可以看出：修辭過程要綜合運用多種學科的規律、方法。此類修辭現象超出了「以語言為本位」的「純

修辭現象」，屬於「大修辭學」，或稱「廣義修辭學」──也就
是辭章學的領域了。

(三)修辭過程中語格的變化

上面談了修辭過程意義的變化。修辭過程還有語言結構的
變化。總的說來，有畸格、常格、變格三種相互變化的規律。
其中一組三對畸格的轉化上一節已作說明，本節再談三組六對
成功的變換：

一組：(1)畸格→常格
　　　(2)畸絡→變格
二組：(3)常格→常格
　　　(4)常格→變格
三組：(5)變格→變格
　　　(6)變格→常格

現在分述如下。

先講第一組的。消除畸格，使之成為常格的或變格的，是
修辭的一項任務。優秀的作家都注意到這一點。「雖然百廢待
興，已經是萬紫千紅的局面」（徐遲《地質之光》）這一轉折複
句，「雖然」後面缺少一個呼應的關聯詞；後來作者在後一分
句開頭加個「但」字，就呼應周密了。他「背上揹著一個軍笠
和一個公文皮包，手中拄著一根棍子……」（劉堅《草地晚
餐》），它的語法通，邏輯對，但修辭不夠好。揹，用背馱；
拄，用手執著拐棍以協助支持身體。從修辭講，「背上」、
「手中」屬於冗語，改文就把它們刪掉了。這些例子，都是由
畸格的變換為常格的。

善於駕馭語言的作家，還能由畸格飛躍向變格。「一陣的擾亂。兵士奔來奔去，用著長槍像攔豬一般攔住逃跑的人」（葉聖陶《皇帝的新衣》），用「豬」比喻老百姓，感情色彩不適當，是畸格的。改為「野馬」，描寫老百姓不羈的性格，比喻貼切，是變格的用語。由畸格一躍而為變格，往往要靠作者奇妙的想像聯想，要有精湛的語言修養。在文藝創作中尤其是這樣。

再講第二組的。修辭的過程，由一種常格變為另一種常格的頻率最高，適用的語體最廣。「周總理那十分熟悉的面影」（《一件珍貴的襯衫》）改為「周總理那慈祥的面容」；「要他坐就坐，要他立就立」（葉聖陶《多收了三五斗》）改為「要他坐就坐，要他站就站」；「那車夫攤開手心接受錢」（葉聖陶《在民間》）改為「那車夫攤開手心接錢」；「一樹早梅何處春」（張橘軒詩句）改為「幾點早梅何處春」（元遺山改）；等等。這些都是由一種常格修辭變為另一種常格修辭，使詞語的色彩協調，聲音和諧，意義也更適宜了。在文藝創作中，修辭的過程由常格到變格飛躍的情況也很多見，尤其是文藝性強的作品。「做一床大被」（平語，楊朔《雪浪花》）改為「做一床天大的被」（誇張）；「……空氣壓縮機的響聲（平語，杜鵬程《夜走靈官峽》）改為「……空氣壓縮機的吼聲」（比擬）；「先生之德，山高水長」（平語，范仲淹《嚴先生祠堂記》），改為「先生之風，山高水長」（引用和借喻兼用）。這些，原文都用一般的常規的寫法，改稿都用特殊的非常規的寫法，這就使表達的藝術性增強了。

最後講第三組的。常格與變格，只要運用恰當，都是美的。修辭的過程有時由一種變格修辭變成另一種變格修辭。

「大鬍子裡，有數不盡的風霜」（比喻，李瑛《西伯利亞的回憶》）改為「大鬍子裡，埋著熱情也埋著風霜」（比擬、比喻）；「學語春鶯囀，書窗秋雁斜」（比喻，黃庭堅《嘲小德》）改為「學語囀春鶯，塗窗行暮鴉」（比喻）。這些，由變格到變格的修改，千錘百煉，使語言更美更動人了。有時，為了表達的適切，修辭的過程卻由變格的換為常格的。「波浪滾滾，前呼後擁」（比擬，楊朔《雪浪花》）改為「波浪滾滾，一浪高似一浪」（平語）；「心裡熱得直發燙，老人多會也不把子弟兵當外人看」（誇張，王宗仁《夜明星》），改為「心裡熱乎乎的……」（平語）。這些改動，都使表達得更加協調、確切了。

上述三組六對，從言語規律而言，由常格到常格，變格到變格，都屬於漸變；由畸格到常格，畸格到變格，常格到變格，變格到常格，都屬於突變。

漸變與突變還表現在語言結構的親緣關係上。

有些語言結構關係密切，在表達同一意義時，能互相變換，這是「近親」的變化，屬於漸變的。例如，常格中的主動與被動、肯定與否定、綜合與分列、整齊與錯綜，等等；變格中的同一本體、同一喻體的比喻，可以變換為各式的明喻、暗喻和借喻，等等。這一點已受到修辭界的重視，並進行了比較細緻、深入的研究。

修辭的過程，還有大量非近親的語言結構關係的變化，這是又一種突變。例如，魏巍的《誰是最可愛的人》原句：「他們想騎車子也行，想走路也行，邊蹓躂邊說話也行，那是多麼幸福的呢！」後來改為：「他們想騎車子也行，想走路也行，邊蹓躂邊說話也行，只要能使人民得到幸福，就是我們最大的幸福。」原句「那是多麼幸福的呢」是感嘆句，描寫志願軍同

志對人民能過和平幸福生活的讚嘆（或羨慕）的感情。感嘆句可以變為陳述句，上句如果改成陳述句「那是很幸福的」，這種漸變的「近親」句式就不能有力地表達出志願軍同志崇高的思想境界。可是作者突破了漸變的規律，把它改為「只要能使人民得到幸福，就是我們最大的幸福」，而把「人民得到幸福」，做為自己幸福的條件，這就寫出了志願軍同志高尚的精神和博大的胸襟。原句重在「情」，改句重在「理」，原句表意一般，改句表意深刻，所以改句的修辭效果好得多。從形式講，原句是單句，改句是複句，這兩種句式之間無必然的聯繫，也就是說它們是「遠親」的。這類語言結構形式的變化，就是突變的。

總之，修辭的過程，從內容到形式都有漸變與突變的問題。通過這些「變」，既錘煉了思想內容，又美化了語言形式，讓內容與形式達到完美的統一。研究修辭，應該從這些實際出發，既要細緻而深入地研究總結內容上、形式上漸變的規律，要細緻而深入地研究總結內容上、形式上突變的規律。前者，過去修辭界已做了不少的工作，後者，還沒引起足夠的重視，這就使修辭的實用性受到了影響，就使修辭研究的廣度和深度受到了限制；辭章學要把對內容和形式的漸變與突變的規律與方法的研究，都兼顧起來。

㈣研究修辭過程的意義

上面，我們簡單地分析了一下修辭的過程。研究修辭的過程可以更具體、更全面、更深刻地認識修辭，以更好地進行修辭教學，掌握並運用修辭的方法和規律。魯迅先生早在1935年就指出，單從完成了的作品去學習，「讀者很不容易看出，也

就不能領悟」④。如上例郭沫若寫的那首詩,要是不把它放在認識的不斷趨向正確、深化的過程之中,放在認識與表達逐步完美地統一起來的過程之中,也就是放在修辭的過程之中,放在說寫與聽讀的雙向互動之中進行觀察、分析、講解,而是把它看成是孤立的、「靜」態的、單向的修辭現象,就不能更好地、全面地、深刻地認識這首詩的藝術。因此,要進行講解、教學,就帶有某種主觀性、片面性,對於學習者不會有太大的幫助。而如果從修辭的過程來講,就如同郭紹虞先生把它比作「度人」的金針⑤。周祖謨先生也說,「以比較方法剖析解說,趣味盎然」,「學者手此一編,獲益必多」⑥。其結果正如葉聖陶先生所說的「可以使語言漸漸接近完美的境界」⑦。這些語言界、教育界、文學界老前輩的精闢論述,實際上是給我們以鼓舞和鞭策,為我們的教學與科研指出了方向。

研究修辭的過程還有助於推動修辭學的研究,進一步分析、歸納修辭現象、方法和規律,這樣一定會進一步填補、充實、豐富修辭學的內容,有助於著述比較修辭學,建立修辭學的新體系;也有助於擴大視野,開闢辭章學研究的新領域。

中國修辭研究源遠流長,而建立起科學體系則是近代的事。在我國浩瀚的詩話、詞話、文話中,在作家的手稿當中,在同一作品的不同時期的修改本中,都保留著許多研究修辭過程的寶貴資料。現當代的一些著述,也都逐步以修辭過程的語料來講修辭,為修辭學的研究開拓了新的境界。如果我們把各種管道收集來的修辭活動的豐富材料加以分析、歸納、總結,就會對傳統的修辭學有所補充,有所創新,讓本來就是活生生的修辭,更加朝氣蓬勃,青春煥發,在語言運用中發出更耀眼的光彩。

注 釋

①這裡的「結構」含宏觀的「四六結構」和中觀的篇章結構、微觀的句子、短詞結構。

②艾克恩:《由郭老改詩想起的》,《詩刊》,1978(6)。

③本文對照稿全部引自拙著:《比較修辭》(福建人民出版社,1982)和《文章修改藝術》(福建教育出版社,1983))兩書,為節省篇幅,出處恕不一一詳細注明。

④《魯迅全集》第6卷《不應該那麼寫》。

⑤郭紹虞:《學文示例》,開明書店,1946。

⑥周祖謨於1983年7月27日給鄭頤壽的信。

⑦智仁勇等摘編:《葉聖陶語文教育論集》,606頁,天津古籍出版社,1994。

三、藝法舉隅
——論「比」和比喻

「比」是最古老、最富生命力、運用最廣、使用頻率最高的一種藝法。

《毛詩序》云：「詩有六義焉：一曰風，二曰賦，三曰比，四曰興，五曰雅，六曰頌。」①什麼是「比」呢？鄭玄曰：「比方於物也。」②摯虞謂：「比者，喻類之言也。」③朱熹注：「比者，以彼物比此物也。」④……毛澤東給陳毅談詩的一封信，即用朱說⑤。到底古人所說的「比」用我們現在的「話」（修辭學、辭章學、創作論、文藝學術語）來講是什麼呢？有些人說：古人所講的「比」，就是比喻，是一種修辭手法。

此說我們不敢苟同。

關於「比」的這個問題比較複雜，一是由於時代不同，人們賦給它的內涵是不一樣的，甚至同一個人，就同時賦給它以不同的意義；一是由於「比」的名稱很多，而且同一名稱又經常與其他概念交叉。

「我們看問題不要從抽象的定義出發，而要從客觀存在的事實出發，從分析這些事實中找出方針、政策、辦法來。」⑥這也是探討「比」的指導思想。我們從具體的語言實際出發，聯繫有關論述，對「比」作了初步探討，認為：「比」不僅是比喻、比擬和諷喻的修辭手法，也是比的章節和「比體」，比的藝術方法和藝術形象。

(一)「比」是比喻、比擬和諷喻的總稱

「比」，有時也稱「比興」，從修辭角度講，是比喻、比擬和諷喻，從先秦、西漢以降，都有這種稱說。我們還是從分析作品中得出答案吧。

《詩經·豳風·伐柯》：「伐柯如何，匪斧不克。取妻如何，匪媒不得。」《詩經集傳》評曰：「比也」——用伐柯要斧作比，說明娶妻要媒的道理。這是比喻。

劉勰指出：「枚乘《菟園》云：『焱焱紛紛，若塵埃之間白雲』，此則比貌之類也；賈生《鵩賦》云：『禍之與福，何異糾纆』，此以物比理者也；王褒《洞簫》云：『優柔溫潤，如慈父之畜子也』，此以聲比心者也。」⑦這裡所舉的例子，都是修辭上的比喻，有明喻，有暗喻。

劉勰在談到《離騷》時指出：「虬龍以喻君子，雲霓以譬讒邪，比興之義也。」⑧王逸也講過相似的話：「《離騷》之文，依詩取興，引類譬喻。故善鳥香草，以配忠貞；惡禽臭物，以譬讒佞；靈脩美人，以媲於君；宓妃佚女，以譬賢臣；虬龍鸞鳳，以託君子；飄風雲霓，以為小人」⑨。

這兩段論述所指的原文，則包括比喻、比擬。試析兩段原文：

> 余既滋蘭之九畹兮，又樹蕙之百畝；畦留夷與揭車兮，雜杜衡與芳芷。冀枝葉之峻茂兮，願竢時乎吾將刈。雖萎絕其亦何傷兮，哀眾芳之蕪穢⑩！

這裡的「蘭」、「蕙」、「留夷」、「揭車」、「杜衡」、「芷」

都是芳草，比喻賢才；「冀枝葉之峻茂」，比喻希望所培育的人材逐步成熟：「願竢時乎吾將刈」，比喻團結他們，共同為國效勞；「萎絕」比喻所培育的人材滅絕；「蕪穢」比喻他們變質。這些都是借喻。

上述語言實際證明，古人文論中所講的「比」，包括現代修辭學上所講的明喻、暗喻和借喻。又如：

> 跪敷衽以陳詞兮，耿吾既得此中正。駟玉虬以乘鷖兮，溘埃風余上征。……鸞皇為余先戒兮，雷師告余以未具。吾令鳳鳥飛騰兮，繼之以日夜。飄風屯其相離兮，帥雲霓而來御。……吾令鴆為媒兮，鴆告余以不好⑪。

這裡的「玉虬」、「鷖」、「鸞皇」、「鳳鳥」、「鴆」等生物（都是想像和傳說中的動物）與「飄風」、「雲霓」等非生物，都擬人化了。他們會駕馭，會做媒，「飄風」還會率「雲霓」來干擾詩人「求愛」。這些都是修辭上比擬的用法，而古代文論也稱之為「比」也。

請看《豳風·鴟鴞》：

> 鴟鴞鴟鴞！既取我子，無毀我室。恩斯勤斯，鬻子之閔斯。迨天之未陰雨，徹彼桑土，綢繆牖戶。今女下民，或敢侮予。予手拮据，予所捋荼，予所蓄租，予口卒瘏，曰予未有室家。予羽譙譙，予尾翛翛。予室翹翹，風雨所漂搖。予維音嘵嘵。

「這是一首禽言詩，一隻小鳥在訴說她所遭受的迫害和經

歷的辛苦。」⑫鳥兒竟然有人一樣的思想、感情、語言、動作。這用的是擬人的手法。可是《詩經集傳》亦評之為「比」——「為鳥言以自比也」。《黃鳥》、《碩鼠》也屬於這一類。

「比」還包括諷喻。《莊子》的《逍遙遊》、《養生主》，《列子》的《愚公移山》等，都用了諷喻的修辭方法。古人云：「《莊》《列》寓言」，「旨存比興」，就是指這類修辭手法。

「比」包括比喻、比擬和諷喻三種修辭手法，還可以舉出許多例證。可是不少研究者，談到「比」只釋為比喻，而沒有指出比擬和諷喻，這是不很全面的。

作為「比」，古人還用了許多同義詞，僅劉勰的《文心雕龍‧比興》篇，就用了「附」、「類」、「擬」、「譬」、「方」、「喻」、「比興」、「比體」等。以下，要談談「比興」與「比體」。

「比興」一詞，有時指「比」和「興」兩種方法。毛澤東給陳毅談詩的一封信，說「比興兩法是不能不用的」——法，就是藝術方法，簡稱「藝法」。劉勰《比興》篇：「毛公述傳，獨標興體」，「比顯而興隱哉？故比者，附也；興者，起也」，「諷兼比興」。這些話中的「比」、「興」都是指兩種方法。但由於「興」的含義「兼有發端與比喻的雙重作用」⑬，如朱熹說，興是「先言他物以引起所詠之辭也」⑭。此解主要指「發端」；孔安國謂：「興，引譬連類」⑮，則兼含比喻之義。正由於「興」也有比喻之義，所以「比興」連綴成詞，有時只有「比」的意思，這時「比興」與「比」是同義詞，如劉知幾說：「昔文章既作，比興由生，鳥獸以媲賢愚，草木以方男女，詩人騷客，言之備矣。」⑯這裡的「比興」與「媲」、

「方」同義，就是「比」的意思。本節所講的「比興」，就專指與「比」同義的這一種。

什麼是「比體」呢？這也得從具體的語言入手來分析。

「比體」有時指詩體或文體（本節所要講的「比的章節和比體」，就是這個意思）。有時「比體」與「比」是同義詞，如劉勰的「賦頌先鳴，故比體雲構」[17]，這裡的「比體」指什麼？清人紀昀的話可以借來作注腳：「非特興義銷亡，即比體亦與三百篇之比差別，大體是賦中之比，循聲逐貌，擬諸形容」[18]，是指用「比」來雕琢詞句。周振甫先生對「比體雲構」是這樣翻譯的：「比喻手法像雲一樣紛聚」[19]。這些論述都說明「比體」有時又是比喻手法的別稱。這與下文要講到的「比」又是章節、詩體、文體和藝術方法的「比」不同。

由上可知，古代文論中的「比」從現代修辭學角度講是比喻、比擬和諷喻三種手法，而它的名稱卻是多種多樣的，經常與其他概念交叉。

(二)「比」是比的章節和「比體」

古代文論中所談的「比」又是比的章節和「比體」的總稱。

什麼是比的章節呢？它是整章詩總的藝術構思和表現方法都是用比。這也得用詩篇作具體的分析。

《詩經》三百零五篇，共約一千零七十章，其中被《集傳》評為「比」的有關詩約五十篇，一百三十章左右，一般說來是指整章總的藝術構思。如《唐風‧鴇羽》以「肅肅鴇羽，集於苞栩」比老百姓在徭役重壓下的痛苦；《王風‧兔爰》用「有兔爰爰，雉離於羅」比「我生之初，尚無為；我生之後，逢此

百罹」的悲慘遭遇；《衛風·木瓜》用「投我以木瓜，報之以瓊瑤」比情人「贈我以微物，我當報之以重寶」，表示要永結恩愛。

反之，整章詩總的表現手法是「賦」和「興」的，其中個別語句就是用了比喻，《集傳》還是評之為「賦也」、「興也」，而不稱之為「比也」。如《鄭風·出其東門》，從總的藝術方法來看，是「直言之也」——直接抒發了詩人專貞的愛情，所以被評為「賦也」；而其中「有女如雲」，比喻女子「美且眾也」，「有女如荼」，比喻姑娘「輕白可愛」⑳——這些比喻，都是用來反襯對「縞衣綦巾」、裝扮樸素的那一個姑娘的愛情。《王風·黍離》，就整章言是「賦而興也」，但不排斥其中有比的詞語：「行邁靡靡，中心如醉」，「中心如噎」。

總之，《集傳》評為「比」的百餘章詩，一般說來，是就整章的藝術構思而言，而不是指個別語句的比喻。所以，這個「比」是比的章節。把「比」僅僅理解為比喻這一種修辭方式，不符合「六義」的原旨，也不符合作品的實際。

當然，古人所講的「比」並不是很科學的，同一章詩，有的注者評之為「比也」，有的注者評之為「興也」；就是同一注者，其標準也不是很明確、很嚴格的。但這畢竟是個別的章節。上面所講，是就總的情況來分析的。

什麼是「比體」呢？就是全篇用比。王夫之說：「《小雅·鶴鳴》之詩，全用比體，不道破一句，三百篇中創調也。」㉑此詩兩章，每章都全用比喻，不點明被比的事物，把所要表達的意思蘊含在比的形象之中。這種「比體」是比的章節的擴展。此類「比體」，古人往往稱之為「比興」。這是用「比」來進行形象思維的更重要的藝術方法。這種比法，隨著歷史的發

展而發展，不僅大量地用於詩中，散文中也不少，漢以後的抒情小賦中，偶爾也用到。

「比體」按內容分有重在詠物抒情和重在寓物言理兩大類。

1.詠物抒情

詠物抒情，也就是「託物言志」、「因物感興」，或叫「因物喻志」。鍾嶸說：「因物喻志，比也。」㉒這種「比體」，就是作者通過對客觀事物作形象的描繪，來比喻所要表現的事物，寄寓自己的感情，造成寓情於景，情景交融的藝術境界。

屈原的《橘頌》是託物言志的空前傑作。詩篇的開頭，詩人從橘的根、葉、花、枝、刺、果等方面頌橘。接著就桔的特性引申之，寫橘的品質「獨立不遷」，「深固難徙，廓其無求兮」、「蘇世獨立，橫而不流兮」，「閉目自慎，終不失過兮」，「秉德無私，參天地兮」。這裡把橘擬人化了，賦給橘以崇高的品德，「實際上就是作者完整人格和個性的縮影。它不粘滯於所歌頌的事物的本身；但同時也沒有脫離所歌頌的事物。這樣就使得在本篇中作者的主觀心情滲透了客觀事物；而凝成了一個完滿的藝術形象，為後來的詠物詩開闢了一條寬廣的道路，樹了一個光輝的榜樣。」㉓

善於用比，是李白詩歌的突出特點，在他的古風和樂府裡表現得尤為突出。他的《感興八首》其八：「嘉穀穩豐草，草深苗且稀。農夫既不異，孤穗將安歸？常恐委疇隴，忽與秋蓬飛。烏得薦宗廟，為君生光輝。」這首詩：「稱名也小，取類也大。」詩人以穀禾自比，悲嘆無人識拔，將與草木同朽，寄託他希望早日用世的懷抱，反映了封建社會的當權者不能及時識拔賢才的現實。詩中，句句寫物，句句寫我，句句是實寫，

句句是虛寫，「物」與「我」完全融合起來了，形象鮮明，感情濃烈，「千載讀之，猶有感激。」此外，他的《清平詞三首》，《贈韋寺御黃裳‧其一》，《古風》第四十七、四十九等都是詠物寄懷的名篇。他的《奔亡道中》別出一格，全用古人、古事作比，表達自己愛國的思想、被饞被逐後痛苦的處境和悲痛的心情。

上述所舉例子，也就是古人所謂「索物以託情，謂之比，情附物也」㉔，「比者，引物連類」㉕。「索物託情」、「引物連類」，這種「比」的突出特點，往往寫物在於寫人，寫人在於抒情，詩人的主觀性表現得十分突出。這種比，不是簡單的比喻的修辭手法，它全篇用比構思，用比來表達，經常兼用比喻、比擬、象徵、聯想、誇張等手法來塑造形象，寫物抒情。

託物言志的比體，不僅見於詩中，散文中也不少。韓愈的《馬說》、周敦頤的《愛蓮說》，把物、情、理有機地統一起來。

託物言志的比體，發展到現代更加成熟，成為散文創作的重要方法之一。此類作品不勝枚舉，如郭沫若的《銀杏》、茅盾的《白楊禮贊》、陶鑄的《松樹的風格》、袁鷹的《井岡翠竹》、楊朔的《茶花賦》等等。他們飽含革命激情，為我們寫下了時代精神的贊歌。

以上分析說明，古人所講的「比」與我們現在所講的「託物言志」或「詠物寫志」的藝術手法有相同點，它是整篇文章總的藝術構思和表現方法，它把比喻、比擬、象徵、寫照等融合起來，或用以自比，或用以比人。文中人與物、景與情交融起來，充滿了詩的意境。

2.寓物言理

寓物言理，也就是切事附理。劉勰說：「比者，附也」，「附理者，切類以指事」㉖。沈祥龍也說：「借物以寓其意，比也。」㉗古人所講的比，又是「比附」、「寄寓」之意。這種「比」更不能簡單地與修辭手法的比喻等同起來。它的特點是「寫物以附意，颺言以切事」㉘，經常兼用比喻、比擬、諷喻、誇張、影射等方法，描寫客觀事物的形象來顯示理趣。它或是寓言，或為童話，或在寫物，或作遊記，或託古諷今，或借事言理。

全篇用比來「附理」的詩歌，《詩經》中已有，錄一章如下：

> 鶴鳴於九皋，聲聞於野。魚潛在淵，或在於渚。樂彼之園，爰有樹檀，其下維蘀。他山之石，可以為錯㉙。

《集傳》評曰：「比也。」朱熹認為，此「必陳善納諫之辭也。蓋『鶴鳴於九皋』，而『聲聞於野』，言誠之不可掩也；『魚潛在淵』而『或在於渚』，言理之無定在也；『爰有樹檀』而『其下維蘀』，言愛當知其惡也」，『他山之石』而『可以為錯』，言憎當知其善也。由是四者引而申之，觸類而長之，天下之理其庶幾乎」㉚。王夫之也說，這首詩「全用比體」，「要以俯仰物理而咏嘆之，用見理隨物顯，唯人所感，皆可類通，初非有所指斥一人一事，不敢明言而姑為隱語也。」㉛

這種比體，含蓄雋永，把深刻的道理寓於形象之中，「它們究竟用來比什麼沒有說，要讓讀者自己去體會」，「從中體會詩的含意，這種含意要讀者憑著各自的生活體驗去作補充，需要讀者去再創造」㉜。

《詩經》中比附的詩體，才具雛型。如上詩用四個比喻說理，而這四個比喻，還未能構成鮮明的統一的畫面。比附之體，發展到後代逐步成熟，多數篇什能通過描繪色彩鮮明的畫面，構成富於哲理性的詩的意境，來表達深刻的含義，如蘇軾的《題西林壁》：

> 橫看成嶺側成峰，遠近高低各不同。
> 不識廬山眞面目，只緣身在此山中。

朱熹為宋以後儒家大師，他用理學家的眼光看待文學創作，主張義理為根本，文章為末務，強調心性修養而任其自然，反對下工夫，費力氣。他的《觀書有感》二首，就是這種唯心主義世界觀的表露，錄一首如下：

> 半畝方塘一鑑開，天光雲影共徘徊。
> 問渠那得清如許，爲有源頭活水來。

這首詩全部用比說理，由於形象鮮明，理趣橫生，所以讀者往往可以憑藉自己生活的經驗，去理解詩的內涵；他所獲得的感受，可能與詩人創作的原意不一致，而豐富得多，深刻得多。

古人認為：「吟詠所發，志唯深遠，體物為妙，功在密附」[33]，「理貴側附」[34]；「比興深者通物理」[35]。此類比體，通過比興之法，以「體物」之精微，而深刻地密切地從側面來寄寓旨意，使「物」與「理」溝通起來。它的特點，道理深刻而形象鮮明，含蓄而富有韻味。它不像一般的議論文直接地表達觀點，而是曲折地托附深意，耐人咀嚼、回味。讀者所

得的感受，可以因人、因時、因地而異。這類比體怎麼可以同修辭上的比喻劃等號呢？

比，又是「比刺」之意。《詩》注云：「風刺，謂譬喻，不斥言也。」[36]孔穎達說：「比云見今之失，取比類以言之，謂刺詩之比也。」[37]這類「比」往往是拿作比的事物與被比的事物的某種內在聯繫來表示，或有某種近似，或以史實、現實來作例證，加以引申來表達諷諭之意，所謂「比類」、「比例」是也。

《毛詩序》云：「上以風化下，下以風刺上，主文而譎諫」[38]。柳宗元說過：「導揚諷諭，本乎比興者也」[39]。古人把諷諭與比興聯繫起來，用比興來諷諭。詩歌的這個傳統，「蓋出於虞夏之詠歌，殷周之風雅」[40]。此類比體到屈原手裡更加成熟，他「譬物連類，述三王之道，以譏切當世」。以比興為諷刺被強調到最充分的是白居易。他認為「比興」是《詩三百》的精髓，是詩歌創作的核心，也是文藝批評的標準。他把「比興」理解為「諷諭」是有片面性的，但也有積極的一面──他繼承了《詩經》現實主義的優良傳統，而聯繫當世，以比興之法，寫出許多現實主義的詩篇。他的主張和作品對後代都有較大的影響。白氏認為，他的《秦中吟》與杜甫的《新安吏》、《石壕吏》都是比興之作。這種比興，或者是反映人民的痛苦，以「附理」、「切類以指事」，如杜之《新安吏》、《石壕吏》，白之《秦中吟》；或述古比今，如杜牧的《阿房宮賦》，就是以秦為比，總結帝王驕奢淫佚必將自取滅亡的歷史教訓，為唐代統治者敲起警鐘。此種「比」與修辭手法之比喻，距離最大，它只是設一面鏡子，來影射現實，以某種事物為例證，來旁敲側擊，多數篇什含義更加曲折，讀者須要「思

而得之」，使「言之者無罪，聞之者足戒」[41]。

以比附說理，不僅見於詩歌，散文中也有，如《孟子》中的《齊人有一妻一妾》，《戰國策》中的《鄒忌諷齊王納諫》，《禮記》中的《孔子過泰山側》等，都是「借物以寓意」，來說明事理。這些，古人都稱之為「比」。

柳宗元是善於以比興附理的作家。他的寓言故事《三戒》、《種樹郭橐駝傳》、《謫龍說》、《羆說》等多數是全篇用比，較之先秦著作中簡單的片段的寓言有很大發展。他還善於攝取現實生活的一個畫面，來比例現實，如《捕蛇者說》，「屬辭比事」，「以俟夫觀人風者得焉」。他還利用遊記，來「導揚諷諭」。他「既竄斥，地又荒癘，因自放山澤間，其堙厄感鬱，一寓諸文」[42]。他的《鈷鉧潭西小丘記》對小丘的議論，實是借丘談己，隱含比興。其後，蘇東坡的《石鐘山記》、王安石的《遊褒禪山記》也是以小喻大，由具體到抽象，論證周詳，富有說服力。這類遊記，都是借景寓理，是一種曲說。此類之「比」與修辭學之比喻更加不同，它的作比與被比的物、理之間，相似點更不明顯，也不是一點相似，而是多點聯繫，我們要從文章所描繪的形象的總和之中，去理解其中的三昧。

㈢「比」是藝術方法，也是藝術形象

1.比是藝術方法

詩要用形象思維，比興兩法是不能不用的。比這種藝術方法，表現在以下兩點：

(1)比是創造藝術形象的方法之一。

鍾嶸說：「因物喻志，比也。」[43]皎然曰：「取象曰比，

取義曰興，義即象下之意。」㊹「比」就是要把「物」與
「志」、「象」與「義」結合起來，要把客觀事物與主觀情志結
合起來，「從具體的事象中發掘比較深廣的意義，使讀者感到
值得咀嚼、回味」㊺。作為比的「物」或「象」，形象豐富，
色彩鮮明，美感強烈，它往往就是人類社會中某些人的寫照。
請看李白的《雙飛燕》。

> 雙燕復雙燕，雙飛令人羨。玉樓朱閣不獨棲，金窗繡戶
> 長相見。柏梁失火去，因入吳王宮。吳宮又焚蕩，維巢
> 巢亦空。憔悴一身在，孀雌憶故雄。雙飛難再得，傷我
> 寸心中。

　　李白因永王璘事件，遭毀謗，被流放，弄得妻離子散。這
燕子的形象正是他自己的寫照陸游的《卜算子・詠梅》：「無
意苦爭春，一任群芳妒。零落成泥碾作塵，只有香如故。」也
正是他自己的縮影。恩格斯指出，在藝術作品中，作者的傾向
性不直接說出來，要用藝術的形象自身流露。「比」正是讓藝
術形象自身流露的好方法。這種流露與比喻的修辭手法有相同
點也有區別。區別在於：

　　①比的形象豐富，有時是幾個作比的事物或作比事物的幾
個方面，構成統一的整體，表現人生的畫面，它是作者的情志
和社會現象的綜合體。比喻，雖然可以增加文章的形象性，但
一般說來，只取一種事物或一種事物的一點作比，一般只有一
點相似。

　　②比的形象，「妙在含蓄無垠」㊻。古人認為「詩以蘊藉
為主」㊼。「託諷於有意無意之間，可謂精於比義。」所以比

體用比擬、象徵、寓意的方法曲線般、折光般來描繪，反映「象」與「義」、「形」與「情」、「物」與「意」之間的關係，描寫、反映客觀事物與主觀情志的關係。有時，這種關係很不明顯，要運用誇張、擬人、象徵等手段作多方面的描寫、渲染，因而有多點相似，以建立「象」與「義」之間的媒介關係。而比喻的方式相似點是明顯的，它們的意義在一定的上下文裡，瞭然於目。

(2)比是創造詩的意境的方法之一。

劉勰說：「詩人比興」、「擬容取心」。就是「塑造藝術形象不僅要摹擬現實的表象，而且還要攝取現實的意義，通過現實表象的描繪，以達到現實意義的揭示」[48]。這種「表象」與意義互相交融，形成了藝術境界。它就像王世貞所講的「意象」[49]，胡應麟所講的「興象」[50]，王夫之所說的「情景」[51]一樣，用我們今天的話來說，就是意境。

用「比」來創造詩的意境有規律嗎？有。這種規律與用其他形式創造意境的規律有同一性，也有特殊性。它的特殊性表現在「容」與「心」、「象」與「意」、「景」與「情」之間，「物雖胡越」，它們一實一虛，本質不同，但是「合則膽肝」[52]——兩者之間有相似、相類、相附的關係，使物境與情志交融起來，形成了藝術境界。這種境界的產生，有三種情況：

其一，感物生情，沿物設比。

鍾嶸說：「氣之動物，物之感人，故搖蕩性情，形諸舞詠」[53]。許多比體詩文，就是這樣創作出來的。以駱賓王的《在獄詠蟬》為例，作者因議論時政，觸怒了皇后武則天，被誣、拘捕入獄。正好獄中有幾株枯槐樹，「每至夕照低陰，秋蟬疏引，發聲幽咽，有切嘗聞。」[54]而蟬在古人的印象中是高

潔的象徵⑤，是「至德之蟲」⑤。作者在這詩的小序中也說：「潔其身也，稟君子達人之高行；蛻其皮也，有仙都羽化之靈姿。候時而來，順陰陽之數；應節而變，審藏用之機。有目斯開，不以道昏以昧其視；有翼自薄，不以俗厚而易其真。吟喬樹之微風，韻姿天縱；飲高秋之墜露，清畏人知。」詩人面對獄中晚照，耳聞寒蟬淒切，於是「情沿物應」，感慨繫之，就很自然地由蟬想到自己，以蟬為比，「託詩以怨」。「露重飛難進，風多響易沈」，寫蟬的境遇艱難；「無人信高潔，誰為表予心」，寫蟬的心志高潔。這裡詠蟬就是詠己。鍾嶸說，「若乃春風春鳥，秋月秋蟬，夏雲暑雨，冬月祁寒，斯四候之感諸詩者也」，「感蕩心靈，非陳詩何以展其義？非長歌何以騁其情？」⑤這種感物生情，如果「物」與「我」之間有相似、相類之意，就構成了這類比體的詩文。此類比體構成的意境，情景交融，物我雙會。

其二、融情入比，物著我色。

作者的感情十分強烈，當他用客觀事物作比時，傾注進自是也。同樣寫梅花，陸游的「《卜算子·詠梅》這一首，可以說就是以梅花自比的結晶」，「他看不到人民的力量，所以特別感到孤獨。……孤獨感是他自己的階級所賦予他的不正確的幻覺。他把這種幻覺還輸入到梅花身上去了。其實梅花何嘗有孤獨感？」⑤郭沫若的這段分析是很中肯的，梅花的感情都是詩人「輸入」的。毛澤東的同名詞，「反其意而用之」。這種梅花，在風雨冰雪中，積極向上，「儘管自己有敢於鬥爭的精神，然而謙遜自處，不同於陸游的目空一切，自表孤高」⑥。這種梅花的品格、感情，也是詩人所賦予的。同樣詠蟬，「虞世南『居高聲自遠，端不借秋風』是清華人語。駱賓王『露重

飛難進，風多響易沉』，是患難人語。李商隱『本以高難飽，徒勞恨費聲』是牢騷人語。比興不同如此。」[61]這種不同的感情，全是詩人所「輸入」的。此類比體所構成的意境，感情特別強烈，大部分篇什都是用比擬、象徵、誇張的手法來寫，物情即我情，物我融合為一，很難分開。

其三、體物作比，物我交融。

劉勰說，「詩人比興，觸物圓覽」，「故比類雖繁，以切至為貴」[62]。詩人在與客觀事物接觸的過程中，要善於周密地觀察，只有善於觀察，才能準確地抓住對象的外部特徵和本質特徵來作比，貼切地表達作者的思想感情。例如「《離騷》之文，依詩取興，引類設喻」；以善鳥、香草、靈脩美人、宓妃佚女、虯龍鸞鳳為一類，來比正面的人物；以惡禽臭物為一類，來比反面的人物。「善鳥」之「善」，「香草」之「香」，「惡禽」之「惡」，「臭物」之「臭」，都是它們的本質特徵。本質特徵與外部特徵有時很難分開，詩人經常通過外部特徵來表現本質特徵，或者把兩者統一起來。請看黃巢的《不第後賦菊》：

待到秋來九月八，我花開後百花殺，
衝天香陣透長安，滿城盡帶黃金甲。

詩人抓住菊花在秋天開花的特點——「待到秋來九月八，我花開後百花殺」，寫出菊花精神抖擻，威力極大；抓住菊花「香」的特點，加以誇張——「衝天香陣透長安」，表現敢於造反的精神；抓住菊花「色」的特點，加以擬人——「滿城盡帶黃金甲」，表現它抗霜鬥寒，傲然怒放的英雄氣概。

中國詩歌中，往往用松、竹、駿馬等來比正面人物，用荊棘、蒼蠅等來比反面人物，這些都是兼取本質和形象的特徵作比。

「體物作比」，就是要抓住事物的特點，把物的形神與我的形神統一起來，構成詩的意境。此類比體，尤其顯得「真」與「切」，形象鮮明突出，形神兼具。

上面講了三種用比造成意境的方法。在這些意境中，作者的主觀之「意」與客觀事物之「境」，有相似和相類的關係，塑造了興情至深、比類至切的藝術形象，蘊含著無垠的意義。讀者通過比的形象，可以獨立地按照自己的生活經驗和藝術修養，去品味詩人描寫的一切，使「味之者無極」，產生強烈的美感作用。

2.比又是藝術形象

比是塑造藝術形象和創造詩的意境的方法之一，是就創作而言；比又是藝術形象，是就用「比」創造出的形象、比的內部結構和欣賞者的角度而言。它體現了辭章學之「表達」、「承載」、「理解」這三元一體的特點。

劉勰說：「刻鏤聲律，萌芽比興」[63]；皎然說：「取象曰比」[64]；鍾嶸把興、比、賦三者綜合起來，認為「宏斯三義，酌而用之」，這樣的作品，才是「指事造形，窮情寫物，最為詳切者」[65]。「萌芽比興」、「取象」、「造形」，就是兼指用「比興」的方法及其所塑造出來的藝術形象。

「比」由三個因素構成：被比的對象、作比的事物和聯繫它們的共同的特徵。以陸游的《卜算子·詠梅》為例，被比的對象是詩人自己及其周圍環境。作比的事物，是梅花與以梅花為中心的旁襯事物：「風雨」、「群芳」、「塵」以及抽象的東

西「黃昏」、「春」等，由它們構成了和諧的統一的整體，描繪出色彩鮮明的人生畫面。它在反映生活的過程中，具有高度的綜合性和鮮明的立體感。聯繫被比對象和作比事物的共同特徵是「寂寞」、「無主」、「獨自愁」、「無意苦爭……」、「一任……妒」、「零落」、「如故」等。值得注意的是，這三個因素中，被比的對象隱蔽起來，只出現作比的事物及其聯繫被比對象的共同特徵。這就是作品中的藝術形象。在創作的過程中，「詩人比興」，「體物密附」。這就是說，要運用比興，就要觀察事物，攝取作比對象的外部特徵和內部特徵，使它與被比的事物聯繫起來。韓康伯所說的「託象以明義，因小以喻大」，用我們今天的話來講，就是通過藝術形象來表達情意，用小的東西來說明大的道理。所以「比」，不僅包括創作的開端，創作的過程，還包括創作的終結——塑造出藝術形象。

比的手法，剛學語的小孩會用它，目不識丁的老太婆也會用它。這種手法早已產生，到後來人們才從語言現象中總結出「比」的規律來，並給它「比」的名稱。以《詩經》為例，賦、比、興的方法及其所塑造出來的形象是客觀存在的，後來人們在閱讀、欣賞中，從作品的語言出發，從分析所塑造的形象出發（當然，有些篇目形象是不突出的，應該除外），才評之為「賦也」、「比也」、「興也」。所以，評論者在評論的過程中，不好也不可能把方法與形象截然分開，因為評論者的活動，離開了對藝術形象的分析，就無法知道這些藝術方法。正由於作者用「比」的方法來塑造比的形象，用形象來曲折示意，所以讀者往往通過形象的分析來領會作者的創作意圖，而所領會的可能與作者的本來願望是不一致的。有時不同的讀者，可能有不同的理解。李白的《蜀道難》，絕大部分研究者

認為是比興之作。「詩人不是客觀地、冷靜地把蜀道的面貌描摹在讀者面前，而是用浸透著感情的巨筆，抒寫他對蜀道之難的獨特感受。蜀道上的山水禽鳥、日月星辰，無不帶有強烈的感情色彩。」⑥⑥可是，詩人的寓意何在？我們只能從詩篇所創造的藝術形象出發進行分析，大家所得的結論就不一樣：「有的認為是擔憂房琯、杜甫將為嚴武所害；有的認為是諷刺唐玄宗避亂入蜀；有的認為是諷刺劍南節度使章仇兼瓊」⑥⑦；有的認為「是通過對蜀道瑰麗多姿、驚險萬狀的山川景物的描繪，歌頌祖國河山的壯美；同時也表現了對入蜀友人的關切，希望他不要貪圖錦城的安樂，早日離蜀返京」⑥⑧；有的認為它是「青年李白初入世途，受到挫折與打擊，從金色的夢幻中睜開眼睛看見艱難與冷酷的現實時，驚愕莫名，大失所望，因而唱出的一首悲歌。」⑥⑨真是眾說紛紜，各言其是，相差甚遠。所以「『比興言志』的傑作，有如大海，探龍宮者得驪珠，涉中流者獲巨鱗，遊汀洲者攬芳草，戲岸邊者拾貝殼，深見是深，淺見是淺，仁見是仁，智見是智——各有所得，不亦樂乎！」⑦⑩為什麼有這麼不同，關鍵是因為讀者是從作品中「比」的形象進行分析的。

　　由上分析說明，古人對「比興」的評論，不排斥比的藝術形象。

＊　　　　＊　　　　＊

　　總之，中國古代文論中所講的「比」的內容是很豐富的，不同時代的研究者，就賦給它以不同的意義。它充分體現了辭章學融合性的特點。比又有鮮明的時代性，「比」隨著歷史的發展，它的表現形式、作用也在不斷發展中。它既包括作為修辭手段的比」，也包括作為詩體、文體、藝術方法和藝術形象

的「比」。人們談「比」的角度也不一樣，有的從創作談，有的從閱讀、欣賞談。

作為修辭手段的比，隨著社會的發展而發展。人們對修辭的研究逐步深入，後來才從「比」中分出比喻、比擬和諷喻。隨著語言研究的發展，人們對比喻、比擬的認識也逐步發展，把比喻又分為明喻，暗喻和借喻三種，把比擬分為擬人、擬物兩種，每種中又分為許多細類。

時代發展了，如果我們只用作為現代修辭方式之一的比喻去統稱古代文論中的「比」，無疑是不恰當的。由於「比」具有這麼大的融合性，把它劃歸辭章學的一種藝法是很恰當的。

本節論析「比」，全文貫穿著「四六結構」和「三辭三成」的理論，只是不予點明。這是運用藝術方法時應予注意的一條原則。

注 釋

① 《毛詩正義》。

② 《周禮》大師條注。

③ 晉·摯虞：《文章流別論》。

④ 宋·朱熹：《詩經集傳》。

⑤ 《詩刊》，1978（1）。

⑥ 毛澤東：《在延安文藝座談會上的講話》。

⑦ 梁·劉勰：《文心雕龍·比興》。

⑧ 梁·劉勰：《文心雕龍·辨騷》。

⑨ 《楚辭》卷一《離騷經序》。

⑩⑪ 屈原：《離騷》。

⑫ 余冠英：《詩經選譯》（增補本）。

⑬郭紹虞主編：《中國歷代文論選》。

⑭宋·朱熹：《詩經集傳》。

⑮何晏：《論語集解》引。

⑯唐·劉知幾：《史通敘事》。

⑰梁·劉勰：《文心雕龍·比興》。

⑱轉引自《文學評論》1978年第3期。

⑲周振甫 ：《文心雕龍選譯》。

⑳宋·朱熹：《詩經集傳》。

㉑清·王夫之：《薑齋詩話》。

㉒梁·鍾嶸：《詩品·序論》，見陳延傑《詩品注》。

㉓馬茂元：《楚辭選》。

㉔李仲蒙語，引自楊慎《升庵詩話》。

㉕宋·魏慶之：《詩人玉屑》引黃徹語。

㉖梁·劉勰：《文心雕龍·比興》。

㉗清·沈祥龍：《論詞隨筆》。

㉘梁·劉勰：《文心雕龍·比興》。

㉙《小雅·鶴鳴》。

㉚宋·朱熹：《詩經集傳》。

㉛清·王夫之：《薑齋詩話》。

㉜周振甫：《詩詞例話》。

㉝梁·劉勰：《文心雕龍·物色》。

㉞梁·劉勰：《文心雕龍·詮賦》。

㉟清·方東樹：《昭昧詹言》引方回言。

㊱轉引自史繩祖：《學齋佔畢》。

㊲㊳《毛詩正義》。

㊴㊵唐·柳宗元：《楊評事文集後序》，《增廣注釋音辯唐柳先生集》。

㊶《毛詩序》，《毛詩正義》。

㊷《新唐書》本傳。

㊸梁・鍾嶸：《詩品序》。

㊹唐・皎然：《詩式》。

㊺以群主編：《文學的基本原理》。

㊻清・葉燮：《原詩》。

㊼清・賀貽孫：《詩筏》。

㊽王元化：《文心雕龍創作論》。

㊾明・王世貞：《藝苑卮言》。

㊿明・胡應麟：《詩藪》。

(51)清・王夫之：《薑齋詩話》。

(52)梁・劉勰：《文心雕龍・比興》。

(53)梁・鍾嶸：《詩品序》。

(54)唐・駱賓王：《自序》。

(55)魏・曹植：「帝臣是戴，尚其潔兮。」(《蟬賦》)

(56)晉・陸機：「君子則其操，可以事君，可以立身，豈非至德之蟲哉？」

(《寒蟬賦序》)

(57)梁・鍾嶸：《詩品序》。

(58)清・王國維：《人間詞話》。

(59)(60)《毛主席詩詞注釋匯集》。

(61)清・施補華：《峴傭說詩》。

(62)(63)梁・劉勰：《文心雕龍・比興》。

(64)唐・皎然：《詩式》。

(65)梁・鍾嶸：《詩品序》。

(66)(67)(68)張燕瑾：《唐詩選析》。

(69)(70)安旗：《「比興」新箋》，《詩刊》，1980(7)。

後　記

　　本人沿著「修辭學──語體學、風格學──辭章學」的道路走來，經過三十多個春秋，辛勤墾荒，耕耘，播種，相繼推出語言學方面的論著（含獨著、主編、合作）約七八百萬字（文學作品、文化教育論著未計入），在此基礎上，寫成《辭章學論稿》，作為大學生、研究生的講義，反覆實驗。近幾個月，又作統編、修改，改稱《辭章學導論》就要和讀者見面了。

　　「妝罷低聲問夫婿，畫眉深淺入時無？」這就要接受同行專家和廣大讀者的品評，接受社會和歷史的檢驗了。

　　辭章學，是「廣義修辭學」。它為適應語言運用的實際需要，對原來修辭學作引申和擴大，其理論框架、學科對象、角度、效果、功能等都大於原來的修辭學。這種想法和做法，國內外是一致的。前面已經說過呂叔湘、張志公、張靜等我國語言學界的賢達，都有這種思考，並做出了努力和實質性的貢獻。研究外語的專家也是如此。法語專家趙俊欣教授也有對「舊的修詞學的引申和擴大」之舉。他說：這門學科「牽涉面很廣」，「牽涉到語法、語言學、文學、口語與書面語、體裁和各種功能文體（文學文體、科學論文體、議論文體、報刊文體等等），在一定程度上，它是一門邊緣學科。」他認為，這門學科「對寫作或領會、欣賞作品，均有裨益」。（《法語文體論・前言》，上海：上海譯文出版社，1984）這與漢語辭章學的對象、功能、任務等很相近，可是它卻被稱之為「文體學」，和本書所講的「辭體」和「辭章語體學」很相近。

　　對於一門學科理論體系的認識，總是在動態的不斷變化的

發展之中。今天認為是正確的認識，都有它隱蔽著的在今後會顯露出來的偏頗甚至錯誤的方面。認識，實踐，再認識，再實踐，以至無窮，認識才會逐步發展、提高、深化。要建立這樣的一門新學科，要靠一大批學者聯合努力，甚至幾代人的不斷探索，才會逐步趨於完善。

本書是理論性的專著，據我所知，兩岸學者即將相繼（也可能超前）推出《辭章章法學》、《文藝辭章學》、《新詩辭章學》、《辭章學概論》（增訂本）、《辭章學引論》、《大學辭章學》、《辭章語格學》、《辭章學發凡》等等專著。本書算是拋出一塊土磚，如能引來一批美玉，是為大幸。

福建師大文學院　　鄭頤壽

2003年9月　於屏西五鳳南麓之榕蘭齋

主要參考文獻

　　本目錄只列本書之主要參考文獻，含古今中外之言語學（修辭學、語體學、風格學、話語語言學）以及文章學、文學、美學等。參考文獻以類聚，每類大體上以出版時間為序。最後部分，為拙文目錄，書中多次述及，為節省正文篇幅，只在此統一注明出處。

高名凱、石安石　**語言學概論**　北京：中華書局，1963

王德春　**現代語言學研究**　福州：福建人民出版社，1983

詹人鳳　**現代漢語語義學**　北京：商務印書館，1987

何自然　**語用學概論**　長沙：湖南教育出版社，1988

李安宅　**語言‧意義‧美學**　成都：四川人民出版社，1990

邢福義主編　**文化語言學**　武漢：湖北教育出版社，1990

劉湧泉、喬毅　**應用語言學**　上海：上海外語出版社，1991

劉煥輝　**交際語言學導論**　南昌：江西教育出版社，1992

張公瑾　**文化語言學發凡**　昆明：雲南大學出版社，1998

林玉山　**現代語言學的歷史與現狀**　鄭州：河南人民出版社，2000

錢鍾書　**管錐編**　北京：中華書局，1986

陳望道　**修辭學發凡**　上海：上海文藝出版社，1959

呂叔湘、朱德熙　**語法修辭講話**　北京：開明書店，1952

張瓌一　**修辭概要**　北京：中國青年出版社，1954

楊樹達　**漢文文言修辭學**　北京：科學出版社，1954

張　弓　**現代漢語修辭學**　石家莊：河北教育出版社，1993

鄭頤壽　**比較修辭**　福州：福建人民出版社，1982

王希杰　**漢語修辭學**　北京：北京出版社，1983

王德春　**修辭學探索**　北京：北京出版社，1983

吳士文、馮憑　**修辭語法學**　長春：吉林教育出版社，1985

復旦大學語言研究室　**陳望道修辭論集**　合肥：安徽教育出版社，1985

黎運漢、張維耿　**現代漢語修辭學**　香港：商務印書館，1986

鄭頤壽、林承璋主編　**新編修辭學**　廈門：鷺江出版社，1987

宗廷虎、鄧明以、李熙宗、李金苓　**修辭新論**　上海：上海教育出版社，1988

沈　謙　**文心雕龍與現代修辭學**　臺北：益智書局，1990

沈　謙　**修辭學（上、下冊）**　臺北：空中大學，1991

童山東　**修辭學的理論與方法**　鄭州：河南人民出版社，1991

譚學純、唐躍、朱玲　**接受修辭學**　上海：上海教育出版社，1992

譚永祥　**漢語修辭美學**　北京：語言學院出版社，1992

倪寶元　**漢語修辭新篇章**　北京：商務印書館，1992

沈　謙　**修辭方法析論**　臺北：宏翰文化事業有限公司，1992

董季棠　**修辭析論**　臺北：文史哲出版社，1992

鄭頤壽主編　**文藝修辭學**　福州：福建教育出版社，1993

倪寶元主編　**大學修辭**　上海：上海教育出版社，1994

張煉強　**修辭理據探索**　北京：首都師範大學出版社，1994

駱小所　**現代修辭學**　昆明：雲南人民出版社，1994

姚亞平　**當代中國修辭學**　廣州：廣東出版社，1996

陸稼祥　**內外生成修辭學**　重慶：重慶出版社，1998

童山東、吳禮權　**闡釋修辭論**　北京：首都師範大學出版社，
　　1998

張煉強　**修辭論稿**　北京：人民教育出版社，2000

吳土民　**修辭與文化**　烏魯木齊：新疆大學出版社，2000

陳光磊　**修辭論稿**　北京：北京語言文化大字出版，2001

王德春、陳晨　**現代修辭學**　上海：上海外語出版社，2001

張壽康主編　**文章學概論**　濟南：山東教育出版社，1983

楊振道、韓玉奎　**文章學概論**　武漢：武漢大學出版社，1984

繭羨璧主編　**文章學**　天津：南開大學出版社，1985

張壽康　**文章學導論**　武漢：湖北教育出版社，1985

孫移山主編　**文章學**　北京：檔案出版社，1986

程祥徽、黎運漢主編　**語言風格論集**　南京：南京大學出版
　　社，1994

中國華東修辭學會、復旦大學語言文學研究所編　**語體論**　合
　　肥：安徽教育出版社，1987

程祥徽　**語言風格初探**　香港：三聯書店，1985

王德春　**語體略論**　福州：福建教育出版社，1987

黎運漢主編　**現代漢語語體修辭學**　南寧：廣西教育出版社，
　　1989

王伯熙　**文風簡論**　北京：中國社會科學出版社，1979

詹　鍈　**《文心雕龍》的風格學**　北京：人民文學出版社，
　　1982

黃美鈴　**唐代詩評中風格論之研究**　臺北：文史哲出版社，
　　1982

吳功正　**文學風格七講**　上海：上海文藝出版社，1983

嚴迪昌　**文學風格漫說**　南京：江蘇人民出版社，1983

王之望　**文學風格論**　成都：四川文藝出版社，1986

周振甫　**文學風格例話**　上海：上海教育出版社，1989

張德明　**語言風格學**　長春：東北師範大學出版社，1989

黎運漢　**漢語風格探索**　北京：商務印書館，1990

胡奇光　**文筆鳴鳳**　北京：語文出版社，1990

李伯超　**中國風格學源流**　長沙：岳麓書社，1988

林淑貞　**詩話論風格**　臺北：文津出版社，1999

黎運漢　**漢語風格學**　廣州：廣東教育出版社，2000

朱光潛　**朱光潛美學文學論文選集**　長沙：湖南人民出版社，
　　1980

朱光潛　**朱光潛美學文集**　上海：上海文藝出版社，1982

朱光潛　**談美書簡**　上海：上海文藝出版社，1980

王朝聞主編　**美學概論**　北京：人民出版社，1981

施昌東　**「美」的探索**　上海：上海文藝出版社，1980

盧善慶　**門類藝術探索**　廈門：廈門大學出版社，1989

李永燊、顧建華　**美學修養**　北京：首都師範大學出版社，
　　1999

何楚然　**中國畫論研究**　北京：中國社會科學出版社，1996

朱以撒　**書法創作論**　福州：福建人民出版社，1993

荊　浩　**筆法論**　北京：人民美術出版社，1963

秦祖永評輯　**畫學心印**　上海：掃葉山房，1918

張志公　**漢語辭章學論集**　北京：人民教育出版社，1996

鄭頤壽　**辭章學概論**　福州：福建教育出版社，1986

鄭頤壽、張慧貞、鄭韶風　**辭章藝術示範**　上海：上海教育出
　　版社，1991

鄭頤壽　**文章修改藝術**　福州：福建人民出版社，1983

鄭頤壽、祝敏青正副主編　**文章修改藝術——言語藝術示範**
合肥：安徽教育出版社，1992

鄭頤壽、潘曉東主編　**語文名篇修改藝術**　南昌：江南教育出
版社，1987

鄭頤壽、諸定耕主編　**中國文學語言藝術大辭典**　重慶：重慶
出版社，1993

鄭頤壽　**言語修養**　北京：首都師範大學出版社，1999

鄭頤壽、林大礎主編　**辭章學辭典**　西安：三秦出版社，2000

祝敏青　**小說辭章學**　福州：海峽文藝出版社，2000

鄭頤壽、林大礎、祝敏青正副主編　**文學辭章論（上、下）**
福州：海潮攝影藝術出版社，2003

陳滿銘　**章法學新裁**　臺北：萬卷樓圖書有限公司，2001

陳滿銘　**國文教學論叢**　臺北：萬卷樓圖書有限公司，1991

陳滿銘　**文章結構分析**　臺北：萬卷樓圖書有限公司，1999

陳滿銘　**國文教學論叢・續編**　臺北：萬卷樓圖書有限公司，
1998

仇小屏　**文章章法論**　臺北：萬卷樓圖書有限公司，1998

仇小屏　**篇章結構類型論（上、下）**　臺北：萬卷樓圖書有限
公司，2000

仇小屏　**章法新視野**　臺北：萬卷樓圖書有限公司，2001

張春榮　**修辭新思維**　臺北：萬卷樓圖書有限公司，2001

郭紹虞、王文生正副主編　**中國歷代文論選**　上海：上海古籍
出版社，1979

何文煥輯　**歷代詩話**　北京：中華書局，1980

丁福保輯　**歷代詩話續編**　北京：中華書局，1983

劉勰著（趙仲悒譯注）　**文心雕龍譯注**　南寧：灕江出版社，

1982

鍾嶸著、陳延杰注　**詩品注**　北京：人民文學出版社，1963

郭紹虞輯　**宋詩話輯佚**　北京：中華書局，1980

胡應麟　**詩藪**　上海：上海古籍出版社，1958

趙翼著、霍松林、胡主佑校點　**甌北詩話**　北京：人民文學出版社，1963

袁枚著、顧學頡校點　**隨園詩話**　北京：人民文學出版社，1982

劉熙載　**藝概**　上海：上海古籍出版社，1978

王夫之等撰　**清詩話**　上海：上海古籍出版社，1963

〔瑞士〕索緒爾著、高名凱譯　**普通語言學教程**　北京：商務印書館，1980

〔美〕愛德華‧薩丕爾著、陸卓元評　**語言論**　北京：商務印書館，1985

〔美〕布龍菲爾德著、袁家驊等譯　**語言論**　北京：商務印書館，1980

伍蠡甫主編　**西方文論選**　上海：譯文出版社，1979

〔美〕尼爾‧史密斯、達埃德爾‧威爾遜著、李谷城等譯、劉潤清校　**現代語言學**　北京：外語教學與研究出版社，1983

王德春主編，謝天蔚、張會森等編寫　**外國現代修辭學概況**　福州：福建人民出版社，1986

〔希臘〕亞里士多德著、羅念生譯　**詩學**　北京：人民文學出版社，1982

〔羅馬〕賀拉斯著、楊周翰譯　**詩藝**　北京：人民文學出版社，1982

〔德〕歌德著、王元化譯　**文學風格論（自然的單純模仿‧作**

風‧風格） 上海：譯文出版社，1982

〔德〕威克納格著、王元化譯 **文學風格論（詩學‧修辭學‧風格學）** 上海：譯文出版社，1982

〔蘇〕Ｍ‧Ｈ‧科仁娜著、白春仁等譯 **俄語功能修辭學** 北京：外語教學與研究出版社，1982

〔英〕Ｓ‧皮特‧科德著、上海外國語學院外國語言文學研究所譯 **應用語言學導論** 上海：外語教學與研究出版社，1983

〔英〕尼爾‧史密斯、達埃德爾‧威爾遜著 李谷城、方立、吳枕亞、徐克容譯 劉潤清校 **現代語言學（喬姆斯基革命的結果）** 北京：外語教學與研究出版社，1983

趙俊欣編著 **法語文體論** 上海：譯文出版社，1984

〔聯邦德國〕Ｈ‧Ｒ‧姚斯著、〔美〕Ｒ‧Ｃ‧霍拉勃著、周寧、金元浦譯 **接受美學與接受理論** 瀋陽：遼寧人民出版社，1987

〔美〕Ｗ‧Ｃ‧布斯著、華明等譯 **小說修辭學** 北京：北京大學出版社，1987

〔美〕Ｍ‧Ｈ‧艾布拉姆斯著、酈稚牛等譯 **鏡與燈——浪漫主義文化及批評傳統** 北京：北京大學出版社，1989

〔美〕大衛‧寧等著、常昌家、顧寶桐譯 **當代西方修辭學** 北京：中國社會科學出版社，1998

〔美〕劉若愚著、杜國清譯 **中國文學理論** 臺北：聯經出版事業公司，1998

〔附〕

修辭過程說 中國修辭學會‧修辭學論文集（第三集） 福建人民出版社 1985

論言語規律——兼呈鄭子瑜先生　中國修辭學會‧修辭學論文集（第四集）　福建人民出版社　1987

再論言語規律　中國華東修辭學會‧修辭學研究（第五輯）　江西教育出版社　1991

同義與異義　《修辭學習》　1983

論文藝修辭學　中國修辭學會‧修辭學論文集（第二集）　福建人民出版社　1984

論規範修辭學　復旦大學語言文學研究所編‧《語法修辭論》　浙江教育出版社　1984

論藝術體素及體值　全國文學語言研究會編‧《文學語言研究論文集》　華東化工出版社　1991

先秦修辭理論與「四元六維結構」　《藝文述林》　上海文藝出版社　1999

語格概說　中國修辭學會《修辭學的理論與實踐》　福建人民出版社　1997

史傳辭章概說　福建語文學會《語海探珠》　福建人民出版社　1987

論修辭學與辭章學　中國修辭學會‧修辭學論文集（第五集）　河南大學出版社　1990

論辭章學　福建師範大學學報　1994(1)

科學的態度　巨大的啓發——讀《史稿》先秦修辭論　鄭子瑜《中國修辭學史稿》　中國社會出版社　1998

語法修辭分合論　營口師專學報　1990(3～4)

建構全方位、多功能的言論智能體系　言語藝術示範　安徽教育出版社　1993

語體是修辭學的基礎　《福州師專學報》　1984(1)

語體劃分概說 中國華東修辭學會‧復旦大學語言研究所《語體論》 安徽教育出版社 1987

語體與修辭 《福建師範大學學報》 1991(2)

鼎立：電信體的崛起 中國修辭學會《修辭學論文集》（第六集） 河南大學出版社 1992

語體坐標初探 全國文學語言研究會《文學語言論文集》（第二、三合輯） 重慶出版社 1997

論語體與修辭風格 中國華東修辭學會《修辭學研究》（第四輯） 廈門大學出版社 1988

論「體意」與「格意」 《鐵嶺師專學報》 1994(1)

論文章風格與言語風格 《語言風格論文集》 南京大學出版社 1994

論風格的高下優劣 《古漢語研究》 1998增刊

「格意」論 中國修辭學會《邁向21世紀的中國修辭學》 廣東教育出版社 2000

「四六結構」與修辭 《江南大學學報》 2001(1)

辭章學研究的回顧與展望 《福建師大學報》 2001(4)

國家圖書館出版品預行編目資料

辭章學導論 ／鄭頤壽著, -- 初版 -- 臺北市：

萬卷樓, 2003[民 92]

面； 公分

ISBN 957－739－458－2 (平裝)

1. 中國語言－修辭

802.7   92018320

辭章學導論

著　　　者：鄭頤壽
發　行　人：楊愛民
出　版　者：萬卷樓圖書股份有限公司
　　　　　　臺北市羅斯福路二段 41 號 6 樓之 3
　　　　　　電話(02)23216565‧23952992
　　　　　　傳真(02)23944113
　　　　　　劃撥帳號 15624015
出版登記證：新聞局局版臺業字第 5655 號
網　　　址：http://www.wanjuan.com.tw
E-mail　　：wanjuan@tpts5.seed.net.tw
經 銷 代 理：紅螞蟻圖書有限公司
　　　　　　臺北市內湖區舊宗路二段 121 巷 28 號 4F
　　　　　　電話(02)27953656(代表號)　傳真(02)27954100
E-mail　　： red0511@ms51.hinet.net
承 印 廠 商：晟齊實業有限公司
定　　　價：600 元
出 版 日 期：2003 年 11 月初版

ISBN 957－739－458－2